LE DANGER ARCTIQUE

DE ROBERT LUDLUM

Aux Éditions Grasset

Série « Réseau Bouclier » :
  OPÉRATION HADÈS, avec Gayle Lynds.
  OBJECTIF PARIS, avec Gayle Lynds.
  LA VENDETTA LAZARE, avec Patrice Larkin.
  LE PACTE CASSANDRE, avec Philip Shelby.
  LE CODE ALTMAN, avec Gayle Lynds.
  LE VECTEUR MOSCOU, avec Patrice Larkin

LE COMPLOT DES MATARÈSE.
LA TRAHISON PROMÉTHÉE.
LE PROTOCOLE SIGMA.
LA DIRECTIVE JANSON.

Aux Éditions Robert Laffont

LA MÉMOIRE DANS LA PEAU.
LA MOSAÏQUE PARSIFAL.
LE CERCLE BLEU DES MATARÈSE.
LE WEEK-END OSTERMAN.
LA PROGRESSION AQUITAINE.
L'HÉRITAGE SCARLATTI.
LE PACTE HOLCROFT.
LA MORT DANS LA PEAU.
UNE INVITATION POUR MATLOCK.
LE DUEL DES GÉMEAUX.
L'AGENDA ICARE.
L'ÉCHANGE RHINEMANN.
LA VENGEANCE DANS LA PEAU.
LE MANUSCRIT CHANCELLOR.
SUR LA ROUTE D'OMAHA.
L'ILLUSION SCORPIO.
LES VEILLEURS DE L'APOCALYPSE.
LA CONSPIRATION TREVAYNE.
LE SECRET HALIDON.
SUR LA ROUTE DE GANDOLFO.

d'après
ROBERT LUDLUM
JAMES COBB

LE DANGER ARCTIQUE

■ *un roman de la série Réseau Bouclier* ■

*Traduit de l'américain
par*
Luc de Rancourt

BERNARD GRASSET
PARIS

L'édition originale de cet ouvrage a été publiée par Orion Books Ltd en juillet 2007 en Grande-Bretagne, sous le titre :

THE ARCTIC EVENT

ISBN 978-2-246-71591-7
ISSN 1263-9559

© Myn Pyn LLC 2007 publié avec l'autorisation de Myn Pyn LLC c/o Baror International Inc, Armonk, New York, USA.
© Éditions Grasset & Fasquelle, 2009, pour la traduction française.

*Ce livre est dédié à Donald Hamilton
et à sa création, Matt Helm
(le vrai Matt Helm, pas sa version revue par Hollywood)*

Chapitre 1

*De nos jours
Arctique canadien*

EMMITOUFLÉS DANS DES PARKAS orange et des tenues adaptées à la marche dans la neige, les trois silhouettes encordées, penchées sur leurs piolets, luttaient pour franchir les derniers mètres qui les séparaient du but. Les alpinistes avaient fait l'ascension par la face sud de la chaîne dont la masse les protégeait des vents dominants. Mais à présent, dans leur dernier effort pour franchir le rebord du petit plateau de rocher nu qui culminait là, ils prenaient de plein fouet les rafales d'un vent venu du Pôle. La température apparente, déjà très peu élevée. était tombée bien en dessous de zéro.

Encore un agréable après-midi d'automne sur Mercredi.

A l'horizon sud, on devinait un disque pâle et froid, le soleil. Il jetait sur le paysage une étrange lumière grise qui ne disparaissait jamais au cours de ce crépuscule qui durait plusieurs semaines.

Lorsque l'on tournait les yeux vers l'océan qui s'étendait tout autour, il était difficile de distinguer l'île de la mer. Le pack se renforçait autour de Mercredi, des glaces vivantes qui se tordaient et se bousculaient sur les plages. Les seuls endroits où l'eau froide et sombre était encore libre se dessinaient derrière les icebergs qui dérivaient à l'horizon. La mer tentait de résister à l'emprise glacée, prémices de l'hiver.

Dans l'est, le vent balayait la neige depuis une extrémité de l'île, voilant le second pic qui formait une énorme forme sombre et sinistre noyée dans le brouillard.

C'était un paysage d'enfer, un enfer dans lequel on aurait éteint les fourneaux, mais les trois spectateurs trouvaient ce genre de spectacle plutôt amusant.

Le premier de cordée rejeta la tête en arrière comme pour défier le vent et se mit à hurler à la manière d'un loup.

— Je prends possession de cette montagne par droit de conquête et par conséquent décide de l'appeler... putain, et comment est-ce qu'on va l'appeler ?

— Ian, tu es arrivé le premier, dit le plus petit des trois grimpeurs d'une voix assourdie par son masque. Par conséquent et de plein droit, cette montagne sera dorénavant le mont Rutherford.

— Ah non, je m'y oppose ! protesta le troisième membre de l'expédition. Notre ravissante Miss Brown est la première femme à atteindre le sommet de ce pic formidable. Ce sera le mont Kayla.

— C'est très gentil à toi, Stefan, mais ça ne te rapportera jamais qu'une bonne poignée de main au retour à la station.

Ian Rutherford, éminent biologiste d'Oxford, se mit à rire doucement.

— J'imagine que cela n'a aucune importance. On peut bien l'appeler comme on veut, pour moi, cela restera le pic Ouest comme depuis toujours.

— Tu es trop terre à terre, Ian.

Stefan Kropodkin était physicien, spécialiste des rayons cosmiques à McGill. Il eut un large sourire sous le passe-montagne en laine qui lui couvrait tout le bas du visage.

— Je crois que c'est le moment de faire preuve d'un peu de réalisme.

Kayla Brown était géophysicienne à Purdue.

— Nous avons déjà une heure de retard et le docteur Creston n'était pas ravi de nous voir entreprendre cette ascension.

— Encore un qui n'est pas très poète, grommela Kropodkin.

— Nous avons tout de même le temps de prendre quelques photos, répondit Rutherford en se défaisant de son sac. Cresty ne peut pas nous refuser ça.

Ils découvrirent la chose en arpentant avec précaution le petit plateau, et c'est l'apprentie géophysicienne de Purdue qui la trouva la première.

— Hé, les gars, regardez. En bas, sur le glacier.

Rutherford explora le paysage au-dessus du col, entre les deux pics. Il y avait quelque chose, à peine visible au milieu des tourbillons de neige. Il remonta ses lunettes sur son front et sortit ses jumelles de leur étui. Prenant bien soin de ne pas mettre en contact le métal glacé avec la peau, il commença à regarder.

— Bon sang ! Il y a quelque chose, plus bas !

Et passant ses jumelles à Stefan :

— Qu'en penses-tu ?

Stefan, originaire d'Europe de l'Est, regarda pendant un bon moment avant de laisser retomber l'instrument.

— C'est un avion, dit-il d'un ton pensif, un avion posé sur la glace.

Chapitre 2

*Centre d'entraînement au combat en montagne,
Huckleberry Ridge*

L*E LIEUTENANT-COLONEL* de l'armée de terre Jonathan « Jon » Smith, docteur en médecine, se tenait debout, dos à la falaise. Il jeta un regard autour de lui.

Le spectacle était superbe. Depuis cet endroit, on apercevait au sud, le long de la chaîne des Cascades, les montagnes bleu ardoise, le blanc des neiges et la forêt permanente. Des lambeaux de brouillard flottaient plus bas sur les pentes et les premiers rayons du soleil levant perçaient entre les indentations de la chaîne. En tournant légèrement la tête, il distinguait dans le lointain le cône dévasté du mont Sainte-Hélène. Un fin voile de vapeur s'étalait au-dessus du cratère béant.

Cela rappelait à Smith ses étés passés dans le Yellowstone, voilà bien longtemps. Il était tout jeune, il revoyait encore sa fierté et son excitation lorsqu'il avait fait son sac pour sa première randonnée avec son père et oncle Ian.

Et puis c'était surtout cet air, glacé, si agréable, qui vous mordait et vous vivifiait. Il inspira profondément une dernière fois, savourant ce moment, avant de reculer jusqu'au bord du précipice.

L'horizon bascula de quatre-vingt-dix degrés, son harnais d'escalade le secoua, mais il sentit une secousse rassurante lorsque la corde verte en nylon fixée à ses mousquetons se tendit. Son poids retenu par le frein de rappel, les semelles crantées de ses chaussures de montagne, des Danner « Fort Lewis » frottant sur le basalte noir recouvert de mousse, il se retrouva sur la face verticale de la falaise. Il était si émoustillé par cette expérience encore nouvelle pour lui qu'il en riait de bonheur. Seigneur, c'était quand même autre chose que de travailler au labo !

— OK, mon colonel, entendit-il dans le mégaphone que tenait l'instructeur resté en bas, poussez en arrière et gardez votre calme.

Au-dessus de lui, penchés au bord de la falaise, les autres élèves, les condisciples de Smith, vêtus de la même tenue camouflée verte que lui, regardaient ce qui se passait. C'était l'exercice le plus difficile, une descente en rappel de cinquante mètres. Le reste de la corde pendait derrière lui et Smith lui donna la secousse finale. Puis il étendit ses jambes à l'horizontale, poussa sur le rocher, et laissa la corde filer dans le frein.

Smith avait passé sa vie à essayer de concilier les aspects de ses divers métiers, soldat, scientifique, médecin, espion. Ce stage de combat de montagne avait été un succès éclatant.

Au cours des trois dernières semaines, il s'était jeté dans ces activités avec un enthousiasme chaque jour croissant, endurcissant son corps grâce à ce régime de vie en plein air et oubliant ses soucis nés de trop de journées passées dans les laboratoires de l'Institut de recherche sur les maladies infectieuses de l'armée, à Fort Derrick.

Il avait retrouvé ses réflexes de combattant progressivement atrophiés et avait acquis de nouvelles compétences : orientation en terrain difficile, survie en ambiance hostile, tir de précision. Et il s'était initié aux rudiments de l'escalade. Smith avait appris à utiliser des crampons, des pitons, un marteau. Plus difficile encore, il avait appris comment faire confiance au harnais et à la corde, comment dominer la peur instinctive qu'éprouve l'être humain face au vide.

La corde de rappel sifflait en passant dans les mousquetons et son gant épais s'échauffait. Ses chaussures touchèrent la paroi vingt mètres plus bas. L'afflux d'adrénaline lui faisait plisser les yeux, la peau de son visage se tendait. Il poussa encore une fois et repartit pour une nouvelle glissade de quinze mètres.

— Doucement, mon colonel ! cria la voix en bas.

Pour la troisième fois, il poussa violemment, un coup sec, se laissant aller. La corde grinçait et le frein de rappel fumait.

— Doucement mon colonel... Doucement... doucement ! BON DIEU, J'AI DIT DOUCEMENT !

Smith freina à mort, arrêtant immédiatement sa chute. Il se remit droit et se laissa tomber pendant les derniers mètres, pieds les premiers, sur le tapis d'aiguilles de pin au pied de la falaise. Il rejeta en arrière le bout de la corde et frotta ses gants brûlants sur ses cuisses pour les refroidir.

Un solide sergent ranger qui portait le béret beige de son corps arriva.

— Vous d'mande pardon, mon colonel, commença-t-il d'un ton aigre, mais je voudrais que vous compreniez bien une chose. Un officier peut se foutre le cul en l'air tout aussi bien qu'un deuxième classe ou qu'un sous-officier.

— Je tiendrai compte de votre remarque, Top, répondit Smith avec un grand sourire.

— Et quand je dis « DOUCEMENT », mon colonel, je sais ce que je veux dire, putain de Dieu !

L'instructeur d'escalade, vingt-deux ans de service, était un vétéran du 75e Régiment de Rangers et de la fameuse 10e division alpine. Il jouissait donc d'un certain nombre de privilèges, même en face d'un colonel.

Smith redevint sérieux et défit la mentonnière de son casque.

— Bien compris, sergent. Je me suis laissé entraîner. Pas brillant comme idée. La prochaine fois, je suivrai le manuel.

Un peu radouci, l'instructeur répondit d'un hochement de tête.

— Parfait, mon colonel. En dehors du fait que c'était un peu tout fou, vous avez fait une belle descente.

— Merci, Top.

L'instructeur repartit surveiller l'élève suivant et Smith gagna le bord d'une clairière en contrebas de la falaise. Abandonnant casque et harnais, il sortit de sa poche un chapeau en toile tout chiffonné et le remit en forme avant de l'enfoncer sur des cheveux noirs coupés ras.

Jon Smith était un homme qui portait bien la quarantaine : large d'épaules, la taille mince, une boule de muscles, forme qu'il devait plus à ces quelques semaines d'entraînement qu'à une hygiène de vie innée chez lui. Un bel homme, des traits fins et bien bronzés, l'œil vif et, comment dire, l'air souvent imperturbable – le visage de quelqu'un qui sait garder un secret. Ses yeux, d'une étrange couleur bleu foncé, savaient faire preuve d'une pénétration étonnante.

Après avoir respiré à pleins poumons l'air pur de la montagne, Smith alla s'asseoir au pied d'un pin de Douglas qui s'élevait là. C'est un environnement qu'il avait bien connu autrefois. Au début de sa carrière, avant de faire de la recherche au sein du Service de santé, il avait été affecté dans les Forces spéciales comme médecin et servi avec les équipes Action. Une bien belle époque, des défis exaltants et un fort esprit de corps. Une époque de peur, de désespoir également, mais globalement, un bon moment.

Une idée lui était passée par la tête de manière plus ou moins inconsciente au cours de ces derniers jours. Et s'il reprenait du service au sein d'une unité combattante, pourquoi pas les Forces spéciales, encore une fois ? Et s'il retournait dans les rangs de l'armée, la vraie ?

Mais Smith savait que c'était irréalisable. Il était trop ancien pour recevoir une affectation de ce genre. Le mieux qu'il puisse raisonnablement espérer, c'était une affectation dans un bureau, un poste d'état-major, et très probablement à Washington.

Pourtant, il devait bien se l'avouer, il était particulièrement compétent dans son rôle de chercheur, et les travaux qu'il menait dans son labo étaient de la plus haute importance. Le Laboratoire militaire de recherche sur les maladies infectieuses était à la pointe des méthodes de lutte contre le bioterrorisme et les affections nouvelles qui se développaient. Smith était l'un des pontes de cet organisme. Une mission importante, indéniablement.

Et puis, il y avait ses autres travaux, qui ne figuraient pas dans ses états de service. Des travaux nés d'un cauchemar mégalo, le Projet Hadès. Et la mort du Dr Sophia Russell, celle qu'il aimait et qu'il comptait épouser. Mais il ne pouvait pas renoncer à cette part de ses activités s'il voulait avoir la conscience en paix.

Il se laissa retomber contre le tronc couvert de mousse et observa ses condisciples qui descendaient à leur tour. Oui, bien belle journée pour un soldat.

Chapitre 3

Camp David, résidence du Président

CAMP DAVID, résidence de campagne du Président, se trouve à cent kilomètres de Washington, DC, dans une zone soigneusement protégée du parc des monts Catoctin.
Son installation remonte aux temps troublés de la Seconde Guerre mondiale lorsque, inquiets pour la sécurité du yacht présidentiel, le *Potomac*, les services secrets avaient insisté pour que Franklin Delano Roosevelt trouve un endroit plus sûr dans la région de Washington.

Le site choisi se trouvait dans les collines boisées du Maryland, un camp de forestiers construit dans les années trente par le Service des eaux et forêts qui y avait lancé une opération pilote, la mise en valeur de terres à l'abandon.

Réminiscence de l'époque du *Potomac*, le camp était desservi par la Marine et le corps des Marines, tradition qui s'est maintenue jusqu'à nos jours. Le nom de code du camp à ses débuts était *USS Shangri-La*. Les lieux n'ont été rebaptisés Camp David qu'au début des années cinquante, en l'honneur du petit-fils du président Eisenhower.

Cette retraite a été le théâtre de nombreux événements diplomatiques et politiques importants, comme par exemple la signature des accords de paix historiques entre Israël et l'Egypte. Mais, en dehors des réunions ou des conférences dont les médias se font régulièrement l'écho, il en est bien d'autres qui ne font l'objet d'aucune publicité et restent protégées par le secret le plus absolu.

Vêtu d'une tenue de détente, pantalon de toile, polo et chandail de golf, le président Samuel Adams Castilla leva les yeux en entendant un hélicoptère Merlin aux couleurs bleu et or de l'escadrille présidentielle s'immobiliser au-dessus de l'hélizone en faisant voler des feuilles rougies du sommet des arbres. En dehors de son escorte obligatoire de Marines et d'agents des services secrets, il était seul. Aucun rendez-vous diplomatique officiel n'était prévu pour la journée. Ni courbettes ni compliments forcés. Aucun des journalistes accrédités à la Maison-Blanche.

C'est ce qu'avait demandé le visiteur qu'attendait Castilla.

Lequel visiteur descendait de l'hélicoptère, turbines au ralenti – un homme trapu, aux mâchoires solides, les cheveux gris coupés court et vêtu d'un complet rayé bleu confectionné par un tailleur européen. Le costume était tout chiffonné, comme s'il était mal coupé, comme si son propriétaire était plus habitué à un autre style de garde-robe. Et sa façon de saluer, presque sans y penser, le factionnaire des Marines qui se tenait au pied de l'échelle en disait long sur ce que pouvait être sa tenue habituelle.

Castilla, ancien gouverneur du Nouveau-Mexique et pourtant grand et svelte, la cinquantaine, s'avança, la main tendue.

— Bienvenue à Camp David, mon général, lui dit-il en essayant de dominer le sifflement des turbines.

Dimitri Baranov, commandant la 37e escadre de bombardement stratégique de la Fédération de Russie, lui rendit une solide poignée de main.

— C'est pour moi un honneur d'être ici, Monsieur le Président. Je suis chargé par mon gouvernement de vous remercier d'avoir bien voulu me recevoir dans ces circonstances... assez exceptionnelles.

— C'est bien naturel, mon général. Nos deux pays ont de nombreux intérêts en commun en ce moment. Les conversations entre nos gouvernements sont toujours bienvenues.

Ou du moins, nécessaires, se dit Castilla.

La toute nouvelle Russie non soviétique posait aux Etats-Unis presque autant de défis que l'ancienne URSS, mais ce n'étaient pas les mêmes. Rongée par la corruption, politiquement instable, avec une économie qui essayait vaille que vaille de se remettre des ruines du communisme, la jeune démocratie russe menaçait sans cesse, soit de basculer dans le totalitarisme, soit de s'effondrer. Aucune de ces deux issues n'allait dans le sens des intérêts américains et Castilla s'était juré que cela n'arriverait pas au cours de son mandat.

Contraint de surmonter d'énormes résistances de la part de quelques anciens combattants de la guerre froide et autres députés qui traquaient les dépenses publiques, Castilla avait réussi à faire passer au Congrès toute une série d'aides à l'étranger subtilement camouflées. Il avait travaillé avec Potrenko, président de la Fédération, à colmater quelques-unes des fuites les plus criantes qui minaient l'Etat russe. Un autre texte était en cours de discussion, mais l'issue du débat était encore incertaine.

La dernière chose dont voulait l'administration Castilla, c'étaient de nouveaux ennuis avec la Fédération. Pourtant, la veille au soir, un avion diplomatique russe s'était posé sur la base aérienne d'Andrews. Baranov se trouvait à bord, porteur d'une lettre scellée écrite par le président Potrenko et par laquelle il désignait le général pour être son représentant personnel. Il l'autorisait à négocier avec le président Castilla sur un « dossier urgent qui concernait les intérêts des deux pays ».

Castillo avait bien peur que ce scénario ne lui apporte que des ennuis. Et Baranov avait confirmé ses craintes.

— Je regrette d'être venu porter à votre connaissance des nouvelles qui ne vont pas vous faire plaisir, Monsieur le Président.

Et le général avait jeté un bref coup d'œil à la mallette fermée à clé qu'il tenait à la main.

— Je vois, mon général. Si vous voulez bien me suivre, nous pourrons au moins nous installer confortablement pour en prendre connaissance.

Sans gêner les deux hommes, les agents des services secrets changèrent de position tandis que Castilla conduisait son visiteur, en contournant un bassin de rocailles, jusqu'à Aspen Lodge, la résidence présidentielle à Camp David.

Quelques minutes plus tard, les deux hommes étaient assis

devant une table de style Adirondack¹ sur la grande terrasse bien abritée. Un maître d'hôtel de la marine, aussi discret qu'efficace, leur servit du thé à la mode russe dans de grands verres à filigrane d'argent.

Baranov en but une gorgée par politesse, sans trop y faire attention.

— Merci de votre hospitalité, Monsieur le Président.

Castilla qui, en cette chaude journée d'automne, aurait sans doute préféré une Coors² bien fraîche, lui répondit d'un simple signe de tête.

— J'imagine, mon général, que ce qui vous amène est plutôt urgent. Que puis-je faire pour vous aider, vous et votre pays ?

Baranov sortit une petite clé de la poche de sa veste. Il posa sa mallette sur la table, ouvrit les serrures et sortit un dossier.

— Je pense, Monsieur le Président, que vous reconnaissez ceci.

Castilla prit l'un des documents, ajusta ses lunettes à monture de titane et examina la chose.

C'était une photo en noir et blanc, avec beaucoup de grain, extraite d'une vidéo. La toile de fond représentait une surface couverte de glace, peut-être la surface d'un glacier. Au centre de l'image, l'épave d'un quadrimoteur, pratiquement intact si ce n'est qu'une aile à grand allongement était tordue et avait été éjectée du point d'impact. Castilla en savait assez en matière d'aviation pour reconnaître la carcasse d'un bombardier lourd B-29, du même type que ceux qui avaient bombardé le Japon impérial à la fin de la Seconde Guerre mondiale et qui avaient largué les premières armes nucléaires sur Hiroshima et Nagasaki.

C'était du moins son impression.

— L'avion mystérieux, comme l'ont baptisé les journaux à sensation. Pour d'autres, c'est la « Lady-Be-Good³ du Pôle ». Une expédition scientifique qui s'était rendue sur une île, dans le grand Nord canadien, a découvert l'épave dans la montagne, au-dessus de sa base. Ses membres ont pris des photos au téléobjectif et les

---

1. Du nom d'une région montagneuse et parsemée de lacs, à la frontière du Canada. (Toutes les notes sont du traducteur.)
2. Bière légère.
3. D'après le titre de la comédie musicale de George et Ira Gerschwin, 1924.

photos ont fait le tour du monde via Internet et les réseaux mondiaux.

C'était la nouvelle du jour, cet avion et son équipage faisaient l'objet de toutes les supputations.

— Je reconnais cette photo, répondit lentement Castilla. Mais j'ai du mal à comprendre pourquoi ce vieil avion serait un sujet d'inquiétude pour nos deux pays.

Il savait déjà que, pour les Russes en tout cas, l'avion mystérieux en était un. On en avait parlé devant lui récemment, lors de l'une des réunions consacrées à la sécurité nationale. Les ordinateurs de la NSA [1] avaient détecté quelque chose.

Puis, ces derniers jours, le gouvernement russe était devenu proprement frénétique. Les systèmes de la NSA qui surveillaient Internet avaient noté un pic d'activité chez certains membres clés des services de renseignement de la Fédération. Ils avaient consulté des centaines de fois les sites d'information générale qui parlaient de l'accident. Et quelques autres centaines encore de clics sur les sites de l'expédition scientifique internationale qui avait découvert l'épave, de l'armée de l'air américaine, et de ses opérations dans l'Arctique.

Castilla attendait d'obtenir des Russes leur propre explication, mais ses conseillers comme lui-même avaient déjà leur petite idée.

Le Russe gardait les yeux fixés sur la photo posée sur la table.

— Avant de répondre à cette question, Monsieur le Président, je dois vous en poser une autre.

Castilla prit son verre.

— Faites, je vous en prie.

Baranov posa le doigt sur une des photos.

— Que sait le gouvernement américain de cet avion ?

— Nous avons appris, et c'est assez remarquable, qu'il ne s'agit pas d'une Superforteresse américaine, répondit Castilla, en avalant une gorgée de thé. Nous avons soigneusement épluché les archives de l'armée de terre comme de l'armée de l'air. Bien que nous ayons perdu dans l'Arctique quelques B-29 et quelques B-50, son dérivé, toutes les épaves ont été localisées. En fait, nous savons

---

1. National Security Agency.

exactement où se trouvent tous les B-29 qui ont été en service dans l'armée de l'air américaine.

Il reposa son verre avant de poursuivre :

— En 1950, nous avons également transféré à la Grande-Bretagne quatre-vingt-sept Superforteresses. La Royal Air Force les avait rebaptisés Washington. Nous avons interrogé le ministère de l'Air britannique. Aucun de leurs Washington n'a été perdu ni n'a jamais survolé le grand Nord canadien. En fin de compte, tous les appareils nous ont été rendus.

Castilla regardait son interlocuteur droit dans les yeux.

— Cela répond-il à votre question, mon général ?

Baranov garda la tête baissée pendant un long moment.

— Je regrette de devoir vous répondre que oui, Monsieur le Président. Je dois également vous dire maintenant, à mon grand regret, que cet appareil est peut-être à nous. Il pourrait être russe. Et dans ce cas, il constitue peut-être une menace considérable pour nos deux pays, ainsi que pour le monde entier.

— Que voulez-vous dire, mon général ?

— Cet appareil est peut-être un bombardier lourd Tupolev TU-4, dont le nom de code OTAN est « Taureau ». C'est un avion très... semblable à votre B-29. Il a été utilisé par nos forces aériennes à long rayon d'action, ou plutôt par les forces aériennes de l'Union soviétique, pendant les premières années de la guerre froide. Le 5 mars 1953, l'un de ces appareils, indicatif Misha 124, a disparu pendant un vol d'entraînement au-dessus du pôle Nord. Nous ignorons ce qu'il est devenu. Nous avons perdu le contact radio et radar, et l'épave n'a jamais pu être localisée.

Baranov inspira profondément.

— Nous craignons que cet avion mystérieux soit le Misha 124.

Castilla fronça les sourcils.

— Et pourquoi un bombardier soviétique perdu au cours d'un vol d'entraînement il y a plus de cinquante ans devrait-il être considéré comme autre chose qu'une relique vénérable de la guerre froide ?

— Parce que le Misha 124 n'était pas seulement un bombardier. C'était un vecteur d'armes biologiques stratégiques, et, lorsqu'il a disparu, il emportait tout son armement.

En dépit de la chaleur de l'après-midi et du thé brûlant qu'il venait de boire, Castilla sentit un frisson glacé lui parcourir l'échine.

— Et de quel armement s'agit-il ?

— De l'anthrax, Monsieur le Président, des armes chargées à l'anthrax. Sachant les inquiétudes qu'a connues récemment votre pays en la matière, je suis sûr que vous êtes conscient des conséquences désastreuses que cela pourrait avoir...

— Oh que oui. – Castilla s'était renfrogné.

Le mégalomane qui disposait d'un laboratoire de biologie rudimentaire et qui se prenait pour Dieu ; l'odeur de la poudre qui s'échappe d'une enveloppe que l'on vient d'ouvrir – toutes ces images avaient de quoi hanter l'esprit d'un président.

— Misha 124 était équipé d'un système de dispersion d'aérosols à l'état sec, poursuivit Baranov. L'agent biologique était stocké dans un réservoir étanche en acier inox monté dans la soute avant. En cas de problème au cours du vol, la procédure normale consistait à larguer ce réservoir en mer ou, comme dans ce cas, au-dessus de la banquise. Mais, à partir des photographies dont nous disposons, il est impossible de dire si cette procédure a été mise en œuvre. Le réservoir et son contenu sont peut-être toujours à bord.

— Et l'agent biologique est encore dangereux ?

Baranov leva les mains dans un geste d'impuissance.

— C'est très possible, Monsieur le Président. Dans cet environnement glacial, bien au-dessous de zéro, les spores sont peut-être tout aussi mortelles à présent qu'elles l'étaient lorsqu'on les a embarquées à bord de l'appareil.

— Mon Dieu !

— Nous sollicitons avec insistance l'aide des Etats-Unis, Monsieur le Président. D'abord, pour nous assurer qu'il... qu'il y a véritablement un problème, et, le cas échéant, pour le traiter.

Les mains du Russe erraient au milieu des photos répandues sur la table.

— Je suis certain, Monsieur le Président, que vous comprendrez les raisons pour lesquelles mon gouvernement considère que la préservation du secret dans cette affaire est primordiale. La révélation de ce qu'un système d'armes biologiques hérité de l'ancienne Union soviétique a été retrouvé sur le continent nord-américain pourrait, en cette heure critique, tendre les relations entre la Fédération de Russie et les Etats-Unis.

— C'est le moins que l'on puisse dire, dit amèrement Castilla. Le traité que nous avons signé pour lutter contre le terrorisme pourrait s'en trouver totalement compromis. En outre, n'importe quel groupe terroriste, tout pays voyou qui aurait vent de l'accident de Misha, sauterait sur cette occasion de se procurer du matériel de guerre biologique en se contentant de se baisser. A propos, mon général, nous parlons de quelles quantités de produits ? Combien de livres, ou plutôt, de kilogrammes ?

— Combien de tonnes, Monsieur le Président.

Le Russe avait un visage de marbre.

— Misha 124 emportait deux tonnes d'anthrax militarisé.

*

Le Merlin du corps des Marines décolla en grondant et s'éleva au-dessus de la cime des arbres pour ramener le général Baranov à Washington DC, tandis que Samuel Adams Castilla regagnait lentement Aspen Lodge. L'agent des services secrets qui l'accompagnait restait à distance respectueuse. Il avait vite compris que le Président voulait rester seul pour réfléchir.

Un nouveau venu était installé à la table sur la terrasse : un homme de petite taille, la soixantaine, le cheveu grisonnant, les épaules étroites. Un individu qui pouvait passer inaperçu, et qui soignait d'ailleurs son anonymat avec le plus grand soin. Nathaniel Frederic Klein était à cent lieues de l'image classique du maître-espion. On l'aurait pris au mieux pour un homme d'affaires en retraite ou pour un professeur de lycée. Et pourtant, il s'agissait d'un vétéran de la CIA, devenu directeur des services de renseignement les plus secrets et les plus mystérieux du monde occidental.

Au début de son premier mandat, le président Castilla avait été confronté à ce qui allait s'appeler le Projet Hadès, une campagne de terrorisme biologique sans merci qui avait causé la mort de milliers de gens à travers le monde. On était même passé à deux doigts de millions de morts. Une fois cette crise passée, et lorsque l'on avait évalué la situation, Castilla en était arrivé à d'assez pénibles conclusions sur les capacités de l'Amérique à traiter des menaces de ce genre.

Les services américains d'espionnage et de contre-espionnage, compte tenu de leur taille et de l'éventail extrêmement large de leurs responsabilités, en devenaient inefficaces et empâtés par la bureaucratie. Des jalousies mesquines entre services causaient des frictions inutiles, un nombre toujours croissant de politiques qui ouvraient leur parapluie tuaient dans l'œuf toutes les initiatives des opérationnels, affaiblissant gravement la capacité de l'Amérique à modifier une situation globale qui évoluait rapidement.

L'administration Castilla n'avait jamais été très conventionnelle, et la réponse qu'il avait trouvée après l'affaire Hadès ne l'avait pas été davantage. Il avait choisi Fred Klein, vieil ami de la famille en qui il avait une confiance totale, pour créer de toutes pièces une nouvelle agence qui ne comptait qu'un nombre limité de spécialistes, militaires et civils, choisis un par un en dehors des milieux du renseignement.

Ces agents « cybermobiles » étaient sélectionnés avec le plus grand soin, à la fois pour leur expérience et pour leurs capacités ou talents exceptionnels, mais aussi parce qu'on ne leur connaissait aucune attache ni aucun engagement personnels. Ils ne rendaient compte qu'à Klein et à Castilla. Financé sur fonds secrets, en dehors de toute procédure budgétaire au Congrès, Clandestin Unité était le bras armé personnel du Président des Etats-Unis.

Et c'est pourquoi Castilla avait fait attendre Klein pendant sa réunion avec le général russe.

On avait approché une table roulante chargée de boissons. Deux verres, l'un rempli d'un liquide ambré et l'autre d'eau, étaient posés devant les sièges.

— Bourbon et eau minérale, Sam, dit Klein en prenant son verre. C'est encore un peu tôt, mais j'ai pensé que cela te ferait du bien.

— Excellente idée, répondit Castilla en s'effondrant dans son siège. Tu as tout entendu ?

Klein acquiesça.

— J'étais en face du haut-parleur.

— Et qu'en penses-tu ?

Klein sourit, un sourire sans aucun humour.

— C'est toi qui es le commandant en chef, Monsieur le Président. C'est à toi de me dire ce que tu en penses.

Castilla fit la moue et leva son verre.

— Pour ce que j'en sais, c'est un vrai bazar. Et si nous ne faisons pas très attention, et si nous n'avons pas de chance, ça va se transformer en un bazar encore plus gigantesque. Tu peux me croire, si le sénateur Grenbower tombe là-dessus, le traité antiterroriste est mort. Putain, Fred, les Russes ont besoin de nous et il faut que nous les aidions.

Klein haussa les sourcils.

— Sur le fond, nous parlons de l'aide américaine, en argent et en conseil, à l'ex-Union soviétique. Il y a un paquet de gens que cela gêne encore.

— Une Russie balkanisée nous gênerait encore plus ! Si la Fédération se désintègre, comme elle menace de le faire, c'est nous qui nous retrouverions avec une Yougoslavie au carré !

Klein sirota une gorgée de whisky.

— Tu prêches un converti, Sam. Le diable russe que nous connaissons vaut encore mieux que la douzaine que nous ne connaissons pas. Bon, je repose ma question : comment veux-tu que nous procédions ?

Castilla haussa les épaules.

— Je sais bien ce que je voudrais faire : envoyer un escadron de F-15 armés de bombes thermiques de précision. On fait cramer ce foutu truc là où il est, avec tout ce qu'il peut bien avoir à bord. Mais il est trop tard pour envisager cette solution. Les médias du monde entier savent que cet appareil existe. Si nous nous contentons de détruire l'avion sans donner d'explication valable, tous les journalistes de la planète vont entrer en transe. Et avant même que nous soyons au courant, nous allons nous retrouver avec une commission d'enquête du Congrès sur les bras – ce que précisément ni les Russes ni nous ne voulons.

Klein buvait alternativement une gorgée de whisky, une gorgée d'eau.

— A mon avis, Sam, il faut lancer une enquête pour commencer. Enfin, notre propre enquête. Et si tout le monde s'inquiétait pour rien – toi, moi, les Russes ? Après tout, il n'y a peut-être aucun problème du tout.

Ce fut au tour de Castilla de lever les sourcils :

— Tu peux m'expliquer ?

— La procédure d'urgence que l'équipage soviétique était censé appliquer : le largage du réservoir qui contenait les produits biologiques. Pour ce que nous savons réellement, ce chargement d'anthrax est peut-être en train de pourrir au fond de l'océan Glacial arctique depuis un demi-siècle.

« La découverte de l'épave d'un bombardier soviétique vieux de cinquante ans, sur une île arctique, même si cet avion avait été transformé en vecteur de guerre biologique, ne constituerait pas une difficulté insurmontable. Comme tu le disais toi-même, cet avion n'est plus qu'une relique secondaire de la guerre froide. Ce qui rend plus aigu le problème, ce qui est difficile à avaler du point de vue politique, c'est la présence possible de cet anthrax. Nous devons absolument déterminer s'il est toujours à bord. Et il faut faire vite, et il faut que nous arrivions les premiers, avant qu'un passionné d'ornithologie ou un touriste de l'extrême décide d'aller y jeter un œil. Si les produits biologiques ne sont plus à bord, tout le monde peut rentrer chez soi et la question n'est plus que de savoir comment on le dépose au Musée de l'air et de l'espace.

— Et que proposez-vous, Monsieur le Directeur ?

Ce n'était plus Sam Castilla qui parlait, c'était le Président des Etats-Unis.

Klein ouvrit un dossier assez mince qu'il avait posé près de lui sur la table. Il contenait des photocopies de documents tirés de la banque de données de Clandestin Unité quelques minutes après le départ de Baranov.

— D'après ce que dit le chef de l'expédition scientifique, dans l'île, personne n'a encore réussi à accéder au site de l'accident. Ils se sont contentés de prendre des photos à une certaine distance. Ce qui peut se révéler très heureux et pour eux et pour nous.

« Monsieur le Président, je vous propose d'envoyer une petite équipe de Clandestin Unité équipée pour les opérations en montagne et en région arctique. Il nous faut un expert en armes biologiques, un spécialiste des systèmes d'armes de l'époque soviétique, plus du personnel de soutien. Nous les chargerons de déterminer de quoi il s'agit réellement. Une fois que nous aurons obtenu des renseignements fiables, nous pourrons imaginer un scénario d'intervention convenable.

Castilla acquiesça.

— Cela me paraît sensé. Quand mettons-nous Ottawa dans la boucle ? Cette île – elle s'appelle Mercredi, je crois – se trouve dans le grand Nord canadien. C'est un territoire qui leur appartient, ils ont le droit de savoir ce qui se passe.

Klein gonfla les lèvres pour réfléchir.

— Tu connais le vieux dicton, Sam. Deux hommes sont capables de garder un secret, à condition que l'un des deux soit mort. Si nous voulons respecter les règles normales de sécurité, il faut limiter le nombre de gens au courant.

— Ce n'est pas une façon de traiter un pays voisin, Fred. Nous avons quelques désaccords avec ces messieurs du Nord, mais ce sont de vieux et fidèles alliés. Je ne veux pas risquer que nos relations se détériorent davantage.

— Bon, répondit Klein, dans ce cas, on pourrait essayer la chose suivante. Nous disons aux Canadiens que les Russes sont venus nous trouver, ils pensent que cet avion mystérieux pourrait être soviétique. Nous ajoutons que nous, nous n'en sommes pas sûrs. Il y a une certaine probabilité qu'il vienne de chez nous, nous voudrions envoyer une mission conjointe avec les Russes pour établir à qui il appartient. Et on les tient informés de ce qu'on aura trouvé.

Klein sortit un nouveau document de son dossier.

— A en croire ce papier, la NOAA et les gardes-côtes assurent le soutien logistique de la mission scientifique internationale qui s'est rendue sur l'île. Le responsable de l'équipe est canadien et il agit déjà sur place en tant que représentant du gouvernement de son pays. Nous pourrions leur suggérer de l'utiliser comme officier de liaison. Nous pouvons également demander au chef de l'expédition de maintenir ses gens à l'écart de l'avion jusqu'à l'arrivée de notre équipe, sous prétexte de, bon, d'éviter de toucher à des reliques historiques et à des éléments de preuve.

— Voilà qui s'appelle faire d'une pierre deux coups, convint Castilla.

— Le long du cercle arctique, les ressources des Canadiens sont réduites à leur plus simple expression, poursuivit Klein. A mon avis, ils seraient trop contents que nous réglions cette histoire à leur place. S'il n'y a pas d'anthrax, qu'ils ne sachent pas ne nous dérange pas. S'il y a un problème, on fera venir le Premier ministre canadien pour parler de la suite.

Castilla approuva.

— Je trouve que c'est un compromis acceptable. Tu parlais d'une équipe russo-américaine. Tu crois que c'est bien raisonnable ?

— A mon avis, Sam, c'est inévitable. Ils ne veulent pas être tenus à l'écart de ce qui concerne leur sécurité nationale, passée, présente et future. Dès que nous aurons dit à Baranov que nous lançons une mission de recherche, je te parie qu'il insistera pour envoyer un Russe avec nos hommes.

Castilla avala la fin de son whisky et fit la grimace sous la brûlure.

— Ce qui nous amène à la question suivante. Les Russes nous disent-ils tout ce qu'ils savent ? Nous savons et nous en sommes certains, qu'ils n'ont rien eu à voir dans l'affaire Bioaparat.

Klein mit un bon moment à répondre.

— Sam, dit-il enfin, que celui auquel tu t'adresses soit le tsar, le Premier ministre ou un président, un Russe reste toujours un Russe. Même après la chute du mur de Berlin, nous discutons toujours avec une nation qui a la conspiration dans le sang, où la paranoïa est un réflexe de survie. Jusqu'à preuve du contraire, je te parie une bouteille de bourbon, et du fameux, qu'ils ne nous ont pas tout dit.

Castilla se mit à rire dans sa barbe.

— Je décline le pari. Nous allons partir de l'hypothèse qu'il peut s'agir d'une autre histoire. Ce sera à tes hommes de décider entre les deux.

— J'ai déjà en tête les noms de deux de mes gars, mais je risque d'avoir besoin d'un spécialiste externe en renfort.

Le Président acquiesça.

— Tu as carte blanche comme d'habitude, Fred. Prépare ton équipe.

Chapitre 4

*Centre d'entraînement au combat en montagne,
Huckleberry Ridge*

TOUTE LA MATINÉE, ils avaient joué à la petite guéguerre au milieu des prés et des pentes boisées de la chaîne des Cascades. Ecorchés par les pierres, cramés par le soleil, des rigoles de sueur sur leurs visages couverts de crème de camouflage, Jon Smith et les trois autres membres de son équipe avaient trouvé refuge derrière le tronc pourri d'un pin abattu.

La crête se trouvait peut-être à cinquante mètres au-dessus de leur position, plus haut que les arbres. Entre les deux, une pente dénudée parsemée d'obstacles de couleur claire et de buissons chétifs. De l'autre côté de la crête et peut-être derrière une autre rangée d'arbres, il devait y avoir une équipe identique à la leur. Un autre groupe d'élèves qui jouait ce jour-là le rôle des Rouges, l'adversaire.

Tout était immobile, à l'exception de quelques brins d'herbe sèche soulevés par le vent. Smith, les yeux fixés sur la crête, se débarrassa de son brêlage.

— Je reviens dans une minute, caporal. Je vais aller regarder si nous n'aurions pas un peu de compagnie de l'autre côté.

— Quels sont vos ordres, mon colonel ?

Celui qui posait la question était son adjoint, un jeune para dégingandé de la 82e division aéroportée. Il était allongé avec les deux autres membres du groupe de combat sur le sol mou, près du tronc.

— Restez sur place, lui répondit Smith d'un ton distrait. Pas la peine de nous montrer tous.

— Comme vous voudrez, mon colonel.

Smith se hissa sur le haut du tronc. Son fusil passé en travers sur les avant-bras, il commença à ramper dans la montée. Il avait prévu de traverser le terrain découvert en zigzags, tirant parti au mieux des plus gros buissons et des arbres tombés afin de rester aussi planqué que possible.

Il prenait son temps, évaluant par avance et mémorisant chaque centimètre de terrain, attentif à ne pas faire remuer la moindre brindille, la moindre petite branche. Un python en chasse n'aurait pas été plus discret.

Objectif atteint. Il avança jusqu'au rebord et l'autre versant de la chaîne s'ouvrit sous ses yeux. Il y avait là davantage de buissons, de troncs abattus et dénudés par les intempéries, puis des arbres non caducs qui répandaient leur ombre épaisse sous les branches basses. Collé au sol, Smith poussa son SR-25 devant lui et rampa encore sur quelques dizaines de centimètres, dégageant sa ligne de tir.

Cette arme était nouvelle pour lui, par rapport à l'époque où il servait dans les Forces spéciales. Œuvre d'un maître-armurier, Eugène Stoner, le SR-25 est un fusil tactique pour tireur d'élite. Equipé d'une lunette, tirant des munitions OTAN de 7,65 mm, semi-automatique, il est muni d'un chargeur de vingt coups. Il offre une portée, une précision et un pouvoir d'arrêt considérablement meilleurs que les fusils d'assaut standard, il est à la fois léger et assez performant pour être utilisé comme arme de première dotation, au moins pour un homme de la stature de Smith.

Au cours des deux dernières semaines, Smith avait appris à apprécier cette bête puissante. Il s'était porté candidat pour se charger de cette arme plus lourde et dont le canon était plus long, soulignant gentiment auprès de ses camarades les qualités les plus marquantes du SR. Maintenant, il avait l'intention d'en tirer parti.

Il pointa lentement le réticule sur les arbres qui s'élevaient au pied de la chaîne. Toutes ses cibles potentielles avaient sans doute pris les mêmes précautions de camouflage que lui.

Dans le temps, à une époque plus chevaleresque, les brancardiers, infirmiers et médecins militaires étaient considérés comme des non-combattants. Ils n'avaient pas le droit de porter d'armes ni de participer aux combats. Ils étaient cependant protégés par les règles de la guerre et ne pouvaient être pris pour cibles sur le champ de bataille.

Mais, avec l'arrivée de la guerre asymétrique, on avait vu apparaître un nouveau type d'adversaire, un adversaire qui ne connaissait que les règles de la sauvagerie et pour qui un brassard de la Croix-Rouge était une cible de choix. Dans ce nouvel environnement, le vieux précepte des Marines, « tout homme est un tirailleur », devenait affaire de nécessité et de simple bon sens.

Smith fit une première inspection sans résultat. Pestant en silence, il rebalaya dans l'autre sens. Ces salauds étaient pourtant bien planqués quelque part.

Ah, là ! Un mouvement imperceptible au pied d'un cèdre. Une tête s'était montrée, peut-être un homme qui essayait de chasser des guêpes, endémiques dans la région. Smith aperçut la moitié d'un visage grimé qui observait sur le côté du tronc.

Puis, deux mètres plus loin, la silhouette d'une seconde forme, très bien camouflée, qui sortait d'un fouillis de végétation. Le groupe ennemi était plus nombreux, mais ces deux-là feraient l'affaire. Il était déjà resté trop longtemps au même endroit. Ils le chassaient comme lui les chassait. Il était plus que grand temps de tirer et de le dégommer !

L'homme planqué derrière le cèdre était le plus difficile à atteindre, et Smith décida de commencer par lui. Le croisillon de la lunette s'arrêta sur son front, Smith pressa la détente.

Le Stoner tira une seule balle, mais la seule chose qui sortit du canon, ce fut une impulsion lumineuse hors du domaine visible. Actionné par le bruit et le recul de la balle à blanc, le rayon du laser fixé sous le canon émit son impulsion qui frappa le capteur SLE accroché au brêlage de l'homme visé.

Le SLE, Senseur Laser d'Exercice, était le moyen inventé par l'armée US pour compter les points au cours d'exercices qui se voulaient aussi réalistes que possible. Une lumière bleuâtre se mit à clignoter sous le tronc du cèdre, indiquant que quelqu'un était « mort ».

Il y eut un mouvement brusque dans le buisson voisin et Smith, changeant de cible, tira une brève rafale de trois coups. Seconde lumière clignotante, et un mort de mieux.

Smith se laissa rouler en contrebas de la crête. Il en avait assez fait pour le gouvernement, il était temps de se tirer...

Plus bas, un feu nourri partit des arbres, des tirs d'armes automatiques et des lumières bleues commencèrent à clignoter un peu partout à l'ombre d'un arbre.

Il avait trop attendu ! Quelqu'un avait pris à rebours le reste de son équipe ! Smith s'accroupit pour essayer d'apprécier la situation. Les tirs faisaient rage, apparemment plus bas dans la forêt. Il avait la solution de dégager parallèlement à la crête... Non, bordel ! C'est son équipe qui était là-bas !

Sortant du couvert, fusil levé, Smith dévala la pente en direction des arbres en essayant de faire le tour et de suivre un chemin erratique. Une arme automatique lâcha une longue rafale, la lampe fixée sur son brêlage clignotait de plus belle et l'alarme sonore indiquait qu'il était mort.

Smith s'arrêta, totalement dégoûté.

Les tirs cessèrent et un homme sortit de l'abri des arbres : c'était le sous-officier qui était là pendant l'exercice de rappel. Aujourd'hui, il faisait partie de l'équipe d'instructeurs-observateurs chargés de surveiller le déroulement de l'exercice.

— Vous êtes mort, mon colonel, cria-t-il. C'est l'heure du casse-croûte.

Un casse-croûte de Ranger : une barre vitaminée Hooyah, une bonne vieille goulée d'eau saumâtre passée au filtre. Ses assassins s'étaient effondrés au pied d'un arbre pour se reposer.

Enfin, *repos* n'était pas exactement le mot qui convenait. Ce concept n'existait même pas dans le programme d'entraînement. Il fallait nettoyer l'armement et les équipements, regarnir les chargeurs de munitions à blanc, étudier la carte, procéder à la restitution de la séance du matin. Au moins, ce bref répit vous permettait de défaire votre mentonnière, de vous débarrasser de vos brêlages et de vous asseoir à l'ombre. L'occasion également de calmer vos poumons brûlants et de détendre vos muscles douloureux pendant quelques rares mais précieuses minutes. Un luxe, mais Smith rechignait à en profiter.

L'air sombre, il étendit son poncho sur le sol. Pas pour lui, pour le SR-25. Il ouvrit la trousse d'entretien et entreprit de démonter son fusil, nettoyant les particules de poudre collées un peu partout. Il n'avait tiré que deux cartouches, mais cela l'occupait et lui faisait oublier sa rage.

L'instructeur s'approcha de l'endroit où il se tenait assis en tailleur et vint se poser sur un tronc couché.

— Mon colonel, auriez-vous l'obligeance de m'expliquer comment vous avez pu vous faire baiser à ce point ?

Smith était en train de passer dans l'âme la baguette garnie d'un chiffon.

— J'ai oublié de regarder ce qui se passait dans mon dos, chef. J'étais concentré sur la cible, de l'autre côté de la crête. J'ai laissé les Rouges arriver derrière moi. J'ai fait une connerie, une énorme connerie.

Le sous-officier hocha la tête en lui jetant un regard mauvais.

— Non, mon colonel, vous vous gourez complètement. Vous avez fait un truc encore bien plus con. Vous n'avez pas placé vos hommes pour qu'ils vous couvrent, et vous n'avez pas non plus prévu leur protection.

— Que voulez-vous dire ? fit Smith en levant la tête.

— Je veux dire que vous ne vous êtes pas servi de votre équipe. Vous ne les avez pas déployés en leur attribuant des postes d'observation, vous leur avez simplement dit de rester là où ils étaient. Avec un sous-officier adjoint bien entraîné, vous auriez pu vous en tirer. Il aurait établi un périmètre de défense sans qu'on ait besoin de le lui dire, sans que vous ayez seulement à lui en donner l'ordre. Mais vous êtes tombé sur un bleu, il s'est dit que son officier avait sûrement pensé à tout. Vous n'avez pas pensé que vos hommes pouvaient vous être utiles. Ç'a été votre seconde erreur.

Smith hocha la tête, il avait raison.

— Quoi d'autre ?

— Vous auriez emmené quelqu'un avec vous pour observer ce qui se passait sur la crête. Vous auriez trouvé vos cibles plus vite, et vous auriez aussi pu dégager plus rapidement.

Smith n'avait même pas envie de discutailler. On ne discute pas quand on sait qu'on a tort.

— J'en prends bonne note, chef. J'ai eu tout faux.

— Exact, mon colonel. Mais ce que je veux dire, c'est votre *façon* de tout foutre en l'air. Je peux vous parler d'homme à homme, mon colonel ?

— Je suis là pour apprendre, chef.

L'instructeur le regardait, l'air sérieux, les yeux mi-clos.

— Vous êtes un commando, mon colonel, c'est ça ? Vous allez vous retrouver dans de vrais merdiers pas possibles, vous n'êtes pas juste un mec qui attend dans la file pour faire poinçonner son billet.

Smith, ne sachant trop que dire, continuait à huiler son fusil démonté, histoire de trouver quoi répondre.

Clandestin Unité n'existait pas. Smith n'appartenait à aucun service de ce genre. Ceux-là, c'étaient la crème de la crème. Et ce type grisonnant était certainement passé maître dans l'art de mettre le doigt sur ce qui n'allait pas. Et lui, Smith, il était ici pour apprendre, surtout pour apprendre qui il était réellement.

— Je peux vous répondre que, non, je ne suis pas là pour attendre que ça se passe, chef, fit-il lentement et en choisissant ses mots.

Le ranger hocha la tête.

— Je crois que je vois ce que vous voulez dire, mon colonel.

Il se tut à son tour pour réfléchir.

— Si vous étiez commando, je dirais que vous avez voulu trop travailler en solo.

— Et qu'est-ce qui vous fait dire ça ? demanda prudemment Smith.

Le ranger haussa les épaules.

— Vous êtes comme ça, mon colonel, ça se sent. Vous êtes doué dans beaucoup de domaines, je dirais même, sacrément doué. Quand vous vous déplaciez, c'était parfait, j'ai rarement vu mieux. Mais c'étaient *vos* déplacements. Vous vouliez tout faire tout seul.

— Je vois, répondit lentement Smith, rejouant dans sa tête les exercices de la matinée.

— Oui, mon colonel, vous avez oublié que vous aviez des hommes et vous avez oublié de réfléchir pour eux, continua le sous-officier. Le coup que vous avez imaginé quand vous êtes monté sur la crête, ça aurait pu marcher pour un homme seul, mais voilà, vous n'étiez pas tout seul. Je ne sais pas exactement ce que vous faites dans l'armée, mon colonel, mais peu importe, vous y avez perdu le sens du commandement.

Perdu le sens du commandement ? C'était dur à avaler pour un officier – c'était même assez brutal. Et si c'était vrai ?

Cette pensée était troublante, mais c'était bien possible, après tout, compte tenu de son parcours professionnel assez spécial.

Le labo de recherche sur les maladies infectieuses n'était pas une unité comme les autres, au sein de l'armée. Le personnel était composé majoritairement de civils, comme sa fiancée disparue, le docteur Sophia Russell. Diriger un programme de recherche à Fort Derrick ressemblait plus à ce que l'on pouvait connaître dans un laboratoire universitaire ou dans le centre de recherche d'une société qu'au travail dans une unité militaire. Ils vivaient entre pairs, ce qui exigeait davantage de tact et de talent bureaucratique que de sens du commandement.

Comme dans cet aspect particulier de son métier, par nature et compte tenu de la teneur de leur boulot, les agents « cybermobiles » opéraient fréquemment seuls. Depuis qu'on l'avait affecté à ce service, dans le prolongement de l'affaire Hadès, Smith avait eu très souvent l'occasion de travailler avec des tas de gens, mais il n'avait jamais connu le poids des responsabilités.

Commettre une erreur et se faire tuer était une chose. Faire une erreur et causer la mort de quelqu'un d'autre, c'était une autre paire de manches. Voilà une chose que Smith comprenait parfaitement. Une fois, c'était en Afrique, voilà bien longtemps, Smith avait fait une erreur de ce genre. Les répercussions que cela avait eu pour lui, la souffrance qu'il en éprouvait, tout cela le rongeait encore. C'est l'une des raisons qui l'avaient poussé à s'orienter vers la recherche médicale.

Il fit glisser la culasse bien graissée dans son logement. Cette décision, était-ce une preuve de lâcheté ? Possible. Il faudrait qu'il y réfléchisse plus tard.

— Je vois ce que vous voulez dire, chef, répondit-il enfin. Bon, ce genre de talent, je n'ai pas eu à en faire usage récemment.

L'instructeur hocha la tête.

— C'est possible, mon colonel, mais si vous portez toujours vos insignes de grade, ça risque d'arriver. Je vous en fous mon billet.

Et il ne serait pas le seul.

Smith méditait encore ce que lui avait dit l'instructeur lorsqu'un bruit étrange se fit entendre dans la forêt : le grondement étouffé d'un puissant moteur deux temps. Un véhicule camouflé tout-terrain apparut entre les arbres, grimpant le chemin qui venait du camp de base de Huckleberry.

La jeune femme en uniforme freina et vint s'arrêter près des élèves. Elle descendit et s'approcha en courant.

Smith et le sergent ranger se levèrent en la voyant.

— Colonel Smith ? demanda-t-elle en le saluant.

— C'est moi, caporal, répondit Smith en lui rendant son salut.

— Vous avez reçu un appel au camp, l'officier de permanence à Main Poste. – Elle sortit une feuille de papier blanc de sa poche de poitrine. – Il faut que vous rappeliez dès que possible ce numéro. L'officier de permanence dit que c'est urgent.

Smith prit le papier et y jeta un rapide coup d'œil. C'était tout ce qu'il avait à faire. Ce numéro était un numéro qu'il avait largement eu le temps d'apprendre par cœur. Mais ce n'était plus vraiment un numéro de téléphone, plutôt un indicatif, un appel aux armes.

Il plia la feuille et la mit dans sa poche, il la ferait brûler plus tard.

— Je dois rentrer, fit-il d'une voix impassible.

— Tout est prévu, mon colonel, lui dit le planton. Vous pouvez prendre le quad, une voiture vous attend au camp.

— Nous nous occuperons de vos affaires, fit l'instructeur.

Smith lui répondit d'un signe de tête.

— Merci, chef. – Et, lui tendant la main : – C'était un bon cours. J'ai beaucoup appris.

Le sergent lui serra vigoureusement la main.

— J'espère que ça vous sera utile, mon colonel... un jour ou l'autre. Bonne chance

*

La route qui descendait de Fort Lewis faisait des lacets à travers les collines boisées de la chaîne des Cascades et traversait une succession de bourgs qui se reconvertissaient pour survivre, passant de l'exploitation forestière au tourisme. Fort Lewis, sixième base de l'armée de terre par ordre d'importance sur le territoire national, servait de plate-forme logistique principale pour la zone Nord Pacifique, mais abritait également les brigades d'élite Stryker. On apercevait des dizaines de véhicules blindés à roues, garés sur les parkings ou qui roulaient en rugissant en direction des champs de tir.

Le fort abritait encore le 2e bataillon du Cinquième Groupe des Forces spéciales, le 75e Ranger, et une compagnie du 16e régiment de génie de l'Air. Grâce à cet ensemble de moyens, l'encadrement de la base était parfaitement familiarisé avec les impératifs des opérations clandestines.

L'officier de permanence ne posa pas de question lorsque Smith fit son entrée dans le bâtiment de commandement. On l'avait prévenu de l'arrivée de cet inconnu bronzé et barbu, dont la tenue camouflée était tachée de sueur. Et on lui avait donné l'ordre de se tenir à sa disposition.

Peu après, Smith se retrouva installé, seul, dans un bureau. Un combiné téléphonique crypté était posé sur la table. Il composa le numéro sans avoir besoin de consulter la note qu'on lui avait remise. Un téléphone se mit à sonner sur la côte Est dans un bâtiment dont tout le monde croyait qu'il s'agissait du Club de voile privé d'Anacosta, dans le Maryland.

— J'écoute.

La voix au bout du fil était celle d'une femme, une voix impersonnelle et strictement professionnelle.

— Lieutenant-colonel Jon Smith, répondit-il en articulant bien, non pas à cause de son interlocutrice, mais pour que le système d'identification vocale puisse vérifier la communication.

Le verdict dut être positif, car, lorsque Maggie Templeton reprit la parole, le ton était nettement plus chaleureux.

— Salut, Jon, comment va Washington ? L'Etat de Washington, je veux dire.

— C'est tout vert partout, Maggie, au moins dans la moitié de la région. J'imagine que vous et vos patrons avez quelque chose pour moi.

— Exact.

On sentait la professionnelle. Margaret Templeton était bien davantage que l'assistante de Fred Klein. Cette blonde mince et un peu grisonnante, veuve d'un agent de la CIA, avait travaillé elle-même de nombreuses années à Langley. Elle était de facto le numéro deux de Clandestin Unité.

— Mr. Klein souhaite vous entretenir en tête à tête. Etes-vous prêt à récupérer un fax ?

Smith jeta un coup d'œil à l'imprimante laser connectée au combiné crypté. Les voyants étaient au vert.

— C'est bon.

— Je vous envoie les données de mission. Je vous passe Mr. Klein. Faites bien attention à vous.

— Je passe ma vie à ça, Maggie.

L'imprimante se mit en route, le téléphone fit entendre un clic, Smith voyait comme s'il y était la communication vocale que Maggie transférait de son poste de travail intégré vers un autre combiné installé dans une pièce plus petite et encore plus austère.

— Bonjour, Jon.

Fred Klein s'exprimait d'une voix calme, mesurée d'instinct.

— Alors, cet entraînement ?

— Ça s'est très bien passé, monsieur. Il ne me reste plus que trois jours à faire.

— Non, mon colonel, vous êtes déjà breveté. Il va falloir passer aux travaux pratiques. Nous avons un nouveau problème, et vous êtes particulièrement indiqué pour vous en occuper.

C'était cela qu'attendait Smith depuis qu'il avait reçu cette convocation, mais il eut du mal à réprimer un frisson. Voilà que ça le reprenait, comme si souvent depuis que Sophie était morte. Une fois de plus, quelque chose quelque part qui déconnait chez lui.

— De quoi s'agit-il ? demanda-t-il.

— Il s'agit de votre spécialité, de guerre biologique, répondit le directeur de Clandestin Unité. Simplement, dans ce cas, les circonstances de l'affaire sont plutôt inhabituelles.

Smith fronça les sourcils.

— Comment ce qui touche à la guerre biologique pourrait-il ne pas être inhabituel ?

Il entendit un petit rire, mais pas drôle du tout, à l'autre bout.

— Je corrige, Jon. Nous allons dire que c'est exceptionnellement inhabituel.

— Que voulez-vous dire, monsieur ?

— Primo, l'endroit – le grand Nord canadien. Secundo, les donneurs d'ordres.

— Les donneurs d'ordres ?

— C'est ça, Jon. Je n'ai pas le temps de vous raconter, mais cette fois-ci, je crois que nous allons travailler pour les Russes.

Chapitre 5

Pékin

RANDI RUSSELL alla s'asseoir dans le restaurant cantonais qui donnait dans le vaste hall impeccablement entretenu de l'Hôtel Pékin. Elle commanda un petit déjeuner de dimsum et de thé vert.

Elle avait souvent travaillé au cœur de la Chine rouge pour le compte de la CIA et, chose étonnante, elle trouvait que c'était assez simple.

La sécurité d'Etat de la République populaire de Chine, organisme pléthorique, était omniprésente. Elle ronronnait et cliquetait partout, cela faisait partie du cadre. En tant qu'*idowai*, étrangère, on enregistrait chacun de ses déplacements en taxi, chacun de ses voyages en train. Idem pour ses appels téléphoniques longue distance, pour tous ses courriels. Les guides touristiques, interprètes, directeurs d'hôtel ou agents de voyages devaient tous rendre compte à leurs contacts respectifs au sein de la Police du peuple.

Mais ce dispositif était si envahissant qu'il commençait à se retourner contre lui-même. En sa qualité d'espionne, Randi n'avait jamais envie de baisser la garde ni de négliger sa couverture, car elle savait qu'elle était surveillée en permanence.

Ce matin-là, ceux qui la suivaient avaient sous les yeux une femme d'affaires plutôt jolie, la trentaine, vêtue d'une robe en tricot beige et qui portait des escarpins de luxe à hauts talons aiguilles. Ses cheveux blonds coupés court encadraient un joli visage ouvert, presque un visage de fille de la campagne, à peine maquillé, agrémenté de quelques taches de rousseur sur l'arête du nez.

Seul quelqu'un du métier aurait pu remarquer qu'il y avait autre chose, et seulement en plongeant au fond de ses yeux marron foncé. Il y aurait décelé une certaine froideur, une attention permanente et machinale à ce qui se passait autour d'elle – la marque de quelqu'un qui a été chasseur et chassé.

Aujourd'hui, elle était dans le rôle du chasseur – ou du moins, elle menait une traque.

Randi avait choisi sa table avec soin, un endroit qui lui permettait de surveiller tout le hall, depuis la batterie d'ascenseurs jusqu'à l'entrée principale. Elle ne regardait que du coin de l'œil. Tout en picorant et en buvant, elle donnait l'impression de ne s'occuper que du dossier grand ouvert et parfaitement bidon posé devant elle.

De temps à autre, elle consultait son bracelet-montre, comme si elle avait rendez-vous avec quelqu'un.

Mais si elle n'avait aucun rendez-vous, quelqu'un d'autre en avait peut-être un. La veille au soir, elle avait consulté les horaires des départs de Pékin d'Air Koryo, la compagnie nord-coréenne, pour mémoire, et ce retard devenait préoccupant.

Cela faisait presque deux heures qu'elle surveillait le hall. Si rien ne se passait d'ici quinze ou vingt minutes, un autre agent de la CIA affecté à l'hôtel devait prendre le relais, et Randi s'éclipserait avant que sa trop longue présence éveille les soupçons. Elle consacrerait le reste de la journée à diverses tâches secondaires dans la capitale, comme une jeune salariée, le tout aussi inutile et inepte que le dossier qu'elle lisait.

Mais pour l'instant, elle était de service et elle aperçut deux hommes qui passaient dans le hall.

Le plus petit et le plus mince des deux, le plus nerveux aussi, portait un blue-jean et un coupe-vent en nylon vert. Il avait à la main une mallette d'ordinateur assez usagée, comme s'il s'agissait d'un objet précieux.

Le second, plus grand, plus costaud et plus vieux, était vêtu d'un costume noir mal coupé. On le sentait méfiant. Un familier de l'ethnographie asiatique aurait tout de suite vu qu'ils étaient coréens. Et Randi Russell savait qu'ils étaient coréens. L'homme au costume était un agent de la Sécurité nord-coréenne. L'homme au coupe-vent était Franklin Sun Chok, Américain d'origine coréenne, de la troisième génération. Diplômé de Berkeley, employé au Laboratoire Lawrence Livermore, et traître à son pays.

C'est à cause de lui que Randi et toute une équipe d'agents avaient été mis en place à travers tout le Pacifique : pour assister à sa trahison et, si nécessaire, pour l'aider un peu à passer aux actes.

Sans se presser, Randi referma son dossier et le rangea dans le sac qu'elle portait à l'épaule. Elle prit un stylo, inscrivit le numéro de sa chambre sur la note. Puis elle se leva, traversa le hall, et suivit les deux hommes.

Dehors, le chef voiturier essayait de trouver pour les clients qui attendaient un taxi au milieu de la nuée de voitures qui se pressaient dans la rue Dong Chang an Jie, totalement saturée et noyée dans le brouillard.

Sun Chok monta précipitamment et le premier dans un taxi. L'agent nord-coréen attendit un peu avant d'en faire autant, après avoir jeté un dernier coup d'œil sur l'entrée de l'hôtel. Randi sentit presque son regard à vous glacer.

Elle garda la tête soigneusement détournée jusqu'à ce que le taxi du Coréen ait démarré. Compte tenu de leur synchronisation, Randi savait qu'ils allaient rester ensemble. Et elle n'était pas trop inquiète de savoir si elle garderait le contact. Une minute plus tard environ, dans un chinois hésitant, bien moins bon que celui qu'elle parlait réellement, elle ordonna à son chauffeur de la conduire à l'aéroport principal de Pékin.

Tandis que la petite Volkswagen essayait de se frayer un passage au milieu de la circulation démente, dans le quartier de la Cité interdite, Randi appela un numéro présélectionné de son téléphone tribande.

— Bonjour, Mr. Danforth, c'est Tanya Stewart. Je suis en route pour le rendez-vous à l'aéroport avec Mr. Bellerman.

— C'est parfait, Tanya, répondit Robert Danforth qui dirigeait le bureau du Consortium Californie Pacifique à Pékin. Il doit arriver par le vol 19 de Cathay Pacific, enfin, ce sont les dernières nouvelles que nous en ayons. Mais je ne vous promets rien, vous savez ce que c'est avec le bureau de Los Angeles.

— Je comprends, monsieur. Je vous tiendrai au courant.

Et elle referma son téléphone, elle avait fini de réciter sa leçon soigneusement apprise.

Robert Danforth était en fait le chef de l'antenne CIA à Pékin, et le Consortium Californie Pacifique, une société-écran utilisée pour couvrir les agents en transit qui venaient travailler dans le Nord de la Chine. Même chose pour Bellerman, on avait commencé à mentionner ce nom quelques jours plus tôt dans les activités de la société.

L'appel téléphonique avait deux buts. Il expliquerait à la sécurité d'Etat chinoise les mouvements de Randi, si elle se montrait curieuse. Secundo, il prévenait ses supérieurs que ces deux années d'efforts du contre-espionnage étaient sur le point de porter leurs fruits.

Lorsque le nom de Franklin Sun Chok avait commencé à faire tilt dans les systèmes de la CIA, il était étudiant en physique à Berkeley et employé dans l'énorme complexe de Livermore, implanté dans la région de la baie. C'était un jeune homme studieux et très déterminé. En dehors du travail, il s'intéressait au désarmement et à ses origines ethniques.

Aucun de ces deux sujets n'était particulièrement bizarre pour un jeune étudiant américain, mais, compte tenu de la nature confidentielle de la plupart des activités de Livermore, cela avait attiré l'attention des services de sécurité du labo. Et les sonnettes commençaient à s'activer un peu partout.

On découvrit que Sun Chok entretenait des relations étroites avec un groupuscule nationaliste coréen actif sur le campus de Berkeley. Ce groupe militait bruyamment pour la réunification du pays et le retrait des forces américaines. Il était également connu pour servir de relais aux services d'espionnage coréens opérant aux Etats-Unis.

Le taxi de Randi s'arrêta dans la longue file qui prenait la bretelle de l'aéroport. Elle finit par repérer, peut-être dix voitures devant, le taxi de Sun Chok et de son garde du corps. Tout se passait comme prévu.

Sun Chok faisait l'objet d'une surveillance discrète mais très étroite. Il était pris en filature, son appartement avait été fouillé et truffé de micros, on surveillait son téléphone et sa messagerie électronique. Il devint rapidement clair qu'il espionnait pour le compte du gouvernement nord-coréen.

Les preuves étaient suffisantes pour l'arrêter, mais on avait décidé de faire autrement. La trahison de Sun Chok allait jouer un rôle utile.

Randi consulta sa montre et se renfrogna. Si la circulation restait bloquée, les Coréens et elle-même allaient avoir des problèmes. Puis elle se dit qu'elle était idiote : le vol pour Pyongyang ne décollerait sûrement pas tant que ses passagers de marque ne seraient pas à bord.

Pour la plus grande satisfaction de ses officiers traitants nord-coréens, Franklin Sun Chok avait bénéficié d'une promotion au Lawrence Livermore, avec à la clé une belle augmentation de salaire, un bureau isolé, une secrétaire. Il avait désormais accès à des informations d'un niveau de protection plus élevé. En réalité, il se retrouvait au milieu d'une élucubration technique sortie tout droit de la CIA.

Pendant plus d'un an, on approvisionna religieusement Sun Chok en rations soigneusement dosées d'informations de bas niveau, mais incontestables. Des résultats de recherche destinés de toute manière à faire l'objet de publications quelques mois après, de petits secrets militaires qui ne seraient secrets que jusqu'au prochain débat budgétaire au Congrès.

Aussi avide et innocent qu'un oisillon qui gobe le ver qu'on lui tend, il transmettait ces renseignements à ses contacts, renforçant chez eux l'opinion qu'il s'agissait d'une source fiable.

Lorsque les services US qui surveillaient les programmes de R&D nord-coréens s'aperçurent qu'ils commençaient à intégrer ces données, ils eurent la preuve que le filon Sun Chok était pris en compte. Il était temps de plonger le poignard.

L'aéroport principal de Pékin ressemblait à tous les aéroports modernes du monde. En s'arrêtant devant l'entrée, Randi ne put voir que de façon fugitive deux Coréens qui pénétraient dans le terminal. Mais c'était ce qu'elle voulait : si elle ne les voyait pas, ils ne pouvaient pas la voir non plus.

En dépit du nombre impressionnant de soldats de la police du peuple armés de fusils d'assaut, les contrôles de sécurité étaient en fait nettement plus lâches que dans un aéroport américain. On laissa Randi pénétrer dans le hall après un simple contrôle de son sac aux rayons X. De toute manière, elle ne portait rien de compromettant, pas d'armes ni de gadgets à la James Bond. Pour faire ce qu'elle avait à faire, elle n'en avait nul besoin.

Une fois le poisson nord-coréen bien ferré, on habilita Franklin Sun Chok un cran plus haut et il se retrouva affecté à un projet dans le cadre du réseau national de défense contre les missiles balistiques. Atterrirent ainsi sur son bureau des données qui vous faisaient inévitablement penser à d'éventuelles contre-mesures.

Un soir, la veille du jour où il devait partir en vacances, Sun Chok resta tard à son bureau pour « ranger ses affaires ». Sous les yeux des agents de la CIA qui le surveillaient, Sun Chok téléchargea un grand nombre de documents secrets sur le système antimissiles.

A son insu, tous les chemins d'accès aux serveurs avaient été déroutés vers une autre base de données chargée spécialement à cet effet. Puis, au lieu de prendre la route de Las Vegas, comme il l'avait indiqué à ses collègues, il était parti droit au nord, direction la frontière canadienne.

Après avoir franchi les barrages de sécurité, Randi se fraya un chemin au milieu d'une foule chargée de bagages. Ici, elle était moins voyante car l'aéroport principal traitait tous les vols internationaux, beaucoup de touristes et d'hommes d'affaires qui se trouvaient là étaient américains ou européens.

On avait choisi Cathay Pacific pour le fictif Mr. Bellerman, car ses portes d'embarquement se trouvaient juste à côté de celles d'Air Koryo. Randi se dirigea vers cette salle d'attente et alla s'asseoir à un endroit d'où elle voyait toute la zone d'embarquement de la compagnie coréenne. Elle ressortit son dossier bidon de son sac et fit mine de se plonger dedans.

Le vol transpacifique de Sun Chok avait été long et tortueux : Vancouver – Philippines, Philippines – Singapour, Singapour – Hong Kong et enfin, Hong Kong – Pékin. D'où que l'on vienne, il n'est pas facile de se rendre à Pyongyang. Pendant le voyage, deux agents coréens s'étaient approchés de Franklin Sun Chok pour lui remettre de faux passeports avec de nouveaux visas et de nouvelles identités. Arrivé à Hong Kong, il avait été pris en charge par la sécurité chinoise.

A chaque escale, Sun Chok était suivi comme une ombre par un homme de la CIA. Des agents américains avaient été déployés dans tout le Pacifique pour assurer cette couverture et surveiller le voyage du traître. A Singapour, le chef de poste avait même été obligé d'intervenir en catastrophe auprès des autorités locales quand de faux papiers grossièrement imités avaient failli conduire à son arrestation.

Randi Russell était chargée de la dernière étape. C'est elle qui allait superviser le basculement de Franklin Sun Chok dans la nuit.

Elle examina discrètement le jeune traître, qui se retournait sans arrêt pour regarder le hall. Craignait-il une action de dernière minute ? Ou songeait-il à la baie de San Francisco, à son appartement, à toute son existence, à sa famille qu'il ne reverrait jamais plus ? S'exalter pour une cause politique idéalisée était une chose, découvrir sa réalité en était une autre, fort différente.

Et Randi Russell savait trop bien ce qu'était cette réalité-là. Elle avait effectué une mission dans le dernier « paradis des travailleurs ». De cette expérience, elle gardait encore maintenant des cauchemars qui la faisaient se réveiller, baignée d'une sueur glacée.

Elle se demandait si le jeune homme n'était pas en proie à d'ultimes regrets. Et si son dédain méprisant d'intellectuel pour les Etats-Unis commençait à faiblir ? Commençait-il à sentir les effluves de ce qui l'avait poussé à fuir en Occident ?

Dans ce cas, il était trop tard. Un autre groupe de Nord-Coréens vêtus de noir se tenait près de la passerelle d'Air Koryo, une équipe sécurité venue de leur ambassade à Pékin. Ils entourèrent Sun Chok, on échangea quelques mots, l'Américain fut entraîné sur la passerelle et passa devant l'agent de sécurité chinois qui prit grand soin de ne pas le voir, non plus que ses anges gardiens.

Randi croisa une dernière fois son regard, puis il disparut. Elle ferma les yeux et resta assise sans bouger un long moment. Mission accomplie.

Elle savait ce qui allait se passer ensuite. Les renseignements contenus dans l'ordinateur portable et dans le cerveau de Sun Chok allaient être déversés dans les programmes de missiles balistiques nord-coréens. Ils allaient les orienter dans un projet dément de contre-mesures capables de neutraliser le système américain et de laisser les objectifs de la côte Ouest sans défense.

Puis, l'une après l'autre, chacune de ces pistes se révélerait être une impasse, après avoir dévoré un pourcentage non négligeable du budget de défense nord-coréen et des milliers d'heures d'ingénieurs, tout aussi précieuses.

Les Nord-Coréens finiraient par comprendre qu'ils s'étaient fait berner, que leur beau coup n'était en fait qu'une bombe déposée en leur sein par les Etats-Unis.

Cela allait déplaire aux « chers leaders ». Plus précisément, Franklin Sun Chok allait énormément leur déplaire. Et quand on déplaisait aux « chers leaders », ce n'était pas de la rigolade.

Randi rouvrit les yeux. Si elle se laissait reprendre par ses souvenirs, les sueurs froides nocturnes n'allaient pas tarder à revenir.

Elle vit à travers les vitres du hall le vieil Iliouchine qui s'élevait, dernière étape du dernier voyage de Sun Chok. Elle revint s'asseoir en attendant que les passagers de Cathay Pacific débarquent, puis elle prit son téléphone.

— Mr. Danforth ? Tanya Stewart, à l'aéroport. Mr. Belleman n'était pas à bord du vol. Que dois-je faire ?

Traduction en clair : le client a été livré comme prévu.

Danforth poussa un énorme soupir, trop beau pour être vrai.

— Los Angeles a encore frappé ! Je m'en occupe, Tanya. Bon, pendant ce temps-là, repassez au bureau, j'ai une autre affaire pour vous.

— De quoi s'agit-il, monsieur ?

— Ils vous réclament aux Etats-Unis. On a besoin de vous au bureau de Seattle.

Randi fronça les sourcils. Les Etats-Unis, sans préavis ? Cela violait toutes les procédures, et de manière radicale. A la fin de la mission en cours, elle était supposée rester quelques jours en Chine, sous sa couverture commerciale. Et en plus, pourquoi diable l'envoyait-on à Seattle ?

— Je m'occupe de vos billets, reprit Danforth. Vous prenez un vol d'Asiana cet après-midi pour Séoul, vous continuerez avec JAL. Vous aurez une réservation qui vous attendra au Sea'Tac Doubletree.

— Je vois, Mr. Danforth. Faut-il que je repasse par le bureau ?

— Oui, je vous donnerai vos billets. A Seattle, vous serez accueillie par un certain Mr. Smith. Il travaille chez l'un de nos partenaires, vous allez travailler avec lui pour monter un nouveau projet.

Randi fronça les sourcils. Mr. Smith ? Jamais l'Agence n'aurait utilisé un faux nom aussi banal. Ce devait être son vrai nom.

Non, ce n'était pas possible. Pas ça, pas une fois de plus.

Chapitre 6

Baie de San Francisco

LE MALADE MENTAL connu dans la région de la baie comme « le violeur du BART » s'installa confortablement dans son siège pour contempler plus à son aise sa prochaine victime. Le gros ferry SuperCat commençait juste à reculer pour se dégager du ponton de Market Street, il allait pouvoir profiter de cinquante minutes de ce spectacle avant qu'ils débarquent à Vallejo. Jouissance suprême, elle était déjà sa chose, et elle l'ignorait parfaitement.

Le service de transport maritime de la baie était son terrain de chasse privé. Comme pour les cinq ou six crimes qu'il avait déjà perpétrés, celui-ci allait être un petit bijou dans sa conception, son exécution, dans tout ce qu'il avait imaginé pour leurrer la police. Bref, une œuvre d'une grande beauté. L'humiliation qu'il allait infliger à sa proie, ce serait la cerise sur le gâteau.

Il ne se dissimulait jamais deux fois sous le même personnage. Cette fois-ci, il avait choisi de se déguiser en homme d'affaires qui traversait régulièrement la baie après avoir quitté récemment la ville pour s'installer dans la région viticole au nord de la baie. Sa fausse identité cadrait bien avec sa couverture, tout comme son apparence : tempes grisonnantes, lunettes cerclées, chandail, veste de bonne coupe en tweed garnie de renforts en cuir aux coudes, Birckenstocks et chaussettes noires. Tout cela le mettait en mesure de répondre aux questions d'un policier idiot ou d'un garde qui auraient eu envie de l'interroger.

De même, le contenu du sac posé sur ses genoux le mettait en mesure de se justifier si on le fouillait. Deux pots de peinture émail, un assortiment de petits pinceaux, quelques boîtes de vis et de crochets – toutes choses normales pour quelqu'un qui vient de s'installer. Le tout complété par un ticket de caisse qu'il avait piqué dans un magasin de décoration de San Francisco.

Au milieu de tout ce fatras, il était presque impossible de remarquer le rouleau de ruban adhésif et le cutter.

Il avait pris le même genre de précautions pour toutes ses autres agressions. La dernière fois, il s'était mis dans la peau d'un attardé mental. Celle d'avant, d'un chauffeur de camion, et ainsi de suite. La police ne possédait pas le moindre indice sur celui qu'elle recherchait.

D'une certaine manière, c'était bien dommage, personne ne pouvait admirer son talent artistique et son génie.

Propulsé par ses hydrojets dans un bruit de tonnerre, le SuperCat mit le cap au nord-est pour traverser la baie. Ses étraves jumelles, fines comme des lames, fendaient sans peine le léger clapot. Par les fenêtres du ferry, on voyait scintiller les lumières du rivage dans la brume naissante. Il avait pris le bateau de vingt heures, le dernier de la journée. Le pont des passagers, avec ses multiples rangées de sièges, était aux trois quarts vide.

La femme qu'il honorait de son intérêt était assise dans la première rangée à bâbord. Elle croquait avec délices dans une pomme achetée au bar, oubliant le livre posé sur ses jambes croisées. Elle était belle, toutes les femmes auxquelles il s'intéressait étaient belles. Après tout, ce violeur était un connaisseur. Une grande brune, mince mais à la poitrine généreuse. Elle avait noué ses longs cheveux noirs en un chignon soigneusement tiré. Elle devait avoir une trentaine d'années. Une peau lisse, luisante, légèrement bronzée, l'air resplendissant de santé.

Elle avait les yeux gris et il avait surpris son regard pétillant lorsqu'elle s'était adressée au barman. C'était une habituée de la ligne. Tous les mardis et tous les jeudis, elle prenait le bateau de dix heures au départ de Vallejo et rentrait par la dernière liaison du soir.

Il ne savait pas exactement ce qu'elle allait faire en ville. Mais c'était sans conteste une femme élégante et qui avait les moyens, toujours vêtue avec beaucoup de goût. Ce soir, elle portait un tailleur en velours gris qui s'accordait avec ses yeux et des bottes noires à longs talons aiguilles.

Il allait peut-être garder ses bottes après avoir détruit le reste de ses vêtements. Cela compléterait agréablement sa collection.

Elle prenait toujours pour occuper la traversée un livre sorti de la mallette qu'elle emportait systématiquement. Pendant les semaines qu'il avait passées à l'observer pour préparer son forfait, il s'était arrangé pour se placer de façon à pouvoir lire les titres de ces livres. C'était une façon de pénétrer sa personnalité, de creuser son avantage.

Mais ce qu'il avait déchiffré l'avait laissé perplexe : *Les armes aériennes en Occident,* par Anthony M. Thornborough, *Le Guide Greenville des chars de bataille,* et le reste à l'avenant. Ce soir, elle avait sorti un bouquin éculé aux pages jaunes, écrit dans une espèce de langue germanique. D'après les illustrations, il était consacré à la guerre des blindés. Qu'une femme aussi raffinée, aussi féminine, s'intéresse à pareils sujets était tout bonnement inexplicable, et inacceptable. Il allait l'en punir.

Le ferry ralentit en embouquant le chenal de Mare Island. On voyait les lumières de Vallejo par tribord et, à bâbord, les hangars de l'ancien arsenal de la marine. Les gros diesels turbochargés baissèrent de régime et le catamaran retomba dans l'eau. Ils se dirigeaient vers la rampe, les lampadaires du terminal apparurent par les fenêtres avant.

Le violeur du BART se ressaisit. Le dernier acte approchait.

Il resta derrière, se contentant de garder sa proie en vue en descendant les rampes. Ils dépassèrent le gros bâtiment octogonal du terminal. Il savait exactement où elle se rendait. Il garait toujours son monospace de location près de sa Lincoln LS gris clair, dans le parking le plus éloigné de la sortie. Hors de la lumière des lampadaires, il s'arrêta pour sortir vite fait le cutter et l'adhésif, qu'il mit dans les poches de sa veste. Puis il jeta son sac dans une poubelle, en y laissant le ticket de caisse. La police allait pouvoir chercher ce jeune cadre. Lui aurait disparu, c'était une question d'heures.

Et après ça, il se ferait peut-être missionnaire chez les Adventistes du Septième Jour.

Sa proie traversait la grande dalle goudronnée du parking. La seule chose qui pouvait retarder le sort qui l'attendait, ç'aurait été la présence dans le coin de quelque promeneur. Mais non, tout était impeccable. Quelques voitures passèrent sur la route sans faire attention, un petit groupe d'ouvriers fatigués attendaient à l'arrêt de bus, une rue plus loin. Même si elle criait, personne ne remarquerait rien.

Il pressa le pas et entama la course finale qui lui permettrait de la rejoindre au moment où elle atteindrait sa voiture. Elle se retourna brusquement, devant le pare-chocs, tournant le dos au parking. Elle laissa tomber son sac et sa mallette et lui fit face, les bras croisés. Dans la pénombre, on voyait tout de même qu'elle souriait, d'un sourire ironique et un peu moqueur.

— D'un point de vue moral, je devrais laisser la nature faire son œuvre, lui dit-elle.

Elle avait une voix grave de contralto, avec des intonations aussi narquoises que son sourire.

— Mais voilà, mon existence n'a pas besoin de ce genre de complication. – Elle baissa d'une octave. – Je ne le dirai donc pas deux fois. Partez et laissez-moi tranquille.

Elle... le... rabaissait. Lui, son art, tous ses efforts, elle les chassait d'un coup de pied, comme si cela n'avait aucune importance. Il sentit sa haine brute grandir et chasser ses intentions perverses.

Il plongea la main dans sa poche, la lame du rasoir s'ouvrit dans le même geste. Et il s'avança, criant pour la première fois une injure.

Elle réagit aussitôt et lança le bras si vite que ce ne fut qu'un éclair, presque inhumain. Il se sentit frappé à l'abdomen avec un petit bruit humide. Au début, il ne sentit rien d'autre que le choc de l'impact, puis ce fut une douleur insupportable, une brûlure atroce. Il laissa tomber instinctivement son cutter et ses mains se crispèrent sur la moitié d'un couteau effilé qu'elle lui avait planté dans le ventre.

Mais... ce n'était pas... ce qui était prévu.

Ses jambes mollirent, il tomba à genoux sur le goudron fissuré, le gravier lui faisait mal à travers son pantalon, des vagues de souffrance irradiaient de son ventre.

Paralysé par la douleur, il entendit un bruit de talons, des pas qui s'approchaient sans hésiter.

— Excusez-moi, lui dit cette voix moqueuse, absolument terrifiante maintenant, mais je crois que c'est à moi.

Il sentit le talon d'une botte contre son épaule, elle le jeta sur le dos d'un mouvement sec. Une douleur épouvantable quand elle retourna la lame dans son ventre transpercé, et il sombra dans l'inconscience.

Un peu plus tard, quelqu'un composa le 911 dans une cabine téléphonique et demanda la police. L'opérateur qui prit l'appel entendit une voix agréable de contralto lui dire : « Vous trouverez un violeur qui vient de prendre sa retraite dans le parking C, au terminal du ferry. Il a sacrément besoin d'une ambulance. Si vous comparez son ADN à celui du violeur du BART, vous risquez d'avoir une heureuse surprise. »

Valentina Metrace, professeur et docteur en histoire, ancienne de Radcliffe et de Cambridge, raccrocha et regagna sa voiture garée dans un virage. L'élégante Lincoln reprit sans bruit Redwood Parkway, la jeune femme mit un CD dans le lecteur et les nombreux haut-parleurs commencèrent à diffuser doucement la musique de Henry Mancini [1].

Vingt kilomètres au nord, dans la région des vignobles, la Lincoln quitta la nationale et s'arrêta devant une solide grille métallique qui fermait un mur en crépi rose. Une plaque de bronze était fixée sur le côté :

COLLECTION D'ARMES SANDOVAL
Heures d'ouverture du musée : du mardi au samedi, de 10 heures à 17 heures.

La clé électronique ouvrit la grande grille et le professeur pénétra dans les lieux. Elle descendit la rampe, longea un chasseur F2H Banshee fixé sur son piédestal, puis un transport d'infanterie blindé Matilda sur son socle de béton, avant de tourner et d'atteindre sa demeure.

La Collection d'armes Sandoval avait été créée au milieu du

---

[1]. Compositeur américain de musiques de films (1924-1994).

siècle précédent par le riche rejeton d'une vieille famille californienne, dont c'était la passion. Quatre générations plus tard, la collection était devenue le plus riche et le plus important centre d'archives américain consacré aux armes et aux équipements militaires.

Son poste de conservateur permettait au professeur de jouir d'un certain nombre d'avantages, comme le joli petit bungalow construit derrière les bâtiments d'exposition, les bibliothèques et les ateliers de restauration. Après s'être garée à son emplacement réservé, Valentina s'arrêta rituellement une seconde pour une rapide inspection technique, puis ouvrit les portes vitrées coulissantes qui donnaient sur la cuisine. Sur la face avant du boîtier, les rangées de voyants de contrôle qui fournissaient l'état de tous les systèmes de sécurité étaient au vert.

Elle alluma l'éclairage indirect dans la cuisine, posa sac et mallette sur le comptoir recouvert de carreaux rouges. Ça faisait du bien d'être chez soi, même après ce petit incident. Elle soupira, se débarrassa de sa veste et arracha la poche de nylon fixée sur sa hanche gauche. Elle en retira le couteau noir élancé et inspecta les tranchants de la lame, pour voir s'il n'y restait pas des débris d'os ou si la boucle de la ceinture ne les avait pas ébréchés.

Elle se mordit la lèvre inférieure, et réfléchit. Elle n'allait tout de même pas laisser cette arme magnifique dans le corps de sa victime. C'est elle qui l'avait usinée en personne et équilibrée dans son atelier. En outre, et comme pour tous les couteaux de sa fabrication, la lame portait ses initiales en lettres d'argent. Bon, peut-être un peu de vanité de sa part.

Elle avait essuyé le couteau sur la veste de son agresseur, mais ce ne serait pas suffisant, à notre époque de méthodes d'identification sophistiquées. Une bonne nuit dans une moque de gasoil, et tout l'ADN aurait disparu. L'étui, elle pouvait le jeter au feu. Mais si son violeur à l'ancienne mode ne faisait pas à la planète la faveur de mourir d'une hémorragie avant l'arrivée des infirmiers, il pourrait éventuellement fournir à la police sa description et le numéro de sa plaque minéralogique.

Nouveau soupir. Mais inutile de s'éterniser là-dessus. Elle allait devoir prévenir sa hiérarchie, juste au cas où il y aurait des suites judiciaires. Les procureurs de la région pouvaient se montrer pointilleux de temps en temps, même en cas de légitime défense. On allait peut-être dire qu'elle aurait dû faire bénéficier son violeur des services d'une assistante sociale avant de lui planter cinq pouces d'acier dans le bide.

Si la chose s'ébruitait, Mr. Klein n'allait pas être content du tout. Il préférait que ses cybermobiles gardent profil bas pour tout ce qui concernait leur vie privée. En sa qualité de professeur d'histoire, on attendait d'elle qu'elle s'y *connaisse* en armes, pas qu'elle s'en serve.

Elle posa étui et couteau sur le bar et se dirigea vers son bureau. C'est là qu'elle conservait sa collection privée. Une vitrine encastrée couvrait tout un mur, des poignards effilés en acier brillaient doucement sur le lambris en merisier. Des couteaux qui portaient tous sa signature argentée. Les cornes magnifiques et luisantes d'une antilope du désert s'incurvaient gracieusement au-dessus d'un bureau de style Mission.

L'atmosphère de cette pièce aurait pu paraître masculine, et pourtant, non. On lui avait apporté une touche subtile de féminité – subtile, mais volontaire et très personnelle.

Le professeur s'installa derrière son bureau. Le voyant du répondeur clignotait : un appel sur son numéro personnel, qui ne figurait pas dans l'annuaire. Elle tapa l'identifiant de son correspondant et l'indicatif de zone d'Anacosta, dans le Maryland, s'afficha sur l'écran. Elle fronça les sourcils. Elle n'aurait pas besoin d'appeler Clandestin Unité, son second employeur avait essayé de la joindre.

Chapitre 7

*QG de l'aviation russe à long rayon d'action,
Vladivostok, sur la côte Pacifique de la Russie*

LE MAJOR GREGORI SMYSLOV devait se retenir à la planche de bord, tant la voiture de commandement GAZ cahotait violemment sur la route de la base parsemée de nids-de-poule. Il fronça les sourcils en découvrant ce que l'on voyait par la vitre latérale salie par des traces d'eau : des casernements décatis, des bâtiments à l'abandon sous un ciel de plomb. Etre affecté ici avait dû être quelque chose... mais, cela remontait à un certain temps.

La base gigantesque n'était plus que l'ombre d'elle-même. Seuls quelques-uns des centaines de hangars qui bordaient les larges avenues étaient encore occupés. Là où stationnaient des escadres entières de Sukhoi à aile en flèche et de Tupolev, ne subsistaient que deux escadrons en alerte affectés à la surveillance de la frontière chinoise.

Le reste des installations n'avait même pas été mis sous cocon, juste abandonné au vent, à la pourriture et aux renards.

Smyslov était un Russe de la nouvelle génération. Il était conscient des faiblesses fondamentales du communisme, qui avaient conduit l'URSS à l'effondrement. Mais il espérait toujours que le XXIe siècle verrait l'émergence d'une Russie libre et démocratique. Cela dit, il comprenait l'amertume de ceux qui avaient connu l'ancien monde. Ils avaient vécu à une époque où leur pays était puissant et respecté, une époque où leur patrie n'était pas la risée du monde entier.

La voiture s'arrêta devant le quartier général des Forces aériennes du Pacifique, bâtiment massif sans fenêtres, au béton sali par la rouille et les traînées d'humidité. Smyslov descendit et renvoya son chauffeur. Il releva le col de son manteau pour se protéger du froid glacial et remonta l'allée jonchée de flaques qui menait à l'entrée principale.

Arrivé devant les grandes portes de bronze, il s'agenouilla pour ramasser un petit morceau pierreux sur le dallage. Un fragment de béton tombé de la façade. Ce genre de dégâts était endémique dans l'architecture soviétique. Smyslov pressa le morceau entre ses doigts et il partit en poussière dans sa main gantée. Il sourit, mais d'un sourire sans joie et se débarrassa du sable mouillé.

Il était attendu. Après avoir vérifié son identité, un factionnaire respectueux prit sa casquette et son manteau. Un autre le conduisit dans les entrailles de l'immeuble. Ce bâtiment paraissait lui aussi partiellement inoccupé. Beaucoup de bureaux étaient éteints et les pas résonnaient dans les couloirs gris presque vides.

Smyslov se fit contrôler une seconde fois et l'homme de garde le confia à un officier de service, un peu tendu, qui l'accompagna dans le Saint des saints.

Le bureau lambrissé et bien adapté à son usage était celui du général commandant les Forces aériennes à long rayon d'action de la zone Pacifique, mais l'homme qui était assis là détenait une autorité qui allait bien au-delà.

— Major Gregori Smyslov, du 449e régiment des commandos de l'air, à vos ordres, mon général.

Le général Baranov lui rendit son salut.

— Bonjour, major. Comme on vous l'a certainement dit, vous n'avez jamais reçu aucun ordre. Vous n'êtes pas ici, je n'y suis pas davantage. Cette réunion n'a jamais eu lieu. Est-ce bien entendu ?

— Parfaitement, mon général.

Les yeux gris de Baranov le perçaient littéralement.

— Non, major, vous ne comprenez pas vraiment, mais cela ne va pas tarder. – Il lui indiqua un siège devant son bureau. – Asseyez-vous, je vous prie.

Smyslov s'installa dans le fauteuil et le général sortit de dessous son sous-main en cuir noir un dossier épais de deux bons centimètres. Smyslov reconnut sa *zapiska*, ses états de service. Et il savait ce qui était porté sur la couverture.

> Nom : Smyslov, Gregori Andriovitch
> Age : 31 ans
> Taille : 1,99 mètre
> Poids : 92 kg
> Yeux : verts
> Cheveux : blonds
> Lieu de naissance : Berezovo, Uralsky Khrebet, Fédération de Russie.

La photo agrafée sur la page était celle d'un homme bien bâti, aux traits plutôt agréables, taillés à la serpe mais pourtant fins, aux yeux pétillants.

Le reste de ce qui figurait dans sa *zapiska*, Smyslov l'ignorait. C'était sa vie à lui, mais elle intéressait l'armée de l'air au plus haut point.

Le général Baranov feuilleta quelques pages.

— Votre chef de corps pense le plus grand bien de vous. Il juge que vous êtes l'un des meilleurs de tous les officiers placés sous ses ordres, si ce n'est dans votre arme. Et lorsque je vois vos états de service, j'ai tendance à le croire.

Et il continua de feuilleter le document, mais sans regarder les pages. Au lieu de cela, il fixait Smyslov comme pour essayer de voir si l'homme correspondait à ce que l'on disait de lui.

— Merci, mon général, répondit Smyslov en s'efforçant de conserver un ton aussi neutre que possible. J'ai toujours cherché à être un bon officier.

— Eh bien, vous avez réussi. C'est pour cette raison que vous êtes ici. Je pense que votre commandant vous a parlé de l'affaire Misha 124 et de la mission que vous allez devoir accomplir.

— C'est exact, mon général.

— Et que vous a-t-on dit ?

— Que je ferais partie d'une mission d'enquête conjointe avec les Américains qui va être envoyée sur le lieu de l'accident. Je dois travailler avec un certain colonel Smith et des spécialistes américains. Nous devons examiner l'appareil et déterminer s'il s'y trouve toujours des armes biologiques. Nous devons également déterminer le sort de l'équipage et récupérer les corps. Tous les aspects de cette mission sont couverts par le plus haut degré de protection.

Baranov acquiesça.

— Je viens de rentrer de Washington où j'ai arrêté les détails de cette mission et les conditions de votre intégration dans l'équipe américaine. Et que vous a-t-on dit d'autre ?

— Rien, mon général. J'ai reçu l'ordre de venir ici – sa lèvre trembla, un tic – pour participer à cette réunion qui n'aura jamais eu lieu, afin d'avoir un dernier exposé sur la situation.

— Très bien. C'est ce qui était prévu. Dites-moi, poursuivit-il en levant un menton volontaire, avez-vous jamais entendu parler de l'Evénement du 5 mars ?

Le 5 mars ? Smyslov réfléchit, les sourcils froncés. Il y avait bien cette fille qu'il avait connue lorsqu'il était à l'Académie Gagarine, cette petite serveuse rouquine avec de gros seins. Son anniversaire tombait le 5 mars, si ses souvenirs étaient bons ? Mais le général commandant la 37e armée stratégique ne pouvait évidemment pas penser à ça.

— Jamais, mon général, je ne sais pas de quoi vous parlez.

— C'est bien normal.

Le général se leva et conduisit son visiteur vers une seconde porte.

— Venez avec moi, je vous prie.

Cette porte donnait sur une petite salle de réunion sans fenêtre. Une table métallique grise trônait au milieu de la pièce. Un classeur banal était posé dessus. La couverture grise était barrée en diagonale d'une bande orange, le dos de la reliure était rouge.

En sa qualité d'officier sécurité, Smyslov reconnut immédiatement un document TRÈS SECRET. Consultable uniquement sur décision présidentielle.

Il se prit à regretter de ne pas avoir son manteau. Soudain, le bureau et la salle de réunion lui paraissaient plus froids.

Baranov lui montra le dossier.

— L'Evénement du 5 mars. Il s'agit peut-être là du secret d'Etat le mieux gardé dans notre pays. Toute fuite entraîne automatiquement une condamnation à mort. Comprenez-vous ?

— Oui, mon général.

— Vous êtes autorisé à en prendre connaissance. Lisez-le, major. Je reviens vous chercher.

Le général sortit et ferma la porte à clé derrière lui.

Smyslov fit le tour de la table. La pièce lui paraissait maintenant glaciale. Il se laissa tomber sur une chaise métallique grise, approcha le dossier, se demandant ce qu'il allait y découvrir. Le 5 mars ? Cette date lui disait quelque chose, mais il n'arrivait pas à se rappeler quoi. Peut-être quelque chose dont il avait entendu parler pendant ses études ? Comme un présage.

Il ouvrit le dossier qui ne portait pas de titre.

*

Le général accorda quarante-cinq minutes au jeune officier. Le dossier n'était pas très épais, mais Baranov s'en souvenait encore, lorsqu'il avait eu lui-même accès à ce document, il l'avait relu une seconde fois, totalement incrédule.

Le délai écoulé, il quitta son bureau et ouvrit la porte. Le major Smyslov était toujours assis au même endroit, il avait refermé le dossier posé devant lui. Malgré le bronzage, il était tout pâle, il ne leva même pas les yeux. Ses lèvres remuèrent et il dit dans un souffle : « Mon Dieu... mon Dieu. »

— J'ai eu la même réaction, Gregori Andriovitch, lui dit doucement Baranov. Dans toute la Russie, il y a peut-être trente personnes qui connaissent le contenu de ce document. Vous et moi sommes les trente et unième et trente-deuxième.

Le général referma la porte de sûreté derrière lui, tourna la clé, et alla s'asseoir en face de Smyslov.

L'officier leva les yeux, essayant de se maîtriser.

— Quels sont mes ordres, mon général ? Les vrais ordres ?

— Tout d'abord, major, je peux vous dire que le conteneur d'anthrax est toujours à bord. Evidemment, il n'a pas été largué. Cependant, il ne s'agit pas là de ce qui nous préoccupe le plus dans cette affaire. Ce qui nous inquiète, c'est le 5 mars !

Smyslov prit l'air perplexe.

— Je ne vois pas le rapport, mon général.

— Vous allez être rattaché à cette équipe américaine et vous serez notre éclaireur de pointe dans l'île, répondit Baranov. Vous serez nos yeux et nos oreilles. C'est sur vous que nous comptons pour évaluer la situation. Mais vous ne serez pas seul. Une section de commandos marine Spetsnaz, équipée et entraînée pour le combat en zone arctique, va être débarquée sur place par un sous-marin nucléaire. Ils seront là un peu avant vous, et ils resteront dissimulés. Vous serez doté des moyens nécessaires pour communiquer avec eux, et ils attendront vos ordres.

— Et... quels ordres devrai-je leur donner, mon général ?

— Des ordres relatifs au 5 mars, major. Le commissaire politique du Misha 124 était chargé de détruire toutes les preuves de l'Evénement sur le lieu de l'accident. Il devait également détruire l'appareil et son chargement d'anthrax. Rien de tout cela n'a été fait. En outre, toutes les communications avec l'île Mercredi ont été coupées avant que nous ayons eu confirmation de la neutralisation.

— Et l'équipage du Misha 124 n'a donc reçu aucun secours ? demanda Smyslov d'un ton impassible.

— Ce n'était pas envisageable, répondit Baranov, l'air sombre. Nous espérons vivement qu'ils ont réussi à effacer toutes les preuves du 5 mars avant... Votre mission consiste à vérifier ce point. Si tel est le cas, ou si vous parvenez à détruire ces preuves vous-même, la mission conjointe avec les Américains pour détruire le stock d'anthrax pourra se dérouler normalement.

— Et dans le cas contraire, mon général ? Et que devrai-je faire si le colonel Smith et son équipe les trouvent avant moi ?

— Si les Américains ont vent de l'Evénement du 5 mars, major, ils ne doivent pas quitter l'île vivants. Vous ferez le nécessaire avec les Spetsnaz.

Smyslov bondit de son siège.

— Vous ne parlez pas sérieusement, mon général !

— Nul ne doit jamais entendre parler de l'Evénement, personne, major, quelles que soient les circonstances.

Smyslov bégayait, cherchant désespérément d'autres voies de sortie.

— Mon général, je comprends parfaitement qu'il s'agit d'informations critiques, mais alors, pourquoi ne pas envoyer les Spetsnaz sur place avant l'arrivée des Américains ?

— Parce que nous marchons sur des œufs ! Les Américains connaissent l'existence de Misha 124. Ils savent qu'il s'agit de l'un de nos Tupolev-4. Ils savent qu'il emportait des armes biologiques stratégiques. Si nous envoyions les Spetsnaz dès maintenant, ils modifieraient forcément le lieu de l'accident ! Les Américains sauraient que nous nous sommes arrangés pour arriver avant eux, ce qui leur donnerait des soupçons. Ils devineraient que nous avons essayé de leur cacher quelque chose. Et ils nous poseraient des questions dont nous ne voulons entendre parler à aucun prix.

Le général leva les bras au ciel en signe d'impuissance.

— Le monde a changé, major. Nous avons besoin des Américains en tant qu'alliés, nous ne voulons pas nous en faire des ennemis. S'ils entendent parler de l'Evénement du 5 mars, nous redeviendrons adversaires.

— Pardonnez-moi, mon général, mais ne croyez-vous pas que le meurtre de leurs militaires aboutirait au même résultat ?

Le général frappa la table du plat de la main.

— L'élimination de ces Américains doit être considérée comme la solution du dernier recours. Mais s'il faut en arriver là, nous le ferons. Tout est affaire de proportion et de point de vue, Gregori Andriovitch. Si nous nous retrouvons à nouveau dans une situation difficile vis-à-vis des Américains, la Russie a encore des chances de survivre. Mais si le monde entier et notre propre peuple découvrent l'Evénement du 5 mars, notre patrie disparaîtra.

Chapitre 8

Anacosta, Maryland

LE GROS BATEAU À MOTEUR diesel émergea de la brume qui recouvrait le Potomac et se dirigea vers la marina, sans tenir compte des grands panneaux jaunes placés au bout des pontons et qui indiquaient PRIVÉ ACCÈS INTERDIT. Deux employés du port, de jeunes gars quelconques aux cheveux longs, en chaussures de pont, salopette et coupe-vent en nylon, vinrent prendre les aussières du bateau qui accostait.

Impossible de deviner que ces deux gaillards portaient un pistolet automatique sous leur blouson, ni que le barreur avait déposé un pistolet-mitrailleur caché aux regards sous le rebord du cockpit.

Le bruit de moteur diminua jusqu'à n'être plus qu'un doux ronronnement, on débraya les hélices avant de tourner devant et derrière. On mit en place une planche de coupée, puis le seul et unique passager sortit de la cabine.

Fred Klein salua les deux hommes de quai avant d'emprunter le ponton de bois mouillé par le brouillard. Il traversa une vaste zone de stockage recouverte de gravier, passa devant les formes bâchées de bateaux de plaisance sur leurs chantiers, avant de se diriger vers ce qui ressemblait à un grand hangar sans fenêtres.

Le bâtiment en métal préfabriqué, peint couleur vert bouteille, paraissait tout neuf. Et il l'était. Il n'avait pas deux ans d'existence.

Selon toute vraisemblance, d'ici un an, lui ou ce qu'il renfermait aurait déménagé.

Ici se trouvait le quartier général et le centre opérationnel de Clandestin Unité.

Des caméras de surveillance soigneusement dissimulées suivirent Klein tout ce temps-là et les verrous électromagnétiques s'ouvrirent automatiquement lorsqu'il arriva devant la lourde porte antifeu en acier.

— Bonjour monsieur, lui dit le « portier » de service en lui prenant son chapeau et son pardessus pour les pendre avec soin dans un râtelier à fusils. Il fait lourd, ce matin.

— C'est bien vrai, Walt, lui répondit gentiment Klein. Maggie est-elle arrivée ?

— Il y a une demi-heure, monsieur.

— Un de ces jours, je vais arriver avant elle, murmura rituellement Klein.

Il prit le couloir central peint en beige. Il n'y croisa personne, mais on entendait des voix, le ronronnement étouffé de l'électronique derrière les deux rangées de portes grises anonymes, tous les signes de l'activité calme qui règne au siège d'une organisation. Les bureaux de la direction se trouvaient au bout de ce couloir.

Le premier bureau était celui de Maggie Templeton. La pièce était remplie d'ordinateurs dominés sur le mur du fond par une grande console où étaient fixés pas moins de trois écrans plats. Seuls souvenirs qui humanisaient un peu les lieux, un bonzaï nain et une photo de son défunt mari dans un cadre d'argent.

La blonde leva les yeux de son écran et sourit en entendant la carte électronique de Klein passer dans le lecteur.

— Bonjour, Mr. Klein. J'espère que la traversée a été calme.

— Ce ne sera jamais assez calme pour moi, Maggie, fit Klein en grognant. Un jour, je me ferai le sadique qui a eu l'idée saugrenue d'installer les bureaux du pire marin qui soit au monde dans un yacht-club.

Elle pouffa.

— Vous devez pourtant convenir que cela nous fait une excellente couverture.

— Pas exactement. Je suis verdâtre, je passe mon temps à avoir la nausée. Alors, quel est le programme de la matinée ?

Templeton retrouva immédiatement une attitude professionnelle.

— Apparemment, l'arrivée de Trent Bravo se passe bien. Le chef du groupe nous dit que son personnel et ses équipements ont pénétré profondément au Myanmar, son éclaireur a réussi à prendre contact avec la direction de l'Union nationale Karen.

Klein hocha la tête. Sortant un mouchoir de sa poche, il essuya quelques gouttelettes sur ses lunettes.

— Des nouvelles de l'île Mercredi ?

— Jon doit retrouver les membres américains de son équipe ce soir à Seattle et l'officier de liaison russe demain en Alaska. Les équipements sont en place, c'est Pole Star qui fournit l'hélicoptère.

— Des problèmes avec Langley pour nous prêter Mlle Russell ?

— Non, rien que les jérémiades habituelles, ça râle, ça couine, ça se plaint.

Maggie releva la tête de son écran.

— Si je peux faire une remarque, monsieur, le Président va vraiment devoir prendre une décision pour régler à l'avenir nos relations avec notre ancien employeur.

Klein soupira et chaussa ses lunettes.

— Vous avez raison, Maggie, mais comme l'a dit l'immortelle Scarlett O'Hara : j'y penserai demain. Autre chose ?

— Réunion de planification des opérations avec le département Amérique latine à dix heures, et vous devriez jeter un œil à votre corbeille « Affaires à traiter ». Je vous ai fait une liste de vendeurs d'armes dont on pense qu'ils ont les ressources nécessaires et des raisons de s'intéresser à ce qui se passe sur Mercredi. La lecture en est intéressante. J'ai aussi vérifié avec toutes nos données disponibles. Ainsi que leurs activités anormales.

— Vous êtes parfaite, Maggie, comme d'habitude.

Tout directeur devrait avoir une assistante capable à la fois de lire dans ses pensées et de prévoir l'avenir.

Son bureau à lui, plus petit et nettement moins bien équipé, se trouvait après celui de Maggie. Peu d'objets personnels – une affiche encadrée de la Terre vue de l'espace, des cartes de l'époque élisabéthaine, un gros globe terrestre XVIII⁰ – tout ce qui lui rappelait l'étendue de ses responsabilités.

Un seul et unique écran trônait sur un bureau sans recherche à côté d'un plateau et d'un service à café pour une personne, d'une Thermos en inox, et d'un muffin beurré dans une petite assiette sous sa cloche.

Klein sourit. Il se débarrassa de sa veste et la posa soigneusement sur le dossier de son siège. Puis il s'installa à son bureau, se versa sa première tasse de café et appuya sur la barre d'espace pour mettre son ordinateur en route.

Tout en avalant quelques gorgées, il regarda les titres des fichiers qui défilaient à l'écran. Maggie les lui avait préparés par ordre de priorité.

MARCHANDS D'ARMES INTERNATIONAUX CONNUS
POUR AGIR DANS L'ILLÉGALITÉ
GROUPE KRETEK
ANTON KRETEK

Puis il y avait une photo, retraitée numériquement, prise apparemment à l'aide d'un puissant téléobjectif. On y voyait un homme, de forte stature, rougeaud, sur le pont de ce qui semblait être un gros yacht privé et qui jetait un regard mauvais à l'objectif.

Anton Kretek était un tissu de contradictions. La finesse de ses cheveux roux contrastait avec une abondante barbe grisonnante. Une impression de force émanait de ces larges épaules et de ces longs bras musclés, nerveux, ce qui collait mal avec une bedaine rebondie qui débordait sur la ceinture d'un maillot de bain minuscule. Des pattes-d'oie rieuses cernaient des yeux aussi froids et opaques que ceux d'un cobra royal à capuchon.

Klein se disait que cet homme était capable de rire comme un fou, mais au sujet de choses que le commun des mortels ne trouvait pas drôles du tout.

Puis suivit la liste pertinente des fichiers que Maggie avait préparés, de la documentation judicieusement choisie sur le compte de Kretek. Elle avait sélectionné d'instinct tout ce que Klein avait besoin de savoir sur le compte de cet homme et de son organisation :

Interpol et d'autres services de renseignement occidentaux qui s'intéressent à Anton Kretek ne savent pas exactement s'il s'agit de son véritable patronyme ou bien d'un faux nom. Les indices se sont perdus dans le chaos qui a vu disparaître la Yougoslavie. On sait qu'il est d'origine croate, qu'il vient d'un endroit situé à proximité de la frontière italienne.

Dans le vocabulaire particulier des Balkans, un « Croate » est en principe un Slave du Sud, catholique romain, qui se sert de l'alphabet latin, contrairement à un « Serbe », Slave du Sud de religion grecque orthodoxe et qui utilise l'alphabet cyrillique.

Kretek, pour autant que l'on sache, ne pratique aucune de ces religions. Ce marchand d'armes est plutôt un personnage atypique au milieu des passions raciales, religieuses, politiques et tribales que l'on observe en Europe centrale. C'est un véritable criminel, sa survie et son confort personnel sont apparemment ses seules et uniques préoccupations. Et à ce jour, il n'a connu que des succès éclatants.

Kretek a créé son organisation en partant d'un petit chargement de cartouches de fusil volées dans un dépôt de l'armée yougoslave. A partir de ces modestes débuts, il a fait en l'espace de quinze ans du Groupe Kretek une entreprise de contrebande et d'activités criminelles qui brasse des millions de dollars. Ses activités englobent la fourniture et l'entretien d'armes au profit de tous les belligérants au Proche-Orient et dans l'ensemble du bassin méditerranéen.

Le Groupe est une entreprise multiforme, comparable à une pieuvre qui se débarrasse continuellement de ses tentacules avant d'en faire pousser d'autres. On sait qu'il existe une structure de direction, un petit groupe resserré autour de Kretek, et un réseau sans cesse renouvelé de mercenaires, de sbires, de gangsters, organisé en cercles concentriques. On les utilise pour une opération précise, avant de les dissoudre.

La nature informe du Groupe Kretek constitue une mesure de sécurité. En outre, les contacts entre ces « sous-traitants » et le cœur du système Kretek ont donné lieu depuis toujours à des morts violentes et à des disparitions brutales. Mais il est difficile, voire impossible d'en tirer des rapprochements susceptibles de constituer des preuves devant la justice.

On ne connaît pas d'endroit qui pourrait être le siège du Groupe. Comme de nombreux despotes avant lui, Kretek a compris que sa survie passait par une mobilité incessante. Son quartier général bouge sans arrêt dans les pays des Balkans les plus instables et les plus anarchiques, si bien qu'il est impossible de le cibler. Tout en étant avant tout une brute, Kretek sait tirer parti des moyens modernes de communication, dont il se sert pour gérer d'une main de fer ses entreprises implantées au loin.

Le cadavre de l'ancienne Yougoslavie a permis à Kretek de faire des affaires juteuses. Dans la province du Kosovo, miliciens serbes et guérilleros albanais se massacraient mutuellement grâce aux munitions que leur procurait sans états d'âme le Groupe. On racontait que Kretek était le principal intermédiaire en matière de ventes clandestines aux dictatures de Slobodan Milošević et de Saddam Hussein.

Après la déposition de Milošević, les forces de l'OTAN avaient forcé les belligérants à faire la paix dans les Balkans. Kretek avait alors élargi son champ d'action à la guerre civile qui faisait rage au Soudan et aux organisations terroristes du Proche-Orient qui étaient devenues ses principaux clients.

Chose plus inquiétante dans l'immédiat, il existe un certain nombre d'indications tendant à montrer que Kretek commence à trouver que les marges qu'il tire des munitions conventionnelles ne sont plus suffisantes. On pense que le Groupe cherche à s'introduire sur le marché des armes atomiques, biologiques et chimiques. Il est à craindre que Kretek y obtienne les mêmes succès que dans ses autres activités criminelles.

A la fin du mémo, on avait souligné un dernier commentaire.

Note personnelle au Directeur.
A : De l'avis de votre assistante, le Groupe Kretek est le parfait exemple du type d'organisation qui pourrait voir dans Misha 124 une occasion en or. Le Groupe est fluide, très réactif, il sait prendre des risques et n'a aucun scrupule.

B : En dehors des aspects proprement liés à la situation actuelle dans l'île Mercredi, il convient de souligner que le Groupe Kretek est d'abord et avant tout dirigé par un seul homme. Selon toute vraisemblance, l'élimination d'Anton Kretek conduirait rapidement à la disparition de son Groupe, ce qui contribuerait à stabiliser un certain nombre de situations qui sont un sujet d'inquiétude pour les Etats-Unis. Nous pensons également qu'Anton Kretek serait une bonne cible, à condition que l'on parvienne à déterminer où il se trouve et en supposant que les ressources nécessaires seraient disponibles

Klein eut un sourire sinistre – les femelles de cette espèce sont bien plus dangereuses que les mâles. Mais Maggie Templeton avait probablement raison, c'est par là qu'il fallait chercher l'adversaire potentiel. Pour des hommes comme Anton Kretek, mettre la main sur deux tonnes d'anthrax était une perspective alléchante.

Et Maggie avait sans doute raison aussi sur un autre point. Le monde serait plus vivable sans un Anton Kretek.

Chapitre 9

Côte orientale de l'Adriatique

La marée était basse et les étoiles scintillaient à travers la couverture nuageuse au-dessus d'une large bande de sable sombre et compact. Des dunes dominaient la plage, fixées par des herbes qui poussaient là à profusion et retenues par un alignement de blocs cubiques en béton brut. Longtemps royaume des oiseaux qui y nichaient, les fortifications étaient le dernier vestige tangible d'Enver Hoxha et de sa paranoïa. Un gouvernement dont la disparition n'avait fait pleurer personne.

Au-delà s'étendaient les sinistres collines boisées de l'Albanie.

On entendit des bruits de moteurs dans la nuit. Deux véhicules, le premier, un antique camion Mercedes aux formes trapues et le second, une Range Rover plus récente, descendaient lentement la route sommaire qui donnait accès à la plage à la lueur faiblarde de leurs feux de position.

Arrivé en bas, le petit convoi s'arrêta et deux hommes vêtus du pantalon de travail et du blouson noir traditionnels dans la classe ouvrière du pays sautèrent de l'arrière du camion pour prendre position sur la route. Ils étaient armés de pistolets-mitrailleurs de fabrication croate, des Agrams, équipés d'un gros silencieux de forme cylindrique fixé au bout d'un canon court.

Il était hautement improbable de voir quelqu'un s'aventurer sur cette partie de la côte au petit matin. Mais si quelqu'un s'y essayait, policier, paysan, il y laisserait la vie.

Les véhicules continuèrent encore pendant près d'un kilomètre sur la plage, jusqu'à un endroit où la zone sableuse s'élargissait, et firent halte. Une demi-douzaine d'hommes en armes débarquèrent alors de la Rover et du camion. On voyait qu'ils avaient une grande habitude de ce genre d'opération.

Deux d'entre eux s'avancèrent près du capot de la Range Rover et se mirent en devoir de scruter le ciel. Les autres s'égaillèrent pour baliser une piste d'atterrissage.

Ils allumèrent des torches dont ils enfonçaient l'extrémité dans de petits tubes de cuivre. Ils plantèrent alors les lumières dans le sable sur deux rangées, à intervalles réguliers. En quelques minutes, la plage était devenue une piste qui émettait une faible lueur bleu-vert, invisible pour qui se serait trouvé derrière les dunes, mais parfaitement identifiable depuis le ciel.

Les hommes regagnèrent leurs véhicules et attendirent, le doigt sur la détente de leurs pistolets et pistolets-mitrailleurs.

Lorsque les aiguilles des montres eurent atteint l'heure fixée, le bruit de moteurs d'avions devint audible et une forme ailée apparut, volant parallèlement à la plage, tous feux éteints. Le chef du groupe, un roux de forte complexion en pantalon de velours côtelé et chandail de marin, dirigea sur l'avion une lampe de signalisation. Deux éclats, une pause, encore deux éclats.

C'était l'une des méthodes d'Anton Kretek pour assurer la sécurité de ses opérations : être sur le terrain et superviser les choses aussi souvent que possible. C'était en outre une bonne méthode pour savoir en qui il pouvait avoir confiance, et pour débusquer ceux qu'il fallait éliminer.

L'appareil, un Dornier 28D Skyservant à décollage et atterrissage courts, bipropulseur et à voilure haute, fit un autre tour de piste avant de se poser. Moteurs réduits, il s'arrêta entre les repères lumineux et son train d'atterrissage fixe souleva une dernière gerbe de sable mouillé.

Kretek ralluma sa lampe pour guider l'avion jusqu'à un endroit près des camions. Les hélices continuaient à tourner, mais une porte s'ouvrit et une silhouette sortit de la carlingue.

C'était un homme de petite taille, sec, mince et nerveux. Un Palestinien, les yeux constamment en éveil, les yeux de quelqu'un qui se méfie de tout et de tout le monde.

— Bonsoir, cher ami, bonsoir, lui dit le roux en essayant de dominer le bruit des moteurs. Bienvenue dans notre belle Albanie.

— Vous êtes Kretek ? lui demanda le Palestinien.

— On m'en a souvent accusé, répliqua Anton Kretek en posant sa lampe sur le capot de la Range Rover.

L'Arabe n'était pas d'humeur à plaisanter.

— Vous avez la marchandise ?

— C'est pour cela que nous sommes ici, cher ami. – Le marchand de canons lui désigna le camion. – Venez donc jeter un œil.

A la lumière d'une lampe-torche, on déchargea de lourdes caisses en carton noir, enrobées de cire. Elles étaient repérées par des inscriptions en cyrillique et portaient le symbole international qui indique la présence d'explosifs dangereux. Kretek donna l'ordre d'en poser une à part, ouvrit son couteau de chasse et déchira l'enveloppe de plastique jaune.

Il souleva les couvercles, faisant apparaître des briques serrées les unes contre les autres et enveloppées dans du papier imperméable. Il en ouvrit une, une matière pâteuse, molle, couleur margarine.

— Du Semtex de qualité militaire, fit Kretek en la montrant du doigt. Douze cents kilos, vieux de moins de trois mois, parfaitement stable. Résultat garanti pour tuer des Juifs et envoyer vos volontaires rejoindre les soixante-douze vierges qui les attendent, sourire aux lèvres.

L'Arabe se rebiffa, ses yeux expressifs lançaient des éclairs. La rage du fanatique face au boutiquier.

— Lorsque vous parlez des saints guerriers de Mahomet et des libérateurs du peuple palestinien, faites preuve de respect !

Le regard du marchand de canons se fit soudain plus dur.

— Tout le monde est le libérateur de quelque chose, mon ami. Regardez, moi, je libère de l'argent. Vous avez votre marchandise. Maintenant, je veux mon argent – et au diable votre Mahomet et le peuple palestinien.

L'Arabe était sur le point de bondir, mais remarqua tous ces

Slaves qui faisaient cercle ; il distinguait leurs visages sinistres à la lueur de la lampe-torche. De mauvaise grâce, il sortit une grosse enveloppe en papier kraft de son blouson et la posa sur la caisse ouverte.

Kretek s'empara de l'enveloppe, l'ouvrit, compta les liasses d'euros tout neufs et vérifia les billets.

— C'est bon, lâcha-t-il enfin. Embarquez.

La tonne et demie d'explosifs fut chargée à bord de l'appareil, l'équipage du Dornier saisit et équilibra le chargement mortel. En quelques minutes, tout était terminé, l'Arabe embarqua à son tour sans un au revoir et sans un regard en arrière. On referma les portes, les moteurs montèrent en régime, les trafiquants se firent copieusement asperger de sable par le souffle des hélices.

Le Dornier s'élança sur la piste balisée, décolla dans le ciel sombre et vira en montée au-dessus de l'Adriatique, puis le bruit des moteurs s'éloigna dans le lointain.

Les hommes de Kretek allèrent récupérer le balisage. Une heure ou deux plus tard, toute trace de l'atterrissage serait effacée par la marée montante.

Kretek et son adjoint rejoignirent la Range Rover.

— Je n'aime pas trop ça, Anton, lui dit Mikhaïl Vlahovitch en mettant son Agram sur l'épaule.

Plus courtaud et plus chauve que son chef, cet ex-officier de l'armée serbe au visage plat était l'un des rares cadres du Groupe Kretek autorisé à appeler le marchand d'armes par son prénom.

— Vous jouez un jeu très dangereux avec ces gens-là.

Vlahovitch faisait également partie du cercle encore plus restreint qui avait le droit de remettre en cause les décisions d'Anton Kretek sans risquer de se faire abattre sur-le-champ.

— Qu'est-ce qui t'embête, Mikhaïl ? fit Kretek avec un petit rire et en lui donnant une grande claque sur l'épaule. Le rendez-vous avec l'avion s'est passé comme prévu, nous avons livré la camelote comme promis, nous avons reçu la somme convenue, et ils sont repartis. Nous avons intégralement rempli notre contrat. Et que se passera-t-il ensuite ? Nul ne le sait.

— Mais ce sera la seconde fois qu'ils perdent leur chargement. Les Arabes ont une nette tendance à se montrer méfiants !

— Pep pep pep. Les Arabes sont toujours méfiants. Ils sont toujours convaincus que quelqu'un les persécute. Et ce n'est pas plus mal, nous pouvons même en tirer parti.

Kretek s'arrêta près de la portière du passager. Passant la main par la vitre entrouverte, il ouvrit la boîte à gants.

— Lorsque nous négocierons la prochaine affaire avec le Djihad, nous leur dirons tout simplement qui est le coupable. Nous leur dirons que les agents du Mossad sont actifs dans les Balkans et essayent de s'opposer au commerce des armes destinées au Proche-Orient. Non contents de haïr tout le monde, les Arabes adorent haïr les Juifs. Ils seront contents de les accuser de leur avoir fait perdre leurs munitions.

Kretek se redressa, tenant à la main une boîte métallique de la taille d'une cartouche de cigarettes. Il sortit l'antenne télescopique et mit le boîtier sous tension. Un petit voyant vert s'alluma.

— Vous allez leur parler des Juifs ? lui demanda Vlahovitch, l'air sceptique.

— Et pourquoi pas ? C'est la pure vérité, non ? Nos amis terroristes sont d'excellents clients. Ils nous paient en bel et bon argent, en échange des armes et des explosifs que nous leur fournissons. Ils ont le droit de connaître la vérité... – Kretek leva une sécurité au-dessus d'un interrupteur au centre de la boîte – enfin, pas toute la vérité. Pas besoin de leur dire que le Mossad nous paye pour que les armes et les explosifs n'arrivent jamais à destination.

Puis il appuya sur le bouton du bout d'un pouce calleux. Au loin, un détonateur soigneusement implanté dans un bloc de Semtex trafiqué réagit à l'impulsion électromagnétique.

Il y eut un éclair, comme un éclair d'orage rougeoyant au-dessus de l'Adriatique, suivi d'une énorme explosion lorsque le Dornier et son équipage se transformèrent en chaleur et en lumière.

— Voilà le secret pour faire de bonnes affaires, Mikhaïl, lui dit Kretek, très content de lui. Il faut toujours essayer de satisfaire un maximum de clients.

*

La vieille ferme en pierre avait été construite avant la naissance de Napoléon puis occupée par les générations successives de la même famille pendant près de trois siècles.

Aux Etats-Unis, elle serait devenue un monument historique. En Albanie, ce n'était qu'une maison parmi d'autres, délabrée, usée et au-delà dans un pays tout aussi fatigué.

Depuis cinquante ans, les gouvernements successifs promettaient aux occupants qu'ils allaient avoir l'électricité, mais maintenant c'était fait, sous la forme des groupes électrogènes installés dans ce qui servait de quartier général au Groupe Kretek.

On avait vidé une des chambres à coucher humides de ses paillasses et de son mobilier sommaire, pour les remplacer par des tables pliantes, des téléphones satellite et des postes qui trafiquaient sur les fréquences civiles. Les gardes étaient installés dans la grange, des piquets bien camouflés veillaient à ce que la ferme reste totalement isolée du monde extérieur, dans les deux sens. Les véhicules étaient dissimulés dans d'autres bâtiments.

Les membres du quartier général étaient habitués à de telles installations provisoires. Ils ne restaient jamais plus d'une semaine au même endroit. Huit jours dans une station balnéaire de la côte roumaine, la semaine suivante dans un étage entier réservé au sommet d'un hôtel de luxe à Prague, la troisième à bord d'un chalutier en mer Egée, ou, comme en ce moment, une vieille ferme albanaise en pierre, froide et humide.

Ne jamais fournir à l'ennemi une cible immobile – encore l'un des préceptes qu'appliquait Kretek. La tentation était forte, de se reposer et profiter de l'existence agréable qu'auraient pu lui procurer ses succès, et elle revenait périodiquement. Mais le marchand d'armes savait que c'était le moyen le plus sûr de connaître le désastre.

Et cela ne faisait pas de mal non plus à ses hommes, voir que le vieil homme avait toujours l'œil vif et le poing assez rapide, et qu'il ne craignait pas la bagarre. C'était bon pour la discipline.

— Alors, comment ça s'est passé, Anton ? lui demanda son responsable des transmissions en voyant le négociant passer sous le chambranle de la porte dans ce qui servait de salle commune et de cuisine à la fois.

— Pas de problèmes, mon vieux, marmonna aimablement Kretek. Tu peux prendre contact avec les Palestiniens et leur dire que la marchandise est en route. Quant à savoir si elle arrivera...

Il fit les yeux ronds en haussant les épaules.

Les hommes assis autour de la table savaient qu'ils devaient éclater de rire.

S'il n'y avait pas eu cette ampoule nue de sécurité accrochée à une poutre, on aurait pu se croire dans un tableau du XVIIIe siècle. Le plafond bas, les murs en pierre passés à la chaux, la grande cheminée qui servait à se chauffer et à faire la cuisine, le feu de sarments qui brûlait dans l'âtre. Le plancher était devenu tout lisse, d'avoir vu défiler des pieds pendant des siècles. La porte d'entrée était petite, un seuil surélevé et un linteau bas. Elle était conçue pour retarder une attaque de bandits ou d'ennemis de la famille.

Pourtant, elle ne pourrait rien faire contre les bandits qui s'étaient invités. Le fermier et sa fille de quatorze ans se tenaient près de la cheminée, silencieux, dans la vieille tradition des paysans qui consiste à ne pas essayer de résister.

— Ah, Gleska, mon ange, tu attendais le retour de ton chevalier, et avec du thé chaud, en plus. Exactement ce qu'il me faut avec ce froid.

Sans rien dire, la fillette prit la bouilloire accrochée à la crémaillère dans l'âtre et la posa sur la table. Elle remplit un verre crasseux d'un thé noir et épais. Kretek se laissa tomber dans une chaise libre et flatta la croupe de l'enfant à travers sa mince jupe en coton.

— Merci, mon amour. Je vais me réchauffer avec ce bon thé, et puis, quand j'aurai fini, c'est toi que je réchaufferai.

Il poussa un énorme grognement pour rire, l'attira à lui et enfouit sa tête entre les seins à peine naissants. Nouveaux hurlements de rire chez ses hommes.

Le père était toujours debout près de la cheminée. Un éclair de rage passa dans ses yeux, mais il se reprit vite. Il avait été trop content de louer sa ferme à ces gens-là, pour plus que ce qu'il aurait gagné en cinq années d'un dur labeur. Il ne savait pas alors qu'ils loueraient également sa fille. Mais, Albanais qu'il était, il respectait ceux qui portaient un fusil. Ceux qui avaient une arme faisaient la loi, et ceux-là avaient beaucoup d'armes. Sa fille survivrait et ils survivraient, comme les paysans albanais l'avaient toujours fait : en supportant patiemment leur sort.

Kretek lâcha la fille et prit du sucre dans le bol ébréché posé sur la table.

— Quelque chose à signaler pendant que je livrais la marchandise, Crencleu ?

— Un courriel, monsieur.

Le responsable des transmissions lui remit une feuille imprimée.

— Envoyé à votre adresse personnelle, avec notre code interne.

Kretek déplia la feuille et commença à lire. Lentement, un sourire carnassier éclaira sa barbe bien fournie.

— On a de bonnes nouvelles de la famille, mes amis, fit-il enfin. Et je dirais même, de très bonnes nouvelles.

Mais sa bonne humeur s'effaça pour laisser place au sérieux. Il leva les yeux, le regard pensif.

— Crencleu, préviens nos hommes au Canada que l'opération arctique a démarré et qu'ils doivent faire leurs préparatifs sans attendre. Regroupe l'équipe prévue au point de rendez-vous convenu, à Vienne. Mikhaïl...

— Oui monsieur, répondit son adjoint, un peu tendu.

Il était visible que le vieux loup repartait en chasse, une fois de plus. Mais cette fois-ci, c'était pour la plus grosse prise de l'histoire du Groupe. Quelques jours plus tôt, Vlahovitch n'en était pas sûr, lorsqu'il en avait entendu parler pour la première fois. Cela paraissait à la limite de leurs possibilités, un coup tiré de bien trop loin. Mais si ça marchait, le bénéfice serait littéralement astronomique. Et maintenant, le Serbe se sentait pris de la même fièvre que les autres.

— Prévenez tout le monde, on remballe et on s'en va. Je veux être parti dans...

Il s'interrompit, se tourna vers la cheminée et la silhouette maigre qui se tenait debout à côté d'elle. La race albanaise n'a jamais été renommée pour la beauté de ses femmes, et cette petite gamine ne dérogeait pas à la règle, mais elle avait le mérite d'être là, elle était jeune, et il la payait pour ça... une heure et demie.

Il allait prendre le temps d'en avoir pour son argent avec la petite Gleska, avant qu'elle et le reste de sa famille périssent dans l'incendie de leur maison.

Chapitre 10

Aéroport international de Seattle Tacoma

DANS LE PACIFIQUE NORD-OUEST, automne signifie brouillard. Les phares d'approche des appareils à réaction qui manœuvraient sur les pistes faisaient comme des queues de comètes dans la couverture nuageuse. Les toits des hôtels disparaissaient dans la brume où les fenêtres éclairées diffusaient une lumière dorée.

Dans l'ascenseur entièrement vitré qui l'emportait à l'extérieur de l'hôtel Doubletree, Jon Smith regardait les formes et les détails s'estomper progressivement dans la nuit. Il portait une tenue kaki de l'armée, toute froissée, et il était seul pour le moment. Mais cela allait bientôt changer. Il allait retrouver les membres de son équipe, une femme qu'il ne connaissait pas et l'autre qui n'était pas exactement une amie.

Pourtant, il ne pouvait blâmer Fred Klein du choix qu'il avait fait. Un choix logique. Il avait déjà travaillé avec Randi Russell, ils s'étaient trouvé jetés dans nombre de missions, comme si le sort s'arrangeait pour emmêler leurs existences. Smith reconnaissait en elle un agent de premier ordre : expérimentée, totalement impliquée dans ce qu'elle faisait, très intelligente, avec toute une gamme de talents divers et une capacité fort utile à se montrer impitoyable lorsque c'était nécessaire.

Mais elle avait un handicap.

Les portes de la cabine s'ouvrirent et Smith se retrouva dans le hall rose et bronze du restaurant installé sur le toit. L'hôtesse leva les yeux de son pupitre et attendit.

— Je m'appelle Smith. Vous devez avoir une réservation au nom de Russell.

L'hôtesse haussa les sourcils, sembla réfléchir un moment avant de répondre :

— Oui monsieur. Par ici, je vous prie.

Elle le conduisit dans la salle à manger où la lumière était tamisée. L'épaisse moquette étouffait le bruit de leurs pas, on entendait une musique douce et le murmure des conversations. Puis Smith comprit pourquoi l'hôtesse s'était montrée si curieuse.

Randi avait choisi une table dans un coin caché de la salle, un endroit discret isolé par un mur végétal. Une table faite pour les échanges discrets et parfaitement adaptée à la réunion qui allait s'y tenir.

Mais elle aurait parfaitement convenu à un souper en amoureux, et Smith avait rendez-vous, non avec une jolie femme, mais avec deux femmes ravissantes.

Il sourit intérieurement, d'un sourire un peu amer. Il espérait que l'hôtesse apprécierait ce ménage à trois, mais elle n'avait pas la moindre idée de ce dont il s'agissait.

— Bonsoir, Randi. J'ignorais que vous étiez pilote d'hélicoptère.

Elle leva les yeux et, assez froidement, fit signe que c'était exact.

— Il y a bien des choses que vous ne savez pas sur mon compte, Jon.

Les premières secondes n'étaient jamais faciles, avec elle. Il se sentait les boyaux un peu tordus, comme à chaque fois. Le docteur Sophia Russell avait beau être l'aînée, elle et sa sœur étaient comme des jumelles. Et avec le temps, la ressemblance devenait presque gênante.

Il se demandait parfois à quoi pensait Randi quand elle le voyait. Sans doute à des choses pas très agréables.

Randi portait ce soir une tenue en daim, une jupe et des bottes. Le tout mettait bien en valeur ses cheveux dorés. Elle soutint son regard un moment, avant de détourner ses yeux sombres.

— Le lieutenant-colonel Smith, et le professeur Valentina Metrace.

Elle avait les yeux gris sous une frange de cheveux noirs. Elle leva la tête, l'air intéressé, on devinait une pointe d'humour. Le professeur avait également choisi une tenue noire, un pyjama en satin qui mettait en valeur une silhouette fine et pourtant non sans rondeurs. On devinait qu'elle ne devait pas porter grand-chose en dessous.

— S'enregistrer dans un motel, ça doit être casse-pied, lui dit-elle en lui tendant la main.

Elle avait la voix grave, avec un accent, peut-être un très léger accent anglais.

Et elle tendait la main paume tournée vers le bas, non pas pour qu'on la lui serre, mais pour que l'on effleure ses doigts effilés, un peu comme une princesse de sang royal ferait avec un courtisan.

De toute évidence, Valentina Metrace était une femme extrêmement séduisante qui adorait se savoir telle et aimait encore plus le rappeler aux hommes.

L'ambiance se dégela, Smith prit la main qu'elle lui tendait et la garda un moment.

— Votre prénom rend la chose plus facile, lui répondit-il enfin, très pince-sans-rire.

Il commanda une Pilsner, Randi avait pris du vin blanc et le professeur Metrace, un Martini.

— Bon, dit-il à voix suffisamment basse pour qu'on ne l'entende pas de la table d'à côté. - C'était le mot de passe convenu. - Demain, nous partons d'ici par le vol 745 d'Alaskan Airlines pour Anchorage. Nos équipements et notre hélicoptère nous attendent déjà sur place. Nous y retrouverons également notre officier de liaison russe, un certain major Gregori Smyslov qui appartient à l'armée de l'air.

« D'Anchorage, nous reprendrons l'air pour Sitka où nous avons rendez-vous avec l'USS *Alex Haley*, le brise-glace des gardes-côtes qui nous emmènera à portée de Mercredi.

— Et qui sommes-nous censés être ? demanda Randi – question qui aurait paru bizarre à qui n'aurait pas fait leur métier.

— Notre couverture pour cette opération nous permettra de conserver nos véritables identités, répondit Smith. En ma qualité de lieutenant-colonel Jon Smith, docteur en médecine, je suis le médecin de l'expédition. J'appartiens au bureau des cimetières militaires. Ma principale tâche consistera à récupérer et à identifier les corps qui se trouvent dans l'appareil.

« Le professeur Metrace restera ce qu'elle est, une historienne, consultante civile pour le ministère de la Défense avec lequel elle est sous contrat. Son rôle consiste à identifier l'appareil lui-même, si l'épave est celle d'un B-29 de l'US Air Force. Toujours dans la même série, le major Smyslov fera la même chose dans l'hypothèse où il s'agirait d'un TU-4 russe. Nous ferons comme si nous ne connaissions toujours pas l'origine du bombardier, au moins jusqu'à notre arrivée sur les lieux de l'accident.

« Randi, c'est vous qui avez le rôle le plus délicat. A partir de maintenant, vous êtes un pilote civil de charter, vous travaillez pour la NOAA [1]. L'expédition sur l'île Mercredi est une coopération scientifique internationale ; la NOAA et les gardes-côtes américains assurent le soutien logistique. Dont l'acheminement et la récupération du personnel. On vous a envoyée à bord de l'*Alex Haley* pour récupérer tout le monde avant l'arrivée de l'hiver arctique. Vous pourrez sans doute garder votre vrai nom, vous recevrez la documentation nécessaire avec votre appareil.

Elle baissa les yeux.

— Puis-je savoir pour le compte de qui je travaille exactement ?

Smith regrettait déjà ce qu'il allait devoir lui répondre.

— Vous êtes employée par la NOAA.

Il voyait bien que Randi était de plus en plus nerveuse. Jusqu'ici, ses supérieurs avaient dû présumer qu'il y avait un nouvel acteur dans le paysage de l'action clandestine. Un nouvel organisme d'élite, qui ne dépendait pas de Langley, mais qui pouvait faire appel aux ressources de la CIA à sa guise. A partir de son expérience personnelle, Randi avait dû supposer elle aussi que lui, Smith, faisait partie de cette nouvelle organisation. Pour un agent expérimenté, se faire tenir ainsi à l'écart était dur à avaler. Mais

---

1. National Oceanographic and Atmospheric Administration, équivalent américain de Météo France et de l'IFREMER.

Jon n'avait pas le choix. Clandestin Unité restait liée par des procédures du type « besoin d'en connaître », et pour dire les choses crûment, Randi Russell n'avait pas besoin d'en connaître. On lui demandait seulement d'obéir.

— Je vois, répondit-elle d'un petit ton sec. Je suppose que je recevrai mes ordres de vous pour cette opération.

— De moi-même ou du professeur Metrace.

Randi se tourna vivement vers Valentina. L'agent cybermobile aux cheveux noirs leva à peine les sourcils avant de prendre son verre pour boire une gorgée de Martini.

Les choses allaient décidément de mieux en mieux. Se retrouver la moins ancienne du groupe ne hérissait pas seulement le poil de Randi. Que lui avait donc dit son instructeur de combat en montagne l'autre jour, qu'il avait oublié l'art de commander ? Bon sang, maintenant, il avait intérêt à s'en souvenir.

— Le professeur Metrace est mon adjointe. En cas d'empêchement, c'est elle qui aura pleine et entière autorité pour conduire la mission. Compris ?

Randi croisa son regard. Sans rien manifester, elle répondit :

— Bien compris, mon colonel.

On apporta leur commande et ils commencèrent à manger en silence. Smith avait pris du saumon, Randi Russell une salade légère. La seule qui semblait apprécier le repas, c'était Valentina Metrace qui dévorait littéralement son steak et sa pomme de terre au four.

C'est elle aussi qui revint sur le sujet de leur mission au moment du café.

— L'un de nos satellites de reconnaissance Keyhole [1] a fait un passage par temps clair au-dessus du site de l'accident, commença-t-elle en sortant un jeu de photos de son sac. Cela nous donne une idée plus précise de ce que nous avait appris la photo prise au sol par l'expédition.

Smith se renfrogna en découvrant la vue aérienne. On voyait nettement que le bombardier était la copie conforme d'un B-29. Le fuselage allongé, en forme de torpille, l'absence de cockpit, voilà des indices qui ne trompaient pas.

---

1. Série de satellites espions américains, « Trou de serrure ».

— Etes-vous sûre que c'est l'un des leurs ? demanda Randi, qui avait deviné les pensées de Smith.

L'historienne fit signe que oui.

— Mmh. La plupart des marques d'identification ont disparu, mais on distingue l'étoile rouge à l'extrémité de l'aile droite. Aucun doute possible, il s'agit d'un TU-4 Taureau. Plus précisément, d'un TU-4A, la variante bombardier stratégique, conçue pour emporter des armes atomiques ou biochimiques. Et plus important, cet exemplaire était un appareil américain.

— Un appareil américain ? demanda Smith en levant les yeux.

— Un avion spécialement configuré pour attaquer des objectifs sur le territoire des Etats-Unis. On l'a allégé au maximum pour augmenter le rayon d'action.

Valentina se pencha sur la table et lissa du bout d'un doigt parfaitement manucuré la longueur du fuselage.

— Vous voyez que les tourelles des canons d'autodéfense ont été débarquées, à l'exception de la tourelle de queue, et remplacées par des capotages. Ils ont aussi enlevé le plus gros des blindages, de même que les réservoirs auxiliaires placés sous les ailes et dans la soute à bombes arrière.

Puis elle se redressa.

— Même après avoir subi toutes ces modifications, le TU-4 souffrait encore de grosses limitations dans son rôle de bombardier intercontinental. En décollant des bases sibériennes et en survolant le Pôle, il pouvait tout juste atteindre des objectifs dans les Etats du Nord-Est. Mais il n'avait pas assez de carburant pour le trajet retour.

— Des missiles avec des hommes à l'intérieur, en quelque sorte, dit rêveusement Smith.

— C'est cela, mais c'est tout ce dont disposait Staline à l'époque.

— Et comment a-t-il mis la main sur cet avion ? demanda Randi, un peu surprise. Je crois que nous n'avons pas eu de meilleurs bombardiers pendant la Seconde Guerre mondiale. J'imagine que nous n'en avons pas fait cadeau aux Soviétiques.

— Si, mais sans le faire exprès, répondit l'historienne. Au tout début de la campagne de bombardement contre le Japon, trois B-29 ont été forcés d'atterrir à Vladivostok à la suite d'avaries de combat ou de pannes de moteurs. Les Russes ont interné les équipages et confisqué les appareils, car, à cette époque, ils étaient restés neutres vis-à-vis du Japon. Nous avons fini par récupérer les équipages, mais pas les appareils.

« Au lieu de cela, Staline ordonna à Andrei Tupolev, l'un des meilleurs concepteurs russes, de produire une copie exacte du B-29 pour l'aviation stratégique russe.

Ce qui lui arracha un sourire timide.

— C'est le projet de rétro-conception le plus fou de l'histoire. Les historiens aéronautiques qui eurent la possibilité de voir de près des exemplaires du Taureau soviétique restèrent perplexes en découvrant un petit trou percé près du bord d'attaque de la voilure gauche. Lorsqu'ils demandèrent aux Russes à quoi il servait, il leur fut répondu que personne n'en savait rien. Mais ce trou existait sur le B-29 qu'ils avaient désossé pour dessiner leurs plans.

« On a fini par conclure qu'il s'agissait probablement du trou causé par la balle d'un intercepteur japonais. Mais Staline avait bien précisé qu'il voulait une copie conforme de la Superforteresse, et quand Oncle Joe disait quelque chose, on exécutait !

Elle continuait de suivre du doigt les ailes du bombardier abattu.

— Visiblement, il est tombé à plat et est parti en glissade ventrale sur le glacier. Et à voir comment les hélices sont tordues, les moteurs tournaient toujours lorsqu'il a heurté le sol.

— S'il avait toujours ses moteurs, protesta Smith, qu'est-ce qui l'a fait tomber ?

Valentina hocha la tête.

— En ce qui me concerne, et les experts que j'ai consultés sont du même avis, nous n'avons aucune explication. Pas d'indice d'une rupture de la structure en vol, d'une avarie de combat, d'une collision. Toutes les surfaces de contrôle sont présentes, il n'y a pas trace d'incendie avant ou après le choc. L'hypothèse la plus vraisemblable, c'est qu'ils se sont retrouvés à court de carburant et que le pilote a essayé de se poser sur l'île pendant qu'il avait encore assez de moteurs pour tenter l'approche et l'atterrissage.

— Mais alors, demanda Randi, ils auraient eu largement le temps de lancer un appel de détresse avant de tomber.

Le professeur Metrace haussa les épaules, qu'elle avait fines.

— C'est ce que vous en pensez, vrai ? Mais les conditions de propagation dans les régions polaires peuvent être bizarres. Ils ont peut-être rencontré un orage magnétique ou une zone dans laquelle rien ne passait.

Ils se turent à l'arrivée d'une serveuse qui venait leur offrir du café. Lorsqu'elle fut partie, Randi revint sur le sort de l'équipage.

— Ils ont survécu, au moins pendant un certain temps. – Valentina posa le doigt sur la photo. – Il est parfaitement possible de survivre à un atterrissage dans ces conditions. L'équipage a dû réussir à s'extraire, il y a même des preuves. Le capotage du moteur extérieur droit a été démonté, vous le voyez sous l'aile, posé sur la glace. Ils ont sans doute essayé de prélever de l'huile pour allumer un feu de signalisation.

— Mais que sont-ils devenus ? insista Randi.

— Comme je vous l'ai dit, mademoiselle Russell, ils ont dû survivre un certain temps. Ils devaient être munis de sacs de couchage, de tenues spéciales arctiques, de rations de survie. A la fin...
– Elle se contenta de hausser les épaules.

Des nappes de brouillard tourbillonnaient sous les fenêtres du restaurant et on sentait le froid à travers les vitres. Leur mort n'avait pas dû être douce, abandonnés qu'ils étaient dans le froid et la longue nuit polaire. Mais Smith ne connaissait pas de façon agréable de mourir.

— Combien étaient-ils à bord ?

— Pour un TU-4 allégé comme celui qui nous occupe, au moins huit hommes. Dans le nez, vous avez le commandant de bord, le copilote, le bombardier, qui devait être également le commissaire politique du bord, le navigateur, le mécanicien et le radio. Et à l'arrière, l'opérateur radar et peut-être un observateur ou deux, et le mitrailleur.

Ce qui donna soudain une idée à Valentina.

— Tiens, j'aurais dû penser à regarder les soutes à munitions des mitrailleuses de queue, murmura-t-elle comme pour elle-même.

— Vous allez en avoir l'occasion, madame le Professeur, lui dit Smith.

— Appelez-moi Val, répondit-elle dans un sourire. Je n'utilise

« Professeur » que lorsque j'essaye de convaincre un comité budgétaire.

Smith fit signe que c'était d'accord.

— OK, Val, et y a-t-il des indices que l'anthrax serait toujours à bord ?

Elle hocha négativement la tête.

— Impossible à dire. A bord d'un TU-4A équipé pour la guerre biologique, le réservoir était monté là, dans la soute à bombes avant. Comme vous pouvez le constater, le fuselage est intact. Le réservoir proprement dit devait être réalisé en acier inox et il devait ressembler à une enveloppe de bombe, assez résistant pour survivre en tout cas à un choc de sévérité moyenne.

— Est-il possible qu'il ait fui ? demanda Randi. Je veux dire, le réservoir. L'équipage ne peut-il pas avoir été exposé à l'anthrax au cours du vol ? C'est cela qui les aurait contraints à se poser ?

— Non, répondit Smith en secouant la tête. Impossible. *Bacillus anthracis* est un pathogène à l'action plutôt lente. Même à forte concentration, avec inhalation dans un endroit confiné, la période d'incubation va de un à six jours. L'anthrax se traite bien avec des doses massives d'antibiotiques. En 1953, les Russes disposaient déjà de pénicilline et leurs équipages de guerre biologique devaient être dotés du nécessaire en cas d'accident. L'anthrax ne devient dangereux que si vous n'êtes pas équipé pour le traiter ou si vous ignorez que vous y êtes exposé.

— Dangereux, dans quelle mesure ?

— Très dangereux. Sans traitement immédiat, le taux de mortalité en cas d'inhalation est de quatre-vingt-dix ou quatre-vingt-quinze pour cent. Dès que les spores ont infecté le système lymphatique et commencé à sécréter des toxines, même avec des antibiotiques et un sérieux traitement médical, la probabilité de décès est encore de soixante-quinze pour cent.

Smith s'amollit sur sa chaise.

— Et je n'ai pas besoin de vous dire que j'ai suffisamment de doxycycline dans ma trousse pour traiter une armée. J'ai également pris un sérum qui vous immunise pour une courte période. Comme je travaille au laboratoire de recherche militaire sur les maladies infectieuses, j'ai été vacciné. Et vous ?

Les deux femmes le regardaient, un peu surprises. Elles firent signe que non.

Smith fit la grimace.

— Bon, si vous voyez de la poussière très fine, gris clair, il vaudra mieux que vous me laissiez m'en occuper.

Valentina Metrace leva ses sourcils racés.

— Ce sera bien volontiers, mon colonel.

— On m'a expliqué qu'il pouvait y en avoir jusqu'à deux tonnes, reprit Randi. Plus de quatre mille livres, Jon. Cela permettrait de contaminer une zone de quelle taille ?

— Raisonnons ainsi, Randi. Les spores dont vous rempliriez votre sac à main suffiraient à contaminer toute la ville de Seattle. Avec ce qu'il emportait, Misha 124 aurait pu asperger toute la côte Est.

— Enfin, dans le meilleur des cas, remarqua le professeur Metrace. C'est l'éternel problème avec les armes biologiques et chimiques, elles vous collent aux doigts, et vous finissez par en gaspiller quatre-vingt-dix pour cent.

L'élégance de l'historienne contrastait fortement avec ce qu'elle était en train d'expliquer, mais on sentait chez elle l'assurance qui est la marque de l'expertise.

— Les Russes utilisaient à bord du TU-4A un aérosol anhydre. Ce bombardier n'était jamais qu'un épandeur agricole géant. Des prises dans les capotages des moteurs aspiraient et comprimaient le flux d'air avant de l'introduire dans les tubulures du réservoir. L'air chassait alors les spores pulvérulentes et les dispersait par des trous ménagés sous les ailes.

« C'est un système extrêmement rustique, il est difficile de maîtriser le débit, mais il a l'avantage d'être simple et relativement léger. En fonction de l'altitude de largage et du régime de vent, on peut ainsi rendre inhabitable pendant des dizaines d'années un territoire de plusieurs centaines de kilomètres sur vingt.

— Des dizaines d'années ?

Randi avait du mal à y croire.

Valentina confirma d'un signe de tête.

— Les spores d'anthrax sont de vraies saloperies. Elles adorent les matières organiques, les terrains riches en azote, tout comme les mauvaises herbes, et elles restent virulentes pendant des durées incroyables.

Elle s'interrompit pour boire une gorgée de café.

— Il existe une petite île au large de l'Ecosse, où la Grande-Bretagne a fait des expériences avec l'anthrax pendant la Seconde Guerre mondiale. Ce n'est que très récemment qu'elle a été déclarée apte à la présence humaine.

« Pour les zones de surface réduites, comme les maisons individuelles, on peut procéder par décontamination chimique. Mais dans les autres cas, comme une ville ou des terres agricoles...

Elle se contenta de hocher la tête.

— Si cet anthrax est toujours à bord de l'appareil, il a peut-être perdu de sa virulence au bout d'une cinquantaine d'années, ajouta Smith. Mais il est confiné dans un réservoir étanche et exposé au froid polaire. Par conséquent, il sera resté réfrigéré dans un environnement sec et sans oxygène. On ne peut pas rêver mieux comme conditions de conservation. Je ne peux donc pas dire dans quel état se trouvent les spores à présent.

Valentina Metrace leva une fois de plus les sourcils, comme elle savait faire.

— Mais moi, mon colonel, il est une chose que je peux vous dire. Je n'aimerais pas être à la place de celui qui va retirer le bouchon et jeter un œil à l'intérieur.

*

Smith descendit par les ascenseurs extérieurs jusqu'au rez-de-chaussée. La nuit et ses milliers de rues et de tours éclairées s'effacèrent lentement lorsque la bulle atteignit la couche de brouillard.

Il aurait bien aimé mettre aussi facilement de l'ordre dans ses pensées. La mission qui les attendait avait l'air délicate, mais pas trop complexe, le genre de mission où il suffit de se montrer soigneux et de bien réfléchir pour ne pas commettre d'erreur.

Il avait pourtant l'impression d'être dans le brouillard. Tout ce qu'il voyait près de lui était simple et clair, mais, au-delà, il ne voyait plus rien, tout en ayant l'impression qu'il s'y trouvait des choses cachées.

Que lui avait dit Klein, déjà ? Ah oui : « Faites l'hypothèse qu'il se passe d'autres choses en même temps. Observez bien. »

Il fallait qu'il reste prêt à voir n'importe quoi émerger du brouillard.

Au moins, il disposait d'une bonne équipe. Valentina Metrace était, comment dire... intéressante. Quand il était au lycée, il n'avait pas de professeurs comme ça. On avait envie d'en savoir plus à son sujet. En sa qualité de cybermobile de Klein, elle excellait certainement dans tout ce qu'elle faisait.

Et puis, une fois de plus, il y avait Randi. Sauvage, courageuse, très maîtresse d'elle-même, impossible de douter d'elle. Elle oublierait sa rancune et ses souffrances, elle ne lui ferait pas défaut. Elle ferait ce qu'on lui avait ordonné de faire, ou elle mourrait en essayant.

Il y avait enfin son problème à lui. Smith avait vu disparaître ce qui était la vie et l'univers de Randi Russell, il avait parfois le pressentiment qu'il assisterait également à sa mort. Ou encore qu'il en serait responsable. C'était un cauchemar qui revenait chaque fois qu'ils partaient ensemble en opération.

Il se secoua, irrité contre lui-même. Il ne fallait pas qu'il tienne compte de cette peur-là. Si cela devait arriver, eh bien, qu'il en soit ainsi. En attendant, ils avaient une mission à accomplir.

La porte de l'ascenseur s'ouvrit. La Ford Explorer qu'il avait louée était garée devant l'hôtel. En traversant le hall, il décida brusquement de faire un détour. Il entra dans la boutique qui vendait des cadeaux et des journaux où il acheta *USA Today* et le *Seattle Times*. Le réflexe de l'agent qui cherche toujours à se tenir au courant de ce qui se passe autour de lui.

De retour dans le hall, il s'arrêta pour parcourir les gros titres, et ce qu'il découvrit lui hérissa le poil.

Les journalistes ne devaient pas avoir eu grand-chose à se mettre sous la dent, ce jour-là. Un communiqué du ministère de la Défense s'étalait à la une du *Times*. Il parlait de l'équipe américano-russe envoyée sur le site où le mystérieux avion s'était écrasé, dans les régions polaires. Tout y était, leur heure de départ de Seattle, leur itinéraire, les moyens de transport qu'ils allaient emprunter.

L'histoire était parfaite pour leur servir de couverture, les informations fournies, banales. Si l'on n'avait pas prévenu les médias, cela aurait pu éveiller leurs soupçons.

Mais, pour Smith, c'était comme un cri dans la nuit, et il ne pouvait savoir si quelqu'un allait l'entendre.

*

De retour dans sa chambre, Randi Russell se laissa tomber au bord de son lit. Laissant errer distraitement ses doigts sur le couvre-lit jaune, elle songeait au passé et à l'avenir.

Bon sang, elle était bon pilote, ou en tout cas, un pilote fiable, mais elle n'avait pas et de loin le nombre d'heures de vol nécessaire pour prétendre être bon pilote en zone arctique. C'était toujours le même problème avec l'Agence. Si vous aviez le malheur d'admettre que vous saviez réparer une petite fuite, on en déduisait que vous étiez capable de maîtriser une inondation.

La moitié de l'explication tenait dans l'amour-propre des gens qui évitaient comme la peste d'avouer : « Je ne sais pas le faire. »

Et dans ce cas particulier, il était encore moins question pour elle de le dire à Jon Smith.

Quelle malédiction faisait qu'elle était sans cesse rattrapée par cet homme ?

Elle se rappellerait toujours la pire dispute qu'elle ait jamais eue avec sa sœur, la rage froide qu'elle avait éprouvée lorsque Sophia était arrivée avec au doigt la bague de fiançailles que venait de lui offrir Smith. Elle s'était montrée virulente, elle avait traité Sophie de traîtresse avant de claquer la porte.

Et le pire, c'est que Sophia avait refusé de répondre. « Jon est désolé pour ce qu'il t'a fait, Randi, lui avait-elle dit avec ce sourire un peu triste, un peu condescendant, son sourire de grande sœur. Il est bien plus désolé que tu ne crois, ou en tout cas, bien plus que ce que tu veux admettre. »

Randi n'admettrait rien, maintenant ni jamais.

Elle commençait à défaire la fermeture d'une de ses bottes en cuir lorsque l'on frappa discrètement à sa porte. Elle remonta la fermeture, s'approcha de la porte, et regarda par le judas.

Elle vit deux yeux gris-bleu, en amande.

Elle ôta le verrou de sûreté et la chaîne, avant d'enlever la serviette humide roulée au bas de la porte.

— Quelque chose qui ne va pas, professeur ? demanda-t-elle en ouvrant le battant.

— Je me pose la question, oui, répondit-elle sèchement, et c'est pour essayer d'y répondre que je suis ici. Il faut que je vous parle, mademoiselle Russell, et plus précisément, que je vous parle de vous.

Un peu surprise, Randi se poussa et l'historienne entra.

— Pouvons-nous parler sans risque ? demanda-t-elle brusquement.

— J'ai vérifié qu'il n'y avait pas de micros, répondit Randi en refermant avant de remettre en place les sécurités. Nous sommes tranquilles.

— Parfait, venons-en donc au fait.

Valentina s'avança au milieu de la chambre, avant de se tourner brusquement vers Randi.

— Mais qu'est-ce qui ne va pas entre Smith et vous ?

A table, le professeur Metrace s'était montrée particulièrement affable et rien n'avait alors laissé deviner chez elle une personnalité aussi forte. Mais maintenant, elle était passée à l'attaque, elle avait un regard d'acier. Randi se rendit compte en outre que, même sans talons, elle faisait bien quatre ou cinq centimètres de plus qu'elle.

— Je ne vois pas de quoi vous voulez parler, professeur, répliqua Randi tout aussi sèchement. Il n'y a aucun problème entre le colonel Smith et moi.

— Oh, je vous en prie, mademoiselle Russell. L'ambiance à table était si lourde qu'elle aurait affolé un compteur Geiger. Je n'ai encore jamais travaillé ni avec vous ni avec Smith, mais j'imagine que vous avez déjà exécuté des missions avec lui. Je suppose que vous êtes tous les deux des gens compétents, en votre qualité de membres du Club, sans quoi vous ne seriez pas ici. Il est de toute manière évident qu'il s'est passé des choses entre vous.

Bon sang de bonsoir ! Randi était assez fière d'avoir réussi à ne rien laisser paraître.

— Cela ne vous concerne en aucune façon, professeur.

Metrace hocha la tête, irritée par cette réponse.

— Mademoiselle Russell, je suis assez bonne à ce petit jeu. Ce qui signifie que je ne travaille jamais avec des gens en qui je n'ai pas confiance, et, pour l'instant, je ne fais confiance à personne. Avant que je m'engage plus avant dans cette affaire, je veux savoir exactement ce qui peut bien se passer entre mes éventuels partenaires – et je veux connaître tous les détails.

Randi voyait bien ce qu'elle était en train de faire : de l'agressivité, feinte probablement, et un assaut brutal. Metrace ne se contentait pas d'exiger, elle sondait, elle testait ses réactions.

L'agent de la CIA essayait de dominer la colère irrépressible qu'elle sentait monter en elle.

— Je vous suggère d'en parler au colonel Smith.

— Oh, ma chère, j'en ai bien l'intention. Mais il n'est pas là, contrairement à vous. En outre, Smith semble bien mieux maîtriser la situation. Vous, on dirait que vous essayez de démêler un vrai sac de nœuds. Eclairez-moi.

Cette femme avait le don de vous mettre en rogne, ou en tout cas, c'était l'impression qu'elle voulait donner.

— Je peux vous certifier que tous les différends que j'ai pu avoir avec le colonel Smith par le passé n'auront aucune conséquence pour ce que nous avons à faire ensemble.

— C'est moi qui en jugerai, répliqua froidement Metrace.

Randi sentait qu'elle allait perdre son calme.

— Eh bien, dans ce cas, dites-vous bien que ce ne sont pas vos oignons !

— Sauver mes abattis, mademoiselle Russell, voilà une chose à laquelle j'accorde le plus grand soin. Et jusqu'à plus ample information, j'ai le sentiment d'une équipe qui bat de l'aile et d'une mission qui risque de rater avant même d'avoir commencé, tout ça à cause de problèmes personnels. Je suis l'une des spécialistes dans cette opération, je suis même indispensable. J'imagine qu'il en est de même pour le colonel Smith. Reste donc la petite fille à l'hélico pour tenir le mauvais rôle. Je vous garantis qu'on peut se passer de vous, ma chère. Bon, maintenant, dites-moi de sortir d'ici et vous verrez ce qui va se passer !

La confrontation entre les deux femmes atteignait son paroxysme. Mais elles savaient toutes deux que, si elles tiraient, ce serait un combat à coups de griffes. L'une des deux n'en sortirait pas vivante, ou du moins, y laisserait des plumes.

Randi respira à fond. Qu'ils aillent au diable, elle et Jon Smith. Mais s'ils devaient travailler ensemble, Metrace avait le droit de poser des questions et Randi, le devoir de répondre.

— Il y a dix ans, un jeune officier de l'armée de terre dont j'étais amoureuse servait dans une force de maintien de la paix à la pointe de l'Afrique. Nous devions nous marier à son retour. Mais il a contracté une maladie comme on en attrape en Afrique, une maladie que la médecine commençait tout juste à identifier. On l'a évacué sur un navire-hôpital de la marine et il fut confié aux soins d'un médecin militaire qui était affecté à bord.

Valentina commençait à se détendre très légèrement.

— Le colonel Smith ?

— Il était médecin capitaine à l'époque. Il a commis une erreur de diagnostic. J'imagine que ce n'était pas vraiment sa faute, seul un spécialiste en médecine tropicale aurait pu déterminer de quoi souffrait mon fiancé. Mais il est mort.

Il y eut un silence. Randi respira profondément une fois encore avant de reprendre :

— Quelque temps après, le major Smith rencontra ma sœur aînée, Sophia. Elle était médecin elle aussi, elle faisait de la recherche en microbiologie. Ils tombèrent amoureux l'un de l'autre et décidèrent de se marier lorsqu'il eut réussi à la convaincre de venir travailler avec lui à l'Institut militaire de recherche sur les maladies infectieuses. Vous vous souvenez de l'affaire Hadès, cette épidémie ?

— Naturellement.

Randi fixait obstinément le papier peint banal.

— L'Institut fut dans les premiers organismes auxquels on fit appel pour essayer d'isoler la cause de l'épidémie et pour trouver un traitement. Ma sœur travaillait là-dessus, et elle l'a attrapée.

— Et elle en est morte.

Valentina Metrace s'était radoucie, pleine de compassion. Le test était concluant.

A présent, Randi se sentait capable de soutenir son regard.

— Depuis lors, j'ai eu plusieurs fois l'occasion de travailler avec

Jon Smith. Je ne sais pas pourquoi, mais on dirait que nous sommes liés l'un à l'autre.

Elle eut un petit sourire amer, presque méprisant.

— J'ai fini par admettre que c'était un bon professionnel et vraiment quelqu'un de bien. J'ai également fini par me convaincre que ce qui était arrivé appartenait au passé... Je vous assure, professeur, travailler sous ses ordres ne me pose pas le moindre problème. Il connaît son affaire. Simplement, je dois surmonter quelques souvenirs chaque fois que nous nous retrouvons.

— Je vois, fit Valentina en hochant la tête.

Elle se dirigeait vers la porte lorsqu'elle s'arrêta.

— Mademoiselle Russell, accepteriez-vous de prendre votre petit déjeuner avec moi, avant que nous prenions l'avion ?

Et elle n'avait pas particulièrement appuyé sur le « nous ». Elle voulait se montrer gentille.

Randi, cette fois, répondit en faisant un large sourire.

— Bien volontiers, professeur. Vous pouvez m'appeler Randi.

— Et vous pouvez m'appeler Val. Je suis désolée d'avoir été aussi directe. Je ne savais pas trop comment tout cela allait se passer. Je me demandais si je n'allais pas me trouver emberlificotée dans une vieille brouille sentimentale.

— Entre Jon et moi ? – Randi eut un petit rire. – Non, c'est peu vraisemblable.

— Parfait, répondit Valentina en souriant elle aussi.

Après son départ, Randi resta là, soucieuse. L'historienne n'avait pourtant aucune raison de sourire d'aussi bon cœur après sa dernière réponse.

Chapitre 11

Au-dessus du détroit de Juan de Fuca

L E 737-400 D'ALASKA AIRLINES volait au-dessus de la poussière d'îles qui parsème les eaux entre la péninsule olympique et les Etats-Unis de l'Ile de Vancouver et du Canada. Des lambeaux de nuages s'accrochaient encore au fuselage lorsqu'il vira vers le nord-ouest. Tandis que le Boeing gagnait son altitude de croisière, Jon Smith desserra un peu sa ceinture. Ce vol en milieu de matinée à destination d'Anchorage était à moitié vide, ce qui lui permettait de profiter de plusieurs sièges pour lui tout seul, dans la rangée A qui plus est, juste derrière la cloison du cockpit.

Pour la première fois depuis des semaines, il était en civil et avait échangé son uniforme contre un Levi's et un vieux blouson de randonnée. C'était plutôt agréable. Randi Russell et le professeur Metrace étaient installées derrière dans des rangées séparées.

Depuis la veille, Randi était apparemment revenue à de meilleurs sentiments à son égard. Levant les yeux du manuel de vol de l'hélicoptère qu'elle était en train de potasser, elle lui adressa un bref sourire.

Le professeur était également plongée dans un énorme bouquin sur les Forces aériennes du Pacte de Varsovie.

Professeur. Cela sonnait bizarrement.

Il avait rangé sa mallette sous son siège. Elle contenait les derniers documents de l'Institut sur le diagnostic rapide et l'identification des variantes de l'anthrax ainsi que sur leur traitement. Il allait devoir s'y mettre, mais pour l'instant, il savourait le confort d'être assis, les jambes bien étendues, et de fermer les yeux pour se protéger du soleil matinal qui inondait la carlingue à travers le hublot. Il n'aurait pas de sitôt l'occasion de se vider l'esprit de cette façon.

— Cela vous dérange si je m'assieds à côté de vous, Jon ?

Il sursauta en sortant du demi-sommeil dans lequel il avait fini par sombrer. Valentina Metrace se tenait dans l'allée, une tasse de café fumant à la main. Elle avait l'air amusé.

Smith lui rendit son sourire.

— Pourquoi pas ?

Elle se glissa devant lui pour s'installer dans le siège côté hublot. Apparemment, le professeur était de ces femmes qui préfèrent s'habiller avec élégance en toutes circonstances. Aujourd'hui, elle portait un chandail noir léger qui moulait ses formes et un pantalon de ski. Elle avait coiffé ses cheveux en chignon, c'était apparemment la coiffure qu'elle préférait. Smith se surprit à se poser la question, lorsqu'elle défaisait cette chevelure sombre, ses cheveux devaient tomber jusqu'au bas du dos.

Oubliant cette agréable distraction, il jeta un rapide coup d'œil autour de lui pour observer ce qui se passait. Les deux rangées devant et derrière lui étaient vides, ce qui leur assurait une certaine discrétion.

Valentina était tout aussi sensible que lui à ce qui touchait à la sécurité, car, lorsqu'elle ouvrit la bouche, ce fut un ton plus bas que le sifflement des réacteurs.

— Je me disais que nous pourrions profiter de cette occasion pour discuter librement avant de retrouver notre officier de liaison. Dites-moi, mon colonel, quelle politique comptez-vous adopter à l'égard de notre brave allié russe ?

Bonne question.

— Jusqu'à preuve du contraire, nous supposons que tous les frères sont courageux, et toutes les sœurs, vertueuses, lui répondit Smith. Tant que les Russes nous donneront l'impression de jouer franc-jeu avec nous, nous ferons de même. Mais le mot qui compte, c'est « impression ». J'ai pour instruction d'agir comme si le chargement était à bord. Nous devons faire l'hypothèse que les Russes ont d'autres éléments à ce sujet.

Metrace but une gorgée.

— On pourrait appeler ça une évidence.

Ils devaient se rapprocher pour parler et Smith ne put s'empêcher de penser que son adjointe sentait bon, *Fleurs des Alpes* de Guerlain.

— Bon, et si les Russes essayent de nous prendre de vitesse, reprit Smith en croisant les mains sur son ventre, pourquoi le feraient-ils ? Pourquoi ne le verrions-nous pas ?

— A mon avis, mieux vaut prendre le problème à l'envers : que veulent-ils nous empêcher de voir ? répondit-elle. J'ai échangé avec certains de mes collègues depuis le début de cette histoire, et j'ai découvert quelque chose d'assez intéressant sur l'accident de Misha 124.

« Depuis la fin de la guerre froide, nous avons eu une grande... on pourrait dire, une grande *glasnost* entre historiens militaires des deux camps. Sans avoir à subir de restrictions liées à la sécurité, nous avons eu la possibilité de demander pourquoi ceci ou cela avait été fait, où, par qui. Et dans la plupart des cas, nous avons obtenu des réponses.

« A ce jour, nos homologues russes se sont montrés extrêmement prolixes, même sur leurs ratés les plus significatifs, comme la perte de sous-marins nucléaires ou des fuites accidentelles de gaz énervants.

« Pourtant, ce n'est pas allé jusqu'à ce qui nous occupe. Avant la découverte du lieu de l'accident de Misha 124, dans toutes les archives de l'armée de l'air soviétique auxquelles nous avons eu accès, nous n'avons trouvé aucune mention d'un escadron de TU-4 qui aurait perdu un appareil en mars 1953, rien sur un éventuel exercice de routine, où que ce soit.

— Et pas mention non plus d'un accident dans l'Arctique qui aurait mis en jeu deux tonnes d'anthrax ? lui demanda Smith.

Elle hocha négativement la tête et rejeta en arrière une mèche de cheveux noirs qui lui pendait sur l'œil.

— Pas le moindre début de commencement, jusqu'à ce que les Russes abordent le sujet avec notre Président.

« Cela dit, tout ce qui concerne l'emport d'armes biologiques par un appareil spécial a pu être compartimenté pour des raisons de confidentialité. Mais ce qui concerne ce Taureau précis et tout son équipage a été totalement effacé de tous les documents de routine. Ils voulaient vraiment les faire disparaître totalement. Et je pense que si la Fédération de Russie admet maintenant son existence, c'est uniquement parce que tout a éclaté à la face du monde.

Le regard de Smith se perdit dans le vague pendant un bon moment. Il contemplait le hublot baigné de lumière, réfléchissant à ce qu'il venait d'entendre.

— Voilà qui est intéressant, fit-il lentement. J'ai pensé à un truc. Je trouve particulièrement étrange que quelqu'un s'amuse à embarquer une arme biologique réelle pour un simple exercice d'entraînement. On devrait se contenter d'une arme inerte, c'est du simple bon sens.

Valentina haussa les épaules.

— C'est votre avis, et c'est également le mien. Mais n'oubliez pas, nous ne sommes pas russes. Ils ne font pas les choses comme nous.

« Regardez la catastrophe de Tchernobyl, poursuivit-elle. Nous n'aurions jamais construit un gros réacteur avec un cœur en graphite, les Russes, si. Nous n'aurions jamais construit une grosse centrale nucléaire sans enceinte de confinement, mais les Russes l'ont fait. Et nous n'aurions pas fait des exercices de défaillance des systèmes vitaux sur un gros réacteur au graphite sans enceinte critique, mais les Russes l'ont fait. Je crois que nous ne pouvons pas faire la moindre hypothèse sur des sujets de ce genre.

Smith hocha la tête.

— Donc, ne faisons pas d'hypothèse. Bon, parlons d'autre chose. Je connais l'état de la recherche russe dans le domaine des armes biochimiques, mais vous, vous êtes experte pour ce qui concerne leurs programmes passés. Serait-il possible que ce bombardier ait pu emporter autre chose que ce bon vieil anthrax ?

Elle soupira.

— Difficile à dire. Le Misha 124 était le genre d'appareil qui aurait dû être utilisé pour des missions de bombardement transpolaires sans possibilité de retour contre des objectifs stratégiques aux Etats-Unis. En admettant cette donnée et compte tenu du fait que l'avion était armé, il devait transporter une arme atomique, biologique ou chimique, au choix. Les Soviétiques n'auraient pas gaspillé un bombardier à long rayon d'action et un équipage d'élite pour larguer quelque chose de moins puissant.

Elle but une autre gorgée de café et se retourna pour le regarder en face, en repliant les pieds sous son siège.

— Quant à l'agent chimique précis qu'ils ont utilisé, c'était bien avant l'époque d'autres produits exotiques comme le virus Ebola et bien avant le développement du génie génétique. Il fallait faire avec ce que la nature vous offrait. Le tiercé qui excitait tout le monde, c'était l'anthrax, la variole et la peste bubonique. L'anthrax a été préféré car il est simple et peu coûteux à produire en quantité, et facile à maîtriser car il n'est pas contagieux.

Smith plissa le front en réfléchissant.

— S'il s'agissait de peste ou de variole, nous n'aurions sans doute aucun souci à nous faire. Les gènes seraient probablement inertes, depuis le temps. En plus, pourquoi mentir? Les trois solutions auraient été aussi vicieuses et de toute manière, nous aurions tout découvert en arrivant sur le site de l'accident.

— Exactement, répondit Valentina en approuvant du chef. C'est pourquoi il ne s'agit peut-être pas d'un seul agent biologique. Ils l'ont déjà presque avoué. Il reste une inconnue que nous ne comprenons pas. En outre, les autorités actuelles ne savent rien. Mais il est une chose dont je puis être quasiment certaine.

— Et qui est?

Elle prit une nouvelle gorgée.

— Quelque chose de sacrément inattendu va arriver une fois que nous serons à bord de l'avion.

Chapitre 12

Anchorage, Alaska

TROIS HEURES APRÈS AVOIR DÉCOLLÉ de Seattle, le 737 sortit les volets et les aérofreins avant d'entamer sa descente vers Anchorage. Des crêtes enneigées et les eaux bleu sombre de la baie de Cook défilaient derrière les hublots. L'appareil perdit de l'altitude en faisant des cercles au-dessus de ce paysage étonnant, une ville américaine du XXIe siècle plantée au cœur de la nature la plus sauvage qui soit.

Après avoir posé son train, le petit Boeing roula jusqu'au terminal sud de l'Aéroport international Ted Stevens. Un inspecteur en uniforme de la police de l'Etat attendait Smith et ses troupes à l'extrémité de la passerelle.

— Bienvenue en Alaska, mon colonel, lui dit respectueusement l'homme. Nous avons un véhicule qui vous attend sur le parking de la police. – Il lui tendit un jeu de clés. – Une Crown Vic blanche banalisée. Laissez-la à Merrill Field, nous enverrons quelqu'un la récupérer.

Visiblement, la main invisible de Klein était passée par là pour aplanir leur chemin.

— Merci, sergent, répondit Smith en prenant les clés. C'est sympa.

L'homme lui remit également une petite valise en matière plastique granitée, assez lourde.

— On m'a également chargé de vous remettre ceci, mon colonel. Apparemment, quelqu'un s'est dit que vous pourriez en avoir besoin.

Smith lui rendit son sourire malicieux :

— Il a peut-être tort.

Ils s'étaient contentés de prendre des bagages à main, ce qui leur permit d'éviter la cohue qui régnait autour du carrousel. Smith entraîna son équipe dehors. Il était midi, l'air était vif. Le soleil, étrangement bas, était chaud, mais il faisait froid dès que l'on se trouvait à l'ombre et les pics de la haute chaîne des Chugach étaient recouverts de neige fraîchement tombée – ce qui donnait une petite idée de ce qui se passait dans le nord.

Comme promis, une Ford couverte de boue, immatriculée en Alaska, les attendait. Après avoir chargé leurs bagages dans le coffre généreux, Smith donna les clés à Randi. Elle se glissa derrière le volant, Smith s'installa à côté d'elle et Valentina à l'arrière. D'instinct, ils s'équipèrent.

Smith posa la mallette sur ses genoux, souleva les verrous et ouvrit le couvercle.

Depuis qu'il pratiquait ce métier, Smith avait sa théorie à lui sur les armes. Il prétendait que le bon choix résultait de la personnalité d'un individu et de sa façon d'appréhender un environnement hostile. Il fallait également avoir dans son arme une confiance absolue, car votre vie en dépendait.

Il remit à Randi un étui en cuir noir et nylon. Elle tira sur les larges bandes Velcro et vida le sac qui contenait un holster à bretelles croisées. Dedans, un Smith et Wesson modèle 60 couleur acier inox, avec sa crosse sculptée de rosaces. Il s'agissait de la version Lady Magnum, dont l'ergonomie était spécialement adaptée aux femmes. Randi mit en place un chargeur garni de cartouches à charge creuse.

Bonne démonstration de la théorie. Randi Russell était une femme, elle portait une arme de femme. Mais c'était une femme très sérieuse, et elle avait choisi une arme tout aussi sérieuse.

Quant à lui, il avait une arme de dotation de l'armée, un SIG-SAUER P-226 modifié selon les spécifications du ministère de la Défense, ainsi qu'un paquet de chargeurs de 9 mm et un holster d'épaule Bianchi avec mousqueton. L'armée avait consacré beaucoup de temps et de nombreux efforts à expérimenter le SIG, qui s'était révélé une arme personnelle efficace et performante. Smith n'avait pas envie de discuter ce choix.

Et puis il y avait enfin un petit paquet tout en longueur, enveloppé dans un tissu noir et soyeux.

— Qu'est-ce que c'est que ça ? demanda Randi en voyant Smith le sortir de la mallette.

— Ça, c'est à moi, déclara Valentina qui les regardait faire, la tête appuyée sur ses mains croisées qu'elle avait posées sur le dos du siège. Regardez.

Smith ouvrit le paquet. Il contenait une collection de couteaux de lancer, mais des couteaux comme il n'en avait jamais vu. Intrigué, il en prit un et le sortit de son étui en nylon.

L'objet ne faisait que vingt centimètres de long et à peine la largeur de son doigt. Moitié manche, moitié lame. La lame était presque aussi effilée qu'un poinçon à section aplatie en forme de diamant. Les arêtes des quatre faces huilées étaient brillantes. Smith était impressionné par ce qu'il voyait, en tant que soldat et en tant que médecin. Comme une rapière ou l'un de ces vieux poignards de tranchée, l'arme devait causer des blessures terribles à refermer.

Ce couteau ne possédait pas de garde, mais un cercle en ressaut entourait le haut de la poignée striée. Et il n'était pas assemblé, il était taillé dans la masse, soigneusement usiné dans un lingot d'un métal extrêmement dense.

Il n'était pas sans rappeler les couteaux de lancer japonais, les tonki, utilisés dans les arts martiaux, et lorsque Smith le posa sur son doigt tendu pour voir, il se révéla parfaitement équilibré. A l'exception des tranchants et d'une minuscule signature « VM » gravée en argent sur une face, il était noir.

— C'est un bel objet, murmura Randi, obligée de s'incliner devant ce travail.

Et c'est vrai qu'il était beau. Le dessin, les proportions de ce petit couteau en faisaient plus une œuvre d'art qu'une arme.

— Merci, répondit Valentina Metrace. Ils sont en acier, du DY-100 – un matériau impossible à travailler, mais incroyablement résistant. Si vous posez votre doigt sur le fil, adieu.

— Et c'est vous qui les avez fabriqués ? lui demanda Smith en se retournant.

Valentina hocha modestement la tête.

— Un passe-temps.

Randi eut un léger sourire en bouclant la courroie de son étui autour de sa taille.

— Ils sont très beaux, professeur, mais si la situation devient grave, vous pourriez avoir besoin de quelque chose de plus sérieux.

— Ne sous-estimez pas les effets de la pointe et des arêtes.

Valentina prit les couteaux que lui tendait Smith.

— Les armes blanches ont tué bien plus de monde que toutes les bombes et toutes les balles qu'on a pu inventer, et ça dure toujours, avec la même efficacité.

L'un des couteaux de lancer disparut dans la manche gauche de son chandail, elle en glissa un second dans la tige de sa botte.

— Mes petits chéris sont silencieux, impossibles à brouiller, et bien plus faciles à dissimuler qu'une arme à feu. On n'a jamais peur de manquer de munitions, ils sont capables de percer un gilet pare-balles qui arrêterait une balle de pistolet normal.

Randi cala bien à fond son arme et mit le contact de la Crown Victoria.

— J'en resterai au pistolet, merci.

— Espérons que nous n'aurons pas à utiliser nos armes, mesdames.

— Espérons, Jon ? répondit Randi en faisant marche arrière pour sortir de l'emplacement.

— Bon, disons que ce serait chouette.

Il devait maintenant appeler un numéro qu'il avait appris par cœur avant de quitter Seattle le matin. Tandis qu'ils sortaient du parking, Smith composa son appel sur son téléphone mobile. Une voix grave, dans un anglais avec une pointe d'accent, mais parfait, lui répondit : « Major Smyslov à l'appareil. »

— Bonjour, major, ici le colonel Smith. Nous passons vous prendre devant votre hôtel d'ici un quart d'heure. Une berline Ford de couleur blanche, immatriculée en Alaska ; Sierra... Tango... Tango... trois... quatre... sept, un homme, deux femmes. Tous en civil.

— Très bien, mon colonel, je vous attends.

Smith referma son téléphone. C'était l'inconnue suivante sur la liste. Il avait déjà deux sujets intéressants dans son équipe, qu'en serait-il du troisième ? Allait-il y mettre une petite touche d'exotisme ?

*

Vêtu d'un anorak, d'un pantalon de randonnée kaki et de chaussures de montagne, le major Gregori Smyslov se tenait devant l'entrée de l'Auberge de l'Arctique, son sac de vol à ses pieds. Il se faisait sensiblement les mêmes réflexions que Jon Smith.

On lui avait dit qu'il allait se retrouver avec un médecin militaire, une historienne et une civile pilote d'hélicoptère. Mais qui étaient-ils en réalité ? Smyslov avait déjà le vague sentiment qu'il y avait autre chose. Cette façon qu'avait Smith de prendre contact et de venir le prendre, les indications précises qu'il lui avait fournies – tout cela sentait l'agent entraîné.

Pour calmer son impatience, il alluma une Camel au moyen d'un briquet jetable. Il n'était guère d'humeur à apprécier le tabac américain. Il allait bientôt entrer en scène.

Pour commencer, il n'aimait pas ce qu'il devinait de ce boulot. Cela sentait la manœuvre désespérée, chose trop fréquente à cette époque dans les cercles gouvernementaux. A Moscou, un bureaucrate quelconque n'avait pas réfléchi, il s'était contenté de réagir.

Il tira une grande bouffée. Ce n'était pas l'endroit pour penser à des choses pareilles.

La voiture blanche qu'on lui avait dit d'attendre déboucha de la rue et s'arrêta sous l'auvent de l'hôtel. Le numéro et les passagers collaient avec la description qu'on lui avait faite. Smyslov jeta sa cigarette et l'écrasa d'un coup de talon. Maintenant, il allait savoir, ou du moins, il aurait une première idée de ce que savaient les Américains et de ce qu'ils soupçonnaient.

Smyslov ramassa son sac et s'avança vers la voiture.

Il ne mit que cinq minutes à comprendre. Adieu, l'espoir que les Américains aient gobé l'histoire que leur avaient racontée les Russes sur la catastrophe de Misha 124. Il était ici sous un faux prétexte ; eux aussi.

Les deux femmes avaient l'air de mannequins, mais elles cachaient certainement autre chose. La blonde discrète et assez taciturne qui conduisait, « pilote d'hélicoptère » en théorie, restait vigilante comme un espion de métier. Idem pour la brune, nettement plus détendue, le « professeur d'histoire ». Elle était confortablement installée à côté de lui sur la banquette arrière et, tout en racontant des banalités sur le climat de l'Alaska, balayait systématiquement le paysage, observant la circulation et passant son temps à regarder dans les rétroviseurs pour vérifier qu'ils n'étaient pas suivis.

Smyslov en déduisit qu'ils appartenaient à la CIA ou à une autre des organisations que les Américains englobaient sous l'appellation générale du « Club ».

Il se demandait si le charme des deux femmes était simple coïncidence ou si la séduction faisait partie de leur arsenal.

Voilà qui était pour le moins troublant.

Quant au chef de l'équipe, il était peut-être médecin militaire, il était surtout une espèce de Spetsnaz à l'américaine et sans doute rattaché à un service de renseignement militaire. Le regard perpétuellement en alerte, cette impression de confiance qui émanait de lui, la bosse que faisait sous son blouson son automatique de l'armée. Le moins qu'ils auraient pu faire aurait été de lui fournir un faux nom convenable. Mais Jon Smith, non !

S'il les avait repérés, eux en avaient certainement fait autant avec lui. Lorsque Smith s'était retourné pour lui serrer la main, il avait surpris une lueur d'amusement dans ses yeux bleu foncé, au regard pénétrant, comme s'il lui disait en manière de plaisanterie : « Allons allons, on va jouer à ce petit jeu tant que ça vous plaira. »

Complètement dingue !

Le colonel le sortit de ses pensées.

— Que disiez-vous, mon colonel ?

— Je vous demandais simplement si les gens de chez vous avaient du nouveau sur les circonstances de l'accident, lui dit aimablement Smith en se retournant de nouveau. Avez-vous une idée plus précise de ce qui a pu amener votre appareil à pénétrer sur notre territoire ?

Smyslov hocha négativement la tête, bien conscient que trois paires d'yeux l'observaient, deux directement et la dernière dans le rétroviseur.

— Non. Nous avons rebalayé nos archives, nous avons interrogé un certain nombre de personnes qui servaient en Sibérie à l'époque du vol d'entraînement de Misha 124. Les communications ont été interrompues à un moment, entre deux messages normaux de position, on n'a pas intercepté le moindre appel de détresse. Il y avait des problèmes d'interférences électromagnétiques dans la région du Pôle. A notre avis, c'est cela qui explique tout.

— Quel a été le dernier relèvement que vous ayez eu ? Je veux dire, la dernière position de l'avion ?

Bon, ça commençait.

— Je n'ai pas en tête la latitude et la longitude exactes, mon colonel ; il faut que je consulte mes documents, mais il était quelque part dans le nord d'Ostrova Anzhu.

« Nous nous sommes demandé ce qu'il pouvait bien faire si loin de notre côté du Pôle, pour un simple vol d'entraînement.

La femme professeur (Metrace, c'était cela ?) mettait son grain de sel.

— D'après ce que nous savons des B-29-TU-4, un accident sur l'île Mercredi l'aurait mis au-delà du point de non-retour, et il n'aurait pas pu regagner la Sibérie.

Smyslov resta coi un instant avant de fournir la réponse qu'on lui avait prescrite.

— Ce vol ne devait absolument pas l'amener près des côtes nord-américaines, à aucun moment. Nous supposons que les gyrocompas ont dérivé. Compte tenu des difficultés que présente la navigation aérienne près du Pôle, l'équipage a dû se diriger vers le Canada au lieu de remettre le cap sur la Sibérie.

— C'est amusant, murmura la femme au volant, presque pour elle-même, en ralentissant derrière un quatre-quatre.

— Oui, Randi ? lui demanda Smith d'un ton négligent.

— En mars, il fait encore nuit au-dessus du Pôle, et le B-29 volait à haute altitude. Il devait être largement au-dessus de la couche nuageuse. Même sans gyros, je ne comprends pas pourquoi le navigateur n'a pas fait un point d'étoiles pour se recaler.

Smyslov se sentit devenir moite. Maintenant, il savait qu'il était dans le rôle de la souris, et qu'il se retrouvait entre les griffes de trois chats joueurs et particulièrement sadiques.

— Je ne sais pas, mademoiselle Russell. Nous en saurons peut-être davantage une fois sur place.

— J'en suis sûr, fit Smith en souriant gentiment.

Dingue... complètement dingue !

Chapitre 13

Merrill Field, Anchorage

MÊME EN CE DÉBUT du XXIe siècle, l'Alaska était un pays essentiellement sauvage, avec peu de routes et de voies ferrées. C'est l'avion qui permettait de se déplacer dans ces immensités. Merrill Field et les installations pour hydravions de Lake Hood étaient deux des plus grandes infrastructures d'aviation civile au monde et constituaient le nœud de communication principal chez ces gens qui avaient la culture de l'aéronautique.

Des dizaines de hangars s'alignaient le long des taxiways et les parkings étaient bondés, des centaines d'avions légers qui stationnaient sur des hectares de parkings. Le bruit des moteurs était permanent et le trafic incessant à l'atterrissage comme au décollage.

Lorsque Smith et son équipe s'arrêtèrent devant les bureaux de Pole Star Aero-Leasing, ils virent que l'on avait déjà sorti de son hangar un hélicoptère orange vif. Il était équipé de flotteurs remplis de mousse et était paré pour le vol.

— OK, Randi, lui dit Smith, à vous de jouer. Qu'en pensez-vous ?

— Ça devrait aller, répondit-elle, visiblement satisfaite. Un Bell Jet Ranger, la version allongée du 206L Long Ranger, biturbines. On ne fait pas plus fiable. D'après la documentation, il est certifié IFR et aménagé pour voler dans les conditions arctiques.

— J'en conclus donc, mademoiselle Russell, que c'est convenable à tous points de vue ?

Elle esquissa un sourire.

— C'est nominal, mon colonel. Je vous le confirmerai après avoir fait la visite avant vol.

Smyslov regardait le Ranger par la fenêtre de la voiture, avec l'œil du pilote. Smith en conclut que le Russe était vraiment pilote.

— Avez-vous déjà volé sur hélicoptère ? lui demanda-t-il.

— Un peu, répondit-il dans un grand sourire. Des Kamovs et des Swidniks, mais pas de petits bijoux comme celui-ci.

— Eh bien, Randi, vous voilà avec un copilote tout trouvé. Mettez-le au boulot.

Randi lui jeta un regard en biais, un peu hésitante. Smith lui répondit d'un signe de tête imperceptible. Tous les frères sont vaillants et toutes les sœurs vertueuses... jusqu'à preuve du contraire. En plus, le Russe allait monter dans l'hélicoptère avec eux, Smyslov n'allait pas s'amuser à flinguer Smith, ç'aurait été suicidaire.

Laissant à Randi le soin de s'occuper du chargement et des vérifications avant vol, Smith se dirigea vers le bureau de la société de location. Il n'avait plus grand-chose à faire, la main invisible et efficace de Fred Klein était une fois de plus passée par là.

— Tous les papiers sont prêts, mon colonel, lui dit le responsable, un homme grisonnant. L'appareil a été vérifié, les pleins sont faits, et j'ai pris la liberté de déposer un plan de vol pour Kodiak. Vous aurez des conditions de vol à vue pendant tout le trajet, on prévoit du beau temps pour les douze prochaines heures jusqu'à l'embouchure de la Cook et dans la baie. L'officier aéro du *Haley* vous attend, vous vous poserez directement à bord. Je le préviendrai quand vous aurez décollé.

Smith avait appris durant les réunions préparatoires que Pole Star fournissait des appareils à de nombreuses sociétés commerciales ainsi qu'à des expéditions gouvernementales en Arctique, sans parler d'autres missions.

Le responsable du bureau était visiblement un ancien hélicoptériste de l'armée de terre. Un grand écusson du 1er régiment d'hélicoptères de combat était accroché au mur au milieu de tout un fouillis, et une maquette de AH-1 Huey Cobra était posée sur le bureau. Un blouson de vol de l'époque du Vietnam était accroché au dossier du fauteuil. Smith avait l'impression que le vieux avait fort bien pu faire partie du Club dans le temps, ou qu'il avait travaillé dans des cercles assez proches.

— Merci pour tout, lui dit-il en lui tendant la main. Nous allons essayer de vous le rendre entier.

— Pas d'importance, il est assuré, répondit le vieux pilote en rigolant et en prenant la main tendue dans la sienne, noueuse et calleuse. Je ne sais pas ce que vous partez faire, mon colonel, mais bonne chance et faites gaffe à vos osselets. Les hommes sont précieux, les ventilos, on s'en tape.

— Je vais noter ça, ce sera la pensée du jour.

Smith sortit du bureau et, sans même y penser, examina ce qui se passait dans les environs. Le ciel était bleu, pratiquement sans nuages, le vent faible. D'ici quelques minutes, ils seraient en l'air.

Son équipe était au complet. Il ne s'était rien passé de fâcheux pendant le vol jusqu'à Anchorage ni à l'aéroport. Personne ne les avait suivis jusqu'ici. L'endroit était désert, à l'exception de l'équipe et de deux types de l'endroit en chemise de flanelle, qui bricolaient un gros Cessna blanc dans un hangar en face de l'agence de location.

Pourquoi se disait-il que tout n'allait pas si bien ?

*

L'île et le port de Kodiak se trouvent à quatre cents kilomètres à l'ouest sud-ouest d'Anchorage, à l'embouchure de la Cook et de l'autre côté du détroit de Shelikof qui la sépare de l'Alaska. Un vol raisonnable pour un hélicoptère.

Randi Russell était heureuse de la possibilité qu'on lui offrait de se familiariser avec cet hélicoptère. Elle avait effectué le plus gros de ses heures de vol sur des appareils de la famille des Bell Rangers, mais rarement sur la version 206. Elle s'accoutumait au pilotage du Long Ranger, plus gros et plus lourd, avec ses deux flotteurs dont la traînée était compensée par la puissance des deux turbines. Elle ne fut pas longue à retrouver ses réflexes, balayant constamment la planche de bord indicateurs – horizon – indicateurs – horizon, comme tout bon pilote.

Ils dépassèrent un village de pêcheurs, Homer, puis l'embouchure dans la baie de Kachemak et enfin quelques villages côtiers. Le Long Ranger survola ensuite le détroit de Kennedy, large et désert, puis la passe de Stevenson devant l'île de Kodiak. Parfois, le sillage d'un bateau de pêche striait les eaux bleues et glaciales, seul signe d'humanité en ces lieux.

Au bout d'une heure de vol, le sifflement monotone des turbines et le battement régulier des rotors menaçaient de devenir soporifiques. Randi devait en outre lutter contre les effets du décalage horaire. Installé en place gauche, le major Smyslov la réveillait un peu en lui posant de temps à autre une question sur le pilotage et les commandes du Long Ranger.

Derrière, le professeur Metrace avait succombé. Bien emmitouflée dans son blouson en cuir à col de vison, elle dormait. Randi ne put s'empêcher de remarquer, en jetant un coup d'œil dans le rétroviseur, que sa tête avait glissé et qu'elle se nichait dans l'épaule de Jon.

Donc, la réflexion qu'elle s'était faite à Seattle n'était pas le fruit de son imagination. De toute évidence, Valentina Metrace n'était pas opposée à confondre boulot et plaisir, et elle était tout aussi évidemment intéressée par Smith.

Eh bien, tant mieux pour lui. Mais bon sang, la supposée « historienne » n'était pas obligée d'être aussi directe, non ? Et quel besoin avait-elle de se trimbaler avec l'air d'une héroïne de James Bond ?

Elle baissa les yeux pour s'examiner, son jean tout froissé, son blouson de toile, et ne put réprimer une réaction toute féminine.

Quant à ce que pensait Jon de tout cela, elle n'en savait trop rien. C'était toujours le problème, avec ce type. Smith faisait partie des rares personnes de sa connaissance qui restaient pour elle indéchiffrables. Elle n'était jamais sûre de ce qui se cachait derrière ce beau visage impassible.

Et cela s'était passé ainsi lorsqu'il lui avait dit combien il était désolé après la mort de son fiancé ou celle de Sophia.

Mais il était une chose qu'elle sentait fort bien, c'était sa méfiance. Même installé ainsi, avec cette compagne qui sentait bon serrée contre lui, il tournait sans arrêt la tête, un mouvement lent et régulier et ses yeux bleus en faisaient autant, comme chez un pilote de chasse.

Savait-il quelque chose qu'il gardait pour lui ? Sentait-il quelque chose ? Mais nom d'une pipe, qu'est-ce qui se passait ?

C'était peut-être juste à cause de l'heure et de l'environnement. Si quelqu'un avait envie de leur chercher noise, cette zone comprise au-dessus de la mer entre la péninsule de Kenai et l'île de Kodiak était l'endroit rêvé.

Soudain, Smith cessa de bouger et fixa son regard sur quelque chose à bâbord, comme une tourelle d'artillerie qui se verrouille sur sa cible.

— Randi, lui dit-il lentement dans son laryngophone, nous avons quelqu'un qui vole en route parallèle. Huit heures, haut.

Randi s'injuria mentalement de ne rien avoir vu. Elle se retourna pour regarder dans le relèvement indiqué. Il y avait bien quelque chose. Un éclair de lumière, le soleil qui se reflétait sur la verrière d'un autre appareil.

— Je le vois.

Dans l'hélicoptère, tout le monde se réveilla pour de bon. Valentina se redressa et se frotta les yeux, mais d'une drôle de façon, et Randi se demanda si elle avait vraiment dormi. L'inconnu se rapprochait, un gros monomoteur à voilure haute.

— C'est la route directe d'Anchorage à l'île de Kodiak, nota Smyslov en se faisant l'avocat du diable. Il est normal qu'il y ait d'autres appareils.

— Peut-être, répondit Randi, mais on dirait qu'il s'agit d'un Cessna, un Turbo Centurion. Normalement, son altitude de croisière est plus élevée que la nôtre. Et pourquoi reste-t-il comme ça près de nous ?

— Randi, lui dit Smith sans quitter l'avion des yeux, mettez le cap directement sur Kodiak.

— Bien reçu.

Elle joua sur le cyclique et le Long Ranger prit une route légèrement divergente. Une minute plus tard, Smyslov annonça calmement : « Il nous suit. »

Le Russe serra son harnais, encore la réaction instinctive du pilote de combat.

— Recommencez, Randi, ordonna Smith, soudain plus tendu. Eloignez-vous !

Elle s'exécuta sans se poser de question et pointa la queue du Long Ranger sur le Cessna. Elle vira cap nord-ouest pour essayer d'augmenter la distance.

Le Cessna passa sur leur arrière et, pendant une minute, le ciel resta vide. Puis le petit avion réapparut, un demi-nautique sur leur gauche. Il accélérait en montée, dominant ainsi le Long Ranger sur bâbord. On distinguait sa silhouette sombre sur le fond de ciel bleu. Et il commença à se rapprocher.

— On dirait qu'il apprécie notre compagnie, fit Valentina en sortant une petite paire de jumelles pliantes de la poche intérieure de son blouson. – Elle les ouvrit et les pointa sur cet imbécile.

— Tiens, la porte gauche a été retirée. Je vois un pilote et on dirait un passager, il est à genoux dans l'ouverture. L'indicatif... November... neuf... cinq... trois... sept... Fox-Trot.

— Eh bien, c'est donc lui, répondit Smith qui avait retrouvé son air placide. L'avion qui était parqué près de l'agence de location quand nous sommes allés prendre l'hélicoptère. Randi, appelez les gardes-côtes de Kodiak. Dites-leur qu'on risque d'avoir besoin d'aide.

— Reçu.

Elle se pencha pour atteindre la console télécoms placée au-dessus d'elle et passa son casque d'intercom à radio.

— Gardes-côtes Kodiak, Gardes-côtes Kodiak, ici Neuf unité neuf six alpha six, message urgent, message urgent. A vous.

Et elle releva la clé. Aussitôt, un tintamarre de couinements électroniques lui remplit les oreilles, son casque saturé par des bruits suraigus.

— Merde, mais c'est pas possible !

Elle releva le commutateur.

— Randi, qu'est-ce qui se passe ?

— On est brouillés ! Quelqu'un vient de mettre en route un brouilleur large bande !

— Avion en descente sur la gauche ! cria Smyslov. Il vient sur nous !

L'aile du Centurion s'éleva avant de basculer. Accélérant en piqué, l'avion allait croiser la route de l'hélicoptère. Des éclairs rougeoyants giclaient du rectangle noir de la porte; des traits blancs passèrent sur l'arrière de la cabine.

Balles traçantes.

— Je dégage par la droite ! hurla Randi, elle bascula le cyclique et poussa à fond sur le palonnier.

Le Long Ranger réagit en un tour de rotor et partit à son tour en piqué, passant sous le Cessna. Les deux appareils se frôlèrent comme des lames de rapières.

La portance et la puissance s'écroulaient, Randi remit les gaz à fond, ce qui stabilisa l'hélicoptère à son nouveau cap.

— Où est-il passé ? demanda-t-elle frénétiquement en tournant la tête dans tous les sens.

— En montée, à quatre heures, lui répondit Smith qui surveillait l'arrière par la verrière latérale. On dirait qu'il vire, il essaye de se replacer derrière nous. Vous pouvez le semer ?

Elle fit un rapide calcul mental, le résultat n'était pas brillant.

— Pas évident. Je ne peux pas aller plus vite au-dessus de l'eau, il nous rend bien une soixantaine de nœuds. Et il grimpe plus vite que nous.

— Des idées ?

— Guère ! Avec ce flingue qui nous tire dessus par la portière, il n'a qu'un angle de tir réduit. Lorsqu'il reviendra sur nous, je peux essayer d'esquiver en virant vers lui puis en plongeant par-dessous, comme je viens de le faire. Mais ça ne marchera que tant que nous aurons assez d'altitude ! Lorsqu'il aura réussi à nous coincer juste au-dessus de la surface, il pourra tourner en rond comme les Apaches autour d'une diligence. Et là, il nous taillera en pièces.

La crête des vagues brillait sous les flotteurs du Long Ranger. Ils n'étaient pas assez haut au début de l'action et leur manœuvre initiale leur avait fait perdre presque toute leur altitude. Randi grimpait à la vitesse ascensionnelle maximale, mais à ce petit jeu de combat tournoyant, elle ne pouvait pas récupérer assez vite tout ce qu'elle perdait.

— Gardez la liaison radio, lui ordonna Smith. Essayez de joindre quelqu'un, n'importe qui.

— Ça ne va pas, grommela Smyslov qui s'occupait de la radio. Ce brouilleur balaye toutes les fréquences. Tant qu'il émet, on ne peut ni parler ni espérer se faire entendre dans un rayon de vingt kilomètres.

— Vous en êtes sûr ? lui demanda Smith.

Smyslov fit la grimace, un peu ironique.

— Malheureusement, oui. Je reconnais le profil de modulation. Ce foutu truc, il vient de chez nous ! Un équipement de guerre électronique de l'armée russe.

— Le voilà ! cria Valentina Metrace. Il revient !

Randi sentit une main passer derrière le dossier de son siège et sortir son Lady Magnum de son étui. Elle n'eut pas besoin de se retourner pour savoir de qui il s'agissait.

— Vous n'irez pas très loin avec ça, Jon.

— Je sais, répondit-il avec un certain humour. Mais c'est tout ce que nous avons.

Randi entendit le vent faire irruption par la vitre passager arrière que l'on avait ouverte, un vent glacé qui lui fouettait la nuque.

— Faites attention à ne pas toucher les rotors.

Randi était obligée de crier, avec le bruit que faisait le vent.

— J'aurai déjà de la chance si je touche quoi que ce soit !

— Hostile à huit heures, haut !

C'était Smyslov.

— Hostile à neuf heures, toujours en montée... Il bascule ! Il vire ! Cette fois, il arrive plus vite !

Les traçantes passèrent juste devant la verrière et Randi refit la même manœuvre brutale que la première fois. Alors que l'hélicoptère basculait sur le côté, elle aperçut fugitivement le Cessna qui passait devant eux et le torse du tireur qui sortait par la portière.

Comme un mitrailleur hélico du temps du Vietnam, il était retenu par un harnais fixé à l'encadrement de la portière. Une espèce de fusil-mitrailleur était fixé sur son corps et la bande de cartouches descendait du plafond, ce qui le transformait en une sorte d'affût humain. Baissé, riant de toutes ses dents, il arrosait le Long Ranger qui continuait à plonger.

Randi entendait dans son dos les deux pistolets qui tiraient, le claquement aigu du Smith et les départs plus graves du revolver. Les douilles éjectées giclaient dans le cockpit, Randi respira une bouffée de fumée, Smith avait réussi à lâcher une dizaine de coups avant que la cible soit hors du champ.

— Pas de chance, j'ai raté ce salaud !

C'est l'une des rares fois où elle l'avait entendu jurer.

Elle stabilisa l'hélicoptère et jeta un coup d'œil aux instruments.

— On peut encore répéter ça une fois, et ensuite, on tombe à la patouille.

C'était factuel.

— Vous avez une brassière sous chaque siège et il y a un radeau de survie sous le fuselage.

La réponse de Smith fut tout aussi pragmatique. Il se pencha pour prendre un chargeur plein.

— Lorsque nous aurons touché l'eau, j'essaierai de larguer le radeau. Les autres, vous nagez aussi vite que vous pouvez pour vous éloigner de l'hélico. Restez groupés et ne gonflez pas vos brassières tout de suite. Il va continuer à nous mitrailler et vous devrez plonger pour vous abriter.

Cela dit, toutes ces consignes étaient pour la forme. Dans les eaux glaciales du détroit, le temps maximum de survie ne dépassait pas quelques minutes.

— Le moment me semble bien choisi pour faire un mot d'esprit, ajouta froidement le professeur Metrace. Un volontaire ?

Elle était toute pâle, mais se maîtrisait, à sa façon. Randi ne put réprimer un sourire. Son goût pour les hommes pouvait prêter à discussion, mais, elle était obligée de l'admettre, Valentina Metrace avait de la classe.

Par les verrières latérales, elle voyait le Cessna grimper et se replacer en position d'attaque.

— C'est notre dernière chance, fit Smith. Une idée ?

— Nous pourrions peut-être...

C'était Smyslov qui parlait dans le réseau de bord.

— Major ? Vous avez une idée ?

— Peut-être, mon colonel, mais la probabilité est faible...

— Une probabilité minuscule vaut mieux que rien du tout, et c'est tout ce que nous avons. Dites !

— Comme vous voudrez, mon colonel !

Derrière ses lunettes de soleil, Smyslov gardait les yeux fixés sur l'avion.

— Mademoiselle Russell, quand il entamera sa prochaine passe, gardez votre cap, exactement le même cap. Vous allez le laisser nous tirer dessus !

Randi le regardait, incrédule.

— Vous voulez que je lui offre une cible magnifique ?

— Oui, c'est exactement ça. Il faut le laisser nous tirer dessus, vous devez maintenir le cap jusqu'à la dernière seconde. Vous ne devez ni virer ni partir en piqué. Vous monterez, il faut que vous coupiez sa route !

Ce qui faisait deux âneries bout à bout.

— S'il n'arrive pas à nous descendre, nous nous rentrons dedans !

Smyslov ne pouvait dire le contraire :

— C'est très possible, mademoiselle Russell.

Le Cessna fit une chandelle avant de piquer pour l'attaque.

— Randi, ordonna Smith, faites ce qu'il dit !

— Jon !

Il se radoucit :

— J'ignore ce qu'il a en tête, mais faites quand même.

Randi se mordit la lèvre et conserva son cap. Elle sentit Smyslov poser la main sur son épaule.

— Laissez-le venir, lui dit le Russe.

Il observait la trajectoire de leur adversaire, calculait la vitesse et la distance.

— Laissez-le venir !

Une longue traînée de balles traçantes passa le long de l'hélicoptère.

— Laissez-le venir, répétait Smyslov sans se lasser, et il lui enfonçait les doigts dans la clavicule. Attendez encore... !

La structure trembla sous le choc d'un projectile à haute vélocité. Une vitre latérale s'étoila et explosa à l'intérieur de la cabine, la mort volait de toutes parts.

— Maintenant ! Tirez ! Tirez !

Tirant à mort sur les commandes, Randi redressa le Long Ranger qui se pointa sur la trajectoire du Cessna Centurion. Pendant un instant, la verrière fut tout entière remplie par le fuselage et l'hélice de l'appareil en piqué, à quelques mètres à peine de leur rotor principal. Puis la verrière du Cessna explosa.

L'avion s'éloignait, mais l'hélicoptère tanguait et dansait violemment dans les turbulences, à deux doigts de devenir incontrôlable. Randi se débattait pour le stabiliser, elle criait presque sous l'effet de l'adrénaline en jouant sur l'assiette et le collectif, essayant de ne pas pousser la structure en limite de rupture. Si elle arrivait à s'en sortir, Dieu de Dieu, elle pourrait piloter n'importe quoi.

Le ventilo finit par répondre et par se stabiliser après un dernier sursaut. Leur hélico volait encore, ils étaient encore vivants.

— Où est-il ? demanda Randi d'une voix haletante.
— En bas, répondit Smith.

Le Cessna blanc descendait en feuille morte et une mince traînée de fumée s'échappait du cockpit. Un instant plus tard, il s'écrasa dans la mer et disparut à leurs regards dans une explosion d'embruns.

— Bien joué, Randi, reprit Smith. Et vous major, félicitations, c'est extraordinaire.
— Je me permets de me joindre à ces compliments, fit Valentina, pleine d'admiration. Si vous étiez un homme, ma chère Randi, j'accepterais une demande en mariage.
— Merci, mais quelqu'un aurait-il la bonté de m'expliquer ce que j'ai fait ? Qu'est-ce qu'il lui est arrivé, à ce mec ?
— C'est... bon, je ne trouve pas les mots...

Smyslov se laissa aller dans son siège, la tête renversée et les yeux clos.

— ... C'est ce qu'on appelle la fixation sur la cible. Le mitrailleur avait un harnais. Il ne disposait pas des fins de course sur sa mitrailleuse pour l'empêcher de tirer dans son appareil. Une fois qu'il nous a eu visés, il s'est concentré sur ses balles traçantes en essayant de nous tuer. Lorsque vous êtes passée sous son nez, il a tourné avec vous et a dirigé le canon droit dans son propre cockpit.

— Et avant qu'il cesse de presser la détente, continua Smith, il avait tué son propre pilote et il s'est abattu tout seul. Vous réfléchissez vite, major.

Smyslov leva les mains.

— Non, mais j'ai de la mémoire, mon colonel. Un jour, au-dessus de la Tchétchénie, j'avais pour mitrailleur un moujik avec un pois chiche à la place du cerveau. Il a failli me faire sauter le crâne.

Randi poussa un soupir et, se tournant vers le Russe :

— Je suis ravie qu'il ait manqué son coup.

Chapitre 14

Kodiak, Alaska

L*ES PENTES HÉRISSÉES D'ÉPICÉAS* de la montagne du Baromètre se réfléchissaient dans les eaux bleues de la baie de Saint-Paul. Le Long Ranger avait entamé sa descente avant de se poser dans le port de Kodiak. Après avoir dépassé les chalutiers qui encombraient les quais du port de pêche, l'hélico se dirigea vers la base des gardes-côtes. L'USS *Alex Haley* était amarré à son appontement, paré à les recevoir. Il avait débarqué son propre hélicoptère et les portes du hangar étaient grandes ouvertes, un marin s'apprêtait à les guider pour l'appontage.

Le *Haley* était le seul bâtiment de son espèce parmi les grosses unités des gardes-côtes. Ex-bâtiment de sauvetage de la marine, solide et fiable, il était employé à des missions de surveillance des pêches dans le détroit de Kodiak et était l'ange gardien de la flottille de pêche. Il avait pris la suite des légendaires *Bear* et *Northland*, et représentait la loi au nord des Aléoutiennes. Grâce à ses puissants moteurs et à sa coque renforcée pour les glaces, il était pratiquement le seul navire à oser s'engager dans le Passage du Nord-Est à l'approche de l'hiver.

Randi se posa délicatement, elle devait compenser les variations de l'effet de sol au-dessus du pont. Les pontons glissèrent un peu sur le revêtement antidérapant noir, et elle coupa les gaz. Les turbines continuèrent à siffler pendant une longue minute, Smith et son équipe étaient ravis de retrouver la stabilité rassurante d'un pont. Des marins de l'équipe avia passèrent sous le rotor qui ralentissait et deux officiers en en kaki sortirent du hangar.

— Bonjour mon colonel, capitaine de frégate Will Jorganson.

Aussi solide et rassurant que son bâtiment, Jorganson était un homme chauve dans la force de l'âge avec des yeux d'un bleu intense mais pâlis par la mer, à la poignée de main vigoureuse.

— Et je vous présente le lieutenant de vaisseau Grundig, mon second. Nous vous attendions, bienvenue à bord.

— Vous ne savez pas à quel point je suis heureux d'être ici, commandant, lui répondit Smith avec une pointe d'ironie.

Après l'atmosphère confinée de l'hélicoptère, cela faisait du bien de se retrouver sur le pont d'envol, balayé par une bonne brise.

— Je vous présente mon adjointe, le professeur Valentina Metrace, et mon pilote, mademoiselle Randi Russell. Voici enfin notre officier de liaison russe, le major Gregori Smyslov, de l'armée de l'air. Maintenant, j'ai deux questions urgentes à vous poser, commandant. La première et la plus importante, combien de temps vous faut-il pour appareiller vers le nord ?

Jorganson fronça les sourcils.

— Nous avons prévu d'appareiller demain matin à six heures.

— Je ne vous demandais pas ce que vous prévoyiez, reprit Smith en le regardant droit dans les yeux. Je vous demandais ce qu'il était possible de faire au plus tôt.

Le commandant se rembrunit un peu plus.

— Pardonnez-moi, mon colonel, j'ai peur de ne pas bien comprendre.

— Ni moi non plus, commandant, et c'est pourquoi j'ai envie de sortir d'ici au plus vite. Je pense que vous avez reçu du commandant du 7e Secteur des gardes-côtes des instructions précises qui vous placent sous mon autorité, dans certaines circonstances.

Jorganson se raidit :

— C'est exact, mon colonel.

— Eh bien, nous y sommes, dans ces circonstances-là, et je souhaite exercer mon autorité. Bon, je repose ma question ?

En fait, Jorganson avait reçu une grosse enveloppe scellée qui contenait ses ordres relatifs à l'évacuation de l'île Mercredi, et la signature d'un officier général avait été là pour lui montrer que c'était du sérieux.

— Nous avons fait les pleins, mon colonel. J'ai du personnel à terre, il faut que je le rappelle. Les mécaniciens ont besoin d'un certain temps pour faire chauffer les moteurs. Une heure.

Smith acquiesça.

— Parfait, commandant. Bon, ma seconde question a trait aux raisons de ma demande. Votre équipe aviation serait-elle en mesure d'évaluer et de réparer les avaries de combat que nous venons de subir ?

Cette fois, Jorganson dut faire preuve d'un certain stoïcisme.

— Des avaries de combat ?

Smith lui fit signe que c'était bien cela.

— Exact. Pendant que nous ralliions votre bâtiment, quelqu'un a essayé de nous abattre. Il nous a interceptés au-dessus des Passages, un avion léger armé d'un brouilleur militaire et d'une mitrailleuse. Sans l'idée géniale du major Smyslov et les éminentes qualités de pilote de mademoiselle Russell, vous seriez en train de rechercher un hélicoptère tombé à l'eau.

— Mais...

— Je ne sais rien, commandant, répéta patiemment Smith. Mais quelqu'un tente visiblement d'empêcher mon équipe d'arriver sur l'île Mercredi. Par conséquent, je pense que nous devons nous rendre là-bas le plus vite possible.

— On s'en occupe, répondit Jorganson, qui reprenait son attitude professionnelle. Idem pour votre ventilo. Nous ferons tout ce qui sera nécessaire.

Puis, se tournant vers son second :

— Grundig, rappelez l'équipage pour les préparatifs d'appareillage. Vérifiez que tout est prêt pour la mer et dites au chef que *nous serons prêts* à balancer la machine d'ici quarante-cinq minutes !

— Bien commandant.

Et le second disparut derrière une descente ménagée dans le pont peint en blanc.

Jorganson dit alors à Smith :

— Avez-vous reçu des instructions relatives au docteur Trowbridge, mon colonel ?

— Trowbridge ?

Il avait beau se creuser les méninges, ce nom ne lui disait rien.

— Oui, il dirige le programme de recherche universitaire sur Mercredi. Il est en ce moment à l'Auberge de Kodiak. Il est prévu qu'il embarque avec nous pour aller récupérer les membres de l'expédition.

Maintenant, Smith se souvenait de ce nom. Il réfléchit. Le docteur Rosen Trowbridge présidait le comité d'organisation des recherches sur Mercredi. Il récoltait le fond et s'occupait de l'administration, sans être lui-même chercheur. D'un côté, il allait compliquer davantage une situation qui l'était déjà suffisamment comme ça. Mais d'un autre côté, il pouvait se révéler une source de renseignements précieux pour tout ce qui concernait le personnel, les équipements sur place et l'environnement dans l'île.

— S'il peut être là avant l'appareillage, qu'il vienne.

Chapitre 15

Au large de la péninsule de l'Alaska

Sous un ciel brillant d'étoiles et longeant une côte dont on apercevait parfois les lumières dans le lointain, l'USS *Alex Haley* taillait sa route dans la nuit d'automne qui se faisait de plus en plus sombre. Les moteurs ronronnaient à la vitesse de croisière. Le gros brise-glace avait quatre cents nautiques à franchir le long des côtes de l'Alaska, avant de venir au nord à hauteur de l'île Unimak pour la véritable longue traversée dans la mer de Béring.

Le local radio encombré sentait l'ozone et la cigarette. Il y faisait une chaleur étouffante avec le dégagement de chaleur des baies d'équipements. La vieille chaise métallique grise pliait sous le poids de Smith et sous le balancement du roulis, le combiné du téléphone satellite était moite de transpiration. Smith était seul dans le local, le radio du bord avait été prié de sortir pour raison de sécurité.

— Comment ont-ils pu nous repérer ? demanda Smith.

— Pas difficile, répondit Fred Klein, sa voix était lointaine. Pole Star Aero-Leasing fournit des hélicoptères et des avions légers à tout un tas de missions d'exploration et de recherche dans l'Arctique canadien et en Alaska. Y compris pour l'expédition à Mercredi. Lorsque le communiqué qui parlait de votre mission sur le site de Misha a été publié dans les médias, les hostiles ont dû rechercher les fournisseurs d'équipements les plus vraisemblables. Vous vous êtes retrouvés dans la version aéronautique du vol à la roulotte.

— Dans ce cas, quelqu'un d'autre doit savoir qu'il y a de l'anthrax à bord de Misha 124.

— C'est très possible, Jon. – Klein gardait un ton très calme. – Nous savons depuis le début que ce chargement serait une cible de choix pour des groupes terroristes ou des Etats voyous. Ce qui pourrait expliquer l'attaque dont vous avez fait l'objet. Mais ce n'est qu'une explication possible parmi d'autres, nous n'en savons pas assez pour trancher.

Smith passa la main dans ses cheveux trempés de sueur.

— Je suis d'accord. Mais comment est-ce arrivé ? D'où vient la fuite ?

— Je l'ignore, mais je soupçonne les Russes. Nous avons découpé en rondelles toutes les informations relatives à Misha 124. Les seules personnes à tout savoir sont le Président, moi-même, Maggie, et enfin les membres de votre équipe.

— Et comme mes équipiers ont failli se faire tuer au cours de cet incident, je pense que nous pouvons les éliminer d'entrée de jeu.

Klein répondit d'une voix qui ne montrait aucune émotion :

— Je vous ai dit que nous ne pouvions éliminer aucune possibilité, Jon.

Smith prit bonne note. Smyslov... le professeur Metrace... Randi. Il devait lutter pour ne pas s'insurger contre cette idée. Klein avait raison : « C'est inconcevable », ce furent les derniers mots prononcés dans pas mal de circonstances célèbres. Le directeur poursuivit :

— L'autre hypothèse possible, c'est qu'il y a une fuite sur le site lui-même, un membre de l'expédition scientifique sur l'île Mercredi. On nous a assuré qu'aucun d'eux n'a eu accès au bombardier. Mais il est possible que quelqu'un mente. Ce sera à vous d'investiguer ce point, Jon.

— Bien monsieur. Mais ça ne règle pas la première question : qui nous colle au cul ?

— Tout ce que je peux vous dire, c'est que nous travaillons sur cette question en y mettant tous les moyens. L'indicatif du Cessna

Centurion correspond à un appareil dont le propriétaire est un certain Robert R. Wainwright, qui réside de longue date à Anchorage. Le FBI et la police de l'Etat ont fouillé dans leurs archives, il n'a aucun casier judiciaire, pas de liens connus avec une quelconque organisation extrémiste. Ce type a une entreprise de travaux publics, ça marche moyennement, il est bon citoyen. Mais lorsque l'antenne du FBI à Anchorage est venue le chercher pour l'interroger, il a fini par avouer qu'il lui arrivait de louer son avion au noir. Après, il a refusé d'en dire plus et a réclamé la présence de son avocat. Le FBI continue à chercher de ce côté.

— Et ce hangar en face de Pole Star Aero-Leasing. Qui l'a loué ?

— Le nom qui figure dans les documents est celui de Stephen Borski. Les gens du bureau de Merrill Field se souviennent d'un homme d'âge moyen, sans signe distinctif particulier, avec un fort accent russe. Peut-être un immigré, il y en a plein dans le coin. Il a payé comptant pour un mois de location. L'adresse et le numéro de téléphone qu'il a fournis se sont révélés faux.

— Etait-il à bord de l'appareil qui nous a attaqués ?

— Je n'en sais rien, Jon. Les gardes-côtes ont retrouvé des débris flottants là où est tombé le Cessna, mais aucun corps. Ils sont sans doute restés dans l'avion, à l'entrée de la Kennedy. Il y a beaucoup de fond et les courants y sont violents, il faudra longtemps pour retrouver l'épave, si on la retrouve un jour.

Smith, fort insatisfait, tapa du bout du doigt sur la console. Même l'Alaska trempait dans la conspiration.

— Nous avons un autre indice de l'intervention des Russes. Le major Smyslov pense que l'équipement de guerre électronique utilisé pour brouiller les communications est d'origine russe, du matériel militaire.

Il fit basculer légèrement sa chaise en grimaçant, un son aigu dans ses écouteurs.

— Mais pourquoi diable les Russes essaieraient-ils de nous mettre des bâtons dans les roues ? Ce sont eux qui ont tout déclenché !

— Il y a Russes et Russes, répliqua Klein d'une voix suave. Nous travaillons avec le gouvernement fédéral, il en existe d'autres.

L'antenne du FBI à Anchorage nous dit qu'elle soupçonne vaguement la mafia russe ou un truc du même genre, mais ce n'est qu'une vague impression, rien de solide pour l'étayer. Qu'il y ait des Russes impliqués est peut-être uniquement un hasard, ou bien ils ont fait appel à des compatriotes sur place pour se masquer.

— Quels qu'ils soient, on dirait qu'ils ne manquent pas de moyens. La balle que l'on a retrouvée dans le flotteur de votre hélicoptère est du calibre 7,62 mm OTAN, et le laboratoire de la police en Alaska a identifié les rayures sur la munition de l'arme qui l'a tirée – un fusil-mitrailleur M-60 de l'armée américaine.

Mon Dieu, se dit Smith in petto. Pas plus tard que ce matin, il avait encore déclaré que l'affaire ne nécessiterait pas l'usage d'armes à feu.

— Quels sont vos ordres, monsieur ?

— J'en ai parlé au Président, Jon. Nous pensons que la mission et la préservation du secret sont toujours nécessaires, et plus que nécessaires si quelqu'un d'autre s'intéresse à l'anthrax. Nous pensons également que votre équipe est le meilleur atout que nous possédions pour agir. Ma question à moi est : qu'en pensez-vous ?

Smith leva les yeux au plafond couvert de câbles pour réfléchir. Cela dura dix longues secondes. S'il avait oublié l'art du commandement, il en avait tout autant oublié les vicissitudes. Maintenant, tout cela lui revenait de plein fouet.

— J'approuve, monsieur. Mon équipe est toujours aussi bonne, l'opération reste nécessaire.

— Très bien, Jon, répondit Klein, et on le sentait plein de chaleur. Je vais en parler au Président. De toute façon, il a donné l'ordre de vous fournir du soutien. Des commandos de l'air vont être positionnés sur la Base aérienne d'Eielson, près de Fairbanks. Ils seront en alerte et parés à décoller pour Mercredi si vous en avez besoin. Nous travaillons également sur l'identité et les motifs de vos agresseurs, c'est la première priorité.

— Très bien, monsieur. Il existe un autre sujet que je souhaiterais évoquer : il s'agit de notre officier de liaison, le major Smyslov.

— Un problème, Jon ?

— Non, pas avec lui personnellement. Aujourd'hui, il nous a sauvé la peau. Après ce qui vient de se passer, je suis certain qu'il a compris une chose, que nous ne sommes pas une vulgaire équipe de médecins militaires et de contractuels employés par l'administration. Et pour que les choses soient équilibrées, autant dire que le major Smyslov n'est pas non plus un vulgaire officier de l'armée de l'air russe.

Klein émit un petit rire.

— Bon, Jon, je pense qu'entre nous, on peut laisser tomber cette petite mise en scène. Vous vous trouvez maintenant au milieu d'une affaire corsée et avez un adversaire commun. Il est peut-être judicieux de jouer cartes sur table. Vous êtes le chef, je vous laisse en décider. A vous de jouer.

— Merci monsieur. Y a-t-il autre chose ?

— Pas pour le moment, Jon. Nous vous tiendrons au courant. Bonne chance.

Et la liaison s'interrompit.

Smith reposa le combiné, le front soucieux. Pris ainsi, les Etats-Unis et la Fédération de Russie avaient un ennemi commun. Mais cela en faisait-il pour autant des alliés ?

— OK, chef, je vous laisse votre local pour un bout de temps, dit-il au radio en sortant.

— Pas de problème, mon colonel, répondit l'homme avec indulgence.

Le Vieux avait déjà fait passer la consigne. On devait les considérer comme des personnages importants, et il ne fallait pas même songer à leur poser de questions.

Smith descendit au pont d'en dessous, dans le domaine des officiers, et emprunta une coursive peinte en gris. Cela faisait bien des années qu'il n'avait pas vécu à bord, avec ce bruit constant et monotone, le sifflement de l'air dans les gaines de ventilation, le ronronnement des moteurs, les craquements périodiques de la coque qui passait dans les vagues. Cela ne lui était pas arrivé depuis qu'il avait pris passage à bord du navire-hôpital de la marine, la *Pitié*. Lorsque le fiancé de Randi...

Il essaya de chasser ces pensées. Le passé était bien mort, il ne fallait pas espérer ressusciter qui que ce soit. Lui et son équipe avaient du pain sur la planche.

Il se baissa pour passer sous la portière qui donnait sur le carré du *Haley*, un local modeste aux cloisons lambrissées de faux bois éraflé, avec des meubles métalliques garnis de skaï qui avaient beaucoup vécu. Il s'assit dans un fauteuil, les jambes repliées sous lui.

— Bonsoir mon colonel, lui dit-elle en levant les yeux de son livre de poche, une œuvre de Danielle Steel.

Cela le fit se souvenir qu'il y avait quelqu'un d'autre au carré, il n'était pas supposé savoir qu'ils s'appelaient par leurs prénoms.

Les deux autres occupants des lieux étaient assis à la table : Valentina Metrace, et un homme dans la cinquantaine, vêtu d'un gros pull et d'un épais pantalon en toile. Ils étaient occupés à étudier des documents étalés devant eux.

L'homme se tenait un peu voûté, ce qui lui donnait l'air courtaud plus que costaud. Quelques cheveux gris lui pendaient dans le cou et contrastaient avec sa barbe poivre et sel soigneusement taillée. Il y avait quelque chose de pétillant dans ses traits, comme une trace de scepticisme dans le regard. Il portait ces habits de coureur des bois comme s'il s'agissait d'un costume mal taillé.

— Mon colonel, je ne pense pas que vous ayez eu l'occasion de croiser mon collègue, le docteur Rosen Trowbridge. Docteur, je vous présente le chef de notre équipe, le lieutenant-colonel Jon Smith.

Le ton suave qu'avait adopté Valentina en disait plus que les simples mots.

Smith salua avec affabilité. Il avait tout de suite capté les ondes qui émanaient de cet homme.

— Bonsoir, docteur. Je n'ai pas encore eu l'occasion de m'excuser pour ce changement de programme de dernière heure. J'espère que cela ne vous aura pas trop gêné.

— En fait, mon colonel, oui, j'en ai été contrarié.

Trowbridge l'avait appelé par son grade avec une nuance de dégoût.

— Et, pour parler franc, je n'apprécie guère que vous ne m'ayez pas consulté avant de prendre cette décision. L'expédition sur l'île Mercredi a été minutieusement préparée, et, jusqu'à présent, elle a été un succès pour les universités qui y sont impliquées. A ce stade, nous n'avons pas besoin de subir d'autres complications.

Smith, faisant appel à toutes ses ressources, lui fit le plus charmant des sourires.

— Je comprends parfaitement, professeur. J'ai moi-même participé à un certain nombre de programmes de recherche.

En tout cas, assez pour t'avoir démasqué, camarade, songeait Smith, toujours souriant. *Ce que tu veux dire, c'est que tes mecs sur le terrain font de la vraie recherche, pendant que tu restes bien confortablement dans ton bureau à signer des paperasses et à bouffer des crédits. Et maintenant, ce qui te chagrine, c'est que quelqu'un fiche la pagaille avant que tu aies eu le temps de signer la publication.*

— Vous avez parfaitement raison, docteur, lui dit-il en s'installant en face d'eux. J'aurais dû, mais il y avait urgence. Nous nous inquiétons un peu des conditions météo que nous risquons de rencontrer autour de l'île. L'hiver approche, j'ai jugé que, plus tôt nous y serions, mieux cela vaudrait. Nous allons avoir un peu plus de temps sur place en appareillant sans tarder, l'inspection du site risque de moins gêner l'évacuation de votre équipe et de son matériel.

— Bon, cela paraît sensé, mon colonel, répondit Trowbridge, assez mécontent de s'être fait remettre à sa place. Mais, je le répète, votre façon de faire laisse à désirer. Dorénavant, je souhaite être consulté avant tout changement de programme.

Smith tapa des mains sur la table.

— Je comprends parfaitement, docteur – c'était un gros mensonge – et je vous promets de vous consulter à l'avenir. Notre intérêt à tous est de coopérer pleinement.

— J'en suis bien d'accord, mon colonel. De même, vous devez reconnaître que l'expédition de l'université a été la première sur place et que nous gardons la priorité.

Smith hocha la tête.

— Ce n'est pas totalement exact, docteur. Il y a des gens qui sont arrivés sur l'île Mercredi bien avant vous. La mission de mon équipe consiste à les identifier et à les rendre à qui de droit. Il me semble qu'ils méritent bien cela ?

Il savait qu'il s'agissait là d'un demi-sophisme. Il y avait des hommes là-bas, sur la glace. Des hommes sur place depuis fort longtemps. Ils servaient sous un autre drapeau, mais c'étaient des soldats, comme lui-même. On les avait abandonnés, le monde les avait oubliés. Le sort de cet équipage soviétique passait peut-être au second plan derrière des priorités d'ordre politique, mais, un demi-siècle après leur mort, ils méritaient de rentrer chez eux.

Smith regarda Trowbridge droit dans les yeux jusqu'à ce qu'il se décide à baisser les siens.

— Bien sûr, mon colonel, vous avez raison. Je suis sûr que nous parviendrons à nous arranger.

— J'en suis certain moi aussi.

— J'ai étudié avec le docteur Trowbridge les plans de la station scientifique, dit Valentina, ainsi que la liste du personnel, juste pour voir avec qui nous allons travailler. Je me dis que certains des membres de l'expédition pourraient nous être utiles et nous aider sur le site de l'accident.

— A condition que cela n'entre pas en conflit avec leur travail de recherche, coupa précipitamment Trowbridge.

— Naturellement.

Smith demanda le fichier du personnel et ouvrit le dossier. En fait, il n'avait nullement l'intention de les laisser s'approcher de Misha 124. Mais cela ne voulait pas dire que l'un d'eux n'avait pas déjà fait une visite non autorisée à bord du bombardier. Les fuites relatives à ce qu'emportait le TU-4 venaient bien de quelque part. Etait-ce de la source la plus qualifiée ? Etait-ce volontaire ou pas ?

Il avait déjà pu consulter ces fiches et voir ces visages, il ne recommença pas moins, avec ce nouvel éclairage.

Docteur Brian Creston, Grande-Bretagne, météorologue et chef de l'expédition. A voir sa photo, un costaud au large sourire, le crâne bronzé et la figure tannée d'un homme habitué à vivre dehors. Chercheur de terrain confirmé, il avait déjà effectué de nombreuses missions dans l'Arctique et l'Antarctique.

Docteur Adaran Gupta, Inde, climatologue et adjoint au chef d'expédition. Un visage étroit, foncé, regardait Smith sur sa photo. *Vous êtes sacrément loin de chez vous, docteur.*

— Climatologie et météorologie ? demanda Smith. J'imagine que les deux thèmes majeurs de recherche étaient le réchauffement global et la fonte de la banquise ?

— Ce sont là nos sujets *majeurs* de préoccupation, mon colonel.

Smith hocha la tête et passa aux fiches suivantes.

Kayla Brown, Etats-Unis, étudiante en géophysique. Jolie, frêle, délicate. Bien loin de l'image classique de l'exploratrice polaire dans la tempête. Mais apparemment, elle avait de la ressource et les qualités nécessaires pour se faire sélectionner, alors que des centaines de mâles avaient dû déposer leur candidature.

Ian Rutherford, major biologiste, anglais, style gendre idéal sur le même palier, en supposant que la porte d'à côté se trouve dans les Midlands.

Docteur Keiko Hasegawa, la seconde météorologue. Discrète, l'air studieux, un peu rondouillarde. Elle avait peut-être échangé une vie sociale peu satisfaisante contre la passion pour sa spécialité.

Stefan Kropodkin, Slovaquie, astronomie des rayons cosmiques ; maigre, cheveux bruns, le sourire un peu vicieux, un peu plus âgé que les autres étudiants. *Toi mon gaillard, c'est sans doute toi qui t'intéresses le plus à mademoiselle Brown, qu'elle en ait envie ou non.*

Smith referma le dossier. Il n'était pas du genre à prendre en compte la nationalité, la race, le sexe, telle ou telle orientation politique. Cela aurait été stupide, car la cupidité ou le fanatisme peuvent prendre tous les visages. Clandestin Unité ainsi que quantité d'agences de renseignement ou de répression auraient du mal à disséquer l'existence de ces six individus. Lorsqu'il arriverait sur l'île Mercredi, il devrait le faire lui-même.

Il se sentait observé et, levant les yeux, vit que le docteur Trowbridge et le professeur Metrace le regardaient. A voir l'expression de Trowbridge, il était tout étonné. Quant à Valentina, son fin sourire et son sourcil levé, légèrement ironique, disaient assez qu'elle essayait de lire dans ses pensées.

Smith reposa le dossier sur la table du carré.

— Professeur, auriez-vous vu le major Smyslov ?

— Je pense qu'il est monté sur le pont avaler un peu de nicotine.

— Alors, si vous voulez bien m'excuser, j'ai besoin de lui dire une ou deux petites choses.

*

Le bâtiment fendait les lames et le vent relatif, glacé, soufflait fort sur le pont qui tombait dans l'ombre. Gregori Smyslov, protégeant son briquet avec sa main, approcha la flamme du bout de sa cigarette. Il inhala la première bouffée, respirant profondément et garda la cigarette coincée entre ses dents.

Il fallait qu'il entre en contact avec le général Baranov. Il fallait absolument qu'il sache ce qu'il se passait ! On lui avait donné un numéro de téléphone sécurisé qui le mettait en relation avec l'attaché militaire russe à Washington, mais la décision de Smith d'appareiller immédiatement l'avait empêché de passer un coup de fil.

Et même s'il avait eu accès à un téléphone public, comment faire confiance à celui qu'il aurait trouvé au bout de la ligne ? Quelqu'un savait ! Quelqu'un, qui n'appartenait pas à la *konspiratsia*, savait !

Mais jusqu'à quel point ? Il connaissait l'existence de Misha 124, de toute évidence. Il devait savoir que l'anthrax se trouvait toujours à bord du bombardier. C'était le minimum pour justifier la tentative d'assassinat de l'après-midi. Mais que pouvaient savoir d'autre ces gens-là ?

Il tira une autre grande bouffée. L'anthrax, le risque de le voir tomber entre les mains de terroristes, voilà qui était déjà assez grave. Mais, s'il y avait autre chose ? Et s'ils connaissaient l'existence de l'Evénement du 5 mars ?

C'était un véritable cauchemar. Qu'allait-il arriver si quelqu'un, en dehors du petit cercle des trente-deux, avait connaissance de l'Evénement et des preuves qui en subsistaient à bord du bombardier abattu ? S'il se démenait pour empêcher la destruction de ces preuves, afin d'en tirer profit pour lui-même ?

Qu'allait-il se passer ensuite, si une organisation, ou même un individu isolé, devenait capable de faire chanter une grande puissance nucléaire ? Alors, même la menace que présentait un plein chargement d'anthrax deviendrait dérisoire.

Smyslov se livrait à ces sombres réflexions lorsqu'il entendit une voix près de lui.

— En tant que médecin, j'ai le devoir de vous avertir que fumer est mauvais pour la santé.

La silhouette de Jon Smith se détachait sur le fond plus sombre du pont. Il vint s'accouder à la lisse près de Smyslov.

— Et maintenant que j'ai rempli mes obligations, vous pouvez m'envoyer au diable.

Smyslov se mit à rire d'un petit rire amer avant de balancer son mégot par-dessus bord.

— En Russie, mon colonel, nous n'avons pas encore inventé le cancer du poumon.

— Je voulais simplement vous dire encore merci pour ce que vous avez fait pour nous.

Smyslov, qui cherchait son briquet et son paquet de cigarettes, s'interrompit.

— Nous étions tous à bord du même hélicoptère...

— C'est exact. Alors, major, que pensez-vous de tout ça ?

— Pour parler franchement, mon colonel, je n'en sais rien.

Et c'était la vérité.

— Avez-vous la moindre idée de qui peut être derrière cette agression ?

Smyslov hocha négativement la tête. Une fois encore, il allait être obligé de mentir.

— Aucune idée. Quelqu'un a dû apprendre que le Misha 124 transportait une arme biologique. Ces gens-là ont dû agir en supposant que l'anthrax pouvait encore être à bord, ils essaient de nous empêcher d'accéder au site les premiers. C'est la seule hypothèse solide.

— C'est donc ainsi que vous raisonneriez, fit Smith, pensif. Mais ce quelqu'un aura mis en œuvre des moyens considérables, sur la base d'une simple hypothèse.

Il se retourna et le regarda droit dans les yeux.

— En Alaska, les autorités pensent à une implication possible de la mafia russe.

Parfait. Smyslov pouvait dire la vérité.

— C'est parfaitement possible, mon colonel. Il serait stupide de le nier, quelques criminels de mon pays ont acquis un grand pouvoir et une grande influence à l'intérieur même du gouvernement.

Smyslov fit la grimace.

— Ceux qui appartiennent à ce monde souterrain ont un avantage considérable sur le reste du pays. Ils ont toujours été la seule partie de la société qui n'a jamais été maîtrisée par les communistes.

Smith se mit à rire, on ne le voyait plus dans l'obscurité. Ils contemplaient tous deux les crêtes des vagues et écoutaient le fracas de la coque qui fendait la mer. Smyslov reprit enfin la parole.

— Mon colonel, pouvez-vous m'indiquer si mon gouvernement a été prévenu de l'attaque d'aujourd'hui ?

— Je vous le certifie, répondit Smith. Mes supérieurs ont été avisés de la situation et ils m'ont indiqué que tous les moyens sont mis en œuvre pour identifier nos assaillants. Je suppose que cela inclut des moyens russes.

— Je vois.

Smith hésita un peu avant de poursuivre :

— Major, si vous souhaitez vous entretenir directement avec vos supérieurs de cet incident, je peux vous arranger ça. Si vous vous inquiétez de... de problèmes de sécurité, je vous donne ma parole que vous pourrez parler en toute liberté. Nous n'écouterons pas vos communications.

Smyslov réfléchit un bon moment. *Que puis-je dire en toute discrétion et à qui ?*

— Non, ce ne sera pas nécessaire.

— Comme vous voudrez, mais mon offre reste valable. – Il se radoucit. – Alors, major, dites-moi. A quel jeu jouez-vous, la bataille, le bridge ou le poker ?

Chapitre 16

Au large de Reykjavík, Islande

SUR UN AUTRE OCÉAN, presque à l'autre bout du monde, naviguait un autre bâtiment.
Le capitaine du chalutier hauturier *Siffsdottar* espérait que la poisse qui le poursuivait depuis si longtemps avait enfin décidé de le lâcher. Et maintenant, il n'en était plus aussi sûr.
Les pêcheries de l'Atlantique Nord connaissaient des jours difficiles, et de longue date. Les armateurs faisaient des économies de bouts de chandelle et tergiversaient sans cesse, ce qui n'avait pas contribué à améliorer la situation. Finalement, comme cela devait inévitablement arriver, le manque d'entretien les avait rattrapés. Le *Siffsdottar* avait passé le plus clair de la dernière saison au chantier à la suite d'avaries répétées de machines qui avaient coûté cher. Les propriétaires, ils sont tous les mêmes, trouvaient plus facile de reporter la faute sur le navire plutôt que sur eux-mêmes.
Le *Siffsdottar* avait failli terminer à la casse, son capitaine et son équipage à deux doigts de mettre sac à terre lorsque, comme par miracle, il avait bénéficié d'un sursis de dernière minute : une société de production de films l'avait loué pendant un mois, en payant suffisamment cher pour financer les réparations et compenser le manque de revenus de la médiocre saison de pêche. Seule condition, ils devaient appareiller sur-le-champ pour respecter la date limite de tournage.

Pour une fois, armateur et équipage tombèrent d'accord. Il fallait y aller.

Mais lorsque les « cinéastes » étaient montés à bord, il était apparu qu'ils ressemblaient davantage à une bande d'individus extrêmement louches, même au milieu d'un équipage de pêche qui en avait vu d'autres. De même, ils étaient arrivés sans la moindre caméra, mais avec plein d'électronique et du matériel radio.

Et puis des armes. Ils ne les avaient pas sorties avant l'appareillage. Deux des « cinéastes » se tenaient désormais à l'arrière de l'abri de navigation plongé ans l'obscurité, un pistolet automatique passé dans la ceinture.

Ils n'avaient pas fourni la moindre explication, les marins avaient jugé plus prudent de ne pas poser de questions.

Le chef des cameramen était un grand costaud à la barbe rousse qui donnait ses ordres dans un anglais à l'accent bizarre. Il leur avait fait mettre le cap à l'ouest noroît, à destination d'un point que ses coordonnées GPS situaient quelque part dans la baie d'Hudson. Il avait également ordonné de mettre hors d'usage la radio du chalutier. Ses hommes se chargeraient des communications pendant la traversée, « pour des raisons liées aux affaires ».

Le patron du *Siffsdottar* se disait désormais que ses armateurs avaient pris une fois de plus une fort mauvaise décision. Mais, alors qu'il laissait par tribord le feu à éclats de la pointe la plus occidentale d'Islande, il se disait qu'il n'y pouvait plus grand-chose. Il avait donc adopté la vieille méthode de survie des anciens Islandais : la neutralité la plus stricte et la plus totale, et on verra pour le reste. Cela avait permis à l'Islande de traverser sans encombre pas mal de guerres. Cela suffirait peut-être encore cette fois.

*

Dans l'entrepont, la section de commandement avait installé son PC opérations dans le poste principal. Assis devant la grande table, Anton Kretek se versa trois doigts d'aquavit dans un verre bas. Il fit la grimace après en avoir avalé une gorgée. Cet alcool islandais était une vraie saloperie, mais il n'avait rien d'autre à se mettre dans le gosier.

— On a reçu les comptes rendus de la section Canada ? demanda-t-il, passablement énervé.

— Nous sommes en train de les télécharger, Mr. Kretek, répondit le responsable des transmissions qui s'activait sur son portable. Mais ça prend un peu de temps pour tout déchiffrer.

Internet s'était rapidement révélé être une véritable aubaine tant pour les hommes d'affaires internationaux que pour les criminels. Il vous fournissait des communications instantanées et sûres entre deux points quelconques de la planète. Une antenne satellite de la taille d'une assiette, installée dans les hauts du chalutier, les reliait au réseau global. Les derniers systèmes de cryptage leur permettaient d'échanger des messages à l'abri d'oreilles indiscrètes.

Une imprimante laser portable se mit à couiner et commença à cracher quelques feuilles de papier. Le transmetteur repoussa sa chaise avant de passer les documents à Kretek par-dessus son épaule.

Le marchand d'armes reprit un cigarillo danois en forme de torpille, en tira une bouffée et commença à lire. La forte odeur du tabac se mêlait aux relents de gasoil et d'huile de poisson.

Kretek se rembrunit, il y avait du bon et du moins bon dans les nouvelles. Les tentatives faites pour empêcher la mission conjointe russo-américaine d'intervenir avaient échoué. De toute manière, Kretek n'en attendait pas grand-chose. L'homme qu'il avait envoyé en Alaska en éclaireur avait été contraint de louer les services de ce qu'il avait sous la main, et, dans ce cas, la lie de la mafia russe.

Celui qu'ils avaient envoyé abattre l'hélicoptère des enquêteurs n'était jamais rentré. Comme personne n'avait parlé d'une attaque contre la mission du gouvernement, ni de la disparition d'un aéronef, il était sans doute tombé en mer ou s'était écrasé accidentellement dans ces immensités sauvages.

C'était donc ainsi. La mission allait arriver sur place. Si elle arrivait avant lui, il comptait sur l'agent qu'il avait dans l'île et sur le choc qu'allait produire l'irruption de son commando. Si quelques passionnés d'histoire se tiraient une balle dans le pied, c'était leur affaire. Le minutage, la préparation et le temps, voilà quels étaient ses alliés contre le monde entier.

Kretek tira une nouvelle bouffée, arrosée d'une bonne goulée pour s'éclaircir la gorge. A moins que, à moins qu'ils n'aient une autre équipe d'enquêteurs, qu'ils n'auraient pas repérée. Les gouvernements concernés savaient-ils que cette cargaison d'une valeur inestimable était toujours à bord ?

Cela semblait bien peu probable. Si la vérité sortait au grand jour, les Américains se précipiteraient pour se rendre maîtres de l'appareil, et leurs moyens étaient considérables. Leurs médias auraient poussé des clameurs dès qu'ils auraient su quelle menace représentait l'anthrax. Les Russes avaient dû leur assurer que la cargaison du bombardier avait été larguée, à supposer qu'ils en aient seulement parlé. D'anciens experts en armes soviétiques, qui appartenaient maintenant au Groupe Kretek, avaient garanti à leur chef que c'était la procédure normale.

Pour une raison inconnue, la procédure réglementaire n'avait pas été appliquée à bord de ce bombardier, et Anton Kretek était bien décidé à en tirer tout le bénéfice.

Le second message, envoyé par Vlahovich qui se trouvait avec le groupe Canada, était nettement plus encourageant. Il avait trouvé un avion qui faisait l'affaire, et son équipage avait passé sans encombre les contrôles des douanes canadiennes. La base de ravitaillement A avait été installée, les sites B et C étaient repérés. Très bonne nouvelle, très très bonne nouvelle.

Le dernier message acheva de le mettre de bonne humeur. Il venait de l'île Mercredi et disait que l'alerte n'avait pas été donnée. Les membres de l'expédition étaient prêts à accueillir les historiens d'aéronautique et se préparaient à évacuer. Pas de problème particulier. Opérations suivent leur cours comme prévu.

Maintenant que tout était en route, Kretek allait pouvoir indiquer à Mercredi leur HPA [1] et ses instructions pour la dernière phase. Si tout continuait à se passer ainsi sans encombre, ç'allait être une vraie partie de plaisir.

Kretek se mit à sourire de toutes ses dents et se versa un doigt d'alcool. Cette fois, il avait meilleur goût.

---

1. Heure probable d'arrivée.

Chapitre 17

Devant la pointe orientale de l'île Mercredi

*L*ES ÉTOILES PERÇAIENT dans les déchirures de la couche nuageuse, leur lumière se reflétait et se réfractait sur le chaos de la banquise. Elle aidait dans sa chasse une grande forme qui se dandinait comme un spectre entre les blocs de glace.

Cet ours polaire était plutôt jeune. A peine quatre cents kilos de muscles palpitants et un appétit perpétuel enfoui dans une épaisse fourrure blanche. Son instinct le poussait à se diriger au sud, en suivant la prise des glaces. Mais il s'était arrêté un certain temps près de l'île Mercredi. La pression des glaces autour de l'île avait créé des trous par où se hissaient et venaient respirer des colonies entières de phoques annelés ou à capuchon, ce qui en faisait un territoire de chasse idéal pour un ours polaire.

L'animal avait réussi à assouvir sa faim deux fois au cours de la semaine précédente, écrasant le crâne de ses proies d'un coup précis de ses pattes énormes. De ses mâchoires puissantes, il arrachait des carcasses de phoque la riche graisse dont il avait besoin pour alimenter sa machine biologique dans sa lutte contre le froid arctique. Mais il devait poursuivre sa lente dérive vers le sud. Sans cela, il serait obligé d'explorer sa seule autre source possible de nourriture : ces animaux bizarres, qui ne ressemblaient à aucun animal marin connu. Ils habitaient sur l'île et se déplaçaient sur deux pattes.

L'ours ne connaissait pas ces créatures, mais le vent lui avait apporté leur odeur, une bonne odeur de sang chaud. Et sur la glace, une viande en vaut bien une autre.

Il sauta du rebord d'une faille pour retomber sur la fine couche qui venait de regeler. La glace y était encore souple, il risquait d'y trouver un menu auquel il était habitué, un phoque en train de remonter à la surface pour respirer. Il s'avança sans bruit jusqu'au bord d'un trou et s'arrêta là, la tête baissée, tous ses sens aux aguets pour surprendre le moindre son, la moindre vibration dans l'eau.

Voilà ! Il y avait quelque chose qui bougeait sous la glace.

Et puis il se produisit un choc titanesque, l'ours vola en l'air. C'est bien simple, il est tout bonnement impensable de traiter ainsi l'un des seigneurs de l'Arctique ! Il retomba sur la glace et s'étala lamentablement. Mais il réussit à se remettre sur ses pattes et, fou de terreur, s'enfuit en hurlant ses protestations à une nuit qui n'en avait cure.

Une grande lame de hache émergea de sous la surface gelée, faisant craquer la glace et la projetant en miettes tout autour d'elle. L'énorme sous-marin nucléaire lance-missiles de la classe Oscar se tailla une brèche. Quand il se fut stabilisé, un panneau s'ouvrit au sommet du massif. Des hommes en jaillirent, des visages noirs, tannés par le vent qui contrastaient avec le blanc de leurs tenues polaires. Quelques-uns d'entre eux se laissèrent glisser sur la glace grâce aux échelons escamotables dont était équipé le massif. Ils se dispersèrent et se saisirent de leurs fusils d'assaut AK-74, avant d'établir un périmètre de sécurité.

Les autres débarquaient le matériel sorti du ventre du monstre, l'intérieur du sous-marin était en éclairage rouge : sacs à dos, équipements de couleur blanche, sacs de marins, traîneaux en fibre de verre remorqués à bras, caisses de munitions et d'explosifs.

Seuls restèrent en haut de l'échelle qui donnait accès à la baignoire le commandant du sous-marin et le chef du détachement, deux escouades de commandos marine Spetsnaz.

— Putain, on se les gèle, murmura le commandant du sous-marin.

L'enseigne de vaisseau Pavel Tomashenko, des commandos marine, eut un petit rire un peu satisfait et entonna la ritournelle classique : « Avec un temps comme ça, on verrait fleurir les fleurs dans les rues de Pinsk. »

Mais le commandant n'avait pas envie de rire.

— Je veux plonger le plus vite possible. Il faut que le pack ait le temps de se reformer avant le prochain passage d'un satellite américain.

Comme tout sous-marinier qui se respecte, il n'aimait pas trop être en surface. Et il n'avait pas tort. Il se trouvait dans les eaux territoriales canadiennes, dans une zone interdite aux sous-marins étrangers. Et comme la marine canadienne était parfaitement incapable de faire respecter cette interdiction, les sous-marins nucléaires d'attaque américains en faisaient autant que lui, et plutôt deux fois qu'une.

— Ne vous en faites pas, commandant, nous serons loin d'ici dans quelques minutes, répondit Tomashenko en se penchant pour surveiller ses hommes qui chargeaient les traîneaux. Nous aussi, faut qu'on se planque avant le prochain passage. Il n'y aura pas de problème.

— Espérons-le, grommela le sous-marinier. J'essaierai de respecter les vacations radio, mais je vous rappelle que je ne promets rien. Cela dépend des trous dans la glace que je trouverai pour hisser les mâts. Je repasserai au même endroit toutes les vingt-quatre heures et j'écouterai vos charges de fond ainsi que votre transpondeur. Je ne peux pas faire plus.

— C'est parfait, commandant. Le service de taxi a été parfait. *Dos vedania.*

Tomashenko se hissa par-dessus le rebord de la baignoire avant de se laisser glisser sur la glace.

Le commandant du sous-marin marmonna une vague réponse dans sa barbe. Se faire ainsi traiter par un vulgaire enseigne le faisait enrager, mais ces mecs des Spetsnaz se prenaient pour Dieu le Père, et encore, dans le meilleur des cas. Malheureusement, dans ce cas précis, il avait reçu des ordres sous pli scellé du Commandant de la Flotte du Pacifique. Le sous-marin et son commandant étaient mis à disposition de Tomashenko, qui pouvait en user à sa discrétion et selon son bon plaisir. Ne pas suivre ces ordres à la lettre aurait été très mal vu dans cette marine russe qui partait à vau-l'eau.

Il aperçut Tomashenko près de ses hommes alignés, silhouettes sombres sur la glace. Puis ils se dirigèrent vers l'île Mercredi. Il était content de les voir partir. Pendant quelque temps, il allait de nouveau être seul maître de son bâtiment et de lui-même. En tout cas, il était bien content de s'être débarrassé de tout leur bazar. Le groupe de Tomashenko était certainement ce qu'il avait vu de pire en matière de têtes de forbans, des hommes d'un sang-froid à toute épreuve – et il en avait vu un paquet en vingt ans de service dans la marine russe.

— Evacuez le pont ! – Puis d'une voix plus rauque : – Les veilleurs en bas !

Les marins se glissèrent près de lui pour descendre l'échelle. Il appuya sur le bouton de cuivre près de l'interphone :

— Centrale de passerelle ! Préparez-vous à plonger !

Chapitre 18

USS Alex Haley

R ANDI RUSSELL POUSSA un petit pion en plastique rouge de deux centimètres.
— Dame, dit-elle, le regard rivé sur l'échiquier avec l'intensité d'un couguar qui s'apprête à bondir.

Maugréant en russe, Gregori Smyslov prit un pion sur sa maigre pile de prises et le posa à l'endroit indiqué.

— Vous êtes en sérieuse difficulté, Gregori, lui dit Valentina Metrace en croquant une chips qu'elle avait prise dans un bol près du champ de bataille.

— Les dames sont un jeu bon pour les enfants, lâcha Smyslov entre ses dents serrées. Un vrai jeu d'enfants, et je ne suis pas du tout en difficulté !

— Nous appelons ça le jeu de dames, major.

Smith, assis derrière Randi, ricanait.

— Et je confirme, oui, vous êtes dans de sales draps.

— Le grand Morphy lui-même aurait du mal à se concentrer avec des gens qui passent leur temps à lui mastiquer des crackers dans les oreilles !

— Des tortillas, pour être précis, corrigea Valentina en enfournant une nouvelle ration. Mais votre vrai problème, c'est que vous essayez d'agir avec logique, comme aux échecs. Les dames ressemblent plutôt à l'escrime : il y faut de l'instinct, et bien affûté.

— Vraiment.

Smyslov attaqua brusquement et sauta par-dessus un pion rouge de Randi avec un noir.

— Je vous avais bien dit que je n'avais pas de problème.

La riposte fut mortelle. La dame toute fraîche de Randi débarrassa le damier des pions noirs en deux temps trois mouvements.

— Quatrième gagnée sur six parties ? conclut-elle avec un petit sourire.

Smyslov se frappa le front.

— Et dire que c'est pour voir ça que j'ai quitté la Sibérie !

Smith lui adressa un grand sourire.

— Ne soyez pas déçu, major. Je n'ai jamais réussi à battre Randi aux dames. Je crois que c'est impossible. Bon, quelqu'un serait partant pour un bridge ?

Smyslov leva la tête et commença à ranger ses pions.

— Pourquoi pas ? Se faire torturer au fer rouge ne peut pas être pire que se faire arracher les ongles à la tenaille.

Cela faisait quatre jours que le bâtiment avait quitté Sitka. Après avoir tourné le cap Barrow, il faisait route cap au nord-est vers l'archipel de la Reine-Elisabeth. Ils avaient du mal à occuper leurs journées, quelques séances de travail et de réflexion sur ce qu'ils risquaient de trouver à Mercredi. Il leur restait bien des heures à tuer et, en leur qualité de passagers au milieu d'un équipage bien soudé, Smith et ses gens étaient livrés à leurs propres ressources.

Smith était content de la façon dont cela se passait. Constituer une équipe n'est pas seulement affaire d'entraînement et de discipline. Il faut aussi que ses membres apprennent à se connaître. Leurs modes de pensée, comment ils agissent et réagissent. Dans les petites choses aussi, comment ils aiment leur café. Tout cela mis bout à bout vous donne une idée de ce que sera la réaction d'un individu en situation de crise. Toutes informations fort précieuses.

Un détail après l'autre, Jon constituait dans sa tête son propre dossier.

Randi Russell : c'était la seule qu'il connaissait déjà, il avait donc une base sur laquelle construire. Elle était solide, invariablement solide. Mais, derrière cette façade, il y avait aussi chez elle une petite faiblesse, ces accès un peu inquiétants de « j'en ai rien à foutre », pas au sujet de la mission, mais pour ce qui la concernait personnellement.

Gregori Smyslov : clairement bon soldat, mais également capable de beaucoup réfléchir. Et à voir son humeur que Smith avait eu l'occasion d'observer, il n'était pas très satisfait du résultat de ses réflexions. Le Russe agissait dans un but précis. Lequel, c'était ce que Smith avait besoin de déterminer.

Valentina Metrace : encore autre chose. Plus précisément, que se cachait-il derrière la figure bien lisse mais pleine de vivacité du professeur d'histoire ? Il y avait là quelqu'un d'autre. Lors des longues conversations qu'il avait eues avec elle, il n'avait réussi à saisir que des bribes de cette seconde personnalité. Ce n'était pas tant ce masque qui se soulevait un peu que, comment dire, les sabords camouflés d'un vaisseau de ligne du temps de la reine. « Expert en armements », cela pouvait vouloir dire bien des choses. Non que sa personnalité apparente ne fût pas intéressante en tant que telle.

Le haut-parleur du carré grésilla.

« Carré de passerelle. Répondez, je vous prie. »

Smith se leva et s'approcha de l'interphone fixé près de la porte.

— Ici le carré, colonel Smith.

— Mon colonel, c'est le commandant. Vous et votre équipe devriez monter et jeter un œil par bâbord. Nous passons devant ce que vous appelleriez un spectacle remarquable.

— On arrive.

Smith reposa le micro sur son support. Les autres, toujours assis à la table, le regardaient.

— Le commandant nous suggère de monter voir quelque chose, braves gens.

Sur le pont, le vent vous transperçait et rougissait la peau nue en moins de quelques secondes. Le bleu de la mer et du ciel que seuls striaient quelques cirrus était tout aussi violent. Ce spectacle contrastait avec la forme sombre d'une sorte de château fort qui défilait par le travers, la partie émergée d'un iceberg dont on devinait la partie immergée, verte. Premier indice que l'on s'approchait du pack. Vers le nord, devant l'étrave, l'horizon avait des teintes métalliques, brillantes, ce que les habitués des régions arctiques appellent « la lueur glaciaire ».

Smith sentit quelqu'un lui effleurer le coude. C'était Valentina Metrace, il la sentait frissonner. Le docteur Trowbridge était lui aussi sorti de l'abri de navigation et se tenait à quelques mètres, accoudé à la lisse. Il ne disait rien, se gardait de regarder Smith ou ses équipiers. D'autres marins montèrent également pour admirer le spectre blanc.

Leur premier ennemi était en vue. La bataille allait bientôt commencer.

Chapitre 19

Ile Mercredi

« ECHANTILLONS D'EAU PROFONDE, série M ?
— Vérifié.
— Echantillons d'eau profonde, série R ?
— Vérifié.
— Echantillons d'eau profonde, série RA ?

Kayla Brown releva la tête. Elle était agenouillée près de la caisse en plastique qui contenait les échantillons.

— Tout est là, docteur, dit-elle patiemment à Creston, exactement comme hier.

Le docteur Brian Creston se mit à rire et referma son carnet.

— Il faut être patiente avec les vieillards, mon enfant. J'ai vu trop souvent une expédition échouer pour un détail minuscule. Il ne faut pas tolérer la moindre négligence quand on range la maison.

Kayla referma les serrures de la caisse et serra la sangle de nylon de sécurité.

— Je vous entends bien, docteur. Je ne souhaite vraiment pas que quoi que ce soit puisse nous empêcher de monter demain dans ce bel hélicoptère.

— Vraiment ?

Creston reposa sa pipe dans le vieux récipient en verre de chimiste dont il avait fait son cendrier. Puis il se pencha pour regarder à travers l'une des petites fenêtres basses de la cabane.

— Moi, en fait, cet endroit va me manquer. Je trouve, comment dire... que c'est reposant.

Pour l'instant, le ciel s'était un peu dégagé au-dessus de l'île et le soleil bas sur l'horizon éclairait la neige balayée par les rafales. La station scientifique de l'île Mercredi se composait de trois petits préfabriqués verts : le laboratoire, le dortoir, et le local du groupe électrogène. Ils étaient alignés l'un à côté de l'autre, espacés d'une trentaine de mètres à cause des risques d'incendie.

Construite près du rivage, dans la petite baie glacée de l'ouest, la station était protégée des vents dominants de secteur nord par une extrémité de la chaîne centrale. De cette manière, il avait suffi d'enterrer ces préfabriqués à toit plat jusqu'à mi-hauteur.

Kayla Brown se leva puis épousseta les genoux de son pantalon de ski.

— Cela aura été une belle expérience, docteur, et je ne l'aurais ratée à aucun prix, mais, comme on dit, vivement qu'on rentre à la maison. On peut redevenir sérieux ?

Creston éclata de rire.

— Entendu, Kayla. Mais vous n'avez pas envie de grimper là-haut avec les enquêteurs quand ils arriveront ? Après tout, c'est vous qui avez repéré l'épave la première, non ?

La jeune femme secoua la tête.

— Non, je ne crois pas. J'y ai bien réfléchi, ce serait sans doute intéressant, mais... l'équipage est peut-être toujours à bord. Ça, je préfère éviter.

Creston hocha la tête. Appuyé contre la lourde table de travail posée au milieu du laboratoire, il entreprit de bourrer sa pipe en piochant dans sa tabatière.

— Je vous comprends. Ce n'est sans doute pas ce qu'il y a de plus agréable. Mais, je dois vous avouer que je suis curieux de savoir ce qui est arrivé à ce vieux bombardier, surtout quand on voit comment ils nous ont demandé de rester à l'écart. On en déduit qu'il se cache peut-être autre chose derrière toute cette histoire.

Kayla Brown mit les mains sur ses hanches et fit rouler ses yeux comme savent le faire les femmes.

— Allez, docteur ! Vous connaissez les historiens et les archéologues. Ils détestent voir des amateurs farfouiller autour d'une fouille, en train de tout mélanger. Vous n'aimeriez pas voir quelqu'un abîmer vos échantillons de radiosonde, pas vrai ?

— Touché.

Creston gratta une allumette de ménage, l'approcha du foyer de sa pipe et en tira quelques bouffées, en véritable amateur.

— Mais on peut faire confiance aux femmes pour dénicher la part de mystère dans ce genre de chose.

C'est alors que Ian Rutherford entrouvrit la porte en accordéon qui séparait le laboratoire du petit local radio, à un bout de l'abri.

— Tenez docteur, la dernière météo, fit-il en lui tendant une feuille de papier.

— Comment ça se présente, Ian ?

Le jeune Anglais fit une grimace qui se voulait comique.

— On pourrait dire, moyen. Nous avons un front chaud qui nous passe au-dessus. Il peut être parti demain ou à peu près, et ensuite, temps variable.

— Très variable, mec ?

— Vent variable de secteur nord, force 5. Plafond bas. Chutes de neige intermittentes.

Kayla fit les yeux ronds.

— Oh, génial ! Le temps parfait pour voler !

— Et ce n'est qu'un début, reprit le jeune Anglais. Nous avons reçu un avis d'éruption solaire. Les transmissions aussi, ça ne va pas devenir terrible.

— Seigneur.

Creston souffla un nuage de fumée odorante.

— Faudrait que quelqu'un mette la bouilloire en route, je crois que la poisse arrive.

— Allez, docteur, fit Rutherford, avec un grand sourire. Ça ne peut quand même pas être pourri à ce point. Dans le pire des cas, nous prendrons un ou deux jours de retard.

— Je sais bien, Ian, mais rappelez-vous qui nous attend à bord du navire. Ce cher Monsieur Grippe-Sou Trowbridge sera convaincu que j'ai mitonné une bonne petite tempête pendant l'évacuation rien que pour lui faire dépasser son budget.

On entendit un cri qui venait de dehors, un peu étouffé par les cloisons recouvertes d'un épais matériau isolant. Puis des bruits de bottes dans le sas. La porte intérieure s'ouvrit à la volée et Stefan Kropodkin fit irruption dans le laboratoire en semant des paquets de neige un peu partout. Il était haletant.

— Le docteur Hasegawa et le professeur Gupta sont-ils rentrés ? demanda-t-il en retirant sa capuche.

Creston se redressa et posa sa pipe dans le cendrier.

— Non. Qu'est-ce qui ne va pas ?

Le Slovaque avait du mal à reprendre son souffle.

— Je ne sais pas. Ils ont disparu.

— Que voulez-vous dire, par disparu ? lui demanda Creston en fronçant les sourcils.

— Mais je n'en sais rien ! Ils venaient juste de repartir ! Nous étions sur la plage sud, à environ trois kilomètres. Le professeur Gupta voulait voir une dernière fois la glace en train de grossir le long du rivage, et nous l'aidions. Le professeur m'a dit de photographier quelques-unes des formations, puis le docteur Hasegawa et lui ont continué un peu plus loin, en faisant le tour de la pointe. Et c'est là que je les ai perdus de vue.

Kropodkin essayait toujours de respirer.

— Et lorsque j'ai suivi cette direction, plus personne.

— Et merde ! Si je ne l'ai pas répété cent fois à Adaran, restez toujours groupés. Ils avaient leur radio ?

Kropodkin fit signe que oui.

— Le professeur avait la sienne.

Creston se tourna vers Rutherford.

— Avez-vous entendu quelque chose sur le canal local ?

L'Anglais hocha négativement la tête.

— Alors, allez-y, appelez-les.

— J'y vais tout de suite.

Et il disparut dans le local radio.

Kropodkin s'écroula sur un tabouret avant d'enlever ses gros gants et ses surgants. Kayla Brown, l'air soucieux, lui passa une bouteille d'eau.

— J'ai continué ainsi pendant environ un kilomètre, reprit le Slovaque après s'être désaltéré. Je les ai appelés, mais aucune réponse. Pas signe de vie. J'ai commencé à m'inquiéter et je suis revenu ici le plus vite possible. Je me suis dit qu'ils m'avaient peut-être dépassé à un moment ou à un autre.

— Ils ont dû aller à l'intérieur des terres ou observer la dérive sur la côte, suggéra Creston.

— Aucune réponse sur le canal, doc ! cria Rutherford depuis son local.

Les yeux de Kropodkin allaient de Creston à Kayla. On le sentait à la fois inquiet et apeuré.

— Il y avait autre chose, derrière l'endroit où ils ont disparu. Un phoque à moitié dévoré. Tué par un ours. Et c'était récent.

— Etes-vous sûr qu'il s'agissait bien d'un phoque ? demanda Kayla, la voix tremblante.

— Oui, sûr et certain.

— Allez tout le monde, on se calme. Il est probable qu'on se fait du mouron pour rien, décida Creston, un peu tendu. La nuit va bientôt tomber. Ian, prenez la radio portable, je me charge de la trousse de secours. Nous allons emporter les traîneaux, une tente, et des rations de survie. Kayla, restez près de la radio au cas où nous aurions besoin d'appeler le *Haley*.

— Mais...

Puis elle se reprit, ce n'était pas le moment de discutailler.

— Bien monsieur.

Kropodkin enfila ses gants.

— Je vais aller chercher le fusil dans le dortoir.

Chapitre 20

USS Alex Haley

J*ON SMITH CONTEMPLAIT* vaguement les ressorts de la bannette située au-dessus de la sienne. Son iPhone lui berçait les oreilles, une vieille chanson rock d'Al Stewart, *« Du sable dans tes chaussures »*. Le vrai démarrage de la mission était pour le lendemain, et le sommeil était dur à venir. Mais maintenant, après avoir courtisé Morphée pendant une heure, il y était presque.

Un fort coup frappé à sa porte le réveilla tout à fait. Il s'assit et retira son casque.

— Oui ?

Il entendit la voix de Valentina Metrace à travers les grilles de ventilation de la porte.

— Nous avons un problème avec l'île Mercredi, Jon. Ça a l'air sérieux.

Il se laissa glisser de sa couchette et appuya sur le bouton de la lumière.

— Bon, on arrive.

Smyslov avait déjà sauté de la bannette supérieure et s'habillait à la hâte. Smith prit une tenue de combat chaude et ses bottes. Peu de temps après, les deux hommes montaient au local radio.

Apparemment, le lancement de la mission n'allait pas attendre le lendemain.

Par-dessus le bruit de fond du navire, on entendait de temps en temps des raclements et des sons aigus, lorsque la coque du *Haley* heurtait des bancs de glace. Il y avait aussi des soubresauts qui faisaient battre le bruit des hélices lorsque l'étrave s'enfonçait dans une plaque d'eau de mer gelée – ces sons et ces sensations étaient de plus en plus fréquents.

Depuis trois jours, l'*Alex Haley* se frayait péniblement un chemin toujours plus profondément dans le pack de l'archipel de la Reine-Elisabeth. Lorsque c'était possible, il utilisait les chenaux d'eau libre, zigzaguant entre les glaces dérivantes et parant les icebergs ou des îles qui tombaient à pic, si nécessaire.

Le commandant Jorganson faisait appel à tout son talent de navigateur polaire pour les faire progresser vers leur objectif, mais la vitesse de progression se réduisait à chaque nautique gagné dans le nord. Les chenaux devenaient de plus en plus étroits et les blocs de glace, plus denses. Au cours des dernières quarante-huit heures et par deux fois, Randi avait pris l'air avec le Long Ranger, en embarquant un officier du bord, afin de repérer les glaces et de chercher dans le pack des fissures où pourrait se faufiler le bâtiment.

L'hiver était en train de l'emporter.

Le petit local radio du bâtiment était déjà bondé lorsque Smith et Smyslov essayèrent de se frayer un chemin entre les châssis métalliques peints en gris. L'opérateur de quart était installé devant un puissant émetteur-récepteur BLU [1]. Il jouait ave le réglage des fréquences et des réducteurs de bruit de fond. Le commandant Jorganson se tenait penché au-dessus de lui. Randi Russell et Valentina Metrace étaient également là, avec des marques d'oreiller sur la figure. Le professeur n'avait pas pris le temps d'attacher ses cheveux et quelques neurones de Smith notèrent que sa longue queue-de-cheval noire lui descendait presque jusqu'au bas du dos. Il avait la réponse à au moins une de ses questions.

Le docteur Trowbridge avait dû se contenter d'un recoin éloigné. Il avait l'air inquiet, comme tout le monde, mais on le sentait outré, comme si ce qui se passait était quelque chose qui ne pouvait pas lui arriver, pas à lui.

---

1. Bande Latérale Unique, système de transmission en modulation de fréquence.

— Alors ? demanda Smith.

— Nous ne sommes pas sûrs, répondit Jorganson. Deux membres d'une équipe scientifique ont apparemment été portés manquants peu avant la tombée de la nuit. Le chef de l'expédition nous a prévenus qu'il organisait des recherches, mais qu'il ne décrétait pas encore une situation d'urgence. Puis la station a cessé d'émettre environ cinq heures plus tard.

— Une panne de leurs équipements radio ?

— C'est une façon de parler, mon colonel.

Jorganson jeta un coup d'œil au plafond.

— Si nous n'avions pas tous ces nuages, nous aurions droit à un magnifique spectacle, une aurore boréale. Il y a une éruption solaire en cours et ça brouille tout ce qui peut émettre. Même les téléphones satellite sont hors d'usage.

— Et ?

— Et lorsque nous avons pu rétablir la liaison, l'opérateur de la radio lançait des messages de détresse, poursuivit le commandant du garde-côte. Les hommes partis faire des recherches n'étaient pas rentrés, et elle n'avait pas réussi à les contacter.

— Elle ?

— Il s'agit d'une étudiante, Kayla Brown. Apparemment, elle était restée seule.

Le radio pressa son casque sur ses oreilles et commença à parler dans le micro. « KGWI de CGAH. Nous vous recevons. Je répète, nous vous recevons. Ne quittez pas. »

Il leva la tête :

— Nous avons un nouveau canal, commandant, on l'entend.

— Mettez la fréquence sur haut-parleur, lui ordonna Jorganson.

— Bien.

Au milieu des interférences et des crachotis, on entendit sortir du plafond un mince filet de voix, une voix de femme.

— *Haley, Haley,* ici la station de l'île Mercredi. Ils ne sont toujours pas rentrés ! Personne ! Il y a quelque chose qui ne va pas. Dans combien de temps aurons-nous des secours ? A vous.

Jorganson décrocha le micro de son support.

— Ici le commandant du *Haley,* mademoiselle Brown. Nous

comprenons votre situation et nous arrivons pour vous assister à la vitesse maximale possible.

Puis il lâcha la pédale du micro.

— Le problème, c'est que nous allons mettre plusieurs jours à parcourir les dernières centaines de nautiques dans le pack avant d'arriver à Mercredi. Et nous risquons même de ne jamais y parvenir, à voir la vitesse à laquelle la glace prend. Mon colonel, il va nous falloir l'aide de votre hélicoptère.

Smith se tourna vers son pilote.

— Randi, pourriez-vous décoller immédiatement ?

Randi se mordit la lèvre inférieure pour réfléchir et estimer les éléments.

— Nous sommes tout juste en portée pour faire un aller-retour jusque là-bas, dit-elle enfin au bout de plusieurs secondes. Mais la température de l'air est extrêmement basse, nous sommes en limite de conditions givrantes et les liaisons radio sont mauvaises. Je dirais que c'est vraiment juste-juste. Je n'aime pas être obligée de dire ça, mais il faudra attendre qu'il fasse jour.

Smith accepta son opinion sans discuter.

— Commandant, pourriez-vous me prêter le micro ?

Jorganson le lui tendit.

— Mademoiselle Brown, je suis le colonel Jon Smith. Je dirige une mission que l'on envoie enquêter sur ce bombardier qui s'est écrasé. Nous devrions être en mesure de vous rejoindre peu après le lever du jour, demain matin. J'ai peur que vous ne soyez obligée de surmonter cette mauvaise passe en attendant. Pourriez-vous m'en dire plus sur votre situation ? A vous.

— Je suis toujours au camp et je vais bien, répondit-elle. Ce sont les autres qui doivent être dans la panade – et une sale panade. Sinon, le docteur Creston m'aurait prévenue... et je ne peux rien faire ! A vous.

— Pour l'instant, vous avez fait tout ce qui était en votre pouvoir, mademoiselle Brown. Nous nous occuperons de tout le reste dès que nous serons sur place. Maintenant, il faut que vous répondiez à quelques questions. A vous.

— Allez-y, mon colonel. Euh... à vous.

— Vous-même ou d'autres membres de votre expédition, avez-vous vu des indices qui laisseraient supposer qu'il se trouve quelqu'un d'autre sur l'île ? Des lumières, de la fumée, des traces de pas, n'importe quoi du même genre ?

Quand elle répondit, elle semblait bouleversée.

— Quelqu'un d'autre ? Mais non, impossible ! A part vous, il n'y a personne à mille nautiques à la ronde !

— En êtes-vous certaine, mademoiselle Brown ? Aucun signe, aucun indice, rien ?

— Mais de quoi parlez-vous ? – Le docteur Trowbridge avait bondi de son recoin. – S'il essaye de mettre en cause les Inuits...

— Silence, fit sèchement Valentina Metrace.

— Non, répondit la voix sans broncher. Personne n'a rien signalé. A vous.

— Avez-vous remarqué quelque chose qui sortait de l'ordinaire ? tenta une nouvelle fois Smith. Un avion, un navire, autre chose ?

— Non. Nous voyons de temps en temps la traînée d'un avion de ligne qui passe au-dessus du Pôle, mais nous n'avons rien vu d'autre de tout l'été. Pourquoi ? A vous.

Trowbridge essayait de s'approcher de la radio.

— J'aimerais savoir une chose, mon colonel. Que signifie ce...

Qu'il aille au diable, il n'avait pas le temps de s'occuper de ces bêtises ! Les derniers lambeaux de couverture de la mission étaient partis, il était temps de passer d'un comportement totalement clandestin à quelque chose de moins discret. Smith pointa l'index sur Trowbridge puis lui montra du pouce la porte du local.

— Commandant, faites-le sortir d'ici.

Tout ébahi, Trowbridge essayait de déglutir.

— Quoi ! Vous n'avez pas le droit de...

— Mais si, il en a le droit, répondit tranquillement Jorganson. Je vous prie de sortir, docteur. J'espère qu'il ne sera pas nécessaire de vous faire accompagner.

Trowbridge était un homme habitué à discuter. Il commença par protester, mais n'eut même pas le temps de dire quelques mots. Des regards sévères l'entouraient, et cela étouffa net le sentiment qu'il avait d'être dans son bon droit. Une fois de plus, il était battu. Il se contenta de murmurer : « Ceci est inacceptable. »

Puis il se dirigea vers la porte.

Smith retourna à la radio.

— Mademoiselle Brown, ici le colonel Smith. J'ai encore une question. Vous ne ferez de tort à personne en me répondant, mais il est très important que vous nous donniez une réponse précise. Certains des membres de votre expédition sont-ils allés sur les lieux de l'accident ? N'importe qui, pour quelque raison que ce soit ? A vous.

— Non !... En tout cas, je ne suis pas au courant. Le docteur Creston ne l'aurait pas permis. Pourquoi cette question ? Est-ce que ce vieil avion a quelque chose à voir avec la disparition de mes compagnons ? A vous.

Smith hésita avant de répondre.

— Nous ne sommes sûrs de rien, mademoiselle. Attendez, je vous prie.

— Que se passe-t-il, Jon ? demanda doucement Randi. Le réservoir aurait-il fui ? Ce serait l'anthrax ?

Smith posa la main sur la console et fit fermement non de la tête.

— Non ! Ce n'est pas comme ça que ça marche ! L'anthrax n'atteint pas les gens avant une certaine période d'incubation, et les symptômes apparaissent progressivement.

Il se raidit sans crier gare et se tourna vers Smyslov.

— Gregori, pour cette fille et pour ceux qui se trouvent sur l'île, il est temps de cracher le morceau ! Y avait-il autre chose que de l'anthrax à bord de ce bombardier ?

Smyslov sentait les yeux bleu acier le vriller littéralement.

— Jon, je vous donne ma parole que, pour autant que je sache, les seules munitions que transportait Misha 124 étaient de l'anthrax. S'il y avait autre chose à bord, je n'en ai pas été informé.

Il était assez soulagé de réussir à s'en tirer en n'ayant trahi que la moitié de la vérité, car il se doutait de ce qui se passait sur Mercredi.

Ces foutus Spetsnaz ! Ils n'auraient pas réussi à se débrouiller pour rester cachés ? Un membre de l'expédition était-il tombé sur leur camp par inadvertance ? Si le chef de section était une de ces têtes brûlées, il aurait pu en tirer prétexte pour neutraliser l'expédition, au nom de sa sécurité.

Malheureusement, un cow-boy de ce genre était exactement ce que le haut commandement aurait choisi pour un boulot de ce genre !

Ils n'avaient pas posé le pied sur l'île que les choses tournaient déjà en eau de boudin ! Si l'équipe scientifique avait été anéantie, celle de Smith risquait de subir le même sort. Son équipe ! Des gens qu'il aimait bien, qu'il respectait !

C'était de la folie !

— Que pensez-vous de la situation, major ? lui demanda Smith d'une voix impassible.

Smyslov était tout aussi maîtrisé.

— Nous pouvons supposer que des éléments hostiles inconnus ont débarqué, probablement les mêmes que ceux qui ont tenté de nous empêcher d'arriver sur l'île. Nous devons également supposer qu'ils imaginent que l'anthrax est toujours à bord de Misha 124 et qu'ils ont l'intention de s'en emparer.

Smith regarda longuement le Russe avant de reprendre la parole.

— Cela semble plausible. – Et se tournant vers les autres : – A présent, qu'allons-nous faire ?

— A mon avis, commença Jorganson en désignant la radio, le problème le plus urgent est : que faisons-nous pour cette femme ?

Très pertinent. Que peut-on faire pour une jeune femme, seule dans le noir, isolée autant qu'on peut l'être ?

Smith reprit le micro.

— Mademoiselle Brown, je vois que vous avez dans votre équipement un fusil de chasse calibre 12. Où est-il ? A vous.

— Le fusil pour chasser l'ours ? Ceux qui sont partis faire des recherches l'ont emporté. Pourquoi ? A vous.

— Possédez-vous d'autres armes ? A vous.

— Non, pourquoi ?

— Nous essayons... de nous faire une idée de la situation. Attendez.

Smith désactiva le micro et attendit les réactions des autres.

— Il faut la sortir de là, Jon, fit impétueusement Randi. Dites-lui de prendre un duvet et de sortir ! Expliquez-lui ce qui se passe, dites-lui de se cacher où elle peut en attendant qu'on vienne la chercher !

— Non, coupa Valentina. Dites-lui de rester à côté de la radio.

— Ces préfabriqués sont conçus pour vous mettre à l'abri du mauvais temps, pas des gens ! protesta Randi. S'il y a des hostiles sur l'île et s'ils arrivent...

— S'il y a des hostiles dans l'île, mademoiselle Russell, alors, ils s'empareront d'elle quand ils voudront.

La réplique de l'historienne était aussi glaciale que le gris de ses yeux.

— On peut faire l'hypothèse prudente qu'ils ont repéré la station. S'ils la voient s'enfuir, elle ne fera pas dix mètres. Mais si nous gardons le contact par radio, elle peut nous fournir des renseignements. Elle garde une chance d'émettre une dernière fois quand ils arriveront. Et elle pourrait même nous donner une petite idée de ceux à qui nous avons affaire.

— Vous considérez donc qu'elle peut passer par pertes et profits, conclut amèrement Randi.

Valentina hocha la tête.

— Non, dit-elle doucement. Je considère que mademoiselle Brown est déjà perdue.

Randi resta silencieuse.

Pendant tout cet échange, Smith avait observé du coin de l'œil le Russe de leur équipe.

— Et vous, major ? Quelque chose à ajouter ?

Smyslov sortit une Chesterfield d'un paquet à moitié écrabouillé et l'alluma.

— Non, mon colonel, fit-il en soufflant sa première bouffée. Je n'ai pas de suggestion à faire.

— CGAH, ici KGWI.

Ils entendaient sa voix déchirante qui criait dans la nuit comme une âme en peine.

— Je suis toujours là.

Smith pressa la pédale du micro.

— Mademoiselle Brown, encore le colonel Smith. Comme je vous l'ai dit, nous serons là demain matin peu après le lever du jour. Nous souhaitons que vous restiez près de la radio jusqu'à notre arrivée. Nous allons continuer à veiller sur cette fréquence, sans interruption, nous appellerons tous les quarts d'heure, pendant toute la nuit. Si vous avez des nouvelles de vos collègues, ou si vous entendez quelque chose d'anormal, appelez-nous immédiatement. Je répète, appelez immédiatement. Vous m'avez bien compris ? A vous.

— Oui mon colonel, je comprends... Il se passe autre chose, n'est-ce pas ? Ils ne se sont pas perdus, c'est bien ça ?

Que lui dire pour lui apporter ne serait-ce qu'une lueur d'espoir ou de réconfort ?

— Nous vous expliquerons tout une fois sur place, mademoiselle. Nous retrouverons vos collègues et nous tirerons tout ça au clair. Vous n'êtes pas seule, nous serons là. De CGAH, gardez la liaison.

— Compris.

Elle essayait de se montrer courageuse.

— De KGWI, je garde la liaison.

Smith rendit son micro au radio.

— Restez sur cette fréquence. Vous m'avez entendu, lancez des appels toutes les quinze minutes. S'il se passe quoi que ce soit, même si on appuie simplement sur la pédale du micro, je veux être prévenu.

— Bien mon colonel, répondit le radio en remettant son casque.

— Commandant, faites le maximum pour vous rapprocher de l'île avant l'aube.

— Je m'en occupe, mon colonel, répondit le pacha du *Haley*. Si vous avez besoin de moi, je suis à la passerelle.

— Et moi, dit Randi sans s'attarder, je vais au hangar préparer l'hélicoptère.

Et elle se dirigea vers la porte.

— Je viens vous aider, lui dit Smyslov en lui emboîtant le pas.

Smith fit un petit signe de tête un peu découragé. Quelle merde, ce truc ! C'était inévitable, il fallait que ça se termine comme ça avec Randi, elle le prenait pour un vrai salopard.

— Val, nous allons abandonner notre couverture, et j'ai bien envie de vous laisser expliquer la situation au docteur Trowbridge. Il faut que je parle au directeur, je dois l'informer des derniers développements.

— Ne vous inquiétez pas de mon collègue, je vais m'en occuper.

La grande brune lui fit un sourire, un sourire sérieux mais empreint de sympathie.

— Conduire ce foutu train, mon colonel, c'est pas de la tarte, hein ?

Smith lui ôta son sourire.

— On m'a dit que c'était bon pour ce que j'avais, professeur.

Chapitre 21

Washington DC

C'ÉTAIT LA CHAMBRE À COUCHER d'un homme seul de la grande bourgeoisie, très ordonné, dans une maison banale de la banlieue de Washington. Totalement banale, si ce n'est la batterie de téléphones, tous de couleur différente, qui étaient posés sur la table de nuit danoise.

La sonnerie retentissante du téléphone gris, celui de l'agence, réveilla Fred Klein en sursaut et la lampe de chevet dorée s'alluma au premier coup. Il n'était pas encore vraiment réveillé qu'il avait le combiné en main.

— Klein.

La voix à l'autre bout de la ligne paraissait lointaine et brouillée par la friture.

— Jon Smith, monsieur, à bord du *Haley*. Nous avons du nouveau.

Assis au bord de son lit, Klein écouta sans rien dire le récit rapide que lui faisait Smith, à coups de phrases très brèves.

— De ce que je sais, monsieur, je déduis que quelqu'un est arrivé le premier et veut s'assurer de la cargaison de Misha.

— Dans ce cas, cela signifie qu'ils sont arrivés par les airs ou qu'un sous-marin les a déposés. Et ils restent très discrets, répondit Klein. A son dernier passage au-dessus de l'archipel de la Reine-Elisabeth, le satellite de la NSA n'a repéré aucun autre bâtiment de surface à moins de cinq cents nautiques de Mercredi, et aucune activité apparente sur l'île elle-même.

— Compris, monsieur. La seconde possibilité, c'est que les Russes sont en train de mettre en œuvre leur « programme de rechange ».

— Et vous avez une idée de ce dont il pourrait s'agir ? demanda Klein. Ici, nous ne voyons rien qui nous le fasse penser.

— Je ne suis sûr de rien, monsieur, mais je sens des trucs pas nets du côté du major Smyslov. Je le soupçonne, soit de nous mentir, soit de ne pas tout nous raconter.

— Le considérez-vous comme un risque potentiel pour la mission, Jon ?

Il y eut un silence.

— Potentiel, oui. Cela dit, je le garde dans mon équipe. Apparemment, c'est un officier de valeur et un type honnête. Jusqu'ici, il nous a été précieux. Et puis, de temps en temps, il lance des signaux assez divers. S'ils sont en train de nous doubler, je ne crois pas que ça lui fasse plaisir. Convenablement commandé, il peut encore nous rendre service.

— Surveillez bien vos arrières, Jon. Les gars honnêtes sont ceux qui vous tuent le plus facilement.

— Reçu, je vais prendre mes précautions.

Klein se frotta les yeux pour y effacer les dernières traces de sommeil et chercha à tâtons ses lunettes sur la table de chevet.

— Quelles sont vos intentions dans l'immédiat ?

— Continuer comme prévu, monsieur. Nous serons à Mercredi demain aux premières lueurs de l'aube.

— Compte tenu de ce qui s'est passé, trouvez-vous cela bien prudent, Jon ? Nous avons mis en place sur la base aérienne d'Eielson une section de guerre biologique, deux Ospreys des commandos de l'air et un ravitailleur MC-130 qui peut décoller sans préavis. Nous pouvons leur demander leur soutien.

— Non monsieur, pas encore.

La réponse était nette et sans appel.

— Je ne suis pas prêt à les utiliser. Si le but de cette mission est d'éviter un incident international, la confidentialité n'est déjà plus assurée. Nous n'en savons pas encore assez pour faire appel aux renforts.

« L'anthrax est peut-être toujours à bord de Misha 124, ou peut-être pas, poursuivit Smith. Nous avons peut-être des hostiles à Mercredi, ou l'équipe de recherche est simplement bloquée sur le glacier sans moyens radio et attend qu'il fasse jour pour que quelqu'un vienne la chercher. Nous n'en savons rien. Mais il y a une chose dont nous sommes certains. Si nous arrivons avec l'infanterie, la cavalerie et l'artillerie, l'opération sera définitivement compromise. Il sera impossible de rétablir la situation. Et il sera presque impossible d'empêcher que tout éclate au grand jour.

Klein se sentit pris d'un petit rire nerveux et bien involontaire.

— C'est moi qui serai chargé de prononcer le discours, j'imagine. Mais, supposez que vous vous posiez sur Mercredi et que nous y trouvions des hostiles, et en force ?

— Dans ce cas, monsieur, nous disparaîtrons des écrans radar et vous n'aurez plus de doute. – Klein croyait voir le sourire malicieux qui devait accompagner ces derniers mots. « Mission accomplie. »

— Bon, faites comme ça, Jon, et bonne chance.

— Nous vous tiendrons au courant, monsieur.

Puis la liaison fut coupée. Klein reposa le combiné gris dans son support et décrocha le jaune qui se trouvait juste à côté. Il le reliait au petit centre d'opérations installé dans le sous-sol de la maison.

— Faites préparer ma voiture et la vedette. Je vais au quartier général. Donnez-moi encore cinq minutes, puis mettez-moi en relation avec le PC du Président.

Le directeur de Clandestin Unité se leva et commença à s'habiller.

Chapitre 22

USS Alex Haley

O*N AVAIT OUVERT LA PORTE* du hangar et les marins de l'équipe aviation s'activaient à la lumière des rampes en exhalant de petits nuages de vapeur dans l'air glacé. Les flotteurs du Long Ranger étaient fixés dans un chariot de manutention, des gaines de ventilation alimentaient le cockpit en air chaud. L'hélicoptère était paré à être transféré sur l'hélizone. A l'arrière du bâtiment, dans le sud-est, on distinguait la fine ligne de l'horizon gris acier qui ondulait imperceptiblement car les glaces amortissaient la houle.

La nuit avait été longue et ils n'avaient pas dormi, interrompus tous les quarts d'heure par les vacations radio avec l'île Mercredi. Les ponts tremblaient et tressautaient sous leurs pieds, le commandant Jorganson lançait son dernier assaut contre le pack. Cela dit, être enfin dans le feu de l'action faisait du bien.

Pour des raisons de masse et d'encombrement, on avait retiré de la cabine du Long Ranger tout ce qui pouvait l'être : tout, sauf les deux sièges des pilotes. Jon Smith supervisait l'amarrage du matériel qu'il fallait saisir dans les anneaux de plancher : quatre sacs à dos à armature, avec des équipements d'escalade et de survie, la radio portable SINCGARS [1], une caisse en aluminium renforcée qui contenait le matériel médical et les appareils de mesure.

---

1. Acronyme de *Single Channel Ground and Airborne Radio System*, système de liaison radio sol/air de l'armée américaine.

Deux marins traînèrent enfin un dernier sac sur le pont du hangar : une grosse saucisse verte en toile de nylon épaisse.

— Ça y est, mon colonel, c'est le dernier, lui dit l'un des marins, un peu gêné, en posant le tout sur le pont. Sa gêne était peut-être due à l'inscription en grosses lettres sur le sac :

US ARMY SERVICE FUNÉRAIRE
LINCEULS – DOUZE UNITÉS

— Merci, matelot.

La fermeture à glissière était encore scellée. Le camouflage avait bien marché, personne ne faisait de romans avec le contenu du sac.

Smith enjamba la saucisse, brisa le sceau et tira sur la fermeture. Les hommes de pont regardaient sans en avoir l'air. Smith entreprit d'extraire le contenu, des équipements dont une équipe normale d'intervention et d'identification des corps n'aurait pas vraiment eu l'usage.

Des bottes de neige et des surpantalons blancs. Des sacs souples contenant des tenues de guerre biologique MOPP II et des masques de protection. Et enfin, les armes.

— Je vois que vous êtes un grand adepte de la méthode : « On arrose d'abord, on regarde ensuite », murmura le professeur Metrace en voyant Randi vérifier un pistolet-mitrailleur Heckler & Koch MP-5.

— Dans mon cas, ça marche, se contenta de répondre Randi.

Elle ouvrit la culasse et déplia le petit bipode.

— Munitions ?

— Six chargeurs, répondit Smith en lui tendant les étuis à agrafe.

Il sortit un autre sac, l'ouvrit et poussa un grognement de satisfaction. Ils lui avaient fourni le fusil de précision SR-25 qu'il avait réclamé. Des caches de protection étaient posés aux deux extrémités de la lunette, on avait collé du camouflage blanc sur le fût et la poignée.

Smith trouvait que cette arme lui rappelait vaguement quelque chose et il vérifia le numéro de série. Il ne s'était pas trompé, c'était bien le SR-25 qu'il avait eu en dotation lors de son stage de combat en montagne. Fred Klein le méticuleux avait encore frappé.

Valentina Metrace haussa les sourcils en véritable connaisseur.

— Les grands esprits se rencontrent, Jon. Je me disais bien que nous allions nous battre en montagne.

La dernière arme à sortir du sac était un fusil de sport, et, comparé à l'autre, un véritable bijou. La puissante lunette montée sur le canon était une optique dernier cri et l'arme avait été fabriquée avec un soin extrême, mais le noyer s'était patiné avec le temps.

— Qu'est-ce que c'est? demanda Smith à Valentina qui sortait le fusil de son étui capitonné.

— Ça vient de ma collection personnelle, répondit-elle en ouvrant la serrure de sûreté. Il s'agit d'une Winchester modèle 70, un mécanisme d'origine pré-64 monté sur le premier canon forgé dans de l'acier inox Douglas.

Elle épaula gracieusement cette arme élégante et fit une visée de contrôle à la lumière du soleil levant qui filtrait par la porte du hangar.

— La lunette est une Schmidt & Bender 3 × 12, le calibre est chambré pour du .220 Swift. Avec une balle à bout carré de soixante-cinq grains, la vélocité en sortie de bouche dépasse les 1 500 mètres par seconde. La précision, comment dire, est proprement surnaturelle et le recul, on a l'impression que c'est quelqu'un d'autre qui tire. Comme on dit, ça eût été mais on n'en fait plus des comme ça.

— Une arme de voyou, lâcha dédaigneusement Randi.

— Tout dépend de ce que vous entendez par « voyou », ma chère, répondit Valentina, l'œil sombre. Mettez une balle Swift dans la poitrine d'un homme et c'est comme s'il avait été frappé par la foudre. Vous lui en logez une dans l'épaule, et vous n'obtenez pas un trou, non, mais une bonne amputation un peu bâclée. Un jour, avec cette vieille pétoire, j'ai fait un petit trou bien propre dans le crâne d'un crocodile à trois cents mètres, et souvenez-vous que les crocodiles ont un cerveau ridicule, mais un crâne très épais.

Au tour de Smith de lever les sourcils :

— Vous avez des passions très intéressantes, professeur.

Elle sourit d'un sourire énigmatique en enfonçant des cartouches allongées dans l'étui fixé sur la Winchester.

— Vous n'avez même pas idée de ce que c'est, mon colonel.

— Avez-vous quelque chose pour moi ? demanda Smyslov en voyant tout cet arsenal.

— Nous n'avons rien prévu, major, lui dit Smith, mais vous avez raison, vous allez avoir besoin de quelque chose. – Et se tournant vers Valentina : – En fait, j'ai demandé au professeur de jeter un coup d'œil là-dedans.

Elle lui fit un signe de tête et mit son fusil sur l'épaule. Elle s'approcha de l'hélicoptère dont la porte était ouverte et sortit de sous le siège du pilote un ceinturon, un étui et un baudrier.

— Rien de particulièrement sexy ou exotique, major, juste l'équipement standard des gardes-côtes, mais ça devrait faire votre affaire.

Smyslov sortit le Beretta 92F de son étui et le fit tourner à bout de bras pour tester son équilibre.

— Oui, ça va aller, répondit-il, pensif.

Une boîte de pharmacie garnie de mousse fut le dernier objet qu'ils sortirent du sac. Elle contenait une dizaine de grosses boîtes de pilules fermées par des bouchons blancs.

— Ça, mesdames et messieurs, leur dit Smith, c'est juste pour le cas où.

Il leur donna à chacun un tube d'antibiotiques et rangea le reste dans sa trousse.

— Vous en prenez trois tout de suite à titre préventif, puis deux toutes les douze heures, à jeun. Ça ne peut pas vous faire de mal.

— Et moi, mon colonel, puis-je en avoir ?

C'était le docteur Trowbridge, en parka. Il était resté dans le hangar à regarder l'équipe de Smith s'armer. Il s'avança.

— Je vais... il se reprit – j'aimerais aller sur l'île avec vous.

— Compte tenu des circonstances, docteur, je ne crois pas que ce soit faisable, répondit prudemment Smith. Nous ne savons pas ce que nous allons trouver là-bas, ce sera peut-être dangereux.

Mais l'universitaire était toujours aussi décidé.

— De toute façon, je ne sais pas ce que vous allez trouver. Et c'est pour cela que je dois y aller. Je ne sais pas ce qui se passe, ni pourquoi c'est arrivé, mais j'ai des responsabilités. Ce sont mes gens qui sont dans l'île ! J'ai organisé et j'ai assuré le financement de cette expédition, c'est moi qui en ai sélectionné les membres. Quoi qu'il advienne, j'en suis responsable !

Mes gens. Smith commençait à comprendre ce que cela signifiait. Il ouvrait la bouche pour répondre lorsqu'un marin entra dans le hangar et courut à l'hélicoptère.

— Je vous demande pardon, mon colonel, mais le commandant souhaite vous prévenir que l'île Mercredi n'a pas répondu à la dernière vacation.

Smith remonta la manche de sa parka pour consulter sa montre.

— Il y a combien de temps ?

— Dix minutes, mon colonel. On a appelé sans interruption, mais pas de réponse.

Smith sentit un fluide aussi glacé que l'air arctique lui vriller le ventre. Et merde ! Kayla Brown avait failli voir un nouveau jour.

— Merci. Dites au commandant que nous décollons immédiatement.

Puis, se tournant vers le docteur Trowbridge :

— Trois pilules tout de suite, lui dit-il en ouvrant sa trousse. Puis deux toutes les douze heures, à jeun

Chapitre 23

Au-dessus de l'océan Glacial arctique

DERRIÈRE LE LONG RANGER, le ciel était maintenant incandescent, un ruban rouge et or soulignait l'horizon au sud. Cela formait un violent contraste avec l'eau noire et la glace blanche du pack veinée de fractures, avec le ciel gris. Ce lever de soleil au sud était un peu perturbant, comme une anomalie dans le cours normal des choses qui accentuait l'étrangeté du monde dans lequel ils allaient pénétrer.

— Ciel rouge du matin..., murmura Valentina Metrace, laissant inachevé le vieux dicton [1]. Comme on avait débarqué les sièges des passagers, Smith, Trowbridge et elle se tassaient comme ils pouvaient au milieu du matériel rangé sur le plancher.

Smyslov laissa tomber la console radio accrochée au plafond.

— Rien de la station. Nous devrions bientôt être à portée de leurs radios portables.

— Et l'aurore boréale ? demanda Smith.

— Elle se renforce, mais le bâtiment nous reçoit toujours. Et s'il nous reçoit, nous devrions être capables d'entendre Mercredi.

— Pourquoi ne nous a-t-on rien dit ? demanda brusquement le docteur Trowbridge. C'est criminel ! Laisser les membres de notre

---

[1]. Ciel rouge du matin, chagrin du marin ; ciel rouge du soir, espoir.

expédition exposés à des armes biologiques sans un mot pour nous prévenir ! C'est tout bonnement criminel !

— Vos gens ont été avertis, lui répondit Smith, et à plusieurs reprises, comme le prouvera le journal des communications. Nous leur avons demandé de ne pas s'approcher des lieux de l'accident. Et vos services nous ont assuré plusieurs fois qu'ils avaient respecté cette consigne. En outre, quel que soit le produit qui les a intoxiqués, ce n'était pas de l'anthrax.

— En êtes-vous certain ? lui dit Trowbridge en le défiant.

— Oui, sûr et certain, répondit Smith d'un ton patient. Laissez-moi vous rappeler, docteur, que je suis également médecin et que je suis spécialiste de ce domaine. J'ai mené ces dernières années de nombreux travaux sur *Bacillus anthracis* et de toute manière, ce n'est pas de cela qu'il s'agit.

Il se retourna et le regarda dans le blanc des yeux, puis passa à l'offensive.

— Docteur, si vos gens et vous-même nous cachez quelque chose de ce qui a pu se passer sur l'île, le moment est bien choisi pour mettre les choses au clair.

L'universitaire en resta baba un bon moment.

— Moi ? Et que pourrais-je bien avoir à cacher ?

— Je ne suis pas si sûr de la réponse, et c'est là le problème. Est-il possible que les membres de votre expédition soient allés faire une petite virée là-bas sous le manteau ? Est-il possible qu'ils aient découvert qu'il y avait des produits biologiques ? Et enfin, ont-ils transmis cette information à quelqu'un, hors de l'île ?

Trowbridge avait l'air de quelqu'un qui ignore totalement de quoi il s'agit.

— Non ! Bien évidemment non ! Si nous avions eu le commencement de l'idée qu'il y avait quelque chose, nous aurions... nous aurions...

— Essayé de trouver un acheteur sur eBay ? compléta Valentina Metrace.

Comme le professeur se tournait vers elle, ce fut à son tour de lui jeter un regard glacial.

— Docteur, je pourrais vous citer une dizaine d'Etats voyous qui videraient leur porte-monnaie avec plaisir pour posséder un arsenal biologique. Il est assez étonnant de voir l'effet que peut avoir sur l'éthique et le sens moral un chèque à sept chiffres tiré sur une banque suisse.

— Et c'est pourquoi, compléta Smith, ni les Etats-Unis ni la Fédération de Russie ne veulent que tout le monde sache ce qui se trouve peut-être à bord du bombardier abattu.

— Malheureusement, docteur, il semblerait que quelqu'un ait vendu la mèche, conclut Valentina en portant un dernier coup. Il s'agit peut-être d'un Russe, peut-être de l'un des nôtres, ou de l'un des vôtres. Que cela se soit passé ainsi ou non, un grand méchant sait quelle saleté se trouve à bord du bombardier, et il a bien envie de mettre la main dessus. Mes associés et moi avons manqué nous faire tuer à cause de ça. Vos gens présents à Mercredi sont peut-être morts pour la même raison. Et ce qui est sûr, c'est que des millions de vies seront peut-être perdues à cause de ce produit !

Et elle sourit. Si elle avait eu des crocs, elle les aurait montrés.

— Vous pouvez être sûr d'une chose, mon cher docteur. Nous découvrirons qui est celui qui a parlé. Et ce jour-là, il ou elle se prendra une bonne correction.

Trowbridge, qui ne trouvait rien à répondre, se contenta de hausser les épaules.

— Après Hadès, Lazare et autres événements assez graves, les gouvernements prennent très au sérieux ce genre d'affaires, reprit Smith. Et moi aussi, et tous les membres de mon équipe avec moi. Maintenant que nous vous avons mis dans la confidence, docteur, nous espérons – non, correction – nous exigeons que vous en fassiez autant. Me suis-je bien fait comprendre ?

— Oui.

L'hélicoptère fit une brusque embardée en réagissant à une rafale.

— Ça va un peu danser, annonça Randi dans l'interphone. Je pense que nous avons une ligne de grains droit devant.

— On va arriver à gagner l'île ? demanda Smith.

— Je crois. En fait... – Elle se tut, tout en scrutant le paysage à travers la verrière striée de traces de givre... – nous y sommes.

Sous le nez du Long Ranger, on apercevait une ligne brisée qui se détachait sur l'horizon brumeux, une forme plus grande que les icebergs qu'ils avaient survolés jusqu'alors. La glace blanche était rayée de traits grisâtres par les rochers et on distinguait très bien les deux pics qui émergeaient de la sombre couverture nuageuse.

L'île Mercredi. Ils y étaient.

Le professeur Metrace se pencha un peu.

— Est-il possible de se poser directement sur le lieu de l'accident ? Il suffirait de cinq minutes pour voir si la cargaison est toujours à bord.

Smyslov lui répondit par-dessus son épaule :

— Je ne sais pas trop, mon colonel. Le ciel n'est pas réjouissant dans le nord de l'île. Mademoiselle Russell a raison, il y a un front qui nous arrive dessus. Peut-être de la neige, mais en tout cas, vent fort. Ici, il y a toujours du vent !

— Je confirme, Jon, dit Randi, il a raison. Le col n'est pas un endroit terrible pour se poser avec cette météo qui se dégrade.

Smith pouvait très bien voir lui-même ce qui les attendait. Derrière l'île, les nuages sombres se rapprochaient. Ils étaient engagés dans une course pour décider de qui gagnerait, eux ou le mauvais temps polaire.

— OK, Randi. Prévenez le *Haley* que nous allons nous poser près de la station scientifique. Nous gagnerons le site à pied.

— Et ça va pas être une partie de plaisir ! grommela Valentina.

Cinq minutes plus tard, ils faisaient des cercles au-dessus du camp de l'expédition. Il devint vite évident qu'il était plus sage de se poser là. Le Long Ranger commençait à valser dans les turbulences créées par la crête, et les deux pics se perdaient dans des nuages de neige.

Personne ne sortit des baraques au bruit des rotors.

L'hélizone se trouvait à quelque quatre-vingts mètres des préfabriqués. On y avait compacté la neige et le rond était marqué d'un grand H orange peint à la bombe. Pour abriter tant bien que mal l'appareil au sol, on avait aussi érigé un pare-vent avec des blocs de neige. Randi aligna le Long Ranger et s'approcha de la piste. Une grande bourrasque de neige, et les flotteurs touchèrent le sol.

Smith ouvrit immédiatement la portière côté passagers, le SR-25 à la hanche. En se baissant pour éviter les pales, il courut au pare-vent qui dominait les constructions. Il mit sa capuche, posa un genou à terre et resta caché derrière le mur de neige, fusil braqué.

Il n'y eut pas un mouvement, on n'entendait aucun bruit, si ce n'est le hululement du vent et le lent *flaf-flaf* des rotors.

— Aucune activité visible par les fenêtres, fit une voix à quelques pas de lui.

C'était Valentina Metrace, allongée en position de tir comme un léopard des neiges. La gueule de son fusil décrivait lentement des cercles au fur et à mesure qu'elle visait les cibles possibles dans la puissante lunette de sa Winchester.

— Aucune activité ailleurs, annonça enfin Randi qui s'était glissée derrière lui et qui avait posé le canon de son MP-5 sur le mur neigeux.

— C'est aussi mon impression.

Smith se releva. Son arme à bout de bras, il sortit ses jumelles de leur étui et balaya lentement l'anse gelée qui s'étendait à l'ouest, puis la chaîne centrale au-dessus de la station. Dans les limites de ce que permettait la vision, pas trace de patins ou de flotteurs d'hélicoptère, aucun mouvement d'origine humaine. Pas un seul être vivant.

Il sentait sur sa figure les picotements des flocons de neige chassés à l'horizontale dans le grain qui arrivait.

— Major Smyslov, dit-il en rangeant ses jumelles, restez ici avec le docteur Trowbridge et surveillez l'hélicoptère. En route mesdames, bien espacées. Nous allons voir s'il y a quelqu'un à la maison.

Leurs bottes crissaient dans la neige dure du sentier. Ils partirent vers la station.

D'après le plan qu'on leur avait fourni, le préfabriqué le plus au nord servait d'entrepôt et de magasin. Des sentiers assez courts en partaient en étoile, vers les réserves de charbon, de fuel et de kérosène.

Arrivé devant la porte, Smith n'eut pas besoin de donner des ordres ni même d'ouvrir la bouche. Il se plaça en protection sur le côté de l'embrasure. Valentina dévissa la mollette de sa lunette Pachmayr pour la démonter et Randi arma son MP-5. Comme elle disposait de l'arme la plus maniable, c'était à elle de passer devant.

Smith et Valentina la couvraient de chaque côté, elle ouvrit successivement la porte extérieure puis la porte intérieure.

Un moment de silence, puis elle annonça :

— Tout est clair.

Smith jeta un œil à son tour dans le bâtiment qui n'était pas chauffé. Il contenait le groupe électrogène et des étagères sur lesquelles s'alignaient divers équipements et des réserves. Après une saison de travail, les stocks avaient maigri, mais il restait encore des vivres de prévoyance. Vieille habitude des explorateurs polaires, juste au cas où. Pour un séjour d'une saison, on en prévoyait deux.

La cabane centrale servait à la fois de labo et de local radio. Une éolienne était montée non loin sur un mât soigneusement haubané, pour l'alimentation électrique. Un second mât en acier, plus haut, portait les antennes radio. On l'avait érigé en haut d'une petite éminence couverte de glace, à une centaine de mètres du camp.

C'est de ce local radio que Kayla Brown avait prononcé ses derniers mots. L'équipe répéta la même manœuvre de pénétration. De nouveau, « clair ».

Leur arme à la main, Smith et Valentina suivirent Randi dans le préfabriqué. Smith sentit une bouffée d'air chaud en poussant la porte intérieure. On sentait que les lieux avaient été encore récemment occupés. Du matériel de laboratoire était posé sur les paillasses et la table centrale. Des caisses à échantillons et des conteneurs étaient posés par terre, parés à embarquer. D'autres, encore ouverts, étaient en cours de remplissage.

La chaleur venait d'un petit poêle à charbon au milieu de la cloison nord. Metrace souleva la trappe, faisant apparaître une lueur orangée.

— Je me demande combien de temps ce truc peut continuer à marcher, dit-elle pensivement en remettant un peu de charbon dans le fourneau.

— Sans doute assez longtemps, dit Smith en faisant le tour du labo. Aucun signe de lutte, et il y a pas mal d'objets fragiles dans le coin.

— Hmm, fit Valentina en lui montrant une rangée de patères vides près de la porte extérieure. Mademoiselle Brown a tout de même eu le temps d'enfiler ses vêtements chauds. Apparemment, elle est partie d'ici sans paniquer.

Smith retourna au local radio. Randi s'était débarrassée de sa capuche et de ses gants, elle s'était assise sur la chaise de l'opérateur, le front ridé. Les appareils étaient toujours en marche, des voyants verts allumés et on entendait la porteuse dans les haut-parleurs. Sous l'œil de Smith, elle pressa le bouton émission du micro. « CGAH *Haley* CGAH *Haley*, ici KGWI île Mercredi. Cela est un essai. Cela est un essai. Me recevez-vous ? »

Mais on n'entendait que le sifflement de la porteuse.

— Qu'en pensez-vous, Randi ?

— Je ne sais pas, répondit-elle en hochant la tête. Nous sommes sur la bonne fréquence et l'indicateur de gain montre que nous émettons correctement.

Elle régla le réducteur de bruit de fond puis la puissance et refit un nouvel essai, sans aucun résultat.

— Ou ils ne nous entendent pas, ou nous ne les recevons pas.

Il y avait au bout de la console un téléphone satellite et une ligne de transmission de données. Smith passa derrière Randi, prit le combiné et composa l'adresse du *Haley*.

— Rien non plus de ce côté, fit-il au bout d'un moment. Le satellite ne reçoit pas.

— Si c'étaient les antennes ?

— Possible. On verra ça plus tard. Allons-y.

Le dernier préfabriqué abritait le dortoir. La tempête de neige était arrivée sur la station et la visibilité était presque nulle lorsque l'équipe parvint au bâtiment.

Ils répétèrent encore une fois la procédure d'accès. De chaque côté de la porte, Smith et Metrace écoutaient pendant que Randi entrait. Au bout d'un moment, ils l'entendirent qui s'exclamait : « Ici, c'est vraiment bizarre ! »

Smith et l'historienne se regardèrent, avant de se glisser de profil dans le dortoir.

Le plan était identique à celui du laboratoire. Deux rangées de couchettes et un petit poêle à charbon contre la cloison nord. Au sud, la cuisine et un plan de travail ; au centre, la table. On avait ménagé un coin réservé aux femmes à l'autre bout, séparé du reste par une espèce de porte en accordéon qui était restée à demi ouverte.

La pièce avait été décorée pour la rendre plus chaleureuse, des photos, des feuilles imprimées, des dessins humoristiques et autres étaient collés un peu partout sur les murs.

Randi était près de la table et contemplait une assiette dans laquelle restait un sandwich au corned-beef à demi entamé, ainsi qu'un verre de thé à moitié vide.

— Je suis bien de votre avis, mademoiselle Russel, lui dit Valentina en regardant le sandwich. C'est vraiment le pompon.

Randi posa son pistolet-mitrailleur sur la table.

— J'ai l'impression d'être montée à bord de la *Marie-Céleste*.

Elle retira un de ses gants et posa deux doigts sur le verre.

— Il est encore chaud.

Puis elle leva les yeux en tapotant le bord du verre.

Jon comprit qu'il avait une vraie bonne équipe. Aucun d'eux trois n'avait dit un mot, ils se comprenaient.

*

Le SINGCARS portatif crachotait et chuintait, on n'entendait que des bribes de voix humaine dans le vacarme de l'ionosphère, la couche de Heaviside se dissipait lentement. Même avec l'antenne de six mètres tendue entre les poutres du laboratoire, le résultat était misérable.

— C'est pareil avec l'équipement de bord du Ranger, dit Randi. Tant que nous sommes au sol, je n'ai pas assez de puissance pour passer la couche due aux interférences solaires. On aurait peut-être plus de chance avec le gros poste SSB, mais je n'arrive toujours pas à comprendre ce qui ne marche pas.

Ils déchargèrent leur matériel et arrimèrent solidement l'hélicoptère pour éviter qu'il ne soit emporté par la tempête. Puis ils s'enfermèrent dans la baraque-laboratoire, tant pour tenter un nouvel essai assez incertain de liaison avec le *Haley* que pour réfléchir à ce qu'ils allaient faire.

— Alors, mon colonel, lui demanda Smyslov, que fait-on à présent ?

— Ce pourquoi nous sommes ici, jeter un œil au site de l'accident.

Smith se pencha pour regarder par la fenêtre du labo. Les chutes de neige avaient un peu faibli, mais le vent soufflait toujours en rafales.

— Nous avons encore assez de jour pour monter au col. Val, vous venez avec moi. Rassemblez vos affaires et prenez de quoi passer la nuit sur la glace. Docteur Trowbridge, comme vous le disiez vous-même, cette station est placée sous votre responsabilité. Je pense qu'il vaut mieux que vous restiez ici. Randi, si vous pouviez venir un instant, j'ai à vous parler.

Ils enfilèrent leurs vêtements chauds et sortirent par le sas. Le contraste était violent entre la tiédeur qui régnait à l'intérieur et le froid glacial du dehors.

— Parfait, dit-il en se tournant vers elle. Nous avons un problème.

Randi lui rendit un de ces sourires candides dont elle avait le secret.

— Un de plus ?

— On pourrait dire ça comme ça. – De la buée lui sortait de la bouche à chaque expiration. – Voilà la situation. Je vais devoir faire quelque chose que je déteste. Je vais scinder mes forces, pour couvrir à la fois la station et le bombardier. J'ai besoin du professeur Metrace et du major Smyslov pour aller inspecter le site de l'accident. Ce qui signifie que je vais devoir vous laisser ici toute seule. Je n'aime pas ça, mais je n'ai pas le choix.

Randi avait l'air sombre.

— Je vous remercie de votre confiance, mon colonel.

Smith se sentit gêné.

— Ne prenez pas cet air pincé avec moi, Randi. Je n'en ai vraiment pas besoin. J'imagine que le minimum auquel vous risquez de vous trouver confrontée est un crime massif. Vous n'aurez pas d'autre soutien que celui du docteur Trowbridge, lequel, je m'en doute tout aussi bien, ne vous sera pas plus utile qu'un seau d'eau supplémentaire sur un bateau en train de couler. Si je ne jugeais pas que vous êtes, de nous tous, la plus apte à survivre, je ne m'arrêterais même pas à ce scénario. En l'état, j'estime que c'est vous qui avez le plus de chances de vous en sortir vivante. Est-ce bien clair ?

C'était dit si calmement, ces yeux bleu sombre la regardaient si froidement, qu'elle en fut un peu désarçonnée. C'était une facette du personnage qu'elle n'avait encore jamais vue, même lorsqu'il était avec Sophia et toutes les fois où leurs chemins s'étaient croisés depuis. Elle avait en face d'elle un soldat, un guerrier.

— Je suis désolée, Jon, j'ai perdu mes marques. Je m'occuperai de tout ici, pas de problème.

Elle se détendait et Smith lui fit un de ces sourires comme il en faisait rarement. Il lui mit la main sur l'épaule.

— Je n'en ai jamais douté, Randi. Par beaucoup de côtés, ça va être la partie la plus difficile du boulot. Vous allez devoir vérifier les soupçons que nous avons sur ce qui s'est passé, tout en surveillant vos arrières, afin qu'il ne vous arrive rien à vous, en plus. Vous devrez également essayer de découvrir comment la nouvelle est sortie de cette île et qui en est responsable. Trowbridge pourrait vous aider à ce sujet. C'est l'une des raisons pour lesquelles je l'ai emmené avec nous. Tout ce que vous pourrez découvrir sur l'identité, les moyens et les intentions de l'adversaire pourrait se révéler de la plus haute importance.

Elle acquiesça.

— J'ai quelques idées là-dessus. Et je vais aussi essayer de faire marcher le poste de radio principal.

— C'est parfait.

Smith reprit l'air sérieux.

— Mais, souvenez-vous bien, vous devez avant tout rester en vie, d'accord ?

— Tant que cela ne met pas en péril la mission, lui répondit-elle.

Elle essaya aussitôt de modérer la dureté de son propos.

— Et pendant que vous êtes là-haut, je vous suggère de surveiller vous aussi vos arrières, je veux parler de cette brune intrigante. J'ai le sentiment qu'elle a des vues sur vous.

La tête renversée, Smith éclata de rire. Pendant une fraction de seconde, Randi comprit ce qui avait séduit sa sœur.

— Vous savez, Randi, un glacier dans l'Arctique n'est pas vraiment l'endroit rêvé pour un entracte romantique.

— Pour celui qui veut vraiment, il y a toujours un chemin, Jon Smith. Et j'ai le pressentiment que cette dame a de la volonté à revendre.

*

Randi, restée à l'extérieur du laboratoire, regardait les trois petites silhouettes qui grimpaient sur le sentier balisé, celui qui partait de la côte est pour se diriger vers les deux sommets. La neige avait cessé de tomber, mais la brume, cette « mer de nuages » qui sévit perpétuellement près des Pôles, devenait plus épaisse. Avec leur tenue de camouflage polaire, ses camarades se fondaient progressivement dans l'environnement. Puis ils disparurent.

— Et maintenant ? lui demanda le docteur Trowbridge qui était venu la rejoindre à l'abri du préfabriqué. Il portait une tenue d'un orange hurlant, emprunté à la dotation de l'expédition. Randi voyait bien que le scientifique commençait à regretter d'avoir un peu trop mis en avant ses responsabilités, à bord du *Haley*.

C'était un homme fait pour des salles de cours bien chauffées, pour des bureaux confortables sur un campus d'université, pas pour ces natures sauvages et pleines de périls. Elle voyait bien que la peur et la solitude le minaient. Même sans l'histoire de Misha, il aurait ressenti les choses ainsi.

Et il s'adressait à sa seule et unique compagnie, cet être qui lui était totalement étranger, avec son pistolet-mitrailleur sur l'épaule.

Randi se sentit prise de pitié pour le professeur. Puis, assez furieuse, elle chassa cette pensée. Rosen Trowbridge ne pouvait pas s'empêcher d'être comme il était, pas plus qu'elle-même ne pourrait plus être la louve qu'elle était devenue. Mais elle n'avait pas le droit de décider lequel des deux était supérieur à l'autre.

— Il y avait une liaison données qui passait par le téléphone satellite, c'est ça ?

Trowbridge cilla.

— Oui, c'est par ce biais que l'expédition envoyait la plupart de ses résultats aux universités membres du projet.

— Et ils y avaient tous accès ?

— Naturellement. Ils possédaient tous un ordinateur personnel et pouvaient profiter de plusieurs heures de connexion chaque semaine, tant pour leurs travaux que pour leur usage personnel – le courriel et tout ça.

— Parfait, fit Randi, ça devrait marcher. La première chose que nous allons faire, docteur, c'est récupérer tous les ordinateurs portables.

Chapitre 24

Sur la face sud du pic ouest

A U BOUT D'UNE HEURE, ils avaient été contraints de chausser les crampons et leurs piolets à glace ne leur servaient plus seulement de cannes. La ligne de vie qui les reliait était devenue une sauvegarde, et non plus une gêne.

— Bon, nous y sommes. La dernière balise, c'est la fin du sentier.

Smith jeta un regard sur la pente au-dessus d'eux, à la recherche de rochers branlants et de séracs.

— On fait une pause.

Lui et ses compagnons se débarrassèrent de leurs sacs et s'assirent, le dos bien calé contre la paroi de la large corniche qu'ils suivaient. L'ascension n'était pas particulièrement technique en elle-même. Ils n'avaient eu besoin ni de pitons ni de cordes, mais le froid, la marche sur la glace et, de temps à autre, la présence d'éboulis, la rendaient tout de même physiquement assez exigeante.

Ils montaient dans les nuages et une brume grise les enveloppait, limitant leur univers visible à une cinquantaine de mètres. Plus bas, sous la saillie, la visibilité était meilleure, ils apercevaient la ligne de côte, mais il était difficile de distinguer la glace de mer de la glace de terre.

— N'oubliez pas de vous réhydrater.

Smith, qui avait relevé son masque et retiré ses gants, ouvrit la fermeture à glissière de son anorak et sortit une gourde d'une grande poche intérieure où la chaleur de son corps empêchait l'eau de geler.

Avec l'œil du médecin, il observait ses compagnons qui en faisaient autant.

— Encore un peu, Val, lui conseilla-t-il. Ce n'est pas parce que vous n'avez pas l'impression d'avoir soif que vous n'avez pas besoin d'eau.

Elle lui fit la grimace, avant d'en reprendre une gorgée à contrecœur.

— Ce n'est pas le remplissage qui m'inquiète, c'est la vidange.

Elle remit le bouchon en place et se tourna vers Smyslov.

— Voilà l'ennui d'avoir en permanence un médecin chez soi, Gregori. Il rôde autour de vous en vous demandant sans arrêt si vous êtes en forme.

Le Russe hocha la tête, l'air contrit.

— Il vous use à petit feu, comme de l'eau qui suinte sur un rocher. Ce salopard m'a déjà réduit ma ration quotidienne de clopes à dix et il faut en plus que je me sente coupable.

— Et s'il envisage de nous sucrer le chocolat et le champagne, je lui plante un couteau à tarte entre les deux omoplates.

— Ou la vodka, ajouta Smyslov. Je ne le laisserai pas s'en prendre à mon identité nationale.

Smith rigolait en les écoutant. Pas besoin de se faire de souci pour le moral de ses troupes avant un certain temps. Ni pour leurs capacités.

Smyslov avait visiblement suivi le même entraînement que lui au combat en montagne. Il connaissait et appliquait correctement les techniques de base, sans finesses particulières. Valentina Metrace était novice, mais apprenait à vitesse grand V. Elle était vive, gardait les yeux grands ouverts, elle avait soif d'apprendre et de suivre les conseils qu'on lui donnait – le genre de personne qui est capable d'apprendre vite n'importe quoi. Et derrière son allure sophistiquée de dame de salon, on devinait une force nerveuse dans ce corps mince et élancé.

Il y avait beaucoup de choses assez intrigantes chez cette femme, se disait Smith. D'où sortait-elle? Son accent était un mélange bizarre d'américain de la haute, d'anglais, et d'autre chose. Et comment avait-elle développé chez elle tous ces talents qui en avaient fait un cyberagent ?

Elle appartenait à l'organisation de Fred Klein, tout comme Smith, elle n'avait donc sans doute ni lien ni attache personnels. Quels étaient les malheurs qui l'avaient fait vivre seule ?

Smith essaya de revenir aux soucis immédiats. Il détacha son étui à cartes et en sortit une photo satellite plastifiée, prise en orbite polaire.

— Nous sommes à l'endroit où s'est arrêté le détachement de l'expédition, enfin, officiellement. C'est d'ici qu'ils ont continué à grimper au sommet du pic. Nous allons faire le tour de la montagne jusqu'à un point qui domine le glacier, sur le col.

— Mon colonel, comment ça se présente devant ? lui demanda Smyslov.

— Pas trop mal à en croire la carte.

Smith lui tendit la photo.

La corniche qu'ils avaient suivie jusqu'ici semblait se prolonger sur environ huit cents mètres.

— Ensuite, nous pouvons nous laisser descendre jusqu'au glacier. Il faudra peut-être utiliser les cordes, mais ça ne devrait pas être trop méchant. Le site de l'accident est pratiquement au pied du pic est, mille ou quinze cents mètres à faire sur la glace. Sans anicroches, nous devrions y être avant la nuit tombante.

Il jeta un coup d'œil à Metrace. Elle était assise contre le rocher, les yeux fermés.

— Val, ça va ?

— Merveilleusement bien, répondit-elle sans soulever les paupières. Promettez-moi simplement qu'il y a un spa, une bonne flambée dans la cheminée et un quart de rhum chaud à l'arrivée, et ce sera parfait.

— J'ai bien peur de ne pas avoir autre chose à vous proposer qu'un duvet et une bonne rasade de whisky de l'intendance dans votre café.

— On est loin du compte, mais c'est acceptable.

Elle ouvrit les yeux et se tourna vers lui avec un sourire énigmatique.

— Je pensais que vous autres toubibs, aviez décidé que la consommation d'alcool fort dans de l'eau glacée était définitivement proscrite.

— Je n'en suis pas encore à ce point, professeur.

Elle sourit de bon cœur :

— Alors, mon colonel, pour vous, il y a encore de l'espoir.

Chapitre 25

La station de l'île Mercredi

— V*OUS N'AURIEZ PAS UN DOCUMENT* justificatif ou un truc de ce genre ? demanda soudain le docteur Trowbridge.

Randi ne répondit pas, puis elle finit par lever les yeux des six ordinateurs portables identiques, de marque Dell, alignés sur la table de travail du labo.

— Quoi ?

— Ces ordinateurs contiennent des documents et des informations personnels. Il faudrait qu'on ait une autorisation quelconque avant de farfouiller dedans, non ?

Randi se contenta de hausser les épaules et reprit sa tâche. Elle tapa sur quelques touches.

— Du diable si je suis au courant, docteur.

— Bon, vous êtes... une sorte d'agent d'une administration, je ne sais laquelle.

— Je ne me rappelle pas vous avoir dit ça.

Les six écrans s'allumèrent et les séquences de démarrage commencèrent. Sur les six, seuls deux avaient des codes d'accès : celui du docteur Hasegawa, et celui de Stefan Kropodkin.

— Bon, avant que je vous autorise à violer la vie privée des membres de mon expédition, il devrait y avoir une espèce de...

Randi poussa un grand soupir et se tourna vers Trowbridge, l'œil menaçant.

— Primo, docteur, je ne sais pas où je pourrais trouver la moindre autorisation. Secundo, je n'ai personne à qui la remettre, et pour finir, je m'en fous royalement. OK ?

Trowbridge rumina cette remise en place pendant un bon moment, avant de se détourner pour contempler le paysage par la fenêtre.

Quant à Randi, elle se pencha sur les ordinateurs et se mit méthodiquement au travail. Elle commença par les quatre PC non protégés, parcourut les messages électroniques et les carnets d'adresses. Rien ne la frappa particulièrement dans ces correspondances. Des affaires personnelles ou professionnelles, lettres d'épouses, de familles et d'amis. L'Anglais, Ian, était apparemment en fort bons termes avec au moins trois petites amies et l'Américaine, Kayla, parlait mariage avec son fiancé.

Personne ne semblait discuter avec aucun groupe terroriste connu ni échanger des courriers avec le ministère syrien de la Défense. Ce qui, bien entendu, ne voulait rien dire. On trouve sur Internet tout ce qu'on veut comme relais pour établir des contacts secrets, de même qu'il existe pléthore de codes simples à transposition ou de systèmes de chiffrement à usage unique et qui permettent de camoufler les communications. Mais, à notre époque, il existe des moyens plus efficaces de faire circuler les choses.

Randi continua en vérifiant les panneaux de configuration, les écrans des programmes et l'espace mémoire disponible sur les portables. Ce qu'elle cherchait était certainement caché, mais devait occuper un sacré paquet de place sur les disques durs.

Mais toujours rien. Restaient les portables verrouillés.

Se levant de son tabouret, elle s'étira et s'approcha de son sac qu'elle avait sorti de l'hélicoptère. Elle l'ouvrit, en sortit une trousse et prit dedans un disque compact numéroté. Elle retourna à sa table, ouvrit le lecteur de CD du premier portable verrouillé et introduisit le disque argenté.

L'ordinateur commit l'erreur de vérifier la nature du disque inséré et, en quelques secondes, le programme sophistiqué de déverrouillage fourni par la NSA avait fait son œuvre. Il prit la main sur le système d'exploitation. L'écran s'alluma, tous les programmes de verrouillage furent écrasés et franchis sans problème.

Randi répéta le même processus sur le second.

— Docteur, murmura-t-elle, ne restez pas comme ça derrière moi sans quitter les écrans des yeux. Ça m'énerve.

— Excusez-moi, dit-il en regagnant son escabeau dans un coin du labo. Je me disais que j'irais bien me faire un café dans le dortoir.

— Je préférerais que non. Il y a une boîte de café instantané, quelques tasses et une bouilloire sur l'étagère près du poêle à charbon.

L'universitaire commençait à s'échauffer.

— J'en conclus que l'on me soupçonne de je ne sais quoi ?

— Bien sûr.

Il explosa :

— Je ne comprends rien à rien !

Seigneur, comme si elle avait du temps à perdre ! Elle fit pivoter son siège.

— Ni nous non plus, docteur. C'est là le problème ! Nous ne comprenons pas comment la présence de l'anthrax a été divulguée hors de l'île. Nous ne savons pas qui essaye de s'en emparer. Tant que ce sera comme ça, nous soupçonnerons tout le monde ! Ce que vous ne comprenez pas, c'est que cela met en jeu la vie de peuples entiers !

Elle retourna à ses ordinateurs. Il y eut un long silence à l'autre bout du labo, puis le bruit du nécessaire à café.

Le docteur Hasegawa utilisait l'écriture en caractères kanji et il n'était pas difficile de deviner le grand secret qu'elle cachait au reste du monde. La météorologue était à ses heures perdues romancière en herbe. Randi, qui lisait le kanji tout aussi bien qu'elle parlait plusieurs langues, lut une page ou deux en diagonale de ce qui était visiblement un roman historique à l'eau de rose, assez soporifique, à l'époque du Shogounat. Bon, elle avait vu pire.

Quant à Stefan Kropodkin, il utilisait Dieu soit loué l'anglais et il n'y avait rien d'anormal dans son ordinateur si ce n'était une quantité raisonnable de films porno.

Il y avait tout de même un truc ; il n'avait pratiquement rien gardé de ses courriers électroniques personnels.

— Docteur, que savez-vous de Stefan Kropodkin ?

— Kropodkin ? Jeune homme très brillant, sorti premier de l'Université McGill.

— Oui, cela figure sur sa fiche, avec d'autres choses. Qu'il possède un passeport slovaque et qu'il a un visa d'étudiant au Canada. Savez-vous quelque chose de sa famille ? On a fait une enquête sur ses antécédents ?

— Quel genre d'enquête ferions-nous sur des antécédents ?

Trowbridge jura dans sa barbe en se débattant avec le couvercle de la boîte de café.

— Cette expédition est purement scientifique. Quant à sa famille, il n'en a plus. C'est un réfugié yougoslave, il est orphelin.

— Vraiment ? dit Randi en se redressant. Et qui finance ses études ?

— Il est boursier.

— Quel type de bourse ?

Trowbridge versa quelques cuillerées de café dans sa tasse.

— Un fonds créé par des hommes d'affaires d'Europe centrale et réservé aux victimes des conflits des Balkans.

— Et puis, dites-moi, ce fonds a été créé très peu de temps avant que Kropodkin dépose son dossier et, pour le moment, il est le seul réfugié à avoir bénéficié d'une bourse.

Trowbridge hésita et resta la cuiller en l'air au-dessus de sa tasse.

— Bon, c'est vrai. Mais comment le savez-vous ?

— Disons que c'est une intuition.

Randi se retourna pour se pencher sur l'ordinateur de Kropodkin. Le bloc de données qui aurait dû être présent sur le disque dur et qu'elle cherchait n'était pas là.

Elle se mordit la lèvre. Bon, il y en avait un qui était plus malin que les autres. Si ce qu'elle cherchait n'était dans aucun des ordinateurs, c'était ailleurs. Mais où ?

Elle ferma les yeux et posa les mains sur ses cuisses. *Supposons qu'il soit très très astucieux, et qu'il prenne un maximum de précautions.*

Dans ses affaires personnelles ? Non, trop risqué. Idem s'il gardait tout sur lui. Ce devait être ailleurs.

Peut-être là où l'on s'en servait.

Randi se laissa glisser de son tabouret, alla prendre son anorak sur le portemanteau, en sortit ses gants de cuir qu'elle enfila. Elle passa derrière Trowbridge, traversa le labo et pénétra dans le local radio.

Le local n'était guère plus grand qu'un placard avec la console radio, une chaise pivotante, un petit classeur pour les paperasses et enfin une autre petite armoire qui contenait des outils et des pièces de rechange.

Cela ne pouvait pas être dans les châssis ni dans les armoires, car les autres avaient mille occasions d'aller chercher quelque chose dedans.

Le sol, le plafond, les cloisons extérieures et intérieures, tout était assez costaud, des plaques de plastique recouvertes d'isolant. La fenêtre était à double vitrage. Pas un seul coin où cacher quelque chose. Mais à la jonction entre les murs et le plafond, il y avait un petit interstice, plus haut qu'à la taille d'un homme, peut-être deux centimètres de profondeur. Prudemment, Randi commença à tâter.

Lorsqu'elle sentit enfin quelque chose du bout des doigts, elle dit tout haut : « Je te tiens ! »

— Qu'y a-t-il ? lui demanda Trowbridge qui la regardait faire de loin.

Randi sortit précautionneusement un morceau de plastique de la taille d'un étui de chewing-gum.

— Une clé USB. Quelqu'un l'a cachée là.

Elle retourna à la table du labo, ôta le bouchon et enficha le connecteur dans la prise de l'ordinateur qu'elle avait à portée de main. Puis elle cliqua sur l'icône du disque.

— Je te tiens ! répéta-t-elle, au comble de l'excitation.

Elle se tourna vers le docteur Trowbridge qui essayait de voir quelque chose sur l'écran.

— Regardez donc, docteur, lui dit-elle en s'effaçant.

— Mais qu'est-ce que c'est donc ? répétait-il en regardant le titre qui s'était affiché à l'écran.

— C'est un progiciel de sécurité pour Internet, répondit Randi, utilisé pour chiffrer les courriels ou les fichiers dont vous ne souhaitez pas qu'ils soient lus par n'importe qui. Celui-ci est très sophistiqué et très cher, du dernier cri. On peut se le procurer librement, mais, en général, on le trouve plutôt dans des sociétés qui font très attention à la sécurité, ou dans des administrations.

Elle pianota pendant un moment.

— Il y a un fichier protégé dedans. Mais, même avec le progiciel, je ne peux pas l'ouvrir sans la clé secrète. Quelqu'un d'autre s'en chargera.

Pour la première fois, elle regarda Trowbridge en face.

— Pourquoi un membre de l'expédition aurait-il besoin de ce genre d'outil ?

— Je n'en sais rien, répondit Trowbridge, qui était devenu doux comme un mouton. Je ne vois aucune raison. C'est de la recherche ouverte, nous n'avons rien fait de secret ici.

— Pour ce que vous en savez, du moins.

Randi enleva délicatement le minidisque de l'ordinateur et le plaça dans un sachet en plastique.

— Vous croyez... – il hésitait. – Vous croyez que ceci a quelque chose à voir avec leur disparition ?

— Je crois que c'est par ce moyen que quelqu'un a laissé filtrer la présence d'armes biologiques à bord de Misha 124. Mais cela nous laisse toujours avec une question intéressante.

— Et laquelle, mademoiselle Russell ?

Pour le moment, après cette découverte, ils étaient bien obligés de conclure une trêve.

— Cette île est restée un univers totalement clos pendant plus de six mois. Quelqu'un a apporté cet objet, bien avant la découverte du bombardier, donc pour une raison totalement différente. Qu'il en ait fait usage ensuite est une coïncidence, pas une cause.

Trowbridge essaya de protester :

— Mais, si ce n'est pas à cause du bombardier, quelle raison quelqu'un aurait-il eue...

— Comme je le disais, docteur, c'est une question très intéressante.

Rosen Trowbridge n'avait rien à répondre. Il retourna au poêle où la bouilloire fumait.

— Prendriez-vous... prendriez-vous une tasse de café, mademoiselle Russell ?

Chapitre 26

Le Glacier du Col

S*MITH LUT LA RANGÉE DE CHIFFRES* alignés sur l'écran de son récepteur GPS portable « Slugger ».
— Ne me le ressortez pas plus tard, mais je crois bien que nous sommes tout près, dit-il en élevant la voix pour se faire entendre par-dessus les hurlements du vent.

Quel que soit le temps sur l'île Mercredi, le glacier étalé entre les deux pics en ramassait systématiquement le pire car les montagnes canalisaient le vent entre les sommets. Cet après-midi-là, la brume de mer s'était mêlée à la couverture nuageuse et balayait le passage, des tourbillons de brouillard entrecoupés de rafales violentes chassaient des cristaux de glace, trop durs pour que l'on puisse parler de neige.

Comme Smith l'avait espéré, la descente en rappel jusqu'à la surface du glacier ne s'était pas révélée trop difficile, mais la traversée du glacier lui-même avait été laborieuse, ils avançaient lentement et avec peine. La visibilité était faible ou nulle et la crainte des crevasses les avait conduits à s'encorder. Ils devaient sonder continuellement au piolet. Lorsqu'ils furent sortis de l'abri de la montagne, le vent incessant les bousculait et les brûlait, réussissant même à pénétrer dans leurs vêtements polaires. Les gelures et l'hypothermie allaient bientôt menacer.

Ils n'étaient pourtant pas en difficulté, mais Smith savait que ses compagnons se fatiguaient. Et lui-même ressentait un début d'épuisement. La nuit tombait vite. Bientôt, ils seraient contraints d'abandonner la recherche de l'avion pour celle d'un abri, s'ils en trouvaient un.

Cette réflexion le fit se décider. S'il pensait « bientôt », il fallait comprendre « maintenant », pendant qu'ils avaient encore des réserves. Il devait ménager les ressources et les forces de son équipe. Le temps pressait, mais continuer à peiner ainsi en vain dans cette obscurité glaciale n'arrangerait rien.

— Bon, déclara-t-il enfin, on se pose. On va creuser un abri pour la nuit en espérant que la visibilité sera meilleure demain.

— Mais, Jon, vous disiez qu'on était tout près. – On entendait à peine les protestations de Valentina à travers son masque. – Nous devrions bientôt y être !

— Val, il est là depuis cinquante ans, il sera toujours là demain. Il faut seulement faire en sorte de le trouver à coup sûr. Major, nous essaierons de passer le long du pic Est. C'est la meilleure solution pour nous abriter un peu du vent. Vous avez gagné, on y va.

— Bien mon colonel.

Discipliné, le major repartit, le dos voûté, marchant péniblement, sondant devant lui avec son piolet et plantant à chaque pas ses crampons dans la glace érodée par le vent.

Est-ce que c'est ça, sergent, commander? se disait Smith en riant tout seul et en essayant de correspondre à distance avec son instructeur de combat en montagne.

Dans le col, la direction du vent était aussi fiable que l'aiguille d'une boussole. Il leur suffisait de garder le vent à main gauche pour atteindre finalement le bord le plus éloigné du glacier. Smith était dernier de cordée, il concentrait son attention sur les deux autres, paré à reprendre le mou s'ils tombaient dans une crevasse cachée. Et c'est pour cela qu'il mit un moment à comprendre que Gregori Smyslov s'était arrêté brusquement.

— Regardez! cria le Russe, tout excité, mais dont la voix se perdit dans une rafale. Regardez par là !

Droit devant ou presque, une haute forme élancée en aileron sortait de la brume comme un fantôme : la dérive d'un avion, d'un gros avion. On distinguait à peine une étoile rouge à demi effacée par les tempêtes.

— Oui ! cria Valentina Metrace qui leva les poings en un geste de triomphe.

Mais était-ce si étonnant ? Quand on cherche, on trouve.

Chapitre 27

A la station de l'île Mercredi

R ANDI RUSSELL MONTAIT PÉNIBLEMENT le sentier qui menait à un monticule au-dessus de la station. Tous les deux ou trois pas, elle s'arrêtait pour déhaler sur le lourd câble coaxial qui allait jusqu'au mât radio, afin de dégager quelques mètres de la neige sous laquelle il était enfoui. Puis, patiemment, elle faisait courir ses mains gantées sur le câble pour voir s'il n'était pas coupé ni détérioré.

C'étaient sûrement les antennes. Elle avait tout vérifié sur le téléphone satellite et sur la BLU. Le petit émetteur-récepteur SINCGARS qu'ils avaient apporté ne servait à rien. Il manquait tout simplement de puissance pour émettre plus fort que la tempête solaire qui rendait inopérants tous les moyens de télécommunication. Dès qu'ils n'avaient plus été en ligne de visée directe, Randi avait perdu le contact avec Jon et l'équipe qui se rendait sur le site de l'avion.

Elle était livrée à elle-même. Aussi isolée qu'on peut l'être. Irritée, elle secoua la tête, ce sentiment de solitude qui l'envahissait lui déplaisait profondément. Elle assura le MP-5 sur son épaule et reprit résolument sa marche sur le sentier de neige compacte.

Arrivée au pied du pylône, elle s'agenouilla et suivit les derniers centimètres du câble qui était connecté à l'amplificateur de pied d'antenne. Il était intact, tous les connecteurs étaient bien serrés.

Dépitée, elle se redressa. Les appareils radio auraient dû marcher. Et comme ils ne marchaient pas, c'est que quelque chose lui échappait. Elle soupçonnait quelque sabotage, mais si c'était le cas, il était vicieux.

Quelqu'un de très, vraiment très doué, et elle espérait pouvoir le lui faire payer très cher et le plus vite possible.

Elle se mit debout et sortit ses jumelles de l'étui qu'elle portait à la ceinture. De là où elle était, sur ce monticule, elle voyait très bien tous les alentours. Degré après degré, dans la limite de ce qu'autorisaient la brume et les dernières lueurs du jour, elle balaya les environs. Elle s'attarda sur les blocs de glace amoncelés près du rivage puis sur les ombres et les congères accumulées au pied de la chaîne centrale.

Cette personne si habile se trouvait quelque part par là, peut-être tout près ; peut-être même était-elle en train de l'observer. Elle attendait, peut-être pour l'aider, ou pour guetter sa prochaine erreur. Et pour la vaincre, elle allait devoir se montrer encore plus astucieuse qu'elle.

Elle avait un atout. Le moindre déplacement sur ce manteau neigeux laissait des traces bien visibles et impossibles à effacer. La station était ainsi le centre d'une véritable toile d'araignée de sentiers balisés qui reliaient les bâtiments les uns aux autres, aux lieux de stockage et enfin, aux sites de recherche plus éloignés. Randi suivit aux jumelles chacun de ces chemins, à la recherche de sol bouleversé, de traces de bottes qui s'éloigneraient des itinéraires habituellement fréquentés.

Elle trouva un indice. Bizarrement, il était tout près, juste en dessous d'elle. Les traces se séparaient du sentier qu'elle avait suivi pour aller jusqu'à l'antenne. Occupée qu'elle était à inspecter le câble, elle n'avait pas remarqué cette zone de neige cassée qui allait vers un petit éboulis. Mais maintenant, elle la voyait parfaitement et elle sentit un frisson lui parcourir l'échine, un frisson qui n'avait rien à voir avec la température qui chutait vertigineusement.

Elle se laissa glisser dans la pente en empruntant ces traces et les suivit sur une dizaine de mètres, effaçant ses pas au fur et à mesure. Et elle découvrit ce qu'elle craignait de trouver : de la neige rougie que l'on avait recouverte pour la dissimuler. Arrivée au bout du chemin, elle s'agenouilla et fouilla dans les cailloux. Elle ne mit pas longtemps à trouver un corps enveloppé dans sa parka.

Kayla Brown ne reverrait jamais son fiancé dans l'Indiana. Randi ôta délicatement la neige qui recouvrait le visage de la jeune femme. Elle était morte d'un coup violent porté à la tempe au moyen d'un objet lourd et pointu, peut-être un piolet. Son visage était figé dans sa dernière expression, la surprise, la terreur.

Randi Russell s'agenouilla près du corps et se dit que faire souffrir cette personne si astucieuse ne suffirait plus. Elle devait mourir, et elle se chargerait avec plaisir de l'exécution.

S'aidant de l'avant-bras, elle recouvrit le cadavre de neige. Elle n'allait pas informer Trowbridge de sa découverte. Du moins, pas immédiatement. Kayla Brown allait rester ici pour le moment, le temps pour Randi de mettre en œuvre sa vengeance.

Elle descendit jusqu'à la rangée de bâtiments. Les lumières étaient déjà allumées dans le dortoir, le docteur Trowbridge s'était proposé pour préparer le repas du soir. Elle s'arrêta sur le sentier principal qui reliait les préfabriqués pour évaluer les angles et les distances. Arrivée devant le dortoir, elle quitta le chemin et fit quelques pas dans la neige vierge. Puis, sautant sur place, elle compacta une zone assez longue et assez large pour lui permettre de se coucher sans dépasser du sol. Cela lui rappelait des souvenirs d'enfance, lorsqu'elle faisait des bonshommes de neige, au lac de l'Ours. Mais maintenant, le but n'était pas exactement le même.

Satisfaite du résultat, elle se releva, secoua la neige qui la recouvrait, et entra pour le dîner.

Chapitre 28

Site de l'accident de Misha

— ÇA ME FILE LE BOURDON de me dire que nous allons nous trouver un peu bêtes si nous sommes arrivés ici uniquement pour découvrir que ce réservoir gît au fond de l'eau depuis cinquante ans.

Les tenues de guerre biologique avaient été conçues pour être portées par-dessus les vêtements chauds, et Jon Smith se disait qu'il devait ressembler au bonhomme Michelin.

— Je crois que j'arriverais à vivre avec ma bêtise, répondit Smyslov en lui tendant le casque de la radio tactique, un Leprechaum.

— Et moi aussi.

Smith replia la capuche de sa parka et mit le casque sur ses oreilles. Le froid qui lui pinçait les oreilles lui fit faire la grimace.

— Essai radio.

— Je vous reçois.

Valentina Metrace était accroupie sur la glace près de lui avec le second casque. « En tout cas, ça marche en vue directe. »

L'équipe était installée à cinquante mètres au vent du site, derrière le maigre pare-vent que leur offraient leurs sacs à dos et un petit muret de glace. La nuit était tombée, mais rien qui ressemble à un vrai coucher de soleil. Simplement, la grisaille devenait plus sombre et le vent, plus froid. Le temps et l'environnement étaient désormais les deux facteurs les plus critiques.

— OK, braves gens, on va se contenter d'une petite visite rapide pour voir si l'anthrax est toujours à bord, et si quelqu'un est déjà passé par là.

Smith retira les couvercles de protection en plastique des masques filtrants.

— Vous savez ce que nous cherchons, et vous allez me guider. Il ne devrait pas y avoir de problème, mais j'enfile tout de même un masque. Si, pour quelque raison que ce soit, les choses tournent mal – si je ne ressors pas, ou si nous perdons le contact – personne ne vient me chercher. Compris ?

— Jon, ne soyez pas méchant..., essaya de protester Valentina.

— C'est bien compris ? répéta Smith sur un ton très sec.

Elle acquiesça, l'air malheureux.

— Oui, compris.

Smith se tourna alors vers Smyslov :

— C'est bien compris, major ?

Sous sa capuche, on voyait que le visage d'habitude impassible du Russe était traversé par des émotions diverses. Smith avait remarqué plusieurs fois ce changement d'attitude au cours de la semaine. Smyslov se débattait avec quelque chose au tréfonds de lui-même.

— Mon colonel, je... bien compris, mon colonel.

Smith tira la capuche de protection sur sa tête, avant d'ajuster les attaches du masque et les joints d'étanchéité. Il inspira sa première goulée d'air au goût de caoutchouc et enfila ses gants.

— OK. – Sa voix était étouffée, même pour lui. – La question stupide du jour : comment vais-je faire pour entrer ?

— Le fuselage paraît intact, lui dit Valentina par radio, et le seul moyen d'accéder à la soute avant consiste à passer par le compartiment de l'équipage. Malheureusement, les portes d'accès normal se trouvent dans le puits de la roulette de nez et dans la soute à bombes proprement dite, et les deux sont bloquées. Autre solution, passer par les verrières droite et gauche du cockpit, ce qui ne va pas être facile avec tout votre barda, ou par le tunnel qui débouche sur le poste arrière. A mon avis, c'est le meilleur moyen.

— Et alors, comment fait-on pour pénétrer dans le poste arrière ?

— Il existe une trappe d'accès dans la queue, juste sur l'avant de l'empennage horizontal, à tribord. De là, il vous faudra progresser en passant par le poste de l'équipage.

— C'est bon.

Smith se leva avec difficulté et s'avança vers la silhouette floue du bombardier abattu.

L'aile gauche du TU-4 s'était tordue à l'impact et s'était repliée, presque plaquée contre le fuselage. Mais le côté droit était intact. Comme il contournait les grands empennages horizontaux en aluminium, il se surprit à admirer le spectacle. Même à l'âge des avions de transport militaires géants et des gros appareils de ligne, cet avion était énorme. Et dire qu'on avait réussi à faire voler ces monstres au cours de la Seconde Guerre mondiale.

Il s'approcha du fuselage cylindrique et passa la main sur le métal glacé.

— OK, je suis au bon endroit et j'ai trouvé la trappe d'accès. Il y a une poignée éclipsable, mais on dirait qu'elle a été arrachée.

— La poignée d'ouverture de secours a dû être actionnée de l'intérieur, lui répondit Valentina. Ça devrait s'ouvrir, mais vous allez être obligé de forcer un peu.

— Parfait.

Smith portait à la ceinture une petite trousse à outils. Il en sortit un gros tournevis, introduisit le bout de la lame dans l'interstice bourré de glace et appuya sur le manche. Au bout de deux essais, il y eut un claquement sec et la porte s'ouvrit brusquement, emportée par le vent, révélant un trou rectangulaire sombre dans le fuselage.

— Vous aviez raison, Valentina. J'ai ouvert. J'entre.

Il se courba et s'engagea dans l'ouverture exiguë.

Il faisait très sombre dans la carlingue, la seule lumière venait de l'extérieur, dans son dos. Smith prit la lampe-torche dans sa trousse et l'alluma.

— Putain, murmura-t-il, si je m'attendais à ça !

— Que voyez-vous ? lui demanda Valentina.

Smith balaya l'intérieur du fuselage avec le faisceau de sa lampe. La neige n'avait pas réussi à s'infiltrer en grandes quantités, mais de petits cristaux de glace scintillaient un peu partout. Une croûte de glace s'était formée autour des câbles, des gaines et des couples peints en gris.

— C'est incroyable, il n'y a pas la moindre trace de corrosion ni de dégradation. On dirait que ce truc est sorti d'usine hier.

— Le stockage au froid naturel ! s'exclama l'historienne dans son micro. C'est fabuleux. Continuez à avancer !

— Je repars. Je vois une passerelle qui longe deux grandes caisses plates et rectangulaires et qui aboutit à un panneau circulaire dans la queue. Le panneau est fermé, il est muni d'un hublot au centre. Je vois deux rails d'alimentation en munitions, je pense, un de chaque bord. Je suppose que c'est le poste du mitrailleur de queue.

— Exact. D'autres trucs dignes d'intérêt ?

— Je vois une espèce d'affût ou de piédestal, avec deux câbles qui pendent. On dirait que quelque chose a été démonté.

— Ce doit être le générateur auxiliaire, dit lentement l'historienne. C'est assez intéressant. Maintenant, juste sur votre droite, vous devriez voir une cloison et un autre panneau résistant au centre, qui donne accès à l'avant.

— Je le vois. Il est fermé.

— Les B-29/TU-4 ont été les premiers appareils conçus spécialement pour voler à haute altitude. Plusieurs des compartiments étaient pressurisés pour permettre à l'équipage de voler sans avoir besoin de masques à oxygène. Vous allez devoir franchir plusieurs de ces panneaux résistants.

— C'est bon, compris.

Smith passa par-dessus le panneau et essaya de voir quelque chose par le hublot en verre épais, mais il était recouvert de glace.

— Qu'y a-t-il en principe dans le compartiment suivant ?

— Normalement, le poste de repos de l'équipage.

— Bon.

Smith empoigna la manette du panneau et la tourna. Après avoir résisté, le verrou commença à céder.

— Jon, attendez !

Smith retira vivement la main, comme s'il avait touché au fer rouge.

— Quoi ?

Il entendit dans ses écouteurs des voix, des bruits de discussion.

— Oh ! non, Gregori me disait juste que les panneaux et le reste n'avaient probablement pas été piégés.

— Merci de m'avoir tenu au courant, Val.

Il se saisit de la manette jusqu'à ce qu'elle lâche. Le panneau s'ouvrit vers l'intérieur et il explora ce qui se trouvait derrière avec sa torche.

— Le poste de repos, c'est bien ça. Je vois des rangées de couchettes repliées de chaque côté et il y a même des chiottes – rien à voir [1] – dans un coin. On dirait que le poste a été vidé. Il n'y a ni matelas ni matériel de couchage dans les couchettes, j'aperçois des casiers grands ouverts et vides.

— Compréhensible, commenta Valentina, qui réfléchissait apparemment à quelque chose. Ensuite, vous devriez tomber sur le poste de l'observateur radariste. Attendons de voir ce que vous allez y trouver.

Reprenant sa progression vers l'avant, Smith se baissa pour franchir un nouveau panneau, non résistant cette fois. Ici, la lumière de l'extérieur pénétrait faiblement. Des dômes en plexiglas, recouverts de glace et rendus opaques par le vent qui les avait balayés pendant des dizaines d'années, étaient insérés dans les cloisons droite et gauche, ainsi qu'au plafond. Des sièges réduits à leur structure faisaient face aux deux dômes latéraux et un troisième était installé, surélevé, sous l'astrodôme, en haut du fuselage. A bord d'un bombardier qui aurait conservé l'intégralité de son armement défensif, Smith imaginait que ces postes étaient ceux des mitrailleurs qui commandaient de là les tourelles. Valentina confirma son hypothèse lorsqu'il lui décrivit ce qu'il voyait.

— Et ce compartiment a été vidé lui aussi, ajouta Smith. Il y a des tas de casiers vides, ils ont même arraché les rembourrages des sièges.

— Ils ont dû démonter tous les équipements de survie, ainsi que ce qui pouvait leur servir d'isolant. Il devrait y avoir également une grosse armoire électronique contre la cloison avant.

Il confirma.

— Le châssis a été totalement déboyauté.

— Le poste de l'opérateur radar, ils ont dû démonter les composants, répondit Valentina, un peu énigmatique.

---

1. Jeu de mots intraduisible, car chiottes se dit *john* en argot anglais.

— Je vois également deux portes circulaires, ou des tunnels, dans la cloison avant, l'une au-dessus de l'autre. Le plus grand, celui du bas, est équipé d'un panneau résistant. On accède à l'autre par une petite échelle en aluminium.

— Le panneau du bas donne dans la soute à bombes arrière, rien d'intéressant sauf les réservoirs d'essence. Celui du haut, c'est celui que vous cherchez. C'est le tunnel qui permet à l'équipage de passer au-dessus de la soute à bombes pour aller à l'avant.

Smith traversa le compartiment et se pencha pour regarder dans le tunnel en alu. Il avait été dimensionné pour permettre à un homme complètement équipé de passer, il n'aurait donc pas de problème avec sa combinaison de guerre biologique.

— Je continue.

Il posa le bout du pied sur le premier barreau de l'échelle et, se poussant des orteils et des épaules, s'avança péniblement dans la direction du faible cercle de lumière qu'il apercevait à l'autre bout.

Il eut l'impression que cette reptation, quinze mètres à parcourir dans ce tube rendu glissant par le givre, allait lui prendre une éternité. A chaque centimètre gagné, des aiguilles de glace lui tombaient dessus. Et tout étonné, il déboucha dans l'espace comparativement spacieux du compartiment avant.

Les dernières lueurs du jour filtraient par l'astrodôme du navigateur et par le nez vitré du vieux bombardier. Ici encore, tout était dans un état de conservation stupéfiant. L'avion était gelé dans le temps, comme il l'était par sa température. Des diamants de glace gainaient les commandes qui n'avaient pas servi depuis cinquante ans et glissaient au-dessus des instruments de bord, immobilisés dans leurs dernières indications.

— Je suis dans le cockpit, annonça-t-il dans son micro.

L'exercice l'avait un peu essoufflé.

— Très bien. Des dégâts dus à l'atterrissage ?

— C'est pas en trop mauvais état, Val. Pas mauvais du tout. Quelques vitres, en bas de la verrière, sont enfoncées. Il y a de la neige et de la glace près du siège du bombardier. On dirait qu'il s'est formé un amas de cailloux autour du nez. A part ça, tout est en très bon état, même si ces fils de pute ont un peu déplacé l'échelle d'accès. Une seconde, il faut que je me sorte de ce truc.

Smith se laissa rouler sur le dos et empoigna la rambarde fixée au-dessus de la sortie pour s'extraire du tube.

— C'est bon, je suis par terre.

— Parfait, Jon. Avant que vous inspectiez la soute à bombes, pourriez-vous vérifier une ou deux bricoles ?

— Bien sûr, à condition que ça ne dure pas trop longtemps.

— Ce ne sera pas long. D'abord, je voudrais que vous examiniez la place du mécanicien. Le siège est tourné vers l'arrière et le pupitre se trouve derrière le copilote.

— OK.

Smith ralluma sa lampe-torche.

— Il y a plus de place que je ne croyais.

— A bord d'un TU-4 normal, le compartiment est encombré par le chargeur de la tourelle axiale avant. On l'a supprimée sur les bombardiers américains.

— Ouais.

Smith se tourna vers le haut.

— Je vois la monture de la tourelle, au plafond. Et toujours des casiers vides, les coussins et les parachutes ne sont plus là. Si je me tourne vers l'avant, je vois ce qui ressemble à la table du navigateur sur ma gauche et une armoire électronique à ma droite.

— C'était le poste du radio. Je pense que l'équipage a construit un camp de survie quelque part dans les environs, quelque chose qui les protégeait mieux que le fuselage. Ils ont dû y transporter tout leur matériel de survie ainsi que la radio et le générateur auxiliaire.

— Ce camp, nous allons le rechercher dès qu'on aura fini ici.

Smith se fraya un chemin jusqu'au siège du mécanicien et éclaira la console couverte de cadrans et d'interrupteurs.

— OK, je suis à la place du mécanicien. Que dois-je chercher ?

— Bien, il devrait y avoir trois rangées de quatre manettes en bas du pupitre, des grandes, des moyennes, et des petites – papa ours, maman ourse, et bébé ourson. Les plus grandes, ce sont les manettes des gaz. J'imagine qu'elles sont complètement vers l'arrière, en position fermée. Les autres, ce sont les pas des hélices et la richesse du mélange. Dans quelle position sont-elles ?

Smith passa la main sur son masque avant de pester, la buée s'était déposée à l'intérieur.

— Les deux sont en position milieu.

— Très intéressant, dit lentement l'historienne dans son micro. Il n'y aurait aucune raison de jouer avec elles après l'accident. Bon, il y a encore une manette que vous allez vérifier, Jon. Elle se trouve près du palonnier du pilote. Elle est très facile à repérer, la poignée a la forme d'une aile.

Smith avança dans l'allée entre les sièges et se pencha par-dessus le dossier du pilote.

— Je cherche... Il y a un paquet de manettes en tout genre dans le coin... OK, j'ai trouvé. Elle est levée, poussée vers l'avant si on veut.

— La commande des volets, murmura Valentina. Tout colle... ça se tient.

Il y eut un moment de silence, puis l'historienne dit précipitamment :

— Jon, faites très attention ! L'anthrax est toujours à bord !

— Comment pouvez-vous en être si sûre ?

— C'est trop long à expliquer. Croyez-moi sur parole. L'équipage n'a pas pu larguer le réservoir, il est toujours à bord de l'appareil !

— Alors, il vaudrait mieux que j'aille jeter un œil.

Smith se redressa et regagna l'accès de la soute avant.

Il était identique à celui de la soute arrière, mais inversé comme dans un miroir : un panneau rond percé d'un hublot au centre, placé immédiatement sous le tunnel. Smith s'agenouilla.

— Bon, je suis devant la soute à bombes.

Il s'arrêta un instant, le temps de reprendre son souffle, puis empoigna le levier de déverrouillage.

— J'ouvre le... ah... – il hésitait.

— Jon, que se passe-t-il ?

— C'est pour ça qu'ils ont déplacé l'échelle. Quelqu'un est passé par là, Val, et c'est récent. Tout est couvert de givre. Tout, à l'exception de la poignée d'ouverture sur le panneau. Elle a été arrachée. Je vois des empreintes digitales.

Smith se retourna et balaya le cockpit avec le faisceau de sa torche. Maintenant qu'il savait ce qu'il cherchait, il pouvait repérer les traces et les éraflures dans la couche de givre, là où quelqu'un était passé.

— Il est passé par la verrière, du côté du pilote.
— A-t-il pénétré dans la soute à bombes ?
— Nous le saurons dans une seconde.

Smith empoigna le levier de déverrouillage et le fit tourner. Le panneau s'ouvrit avec une facilité déconcertante. Il se baissa et regarda dans l'obscurité.

Ce qu'il vit lui serra la gorge.

Il remplissait toute la partie supérieure de la soute : en forme de losange, maintenu en place par un lacis d'entretoises et de saisines, le conteneur en acier inox couvert de glace brillait de mille feux. La mort potentielle de villes entières en émanait. Des milliards et des milliards de spores attendaient là, congelées, qu'on les fasse revivre et qu'on les libère.

Se trouver confronté à de telles horreurs faisait partie de son métier, mais, cette fois, Jon dut réprimer un frisson.

— Vous aviez raison, Val, il est là. Mettez le major Smyslov au parfum, je vais avoir besoin de lui.

En attendant l'arrivée du Russe, il examina la soute avec sa torche, à la recherche d'une faille dans le réservoir ou de spores gris-brun. Au bout d'un certain temps, il entendit la voix de Smyslov dans ses écouteurs :

— Je parie que vous avez fait une touche, mon colonel.

— Exactement, major. Je me tourne vers le réservoir. De là où je suis, en tout cas, il semble qu'il ait survécu au choc et qu'il soit en bon état. Les portes de la soute sont un peu tordues vers l'intérieur, mais l'enveloppe ne semble pas avoir été touchée. Les entretoises et les saisines paraissent également intactes. Val vous a dit, un petit curieux est déjà passé ici ?

— Oui, mon colonel.

— Il est entré dans la soute. Il y a une plaque gravée sur l'enveloppe, droit devant moi. On en a enlevé la couche de givre. Je vois l'insigne de l'armée de l'air, avec la faucille et le marteau, et plein de trucs écrits en grosses lettres rouges. Je ne suis pas trop sûr de mes talents en écriture cyrillique, mais je parie que c'est une mise en garde sur les dangers des produits biologiques.

— Parfaitement exact, mon colonel. Ce qui veut dire que notre visiteur, quel qu'il soit, sait tout ce qu'il voulait savoir sur le contenu.

— Si bien que je crois savoir d'où provient la fuite. Maintenant, major, le réservoir et le système de dispersion sont à nous. Dites-moi ce que je dois regarder.

— Très bien, mon colonel. Si l'enveloppe est intacte, vous devriez examiner les sectionnements du circuit de vidange. Il faut s'assurer que les sectionnements manuels sur les tubulures de pressurisation sont toujours fermés et plombés. Les sectionnements ne doivent pas être ouverts ni le système armé tant que le bombardier n'est pas à proximité de l'objectif, mais...

— Mais, c'est le mot. D'après les schémas que vous m'avez montrés, ces sectionnements devraient se trouver juste au-dessus de ma tête.

Avançant la tête et les épaules dans la soute, Smith se laissa prudemment rouler sur le dos et se retrouva au milieu d'un fouillis de tuyaux de forte section en acier inox.

— OK, je vois les sectionnements. Je vois deux grosses soupapes à levier juste au-dessus. Apparemment, elles sont munies de disques avec des plages verte et rouge.

— C'est correct. Ce sont les soupapes de sécurité avant. Comment sont-elles positionnées ?

— Les leviers sont tournés à fond, à droite et à gauche, les index sont en face des zones vertes. Apparemment, les soupapes sont intactes, les plombs sont en place et le givre est toujours là.

— Très bien. – Smyslov semblait soulagé. – Les sectionnements d'isolement sont restés fermés. Le système n'a pas été armé. Bon, maintenant, juste sur votre droite en regardant vers l'arrière, près du panneau d'accès, vous devriez voir deux autres soupapes, avec des repères et des plombs, comme les autres. Elles commandent les sectionnements sur le circuit de largage à l'arrière du réservoir.

En se contorsionnant un peu, Smith se mit sur son épaule gauche.

— OK, je les vois. Les index sont en position verticale, dans la zone verte et les plombs sont toujours en place.

— Excellent ! s'exclama Smyslov. Ce sont des sectionnements à portage métal sur métal, avec des plombs. C'est le passage obligé. Le circuit est toujours parfaitement isolé.

— Théoriquement. Je vais aller faire un tour dans la soute pour procéder à une dernière inspection visuelle.

Il entendit des bruits sourds et des murmures dans son casque, la voix de Valentina qui essayait de parler plus fort que Smyslov.

— Jon, êtes-vous sûr que c'est bien raisonnable ?

— Il faudra bien y passer, et si j'y vais maintenant, ça m'évitera de devoir revenir plus tard.

Il essayait de paraître détaché, mais, à vrai dire, il n'était pas sûr d'avoir envie de recommencer une exploration. Etre obligé de ramper dans cette obscurité glaciale, au milieu de cette concentration de mort en puissance, voilà qui n'était pas une perspective très réjouissante.

Il fallait qu'il le fasse maintenant, où il allait craquer.

— Je descends dans la soute, dit-il sans s'étendre.

Il dégagea ses épaules du panneau, poussa sur ses jambes, et se retrouva sur le plancher du compartiment. Avançant sur les mains et les genoux, il progressa sur toute la longueur de la soute à bombes en suivant la cloison tribord afin de tirer parti de la place que lui laissait la courbure du réservoir.

Même ainsi, il ne fallait pas être claustrophobe et la progression était rendue plus difficile encore par la déformation des portes de la soute. Il devait soigneusement calculer chacun de ses mouvements, se glisser sur la tôle tordue, faire bien attention à ne pas déchirer sa combinaison étanche. Il ne pouvait s'empêcher de tressaillir chaque fois que son épaule touchait le réservoir plein de spores.

La buée recouvrait la vitre de son masque, gênant la vision, et il devait partiellement avancer à tâtons. Il s'avança encore un peu... et s'arrêta net. Il leva très lentement la tête, en essayant d'utiliser sa vision circonférentielle.

— Major, dit-il posément, j'ai le bras droit coincé dans un câble. Ce câble est relié à une série de boîtiers métalliques rectangulaires fixés par des espèces de pattes sur le côté du réservoir. Ils mesurent approximativement dix centimètres sur huit, j'en aperçois une dizaine à intervalles réguliers, sur le côté le plus proche de moi. Je ne sais pas s'il y a la même chose de l'autre côté. On dirait qu'ils ne font pas vraiment partie du réservoir. Les boîtiers et les câbles sont couverts de givre, intacts. Ils sont là depuis un bout de temps.

— Vous avez raison, mon colonel, répondit immédiatement Smyslov. Il s'agit des charges incendiaires. Elles font partie des équipements utilisables en cas d'urgence et doivent permettre de détruire l'anthrax pour empêcher qu'il ne tombe dans les mains de l'ennemi en cas d'atterrissage forcé.

— Parfait. Et qu'est-ce que j'en fais ?

— Rien du tout, mon colonel. Les charges sont chimiquement stables. Pour les mettre à feu, il faut utiliser une magnéto ou une grosse batterie, et si les batteries étaient en place au moment de l'accident, le froid les a certainement mises à plat, depuis le temps.

— Merci de me rassurer.

Smith dégagea son bras et s'arrêta, il était haletant.

— C'est bizarre, reprit Smyslov. L'équipage aurait dû mettre en œuvre les dispositifs incendiaires après l'atterrissage, pour détruire la charge militaire. Je me demande pourquoi il ne les a pas mis à feu.

— Ils auraient évité beaucoup d'ennuis à beaucoup de monde, répondit Smith en se remettant à ramper vers l'arrière de la soute. Il n'avait jamais pensé être claustrophobe, mais cette soute lui pesait sur le système, et gravement. Ces cloisons de métal glacé qui se repliaient sur lui, il avait de plus en plus de peine à respirer. Il avait mal à la tête, le sang lui battait aux tempes. Il devait se contraindre pour se concentrer sur ce qu'il avait à faire, vérifier l'enveloppe, centimètre par centimètre, à la recherche de fissures ou d'autres dégâts et de fuites de spores.

Arrivé au dernier mètre, il se tortilla pour se remettre sur le dos afin d'inspecter l'arrière du réservoir et les sectionnements de largage. Il y avait de plus en plus de buée sur son masque et sa torche commençait à faiblir. Il eut soudainement l'impression que sa tête explosait, il essayait en vain d'avaler de l'air, il étouffa un juron. Ça prenait mauvaise tournure ! Il fallait qu'il se sorte de là !

— Jon, qu'est-ce qui ne va pas ? lui demanda Valentina.

— Rien, ça va. C'est juste que... c'est très étroit, ici. Le réservoir est intact. Je prends le chemin du retour.

Il tenta de se retourner dans l'espace restreint dont il disposait. Mais il n'arrivait pas à faire demi-tour. Il se raccrochait à des trucs qui n'étaient pas là à l'aller, il commençait à paniquer. Il lâcha sa torche qui roula plus bas, hors de portée. Il poussa un juron.

— Jon, ça va ?

La voix de Valentina se faisait plus inquiète cette fois, elle devenait pressante.

— Mais oui, putain !

Il abandonna sa torche et essaya de se hisser vers le petit rond de lumière, à l'autre bout de la soute. Des gouttes de sueur glacée lui tombaient dans les yeux, ses bras étaient comme englués dans du béton en train de prendre. Il respirait en sifflant entre ses dents serrées et essayait de faire obéir son corps. Mais son corps ne voulait plus bouger.

Et l'idée émergea soudain de son cerveau embrumé. Non, il n'allait pas bien du tout. Il était mort.

— Eloignez-vous de l'appareil ! cria-t-il faiblement, il avait les poumons en feu.

— Jon, qu'est-ce qu'il y a ? Que se passe-t-il ?

— L'avion est dangereux ! J'ai été contaminé ! Il y a autre chose à bord ! Ce n'est pas de l'anthrax ! Abandonnez la mission ! Cassez-vous d'ici !

— Jon, calmez-vous ! Nous arrivons ! Nous venons vers vous !

— Non ! Les combinaisons ne servent à rien ! Ça rentre à l'intérieur ! Les antibiotiques ne l'arrêtent pas, de toute façon !

— Jon, on ne peut pas vous abandonner ainsi !

Derrière la voix affolée de Val, il entendait Smyslov qui l'interrogeait.

— Pas question !

Il devait faire un effort à chaque mot, il avait du mal à respirer.

— J'ai attrapé ce truc ! Je suis en train de mourir ! Ne venez surtout pas ! C'est un ordre !

Cela devait arriver tôt ou tard. Il avait échappé au pire avec Hadès, avec Cassandre, avec Lazare. Il perdait conscience, mais restait le chercheur, le scientifique qu'il avait toujours été. Il pouvait encore rendre un dernier service à ceux qui le suivraient dans ce trou noir et qui pourraient ainsi combattre ce mal.

— Val, écoutez... écoutez-moi ! C'est une affection respiratoire. Ça s'attaque au système respiratoire. Mes poumons et mes bronches, ça me brûle... Pas de congestion, pas d'œdème... aucune paralysie pulmonaire... mais je n'arrive pas à absorber l'oxygène...

pouls très rapide... vue brouillée... mes forces... je sens que je perds mes forces... Partez... c'est un ordre.

Il n'avait plus la force de respirer ni de parler. Ils l'appelaient par radio, ils lui parlaient de sa combinaison. Il n'entendait plus rien, rien que le battement sourd de son cœur dans les oreilles. Subissait-il ce qu'avait souffert Sophia, à la fin, lorsqu'elle étouffait dans son propre sang ? Non. Sophia, elle au moins, elle n'était pas seule. Il fit un dernier effort pour se traîner en direction de la lumière, il ne voulait pas mourir dans cet endroit atroce. Puis la lumière disparut et il sombra dans la nuit.

Une éternité passa, ou peut-être une seconde.

Smith prit conscience de bribes et de morceaux... Un mouvement... Quelqu'un qui me touche... Des voix... On lui appuyait sur la poitrine... Des lèvres, douces, agiles, qui se pressaient contre les siennes, avec force mais sans passion.

Il reprenait conscience. Ce poids sur sa poitrine ; de l'air, froid, pur, qui entrait dans ses poumons comme l'eau d'un pichet glacé. La vie l'aiguillonnait et sa morsure irradiait vers l'extérieur. Il était capable de respirer ! Il respirait ! Il était étendu là, dans cette obscurité froide, mais si agréable soudain, chaque inspiration était comme un orgasme.

Une main fine et sans gant passait dans ses cheveux, ces lèvres se pressaient encore contre les siennes. Doucement cette fois, comme si elles prenaient leur temps.

— Je crois que la respiration est complètement rétablie, professeur, dit une voix amusée, avec de l'accent.

— Continuez, que nous soyons sûrs, répondit une autre, plus bas.

Smith se rendait compte que sa tête reposait sur un duvet roulé pour faire un oreiller. Il ouvrit les yeux et vit Valentina Metrace, agenouillée près de lui. Elle avait rejeté sa capuche en arrière et de petits cristaux de glace scintillaient dans ses cheveux noirs. Elle lui souriait, levant de temps en temps les sourcils comme elle savait le faire.

Smyslov se tenait penché sur son épaule, un grand sourire aux lèvres. Smith comprit alors qu'il était allongé sur le plancher du compartiment avant. Au début, il eut du mal à comprendre ce qu'ils lui faisaient, puis la mémoire lui revint lentement.

— Putain, Val ! Mais qu'est-ce que vous faites ?

Elle haussa les sourcils :

— Parce que vous croyez que ça m'amuse ?

— Ce n'est pas ce que je veux dire, s'écria-t-il en essayant désespérément de s'asseoir. Cet endroit est dangereux ! Il y a de la contamination...

— Calmez-vous, Jon, répondit l'historienne en le forçant doucement à s'allonger d'une pression sur les épaules. Il n'y a aucune contamination, vous allez bien, nous allons tous bien, l'avion ne présente aucun danger.

— C'est vrai, mon colonel, confirma vivement Smyslov. Je vous l'ai dit, en dehors de ces deux tonnes d'anthrax, il n'y a pas le moindre truc dangereux à bord de cet appareil.

Smith se laissa retomber. Il portait toujours sa combinaison de protection. Derrière une lampe qui éclairait tout le cockpit, il apercevait un rai de lumière du jour à travers la verrière. Il n'avait dû rester inconscient que pendant quelques minutes.

— Alors, bon sang, si vous me disiez ce qui m'est arrivé ?

— Vous vous êtes tellement protégé que vous avez failli en mourir, lui dit Smyslov en relevant sa cagoule. Il fait froid ici. La vapeur d'eau, quand vous respiriez, s'est condensée et elle a gelé dans les cartouches filtrantes de votre masque. Progressivement, l'air n'est plus arrivé.

Valentina approuva de la tête.

— Il s'est passé quelque chose d'analogue en Israël pendant la première Guerre du Golfe. Lors des bombardements par les SCUDs, on craignait que Saddam fasse usage de gaz innervants. De nombreux Israéliens se sont mis à suffoquer parce qu'ils avaient oublié de retirer le bouchon des filtres sur leurs masques. Simplement, dans votre cas, les choses se sont passées si progressivement que vous ne vous en êtes pas rendu compte.

Smith essayait de se souvenir.

— C'est vrai, quand j'ai commencé à avoir des problèmes respiratoires, j'ai d'abord pensé que c'était de la claustrophobie. Et puis je me suis dit...

— Nous savons ce que vous avez pensé, lui dit doucement Valentina. Vous avez commencé à décrire les symptômes de votre propre agonie. Mais lorsque vous nous avez fourni la description clinique exacte de quelqu'un en train de suffoquer, nous avons compris ce qui se passait. Nous avons tenté de vous dire d'ôter votre masque, mais vous étiez déjà trop dans les vaps pour nous comprendre.

Elle lui montra d'un geste du menton le nez du bombardier.

— Nous sommes passés par la verrière du cockpit et Gregori est descendu dans la soute à bombes et vous a sorti de là. Un peu de bouche à bouche, et voilà.

Smith fit la grimace.

— Pardonnez-moi, je suis complètement stupide.

— Mais non, Jon, lui dit gentiment Valentina. Je n'ose imaginer ce que ça a pu être, grimper dans ce musée des horreurs. Rien qu'à regarder par le panneau, j'en ai eu la chair de poule.

Elle secoua la tête, l'air écœuré.

— J'aime les belles armes, mais cette... cette chose... ce n'est pas une arme, c'est un vrai cauchemar.

— Voilà une opinion que je ne discuterai pas, répondit Smith en lui faisant un sourire. Je suppose que je devrais vous faire un vélo, au major et à vous, pour m'avoir désobéi, mais ça ne m'enthousiasme guère. Merci, Val.

Et tendant la main à Smyslov :

— Merci à vous aussi, major.

Le major lui serra vigoureusement la main.

— Le devoir de tout subordonné est de repérer dans une situation donnée des éléments qui auraient pu échapper à son supérieur, fit-il en souriant.

Smith essaya de se rasseoir et cette fois, réussit, il était à peine étourdi. Apparemment il reprenait rapidement ses forces.

— Bon, nous avons de bonnes et de mauvaises nouvelles. Les mauvaises, c'est que nous avons toujours cet anthrax sur les bras. Les bonnes, le réservoir de stockage semble intact et n'a pas subi d'avaries. Par mesure de précaution, nous continuerons à prendre les antibiotiques, mais je ne crois pas qu'ils auront à lutter contre des spores. Val, comment...

Elle se leva brusquement et cogna sans faire exprès Smith au passage.

— Dieu soit loué, au moins pour cette bonne nouvelle. Croyez-vous que nous pourrions sans risque passer la nuit à bord ? Dehors, on dirait que le temps se gâte.

— Oui..., répondit Smith, je crois que ce serait une bonne idée. A mon avis, nous n'allons pas nous sentir très à l'aise sur cette montagne d'anthrax, mais je pense que c'est raisonnable. Major, qu'en pensez-vous ?

Smyslov haussa les épaules.

— J'en dis qu'il fait fichtrement froid, même ici, mais je pense que c'est encore mieux qu'une tente sur le glacier dégueu. Mais à mon avis, mieux vaut utiliser le compartiment arrière.

— Merveilleux ! s'exclama Valentina en tendant la main à Smith. Allons chercher nos affaires et préparer la maison. Je prendrais bien une rasade de ce whisky médicinal que vous nous avez promis.

Smith lui prit la main pour se lever.

— Puisque vous en parlez, je crois que j'en ferai autant !

*

Assis sur les ressorts nus d'une couchette de l'équipage, à tribord, Smith jeta un regard mauvais au talkie-walkie qu'il avait à la main.

— Station île Mercredi, Station île Mercredi, ici le site de l'accident, le site de l'accident. Randi, me recevez-vous ? A vous.

Le petit émetteur-récepteur SINCGARS Leprechaum se contenta de siffler et de lui cracher des borborygmes à la figure.

— Et voilà, c'est tout ce qu'il sait dire, grogna Smith, dégoûté.

Il ferma l'appareil et replia l'antenne dans le boîtier.

— On est capable de communiquer instantanément avec le coin le plus reculé de la planète, sauf quand on a vraiment besoin de parler à quelqu'un.

— Il y a une énorme montagne entre la station et nous.

Assise en tailleur près de leur réchaud minuscule, Valentina jeta délicatement une boule de neige dans la casserole pleine d'eau. S'il réussissait à dégeler le plafond sur trente centimètres de diamètre, le petit réchaud à alcool solide était bien incapable de faire monter la température dans le compartiment, mais il arrivait à produire assez d'eau douce pour les rations et pour refaire le plein de leurs gourdes.

Pour économiser les piles, ils avaient allumé deux torches chimiques qu'ils avaient fixées sur des couples. Leur douce lueur verdâtre donnait presque une impression de chaleur.

Le fuselage leur procurait au moins un abri contre le vent qui hululait au-dessus du glacier. Dans l'épave et pour passer la nuit, l'atmosphère serait tolérable.

— Professeur, quelle couchette voulez-vous prendre ? lui demanda Smyslov en détachant son duvet de son sac. Les dames sont les premières servies.

— Merci, cher monsieur. Mais laissez-vous tenter. Je vais prendre celle du bas.

— Et je vais en faire autant, ajouta Smith en avalant la dernière gorgée de café de son quart. En ce temps-là, apparemment, ils vous fabriquaient des aviateurs miniatures.

— Comme vous voudrez.

Smyslov entreprit de dérouler son sac de couchage dans la couchette la plus basse, à bâbord.

— Dites-moi, mon colonel, maintenant que nous savons que l'anthrax est là, qu'allons-nous faire ?

— Eh bien, je crois que c'est votre peuple qui a eu l'idée. Nous allons faire un pas en avant. Comme tout le matériel est resté bien confiné, je dirais qu'on fait tout simplement venir une équipe de démolition. On bourre le fuselage avec deux tonnes de matériau combustible et de phosphore blanc. Et on fait cramer tout ce foutu bazar là où il est.

— Ah ! non alors, pas question ! s'exclama Valentina en relevant les yeux du réchaud.

— Et pourquoi non ? lui demanda Smith, un peu surpris. Si on arrive à concentrer assez de chaleur autour de l'enveloppe, on peut détruire les spores avant qu'elles aient eu la moindre chance de s'échapper.

— Seigneur, mais c'est pas Dieu possible ! Les aveugles qui ne veulent rien voir !

Elle fit un geste théâtral en balayant tout le compartiment.

— Il est dans un état magnifique, mais cet avion est un trésor historique ! Quand le printemps sera là, si nous pouvons faire venir un brise-glace et un hélicoptère, on pourrait le sortir du glacier pratiquement intact ! Puis le restaurer. En fait...

Elle en avait les yeux qui brillaient.

— En fait, avec les éléments de cet appareil et le TU-4 qui est exposé à l'Institut Gagarine, je parie qu'on pourrait reconstituer un avion en ordre de vol.

Elle se tourna vers Smyslov, aussi excitée qu'une petite fille qui a une bicyclette neuve.

— Vous êtes allé à l'Institut ! Vous avez vu le Taureau qui s'y trouve ! Qu'en pensez-vous ?

L'officier russe leva la tête, un peu médusé.

— Je n'en sais trop rien, professeur, mais je suis sûr que ça coûterait un paquet de fric.

— Je me charge de trouver le financement, Gregori ! Je connais un tas d'amoureux des vieux coucous, ils sont richissimes. Ils se feraient couper bras et jambes pour voir le *Fifi*, la Superforteresse de l'armée de l'air, voler en formation avec un véritable B-29-ski d'origine russe. Rien que Champlain, il cracherait bien deux cent cinquante mille dollars à lui tout seul !

Smith ne pouvait s'empêcher d'admirer son enthousiasme. Valentina Metrace était visiblement une fonceuse qui s'accrochait jusqu'au bout. Il commença à siffloter en tournant le pouce vers la soute à bombes.

— J'ai peur que nous ayons d'autres priorités par là.

Valentina agita la main, comme pour chasser un intrus.

— Des détails, tout ça, des détails ! Je me moque de ces germes dont il faudra se débarrasser. Si j'ai mon mot à dire, personne ne mettra le feu à cet avion. C'est une pièce historique !

— Ce sera aux autorités d'en décider, Val, répondit Smith avec un sourire. En tout cas, pas moi, et j'en suis bien content.

Smyslov se retourna pour le regarder, l'air sérieux.

— Mon colonel, ensuite, qu'est-ce qu'on fait ?

— Nous savons que l'anthrax est là et qu'il constitue toujours un danger. Première priorité, rendre compte.

Il posa son quart vide sur la table.

— Demain matin, si le temps est convenable, j'ai l'intention d'explorer rapidement les alentours pour voir si nous trouvons le camp de survie de l'équipage. Puis nous regagnerons la station. Si, là-bas, nous n'arrivons pas à reprendre contact avec le monde extérieur, j'enverrai Randi avec l'hélicoptère sur le bâtiment. Elle fera le rapport.

Smith observait le Russe qui déroulait son sac de couchage sur sa couchette.

— Je vais aussi mettre en branle le groupe de soutien pour qu'il assure la sécurité de l'île. Ce qui veut dire que les Canadiens vont débarquer et que toute l'opération va prendre de l'ampleur. Je sais, nous avons promis à votre gouvernement d'essayer de garder profil bas, mais maintenant, avec à la fois l'anthrax et la disparition des scientifiques pour couronner le tout, nous risquons de ne pas avoir le choix et d'être contraints d'opérer ouvertement.

— Je comprends parfaitement, mon colonel, nous n'avons pas le choix.

Smyslov était resté impassible et Smith se demanda s'il était bien d'accord ou s'il avait une idée derrière la tête.

— Bon, pour ce qui me concerne, dit Valentina en regardant le panneau de la cloison arrière, ça fait bien assez de soucis pour demain. En attendant, il y a une chose à laquelle j'aimerais jeter un œil.

— Ça ne peut pas attendre le matin ? lui demanda Smith.

Elle le regarda en faisant un signe de tête imperceptible et en levant légèrement les sourcils, mais de manière à ce que Smyslov ne la voie pas.

— Ce n'est pas grand-chose, j'en ai pour une seconde.

Elle prit une lampe-torche, se leva et gagna l'arrière. Après avoir déverrouillé le panneau, elle se glissa par l'ouverture. Tandis qu'elle progressait, on entendait des bruits sourds et comme des coups de marteau, puis il y eut quelques minutes de silence.

— Tiens, c'est intéressant, dit-elle enfin, d'une voix métallique qui résonnait en écho. Jon, vous auriez une seconde pour venir me donner un coup de main à l'arrière ?

— J'arrive.

Smith la suivit dans le passage obscur. L'historienne était accroupie sur la passerelle entre les paniers à munitions des tourelles. Elle dirigea le faisceau de sa lampe sur son visage et épela en silence : « Fermez le panneau. »

— Bon sang, Val, mais vous avez grandi dans une grange ! Il fait encore plus froid ici.

Il tira le panneau à lui et tourna le levier en position verrouillé. Il s'approcha des paniers et mit un genou sur le plancher, à côté de Valentina. Elle tournait et retournait un obus d'aspect menaçant entre ses mains gantées.

— C'est quoi ce truc ? lui demanda Smith en essayant de dominer le bruit du vent qui sifflait sur l'empennage de queue.

— Un obus soviétique de 23 mm. Il vient des chargeurs de la tourelle de queue.

— Bon. Et alors ?

— Quelque chose de pas drôle, Jon. Les ennuis s'accumulent, ou plutôt, ils s'empilent d'une manière très particulière. C'est pour cela que je vous ai fait taire cet après-midi, dans le cockpit.

— J'avais compris, répondit-il. Et qu'est-ce que vous voyez ?

— Cet avion était armé pour combattre. En plus de sa cargaison d'anthrax, il avait embarqué toutes ses munitions défensives. Plus fort encore, il n'a pas effectué d'atterrissage de détresse. Il s'est écrasé accidentellement.

Smith ne voyait pas très bien la différence.

— En êtes-vous sûre ?

— Absolument sûre. L'avion n'était pas en configuration d'atterrissage d'urgence lorsqu'il s'est posé sur la glace. Souvenez-vous, je vous ai demandé dans quelle position étaient la commande de pas des hélices et le réglage du mélange, lorsque vous étiez dans le cockpit ? Ils étaient restés en position de croisière. Je vous ai demandé comment étaient les volets. Ils n'avaient pas été sortis, comme cela aurait été le cas pour un atterrissage volontaire.

Elle tapa du poing sur le panier à munitions.

— Et, dernier point, ils n'ont pas éjecté les paniers de munitions. A bord d'une Superforteresse B-29 ou d'un TU-4, c'est la procédure normale en cas d'abandon ou d'atterrissage d'urgence.

— Alors, qu'a-t-il bien pu se passer ?

— Comme je vous l'ai dit, un accident catastrophique. D'après les cartes de l'île, le glacier descend en pente douce vers le nord. Le bombardier a dû arriver par là. Cela a également dû se produire de nuit, à basse altitude et aux instruments, car ils ignoraient totalement que l'île se trouvait là. Ils sont passés entre les pics, le sol remontait sous l'avion. Avant que le pilote se soit rendu compte de quoi que ce soit, ils ont touché le sol, ou plutôt, la glace. Ils devaient voler à leur vitesse de croisière, bien trop vite pour un atterrissage normal, mais le sort en a décidé ainsi, la surface du glacier devait être assez lisse à ce moment, sans ressauts ni crevasses capables de faire cabaner l'appareil. Ils se sont posés à plat et sont partis en glissade, assez proprement.

« Il y a déjà eu des accidents comparables dans l'Arctique et dans l'Antarctique, poursuivit-elle à voix basse, des avions qui avaient perdu leurs repères dans l'immensité blanche. Pour conclure, cet avion n'était pas en situation de détresse quand il est tombé. Ils n'étaient pas perdus, ils ne voulaient pas atterrir. Ils étaient en procédure de croisière, ils maîtrisaient la situation, et ils se dirigeaient vers un autre point.

— Dans ce cas, ils auraient dû voir l'île sur leurs cartes ?

— Non, souvenez-vous qu'en 1953, les données précises de navigation dans cette partie du monde étaient pratiquement inexistantes. La carte la moins imprécise était américaine, et elle était secrète. L'île Mercredi est quelque chose d'assez extraordinaire. C'est l'un des endroits les plus élevés dans l'archipel de la Reine-Elisabeth. A cette époque, celui qui avait décidé de la route de l'appareil ignorait qu'une montagne sacrément haute s'élevait au beau milieu de l'Océan arctique.

— Ce n'est pas exactement ce qu'on peut appeler une montagne, dit pensivement Smith. Ici, nous sommes à peu près à huit cents mètres au-dessus du niveau de la mer. C'est une altitude de vol très faible pour un avion pressurisé comme celui-ci, non ?

— Parfaitement. En fait, le TU-4 ou le B-29 ne suivaient de tels profils de vol que dans un seul cas : si l'équipage voulait échapper aux radars à longue portée.

Jon continuait de jouer l'avocat du diable.

— Ils n'auraient pas vu l'île sur l'écran de leur radar de navigation ?

— Seulement s'ils l'avaient mis en route. Mais s'ils étaient en silence radio et radar complet, pour éviter de se faire détecter ?

Si c'était cela, alors. Smith eut soudainement plus froid.

— Alors, qu'en concluez-vous, professeur ?

— Je ne sais qu'en penser. Ou plutôt, je ne sais pas ce que j'ai envie d'en penser. Mais je suis certaine d'une chose. Demain matin, il faut absolument que nous retrouvions l'équipage de cet avion. D'un point de vue global, c'est peut-être plus important que l'anthrax.

— Pensez-vous que cela pourrait avoir une relation avec un plan bis des Russes ?

Elle fit signe que oui.

— C'est plus que probable. Je crois que, lorsque nous aurons retrouvé le camp, nous saurons.

— Et je suppose que nous en saurons également davantage sur le major Smyslov, conclut Smith, l'air sinistre.

*

Du coin de l'œil, Smyslov regarda Smith disparaître à l'arrière. Toute la soirée, il avait guetté l'occasion d'agir, un moment où les deux autres auraient été occupés ou distraits. C'était maintenant ou jamais.

Il s'avança vers le tunnel qui donnait accès à l'avant et rampa aussi discrètement et aussi rapidement que possible. Il savait exactement ce qu'il cherchait et où le chercher. Il avait aussi un jeu de clés dans sa poche, des clés vieilles de cinquante ans.

Plus tôt dans la journée, alors qu'il se trouvait dans le cockpit avec Smith et Metrace, il n'avait pas osé fouiller. Il ne pouvait se permettre d'attirer leur attention sur les documents officiels de Misha 124 avant de s'être assuré de ce qu'ils contenaient.

Il rampa dans le compartiment avant, puis sortit une minilampe de sa parka. Il la coinça entre ses dents, s'agenouilla près du siège du navigateur, et braqua le faisceau sur le coffre des cartes situé sous la table. Il sortit alors son trousseau de clés et commença à farfouiller dans la serrure.

Cet avion était un bombardier soviétique, et, du temps de

l'Union soviétique, les cartes étaient des secrets d'Etat, réservées au personnel habilité.

Après avoir un peu résisté, les pênes de la serrure tournèrent enfin, pour la première fois depuis cinquante ans. Smyslov ouvrit la lourde porte.

Rien ! Le coffre était vide. Les cartes de navigation et les dossiers d'objectifs qui avaient dû être fournis à l'opérateur radar n'étaient pas là.

Sans perdre de temps, il referma la porte et verrouilla le coffre. Ensuite, le carnet de vol et les ordres du commandant de bord. Il s'approcha du siège gauche et inséra une autre clé dans la serrure du coffre du pilote, sous le siège. Il l'ouvrit, plongea la main dans le petit compartiment plat. De nouveau, rien !

Restait le coffre du commissaire politique. Le plus critique des trois. Il se faufila entre les sièges de pilotes et gagna celui du bombardier, tout à l'avant. Les verrières avaient cédé sous le choc, de la neige s'était infiltrée avant de geler. Le viseur de bombardement avait disparu – pour cette mission, il n'était pas nécessaire – et le reste des équipements était noyé dans une gangue de glace à moitié fondue. Smyslov sortit son couteau et descendit pour s'approcher du coffre fixé au plancher.

La poisse ! Le mécanisme était gelé et bien bloqué. Jurant et pestant, le Russe ôta ses gants. Il sortit son briquet de sa poche et plaça la petite flamme de butane sur le trou de la serrure. Etouffant un autre juron, car il s'était brûlé, il essaya d'insérer la clé. La serrure récalcitrante céda en grinçant.

Vide. Les photos d'objectifs et les cartes. Les ordres d'opération. Le journal de bord du commissaire politique, les instructions, la grille de notation de l'équipage après la mission – tout avait disparu.

Il referma la porte, replaça de la neige sur le coffre en la tassant un peu, pour essayer d'effacer les traces d'effraction. Tout avait disparu. Tous les documents relatifs à la mission. C'était ce qu'ils avaient supposé. Le commissaire politique de Misha 124 avait reçu l'ordre de détruire tous les indices relatifs à la mission du bombardier et à l'Evénement du 5 mars.

Toutefois le même commissaire avait également reçu l'ordre de détruire l'appareil et ce qu'il emportait. Les charges incendiaires dans la soute prouvaient qu'il avait commencé à exécuter ces instructions, mais qu'il avait été interrompu dans sa tâche. Mais les documents ? Avait-il été également empêché de les détruire ?

Et les hommes ? Demain, Smith allait se mettre à la recherche de l'équipage. Lui, que lui resterait-il encore à trouver ?

Smyslov ouvrit la fermeture de sa parka et remit la lampe dans sa poche. Il ôta également son briquet de la poche de sa chemise. Pas le petit briquet en plastique qu'il avait acheté à Anchorage, dans la boutique de l'aéroport, mais un autre, un briquet en acier style Ronson qu'il avait apporté de Russie. Il le fit jouer dans sa main en réfléchissant aux options qui s'offraient à lui, mais elles étaient de moins en moins nombreuses.

Il pouvait se rassurer en se disant que la plupart des décisions avaient été prises par d'autres que lui. Si les Spetsnaz avaient tué les scientifiques de la station, le destin allait irrévocablement suivre son cours. Mais la confrontation qui allait s'ensuivre entre les Etats-Unis et la Russie ne serait pas de son fait.

Ce qui le préoccupait, c'était sa trahison, et pour des raisons toutes personnelles. Aujourd'hui, il avait sauvé la vie d'un ami, dans cette étrange boîte de métal. Demain, il risquait de devoir tuer un ami qui serait devenu un ennemi. Et il avait beau essayer de se convaincre que ce n'était pas sa faute, cela sonnait bien creux.

— Hé, major, ça va, là-haut ?

C'était la voix de Smith qui lui parvenait par le tunnel.

— Oui mon colonel, répondit-il en serrant le petit boîtier d'argent. J'ai simplement... j'ai laissé tomber mon briquet.

*

Quelques centaines de mètres plus haut, sur la face du pic Est, se trouvait une saillie d'où l'on voyait simultanément le glacier et le site de l'accident. A travers une crevasse, derrière un rocher et une congère artificiels, particulièrement réalistes, quelqu'un observait dans une puissante lunette. Deux hommes étaient allongés derrière la congère, à l'abri d'une toile tendue au-dessus d'eux et couverte de cristaux de glace. Même avec cette protection, il faisait un froid sibérien sur le flanc de cette montagne exposé au mauvais temps. Mais les deux guetteurs serraient les dents. Le premier observait dans une lunette de vision nocturne reliée à un écran, l'autre assurait la veille à la radio.

Périodiquement, les deux hommes accomplissaient un rituel pour résister au froid. Ils se mettaient les mains dans l'entrejambe ou sous les aisselles, les passaient sur leur figure, de façon à réchauffer les parties exposées et à adoucir les morsures du froid.

Rampant sur le ventre comme un lézard, un troisième vint rejoindre ses deux compagnons derrière la congère.

— Rien à signaler, quartier-maître ?

— Rien de particulier, lieutenant, grommela l'homme à la lunette. Ils se sont installés dans la carlingue. On perçoit de la lumière par les hublots à l'arrière. Quelquefois aussi, à l'avant.

— Laissez-moi regarder, ordonna l'enseigne de vaisseau Tomashenko.

Le Spetsnaz se poussa un peu pour faire de la place à son chef de section et Tomashenko s'installa devant l'écran où s'affichaient les images verdâtres du paysage ambiant. Le bombardier gisait sur le glacier sous le poste de guet, comme une baleine échouée. Une faible lueur sortait des astrodômes, indétectable à l'œil nu, mais amplifiée par les photomultiplicateurs. De temps en temps, la lumière était masquée par une silhouette qui passait.

— Apparemment, murmura Tomashenko, les spores d'anthrax ne se sont pas dispersées à bord. Voilà au moins une bonne nouvelle.

Tomashenko et ses hommes ne s'étaient pas aventurés près du TU-4 et n'avaient même pas posé le pied sur le glacier. Leurs ordres étaient nets et précis. Surveiller de loin le site de l'accident et l'équipe d'enquêteurs. Ne pas dévoiler leur présence sur l'île. Eviter à tout prix de se faire repérer. Attendre les ordres de l'officier de liaison attaché à l'équipe américaine. Etre prêt à intervenir sans délai à réception de ses ordres. Et se tenir prêt à rembarquer à bord du sous-marin s'il ne se passait rien.

Tomashenko allait demander à l'opérateur radio s'il avait capté quelque chose, mais il se ravisa. S'il y avait eu une émission, il l'aurait entendue. Jusque-là, il n'y avait rien d'autre à faire qu'attendre.

Chapitre 29

Station de l'île Mercredi

R ANDI RUSSELL ÉTAIT ALLONGÉE dans l'obscurité. Derrière la cloison, dans la pièce principale du dortoir, elle entendait le docteur Trowbridge qui respirait paisiblement, le bruit qu'elle attendait.

Une heure plus tôt, Trowbridge et elle avaient couvert le feu dans le dortoir et, théoriquement, s'étaient préparés pour la nuit. Pourtant, dans le coin réservé aux femmes, Randi s'était allongée tout habillée sur la couchette de Kayla Brown, en s'empêchant de dormir. Maintenant, posant silencieusement les pieds par terre, elle se préparait à sortir. Elle tassa trois paires de chaussettes dans ses bottes en plastique blanc avant d'enfiler sa parka et un surpantalon chaud, puis le Lady Magnum et ses chargeurs dans leur étui de cuir. Elle passa des sous-gants en Nomex, puis ses gants de cuir, un passe-montagne, et enfin, sa tenue camouflée blanche.

Elle s'affairait dans une obscurité totale. Avant d'éteindre pour la nuit, elle avait soigneusement rangé tout ce dont elle allait avoir besoin et repéré mentalement chaque mouvement qu'elle aurait à faire.

S'avançant vers l'endroit où elle avait déposé son sac, elle tira d'une poche latérale un petit sachet de plastique. Puis, passant à l'épaule l'étui à munitions et son pistolet-mitrailleur, elle prit une grosse couverture posée sur la couchette supérieure.

Elle fit glisser délicatement la porte de la cloison et traversa le dortoir sur toute la longueur pour gagner la porte extérieure, se guidant à la faible lueur qui filtrait par les fenêtres toutes noires et en suivant du doigt le rebord d'une table ou d'une étagère. Ses pieds glissaient sans bruit sur le sol. Lorsqu'elle se faufila par la porte antineige, Trowbridge dormait toujours profondément.

Elle se mit à quatre pattes et passa en rampant la porte extérieure puis s'engagea dans la tranchée creusée dans la neige. Elle continua sur le petit sentier compacté jusqu'au terrier qu'elle s'était aménagé derrière le préfabriqué. Là, elle entreprit de s'enfouir.

Elle étendit la grosse couverture sur le sol pour s'isoler de la glace. Puis elle étala sur elle le contenu du sachet. C'était une couverture de survie aluminisée, incroyablement chaude pour quelque chose d'aussi léger que de la Cellophane. Mais, contrairement aux couvertures classiques de ce genre, la face supérieure n'était pas orange vif, mais blanche.

Elle s'en recouvrit, disparaissant dans l'environnement. On ne voyait plus d'elle qu'une vague bosse dans la neige.

Ici, du côté sous le vent de l'île, l'air nocturne était presque calme. On entendait pourtant faiblement le vent qui soufflait en rafales par-dessus la crête qui abritait la zone. Même après avoir adapté sa vision à la nuit, Randi ne distinguait que de vagues ombres autour d'elle, la forme géométrique du préfabriqué presque gris sombre sur fond de neige. Progressivement, au fur et à mesure que passaient les minutes puis les heures, elle remarqua que ces ombres bougeaient légèrement. Elle s'interrogea un bon bout de temps sur leur nature, avant de comprendre que la lumière du Pôle bougeait au-dessus d'elle et que ce qu'elle voyait, c'était son reflet dans la couverture nuageuse.

Il faisait froid, un froid vif et mordant insidieux qui s'infiltrait à travers ses couvertures et ses vêtements chauds. Immobile, patiente, aussi invisible qu'un renard arctique, Randi attendait, respirant aussi discrètement que possible pour ne pas laisser échapper trop de vapeur.

Sous sa couverture de survie, elle avait glissé son MP-5 contre elle, non pour protéger l'arme – elle avait été graissée avec une huile spécialement conçue pour résister aux basses températures –

mais pour garder au chaud les piles de sa lampe fixée sous le canon.

Le temps passait aussi lentement que l'avance des glaciers de l'île. Toujours aussi immobile, elle attendait. Si elle avait froid, il avait froid lui aussi, il savait qu'il y avait un feu de charbon et une couchette confortable qui l'attendaient à l'intérieur. Il aurait eu tort de ne pas en profiter.

Enfin, elle entendit le premier craquement, à peine perceptible, d'une botte qui marchait dans la neige. Elle avança le pouce d'un centimètre et effaça la sûreté de son arme pour passer en mode « rafale ».

Une silhouette sombre et sans forme remontait lentement le sentier vers le camp. Progressivement, ses contours se dessinèrent, un homme debout qui tenait un objet long et élancé dans chaque main. Se mouvant avec une prudence de serpent, il s'approcha de l'entrée du dortoir.

Randi déplaça son pouce et le posa sur la détente.

La silhouette s'immobilisa un instant devant le sas, l'homme jeta un dernier regard circulaire sans voir le petit monticule de neige qui dépassait à quelques mètres de lui. Il posa l'objet allongé qu'il tenait dans la main droite contre l'embrasure de la porte et fit passer dans cette main celui qu'il tenait dans la main gauche. De sa main gauche, désormais libre, il saisit la poignée de la porte.

Randi rejeta sa couverture et s'agenouilla, le MP-5 à l'épaule. Elle alluma la lampe dont jaillit un étroit faisceau bleu clair. Paralysé, l'homme se figea sur place, sa hache à moitié levée.

— Salut, Mr. Kropodkin, lui dit Randi d'une voix aussi glaciale que le canon de son arme. Je vous coupe en deux tout de suite, ou on attend un peu ?

*

Le MP-5 était posé sur la table du dortoir, canon pointé sur l'homme à la barbe noire assis sur une couchette contre la cloison. Randi Russell gardait la main à proximité de la détente. Ils s'étaient tous deux débarrassés de leurs tenues chaudes, elle avait utilisé une paire de menottes en plastique pour attacher les mains de Kropodkin dans son dos. Elle fixait l'homme avec un regard noir d'une rare intensité.

— Où avez-vous laissé les corps des autres scientifiques ?

— Les corps ?

Kropodkin se tourna vers le troisième personnage présent dans la pièce.

— Docteur Trowbridge, je vous en prie. J'ignore de quoi cette folle veut parler ! Je ne sais même pas qui c'est !

— A dire vrai... moi non plus.

Trowbridge clignait les yeux à la lumière de la lampe à gaz, mal à l'aise, en essayant de recoiffer vaille que vaille ses cheveux blancs emmêlés pendant son sommeil. Il ne portait qu'un collant chaud et des chaussettes car on l'avait arraché à son lit quelques minutes avant que Randi arrive en poussant Kropodkin devant elle dans le sas.

— Peu importe qui je suis, répondit froidement Randi. Et ne vous souciez même pas de votre futur procès pour meurtre. Essayez simplement de rester vivant assez longtemps pour qu'on vous remette aux autorités. Vous avez tout intérêt à répondre à mes questions, c'est votre seule chance. Maintenant. A qui rendez-vous compte ? Qui veut s'emparer de l'anthrax ?

— L'anthrax ?

Le Slovaque se tourna une fois de plus vers son seul allié potentiel dans la pièce.

— Docteur Trowbridge, je vous en prie, aidez-moi ! Je n'ai aucune idée de ce qui se passe !

— Mademoiselle Russell, s'il vous plaît. Vous ne croyez pas que nous ferions mieux de nous occuper de nous, pour l'instant ?

Et il remit ses lunettes en place sur son nez.

— Je ne suis pas de cet avis, répliqua sèchement Randi. Cet homme a assassiné de sang-froid les autres membres de votre expédition, les compagnons avec qui il avait vécu et travaillé pendant plus de six mois. Il les a massacrés comme des moutons, et je parie que c'est uniquement pour l'argent.

Kropodkin en resta bouche bée.

— Les autres... morts ? Je ne veux pas le croire ! Non ! Cela n'a pas de sens ! Je ne suis pas un assassin ! Dites à cette femme qui je suis !

— Je vous en prie, mademoiselle Russell, protesta Trowbridge en élevant le ton. Vous n'avez rien sur quoi appuyer pareilles accusations... d'une telle gravité. Nous n'avons pour le moment aucune preuve que quelqu'un ait été tué ici.

— Si, docteur, nous en avons. Hier soir, j'ai retrouvé le corps de Kayla Brown dans la colline, près du pylône radio. Quelqu'un l'a tuée à coups de piolet. Lui, je le soupçonne.

Et elle montra du menton le piolet posé sur la table près du pistolet-mitrailleur, celui que tenait Kropodkin.

— Je n'ai aucun doute sur le fait que l'analyse ADN le démontrera. On y trouvera sans doute également des traces du sang du docteur Gupta et du docteur Hasegawa. Et vous vous êtes débarrassé de Creston et de Rutherford d'une autre façon, n'est-ce pas, Kropodkin ?

L'universitaire essaya de se lever, resserrant la sangle de nylon qui lui liait les poignets.

— Je vous l'ai déjà dit, je n'ai tué personne !

Randi se saisit de la poignée du MP-5. La gueule de l'arme avança d'un centimètre, droit sur la poitrine de Kropodkin.

— Asseyez-vous.

Il se raidit, avant de se laisser retomber sur la couchette.

Trowbridge s'était levé pour observer la scène, comme foudroyé. La révélation de la mort de Kayla Brown l'avait atteint au plus profond, comme une chose qui ne pouvait arriver dans son existence, un autre rocher qui s'abattait sur lui dans cette avalanche de malheurs qui détruisait son existence, qui faisait sombrer dans le chaos et le scandale une carrière soigneusement planifiée. Sa seule issue consistait à tout nier.

— Vous n'avez pas de preuve qu'aucun des membres de l'expédition en soit responsable, fit-il enfin d'une voix rauque.

— J'ai bien peur que si.

Se penchant en arrière, Randi attrapa la Winchester Modèle 12 qu'il avait sur lui, l'arme dont disposait la mission pour se défendre contre les ours blancs.

— Cette arme a un chargeur de trois coups. On peut raisonnablement estimer que les trois cartouches étaient encore là quand il a quitté le camp.

Elle actionna le levier à plusieurs reprises, mais une seule cartouche tomba sur la table.

— Trois coups dans le chargeur quand ce fusil a quitté le camp, trois hommes avec cette arme quand ils ont quitté le camp. Et au retour, un de chaque. Faites le calcul.

— J'ai tiré ces deux coups pour lancer un signal de détresse, docteur, quand j'étais sur le pack! Pourriez-vous obtenir de cette femme qu'elle m'écoute ?

— Ce garçon a raison, fit Trowbridge avec véhémence. Au minimum, il a le droit d'être entendu !

Le regard glacial de Randi ne lâchait pas une seconde le visage de Kropodkin.

— C'est bon. Ça me va. Ecoutons-le. Où est-il allé, où sont les autres ?

— Oui, Stefan, lui dit Trowbridge d'un ton pressant. Dites-nous ce qui s'est passé.

— J'ai été piégé par ce foutu pack pendant deux nuits, et je me demandais ce qui était arrivé aux autres ! - Il inspira profondément en tressaillant, le temps de recouvrer son calme. - Le docteur Creston, Ian et moi cherchions le docteur Gupta et le docteur Hasegawa. Nous pensions qu'ils s'étaient peut-être engagés sur le pack à la poursuite d'un spécimen ou qu'ils étaient allés voir le chaos glaciaire sur le rivage. Finalement, nous nous sommes avancés sur le pack, et j'ai perdu les autres. Près de l'île, la glace est en morceaux, il y a de nombreux amas et des cassures.

« Puis le vent a tourné et un chenal s'est formé dans la glace. J'étais isolé de l'île ! Je ne pouvais pas revenir sur le rivage. J'ai appelé à l'aide, j'ai tiré des coups de fusil ! Mais personne n'est venu !

Kropodkin ferma les yeux et laissa tomber la tête sur sa poitrine.

— Je n'avais pas de nourriture, je n'avais rien mangé depuis deux jours. Aucune source de chaleur. Pas d'autre abri que les glaces. Je me suis dit que j'allais mourir sur place.

Ce récit n'impressionnait absolument pas Randi. Elle prit la cartouche de fusil posée sur la table.

— Le signal de détresse réglementaire consiste à tirer en l'air trois coups de fusil.

Kropodkin releva vivement la tête.

— Nous avions vu les traces d'un ours polaire dans les parages ! J'ai gardé une cartouche pour le cas où. Je n'avais pas envie de me faire dévorer alors que j'étais déjà aux portes de la mort !

— Et comment êtes-vous revenu ? lui demanda Randi d'une voix impassible.

— Cette nuit, le chenal s'est refermé. Le vent avait dû tourner, j'ai réussi à regagner la rive. Puis je suis revenu directement au camp. Tout ce que je voulais, c'était me mettre au chaud !

— C'est bien naturel, commenta Randi. Moi aussi, j'étais dehors cette nuit, et j'ai l'impression que le vent est resté au nord.

— Eh bien alors, c'est peut-être la marée, le courant, la Sainte Vierge – Dieu sait que je l'ai assez priée ! Je ne sais pas ! Tout ce que je sais, c'est que lorsque je me suis retrouvé finalement au camp, quelqu'un m'a braqué un pistolet-mitrailleur dans la figure et m'accuse maintenant d'avoir tué mes amis.

Avec peine, Kropodkin se tourna vers Trowbridge.

— Mais Bon Dieu, professeur, vous me connaissez ! J'ai suivi certains de vos cours ! Vous faisiez partie de mon jury de thèse. Etes-vous d'accord avec ces insanités ?

— Je... - Trowbridge hésita un instant, puis ses traits encore bouffis de sommeil se détendirent. Il n'avait pas pu se tromper à ce point. – Non, je ne suis pas d'accord ! Mademoiselle Russell ! Il est de mon devoir de protester. Cet homme a visiblement subi une épreuve terrible ! Vous pourriez au moins interrompre cet interrogatoire, le temps qu'il prenne un peu de repos et qu'il avale quelque chose de chaud, non ?

Randi ne quittait toujours pas Kropodkin des yeux, un fin sourire aux lèvres, aussi chaleureux que le froid polaire.

— C'est une excellente idée, docteur. Il faut qu'il mange quelque chose.

Elle se leva, sortit de la poche à glissière de son pantalon de ski un poignard commando et pressa le bouton qui fit sortir la lame en forme de croc.

— Détachez-le, docteur.

Elle posa le couteau ouvert au centre de la table.

— Qu'il se prépare son repas.

Trowbridge prit le couteau.

— Je vais m'en charger pour lui, dit-il avec la voix tremblante de la vertu offensée.

— J'ai dit qu'il se le prépare lui-même, docteur ! cracha Randi en empoignant son MP-5. Tranchez ses menottes et ne vous mettez pas dans ma ligne de visée. Ensuite, regagnez votre couchette, enfilez un pantalon et sortez-vous du passage.

Sans dire un mot, mais le visage rouge de colère, Trowbridge coupa les menottes qui entravaient les poignets de Kropodkin. Sans cesser de viser l'étudiant, Randi récupéra son couteau et tira sa chaise jusqu'au coin le plus éloigné du dortoir. Le dos contre le mur, elle se rassit et cala la crosse du MP-5 sous son bras, canon braqué.

— OK, Mr. Kropodkin, vous pouvez vous lever et vous préparer quelque chose à manger. Mais n'essayez pas de jouer au plus fin, ce serait vraiment une très mauvaise idée.

Le silence revint, on n'entendait que des bruits de poêles et d'ustensiles. Kropodkin se fit réchauffer une boîte de ragoût et une bouilloire sur le primus. De temps à autre, il jetait un coup d'œil à Randi, mais chaque fois, il ne voyait que le canon du pistolet-mitrailleur qui suivait chacun de ses mouvements comme s'il était asservi à une conduite de tir radar. Il y avait une ambiance bizarre dans la pièce... on attendait qu'il se passe quelque chose, mais le regard de Randi restait totalement impénétrable et inexpressif.

— Puis-je me servir d'un couteau pour me couper une tranche de pain ? demanda-t-il avec une politesse glaciale.

— Si vous faites un seul geste qui ne me plaise pas trop, vous verrez de quel bois je me chauffe.

A l'autre bout, Trowbridge finissait de s'habiller, retrouvant un semblant de dignité en enfilant un pantalon.

— Il me semble, mademoiselle Russell, qu'il est temps de tirer au clair un certain nombre de choses...

— Et moi je crois, docteur, que vous feriez mieux de la boucler.

Le professeur éleva le ton :

— Je ne suis pas habitué à ce qu'on me parle de cette façon !

— Vous vous y ferez.

Trowbridge n'avait pas d'autre choix que de céder.

Kropodkin posa ses assiettes sur la table et se jeta comme un loup affamé sur son ragoût, sur son thé et sur son pain. Il avalait rapidement, le regard perdu entre Trowbridge et la femme qui le surveillait en silence.

Randi le laissa manger la moitié de son repas avant de reprendre la parole.

— OK, on va s'arrêter là. Vous vous appelez Stefan Kropodkin, de nationalité slovaque, descendant de Yougoslaves, et vous suivez des cours à l'Université McGill, vous bénéficiez d'une bourse et d'un permis de séjour étudiant.

— Le docteur a dû vous raconter tout ça, lui répondit Kropodkin entre deux bouchées de pain tartiné de margarine.

— Exact. Il nous a également indiqué que vous étiez un étudiant hors pair et que vous aviez beaucoup de capacités. C'est ainsi que vous avez été choisi pour cette expédition.

Elle se pencha un peu en avant.

— Maintenant, venons-en à ce que vous nous avez raconté. Vous dites que vous étiez parti en exploration avec deux autres membres de l'expédition, les docteurs Gupta et Hasegawa, lorsqu'ils ont brusquement disparu. Vous êtes revenu ici pour rendre compte de leur disparition. Puis vous êtes parti à leur recherche avec le docteur Creston et Ian Rutherford. Vous vous êtes engagés sur le pack, Creston et Rutherford ont disparu à leur tour. Vous avez été pris au piège sur la glace lorsqu'un chenal s'est ouvert. Il se trouve en outre que vous étiez le seul à posséder un fusil, il se trouve enfin que vous avez tiré deux coups de feu.

« Vous êtes resté coincé pendant presque deux nuits, puis la glace s'est reformée et vous êtes rentré au camp, il y a une heure ou deux. Vous n'avez aucune idée de ce qui est arrivé à Gupta, Hasegawa, à Creston et à Rutherford. Vous ne savez pas davantage qui a pu tuer Kayla Brown, ici même, au camp. C'est bien ce que vous nous avez raconté ?

— Oui, car c'est la vérité, répondit Kropodkin de mauvaise grâce après avoir bu une gorgée de thé.

— Eh bien non, répliqua Randi comme s'il s'agissait d'une évidence, ce n'est pas la vérité. Vous êtes un menteur, un assassin, et probablement l'auteur d'un certain nombre de choses peu ragoûtantes que nous découvrirons plus tard.

Elle se leva lentement.

— Pour commencer, vous ne vous appelez pas Stefan Kropodkin. Je ne suis pas sûr de connaître votre véritable identité, mais cela n'a pas d'importance. D'autres que moi s'occupent déjà de démêler votre passé, et ils finiront par trouver. Ils sauront aussi qui sont ces « hommes d'affaires » d'Europe centrale qui financent vos études. Cela pourrait également se révéler intéressant.

Kropodkin la regardait, l'air méfiant, en remuant le bout de sa langue sur ses lèvres gercées.

— Je vous soupçonne d'être allé au Canada puis sur l'île Mercredi pour des raisons qui n'ont pas seulement à voir avec votre formation, poursuivit Randi en marchant lentement entre la table et la cuisine. Les tours d'ivoire d'une université font une cachette parfaite. C'est le genre d'endroit où ni la police ni les services de sécurité ne vont mettre le nez, tant que vous ne fricotez pas avec des groupes extrémistes sur le campus. Mais, comme je l'ai déjà dit, la suite nous le dira.

« Mais vous aviez également besoin d'un moyen de communication sûr avec vos commanditaires pendant que vous gardiez profil bas, juste au cas où. C'est pourquoi vous vous êtes muni de ceci.

Elle glissa la main dans la poche de son pantalon de ski et en sortit le sachet de plastique transparent qui contenait le minidisque dur.

— J'ai trouvé ceci là où vous l'avez caché dans le local radio. Les échanges qui y sont enregistrés doivent être très intéressants. Je parie que vous avez été assez négligent pour y laisser vos empreintes digitales.

Elle remit le disque dans sa poche.

— Je parie également que la curiosité vous a poussé à faire une petite visite privée sur le site de l'accident de Misha 124. Mes amis qui sont montés là-haut nous en diront plus. Peut-être était-ce pure curiosité, ou bien vous aurez flairé quelque chose lorsque l'on a ordonné à votre expédition de rester à l'écart de l'épave. Peu importe, vous êtes monté à bord du vieil avion et vous avez découvert ce qu'il transportait. Vous vous êtes dit que ces agents biologiques vaudraient des fortunes pour les gens ad hoc, et, d'une façon ou d'une autre, vous saviez comment prendre contact avec ces sortes de gens.

Kropodkin en avait oublié son repas.

— Vous leur avez parlé de l'anthrax, et ils vous ont mis sur l'affaire. Vous alliez être leur représentant dans l'île. Ils vous ont désigné pour éliminer les autres membres de l'expédition et vous assurer de l'accès à l'anthrax avant l'arrivée de vos associés !

— C'est complètement faux ! s'écria le Slovaque.

Randi fit un pas vers la table.

— Niez tant que vous voudrez, mais c'est la vérité. Vos nouveaux associés n'étaient pas en mesure de récupérer immédiatement la cargaison, mais le navire qui devait venir récupérer l'expédition et la mission d'enquête étaient déjà en route. Vous n'aviez pas le choix, il vous fallait éliminer les autres ! Il fallait réduire le nombre de témoins gênants avant que les choses se gâtent !

Elle alignait les phrases, des mots précis, elle parlait calmement et froidement. Elle accusait et apportait des arguments à l'appui de chacune de ses accusations, comme un procureur qui approche du coup décisif.

— Ainsi donc, pendant que vous étiez sur la glace avec Gupta et Hasegawa, vous les avez assassinés puis vous avez dissimulé les corps. Vous êtes ensuite revenu ici avec une histoire inventée de toutes pièces sur leur disparition. Et lorsque les autres sont partis à leur recherche, vous avez fait en sorte de prendre le seul fusil de l'île. Vous avez conduit Rutherford et Creston dans un endroit désert, puis vous les avez tués avec deux des balles qui se trouvaient dans votre arme.

Kropodkin malaxait son pain dans le creux de sa main, de petits morceaux de margarine passaient entre ses doigts.

— Ensuite, vous êtes revenu ici pour vous occuper de Kayla Brown. Arrivé en vue du camp, vous l'avez repérée dans le labo, à côté de la radio qui marchait, elle était en communication avec le *Haley*. Une difficulté supplémentaire. Il vous fallait d'abord mettre la radio hors d'état d'émettre, pour qu'elle ne puisse pas raconter ce qui se passait. Mais vous avez réussi, vous êtes ensuite allé la retrouver, vous l'avez entraînée dans cette colline et vous lui avez fracassé la tête avec votre piolet.

Elle tapota la table du canon de son MP-5.

— Vous êtes ensuite revenu au dortoir, vous vous êtes assis à cette table et vous vous êtes fait un sandwich. Corned-beef largement arrosé de moutarde.

« Mais votre casse-croûte a été interrompu par l'arrivée de notre hélicoptère et vous avez été obligé de vous tirer. Vous êtes resté dehors tout l'après-midi à nous surveiller. Vous avez vu mes amis partir vers le site de l'accident, vous nous avez vus prendre nos dispositions pour la nuit. Vous êtes alors sorti de votre trou et vous êtes venu ici avec l'intention de nous massacrer à la hache dans notre lit, le docteur Trowbridge et moi.

Trowbridge regardait Kropodkin comme s'il venait de lui pousser tout d'un coup des cornes.

— Vous n'avez aucune preuve ! cria-t-il faiblement, incapable d'en entendre davantage.

Il n'avait pas pu se tromper à ce point, il n'avait pas pu se trouver dans sa chaire face à un tel monstre.

— Oh que si, docteur, j'ai des preuves, répondit Randi, si doucement que les deux hommes durent se taire pour réussir à l'entendre. Primo, songez à l'état du laboratoire et du local radio lorsque nous sommes arrivés. Pas une égratignure. Aucune trace de lutte. Aucun signe de résistance. Considérons maintenant l'état dans lequel était le corps de Kayla Brown. Elle était habillée de pied en cap, avec ses vêtements chauds. Elle avait pu s'équiper, elle a quitté le préfabriqué sans hâte particulière lorsqu'elle s'est engagée dans la colline. Pas d'indice de précipitation, de fuite. Pas de signe de panique. En bref, elle n'avait pas peur.

Elle se tourna vers Trowbridge.

— Cette nuit-là, docteur, vous vous trouviez dans le local radio du navire. Nous parlions à quelqu'un d'extrêmement nerveux, à bout. Elle savait qu'il se passait des choses anormales dans l'île. Je doute fort qu'elle ait quitté la baraque de son propre chef, je doute encore plus qu'elle soit sortie si normalement avec quelqu'un qu'elle n'aurait pas connu. Je conclus donc qu'elle était avec quelqu'un qu'elle connaissait et en qui elle avait confiance. Quelqu'un qu'elle considérait comme un ami. Lui.

Et elle désigna Kropodkin du bout de son MP-5.

— Non, dit le Slovaque entre ses dents.

Randi se rapprocha du bord de la table, en face de Kropodkin.

— Et puis nous en arrivons à cette histoire, il se serait retrouvé coincé sur la glace. C'est une invention totale. Il n'est pas resté deux nuits entières sans manger. Il était aux aguets quelque part, se nourrissant des rations de survie que l'équipe de recherche avait emportées.

— Comment pouvez-vous le savoir ? demanda le docteur Trowbridge dans un souffle, intrigué malgré lui.

— A cause de ses manières affreuses à table, répliqua Randi. Avez-vous déjà vu quelqu'un de réellement affamé, docteur ? Quelqu'un qui a passé plusieurs jours à crever de faim dans un environnement difficile ? Eh bien, moi, si, plusieurs fois. Lorsque vous finissez par trouver de quoi vous nourrir, vous n'engloutissez pas votre nourriture comme vient de le faire ce monsieur. Vous ne mangez pas comme lorsque vous avez juste un petit creux. Vous savourez, la nourriture est la chose la plus merveilleuse qui soit au monde. Vous mangez lentement, vous dégustez chaque bouchée. Expérience personnelle.

« Et pendant que nous en sommes à parler de nourriture...

Elle se pencha au-dessus de la table.

— Lorsque nous sommes entrés dans cette baraque, nous y avons trouvé le repas entamé que Mr. Kropodkin avait laissé là. Le sandwich au corned-beef et du thé, du thé chaud.

Kropodkin la fusillait du regard, un regard plein de haine.

— Ce n'était pas à moi ! cracha-t-il.

— Oh que si, c'était à vous.

Randi parlait d'une façon presque hypnotisante.

— Il y a quelque chose d'un peu différent, dans la manière dont on avait servi ce thé. Vous voyez, ce thé avait été versé dans un verre. Maintenant, nous avons donc là, sur cette île, un groupe d'Anglo-Saxons, deux Asiatiques, et un Slave. Lorsqu'un Asiatique ou une personne de culture anglo-saxonne se fait un thé chaud, il ou elle le verse dans une tasse ou dans un quart, sans réfléchir, c'est une norme culturelle. Seuls les Arabes et les Slaves boivent leur thé dans un verre...

Le canon du MP-5 balaya lentement la table et vint taper doucement dans le verre fumant posé près de Kropodkin, en faisant *dling*.

— Et il n'y a pas l'ombre d'un Arabe sur cette île.

Kropodkin essaya d'empoigner le canon de l'arme. Randi, qui avait prévu le coup et attendait qu'il soit vraiment poussé au désespoir, retira vivement le pistolet-mitrailleur et lui envoya le canon dans la figure, le faisant tomber de son banc.

Kropodkin poussa un juron, se remit debout, mais Randi avait déjà fait un roulé-boulé par-dessus la table et elle lui tomba dessus avant qu'il ait eu le temps de retrouver son équilibre. Devant un docteur Trowbridge tétanisé, elle fonça dans un envol de cheveux blonds. En deux secondes, elle balança encore trois coups à deux mains, le premier à l'horizontale dans le front avec la mire, un coup avec le canon à l'aine, et le troisième sur la nuque, avec la crosse. Kropodkin se recroquevilla de douleur. Mais Randi avait fait bien attention à mesurer son dernier coup pour ne pas lui briser les vertèbres.

Kropodkin s'écroula comme un pont miné.

Randi s'agenouilla près du Slovaque et vérifia qu'il respirait toujours. Puis elle lui tordit les bras dans le dos et lui lia les poignets avec une autre paire de menottes.

— Docteur, s'il vous plaît, aidez-moi à le remettre sur sa couchette.

Mais Trowbridge se contentait de les regarder, elle et l'étudiant qui gisait en sang, face contre terre.

— Je n'arrive pas à y croire, marmonna-t-il. Je n'arrive pas à croire que quelqu'un puisse tuer autant de gens, comme ça.

— Il y en a plus que vous ne croyez, docteur.

Randi se frotta les yeux, elle se sentait soudain très fatiguée.

— Et vous en avez deux spécimens dans cette pièce.

Chapitre 30

Site de l'accident de Misha

JON SMITH PRENAIT LENTEMENT conscience du jour qui se levait derrière l'astrodôme fixé au-dessus de sa tête. Mais il avait aussi le sentiment qu'il n'avait pas également chaud partout, son côté gauche baignait dans une tiédeur fort agréable. Puis il finit par comprendre.

Lorsqu'il sortit la tête pour regarder ce qui se passait du côté du poste radar, la buée de sa respiration se figea sur son duvet Jaeger. Un second duvet bien garni était blotti contre le sien. Valentina Metrace, dont le sens du confort valait bien celui des chats, s'était rapprochée de lui pendant la nuit.

Smith ne put réprimer un haussement de sourcils. Randi avait raison. Quand on sait ce qu'on veut, on trouve toujours le moyen.

Les femmes n'avaient pas beaucoup compté dans sa vie depuis un bon bout de temps. Au début, après la mort de Sophia, cette idée même lui avait été trop pénible, comme s'il avait commis une infidélité. Plus tard, des relations sentimentales n'auraient fait qu'ajouter des tracas à une existence qui n'en manquait pas, et au-delà. Mais maintenant, cette femme laissait entrevoir clairement, par des voies subtiles et par d'autres qui l'étaient moins, qu'elle entendait bien jouer un rôle.

Pour quelle raison précisément, cela dépassait l'entendement de Smith. Il s'était toujours considéré comme quelqu'un d'assez anodin. Toute relation amoureuse qu'il aurait pu avoir n'aurait été qu'une conséquence de ses métiers, et n'aurait sans doute mené qu'à de l'incompréhension. Il s'était estimé très heureux d'avoir gagné l'amour d'une femme belle et intelligente. Voir cette nouvelle venue, effrontée, énigmatique, mais très séduisante, faire irruption dans son univers était quelque chose d'assez inattendu.

Il sentit Valentina lever la tête. Elle se libéra de la capuche et de la protection de son duvet et vint se mettre sous son nez.

— Je serais prête à tuer quelqu'un sans hésitation, et même avec plaisir, murmura-t-elle, pour prendre un grand bain brûlant et changer de linge.

— Je peux vous prêter une lingette, suggéra-t-il.

— Vos propositions sont vraiment de plus en plus pathétiques, mais j'ai l'impression que je vais devoir m'en contenter.

Elle posa la tête sur son épaule et pendant un moment, ils restèrent ainsi dans cet espace intime assez étrange qu'ils s'étaient fait sur le pont tapissé de glace du vieux bombardier. Dehors, le vent était tombé, il ne soufflait plus qu'une légère brise et par intermittence. Dans le poste de l'équipage, à l'arrière, ils entendaient Gregori Smyslov ronfler dans sa couchette.

La veille au soir, Smith avait aménagé avec grand soin le plancher pour en faire une chambre à coucher. Il avait coincé son sac dans le panneau d'accès entre les compartiments, posé dessus ses chaussures, rendant ainsi impossible de pénétrer en silence dans l'espace réservé à l'opérateur radar. La nécessité de cette mesure et la sensation de ce bras passé sous sa parka dont il s'était fait un oreiller firent que les questions à caractère non professionnel qu'il se posait sur Valentina Metrace passèrent au second plan.

— Que se passe-t-il, Val ? lui dit-il à voix basse. Qu'est-ce que les Russes nous cachent ? Vous avez bien une idée, non ?

Elle hésita d'abord, avant de secouer la tête, et ses cheveux soyeux lui caressèrent la joue.

— Pas une idée que j'aie envie d'exprimer, Jon. L'historienne ne souhaite pas faire de l'histoire de seconde zone, l'espionne ne veut pas fournir de renseignements de mauvaise qualité. Mais il faut que nous trouvions le camp de survie. S'il existe une réponse définitive, elle est là.

— Je comprends bien, mais ce n'est qu'une partie de la réponse. Les Russes ne sont qu'une seule des inconnues dans ce que je considère comme une équation à trois inconnues. Les deux autres sont : qui est présent dans l'île en ce moment, et qui risque d'arriver pour s'emparer de l'anthrax. J'ai laissé Randi derrière pour attirer ceux qui sont peut-être là en ce moment.

— Ce qui ne devrait pas trop vous préoccuper, Jon. Le premier qui voudra s'en prendre à notre demoiselle Russell verra à qui il a affaire... et je ne dis pas du tout ça pour être péjorative.

— Je sais. Elle peut se débrouiller.

— Mais vous vous ferez quand même des reproches s'il lui arrive quelque chose. Comme vous vous reprochez encore la mort de sa sœur et de son fiancé.

Smith se pencha sur elle, l'air renfrogné.

— Bon sang, mais qui vous a mise au courant ?

— Un soir, Randi et moi, nous avons eu une grande discussion, répondit-elle. Comme qui dirait, une conversation entre femmes. Je vous ai pas mal observé, vous aussi, et je me suis forgé un certain nombre de conclusions. Vous appartenez à la race de ces malheureux qui sont toujours entre deux chaises – assez durs pour prendre des décisions drastiques, mais avec assez d'humanité pour que ça les ronge. C'est un mélange plutôt difficile à vivre. Mais cela vous rend précieux, vous êtes quelqu'un qui mérite qu'on se le garde. Et c'est pour cela, conséquence directe, que nous serons bientôt amants.

Smith ne put s'empêcher d'éclater de rire. Il s'était demandé si... et elle lui avait apporté la réponse.

— Je vois. Et je n'ai pas mon mot à dire ?

Valentina se blottit avec gourmandise contre lui et enfonça la tête sous son menton.

— En fait, non. Mais ne vous faites pas de souci, Jon, je m'occupe de tout.

Il fallait toujours qu'elle termine par une plaisanterie, c'était sa manière. Mais quelque chose dans le ton de sa voix, très calme, ne collait pourtant pas avec ce scénario. Il ne pouvait s'empêcher de repenser à la tiédeur de ses lèvres sur les siennes, la veille, et il sentit soudain le violent désir de recommencer l'expérience.

Puis, dans le compartiment d'à côté, ils entendirent le major Smyslov qui s'ébrouait, faisant voler en éclats leur petite bulle. Et ils retombèrent dans la réalité glauque de l'île Mercredi.

*

Le glacier du col baignait dans une atmosphère gris clair. La couverture nuageuse, illuminée d'une lumière mélancolique, cachait les sommets des pics et estompait l'horizon au nord comme au sud dans une vague visibilité. La surface de la neige et de la glace était elle aussi polluée par cette grisaille. Seuls émergeaient les flancs rocheux de la montagne qui s'élançaient au-dessus de cette blancheur de papier mâché avec des reliefs exagérés. La visibilité était bonne autour du bombardier abattu et des trois formes humaines qui se tenaient tout près, mais, au-delà, on n'y voyait goutte. Au milieu de ce camaïeu de blanc, il était difficile d'estimer les tailles et les distances et l'on éprouvait comme une vague sensation de vertige.

C'est ce que ressentit Jon Smith en balayant instinctivement le paysage à travers ses jumelles, mais sans rien découvrir, ni ce qu'il cherchait, ni ce qu'il redoutait.

— Tout va bien, madame, monsieur, où sont-ils ? Où sont-ils allés se réfugier après l'accident ?

— Je pencherais pour la côte, mon colonel, répondit vivement Smyslov. Ils ont eu besoin de nourriture, et il n'y en a pas ici. Mais le long de la côte, ils pouvaient trouver des phoques et des ours. Et il leur était plus facile d'y trouver un abri. Sur le glacier, le temps est vraiment trop mauvais.

Valentina hocha la tête, elle avait remis sa capuche.

— Non Gregori, je ne suis pas d'accord. Ils ont établi leur camp ici, probablement en vue de l'avion.

— Dans ce cas, c'est sacrément bien planqué.

Smith remit ses jumelles dans leur étui.

— Et le major a émis une idée pertinente, sur la nourriture. Comment arrivez-vous à cette conclusion, Val ?

— Un certain nombre d'éléments. Primo, ils ont vidé l'appareil. Sortir tout ce matériel de la carlingue suppose un gros boulot et pas mal d'allers-retours. Ils ne l'auraient pas transporté aussi loin. D'autre part, ils n'avaient pas de souci immédiat pour leur nourriture. Ils devaient avoir des rations de survie pour au moins deux semaines, et ils se disaient qu'ils n'allaient pas rester perdus aussi longtemps.

— Avaient-ils vraiment ce choix ?

— C'est ce qu'ils ont cru, Jon. Ces hommes n'avaient pas l'intention de faire de vieux os ici. Ils avaient envie de rentrer chez eux. Souvenez-vous, de quelle manière ont-ils sorti de la carlingue les appareils radio et le radar, et le groupe auxiliaire ? Ils avaient tous les ingrédients et les compétences nécessaires pour refabriquer un puissant émetteur radio, un truc dingue, assez puissant pour être entendu dans le monde entier, et certainement en Russie. Voilà une autre raison qui a dû les pousser à rester sur place. Ils étaient plus haut, cela améliorait la portée en émission et en réception.

— Alors, lui demanda Smith, pourquoi ne s'en sont-ils pas servi ?

— Je n'en sais rien.

Smith devina que l'historienne n'avait pas envie de dévoiler le fond de sa pensée. Il se tourna vers Smyslov :

— Et vous, major, qu'en pensez-vous ?

Le Russe hocha la tête.

— Je ne suis pas d'accord, mon colonel. S'ils avaient réussi à fabriquer un tel équipement radio, ils auraient appelé pour qu'on vienne à leur secours. Visiblement, cela n'a pas été le cas.

Quel qu'il soit, celui qui avait sélectionné Gregori Smyslov avait commis une grosse erreur. Ses lèvres savaient fort bien mentir, mais ses yeux et sa gestuelle le trahissaient. Ce que venait de dire le Russe renforçait encore le changement subtil qui était intervenu dans l'équipe au cours de la nuit. Une fois de plus, on retombait dans un scénario « eux et nous », Smyslov se retrouvant seul contre tous.

Et pourtant, se disait Smith, s'ils étaient bien dans ce cas de figure, pourquoi Smyslov ne l'avait-il pas laissé étouffer dans la soute, l'après-midi ? Il avait eu là l'occasion rêvée de le faire disparaître.

— Bon, décida-t-il, il va falloir décider qui de vous deux a raison, et vite. Nous savons que l'anthrax est à bord. Nous savons que quelqu'un d'autre est au courant. Nous pouvons raisonnablement supposer que ce quelqu'un va venir le récupérer. Comme il y a déjà des gens louches sur l'île, nous pouvons également supposer que le gros des troupes risque d'arriver sous quelques heures.

Smyslov répondit sèchement :

— Mon colonel, compte tenu de la situation, ne devrions-nous pas retourner immédiatement au camp ? La priorité est de reprendre contact avec nos supérieurs.

Le doute n'était guère permis, Smyslov n'était pas aussi pressé que Valentina de retrouver le camp, et probablement, pour la même raison.

— Je prends note de votre position, major, mais nous allons tout de même nous livrer à une exploration sur place.

Smith tendit le bras puis balaya le paysage du nord au sud, un arc qui englobait la partie orientale du glacier.

— Si le professeur Metrace est dans le vrai, le meilleur endroit pour trouver un abri devrait se situer par ici, au pied du pic Est.

— Le camp a peut-être dérivé pendant ces cinquante années, ajouta Valentina en assurant son Modèle 70 sur l'épaule. Je suggère que nous recherchions particulièrement certaines formes, droites de préférence, sous la surface de la neige.

— Adjugé. D'autres questions ? OK, on y va.

Smith garda son fusil entre ses bras et ils s'engagèrent sur la glace.

Smith avait décidé de commencer par le nord en coupant à travers le col jusqu'à l'endroit où le glacier se transformait en chaos de blocs brisés, une espèce de Beardmore[1] en miniature qui descendait jusqu'à la plaine côtière de l'île. Arrivés là, si l'on en croyait leur plan, ils pourraient rebrousser chemin dans l'espace entre les pics. Ils avançaient en ligne de front, intervalle vingt mètres, ils explorèrent la zone couverte de rochers brisés qui bordait la glace, à la base du pic Est.

Valentina se trouvait à l'extérieur, du côté le plus bas, et elle cherchait avec l'ardeur d'un chien de chasse. Smith était au centre,

---

1. Glacier dans l'Antarctique, du nom de l'explorateur écossais sir William Beardmore (baron Invernairn), 1856-1936.

Smyslov occupait l'autre flanc. Sans se contenter de sonder la glace, Smith veillait également sur Val en scrutant la montagne, à l'affût d'une menace éventuelle, et il y en avait beaucoup : ponts de neige, avalanches, guetteurs dissimulés.

Il se surprenait à surveiller de temps à autre et du coin de l'œil Gregori Smyslov. Le Russe était-il à la recherche d'autre chose que l'équipage disparu ? Qui attendait-il, qu'est-ce qui allait le mettre en branle ? Et que ferait-il alors ?

Ils quittèrent le site de l'accident pour grimper la dernière centaine de mètres en pente douce, jusqu'au sommet du col. Smith s'arrêta alors un instant pour contempler le paysage.

La brume de mer se rapprochait de Mercredi, comme d'habitude, des bancs de vapeur léchaient les flancs de l'île, bouchant l'horizon et accentuant encore cette impression d'isolement. Le col lui apparaissait littéralement comme une île perdue dans le ciel, pris en sandwich entre le brouillard et les nuages. Combien de temps cela allait-il durer, telle était la question.

Mais cela n'avait guère d'importance. Ils allaient devoir bientôt cesser leurs recherches et retourner à la station. Et cela valait peut-être aussi bien. Si Val avait raison, la localisation du camp allait peut-être déclencher une réaction chez le Russe, qui allait passer à la phase suivante. Peut-être était-il plus sage de croquer une bouchée de pomme à la fois, et de conserver ainsi en Smyslov un allié. Régler d'abord la question de l'anthrax, puis provoquer la confrontation.

Il se retourna et manqua trébucher lorsque l'un de ses crampons droits buta sur quelque chose. Machinalement, il se pencha pour voir ce que c'était.

Le crochet de sa chaussure avait heurté et mis à nu un petit bout de câble électrique dont l'isolant noir s'était craquelé sous les effets du temps et du froid.

Il hésita d'abord. Il serait assez facile de le recouvrir de neige et de continuer. Mais dans ce cas, il ne saurait jamais ce qui était au cœur de cette crise depuis le début. Feindre l'ignorance n'avait décidément pas de sens. Il passa son fusil dans sa main gauche et agita la droite au-dessus de sa tête, le poing serré, pour se rallier les autres.

*

— Origine soviétique, confirma Smyslov, qui s'était agenouillé près du fil exposé à nu. Une antenne remorquée. Comme celles que l'on déroule derrière un avion pour les liaisons à longue portée.

— Et étendre une antenne isolée sur la glace est un moyen de secours qui a été très utilisé dans les régions polaires, corrobora Valentina.

— Mais où est l'appareil radio ? demanda Smyslov en se redressant. Où se trouve le camp ? Je ne vois rien d'autre que ce fil.

— Le moyen le plus simple de répondre à cette question consiste à le suivre. – Smith leur montra le pied du pic Est. – Par ici.

L'antenne s'était fondue dans la surface gelée comme du fil à coudre pris dans un glaçon ; mais cette surface balayée par les vents incessants ne lui avait pas permis de s'enfoncer sur plus de quelques centimètres. Soulevant l'antenne au fur et à mesure qu'ils avançaient, ils finirent par trouver qu'elle faisait un léger virage, car elle avait été entraînée par le déplacement du glacier. A un endroit, les contraintes l'avaient cassée ; mais l'autre bout n'était qu'à quelques mètres. Chose surprenante, le fil les menait en direction d'un mur de basalte, aussi droit que si on l'avait construit, au-dessus d'un monticule de neige tassée.

— Qu'est-ce que c'est que ce truc ?

Sans se démonter, Valentina Metrace se défit de son sac et de son fusil pour sortir son couteau. Elle se mit à genoux et commença à creuser comme un blaireau qui s'affaire. Au bout d'un moment, Smith et Smyslov s'approchèrent à leur tour.

Il devint lentement évident que la neige poussée par le vent avait débordé par-dessus le rocher noir, créant comme une faille creusée dans le flanc de la montagne par le travail de sape incessant du glacier. Smith remarqua alors que la nature de la neige changeait. Elle était de plus en plus dure et on avait l'impression qu'on y avait tracé une sorte de schéma.

— Des blocs de neige ! s'écria Valentina.

C'était vrai. Quelqu'un avait taillé des blocs de neige compacte, comme ceux des igloos, pour bâtir un mur au-dessus de la corniche. Pendant ces dizaines d'années, les blocs s'étaient soudés entre eux pour former une masse glacée qui résistait aux couteaux, mais il allait bien falloir qu'ils finissent par céder.

— Une toile ! C'est ça ! Une grotte !

Le mur de neige et la vieille portière de toile se perdaient dans l'obscurité. Et de cette ombre glacée filtrait un courant d'air.

Smith sortit sa grosse lampe de son sac et balaya l'entrée avec son faisceau. Le tunnel mesurait peut-être deux mètres de large, il était si bas que même Valentina fut obligée de se baisser pour entrer. De petites stalactites de rocher noir, en dents de scie, tapissaient le plafond.

— Un tube de lave, commenta Smith.

— Pas étonnant dans une île volcanique, fit Valentina. Regardez par terre.

Le fil de l'antenne et ce qui ressemblait à une manche d'incendie émergeaient d'un petit éboulis de neige et de glace, avant de s'enfoncer en courbe, peut-être trois mètres plus loin.

— Ça doit être ça, répéta Valentina.

Et, pliée en deux, elle s'engagea dans le tunnel.

— Une seconde.

Smith lui rendit son fusil, avant de prendre son propre SR-25.

— On va planquer tout ça à l'intérieur et à l'abri des regards, juste pour le cas où.

— Je surveille, mon colonel, déclara Smyslov.

— Parfait, nous vous attendrons si nous découvrons quelque chose d'intéressant.

Smith sortit deux chandelles chimiques de son sac et suivit Valentina dans la grotte.

*

Smyslov traîna les sacs à l'intérieur avant de ressortir. Il resta là un moment, à surveiller les alentours.

Les autres, les membres du commando Spetsnaz en soutien, étaient ici. Il n'avait pas détecté le moindre signe de leur présence, mais ce n'était pas surprenant. Les hommes choisis pour cette mission se comportaient comme des diables dans la neige, invisibles dans cet univers de blancheur, ne laissant aucune trace de leur passage.

Mais ils étaient là. Il les sentait. On leur avait donné l'ordre d'exercer la surveillance la plus stricte sur le site de l'accident et ses alentours. Ils devaient l'observer, en ce moment, attendant le seul ordre que Smyslov était autorisé à leur donner. L'ordre qui les amènerait à tuer.

Si seulement ce connard de commissaire politique avait fait son putain de boulot !

Peut-être pouvait-il encore corriger le tir. Peut-être pouvait-il reprendre le contrôle de la situation et éviter l'escalade. Mais il devait aussi se préparer à l'alternative. Il devait se tenir prêt à accomplir son devoir.

Il défit la fermeture de sa parka et plaça son briquet en argent dans une poche extérieure. Puis il tira la bande Velcro qui tenait le couvercle de l'étui qu'il portait à la ceinture et sortit le Beretta Modèle 192 que lui avaient fourni les Américains. Sans faire trop attention à l'ironie du sort, qui voulait qu'il utilise une arme contre ses propriétaires, il vérifia le verrouillage du chargeur en tapant de la paume à la base de la poignée. Il fit reculer la culasse et mit en place manuellement une cartouche dans la chambre.

Puis il fit sauter la sécurité et remit le Beretta dans son étui. Il allait bientôt savoir s'il en aurait besoin.

*

— Une installation parfaite, murmura Valentina.

Après le virage dans le tunnel, ils étaient tombés sur le générateur auxiliaire qui avait été débarqué du bombardier. La manche allait de l'entrée de la grotte jusqu'à la tubulure d'échappement du moteur. Un peu plus loin et raccordé à lui par une nappe de câbles via des batteries et des fusibles, se trouvait un appareil radio fait de bric et de broc, mais assez impressionnant à voir.

Le givre omniprésent recouvrait ses rangées de vénérables tubes à vide et des indicateurs de contrôle. Des outils et des composants électroniques inutilisés étaient posés un peu partout, un manipulateur morse avait été posé sur une table en bois abîmé devant l'appareil, ainsi qu'une paire d'écouteurs qu'un opérateur avait laissée là, un demi-siècle plus tôt.

— Je le savais, poursuivit-elle dans un souffle Je l'ai su à la minute même où j'ai vu le châssis vide à bord du bombardier !

Le tabouret en aluminium du radio avait lui aussi été débarqué et Valentina se laissa tomber dessus. Elle levait les mains, mais comme si elle craignait de toucher quoi que ce soit.

— Jon, il y a aussi un crayon, là. Un crayon, mais pas de papiers. C'est un pupitre de transmissions, il devrait y avoir du papier ! Un cahier d'enregistrement, des feuilles de notes, quelque chose, quoi !

Smith balaya l'entrée du passage avec le faisceau de sa torche.

— Attendez une minute...

La lumière tomba sur un seau noirci posé contre le mur de roche.

— On y est.

Il saisit le seau par l'anse et le posa près du tabouret.

— Qu'est-ce que c'est ? lui demanda Valentina en baissant la tête.

— Un seau de lutte contre l'incendie, répondit Smith en s'accroupissant. Il est à moitié rempli de pierre ponce broyée. Ça agit comme une mèche, comme du sable. On verse un peu de pétrole dedans, on allume, et on a de quoi se chauffer et faire la cuisine.

Valentina hocha la tête.

— Et ils avaient à leur disposition quelques milliers de litres de carburant.

— Mais, dans celui-ci, ils ont fait brûler autre chose.

Smith sortit son couteau et sonda la pierre ponce calcinée.

— Vous voyez ça ? De la cendre de papier, et il y en a un paquet. Je parie que c'est le journal de votre radio et peut-être aussi, des carnets de code.

— Quelqu'un a fait le ménage.

Leurs regards se croisèrent à la lueur de la lanterne et ils restèrent ainsi sans parler un moment, mais comprenant très bien ce qu'ils voulaient dire. On ne voyait pas pourquoi ce poste radio n'aurait pas fonctionné. On ne voyait pas pourquoi l'équipage en détresse n'avait pas réussi à communiquer avec le reste du monde. Il n'y avait aucune raison pour qu'il n'ait pas demandé des secours.

Gregori Smyslov était resté hors du tunnel et faisait les cent pas. Il alluma sa torche.

— Tout va bien, mon colonel ?

Smith resta de marbre, comme un joueur de poker :

— C'est OK, on continue.

Il fit demi-tour et reprit sa progression. Quelques mètres plus loin, le conduit de lave dans lequel ils se trouvaient aboutissait à une autre chambre, plus vaste et en contrebas. On y avait aligné grossièrement des blocs de basalte pour créer un escalier fait de marches inégales, le long d'un éboulis. La roche volcanique poreuse absorbait la lumière des torches et il faisait toujours très sombre. Mais c'est seulement lorsque Smith et sa compagne eurent atteint le sol de la chambre après être prudemment descendus qu'ils comprirent : ils n'étaient pas seuls.

Smith entendit Valentina, qui se trouvait à ses côtés, étouffer un cri et Smyslov murmura un juron en russe. Le faisceau de la lampe éclairait des équipements de sauvetage étalés un peu partout, des déchets, et enfin, contre le mur du fond, une rangée de formes immobiles allongées dans des sacs de couchage recouverts de toile.

Leurs recherches pour retrouver l'équipage de Misha 124 s'achevaient ici.

Smith sortit une torche chimique de son sac et activa l'allumeur. Une flamme rouge très brillante en jaillit, perçant l'obscurité. Il fixa la torche dans une fissure de la paroi.

— Je me demande de quoi ils sont morts, demanda Valentina.

— Je ne crois pas que ce soit de froid, répondit Smith. Ils sont trop bien alignés pour ça.

Les sacs de couchage étaient confectionnés dans de la grosse toile polaire, et ils étaient bien isolés du sol par des empilements de coussins de sièges, de radeaux de sauvetage et de soie de parachute. Tout ce que l'on avait pu extraire du bombardier. Il y avait également plusieurs seaux disposés en rond sur le sol de la caverne, qui avait la taille d'une maison, et deux jerrycans de pétrole avaient été mis à l'abri dans un coin. Apparemment, l'équipage connaissait parfaitement les procédures de survie en milieu arctique.

— Et ils ne sont pas morts de faim non plus, ajouta Valentina.

Debout près du premier corps de la rangée, elle leur montra une boîte de ration ouverte qui contenait du biscuit de guerre et une barre chocolatée entamée posée sur un petit ressaut du mur.

L'historienne jeta un coup d'œil au corps étendu à ses pieds et fronça les sourcils.

— Jon, venez donc voir. Regardez-moi ça.

Smith s'avança et repéra immédiatement ce qui la troublait.

Avant de s'endormir, cinquante ans plus tôt, l'occupant de ce sac de couchage avait étalé sur son visage un morceau de soie de parachute pour se protéger du froid. On distinguait nettement au centre un petit trou bien net.

Smith posa son fusil contre la paroi et mit un genou à terre pour retirer le morceau de soie. Il découvrit un visage agréable, un jeune homme tout pâle, paisible dans son sommeil, gelé dans la mort. Il avait les yeux clos et, au centre du front, on voyait un autre petit trou circulaire avec quelques gouttes de sang, qui retrouvaient leur couleur rouge à la lumière de la torche.

— Bon, nous y voilà, murmura Smith. Une arme de poing, calibre moyen, faible vélocité. Tiré de très près, mais pas à bout portant. Pas de traces de poudre.

— Un 7.65, je suppose, compléta Valentina qui s'était accroupie, les mains sur les genoux. Sans doute avec silencieux.

— Probablement.

Smith se releva et passa au corps suivant.

— Même chose, une balle dans la tempe. Ça ressemble à une exécution sommaire.

— Absolument de cet avis, fit Valentina en parcourant lentement la rangée de couchages. Ils dormaient, quelqu'un a fait toute la rangée et les a exécutés l'un après l'autre... mais pas tous.

— Pourquoi dites-vous ça, Val ?

— Il n'y a que six hommes à cet endroit, Jon. L'effectif minimum pour un bombardier qui part en mission sur l'Amérique serait de huit.

Elle balaya avec sa lampe les recoins de la caverne plongés dans l'ombre, au-delà du cercle de lumière projeté par la torche chimique.

— Il devrait y en avoir deux de plus... ah, les voilà.

Elle s'enfonça plus avant dans la grotte en contournant plusieurs blocs de basalte de la taille d'une table. Smith lui emboîta le pas. Ni elle ni lui ne remarquèrent que Smyslov était reparti en silence vers l'entrée du conduit de lave.

Un homme, vêtu d'un pantalon en laine kaki et d'une parka était allongé sur le sol noir du tunnel. Tout le devant de sa veste était noir de sang et il avait de nombreuses blessures par balles au torse. Déformées en un rictus macabre, ses lèvres découvraient les dents, comme dans un dernier ricanement. Un petit pistolet automatique muni d'un silencieux était tombé à quelques centimètres de sa main.

Smith leva un peu sa lampe et découvrit le huitième homme.

Il y avait une anfractuosité dans la paroi du fond. A l'intérieur, deux paillasses, dont une vide. Un officier d'aviation, assez âgé, était allongé là, à moitié sorti de son duvet. Il avait au beau milieu de la poitrine une grosse tache de sang séché, de la taille d'une main. Il serrait encore dans sa paume un pistolet d'ordonnance Tokarev.

Apparemment, son exécuteur avait appris trop tard qu'un homme à qui on a logé une balle dans le cœur peut encore rester conscient pendant quatorze secondes avant de mourir.

Valentina retourna près du septième homme. Elle se pencha, défit le bouton du haut de la parka et examina l'insigne de col de sa combinaison de vol.

— Le bombardier et commissaire politique.

Elle se releva, revint au huitième et refit le même examen.

— Le commandant de bord.

— Apparemment, il y a eu une hécatombe dans la haute hiérarchie.

— Apparemment.

Elle se tourna vers Smith :

— Tout cela paraît d'une clarté limpide. Ils se sont installés pour la nuit et le commissaire politique était de quart, ou s'est relevé après que les autres se sont endormis. Il a fait toute la rangée et a exécuté méthodiquement ses camarades. Puis il est revenu ici pour tuer le commandant de bord. Le problème, c'est que les performances d'un silencieux se dégradent chaque fois qu'on s'en sert, et la dernière balle a dû faire un peu de boucan.

— Mais putain, Val, pourquoi tout ça ?

— Les ordres, Jon. Ils devaient avoir des ordres, en particulier, le membre de l'équipage assez fanatique pour exécuter la volonté du Parti communiste et pour tuer tout le monde avant de se suicider.

— Se suicider ? fit Smith en levant les sourcils.

— Mmm, répondit simplement l'historienne. Je suis à peu près certaine que ses ordres lui disaient de garder la dernière balle de son chargeur pour lui. Et j'ajouterais même qu'il n'avait guère le choix, vu qu'apparemment, personne n'allait venir les chercher. Je suppose qu'une autre directive leur ordonnait d'incendier l'épave et tout ce qu'elle contenait.

Du bout de sa chaussure, elle tapota un journal de bord recouvert de toile et une pile d'enveloppes épaisses en papier kraft posés à côté de la paillasse du commandant de bord. Certaines portaient le sceau des Forces aériennes soviétiques.

— Oh, comme j'aimerais savoir lire le russe !

— Randi le lit, répondit Smith en hochant la tête. Mais donner l'ordre de massacrer un de vos équipages de cette façon ? C'est insensé !

— C'est insensé de votre point de vue, Jon, et également du mien, mais ça ne l'est pas pour les staliniens. Rappelez-vous les bataillons du KGB qui suivaient l'Armée rouge pendant les combats. Leur mission n'était pas d'affronter l'ennemi, mais d'abattre tout soldat soviétique qui aurait hésité à mourir pour la gloire de la Révolution des travailleurs. Si, dans notre cas, la sécurité de l'Etat était en jeu, ils n'auraient pas même cillé.

— Mais, bon sang de bois, qu'essayent-ils de cacher ?

— Pour parler franchement, je me suis trifouillé les méninges en essayant de trouver... Tiens, qu'est-ce que c'est que ça ?

Elle s'agenouilla et prit quelque chose dans le journal de bord. Smith vit qu'elle tenait un portefeuille d'homme. Coinçant sa lampe-torche entre le menton et l'épaule, Valentina entreprit de le fouiller. Brusquement, elle se raidit, sa lampe tomba par terre.

— Mon Dieu !

Smith accourut :

— Val, que se passe-t-il ?

Sans dire un mot, elle lui mit le portefeuille entre les mains.

Smith posa sa lampe sur une bosse et mit un genou à terre pour examiner son contenu.

De l'argent, des espèces américaines : six billets de vingt dollars, deux de cinq, et un de dix. Des billets usagés, très usagés. Un permis de conduire, Michigan, 1952, délivré à un certain Oscar Olson. Une carte de la bibliothèque de Marquete et une carte d'assuré social, toutes deux établies au même nom. Deux talons de tickets dans un théâtre en plein air. Un ticket de caisse de 87 cents à l'épicerie Blomberg du coin.

— Val, mais qu'est-ce que ça veut dire ? Val ?

L'historienne se tenait derrière lui, hébétée. Soudain, sans rien dire, elle tomba à genoux près du corps du commandant de bord et arracha le haut de sa combinaison de vol. Les boutons sautèrent, elle découvrit une chemise de bûcheron à carreaux rouges et noirs. Elle tira comme une folle sur le col, essayant de vaincre la résistance du cadavre gelé. Le tissu finit par se déchirer, elle arracha l'étiquette du fabricant.

— Montgomery Ward !

Elle jeta presque l'étiquette à Smith. Puis elle traversa la grotte, s'approcha du commissaire politique, ouvrit sans ménagement sa parka puis sa combinaison de vol. Dessous, il portait un veston civil.

— Sears et Rœbuck, murmura-t-elle. Sears et... ce putain de... Rœbuck ! – Elle se mit à hurler : – « Smyslov, espèce d'enfant de putain ! Où êtes-vous ?

— Ici, professeur.

En entendant cette voix tranquille, Smith se releva puis se retourna, avant de se figer sur place. Smyslov était derrière lui. Sa silhouette se découpait dans la lumière de la torche chimique que Smith avait laissée dans la chambre principale. Les lueurs rouges qu'elle jetait se reflétaient sur le Beretta qu'il tenait à la main.

— Les mains en l'air. Tous les deux. N'essayez pas de tenter quoi que ce soit. Des soldats russes vont arriver d'un moment à l'autre.

— Bon Dieu, mais qu'est-ce que c'est que cette histoire, major ? lui demanda Smith en levant lentement les mains à hauteur des épaules.

— Une situation très regrettable, mon colonel. Si vous n'offrez pas de résistance, il ne vous sera fait aucun mal.

— Il ment, Jon, dit très calmement Valentina qui était venue se placer près de Smith. – Elle avait repris la maîtrise de sa voix et surmonté sa colère. – Les Russes ont déclenché leur plan alternatif. Ils ne peuvent pas nous laisser quitter cette grotte vivants.

Le canon du Beretta se leva dans sa direction.

— Ce n'est pas... on doit pouvoir s'arranger... il y a d'autres solutions.

Smyslov lâchait péniblement ses mots, les dents serrées.

— Non, reprit Valentina, presque gentiment, il n'y a pas d'autre solution. Vous le savez très bien. Le commissaire politique de Misha 124 a complètement merdé. Il y avait ici trop de preuves à trouver, et vous n'avez pas pu nous empêcher de les découvrir. *Je le sais*, Gregori, et si j'avais un ou deux bouquins de référence, le colonel Smith comprendrait de quoi je veux parler. Nous devons mourir, tout comme ces pauvres malheureux sont morts dans cette grotte. Il n'y a pas d'autre moyen de garder le secret.

Smyslov ne répondit rien.

— Et comme je n'y comprends rien, fit Smith, vous pourriez peut-être m'expliquer ?

Il gardait les yeux rivés sur le Russe dont les traits se perdaient dans l'ombre.

— Pourquoi pas ? lui répondit Valentina. Tout cela nous renvoie à la doctrine des Forces aériennes stratégiques russes au commencement de la guerre froide...

Le canon du pistolet se leva d'un cran.

— Taisez-vous, professeur !

— Je ne vois pas pourquoi il faudrait laisser le colonel mourir sans savoir, Gregori.

Elle s'exprimait presque sur le ton de la plaisanterie, mais restait mordante.

— Après tout, vous êtes sur le point de lui loger une balle dans la tête.

Elle se tourna vers Smith.

— Vous souvenez-vous, Jon, lorsque je vous ai dit que les missions des bombardiers contre l'Amérique étaient des allers simples, par la force des choses ? Le TU-4 Taureau avait à peine le rayon d'action suffisant pour atteindre des objectifs dans les Etats du nord-est en survolant le Pôle, mais il n'avait pas assez de carburant pour rentrer. Les équipages devaient donc sauter au-dessus des Etats-Unis après avoir largué leurs bombes.

« Cela dit, les Soviétiques décidèrent qu'il ne fallait pas se laisser aller au gaspillage. Les équipages de ces bombardiers recevaient donc un entraînement spécial. Ils passaient entre les mains du KGB dans une ville américaine reconstituée pour y apprendre toutes les finesses du mode de vie occidental. Ils suivaient également des cours d'espionnage et de sabotage.

« On imaginait que les aviateurs soviétiques qui survivraient se fondraient dans les masses de réfugiés après une attaque massive NBC contre les Etats-Unis. Une fois sur place, ils devaient espionner, diffuser des messages de propagande défaitiste et se livrer à des sabotages, le tout pour hâter le jour du triomphe des Soviets. Est-ce bien cela, Gregori ?

Toujours pas de réponse.

— Et le portefeuille, les vêtements civils ? demanda Smith.

— Toujours la même idée, Jon. Le KGB était extrêmement méticuleux quand il s'agissait de ce genre de détails. Les équipages recevaient des vêtements fabriqués et achetés aux Etats-Unis, de vrais billets de banque, des papiers d'identité superbement imités. Tout, sans oublier les petits riens que n'importe qui trimbale avec soi dans un portefeuille ou une poche.

« Restait cependant un problème, poursuivit Valentina d'une voix presque hypnotique. La paranoïa incroyable qui sévissait dans la Russie de Staline. Le Parti et le Présidium savaient bien qu'une part importante de la population, y compris dans l'élite militaire, ne rêvait que d'une chose : se procurer des vêtements civils, des papiers prouvant qu'ils étaient autre chose que des citoyens soviétiques, et la possibilité de passer une frontière non gardée.

« Si les Soviétiques avaient chargé à bord d'un bombardier stratégique des agents biologiques actifs pour une simple mission d'entraînement, ils n'auraient jamais fourni à son équipage leurs papiers américains. Le risque de défection aurait été bien trop grand.

Valentina tapota le portefeuille que Smith tenait à la main.

— Ces vêtements et ces papiers n'auraient été fournis qu'en cas d'opération réelle. Voilà la vérité !

Smith ne pouvait détacher les yeux du portefeuille.

— Etes-vous vraiment en train de me dire ce que je viens d'entendre, Val ?

— Oh que oui, Jon. – Elle montait le ton, sa voix devenait presque stridente. – C'est pourquoi les Russes se sont mis dans tous leurs états quand ce vieux bombardier a été retrouvé. C'est la raison de leur schizophrénie. Ce putain d'anthrax n'a pas vraiment d'importance pour eux. Ce qu'ils craignent par-dessus tout, c'est que nous apprenions la vérité ! Et la vérité, c'est que Misha 124 servait d'éclaireur pour une attaque massive contre les Etats-Unis à l'aide d'armes nucléaires, biologiques et chimiques ! Le Pearl Harbor de la Troisième Guerre mondiale !

Elle laissa ses derniers mots se perdre dans l'air glacial de la caverne, avant de tourner la tête en s'adressant à Smyslov :

— Alors, Gregori, qu'en pensez-vous ? Osez me dire que je me trompe.

On entendait le souffle de Smyslov, la buée qui s'échappait de sa bouche tourbillonnait autour de sa tête à la lueur de la torche.

— Les nations commettent des erreurs, professeur. La vôtre en a commis. Nous avons commis les nôtres, peut-être plus graves que d'autres. Pouvez-vous nous reprocher d'avoir essayé de cacher que nous avons failli détruire le monde ?

— Vous faites une erreur de plus en ce moment, major, lui dit Smith. Nous tuer n'arrangerait pas les choses.

— Je vous en prie, mon colonel. – Smyslov se faisait pressant. – Je vous en donne ma parole ! Je vais joindre mes supérieurs. Je ferai tout mon possible pour vous protéger, ainsi que le professeur Metrace et mademoiselle Russell. Je vais faire rapporter les ordres ! Nous trouverons... nous trouverons bien une solution !

— Vous allez rouvrir un goulag rien que pour nous ?

Smith hocha la tête en souriant.

— Non, je n'en crois rien.

Il laissa tomber ses mains et rangea le portefeuille dans une poche de sa parka.

— Baissez ce canon, major. Tout est fini. Nous savons désormais ce que nous étions venus chercher.

Mais au lieu de cela, Smyslov leva un peu plus son arme et la pointa sur sa poitrine, l'air menaçant.

— Ne m'obligez pas à tirer, mon colonel. Je regrette certes cette situation, mais je reste un officier russe.

— Et ceci, c'est une arme américaine, fournie par nos soins. Croyez-moi, major, cela ne vous mènera à rien de bon.

Smyslov eut l'air amusé.

— J'espère que vous n'allez pas être assez puéril pour me dire quelque chose du genre : on a enlevé le percuteur.

— Oh non, fit Valentina en baissant elle aussi les bras. Un percuteur qui manque, vous l'auriez vu. Mais les automatiques Beretta-92 sont munis d'un système interne de sécurité, pour empêcher les tirs accidentels. Si vous faites preuve d'un peu d'imagination, ça peut également servir à empêcher les tirs volontaires, tout aussi bien. Eh oui, Gregori, en dehors de ma multitude d'autres talents, de mes dons et de mes charmes, je suis une armurière assez convenable.

Smyslov fit la seule chose intelligente qu'on pouvait faire à sa place. Il appuya sur la détente, le chien tomba – et un petit claquement ridicule résonna dans la grotte.

— Je vois, professeur.

— Ce n'était pas histoire de faire confiance ou pas, major, c'était seulement une question de jugeote.

— Je comprends parfaitement, mon colonel.

Smyslov rejeta le bras en arrière et balança de toutes ses forces son arme dans la figure de Smith avant de plonger.

Smith, qui s'y attendait, se baissa et le pistolet lui frôla l'épaule. Smyslov lui fonça dedans à hauteur de la ceinture et l'entraîna avec lui, le faisant s'écrouler sur le sol. Le Russe avait pris le dessus.

Et pour compliquer encore les choses, la chandelle qui éclairait la chambre centrale de la caverne choisit ce moment pour s'éteindre, les plongeant dans une obscurité atténuée seulement par le faisceau de la lampe électrique.

Smith resta désorienté un instant, mais il sentit Smyslov dont le poids se déplaçait et qui bandait ses muscles pour lui porter un nouveau coup. Il tourna la tête de côté, sentit le poing lui effleurer le menton et entendit Smyslov hurlant un juron lorsque sa main percuta la pierre du sol de toute sa force.

Smith essaya de se dégager, sans succès. Il était gêné par ses volumineux vêtements polaires. Smyslov l'était tout autant. Il essaya d'enfoncer les doigts dans les yeux de Smith, mais cela ne lui servit à rien, empêtré qu'il était avec ses gants. Il tenta de l'attraper par la gorge tout en essayant de se saisir du couteau qu'il portait à la ceinture.

Smith réussit à l'empoigner de la main gauche par le col de sa parka. Puis il lui porta un coup du tranchant de la main droite sous le menton. La tête de Smyslov partit violemment en arrière et il grimaça de douleur.

Le faisceau de la lanterne qui se balançait éclairait les deux adversaires, puis il y eut un bruit sourd. Smyslov s'écroula comme une chiffe.

— Ça n'a que trop duré, grommela Smith en se débarrassant du Russe qui roula sur le sol.

— Je voulais être sûre de savoir lequel des deux était sur le dessus, répondit Valentina en laissant retomber le Modèle 70 qu'elle tenait par le canon. Je ne voulais pas jouer les Benny Hill[1] et vous estourbir par erreur.

— J'apprécie.

Smith se remit sur ses genoux et examina le Russe toujours prostré. Otant son gant, il lui tâta la carotide.

— Il est toujours vivant. Complètement dans les vaps, mais c'est pas trop méchant.

— Ce qui vous paraît être une bonne ou une mauvaise nouvelle ? lui demanda Valentina.

— Plutôt bonne. Il a encore pas mal de choses à nous raconter. En outre, ce pauvre vieux a raison – il n'est qu'un officier russe et il se contente d'exécuter les ordres. Et on dirait qu'il a fait venir quelques copains. Pouvez-vous surveiller l'entrée de la grotte pendant que je m'occupe de le ligoter ?

---

1. Acteur comique britannique des années quarante (1924-1992).

— Pas de problème.
Et elle partit en courant vers l'entrée du tunnel.

A la lueur de la lanterne, Smith sortit de sa poche une couverture de survie et une paire de menottes en plastique. Il entrava les poignets et les chevilles de Smyslov avant de le faire rouler sur la couverture isolante. En cherchant des yeux, il aperçut une bougie à moitié usée collée dans une anfractuosité par la cire qui avait dégouliné. Cinquante ans après ou pas, elle s'alluma lorsqu'il approcha son briquet, ce qui lui donnait de la lumière pour un certain temps.

Il s'agenouilla pour ausculter Smyslov. Pouls bien marqué, respiration régulière et une légère boursouflure à la nuque, preuve que le coup de Valentina formait un hématome. Il allait survivre et ne devrait pas tarder à reprendre ses esprits. Même s'il faisait partie du camp adverse, même s'il avait tenté de le tuer, il n'était qu'un soldat qui servait son pays, tout comme Smith lui-même, il ne lui en voulait pas. C'étaient les hasards de la guerre et désormais, selon toute vraisemblance, *c'était la guerre*. Et le sort des armes était incertain.

Smith saisit son arme et se dirigea vers l'entrée.

Valentina était allongée derrière le tas de neige gelée et scrutait le glacier dans la lunette de son fusil.

— Rien qui bouge ? lui demanda-t-il.

Il sauta près d'elle et actionna la culasse de son SR-25.

— Je n'ai encore rien vu, répondit-elle en quittant l'œilleton de son viseur. Bien sûr, cela ne veut pas dire qu'il n'y ait rien.

Smith savait parfaitement ce qu'elle voulait dire. Comme les ninjas du Japon médiéval ou les guerriers apaches du Sud-Ouest américain l'ont démontré, il est parfaitement possible de rester invisible sous votre nez. Il suffit de connaître l'art et la manière.

— Cela dit, j'ai tout de même trouvé ceci devant l'entrée de la grotte, reprit Valentina en lui tendant un briquet en argent.

— Il est à Smyslov ?

— Je pense. Regardez...

Elle prit le briquet à l'envers et appuya sur un bouton qui y était dissimulé. On entendit le claquement sec d'un ressort et une antenne miniature jaillit de ce qui ressemblait au bouchon de remplissage.

— Une balise radio qui émet sur une fréquence préréglée. Lorsque le couvercle claquait en se refermant, notre ami Gregori n'avait plus qu'à appuyer sur le bouton pour rameuter les loups.

— Joli petit bijou, fit seulement Smith en sortant ses jumelles de leur étui. Ils doivent être tout près. Je me demande pourquoi ils n'approchent pas.

— Ils attendent peut-être que Judas leur donne le dernier signal.

Valentina replia l'antenne dans son logement avant de se remettre en position de tir derrière son fusil.

— Je me demande pourquoi il a essayé de nous neutraliser tout seul. Fanfaronnade ?

— Il essayait peut-être simplement de nous éviter la mort, Val.

— Vraiment ? Vous croyez ?

— Je préfère toujours voir le bon côté des choses.

Protégés par la pénombre qui régnait à l'intérieur, les deux agents continuèrent sans rien dire à observer les approches de la caverne pendant de longues minutes. Apparemment, rien ne bougeait sur la glace, si ce n'était de temps à autre un nuage de neige balayée par le vent. Puis le canon du Modèle 70 s'immobilisa, comme un chien d'arrêt qui vient de flairer un oiseau.

— Jon, dit Valentina, comme incidemment. A deux heures, environ deux cent cinquante mètres, juste à côté de ce petit monticule.

Smith pointa ses jumelles dans la direction indiquée. Apparemment, il n'y avait rien là qui ressemblait à un être humain. Mais on voyait tout de même un petit repli au pied de la chaîne. Ce tas de neige n'avait rien de particulièrement remarquable, rien ne dépassait. Et pourtant, il avait quelque chose de bizarre.

— Je crois qu'il y a quelque chose, fit-il enfin, mais je n'en suis pas sûr.

— Moi non plus. Bon... eh bien... on va s'en assurer.

Il y eut un claquement sec, le bruit de départ de la méchante balle de 22. Le « tas de neige » trembla sous l'impact de la charge creuse. Smith, qui regardait toujours, vit naître un point rouge sur le fond blanc. Puis le point s'agrandit, devenant une tache. Du sang, un peu noir à cause des nuages.

Valentina ouvrit la culasse pour éjecter la douille.

— Eh bien, maintenant, on sait.

— Absolument, répondit Smith en hochant lentement la tête.

Sans doute une de leurs sections réduites Spetsnaz. S'ils étaient plus nombreux, nos satellites les auraient repérés.

— Mmm.

Elle introduisit une cartouche neuve.

— Je parierais qu'ils viennent de Vladivostok, des Mongols ou des Iakoutes sibériens commandés par un officier russe. Côté armement, il faut s'attendre à des fusils d'assaut AK-74 et à des fusils-mitrailleurs RPK-74. Dans ce genre de terrain, ils doivent être légèrement équipés, je ne pense pas que nous aurons affaire à des lance-grenades RPG.

— Mais ils auront tout de même des grenades à fusil, lui dit Smith en se tournant vers elle. Vous savez ce que cela veut dire.

Valentina leva un sourcil.

— Parfaitement. Pour le moment, nous sommes hors de portée. Tant qu'on peut les tenir éloignés au fusil, ça va. Mais dès que la nuit tombera, ou si le temps se couvre et qu'ils arrivent à se rapprocher à, disons vingt-cinq mètres, on est cuits.

Chapitre 31

Base de l'île Mercredi

— **B**ASE DE L'ÎLE MERCREDI appelle *Haley*, appelle *Haley*. Me recevez-vous ? A vous.

Randi répétait son appel pour la dixième fois. Elle enleva son pouce du bouton émission pour essayer d'entendre quelque chose dans le grésillement de fond qui sortait du haut-parleur de son petit appareil.

Son cœur se mit à battre plus vite. Par-dessus le vacarme créé par l'éruption solaire, elle avait entendu une voix faible et ce qui ressemblait à l'indicatif du *Haley*. Puis elle comprit que cela recommençait à intervalles réguliers. Ce n'était pas une réponse, c'était un appel.

Elle jeta un coup d'œil à sa montre-bracelet. C'était l'heure ronde et les opérateurs radio du *Haley* appelaient l'île pour tenter d'établir le contact, conformément à la procédure convenue. Et si les plus puissants émetteurs du brise-glace n'y arrivaient pas dans cet environnement électromagnétique chaotique, il n'y avait aucune chance que le petit SINGCARS y parvienne.

Enervée, elle fit tourner le sélecteur de fréquences sur le canal tactique et reprit son micro une fois de plus.

— Île Mercredi à équipe site. Île Mercredi à équipe site. Jon, vous me recevez ? A vous.

Elle lâcha le bouton, guettant anxieusement une réponse. Elle avait envie d'injurier le bruit de grenaille qui sortait du haut-parleur.

— Jon, putain de Dieu, c'est Randi ! Vous m'entendez ? A vous.
Rien d'audible.

Eruption solaire ou pas, elle aurait pourtant dû entendre les autres. A cette heure, ils devraient être sur le chemin du retour et avoir quitté la montagne. Mais bon sang, qu'est-ce qui pouvait bien se passer là-haut ? Elle avait le sentiment grandissant qu'il y avait un lien entre tout ça, que la situation se détériorait rapidement et qu'elle n'y comprenait rien.

— Et qu'est-ce qui va se passer s'ils ne nous entendent pas ? lui demanda le docteur Trowbridge.

Randi reprit conscience de ce qui se passait dans la pièce. Après une nuit blanche passée à surveiller Kropodkin, elle était allée dans le préfabriqué du labo où elle avait consacré sa matinée à vérifier en vain le gros poste radio BLU et le téléphone satellite. Puis elle avait tenté sans plus de succès d'appeler avec son petit poste.

— Ne vous en faites pas, docteur. Si nous nous retrouvons sans liaison pendant un certain temps, il existe un plan de rechange.

Elle éteignit son appareil d'un coup sec et remit le micro sur son support.

— Nous aurons tous les renforts dont nous avons besoin, et au-delà.

— Voilà une bonne nouvelle, on va peut-être finir par avoir affaire à autre chose qu'à la Gestapo.

Mais Randi fit semblant de ne pas entendre. Les bras croisés dans le dos, elle alla se percher sur un tabouret à l'autre bout du labo. Kropodkin avait passé son temps à parler par intermittence au docteur Trowbridge, le plus souvent pour dire des choses sans intérêt, mais ne lui avait pas adressé la parole à elle, afin sans doute de s'épargner des commentaires désagréables.

Cela dit, il écoutait tout ce qui se passait, il avait l'œil à tout. Randi avait l'impression de l'entendre réfléchir. Elle devinait qu'il guettait quelque chose. Kropodkin savait qu'il allait se passer quelque chose.

Randi alla s'asseoir sur un autre tabouret et croisa les bras sur la table du labo. Mon Dieu, qu'elle était fatiguée. Elle n'avait pas dormi, ni même pris un instant de repos, depuis deux nuits. Elle avait des comprimés de remontant dans son sac, mais elle n'aimait guère cette espèce d'exubérance chimique qu'ils procuraient. Elle savait aussi que, lorsque les effets des médicaments s'estomperaient, elle s'écroulerait complètement.

Elle se frotta les yeux, ils la brûlaient, et jeta un regard par les vitres couvertes de givre de la baraque. Elle espérait voir Jon qui revenait. Elle avait envie de pouvoir souffler, juste un petit peu. Juste le temps de garder les yeux clos pendant une minute ou deux.

— Mademoiselle Russel, ça va ? lui demanda timidement le docteur Trowbridge.

Randi sursauta. Elle avait fermé les yeux quelques secondes et avait commencé à vaciller sur son tabouret.

— Mais oui docteur, ça va.

Elle se remit debout, s'éperonnant intérieurement pour se réveiller.

Elle surprit le regard de Kropodkin qui la fixait avec un petit sourire narquois. Il sentait qu'elle devenait de plus en plus vulnérable.

— Très bien, dit-elle en se tournant brusquement pour le regarder en face. Il est temps que quelqu'un nous dise comment il a saboté les installations radio.

— Je n'ai rien fait ! Je n'ai rien fait à rien ! – Il avait la voix pâteuse à cause de ses lèvres gercées et boursouflées. – Ni à personne.

Il avait l'air méchant quand son regard croisa celui de Randi, mais il continua d'une voix plaintive :

— Docteur Trowbridge, vous ne pourriez pas m'épargner de subir cette femme jusqu'à ce qu'on me confie à des policiers dignes de ce nom ? Je n'ai pas envie de me faire tabasser encore une fois.

— Mademoiselle Russell, s'il vous plaît. – Trowbridge reprenait sa ritournelle. – Si les autorités sont en route, ne pourrait-on pas au moins lui ôter ces...

Randi secoua impatiemment la tête.

— Très bien, docteur, je vais lui enlever ses menottes.

Trowbridge avait passé sa matinée à remuer et à parler comme un homme qui vit dans un cauchemar, et Randi en était le monstre principal. C'était un homme de la ville, en haut de l'échelle, qui vivait dans un monde où la violence et la mort étaient des abstractions, des choses que l'on voyait à la télévision ou dont on se régalait de façon un peu perverse en regardant des œuvres de fiction. Et maintenant, il se trouvait confronté à la version grandeur nature, tout près de lui et qui le concernait directement. Comme la victime d'un grave accident de voiture ou d'un désastre naturel, l'universitaire glissait doucement dans un état de choc traumatique. Randi en reconnaissait parfaitement tous les symptômes.

Pis encore, dans ce scénario, c'était elle la méchante. Jusqu'ici, c'était elle qui avait fait preuve de violence. Dans un milieu où la culture commune faisait son miel de théories sophistiquées à base de conspiration et de terreurs façon X-File, elle tenait le rôle de la « femme en noir ».

Stefan Kropodkin, lui, représentait la norme. L'étudiant brillant, celui qui écoute attentivement au premier rang, un nom connu et sans histoires sur les feuilles d'interrogation écrite et sur la liste des membres de l'expédition. Randi était « l'agent qui travaille pour une mystérieuse agence du gouvernement », incarnation du père fouettard au XXIe siècle.

Chaque fois qu'elle le regardait, elle surprenait de la peur dans les yeux de Trowbridge. Et Kropodkin en jouait. Elle pouvait bien raconter ce qu'elle voulait, cela ne servirait à rien.

Seigneur, mais quel merdier!

Elle ramassa son MP-5 et entra dans le local radio. Elle s'installa devant le pupitre, vérifia pour la centième fois les composants et les réglages du gros poste BLU. Elle finit par le mettre sous tension et écouta le léger sifflement qui sortait de la radio.

Elle ferma les yeux et laissa tomber sa tête entre ses mains.

C'étaient donc les antennes! Les circuits du récepteur fonctionnaient, mais ils ne captaient même pas le vacarme de l'éruption solaire. Avec le gain réglé au maximum, le simple bruit de fond aurait dû faire sauter les haut-parleurs contre les murs.

Lorsque Kropodkin avait saboté les installations, il avait dû le faire dehors. Mais il n'avait pas fait la chose la plus simple, sectionner les câbles. Elle avait suivi le fil avec le plus grand soin de la baraque à l'antenne, à la recherche de coupures. Elle avait inspecté chaque centimètre entre ses doigts, à la recherche d'un vieux truc de saboteur, comme une aiguille plantée dans l'isolant. Et elle s'était assurée que tous les connecteurs étanches étaient serrés à fond.

Elle se redressa brusquement dans son siège. *Les connecteurs.*

Une seconde plus tard, elle était de retour dans la pièce principale où elle ramassa à la hâte ses vêtements de protection.

— Qu'y a-t-il ? lui demanda Trowbridge en se levant de sa couchette près du poêle à charbon.

— Peut-être quelque chose de positif, pour changer, docteur, lui répondit Randi en fermant sa parka et en ramassant ses gants. Nous saurons ça dans quelques minutes. En attendant, gardez l'œil sur Kropodkin pendant que je suis sortie.

Dans son coin, le jeune homme s'était réveillé. Elle le remarqua.

— Non, finalement, ne vous approchez pas de lui, sous aucun prétexte, tant que je suis dehors. Je n'en ai pas pour longtemps.

Trowbridge reprit son air indigné et il allait ouvrir la bouche pour protester.

— Je répète, ne vous approchez pas de lui, aboya-t-elle.

Elle prit le temps de vérifier que les menottes en plastique étaient bien serrées autour des poignets de Kropodkin. Puis, passant la bretelle de son MP-5 à l'épaule, elle sortit par le sas.

Elle grimpait d'un pas pressé le monticule qui se dressait derrière le camp. Il était tombé quinze centimètres de neige fraîche qui avait été balayée par le vent au cours de la matinée, effaçant les traces et rendant plus difficile la montée jusqu'au pied du pylône. Arrivée sur place, elle se laissa tomber à genoux au pied du mât. Elle dégagea la neige avec ses mains gantées et mit à nu l'amplificateur. Elle avait également dégagé ainsi les connecteurs étanches qui reliaient l'ampli au local radio. Il y en avait deux, le câble d'amenée se séparait pour alimenter le téléphone satellite et le poste BLU.

Ces connecteurs étaient de grosses pièces bien costaudes, parfaitement étanches, fabriquées dans un métal de couleur dorée. Randi se débattit pour les dévisser, mais ils résistaient. Pestant et jurant toute seule, elle ôta ses gants et réessaya avec ses seuls sous-gants. Brusquement, le premier connecteur céda.

Un petit lambeau de plastique tomba dans la neige. Randi reconnut immédiatement une technique classique de sabotage. Kropodkin avait dévissé les connecteurs et enroulé un petit morceau de plastique autour de la prise mâle, en enveloppant soigneusement le picot central. En revissant à moitié la pièce femelle, il avait créé une barrière isolante et coupé ainsi la connexion. Il suffisait ensuite de découper le plastique qui dépassait, et toute trace de la manipulation disparaissait.

Randi jura une fois encore, s'en prenant autant à Kropodkin qu'à elle-même. Elle dévissa le connecteur du téléphone satellite et lui fit subir le même traitement. Elle revissa les deux avant de s'asseoir contre le pylône pour souffler un peu.

Elle avait fait son boulot, ou plutôt, ses boulots. Elle avait découvert le sort des membres de l'expédition, elle s'était rendue maître du coupable, elle avait repris et fait accélérer l'arrivée des renforts.

A condition que la météo veuille bien y mettre du sien. Randi sentait le froid lui mordre les mains et elle renfila ses gants. Il faisait de plus en plus glacial, les nuages formaient de plus en plus de petits cristaux de glace. Elle entendait faiblement dans le lointain le vent qui sifflait de plus en plus fort dans la montagne.

D'ici quelques minutes, ils allaient se retrouver coincés. Si le temps continuait de se détériorer, Jon et ses compagnons risquaient de ne pas pouvoir redescendre du col ce soir, les renforts venus d'Alaska risquaient encore moins d'arriver.

Mais tout nuage, même au milieu d'une tempête polaire, avait son bon côté. Si les gentils ne pouvaient débarquer sur l'île Mercredi, les méchants ne le pourraient pas davantage. Elle pouvait peut-être ligoter Kropodkin et Trowbridge dans leurs couchettes et dormir un peu.

Cette seule pensée avait des effets soporifiques. Les légers flocons de neige qui descendaient paresseusement semblaient lui fermer les cils et même ici, sur cette pente glacée, elle sentait que sa tête commençait à tomber sur sa poitrine.

Et puis, sourdement, par-dessus le bruit du vent dans la montagne, Randi prit conscience de quelque chose d'autre. Elle releva la tête dans un sursaut. Ce n'était pas exactement un son, plutôt une vibration grave. Elle augmenta graduellement jusqu'à devenir un grondement qui roula en écho entre la terre et la couverture nuageuse.

Randi se remit debout, elle avait l'impression que toute l'île se mettait à trembler. Comme un scorpion qui retrousse instinctivement la queue, elle fit glisser la bretelle de son MP-5 et s'en saisit.

Une grosse forme émergeait de la brume de mer. Deux énormes turbines Toumanski qui surmontaient un long fuselage élancé avec des verrières, de la taille d'un avion de ligne. Des pales de quinze mètres de rayon fouettaient l'air, engendrant ce battement rythmé que Randi avait senti dans sa poitrine.

Il arrivait du sud en volant très bas, sous la couche; le souffle puissant du rotor soulevait des nuages de neige et Randi dut se protéger le visage lorsque le monstre passa à sa verticale à moins de cent pieds.

— Oh mon Dieu, murmura-t-elle ! Un Halo [1] !

Le Mil Mi-26, rebaptisé « Halo » par l'OTAN, avait été conçu dans les années quatre-vingt conformément à la doctrine des militaires soviétiques de l'époque et en vertu du principe « plus c'est gros, mieux c'est ». C'était le plus gros et le plus puissant hélicoptère jamais construit, et il était probable qu'il le resterait.

Après l'effondrement de l'URSS, cet appareil avait repris du service pour des activités civiles. On en trouvait maintenant qui étaient utilisés comme grues volantes dans de nombreux pays, un peu partout dans le monde. Cet exemplaire portait un indicatif civil canadien sur le pylône de queue peint en orange fluo et la cabine du treuilliste, qui faisait une excroissance sur le côté gauche, montrait qu'il s'agissait de la version grue volante de l'appareil.

Les commanditaires de Kropodkin arrivaient pour venir le prendre ainsi que l'anthrax, et ils arrivaient en force.

Le gros hélicoptère réduisait avant de se poser près du camp, et Randi se reprit après le premier moment de saisissement qui l'avait paralysée. Deux possibilités s'ouvraient devant elle. S'échapper immédiatement, ou essayer de se servir des radios qu'elle venait de réparer. Elle choisit la radio. C'était la mission. C'était pour cela qu'elle était là, pour récupérer le maximum de renseignements et les transmettre.

---

1. Hélicoptère lourd Mil Mi-26 de fabrication soviétique avec une capacité d'emport de 50 tonnes.

La course jusqu'au laboratoire fut un véritable cauchemar, la neige lui collait aux semelles à chaque pas comme du béton frais. Tout en courant, elle repassait dans sa tête ce qu'elle avait à faire, essayant de faire tenir un maximum d'informations dans un minimum de mots. Elle allait émettre sans relâche jusqu'à ce qu'elle ait un aperçu. Ensuite, si elle avait le temps, elle allait essayer de sortir et d'emmener Trowbridge avec elle. Il ne fallait pas qu'elle oublie le stock de survie du labo et le SINGCARS. Et enfin, ne pas oublier de filer un dernier coup à Kropodkin, ne serait-ce que pour sa satisfaction personnelle.

Si elle n'avait pas le temps de faire tout ça, elle resterait le dos au mur pour en descendre un maximum. Cela ferait peut-être une différence, en tout cas pour Jon et pour Valentina, à défaut du reste.

Elle tomba une fois avant d'arriver au préfabriqué. Elle se remit vaille que vaille sur pieds, ses poumons la brûlaient. Elle ouvrit les portes en trombe en aboyant des ordres. Mais son instinct détecta une menace avant même qu'elle en ait pris conscience. Elle épaula son MP-5 sans savoir exactement ce qu'elle visait.

Stefan Kropodkin s'était réfugié dans un coin du labo, il tenait le docteur Trowbridge devant lui et le menaçait d'un scalpel posé sur sa gorge. Trowbridge chancelait, à peine capable de tenir debout. Il avait la figure pleine de sang, le nez brisé, et ses lunettes cassées lui avaient fait une série de coupures.

Personne ne disait rien, ce n'était pas nécessaire. La scène se suffisait à elle-même. Les menottes gisaient par terre. Kropodkin avait réussi à manipuler Trowbridge en jouant sur sa mollesse et sa faiblesse mal placée.

Randi était folle de rage contre elle-même. Elle n'aurait jamais dû laisser tout seuls les deux hommes. *Stupide ! Stupide ! Je suis trop stupide !* Mais cela n'avait plus aucune importance. Il fallait qu'elle arrive jusqu'à la radio. Même si elle devait leur passer sur le corps.

— Pas un geste ! hurla Kropodkin. Jetez votre arme ou je le tue !

Dehors, Randi entendait des voix par-dessus le bruit du rotor qui s'atténuait. Ordonner à Kropodkin de jeter son scalpel aurait été inutile. Il avait tous les atouts dans sa manche, et il le savait.

Désolée, docteur.

S'armant de courage, elle appuya la crosse de son MP-5 plus fermement dans le creux de l'épaule et son doigt pressa la détente. Trowbridge avait vu le coup venir, un faible gémissement s'échappa de ses lèvres. Kropodkin avait compris lui aussi ce qui se passait et se recroquevilla derrière son bouclier humain.

Puis Randi tourna les yeux vers le local radio. Kropodkin n'avait pas perdu de temps, là-bas non plus. Les châssis électroniques étaient ouverts, tout le matériel était en miettes.

Randi baissa lentement le canon de son arme. Elle était vaincue, sa gorge se serrait d'amertume. Elle ne pouvait plus rien faire d'utile. Avoir le sang de Trowbridge sur les mains n'avait plus de sens. Des silhouettes couraient dehors derrière les fenêtres, des hommes en armes envahissaient le camp. Avant qu'ils aient ouvert la porte derrière elle, elle avait déposé son MP-5 sur la table.

Les mains en l'air, elle croisa les doigts derrière la nuque. Puis elle sentit qu'on lui enfonçait des canons dans le dos.

Chapitre 32

Le Glacier du Col

Un nuage de neige passa devant l'entrée de la grotte, poussé par une rafale.

— Alors, Jon, qu'en dites-vous ? lui demanda doucement Valentina.

Smith jeta un coup d'œil en coin au ciel vers le nord, les nuages s'amoncelaient.

— Nous allons nous payer un autre front ?

— La question amusante : qui va arriver le premier, le front ou le coucher du soleil ? Une barre de chocolat ?

— Non merci.

Le colonel et l'historienne étaient allongés côte à côte dans l'ombre, à l'abri derrière l'entrée. Ils surveillaient les approches à travers le glacier. Depuis qu'ils avaient repéré puis éliminé le premier Spetsnaz, il n'y avait plus eu aucune activité. Seulement un sentiment vague, né de la conviction qu'ils avaient des éléments hostiles en face d'eux, des ennemis qui n'allaient pas les laisser vivre en attendant passivement que ça se passe.

Smith se tourna vers sa seule et unique équipière qui mâchait tranquillement son chocolat, l'air satisfait. Sous la capuche de sa parka, ses traits fins et assez exotiques étaient détendus.

— Ça va ? lui demanda-t-il.

— Oh oui, très bien.

Elle se tourna vers la roche noire des parois et du plafond.

— Ce n'est pas exactement Cancún, mais je sens que l'endroit a un gros potentiel de développement dans les sports d'hiver.

Smith se mit à rire en silence et se reconcentra sur les approches. Décidément, cette femme était assez remarquable.

— Ça vous gêne si je vous pose une question ?

— Laquelle ?

— Votre accent, ça vient d'où ? Ce n'est pas exactement l'accent anglais, pas australien non plus. Je n'arrive pas à me faire une opinion.

— J'ai l'accent d'un pays qui n'existe plus, lui répondit-elle. Je suis née en Rhodésie – pas au Zimbabwe s'il vous plaît. Mon père était responsable de la faune sauvage pour le compte du gouvernement, avant que Mugabe prenne le pouvoir.

— Et votre mère ?

— Américaine, elle a failli être zoologue. Elle était étudiante et faisait des recherches sur la faune sauvage en Afrique lorsque, pour un tas de raisons, dont le fait qu'elle ait épousé mon père, elle n'est jamais retournée aux Etats-Unis pour passer ses examens.

Son front se plissait à l'évocation de tous ces souvenirs.

— C'est ce qui m'a permis de bénéficier de la double citoyenneté, ce qui s'est révélé particulièrement utile lorsque les choses ont tourné au vinaigre là-bas. Je me suis réfugiée aux Etats-Unis dans ma famille maternelle après... eh bien, après.

— Je vois. Et comment en êtes-vous arrivée là ?

Elle se tourna vers lui en retroussant les lèvres comme si elle réfléchissait.

— Dites-moi, c'est le genre de question qui viole les règles de compartimentage au sein de Chiffre mobile et tous les trucs de ce genre, non ? C'est comme cette vieille question qu'on n'a pas le droit de poser à la Légion étrangère.

Smith haussa les épaules.

— J'en sais foutre rien. Mais c'est vous qui avez dit que nous étions destinés à devenir amants. La question reviendra tôt ou tard.

— Touché, fit-elle en détournant les yeux et en contemplant la glace. C'est une longue histoire, et plutôt compliquée. Comme je vous le disais, mon père était garde-chasse et dirigeait notre petit commando local – chasseur, universitaire, soldat, il aurait sans doute été plus heureux du temps de Cecil Rhodes et de Frederick Selous [1]. Je suis née dans une zone de guerre, j'ai été élevée dans une maison où les armes faisaient partie de la vie quotidienne et étaient une nécessité vitale. Mes premiers souvenirs, ce sont des fusillades autour de notre propriété. On m'a donné mon premier fusil à l'âge où les petites filles en Amérique jouent encore avec leurs poupées Barbie, et j'ai abattu mon premier léopard alors qu'il cherchait à entrer par la fenêtre dans ma chambre.

Elle eut un petit sourire ironique.

— Bref et pour le moins, j'ai grandi avec une vision du monde légèrement différente de ce qui est la norme.

Il hocha la tête en signe d'approbation.

— Je crois comprendre ce genre de choses.

— Mon père adorait l'histoire et tout ce qui permet de comprendre comment les choses sont ce qu'elles sont, reprit-elle. Il avait coutume de dire : si tu veux savoir où tu vas, tu dois savoir d'où tu viens. Il m'a transmis sa passion et j'ai choisi l'histoire comme matière principale au lycée. Ma thèse de doctorat avait pour titre : *L'avantage décisif : la technologie militaire comme élément majeur de l'évolution sociopolitique*. Plus tard, j'en ai fait le thème de mon premier ouvrage.

— Le sujet me paraît effectivement très impressionnant.

— Oh que oui, et en outre, c'est très vrai.

Valentina retrouvait l'enthousiasme de la conférencière.

— Regardez ce que serait actuellement l'Europe si l'arc anglais ne s'était pas révélé très supérieur à l'arbalète française lors de la bataille d'Azincourt. Ou comment la Seconde Guerre mondiale se serait terminée si les Japonais n'avaient pas mis au point la technique des torpilles en eaux peu profondes, ce qui leur a permis de lancer l'attaque contre Pearl Harbor. Ou encore, comment les Etats-Unis auraient pu ne jamais exister si l'armée britannique avait généralisé l'emploi du fusil à chargement par la culasse du major Ferguson pendant la guerre d'indépendance...

---

1. Explorateur et chasseur anglais (1851-1917).

Smith riait doucement. Il leva sa main gantée :

— Tout cela est exact, mais c'est *votre* histoire qui m'intéresse.

— Oh, désolée, c'est le réflexe de Pavlov. Tout bien considéré, après avoir obtenu mon doctorat, j'ai découvert que je ne pouvais obtenir de poste de professeur. Comment dire, mes idées étaient considérées comme politiquement incorrectes dans certains cercles. De sorte que, pour ne pas mourir de faim, je suis devenue expert et vendeuse d'armes historiques pour des musées et des collections privées. Cette activité a fini par devenir assez lucrative. Je sillonnais le monde entier à la recherche d'objets divers pour mes clients. Finalement, cela m'a conduite à devenir conservateur de la Collection Sandoval en Californie.

— J'en ai entendu parler. Mais comment en êtes-vous arrivée à vous retrouver ici ? demanda Smith en frappant légèrement le sol avec le chargeur de son fusil.

Elle se mordit la lèvre et réfléchit.

— C'est... un peu plus étrange. Comme vous l'avez peut-être deviné maintenant, je suis une fervente adepte de l'école du « si ça vaut le coup de le faire, ça vaut le coup de le faire jusqu'au bout ».

— Je m'en doutais vaguement, fit Smith en souriant.

— Au fur et à mesure que j'approfondissais mes connaissances, j'ai fini par me dire que je ne pouvais me contenter *d'étudier* les armes. Je voulais apprendre aussi comment m'en servir, constater et sentir personnellement ce que donnait leur usage. Je me suis mise à l'étude de l'escrime et du kendo, puis à celle des anciens tireurs du vieil Ouest avec le champion de la Société de tir. J'ai réussi à m'introduire dans les cellules d'une prison philippine pour parler technique avec des artistes du couteau papillon. Avant qu'il finisse par mourir, j'ai écouté les enseignements du légendaire « Plume blanche », j'ai aussi bénéficié des leçons d'un tireur d'élite du corps des Marines, le sergent Carlos Hathcock, j'ai appris toutes les finesses de cette technique. Armes à feu, armes blanches, explosifs, armement lourd : j'ai appris comment les fabriquer, les entretenir, et les utiliser. Tout, depuis le silex jusqu'à la bombe H.

Elle lâcha la détente de son Modèle 70 et regarda bouger ses doigts.

— J'ai fini par devenir une véritable tueuse, uniquement en

théorie, bien sûr. C'est alors que je suis allée en Israël, à la recherche de véritables mitraillettes Sten fabriquées au fond d'un garage, du temps de la guerre d'indépendance. Et, un beau soir, je me suis retrouvée à dîner avec l'un de mes collègues, professeur d'histoire à l'Université de Tel-Aviv.

Valentina parlait un peu plus doucement.

— C'était un petit bout d'homme assez fascinant. Il ne se contentait pas d'enseigner l'histoire, il la vivait littéralement. C'était un survivant de l'holocauste et il avait connu les trois premières guerres qu'avait dû mener Israël pour sa survie.

« Nous dînions dans un petit restaurant en plein air, près de l'Université. Je me souviens que nous parlions des communautés juives au Proche-Orient, du rôle qu'elles pourraient jouer en tant que pont entre les cultures européenne et arabe. On venait de poser les plats sur notre table. J'avais commandé un steak et je plantais mon couteau dedans lorsqu'un couple d'Arabes très bien habillés – ils étaient à une table à côté de la nôtre – s'est levé et a commencé à massacrer des gens.

Smith l'écoutait attentivement. Le visage de Valentina reflétait toutes ses émotions. Il sentait que ce qu'elle revivait, ce n'était pas le souvenir de sa peur ou de son horreur, mais la froide analyse d'un moment particulier de son existence. Un épisode et un endroit où elle était revenue bien des fois.

— J'ai entendu des coups de feu, j'étais couverte de sang et de matière cervicale, ceux de mon ami qui avait pris une balle dans la tête. Puis la femme terroriste m'a braqué son pistolet dans la figure en criant : « Allah est grand !... »

Elle se tut.

Doucement, Smith lui mit la main dans le dos et la caressa très doucement, presque imperceptiblement.

— Et ensuite ?

Valentina sembla recouvrer ses esprits.

— Ensuite, je me suis retrouvée debout au-dessus des corps des deux terroristes du Hamas, complètement déchiquetés. J'avais du sang partout, pas le mien, et je tenais toujours mon couteau de table à la main, dégoulinant. Dans le jargon, j'avais eu un déclic – de façon assez spectaculaire, encore que je n'en ai aucun souvenir.

Mes études n'étaient plus de la pure théorie, j'étais passée aux travaux pratiques.

Smith savait maintenant ce qui avait jailli entre eux ; qui se ressemble s'assemble. Lui aussi avait connu des moments décisifs, il avait eu son déclic.

— Et comment vous êtes-vous sentie après ?

— C'est bien cela qui est intéressant, Jon, reprit-elle, l'air songeur. Je n'ai rien ressenti du tout. Ils étaient morts et j'étais en vie, et j'étais fort satisfaite de cette issue. Mon seul regret, c'est de ne pas avoir réagi assez vite pour sauver mon ami et les autres clients du restaurant. On m'a dit que j'avais exactement la psychologie du tireur d'élite. Je suis capable d'oublier froidement le traumatisme émotionnel qu'engendre la violence physique.

Elle haussa les épaules en faisant la moue.

— Si ça continue à marcher, en tout cas.

— Et c'est cet incident qui a attiré sur vous l'attention de Clandestin Unité ?

— Ça, et d'autres petits travaux de recherche ou d'acquisition que j'avais faits au noir pour les ministères de la Défense et de la Justice. Mr. Klein a eu l'air de penser que mes talents plutôt excentriques pourraient être utiles à sa petite organisation. Et c'est le cas. A présent, j'ai l'impression de suivre les traces de mon père. Je suis garde-chasse, j'élimine les voyous et les mangeurs d'hommes dans la jungle qu'est notre société. Finalement, je compense peut-être la lenteur dont j'ai fait preuve ce soir-là, à Tel-Aviv.

— Fred Klein sait choisir son monde, lui dit Smith dans un sourire. Je suis content de vous avoir connue, professeur Metrace.

— Merci, mon colonel. – Elle hocha la tête. – C'est un véritable plaisir d'être appréciée à sa juste valeur. Certains hommes ont tendance à se jeter sur du désinfectant et de l'eau bénite après avoir un peu trop fouillé dans ma vie.

Smith sourit, mais d'un sourire grave et leva la tête de son viseur.

— Je ne prétends pas être moralement supérieur à quiconque.

— J'en suis soulagée. Et maintenant, mon colonel, si vous me parliez de vous ?

— Que voulez-vous que je vous dise sur mon compte ?

— J'ai une idée assez précise de ce qui vous a amené à travailler pour Mr. Klein, mais qui êtes-vous vraiment? D'où sortez-vous?

Smith leva les yeux au ciel. Le plafond nuageux était de plus en plus bas.

— Ma biographie est loin d'être aussi intéressante que la vôtre.

— Je suis déjà follement curieuse.

Smith réfléchissait à ce qu'il allait répondre lorsqu'un petit tas de neige déboula de la corniche au-dessus de l'entrée et s'arrêta devant eux avec un petit *plop*.

— Oh zut, fit Valentina, les yeux écarquillés.

Sans attendre, Smith rassembla ses jambes sous lui, avant de bondir dans l'entrée de tout son long. Il atterrit sur le ventre, se retourna sur le dos et balaya toute la sortie avec le canon de son fusil.

Le Spetsnaz avec son camouflage polaire faisait comme une tache blanche sur le basalte noir. Il avait discrètement rampé sur une corniche qui en était à peine une jusqu'à une position à une dizaine de mètres au-dessus de la grotte. De sa main gantée, il se cramponnait à une fissure dans le rocher et tenait fermement de l'autre l'objet qu'il portait.

Le Russe baissa les yeux et resta bouche bée avant de pousser un hurlement en voyant Smith jaillir en trombe de la caverne. Son cri fut étouffé par le claquement sec du SR-25. Smith lâcha une rafale d'une demi-douzaine de coups, pressant aussi vite qu'il pouvait la détente. Les balles gainées de cuivre arrachèrent l'ennemi à la paroi.

Le corps tout mou tomba presque sur Smith avant de s'arrêter à moins d'un mètre en faisant un bruit sourd de viande qu'on lâche. Il y eut un second bruit sur sa droite, Smith se retourna et vit une grenade à main suspendue au-dessus de sa tête. On avait enveloppé l'objet sphérique dans du plastique pour renforcer sa puissance explosive.

Son cœur se mit à battre à se rompre, puis il vit que la goupille et la cuiller étaient toujours en place. Il en oublia aussitôt la terreur que lui avait inspirée la grenade. Des éclats de glace commencèrent à voler, des armes automatiques balayaient le glacier autour de lui. C'est ce Spetsnaz mort qui lui sauva la vie. Se trémoussant d'une façon ridicule, il encaissa les balles qui lui étaient destinées. Valentina hurla quelque chose, puis il entendit les départs aigus du Modèle 70 lorsqu'elle riposta.

Des objets invisibles frappaient Smith. Il se remit à plat ventre et se précipita dans la grotte comme un homard effarouché, avant de se réfugier derrière le petit muret de neige. Il prit Valentina par l'épaule, l'attira contre lui et ils restèrent ainsi pendant de longues secondes tandis qu'un déluge de feu arrosait les parois du tunnel.

Dehors, sur le glacier, les chargeurs étaient vides et les armes se turent. Le hululement lugubre du vent reprit.

— Val, ça va ?
— Je n'ai pas été touchée. Et vous ?

Smith remarqua deux traces de balles sur le rembourrage de son blouson.

— C'est pas passé loin, mais personne n'a gagné le cigare.
— Un cigare cubain, naturellement.

Val se dégagea et jeta un œil au-dessus du muret.

— Bon Dieu, ça sent mauvais ! Je ne me suis absolument pas rendu compte qu'ils étaient si près avant qu'ils se mettent à tirer et que je voie les flammes des départs. Ils ont dû nous aligner depuis au moins dix positions de tir différentes.

Smith en avait eu la preuve tangible. L'entrée de la grotte était encerclée. Et quand la nuit serait tombée, ce cercle allait se resserrer, l'ennemi avait le temps, les hommes allaient s'approcher sur la glace. Ce serait alors l'apothéose, l'entrée allait être prise sous un déluge de balles et d'explosifs.

Valentina et lui avaient la solution de s'enfoncer dans la caverne, mais cela ne ferait d'eux que des rats qui s'enfoncent un peu plus dans un piège. Ils seraient systématiquement grenadés, jusqu'à la fin. Et se rendre ne semblait pas non plus une bonne solution.

Il devait bien y avoir autre chose. Il fallait absolument trouver une autre idée !

— Vous pouvez garder l'entrée du fort pendant un petit moment, Val ? Je voudrais vérifier quelques petits trucs.

— Ça ira, lui répondit-elle en enfournant des munitions dans le chargeur de son fusil. A mon avis, ils ne vont pas être d'humeur à revenir faire joujou pendant un certain temps.

Et elle lui désigna du menton le cadavre étendu devant l'entrée.
— Parfait.

Il lui laissa le SR-25 et sa cartouchière, puis s'engagea à quatre pattes dans le tunnel. Une fois passé le virage, il se remit debout et alluma sa lampe. Il réfléchit un instant en voyant le groupe électrogène et le poste radio des Russes, avant d'abandonner cette idée. Les batteries étaient mortes depuis belle lurette, le gasoil s'était transformé en pâte et en vernis. Même s'il arrivait à tout remettre en route, et si quelqu'un les entendait, quelle différence ? Le seul moyen de se sortir de ce merdier, c'était de se débrouiller tout seuls.

Il descendit dans la cavité principale et se dirigea vers la lumière de la petite bougie qu'il avait laissé allumée.

— Mon colonel ?
— C'est moi, major.

Smyslov s'était réveillé et avait réussi à s'asseoir sur la couverture de survie. Smith se mit à genoux et le soutint d'une main.

— Comment vous sentez-vous ? Un peu vasouillard ? Vous voyez double ?
— Non, rien de grave.
— Le froid ? Vous avez froid ? Votre circulation n'est pas coupée quelque part ?
— Non, ça va.
— Vous voulez de l'eau ?
— Oui, volontiers.

Smith le laissa prendre une rasade de sa gourde. Le Russe se rinça la bouche avant de recracher un caillot de sang.

— Merci. Une cigarette ?
— C'est contraire à mes convictions, mais compte tenu des circonstances...

Il fouilla dans les poches de Smyslov et finit par trouver les cigarettes.

— Ça sert à quoi, ce truc ? lui demanda-t-il en lui montrant le briquet à gaz.
— A allumer les cigarettes, répondit Smyslov, laconique.
— Génial.

Il plaça le filtre entre ses lèvres et alluma.

— Merci, dit le Russe au milieu d'un nuage de fumée. Que s'est-il passé ? J'ai entendu des tirs.

— Vos copains ont essayé de nous faire la peau, répondit Smith en remettant la gourde dans sa poche.

— Le professeur, elle n'a rien ?

— Non, mais vous avez perdu deux de vos hommes.

Smyslov ferma les yeux, ils étaient gonflés.

— Merde ! Ça ne devait pas du tout se passer comme ça !

— Et alors, qu'est-ce qui devait se passer, major ?

Smyslov hésita d'abord à répondre.

— Bon sang, tout est déjà parti en couille ! explosa Smith. Je suis prêt à admettre que ce qui arrive ne correspond pas à ce que voulaient nos gouvernements. Mais donnez-moi des billes, que j'essaye d'arrêter tout ça !

Smyslov hocha la tête.

— Non mon colonel. Je suis désolé, mais il est déjà trop tard. L'escalade a commencé, on ne peut plus rien faire pour l'arrêter.

— Alors, répondez au moins à une seule question. Pourquoi ?

Smyslov poussa un profond soupir.

— Mon gouvernement a toujours su que Misha 124 s'était posé sur l'île Mercredi. Il savait également que l'anthrax était toujours à bord et que l'équipage avait survécu à son atterrissage en catastrophe. Il avait réussi à entrer en contact radio avec nos bases en Sibérie et il avait demandé du secours. Mais le Politburo a fini par décider qu'envoyer une mission de sauvetage présenterait des... difficultés. A cette époque, il n'y avait pas de sous-marins nucléaires. L'île était hors de portée des appareils capables de se poser dans la neige, envoyer un brise-glace aurait attiré l'attention des militaires canadiens et américains. On craignait que les Etats-Unis découvrent cette mission avortée sur l'Amérique du Nord et qu'ils ripostent en lançant une attaque nucléaire. En conséquence de quoi, le commissaire politique de Misha reçut l'ordre de détruire toutes les preuves de sa mission.

— Y compris les membres d'équipage ?

Smyslov fit signe que oui, mais sans le regarder.

— Oui. On avait considéré que c'était l'équipage qui constituait le plus grand risque. On craignait également que, voyant qu'aucun secours ne venait d'Union soviétique, il ne fasse appel aux puissances occidentales. Mourir de faim et de froid n'est pas particulièrement agréable. Le commissaire politique reçut l'ordre de... de régler cette menace potentielle pour la sécurité de l'Etat.

— Lui compris ?

Smyslov haussa les épaules.

— Il était commissaire politique au sein des Forces stratégiques de l'Union soviétique. Les gens de cette espèce étaient des communistes fanatiques. Il allait considérer que mourir pour la gloire de la Mère Russie et le succès de la révolution était le plus grand des honneurs possibles, même si c'était ce Parti qui lui donnait l'ordre de mettre fin à ses jours.

— Mais on dirait que le commandant de bord, lui, n'avait pas exactement la même opinion au sujet de cette fin glorieuse.

Smyslov esquissa un sourire.

— On dirait, oui. Mais le gouvernement soviétique a eu peur qu'il se soit passé quelque chose de grave quand il n'a pas reçu du commissaire politique le compte rendu qu'il attendait, qu'il avait bien rempli son devoir. Cela dit, on ne pouvait rien faire d'autre. Et le gouvernement a donc choisi, comme on dit, de se mettre la tête sous l'aile. On espérait que personne ne retrouverait jamais l'épave.

— Mais on l'a retrouvée.

— Exact, et apparemment intacte. Mon gouvernement savait que l'épave serait fouillée. On m'a affecté à votre équipe pour savoir si le commissaire politique avait réussi à éliminer tous les indices relatifs à la mission de Misha 124. Je devais m'occuper moi-même de les détruire. Et désormais, c'est un autre plan qui a été mis en œuvre, afin que la vérité ne soit jamais connue du reste du monde.

Smith lui serra plus fort l'épaule.

— Pouvez-vous donner l'ordre à ceux qui sont dehors de ne pas bouger ? Ou pouvez-vous prendre contact avec quelqu'un qui ait le pouvoir de faire cesser ce bazar avant qu'il y ait davantage de pertes ?

— J'aimerais bien, mon colonel, mais les Spetsnaz reçoivent leurs ordres d'une autorité supérieure et je n'appartiens pas à cette chaîne de commandement. L'île Mercredi doit être intégralement nettoyée. Tous les indices relatifs à la mission de Misha 124 doivent disparaître, y compris l'équipe d'enquêteurs. Pour mon gouvernement, les risques présentés par l'anthrax sont moins importants que ceux que poserait la vérité si elle se faisait jour.

— Mais pourquoi cela ? lui demanda Smith. Pourquoi tout cela, à cause de quelque chose qui s'est passé il y a cinquante ans ?

Il y avait un peu d'ironie sinistre dans la voix de Smyslov quand il répondit.

— Dans ma culture à moi, nous dirions : seulement cinquante ans. Vous autres, Américains, vous ressemblez à des éphémères. Vous pardonnez et vous oubliez comme si de rien n'était. Un jour, vous faites la guerre à un pays et le lendemain, vous lui fournissez de l'aide, vous y organisez des circuits touristiques. Ce n'est pas ainsi que se passent les choses en Russie et dans les pays qui l'entourent. Nous avons la mémoire longue, et nous aimons bien ressasser nos plus mauvais souvenirs.

« Si le monde avait su que la Russie avait été à deux doigts de déclencher un holocauste nucléaire, même un demi-siècle plus tard, les réactions auraient été violentes : peur, colère, désir de vengeance – toutes choses dont mon gouvernement ne veut pas et dont il n'a vraiment pas besoin. Chez vous, il y aurait des responsables qui ressortiraient la guerre froide et couperaient les aides que vous nous accordez. Même dans notre propre peuple, les gens seraient furieux, assez peut-être pour alimenter des velléités de sécession et pour entraîner l'effondrement du pouvoir politique.

— Et votre gouvernement croit vraiment que le meurtre d'agents américains et d'un groupe de scientifiques innocents n'aura aucune répercussion ?

Smyslov branla du chef.

— Je ne vais pas essayer de justifier ce que fait mon pays, mon colonel, mais nos dirigeants ont peur, et la peur est mauvaise conseillère.

— Putain, lâcha Smith en se redressant.

— J'espère que vous me croyez quand je vous dis ceci, mon colonel, mais je suis désolé, absolument désolé que vous et les autres se soient fait embringuer dans cette affaire.

— Moi aussi, major, j'en suis désolé.

Attrapant sa lampe, Smith se mit debout.

— Mais je suis comme le commandant de bord de ce bombardier, je n'ai aucune envie de me coucher et de mourir pour le bon plaisir de la mère patrie.

— Je comprends. Nous sommes soldats tous les deux. Nous devons accomplir notre devoir.

Smith braqua le faisceau de sa lampe sur son visage.

— Pourriez-vous au moins m'expliquer pourquoi cette attaque a été lancée et la raison pour laquelle elle a été annulée à la dernière seconde ?

— Je ne peux pas, mon colonel.

Smyslov restait impassible malgré la lumière qui le faisait cligner des yeux.

— C'est un secret d'Etat, encore mieux protégé que celui de Misha 124.

Smith s'écarta de son prisonnier. Il n'y avait rien de mieux à espérer ici, et le temps passait.

Restait encore une voie à explorer. Smith entreprit d'inspecter minutieusement et en détail les parois de la grotte, examinant tour à tour chaque fissure, chacune des nombreuses failles du mur de lave irrégulier. Il était sur le point de désespérer, lorsqu'il aperçut une tache plus claire, très haut au-dessus de l'éboulis du fond, derrière la chambre où ils avaient découvert les corps du commandant de bord et du commissaire politique.

Il escalada les blocs de basalte et arriva près du plafond. Cette tache, c'était un morceau de toile de parachute en soie, maintenu en place par de grosses pierres.

Une tenture contre le vent.

Smith dégagea les pierres, ôta la toile et un souffle glacé lui balaya le visage. Le tunnel de lave continuait après la chambre ! A une époque, un éboulement avait créé un mur naturel. Mais il subsistait encore un passage, assez grand pour qu'un homme puisse ramper et rejoindre ce qui se trouvait derrière.

Il se faufila dans le trou et redescendit de l'autre côté. Il explora ce qui se trouvait devant lui, mais sa lampe donnait des signes de faiblesse. Le tunnel s'élargissait, jusqu'à atteindre la taille d'un tunnel routier et paraissait se poursuivre plus loin. Sortant une boussole de sa poche, il l'ouvrit et lut ce que lui indiquait la flèche phosphorescente. Il fit mentalement quelques corrections pour tenir compte de la proximité du pôle magnétique et s'orienta ainsi. D'après ses estimations, le tunnel devait être parallèle à l'autre face de la montagne.

Et si... et si. Cela dépendait de la longueur sur laquelle courait encore le passage, et s'il donnait sur une sortie. Après mûre réflexion, il s'enfonça plus avant, en essayant d'évaluer la pente. Se trouvait-il au-dessus ou au-dessous du niveau du glacier ?

Il avançait lentement et difficilement. Des tas de glace verdâtre et translucide s'étaient formés autour des rochers gros comme des armoires. Le sol était plus inégal que dans les cavités qui avaient servi de refuge, peut-être le signe qu'il était plus instable. Mais Smith n'était pas d'humeur à se préoccuper de ce genre de chose, et il n'en avait d'ailleurs pas le temps. Cent mètres... deux cents.

Ici ! Un rai clair sur le fond de roc noir, une coulée de neige qui descendait le long de la paroi !

Il grimpa quatre à quatre la pente lisse de ce glacier miniature formé par la neige. Cela venait d'un endroit, peut-être à deux mètres cinquante au-dessus du sol, la surface d'une table basse. Assurant un pied sur une large corniche, il éteignit sa lampe pour laisser sa vue s'adapter à l'obscurité. Au bout de deux minutes, il commença à distinguer nettement la faible lueur qui venait de l'extérieur. La lumière du jour !

Il sortit sa baïonnette et entreprit de dégager prudemment une issue. La lumière se faisait plus vive. Smith découvrit qu'il était en train de creuser dans des amas de neige, comparables à ce qu'ils avaient trouvé devant l'entrée du tunnel de lave. C'était l'issue de secours qu'il cherchait.

Soudain, il se figea sur place. Il y avait autre chose dehors, pas seulement de la lumière.

Des voix, des bruits étouffés, très faibles, et ce n'était pas de l'anglais.

Il se remit à creuser, mais en bougeant très lentement, tout doucement, avec un soin infini pour ne pas faire s'écrouler le mur. Un dernier coup de couteau dans la glace lui permit de ménager une petite meurtrière horizontale. La lumière était maintenant presque éblouissante, en dépit de la couverture nuageuse et il cligna les yeux derrière l'étroite ouverture.

Cette seconde issue donnait sur une étroite entaille dans la paroi de la falaise. A quinze mètres à peine, il aperçut deux formes, des hommes armés, en tenue arctique, accroupis derrière l'entaille et qui surveillaient l'entrée principale de la grotte.

Comme s'il marchait sur des œufs pleins de nitroglycérine, Smith battit en retraite et redescendit sur le sol de la grotte, une main et un pied après l'autre. Il avait trouvé une solution possible.

Chapitre 33

Station de l'île Mercredi

Randi vit le coup arriver, elle s'y était préparée. On lui tapait dessus à main plate, mais pas de simples claques. Elle essayait de décontracter les muscles de ses épaules et de la nuque, de suivre en cadence les allers-retours pour amoindrir leurs effets. Même ainsi, elle voyait trente-six chandelles, sa peau la brûlait.

Ce type lui tapait dessus sans aucun motif. Randi ne lui avait pas dit un mot, il ne lui avait pas adressé la parole. Ce n'était que le début de ce à quoi elle s'attendait, une séance destinée à la tester et à la briser, la preuve qu'ils n'hésiteraient pas à lui infliger souffrances et blessures. Randi en était parfaitement consciente. Elle essayait de ne pas sentir, elle se raidissait en soutenant le regard de son bourreau et en gardant une expression parfaitement neutre.

Elle avait appris lors de ses entraînements à l'évasion que c'était une mauvaise tactique. Elle aurait dû garder les yeux baissés et adopter une attitude de soumission. Quand on connaît la psychologie animale du terroriste, le regarder dans les yeux est pris comme une menace et peut entraîner des réactions violentes, pour ne pas dire mortelles.

Mais peu importait, ils allaient la tuer de toute façon.

L'homme qui l'avait frappée était un géant, tant par la taille que par l'énergie qu'il déployait, il paraissait encore plus grand et plus massif avec son accoutrement de grand froid. Il portait la barbe, un fouillis de poil gris roux qui débordait sur le col de sa parka. Ses yeux bleu clair étaient enfoncés sous des sourcils broussailleux de la même teinte, des yeux perçants et injectés de sang.

Ces yeux examinèrent le visage de Randi pendant un long moment, puis il y eut des éclats de rire tout autour d'eux et l'homme commença à ricaner d'un rire de gorge. Randi n'en fut pas rassurée pour autant. Quand il se mettait en colère, il devait être bien plus terrifiant que lorsqu'il rigolait.

— C'est un joli petit brin de fille, grommela le géant. Que sais-tu d'elle, Stefan ?

— C'est une espèce d'agent du gouvernement américain, mon oncle, cracha Kropodkin, et cette salope a bien mérité ça.

Mon oncle, songea amèrement Randi – ainsi donc, c'était une affaire de famille. Un coup du sort invraisemblable avait fait entrer le renard Kropodkin dans le poulailler de l'expédition. Tous les services de sécurité de la Terre étaient à la merci de ratés de ce genre.

Ils se trouvaient dans le laboratoire : Randi, le professeur Trowbridge, Kropodkin, le géant roux et deux de ses affidés – attentifs, le visage taillé à la serpe, type slave. Ils avaient désarmé et fouillé Randi, lui avaient ôté sa parka et son pantalon imperméable avant de lui menotter les poignets avec de bons vieux bracelets en acier.

L'un des gardes, qui se tenait derrière elle, se leva d'un bond, et elle sentit par intermittence le contact d'un canon de mitraillette entre ses omoplates.

— Et lui ? demanda le géant en désignant le docteur Trowbridge.

Les yeux sombres de Kropodkin cillèrent une fraction de seconde quand il jeta un coup d'œil à l'universitaire, celui-là même dont il avait mendié l'aide et qui l'avait défendu lorsque Randi l'accusait.

— Un prof. Un rien du tout.

Trowbridge, qui avait les mains attachées dans le dos, atteignait au sommet de son cauchemar. Il était si livide, presque vert, que Randi craignait un accident cardiaque. Il ne tenait debout que parce qu'il ramassait des coups de poing et de pied chaque fois que ses jambes se dérobaient sous lui. Le fond de son pantalon était tout souillé.

Randi aurait voulu lui parler, lui dire un mot d'encouragement ou de réconfort, mais elle n'osait pas. Si elle laissait paraître ne fût-ce qu'un embryon de compassion, leurs ravisseurs pourraient en tirer parti pour le torturer davantage dans le but de la faire parler.

— Allez, Stefan, lui dit le gros d'un ton jovial. Personne n'est un rien du tout, tout le monde est un peu quelque chose. Et se tournant vers Trowbridge : bon, mon ami, alors, vous êtes quelque chose, vous ?

— Oui oui... je suis... je suis le docteur Rosen Trowbridge, administrateur général du programme de recherche sur l'île Mercredi. Je suis citoyen canadien... je suis... un non-combattant. Un civil ! Je n'ai rien à faire avec ces... avec tous ces gens !

— Tu vois, Stefan ?

Le gros traversa le laboratoire jusqu'au coin où Trowbridge se tenait, tout recroquevillé contre le mur, près du poêle. Il lui donna une grande claque sur l'épaule.

— Tu vois, c'est un docteur. Un homme qui a reçu de l'éducation. Un homme intelligent.

Il se tourna vers Randi :

— Et toi, ma jolie mignonne ? T'es intelligente, toi aussi ?

Randi resta muette. Elle regardait par les fenêtres de la baraque et observait sans en avoir l'air les mouvements des hommes débarqués de l'énorme hélicoptère, notant ce qu'ils déchargeaient, essayant de voir où ils disposaient leurs sentinelles et leurs postes de garde.

— Hmm, peut-être que la petite dame n'est pas aussi intelligente que vous, docteur. Qui est-elle ? Pour quel service travaille-t-elle ?

Trowbridge avait la langue qui lui collait aux lèvres. Il essayait de ne pas regarder Randi, ni même de regarder quoi que ce soit.

— Comme Stefan vous l'a dit, elle est agent du gouvernement américain. Je ne sais rien de plus sur son compte.

— Mon cher ami – la voix du géant s'était fait dangereusement mielleuse – continuez à vous montrer intelligent.

Puis, de sa grosse main poilue, le chef des terroristes empoigna Trowbridge par son chandail et le fit valdinguer. Il le pencha en arrière, le força à poser ses mains menottées et ses poignets sur le poêle jusqu'à ce que les chairs commencent à grésiller.

Randi serra les mâchoires à s'en casser les dents.

Lorsque Trowbridge eut cessé de hurler, il se mit à table, les mots jaillissaient de sa bouche en un borborygme incompréhensible. Le géant roux n'avait même pas besoin de procéder à un interrogatoire, il se contentait de l'encourager en lui posant de temps à autre une petite question et en vérifiant parfois ce qu'on lui racontait auprès de Kropodkin.

Et Trowbridge lâcha tout : Jon, Valentina, Smyslov, le *Haley*, leur mission. Le docteur n'était pas entraîné à ce genre de choses, Randi ne pouvait s'attendre à autre chose de la part de ce malheureux.

Tandis que Trowbridge parlait, Randi, elle, réfléchissait. Elle faisait marcher ses méninges à toute vitesse, utilisant chacune de ces précieuses secondes pour essayer de trouver une ruse qui lui permettrait de les sauver, le docteur et elle. Elle avait déjà vécu des situations semblables et elle s'en était tirée en inventant un mensonge astucieusement monté ou une histoire quelconque. Mais, bon Dieu, dans le cas présent, elle n'avait guère de marge de manœuvre !

Avec Trowbridge, Kropodkin et ce qui était paru dans la littérature ouverte, ces gens en savaient décidément beaucoup trop. Elle n'avait rien à raconter ni à inventer ou à essayer de négocier. Pour l'adversaire, Trowbridge et elle ne comptaient pas, c'était du consommable.

De l'autre côté de la pièce, Trowbridge commençait à être à court de munitions. Randi essayait désespérément de lui transmettre un message muet. *Continuez à parler ! Pour l'amour de Dieu, inventez ce que vous voulez ! N'importe quoi ! Mais continuez à parler !*

Mais Trowbridge ne comprit pas le message. Il finit par dire, presque dans un souffle :

— C'est tout ce que je sais... Je suis prêt à coopérer... Je suis citoyen canadien.

Le gros se tourna vers Randi. Ses yeux très clairs étaient chargés de sous-entendus.

— Alors, beauté, t'as quelque chose à ajouter ?

Randi déchiffrait ce que signifiait ce regard et elle savait qu'il la tenait. Il la comprenait, il comprenait que tout ce qu'elle pourrait lui dire ne serait que pur stratagème pour essayer d'éviter l'inéluctable. Elle lui rendit son regard, aussi impossible qu'une statue de Vénus. Seuls son amour-propre et son entraînement la retenaient de laisser éclater sa rage et son désespoir.

— T'as parfaitement raison, ma jolie. Pas la peine de perdre notre temps à tailler la bavette.

Il se retourna vers Trowbridge et sortit un gros CZ-75 d'origine tchèque de la poche de sa parka.

— Tous mes remerciements, ami docteur. Vous nous avez rendu grand service.

Puis il leva son pistolet et, d'un simple signe de tête, indiqua au garde qui surveillait Trowbridge de se pousser.

Trowbridge comprit ce que cela voulait dire et ses traits trahirent une dernière fois son horreur.

— Non! Attendez! Je vous ai dit tout ce que je savais! Je coopère! Vous n'avez pas de raison de me tuer!

— Il a raison! explosa Randi. Il n'est pour rien dans tout ça!

Il fallait qu'elle parle, qu'elle proteste au moins une fois, même en sachant avec certitude que c'était inutile et pis qu'inutile.

— Vous n'avez aucune raison de le tuer!

Il agita le canon de son pistolet.

— Oui, c'est parfaitement exact. – Le grand type la regardait en souriant. – Je n'ai pas de raison de le tuer, je n'en ai pas davantage de lui laisser la vie sauve.

Le CZ-75 aboya. La balle unique de 9 mm alla se perdre dans le local radio après avoir semé un mélange de sang, de petits morceaux d'os et de matière cervicale. Mort sur le coup, Trowbridge s'effondra.

Randi ferma les yeux, nul sauf elle n'entendit son sanglot de désespoir et de remords. *Trowbridge, je suis désolée! Jon, je suis désolée! J'ai été nulle!*

Elle rouvrit les yeux pour voir le géant qui faisait le tour de la table pour s'approcher d'elle. Son sort était scellé, c'était donc ici que tout allait se terminer. Elle savait que cela viendrait un jour ou l'autre. L'endroit n'était pas rêvé, mais les gens de son espèce connaissaient rarement une fin agréable. Cela faisait partie du métier.

Le CZ-75 était braqué à hauteur de sa taille.

— Alors, ma jolie, est-ce que j'ai une raison de ne pas te tuer ?

Mais c'était pour la forme, Randi sentait qu'il avait déjà pris sa décision. Il savait qu'il n'avait rien à attendre d'elle. Tout ce qu'elle pourrait tenter, tout essai de négociation, toute tentative de diversion seraient pris pour rien. Randi se réfugia dans le silence.

— Non.

L'automatique pivota et l'homme le braqua sur sa tête.

— Attendez.

C'était Kropodkin. Il se tenait derrière son oncle, une expression cruelle sur le visage. Ses yeux sombres suivaient les lignes de son corps, il la déshabillait du regard.

Enfin une minuscule lueur d'espoir.

— On n'est pas obligés de se presser, avec celle-là. Nous avons une longue nuit qui nous attend et il fait froid, mon oncle. Ce serait vraiment du gâchis.

La lueur d'espoir grandissait encore. Les yeux du grand type se mirent à briller, l'idée faisait son chemin. Il laissa un peu retomber son automatique, à hauteur de la poitrine de Randi, puis suivit du bout du canon la forme des seins.

Randi savait qu'elle était séduisante, belle même. Elle avait déjà utilisé dans ses activités le pouvoir du sexe et de la séduction, et cela ne lui posait aucun problème. Mais si elle faisait preuve de coquetterie maintenant, elle risquait de tout compromettre. Ce type n'était pas un imbécile. Randi respira profondément, lentement, gonflant légèrement ses seins offerts.

— Tu as raison Stefan, ça pourrait nous permettre de passer un bon moment, murmura le rouquin.

Imperceptiblement, Randi prit l'air apeuré, laissant entendre qu'elle n'était pas aussi forte qu'elle l'avait laissé croire. Pour des hommes comme eux, la peur et la vulnérabilité étaient de puissants aphrodisiaques. Ils allaient réagir comme des requins qui sentent une trace de sang dans l'eau. Sa seule chance de s'en tirer était peut-être de feindre le syndrome de Stockholm.

Allez, bande de salauds! Vous en mourez d'envie! Baisez-moi avant de me tuer!

Sa vie tenait à un fil.

— Oui, ce serait du gaspillage.

Il laissa retomber son automatique et le fit disparaître dans une poche de sa parka.

— Sur ce caillou perdu, c'est vrai qu'on manque un peu de distractions. Souviens-toi bien de ça, Stefan, il faut toujours soigner le moral du personnel. Nos hommes ne nous pardonneraient pas de les avoir privés des charmes de cette séduisante personne.

Tendant le bras, il tapota la joue tuméfiée de Randi.

— Ramenez-la dans le dortoir et bouclez-la jusqu'à ce soir. Le travail passe avant le plaisir.

Randi fit semblant de s'effondrer et l'horreur se peignit sur son visage. Mais, intérieurement, elle exultait. Ils avaient pensé avec leurs couilles au lieu de penser avec leur cervelle. Après tout, ces voyous n'étaient qu'une poignée. Des voyous de premier brin, certes, mais des voyous tout de même. Ils venaient de commettre une erreur que de vrais professionnels n'auraient jamais faite. Et ils laissaient ainsi à une vraie professionnelle la possibilité de rester en vie. Maintenant, elle allait le leur faire payer.

*

A la station de l'île Mercredi, la démographie avait connu une véritable explosion. Anton Kretek avait amené avec lui dans le Halo une équipe d'une vingtaine d'hommes, combattants et techniciens. Ils s'affairaient à protéger l'énorme hélicoptère contre les intempéries et à mettre en place des sentinelles.

Maintenant que tout était réglé dans le labo, Anton Kretek partit faire une petite inspection pour s'assurer que son plan était exécuté à la lettre. Ça pouvait encore marcher – il en était sûr, même en tenant compte de la présence imprévue des services occidentaux – mais la marge d'erreur était fort mince.

Le fils de sa sœur défunte marchait à côté de lui dans la neige qui crissait sous leurs pas. Kretek était content de lui. Quelques années plus tôt, Stefan était encore un chien fou et il désespérait de lui. Aucune discipline, aucun bon sens, comme tant de jeunes aujourd'hui.

Les choses avaient pris une sale tournure lorsque Stefan avait donné des coups de couteau à une étudiante allemande qui faisait du tourisme à Belgrade, mais bon, il lui avait tranché la gorge. Pas moyen d'arranger les choses sur place. Kretek avait dépensé beaucoup de temps et fait appel à toutes ses ressources pour le faire sortir d'Europe et l'aider à s'installer au Canada sous une fausse identité.

Mais ce garçon avait fait amende honorable, et il venait de le prouver. Il s'en était fort bien tiré, et, après tout, il y avait peut-être du boulot pour lui dans son organisation. Un héritier, en quelque sorte.

Une rafale de neige obligea Stefan à fermer les yeux.

— Mon oncle, on est vraiment trop à découvert. Les satellites espions américains risquent de repérer quelque chose.

Kretek lui fit un signe approbateur. Ce garçon avait de la tête. Oui, il revenait de loin.

— Ils peuvent bien regarder tant qu'ils veulent. C'est l'une des raisons pour lesquelles j'ai retardé notre arrivée. Il fallait qu'on ait le temps nécessaire et la météo qui convenait. Il fallait qu'on débarque juste avant le front suivant. A présent, il est impossible de mettre quoi que ce soit en l'air entre ici et les côtes canadiennes. Personne ne peut venir nous chercher.

— Mais il va bien y avoir quelques éclaircies.

— Tout à fait exact, Stefan. En fait, le temps va se lever demain matin. Mais, dans cette partie du monde, le temps s'améliore par le nord. On aura le temps de décoller. J'ai pris avec moi mes meilleurs pyrotechniciens et ils ont des charges adaptées au découpage du TU-4. J'ai aussi réussi à trouver des plans du système de guerre biologique et j'ai prévu un système d'accrochage pour saisir le réservoir d'anthrax.

« Demain matin, nous redécollerons pour aller sur le site de l'accident et nous ouvrirons cet avion comme une huître. Puis nous prélèverons la perle avant de nous casser. Cela devrait nous prendre une demi-heure, allez, trois quarts d'heure au pire. Le temps qu'ils arrivent, nous serons partis.

— Et pour aller où, mon oncle ?

— J'ai mis en place trois sites de ravitaillement dans des zones désertes du grand Nord canadien. Nous y ferons escale avant de gagner la baie d'Hudson en volant en rase-mottes pour échapper aux radars du NORAD [1]. Arrivés là, nous avons rendez-vous avec un chalutier islandais. L'hélicoptère finira au fond de l'eau, et nous appareillerons pour le milieu de l'Atlantique. Là, nous transférerons le réservoir à bord de l'un des navires du groupe avant de nous débarrasser du chalutier et de son équipage. Après, c'est gagné. Il ne restera plus qu'à décider si nous avons intérêt à tout céder en bloc à un acheteur unique, ou s'il vaut mieux faire de la vente au détail.

Kropodkin éclata de rire et donna une grande tape sur l'épaule de Kretek.

— Je vois, le vieux loup n'est jamais à court d'idées.

— Oui, mais cette fois, c'est le fin limier qui a flairé une proie.

Kretek le regarda droit dans les yeux, le regard grave.

— Tu es bien sûr que l'équipe des enquêteurs n'a pas pu passer de message radio ?

— Sûr et certain. Leur équipement n'était pas assez puissant pour passer à travers l'éruption solaire, et j'ai saboté celui de la station. Ç'a été vraiment limite, très limite, mais ils n'ont pas pu émettre.

Kretek hocha la tête.

— Parfait. Pour ce qu'en sait le monde extérieur, les enquêteurs et les scientifiques sont peut-être toujours ici, à la station. Les Américains ne vont pas risquer de lancer des missiles de croisière ou de nous bombarder en risquant de tuer des otages. C'est le dernier truc qu'on ait à craindre.

— Je n'en suis pas aussi sûr, mon oncle.

Kropodkin se tourna vers la baraque-laboratoire. L'un des gardes de Kretek traînait le cadavre du docteur Trowbridge dans la neige. Un autre emmenait Randi, toujours menottée, jusqu'au dortoir.

— Les autres enquêteurs américains sont toujours quelque part dans l'île. S'ils sont tous comme cette salope, on peut s'attendre à avoir quelques ennuis.

Kretek haussa les épaules.

— Allons allons. Ils sont trois, rien que trois. Mieux vaut se faire

---

[1]. North American Aerospace Defense Command, commandement américain de la défense aérienne et spatiale.

du souci pour ce qui en vaut vraiment la peine. S'ils reviennent ici cette nuit, nous les tuerons. S'ils décident de rester planqués quelque part, on laisse faire. Ils ne me dérangent pas tant qu'ils ne nous gênent pas.

— Tous, sauf une. – Kropodkin lui montra Randi du menton. – Elle, je lui garde une dent.

Il avait dit ça d'un ton glacial, aussi glacial que le vent polaire.

— Je peux le comprendre. Tu en auras la primeur ce soir, tu l'as bien mérité.

Il lui donna une grande tape.

— Mais tu nous en laisses un peu, compris ? poursuivit-il. Désormais, tu fais partie de la société. Faut partager honnêtement.

Et les deux hommes éclatèrent d'un gros rire.

Chapitre 34

Le Glacier du Col

LA MASSE NOIRE DU PIC est se dressait au-dessus de la blancheur du glacier, mais il allait bientôt se noyer dans la nuit. En bas, l'approche finale commençait. Des visages sombres et tannés, des yeux bridés émergeaient des capuches des parkas. Les hommes jaugeaient la force du vent et les rafales de neige qu'il chassait devant lui. Lorsqu'une bouffée cachait l'objectif, les Spetsnaz avançaient en rampant sur quelques mètres, tirant parti de la moindre seconde, du plus petit repli dans la glace, et resserraient l'étau autour de l'entrée de la grotte.

C'étaient des Iakoutes originaires de Sibérie, de cette race dont sont issus les Indiens d'Amérique. Ils étaient parfaitement adaptés à cet environnement rude et glacé. Grâce à leur tenue polaire, le vent ne les gênait pas, même si la partie de leur corps exposée au froid les faisait souffrir. La morsure sur leur visage ne les dérangeait pas. Cicatrices et taches de gel étaient chez eux des marques d'honneur, la preuve de leur aptitude à survivre et à combattre dans des conditions que n'auraient pas supportées des hommes plus faibles et moins aguerris.

Ce soir, s'ils ressentaient quelque chose, c'était qu'ils avaient chaud. Le feu de la vengeance les brûlait, pour leurs camarades morts de la main de ceux qui se trouvaient dans cette grotte. Et ils espéraient bien que leurs adversaires ne connaîtraient pas une mort rapide au cours de l'assaut. Dans leur monde, la vengeance était une chose qui méritait qu'on prenne son temps.

L'enseigne de vaisseau Pavel Tomashenko observait prudemment les alentours, caché derrière un rocher recouvert de neige. Son adjoint et lui avaient progressé le long de la falaise jusqu'à cinquante mètres de l'entrée de la grotte. Grâce à son monoculaire de vision nocturne, il distinguait le corps du soldat Uluh étendu sur la glace. Cela lui permettait d'estimer la distance.

Ils avaient fait une erreur en jetant une grenade dans la caverne au cours de l'après-midi, mais il était trop furieux d'avoir perdu son éclaireur, Toyon, abattu par ce tireur d'élite. Cela l'avait fait réagir trop vite et résultat, il avait perdu deux hommes au lieu d'un seul.

Il en avait donc trois à venger. Leur dernier contact avec le major Smyslov avait été l'émission du signal radio de sa balise. Les Américains devaient plus ou moins savoir désormais quelle était la véritable mission du major et ils l'avaient sans doute abattu. C'était bien regrettable, mais c'était un souci de moins pour conduire l'assaut.

Ces deux-là étaient des bons, songeait Tomashenko, l'homme et la femme réfugiés dans la caverne. Sans doute les Forces spéciales des Etats-Unis ou la CIA. Lorsqu'il se lancerait à leur poursuite avec ses hommes, cela ressemblerait sans doute à la chasse au tigre qu'ils pratiquaient en Sibérie. Il fallait les tuer pour de bon.

La nuit était complètement tombée, début de cette période d'obscurité qui durait seize heures dans l'Arctique. Il jeta un dernier coup d'œil dans son monoculaire. Le photomultiplicateur améliorait certes les choses, mais ne pouvait rien contre la neige qui tombait dru. En outre, le froid diminuait les performances de la pile. Ses hommes avaient reçu leurs ordres, la section devait avoir gagné ses positions. Prolonger l'attente ne servait plus à rien.

— Soyez paré, sergent.

Le sergent Vilyayskiy poussa un grognement pour indiquer qu'il avait entendu. Il sortit le lance-fusée éclairante de l'étui fixé sur son brêlage.

Tomashenko prit de son côté une grenade à fragmentation RGN-86 qu'il avait dans une poche et sortit le sifflet pendu à son cou sous sa parka. Lorsqu'il avait reçu sa première affectation en Sibérie, il avait commis l'erreur de laisser pendre son sifflet à l'extérieur de sa chemise. Le métal glacé lui avait arraché un petit morceau de lèvre.

— Eclairage !

Le sergent tira en tir tendu au ras du glacier, si bien que la fusée au magnésium se posa près de l'entrée qu'elle éclaira de sa lumière bleuâtre. Tomashenko émit un long coup de sifflet.

Tout autour, les fusils-mitrailleurs RPK-74 lâchèrent de longues rafales, les balles traçantes convergeaient toutes vers l'ouverture. Une seconde après, une demi-douzaine de grenades explosèrent au même endroit, faisant voler le corps d'Uluh de façon ridicule. Une grenade qui avait atterri pile dans le tunnel fit disparaître le mur de neige qui s'élevait devant l'entrée.

Tomashenko siffla deux coups, signal de la fin des tirs et de l'assaut. Il se leva et commença à courir. Son autorité et son orgueil exigeaient qu'il soit à la tête de ses hommes.

Ses hommes en faisaient autant, venant de toutes les directions. On aurait cru de pâles silhouettes qui sortaient de la glace en brandissant leurs armes. Mais c'est Tomashenko qui arriva le premier.

— Attention, grenade !

Il arracha la goupille et la cuiller se souleva du corps sphérique de l'engin mortel. Il compta jusqu'à deux avant de la lancer et de se jeter lui-même contre la paroi du rocher.

La grosse détonation résonna loin dans le tunnel, des tombereaux de neige dégringolèrent sous l'onde de choc. Ramassant son AK-74 qu'il tenait sous le bras, Tomashenko se plaça devant l'entrée et vida son chargeur en une seule rafale, trente coups au total. Le sergent Vilyayskiy qui se tenait près de lui en fit autant. Les balles faisaient voler des étincelles sur les rochers.

Pas de riposte.

Pendant que le reste de la section se déployait des deux côtés de l'entrée, Tomashenko et Vilyayskiy allumèrent les lampes fixées sous le canon de leurs armes.

Rien. Derrière le nuage de poussière de pierre ponce et d'acide picrique, le début du tunnel était vide. Les Américains avaient dû aller s'enfoncer plus loin avant l'attaque.

Tomashenko mit en place un chargeur neuf.

— Vlahovitch. Vous restez ici avec votre groupe pour couvrir l'entrée. Les autres, suivez-moi !

La perspective n'était pas très réjouissante, mais il fallait y aller. Avançant courbés, en file indienne, les hommes s'engagèrent dans l'obscurité du tunnel.

Une fois franchi le premier coude, ils passèrent précautionneusement près des débris du vieux poste radio réduit en miettes par les tirs de grenades. Aucun signe de vie ni de mort à cet endroit, mais, un peu plus loin devant, il y avait une tranchée dans le sol qu'ils avaient du mal à éclairer – ça descendait dans un trou plus large. Un étranglement naturel, l'endroit rêvé pour une embuscade.

— Eclairant ! ordonna Tomashenko.

Le soldat enfourna une fusée neuve dans son fusil. Puis ils s'avancèrent très prudemment tous les deux jusqu'à l'entrée du passage, se mouvant aussi silencieusement que savent le faire des combattants très bien entraînés.

— Allez-y !

Vilyayskiy mit à feu sa fusée et Tomashenko épaula, paré à ouvrir le feu.

La fusée toucha le sol et s'alluma.

Barsimoi ! Mais ils ne devaient être que deux !

Une demi-douzaine de silhouettes étaient étendues sur le sol, éclairées à contre-jour par la flamme.

— Reculez ! reculez-vous !

Tomashenko lâcha une longue rafale et se rejeta à l'abri. Il porta la main à son brêlage et arracha une grenade. Le sergent Vilyayskiy en fit autant.

Tomashenko balança sa grenade qui rebondit sur les pierres en tintant. Elle explosa dans un grand grondement en émettant une onde de choc à vous déchirer les oreilles. Les Spetsnaz reculèrent pour éviter les éclats qui sifflaient de partout. Une seconde grenade, puis encore une troisième. L'air était rempli de fumée et de poussière de lave, un caillou de la grosseur du poing tomba de la voûte sur l'épaule de Tomashenko.

— Ça suffit ! hurla-t-il, saisi d'une soudaine frayeur. Cette montagne de merde va nous tomber sur la gueule. Cessez le feu !

L'écho et le fracas des chutes de pierres s'estompèrent. Le silence régnait dans la cavité inférieure. Et l'obscurité était redevenue totale, car les grenades avaient éteint l'éclairant.

— Sergent, éclairant ! ordonna Tomashenko.

Le fusil lance-fusée cracha une fois encore, un autre éclairant partit en rebondissant dans la caverne.

— On les a eus, lieutenant ! s'exclama Vilyayskiy. Ces salopards sont foutus !

Ils allumèrent leurs lampes-torches et balayèrent l'amas de corps étendus sur le sol.

— On n'avait repéré que les deux Américains. D'où qu'ils viennent, tous ceux-là ?

— Je n'en sais rien. Soyez prudents. Il y en a peut-être d'autres.

Pourtant, il y avait quelque chose de bizarre dans la rigidité des cadavres. Et soudain, Tomashenko comprit tout. *Il n'y avait pas de sang ! Ils n'avaient tué personne ! Ces hommes étaient morts depuis cinquante ans !*

Pestant et jurant, Tomashenko mena ses hommes en bas de la traînée de lave jusqu'au sol du tunnel. Ils avaient pulvérisé les cadavres rigidifiés et congelés de leurs propres camarades ! On avait attaché les aviateurs de Misha 124 comme des marionnettes avec un lacis de cordes d'alpinisme entrecroisées et fixées à des pitons plantés dans les parois de la grotte.

De plus en plus furieux, Tomashenko comprit qu'on s'était arrangé pour lui faire perdre du temps. Le coup avait été imaginé par quelqu'un qui connaissait parfaitement la psychologie et les réactions d'une force engagée dans le nettoyage d'un souterrain. Et lui, Pavel Tomashenko, avait réagi exactement comme le souhaitait l'ennemi. Des Américains, aucune trace. Et aucune trace non plus de ce qu'était devenu le major Smyslov.

Tomashenko entendit ses hommes murmurer. Ils étaient certes des soldats de la Fédération de Russie, mais c'étaient aussi des Iakoutes qui avaient conservé les superstitions et un certain nombre de traditions de magie de leur peuple.

— Déployez-vous et fouillez !

Tomashenko voulait les remettre au boulot immédiatement.

— Il doit y avoir une autre issue ! Un autre tunnel ! Trouvez-les !

Ils durent chercher pendant plusieurs minutes avant de découvrir le passage qui donnait accès à un autre tronçon du tunnel. Il avait été bouché avec des blocs de basalte que l'on avait fait dévaler d'en haut.

Les Américains gagnaient du temps. Mais pour quoi faire ? Ils étaient coincés comme des rats dans un tuyau d'égout. A moins que...

— En avant ! Poursuivez-les ! Allez, on se bouge !

Tomashenko se glissa dans le trou et passa dans le tronçon suivant. Il ne fallait pas leur laisser le temps ni la possibilité d'imaginer encore des farces et attrapes à leur façon. Il avait pour lui la supériorité numérique et la puissance de feu, il avait bien l'intention de s'en servir.

— Eclairant ! Illuminez-moi ça partout !

Des gerbes d'éclairants partirent devant eux, emplissant le tunnel d'une lumière rougeâtre, une vraie lumière infernale. La fumée chimique produite par la combustion polluait l'air et vous brûlait les poumons. Cette section du tunnel de lave était aussi large qu'une nationale, haute de deux étages. La section progressait à la va-vite, se faufilant entre les rochers, les hommes étaient obligés de passer à saute-mouton par-dessus les blocs. Une moitié progressait, couverte par l'autre qui restait parée à lâcher un déluge de feu au moindre signe de vie ou de résistance.

Mais il n'y avait personne. Ils continuaient la progression, le tunnel n'en finissait pas. Les craintes de Tomashenko commençaient à prendre corps. Puis il trouva. Une petite tache claire, de la neige qui s'était écoulée sur sa gauche. Le sol rocheux était glissant à cause de la glace, mais en haut, cela venait de l'extérieur. Putain de merde, il y avait une sortie, et les Américains l'avaient trouvée !

On avait taillé au piolet des marches dans la cascade de glace. Le sergent Vilyayskiy monta pour aller y voir de plus près.

— Il y a un tunnel dans la neige ! Ils ont dû passer par là avant de tout reboucher derrière eux.

Très logiquement, les Américains avaient prévu que Tomashenko commencerait par renforcer son dispositif devant l'entrée avant de donner l'assaut. Ils avaient simplement attendu que les Russes s'éloignent de l'issue secrète, avant de s'échapper en laissant derrière eux divers barrages qui leur avaient permis de gagner du temps.

— Sergent ! Dégagez ce tunnel immédiatement et lancez-vous à la poursuite de ces enfoirés ! Prenez le groupe du caporal Otosek avec vous. Je retourne jusqu'à l'entrée principale avec le reste de la section ! Les Américains doivent essayer de rallier la station. Vous les suivez et de mon côté, j'essaye de leur couper la retraite. Exécution !

— Bien lieutenant, répondit le Iakoute en dépliant stoïquement sa pelle de campagne. Amaha, bouge-toi le cul et viens m'aider.

Quelques instants plus tard, les deux Spetsnaz s'attaquaient au bouchon de neige. Tomashenko emmena le reste de ses hommes au pas de course et ils reprirent le chemin par lequel ils étaient arrivés.

Tomashenko hésita soudain, une idée lui venait à l'esprit. Ces salauds d'Américains étaient sacrément astucieux. Et si...

Le soldat Amaha enfonça sa pelle dans la neige qui bloquait l'issue. En la retirant pour la vider, il sentit quelque chose qui résistait. Il baissa les yeux pour voir ce que c'était à la lueur de sa torche et aperçut un fil assez fin pris dans le manche de sa pelle. Au début, il ne comprit pas, puis il poussa un hurlement.

La grenade enrobée de plastique qu'Uluh avait essayé de lancer dans la grotte scella son destin.

Amplifiée par le confinement des lieux, l'onde de choc jeta Tomashenko face contre terre. Il avait dans la bouche un goût de sang mêlé à l'amertume de l'explosif et à la saveur métallique du basalte. Ses oreilles sifflaient, il entendait à peine les grognements et les gémissements de douleur de ses hommes. Il se releva en essayant de distinguer quelque chose dans le brouillard rendu rose par les éclairants.

Le passage extérieur était dégagé, les corps du sergent Vilyayskiy et du seconde classe Amaha étaient plaqués contre la paroi, comme des punaises qu'un dormeur irrité écrase avec sa main.

Rien ne pouvait dire l'horreur de ce spectacle.

Tomashenko rebroussa chemin et grimpa jusqu'à la fissure noircie que l'explosion avait dégagée.

Il passa la tête dehors pour regarder, il faisait nuit noire. Ce qu'il découvrit le laissa incrédule. La sortie donnait sur la petite crique du glacier dont il avait fait son poste d'observation pendant tout l'après-midi. Ce type, Smith, avait dû rester planquer à vingt mètres de lui. Il l'avait observé tout ce temps-là sans qu'il s'aperçoive de rien ! Pas même le moindre indice !

Sa carrière était brisée, il ne se remettrait jamais de cette honte !

— Poursuivez-les ! hurla-t-il, fou de rage. Ils ne passeront pas la nuit !

Chapitre 35

Base de l'île Mercredi

R*ANDI ÉTAIT ALLONGÉE* sur le dos sur la couchette inférieure dans la zone réservée aux femmes, les poignets tirés en arrière au-dessus de sa tête et menottés aux montants. Un peu de lumière passait par la porte ouverte, une lampe à gaz brûlait dans la pièce principale. De temps à autre, le gardien installé devant la table jetait un coup d'œil dans sa direction.

Pour lui, selon toute apparence, elle était parfaitement immobile. La tête du lit était perdue dans l'ombre. Mais Randi pliait et dépliait les doigts, continuellement, méthodiquement, comme un chat qui se fait les griffes. Il ne fallait pas que ses mains s'engourdissent.

Déjà, au moment où on la conduisait dans le dortoir, elle avait commencé à former des plans dans sa tête. Lorsque ses ravisseurs lui avaient attaché les mains dans la couchette, elle avait fait semblant de résister, ce qui lui avait valu une gifle de plus. Mais, en faisant un mouvement habile, elle avait réussi à ce que la menotte autour de son poignet droit passe sur la manche de son chandail et des sous-vêtements chauds qu'elle portait en dessous.

Elle avait réussi à remonter le tissu hors du bracelet, ce qui lui donnait un peu de mou. Elle avait également fait attention à bien serrer les poings lorsqu'ils avaient fermé les menottes, ce qui lui laissait quelques précieux millimètres supplémentaires.

Elle pivota très légèrement dans sa couchette, comme si elle essayait de trouver une position moins inconfortable. Elle profita de ce mouvement pour sentir le picot fixé dans le poteau de la couchette et commença à frotter contre lui le lien qui réunissait les deux bracelets. Puis elle replia les doigts de toutes ses forces et tira un petit coup pour voir. En mettant le paquet, ça pouvait marcher. Ce ne serait pas très agréable, certes, mais ça devait marcher.

Elle scruta la pénombre, essayant d'évaluer les distances, de repérer où se trouvaient différents objets, de déterminer ce qui pourrait lui être utile. Quelles étaient les dimensions de la fenêtre, dans la cloison du préfabriqué ? L'épaisseur du verre ? Il fallait qu'elle se souvienne du gros magnétophone posé en haut de l'armoire, contre le mur opposé. Quelle était l'épaisseur de la couche de neige amassée contre le baraquement, est-ce que la croûte supporterait son poids ? Elle écoutait le bruit du vent pour essayer de deviner le temps qu'il faisait, d'estimer la visibilité. Et les vêtements chauds ? Elle supposait que les siens étaient toujours dans le labo. Il lui faudrait improviser le moment venu.

Pendant toutes ces heures d'attente, elle s'était imposé le maximum de préparation mentale et physique. Pour le reste, c'était affaire de patience, de chance, sans parler des goûts sexuels des Slaves.

L'odeur des rations que l'on faisait réchauffer remplissait le dortoir et elle voyait passer des ombres de plus en plus nombreuses dans le rai de lumière. Le chef de ces bandits – Kremek, elle avait entendu ses hommes prononcer son nom – faisait dîner ses troupes à tour de rôle. L'odeur de la nourriture chaude lui rappelait malheureusement qu'elle n'avait rien avalé depuis son petit déjeuner symbolique. Elle aurait apprécié un bon repas, mais ne voulait pas réclamer, de peur de déranger le scénario qu'elle avait élaboré.

Elle reconnut les voix de Kretek et de Kropodkin. Ils étaient en train de dîner dans la baraque du dortoir. La langue commune à tout le monde était le russe, mais Randi reconnut une demi-douzaine de dialectes ou d'accents balkaniques. Les hommes, tout en mangeant, parlaient des opérations du lendemain : le découpage du fuselage de Misha 124, le démontage du réservoir d'anthrax, les précautions qu'il convenait de prendre en manipulant l'agent biologique.

Ils parlaient aussi de Jon, du professeur Metrace et du major

Smyslov. De ce que Randi réussissait à saisir, ils n'avaient eu aucun contact avec ses camarades jusqu'ici. Les hommes échafaudaient des plans pour partir à leur poursuite.

Les bruits de fourchettes et de gamelles se prolongeaient. Elle sentait des odeurs de tabac, pipes, cigarettes âcres des Balkans. L'ambiance était sympathique, les rires se faisaient plus fréquents. Les hommes se détendaient après leur dîner, plaisantaient, parlaient de femmes et de sexe.

C'était pour bientôt.

Randi entendit Kretek annoncer de sa grosse voix :

— Bon, Stefan, tu ferais mieux de ne pas traîner. Y a ici pas mal de monde qui attend que t'aies fini.

Ainsi donc, ce serait Kropodkin.

Elle entendit l'étudiant rire bêtement puis une avalanche de plaisanteries assorties de conseils plus ou moins salaces.

— Et surtout, mec, tu lui abîmes pas la tronche.

— Pourquoi que tu t'inquiètes de sa gueule, Belinkov ? Qu'est-ce que tu comptes en faire ? Lui tirer le portrait ?

— Ben oui, je suis un grand romantique, moi.

Une ombre passa et fit écran devant la lumière. Il était dans l'embrasure et la regardait. Elle l'entendait respirer en faisant du bruit, son nez qu'elle lui avait brisé le gênait. Puis ce fut le bruit de ses bottes, elle sentit l'odeur aigre de son corps.

Kropodkin s'avança et referma derrière lui la porte en accordéon, plongeant la pièce dans l'obscurité.

Je vais te baiser, fils de pute !

Si Kropodkin voulait faire l'intéressant, ou si les hommes de Kretek s'étaient mis debout sur la table pour s'en coller plein les mirettes, Randi savait qu'elle se serait retrouvée en fâcheuse posture. Mais elle avait déjà eu des aventures avec des Russes, tant pour la bonne cause que pour raison professionnelle. Elle savait qu'ils étaient assez prudes et que la pudeur est profondément inscrite dans la culture slave. Et l'exhibitionnisme créait chez eux comme un sentiment de honte. Elle avait tablé là-dessus.

Kropodkin s'agenouilla près de la couchette, lui prit les seins, les tâtant et les massant avec brutalité, comme un enfant.

— Les choses vont plus être pareilles maintenant, pas vrai, mademoiselle Russell ?

Il prononçait son nom comme s'il crachait.

— T'as beaucoup de choses à te faire pardonner. Vraiment des tas de choses. Tu peux me demander pardon quand tu voudras, peut-être que je t'écouterai.

Elle distinguait sa silhouette qui se découpait dans le rai de lumière qui passait sous la porte, elle voyait ses yeux injectés de sang. Et elle dit à ces yeux dans un murmure que lui seul pouvait entendre :

— Autant que tu le saches. Je vais te tuer.

*

Kropodkin éructa une nouvelle injure pour essayer de combattre le frisson glacé qui lui passait dans le dos. Il se leva, arracha ses vêtements. Il allait se purifier du sortilège que cette putain belle comme le diable lui avait jeté, dans la déchéance où elle était tombée.

Puis il la déshabilla comme un fou, tira sur son pantalon de ski et ses sous-vêtements, avant de lui descendre sa culotte aux chevilles. Il ne se donna même pas la peine de défaire les lacets de ses chaussures, ça lui ferait une entrave de plus. Ce fut ensuite le tour de son chandail et de son haut qu'il fit passer par-dessus sa tête avant de s'en servir pour lui tenir davantage les mains. Elle était maintenant complètement nue, à l'exception de son soutien-gorge. Il s'en débarrassa de la même manière en tirant de toutes ses forces. Elle n'avait plus rien sur elle.

Elle ne disait toujours pas un mot, n'offrait aucune résistance, pas le moindre petit geste de révolte. Elle se contentait de le regarder dans les yeux, son regard étincelait. Comme si ce qu'il allait lui faire n'avait aucune importance. Comme s'il comptait pour rien, comme s'il était déjà mort, effacé.

Mais, si c'était effrayant, c'était aussi assez excitant. Il allait l'obliger à tenir compte de lui, cette pute. Il allait la mater, la briser, la faire hurler et pleurer. Il se coucha sur elle, courbé sous le matelas de la couchette supérieure et la chevaucha. Il sentit son dos s'arquer sous le choc rude de la pénétration. Elle céderait, ou elle mourrait.

*

Randi encaissa la première douleur aiguë. Elle entendait Kropodkin respirer en sifflant entre ses dents serrées, les rires et les conseils des autres qui étaient à quelques mètres de là, de l'autre côté de cette porte aussi épaisse qu'une feuille de papier. Puis elle sentit ses mains qui quittaient ses seins et s'approchaient de sa gorge.

Au-dessus de sa tête, les maillons de la chaîne qui reliait ses menottes cliquetèrent en tapant contre le picot des montants. Elle saisit avec les doigts de sa main gauche le vêtement entortillé autour de son poignet droit, de façon à dégager sa main droite.

Kropodkin continuait furieusement à lui faire subir ses coups de boutoir, sa douleur et sa rage devenaient insupportables. Elle se déchira la peau en dégageant sa main droite de son bracelet.

Tout à sa besogne avec le corps prostré sous lui, Kropodkin ne comprit pas ce que signifiaient réellement les mouvements convulsifs de Randi. Elle se dégagea complètement de son chandail et sa chemise qui tombèrent par terre. Puis, de sa main gauche toujours enchaînée, elle attrapa Kropodkin par les cheveux et lui tira violemment la tête en arrière.

— Je te l'avais bien dit.

Ce murmure fut la dernière chose qu'il entendit. Du tranchant de la main droite, Randi lui assena un coup au-dessus du nez et lui enfonça les cartilages des sinus dans le cerveau. Il mourut instantanément.

*

Randi sentit le sang jaillir sous sa main, le corps de Kropodkin était secoué des spasmes de l'agonie. Elle le fit rouler sur le plancher sans le lâcher, dans une étreinte désagréable, pour étouffer le bruit de la chute. Se débarrasser de ses menottes puis tuer son apprenti violeur n'avait pas été trop difficile. S'échapper, avec une douzaine d'hommes armés qui attendaient à un mètre ou deux derrière une porte peu résistante et impossible à verrouiller, c'était une autre paire de manches. Ce n'était qu'une question de temps et de très peu de temps, avant qu'ils se rendent compte qu'il se passait quelque chose d'anormal. Elle poussa encore quelques gémissements simulés, histoire de gagner une poignée de secondes, et essuya le sang de sa main. Puis elle enfila ses vêtements à la hâte. Elle n'avait pas ce qu'il lui fallait pour sortir à l'extérieur. Il y avait sûrement d'autres vêtements chauds dans les armoires, mais elle n'avait pas le temps d'aller fouiller dans l'obscurité.

Elle entendait toujours des rires dans la pièce à côté, puis quelqu'un, Kretek, posa une question à Kropodkin.

Il fallait qu'elle sorte immédiatement. Kropodkin portait une chemise de flanelle épaisse et un gros chandail par-dessus. Ses yeux étaient bien accoutumés à l'obscurité, elle les retrouva sans problème sur le sol où ils étaient tombés. Voilà qui devrait faire l'affaire. Pendant une fraction de seconde, elle songea à prendre les sacs de couchage posés sur les couchettes. Non, mauvaise idée, trop encombrant. Cela ne servirait qu'à la ralentir au début de sa fuite, la phase critique.

Kretek reposa sa question, il s'impatientait. Randi ramassa les vêtements de Kropodkin, puis attrapa le magnétophone posé sur le haut de l'armoire. Elle le balança de toutes ses forces, faisant voler en éclats le vitrage épais de la fenêtre.

A côté, Randi entendit les chaises qui tombaient par terre.

Elle jeta les chemises sur le rebord inférieur de la fenêtre pour se protéger des éclats de verre et se laissa basculer dehors. Derrière elle, la porte de la zone réservée aux femmes s'ouvrit à toute volée.

Elle sentit des aiguilles de glace lui piquer le visage et l'air froid la frappa de plein fouet. Maintenant, tout dépendait du froid. Si la croûte de neige avait suffisamment durci pendant la nuit pour supporter son poids, elle vivrait. Si elle s'enfonçait et tombait dans un trou, elle mourrait. Elle se remit sur ses pieds vaille que vaille et, serrant ses chemises contre elle, commença à courir pour disparaître dans la nuit.

Elle entendait des tirs rageurs et commença à obliquer en faisant des zigzags. Le faisceau d'une lampe balayait l'obscurité dans son dos, un tireur vida son chargeur par une fenêtre. Les balles faisaient voler la neige tout autour d'elle. Pourvu qu'aucun ne soit équipé d'arme automatique !

Le bout d'une de ses chaussures accrocha la glace et elle trébucha, moment atroce. Mais elle réussit à se rétablir et poursuivit sa course. Arrivée hors de la zone éclairée, elle tourna complètement à gauche. Un pistolet-mitrailleur Agram lâchait toujours des rafales, mais l'homme tirait à l'aveugle et se contentait d'arroser la nuit.

Randi rebifurqua une fois encore, s'éloignant toujours du camp. Elle était à l'abri ! Elle s'arrêta, haletante, se débattit avec les chemises qu'elle avait dérobées, défit les nœuds avant de secouer la glace dont elles étaient imprégnées, et enfila le tout pour essayer de se couvrir davantage. Elle sentait déjà la morsure du froid. Tout cet accoutrement n'allait pas suffire à la protéger cette nuit, et de loin.

Elle tira sur les pans de sa chemise en flanelle et s'en fit un masque de fortune pour se couvrir le visage, enfonça les mains dans les manches des chemises. Elle effectua ensuite un rapide tour d'horizon, le vent lui servirait de boussole. Elle comptait partir vers le nord pour essayer de retrouver Jon et Valentina.

Sa seule possibilité et sa seule chance consistaient à avancer et à retrouver les autres. Elle partait de l'hypothèse qu'ils étaient redescendus du site de l'accident pour trouver la station occupée. Dans ce cas, elle imaginait qu'ils allaient trouver refuge dans la chaîne centrale de l'île, ce qui leur permettrait de se mettre à l'abri et de disposer d'un bon point d'observation. Connaissant Jon, il allait tenter de se rapprocher à la faveur de la nuit pour savoir qui étaient ceux qui avaient débarqué et ce qu'il était advenu d'elle et de Trowbridge.

Mais le pronostic n'était pas fameux. Si ses compagnons n'étaient pas redescendus, ou si elle ne les retrouvait pas, elle serait morte avant l'aube. Cela dit, mourir dans ces conditions était moins désagréable que ce qui aurait pu lui arriver là-bas. Elle serra les bras autour d'elle pour essayer de conserver un peu de chaleur et entama sa progression en titubant dans le blizzard qui se renforçait.

*

Le froid qui s'engouffrait dans le dortoir par la fenêtre brisée y faisait régner une atmosphère mortelle. A la lueur crue de la lampe à gaz, le corps nu et sanglant de Stefan Kropodkin, son visage défiguré paraissaient obscènes, grotesques. Kretek prit rageusement le sac de couchage posé sur la couchette et en recouvrit son neveu.

Ses hommes restaient là, l'air gêné. Impassibles, mais on lisait la peur dans leurs yeux. Quelqu'un s'était emparé de quelque chose qui appartenait à leur chef. Dans les cas de ce genre, il réagissait plutôt mal, même lorsque les choses étaient moins graves.

Kretek baissa les yeux sur le tas informe à ses pieds. Le dernier lien qu'il lui restait avec ce que l'on appelle la famille. C'est un sentiment que l'on retrouve dans tous les Balkans, et il n'y échappait pas, aussi noire que fût son âme.

Il avait été vraiment trop bête. Il avait commis l'erreur de ne pas voir dans cette blonde une menace, mais une bonne occase, un morceau de chocolat que l'on croque en passant. Et au lieu de cela, c'était une véritable bombe à retardement, elle avait simplement attendu le moment propice pour exploser.

Il en voyait tous les signes. A l'instant qu'elle avait choisi, elle avait tordu le cou de Stefan comme elle aurait fait d'un poulet, et s'était enfuie. C'était une professionnelle, dans l'acception la plus impitoyable du terme. Il avait suffi d'une jolie paire de nichons pour que lui, Kretek, se fasse avoir.

La main de Stefan dépassait du sac, les doigts à moitié repliés, comme pour appeler à la vengeance.

— Trouvez-moi cette putain, ordonna Kretek à voix basse, mais d'un ton menaçant. Foutez le camp d'ici et trouvez-la. Si vous voulez sortir vivants de cette île, vous me la ramenez vivante. C'est bien compris ? Vivante !

Vlahovitch, son adjoint, n'hésita pas très longtemps avant de répondre :

— Ce sera fait, Anton. Les autres, venez avec moi. Nous allons organiser une battue. Avec ce foutu temps, elle n'ira pas très loin. On y va !

Anton Kretek les regarda s'en aller sans ajouter un seul mot. Il pensait à ce qu'il ferait subir à cette femme, lorsqu'on la lui ramènerait.

Chapitre 36

Le Glacier du Col

JON ENTENDIT DERRIÈRE EUX le fracas de l'explosion, un peu affaibli par le rugissement du vent. Aussi près du Pôle, sans aucun obstacle pour le gêner, le blizzard faisait régner un froid épouvantable. Cela dit, cette nuit, le vent et les aiguilles de glace qu'il chassait devant lui étaient ses alliés. Il gênait leurs poursuivants en réduisant la visibilité et effacerait les traces de leurs crampons sur le glacier.

Et puis il y avait aussi cette tendance innée chez l'homme : chercher le chemin le plus facile et essayer d'éviter de faire face au froid, tenter de lui tourner le dos. En conséquence, Smith avait décidé de laisser cet instinct jouer chez l'ennemi, alors que lui et ses compagnons affronteraient la tempête.

— Nos amis ont récupéré leur grenade à main, nota Valentina.

Elle n'était plus qu'une ombre en bout de cordée et son masque étouffait le son de sa voix.

— On dirait bien, répondit Smith. On ferait mieux de se bouger. Ils vont pas nous aimer du tout, maintenant.

— Déjà qu'ils nous aimaient pas trop, Jon. Je vois que nous obliquons toujours vers le nord-ouest. On ne devrait pas plutôt virer au sud pour récupérer le sentier balisé jusqu'à la station ?

— Nous ne prenons pas le sentier. Les Russes connaissent sans doute son existence. Ils vont manœuvrer pour nous couper la route, ou du moins, c'est ce que j'espère.

— Et alors, où allons-nous ?

— A la station. Mais nous allons emprunter l'itinéraire touristique. Nous quitterons le col par le versant nord puis nous suivrons la côte.

— Hou là, Jon, excusez-moi, mais ça veut dire qu'on va se payer six cents mètres de dénivelé au milieu des morceaux de glace et de la falaise rocheuse, en pleine nuit et avec ce blizzard ?

— A peu de choses près, oui.

Valentina haussa le ton :

— Et vous avez l'intention de faire ça avec une novice intégrale, je veux dire, moi, plus un prisonnier attaché ?

Le dernier membre du trio n'avait pas de commentaire particulier à faire. Le major Smyslov ne disait rien, il avait les mains liées devant lui et on avait fixé la ligne de vie sur son sac.

— Il faut voir les choses du bon côté, Val. Les Russes ne supposeront jamais qu'on essaiera de passer par là.

— Et ils ont bien raison !

— Nous n'avons pas tellement le choix. Vous allez prendre la tête et je me mettrai au milieu. Plus nous descendrons sur la face nord, plus le terrain deviendra chaotique et périlleux. Si vous tombez dans une crevasse, je pourrai vous retenir et vous déhaler.

— D'accord, mais la peste soit du mec qui a inventé « les femmes d'abord ».

Smith se tourna vers son prisonnier.

— Major, je compte sur vous pour ne pas adopter le même comportement suicidaire que le commissaire politique de Misha. Je tiens cependant à souligner que si vous tentiez de nous pousser par-derrière devant une crevasse ou au bord d'une falaise... – du pouce, il lui montra la corde : – Où qu'on aille, vous y allez avec nous.

— Parfaitement compris, mon colonel.

Le visage de Smyslov restait invisible dans l'obscurité, il avait répondu sans manifester la moindre émotion.

— Alors, allons-y.

Ils entamèrent leur lente et prudente progression sur le glacier.

La visibilité, de nuit, avec cette neige qui tombait, était pratiquement nulle. Valentina tâtait le terrain devant elle, avançant un pied avant l'autre, sans se presser, sondant sans arrêt avec la pointe de son piolet. Smith vérifiait la direction grâce à l'écran fluorescent de son GPS. Il gardait le précieux petit instrument au chaud contre sa peau entre deux lectures afin d'économiser les piles.

Comme prévu, au fur et à mesure que la pente glacée s'accentuait, les blocs chaotiques devenaient de plus en plus instables et le risque de rencontrer une crevasse augmentait de façon exponentielle. Ils n'avançaient déjà pas vite et devaient encore faire des détours pour éviter les gouffres qui devenaient plus nombreux. Et puis l'inévitable survint.

Valentina longeait une faille, quinze mètres devant, silhouette sombre qui se découpait sur le fond légèrement plus clair du glacier. Soudain, elle disparut, tout simplement, ne laissant là où elle était qu'un grand nuage de neige. Smith sentit la secousse du pont qui venait de s'effondrer au-dessus de la crevasse et bascula immédiatement en arrière, calé sur ses crampons. La corde se tendit, mais il fallait qu'il reprenne maintenant le mou. Il ne l'avait pas laissée filer assez pour que Valentina fût tombée bien loin.

Smith était bien campé sur ses jambes, et il tint bon. Une main entortillée solidement autour de la corde, il attrapa la lampe accrochée à sa ceinture et gonfla ses poumons pour demander à Valentina si elle allait bien. Mais, presque aussitôt, il sentit qu'elle se débattait.

Il prit sa lampe et suivit la corde avec le faisceau, jusqu'à l'endroit où elle disparaissait par-dessus la lèvre de la crevasse. La lampe arriva sur le rebord juste au moment où apparaissait son piolet. Il ne lui fallut que quelques secondes pour s'assurer une prise et elle émergea à la surface.

— C'était, comment dire... intéressant, lâcha-t-elle, tout essoufflée, avant de s'écrouler près de Smith.

Il remonta ses lunettes sur le front et lui éclaira le visage.

— Ça va ?

— A part ce petit détour dans un film d'horreur, oui, ça va.

Elle retira ses lunettes à son tour, puis son masque, afin de respirer un bon coup.

— L'adrénaline est vraiment une belle invention. Ce putain de sac pèse aussi lourd que le Vieillard de la Montagne dans les aventures de Sindbad le marin, mais quand j'ai essayé de sortir de ce foutu trou, ç'aurait aussi bien pu être une boîte de Kleenex !

Elle avala encore une bonne goulée d'air, elle se calmait.

— Jon... mon colonel... mon chéri... c'est pas pour me plaindre, mais ça commence vraiment à être tangent.

— Je sais.

Il se pencha maladroitement et la prit par l'épaule.

— Il doit y avoir du rocher un peu plus bas. D'après les photos, nous devrions tomber sur un endroit qui nous permettra de sortir du glacier et de franchir la face ouest en traversée. Et à partir de là, une saillie qui descend en escalier jusqu'à la plage. Ça ne devrait pas être trop dur.

Smith avait gardé pour lui le fait que les photos n'étaient pas assez détaillées pour qu'il puisse se faire une idée précise de la descente. Une nouvelle leçon de commandement. Un bon chef doit toujours donner l'impression qu'il est sûr de lui-même et de ses décisions, même lorsque ce n'est pas le cas.

Après avoir éteint sa lampe, Smith se releva péniblement, avec le poids de son sac, et tendit la main à Valentina. Puis il en fit autant avec Smyslov qui se remit debout. Lorsque le pont de neige s'était effondré, Smith avait senti la corde se tendre derrière lui. Smyslov s'était lui aussi bien ancré dans le sol.

— Merci major, j'ai apprécié votre aide.

— Comme vous l'avez dit vous-même, mon colonel... – Le Russe s'exprimait sans montrer la moindre émotion. – Là où vous allez, j'y vais aussi.

Chapitre 37

Base aérienne d'Eielson, Fairbanks, Alaska

Les deux MV-22 Osprey avaient reçu leur livrée de camouflage arctique, blanc tacheté de gris. Les ailes et les rotors étaient repliés. Avec leurs longues perches de ravitaillement qui dépassaient à l'avant, les transports VTOL[1] stationnaient sous les lampes à arc du hangar comme deux narvals échoués sur une plage. Les équipages de l'armée de l'air s'affairaient tout autour.

Des spécialistes NBC et des Rangers étaient assis ou étendus le long d'un mur. Certains lisaient le journal, d'autres jouaient à des jeux électroniques ou essayaient de dormir sur le béton. Bref, tous se livraient au passe-temps favori des militaires : se dépêcher et attendre.

Dehors, sur le tarmac violemment éclairé du parking, un Combat Talon MC-130 patientait lui aussi. Un groupe auxiliaire tournait sous sa grande voilure gauche. A la lueur verdâtre des instruments du cockpit, le mécanicien attendait, paré à mettre en route les moteurs du gros transport.

A l'arrière du hangar, dans le PC opérations, les commandos de l'air se pressaient autour d'un bureau, un peu anxieux, tandis que leur chef était au téléphone.

Le major Jason Saunders, solide vétéran des Opérations spécia-

---

1. Vertical Take-Off and Landing, appareil à décollage et atterrissage verticaux.

les, le cheveu coupé en brosse, aboyait littéralement dans le combiné.

— Non, monsieur ! Je ne lancerai pas la mission tant que le temps ne sera pas favorable... Oui monsieur, je sais parfaitement que nous avons des gens en grande difficulté là-bas. J'ai tout autant envie que vous d'aller les aider, monsieur. Mais si on perd le détachement de renfort parce qu'on est partis trop tôt, ça n'arrangera les affaires de personne... Non monsieur, je ne parle pas que du temps qu'il fait sur l'île Mercredi ou ici. Le problème, c'est ce que nous allons nous payer pendant le transit... Nous n'avons pas le choix, nous devons ravitailler en vol... Oui monsieur, nous sommes entraînés pour ça, mais faire le plein d'un Osprey à partir d'un avion ravitailleur n'est pas une partie de plaisir, même quand les conditions sont bonnes. Je suis en particulier très préoccupé par les risques de givrage et les turbulences. Faire ça de nuit, en plein dans un front polaire, ce n'est plus dangereux, c'est proprement suicidaire. Si nous n'arrivons pas à faire le plein des VTOL, nous les perdrons ainsi que nos hommes et nous serons obligés de nous poser sur le pack. Ou encore, si nous nous percutons en vol, nous perdrons tout le monde et personne n'arrivera jamais sur l'île.

Le major respira un bon coup pour essayer de se calmer.

— Je vous garantis que, d'un point de vue purement professionnel, le scénario de toute cette opération est pratiquement impossible à mettre en œuvre pour le moment. Je ne vais pas risquer mes hommes et mes appareils pour quelque chose qui n'a pas de sens ! Même si vous m'en donnez l'ordre !... Oui monsieur, je comprends... Nous restons en alerte et nous recevons les prévisions météo tous les quarts d'heure. Je vous garantis que, dès que le temps s'améliorera, nous serons en l'air en moins de quinze minutes... Les types de la météo nous disent que ça pourrait s'arranger un peu après le lever du jour... Oui Monsieur le Président, je comprends parfaitement. Nous vous tenons informé.

Saunders reposa le combiné avant de s'écrouler sur le bureau. On l'entendait mal, il parlait entre ses bras croisés.

— Messieurs, je vous donne *l'ordre formel* de ne jamais me laisser refaire une chose pareille !

Chapitre 38

Anacosta, Maryland

LE BUREAU SANS FENÊTRE ne permettait pas de se faire une idée de ce qui se passait dans le vaste monde. Seuls la pendule posée sur son bureau et son état de lassitude étaient là pour rappeler au directeur de Clandestin Unité qu'on était au milieu de la nuit. Klein mit ses lunettes sur son front et se frotta les yeux.

— Oui, Sam, répondit-il dans le combiné de la ligne rouge. J'ai eu une conversation avec le commandant du *Haley*, il a réussi à s'approcher à cinquante milles de Mercredi avant de buter contre le pack qui est trop épais pour qu'il puisse continuer. Et il a été forcé de rebrousser chemin à cause de la tempête, mais il a l'intention de refaire une tentative dès que le temps se sera amélioré.

— Ont-ils eu un contact avec Smith et son équipe ? demanda le président Castilla.

Il avait l'air aussi épuisé que Klein.

— Les radios du *Haley* disent qu'ils ont entendu cet après-midi quelque chose qui pourrait ressembler à une émission de leur appareil portatif, mais c'était inaudible. Visiblement, Smith n'a pas réussi à remettre en état la radio de la station ni le téléphone satellite. Ça peut vouloir dire tout ce qu'on veut et son contraire. Nous avons cependant eu des nouvelles plutôt réconfortantes de ce côté. Le Commandement Air et Espace dit que l'éruption solaire a atteint son pic d'intensité et que les conditions ionosphériques s'améliorent. Nous devrions retrouver des communications à peu près normales à partir de demain.

— Et quelque chose de nos moyens de reconnaissance stratégique ? demanda Castilla.

— Nous avons eu un passage de satellite au-dessus de Mercredi depuis que Smith et son équipe ont débarqué, et un Orion de la marine a décollé de Dutch Harbor. Il a survolé l'île ce soir. Mais ces deux passes n'ont rien donné. Les nuages sont trop chargés de neige pour qu'on puisse voir ce qui se passe au sol, même en infrarouge et en thermique. Nous devrions avoir un nouveau passage de satellite demain tard dans la matinée, lorsque le temps se sera éclairci.

— Tout le monde me raconte la même chanson, fit amèrement Castilla : lorsque le temps se sera éclairci.

— Nous ne sommes pas entièrement maîtres de notre destin, Sam. Il y a encore dans la nature des forces que nous ne pouvons même pas songer à combattre.

— On dirait bien, oui.

A la Maison-Blanche, il y eut un silence au bout de la ligne.

— Et où en est l'enquête du FBI sur cet incident en Alaska, la tentative d'interception ? On a une idée de qui peut être derrière ?

— Impasse totale, Monsieur le Président. Nous sommes certains que nous avons affaire à la mafia russe, mais, apparemment, cette cellule locale a agi de façon indépendante. Quant à l'identité des véritables instigateurs, nous n'avons toujours aucune piste. Les seuls qui auraient pu nous renseigner sont morts lorsque leur avion s'est écrasé.

Silence.

— Fred, reprit enfin Castilla, j'ai décidé d'envoyer les renforts sur Mercredi. Smith et son équipe ont peut-être tout simplement un problème de transmissions, mais j'ai un mauvais pressentiment.

Klein essaya de ne pas laisser entendre son soupir de soulagement.

— Sam, j'approuve totalement votre décision. En fait, je réfléchissais à la façon dont j'allais vous formuler cette demande. Je pense qu'il doit se passer quelque chose d'anormal. Smith aurait dû nous rendre compte de la situation à l'heure qu'il est s'il n'avait pas rencontré de problème, mauvaises communications ou pas.

— Malheureusement, et comme pour tout le reste, les renforts sont coincés tant que ce temps de merde dure ! – Castilla explosait. – J'espère seulement que nous avons une solution de rechange.

— Monsieur le Président, avez-vous informé les Russes de votre décision ?

— Non, Fred, et je n'en ai pas l'intention. C'est l'une des raisons pour lesquelles j'ai gardé cette mission secrète. Le général Baranov, notre correspondant, est resté disponible à tout instant depuis que nous avons déclenché l'opération. Il ne décollait pratiquement pas du téléphone. Mais depuis environ neuf heures, il « n'est pas disponible » et son aide de camp n'est pas autorisé à répondre autre chose que allô quand il décroche. Je trouve que ça commence à sentir sérieusement le roussi.

— Nous soupçonnons les Russes de nous cacher quelque chose depuis le début. Smith a peut-être découvert le pot aux roses.

— Mais enfin, bon sang de bois, ce sont eux qui sont venus nous chercher ! Ce sont eux qui ont demandé notre assistance !

Klein poussa un soupir et laissa ses lunettes glisser sur le bout de son nez.

— Je le répète encore et encore, Sam, nous travaillons avec le gouvernement russe. Pour un responsable politique russe, *konspratsia* est aussi indispensable que de respirer. C'est un mécanisme de survie. Nous avons affaire à la culture russe. Souvenez-vous de ce qu'en disait Churchill : « des Orientaux qui rentrent leur chemise dans leur pantalon ». S'imaginer qu'ils raisonnent comme nous, qu'ils ont les mêmes motivations que nous, est une grosse erreur.

— Mais pourquoi courraient-ils maintenant le risque de s'aliéner mon gouvernement, alors qu'il y a tant de choses importantes en jeu ?

— C'est sans doute pour un motif... – Klein réfléchit une seconde pour trouver le mot juste – qui sort de l'ordinaire. J'ai des agents en Russie qui enquêtent sur l'accident de Misha depuis le début de l'opération, et tout ce qu'ils réussissent à savoir, c'est que cette affaire est couverte par des mesures de sécurité effarantes. Ils sont d'ailleurs tombés sur une autre expression : « L'Evénement du 5 mars. »

— L'Evénement du 5 mars ? Qu'est-ce que c'est que ça ?

— Pour l'instant, nous n'en avons aucune idée. C'est le nom de code d'une opération de plus grande ampleur pendant l'ère soviétique. L'accident de Misha 124 semble être une facette de quelque chose de plus vaste. Au sein du gouvernement russe, les gens n'en parlent qu'avec une certaine crainte.

— Dites-m'en plus, fit simplement Castilla.

— Nous travaillons sur cette question, mais ça va prendre un bout de temps. Quand on leur parle de ça, les Russes font motus et bouche cousue.

— Noté. – Castilla continua un ton plus bas. – Et pendant ce temps, nous nous décarcassons comme des fous pour faire plaisir au président Potrenko. S'il essaye de nous faire un enfant dans le dos, quelle qu'en soit la raison, Dieu de Dieu, il le regrettera...

— Monsieur le Président, je vous suggère d'attendre le compte rendu du colonel Smith, répondit tranquillement Klein. Cela nous donnera une meilleure idée de ce qui se passe.

— J'espère simplement qu'il sera en mesure de nous renseigner, Sam. Je reste à la Maison-Blanche.

— Et moi je reste ici jusqu'à ce que tout soit réglé, Monsieur le Président. Nous vous tenons informé.

— Bien reçu, Sam. La nuit va être longue.

Chapitre 39

Versant sud, île Mercredi

VIVRE DANS LES RÉGIONS POLAIRES impose de respecter un équilibre très difficile à trouver. L'activité et l'exercice physique intense permettent de résister au froid, au moins un certain temps. Mais il ne faut pas en abuser, à cause de la transpiration. L'humidité réduit l'isolation. A ces températures extrêmes, la sueur peut geler et vous mettre en contact avec la température extérieure. La sueur peut vous tuer.

Randi Russell connaissait bien ce mécanisme et prenait grand soin de ne pas dépasser les limites. Elle contournait la station et grimpait sur le flanc de la chaîne, vite mais pas trop. Tout en courant à petites foulées dans la nuit, elle évaluait ses ressources.

Et le tableau était sombre. Exercice physique ou pas, elle avait froid. Les couches de vêtements qu'elle avait sur le dos lui évitaient l'hypothermie immédiate et la protégeaient de la morsure du froid, mais cela ne durerait pas indéfiniment. D'ici deux heures, le problème allait devenir critique. En outre, pour avoir chaud, elle devait bouger, et ses forces commençaient à l'abandonner.

Cerise sur le gâteau, une vingtaine de méchants, de très gros méchants, lui couraient après pour l'abattre. Dans d'autres circonstances et face à des gens un peu plus lymphatiques, elle aurait pu espérer que la poursuite s'arrêterait jusqu'au jour. Mais elle venait d'éliminer le neveu de leur employeur, ils allaient la suivre à la trace et ne pas la lâcher.

Soudain, le ciel s'illumina dans la direction de la station – un halo de lumière qui s'étendait vers les nuages. Une fusée éclairante, et une belle.

Mais Randi ne s'en inquiéta pas trop. La neige qui tombait et la brume de mer opacifiaient l'atmosphère, absorbant la lumière de l'éclairant. Le vent poussait la fusée vers le sud et l'éloignait d'elle. Cela montrait simplement qu'ils menaient activement leur poursuite.

D'un certain côté, c'était plutôt bon signe, cela lui ouvrait des possibilités. Si elle avait des hommes derrière elle sur la glace, elle pouvait essayer de monter une embuscade et d'en tuer un pour lui prendre ses vêtements et son arme.

Mais Randi ne pouvait guère compter là-dessus. Ils avaient vu Kropodkin, ils savaient de quoi elle était capable. Maintenant, ils allaient avoir peur d'elle, ce qui allait les rendre plus prudents et plus dangereux.

Elle avait encore une autre certitude. Si Jon était dans les parages, il savait qu'il se passait quelque chose. S'il comprenait qu'il y avait une poursuite en cours, il saurait qui était poursuivi et viendrait à son secours.

Randi ralentit, une idée étrange venait de traverser son cerveau fatigué.

Jon allait venir.

Au milieu de l'amertume qu'il lui inspirait toujours, restait le sentiment que Smith n'avait pas fait tout ce qu'il aurait dû pour son fiancé ou pour sa sœur, qu'il n'avait pas tout fait pour les sauver. Et pourtant, de ce qu'elle avait pu apprendre et juger ces dernières années au cours de leurs rares rencontres, elle savait, sans l'ombre d'un doute, que si Jon Smith comprenait qu'elle était en difficulté, il accourrait à son aide, sans tenir compte de ses ordres et des problèmes, sans se soucier de sa propre vie. Voilà, il était ainsi fait.

Aurait-il dû, ou pu, faire moins que cela pour Mike ou pour Sophia ?

Elle n'avait pas le temps de ressasser le passé. Elle avait

l'impression de voir les faisceaux des torches au milieu de la tempête. De puissants projecteurs balayaient la neige – les hommes lancés à sa recherche. Et le froid la dévorait, elle tremblait maintenant de façon incontrôlable. Il fallait qu'elle reparte. Elle se retourna, face au vent qui soufflait depuis la montagne et reprit son ascension. Elle trouverait peut-être une zone qui lui permettrait de déclencher une avalanche pour enfouir ces salopards.

Chapitre 40

Versant nord, île Mercredi

SMITH TORDIT UNE CHANDELLE chimique tout-temps pour briser la capsule qu'elle contenait. Puis il la secoua pour ranimer la lumière verte qu'elle émettait et la fixa sur une poche extérieure de son anorak blanc. Il fallait espérer qu'aucun Spetsnaz ne pouvait les observer, car, pour la suite de la progression, il aurait besoin d'y voir clair.

Un second spectre verdâtre apparut au milieu des tourbillons de neige, Valentina avait fait la même manip de son côté. Avec leurs deux chandelles, ils pouvaient tout juste distinguer le bord déchiqueté d'un précipice creusé dans la glace, à quelques mètres seulement.

Ils étaient arrivés à l'interface, plus moyen de descendre plus bas sur le glacier réduit à l'état de blocs irréguliers. Il leur fallait maintenant affronter la roche du pic Ouest, si la montagne voulait bien d'eux.

Smith se déchargea de son sac pour sortir des poches une fusée éclairante et un piton à glace. Il s'agenouilla et planta le piton en l'inclinant du côté opposé au bord de la faille. Il y fixa sa ligne de vie, se releva et avança prudemment sur le surplomb de glace instable. Il mit alors à feu l'éclairant et jeta la fusée qui crachait des étincelles rouges dans le vide tout noir. Il la vit rebondir avant de s'immobiliser sur le rebord d'une cascade de glace chaotique, peut-être quarante mètres plus bas. Il distinguait vaguement le basalte et le pic qui lui faisait face. Mais, après la corniche, ce n'était encore que le vide, une autre descente à la verticale.

— Les photos avaient raison.

Smith était obligé d'élever la voix à cause du vent.

— Il y a une corniche un peu plus bas.

Valentina s'approcha de lui en s'accrochant à la ligne.

— Une corniche, enfin, si on veut, non ?

— Elle s'élargit en descendant vers l'ouest, comme sur le flanc sud. Je suis assez content qu'on ait une voie en traversée pour l'atteindre. Je n'étais pas sûr d'en trouver.

Valentina se tourna vers lui.

— Et qu'auriez-vous fait s'il n'y en avait pas eu ?

— Je préfère que la question ne se pose pas. Une fois que nous serons sur ce ressaut, il ne devrait pas être trop difficile d'atteindre la côte.

— Ce qui est important dans cette phrase, Jon, c'est : une fois que.

— On peut y arriver.

Smith se forçait à paraître confiant. Il jeta un nouveau coup d'œil dans la pente. A cet endroit, le glacier se terminait par cette cascade sur la paroi nord de la chaîne centrale, pratiquement verticale, faisant comme une chute d'eau gelée, une légère excroissance. Avec un peu de chance, ils pourraient arriver en bas en utilisant la cheminée entre rocher et glace.

— Je vais vous faire descendre la première, Val. Après, les sacs, et ensuite, Smyslov. Je descendrai en dernier.

Valentina jeta un coup d'œil au Russe qui se tenait un peu en arrière avec ses menottes, l'air méfiant.

— Jon, je peux vous dire quelques mots en particulier ?

— Bien sûr.

Ils s'éloignèrent un peu du bord du glacier et repassèrent derrière Smyslov. C'était difficile à dire dans la nuit, avec son accoutrement qui le rendait massif, mais ils eurent l'impression que le Russe se raidissait lorsqu'ils passèrent près de lui.

Valentina ôta ses lunettes et son masque rendu rigide par le gel. On distinguait vaguement son visage à la lueur verdâtre de la chandelle.

— Nous avons un léger problème, commença-t-elle en parlant juste assez fort pour ne pas être entendue dans le bruit du vent.

— Un seul ? répliqua Smith avec une pointe d'ironie.

Elle lui montra Smyslov d'un signe de tête, sans sourire.

— Je suis sérieuse, Jon. Il faut qu'on arrive à avancer. Il nous ralentit et nous complique la vie, alors que la situation est déjà assez préoccupante comme ça.

— Je sais, mais nous n'avons guère le choix.

Il ôta ses lunettes et son masque à son tour pour qu'elle puisse lire sur son visage.

— Nous ne pouvons pas le laisser filer. S'il retrouve les Spetsnaz, il leur sera d'une aide précieuse, et nous avons déjà assez d'ennuis comme ça.

— Je suis bien d'accord, Jon. Nous ne pouvons pas nous permettre de le laisser rejoindre ses copains russes. – Elle était aussi glaciale que le paysage. – Mais nous ne pouvons pas davantage le garder avec nous comme un petit chien. Comme nous n'avons pas de camp de prisonniers à proximité, je ne vois guère qu'une solution.

— Que je ne suis pas près d'accepter.

Elle se renfrogna.

— Jon, la civilisation est une chose merveilleuse et tout le tintouin, mais il faut rester pratique. Nous sommes le dos au mur, au sens littéral ! S'il s'agit du serment d'Hippocrate, je peux m'en occuper moi-même. Je pourrais emmener Gregori faire un petit tour pour admirer le paysage.

— Non, répondit Smith d'une voix ferme.

— Jon, nous ne pouvons pas nous permettre de...

— Je ne suis pas sûr que ce soit toujours un ennemi, Val.

— Jon – elle avait haussé le ton pour protester – j'étais là cet après-midi quand cet enfoiré de bolcho a essayé de vous tuer ! C'était pas vraiment un copain !

— Je sais. Mais croyez-moi. Quelque chose me dit que Smyslov ne sait pas lui-même ce qu'il est. Je veux lui laisser une chance de pouvoir choisir. C'est une décision de commandement, Val, pas de discussion.

— Et s'il décide qu'il est avec eux et pas avec nous ?

— Alors, comme on dit dans les manuels, nous ferons une nouvelle évaluation de la situation et prendrons les décisions qui s'imposent en fonction du contexte tactique.

— Et si le fait de garder Smyslov nous entraîne vers la mort, Jon ?

— Alors, cela voudra dire que je me suis planté dans les grandes largeurs et je serai entièrement responsable de l'échec de cette mission.

Elle s'apprêtait à réagir vertement, mais elle hésita et esquissa un sourire.

— Eh bien, tant que vous êtes décidé à l'admettre, répondit-elle enfin en remettant son masque. Mais si nous sommes morts avant que vous m'ayez trouvé un lit convenable, je vous ferai une gueule d'enfer et je m'engage à ne plus vous adresser la parole pendant une semaine entière.

Smith éclata d'un rire involontaire, ce qui était un peu saugrenu dans leur situation.

— Merci de me motiver, Val, dit-il en la prenant par les épaules. Maintenant, on va se faire cette descente.

Chapitre 41

Versant sud, île Mercredi

RANDI AURAIT BIEN AIMÉ qu'il neige plus fort et que le vent soit plus violent. Elle en avait désespérément besoin. La tempête était trop faible pour effacer ses traces. Lorsqu'elle se retournait, elle apercevait la lueur des fusées, les faisceaux des lampes-torches suivaient sa piste. Ils devaient être au moins une demi-douzaine et ils la forçaient à grimper toujours plus haut dans la montagne.

Elle n'avait pas essuyé de coups de feu jusqu'ici. Plutôt rassurant. Cela voulait dire qu'ils ne l'avaient pas vue. Mais elle ne voyait rien à plus d'un mètre, elle était dans l'impossibilité de prévoir quoi que ce soit et dans cette obscurité balayée par les tourbillons, elle finissait par perdre le sens de l'orientation. Randi n'arrivait plus à se situer sur l'île. Elle savait simplement qu'elle était quelque part dans la chaîne centrale. Ce n'était plus qu'une question de temps, elle allait se retrouver piégée dans un cul-de-sac, dans un trou dont elle ne pourrait plus se sortir.

Il fallait absolument qu'elle trouve la roche, de la roche nue dans cet univers de glace et de neige, pour ne plus laisser de traces. Ensuite, il faudrait qu'elle trouve un abri. Elle fatiguait, elle était extraordinairement fatiguée. Elle se laissa tomber sur un tas de cailloux recouvert de neige et se cogna l'épaule contre un gros rocher.

Non, ce n'était pas un rocher, trop gros. Une falaise. Mon Dieu, si elle pouvait seulement voir où elle se trouvait! Si elle pouvait rester allongée sur place une seule seconde et fermer les yeux... *Jon, bon sang, où êtes-vous?*

Elle rouvrit péniblement les yeux et se força à se remettre à quatre pattes. *Bouge-toi le cul, espèce de conne! Tu ne te souviens pas? Tu ne peux compter sur personne d'autre que toi. Tout le monde t'a laissée tomber. Bouge-toi! Tu perds du temps et tu te fais rattraper! Les lumières se rapprochent.*

Randi se mit debout et reprit sa marche, suivant la falaise de la main droite pour se guider. Mais bon Dieu, à quoi ça pouvait ressembler, cet endroit? Tout ce qu'elle parvenait à reconnaître, c'était la texture de formes dans l'obscurité.

Ils devaient être bien au-dessus de la station à présent. La face rocheuse se trouvait à sa droite, elle se dirigeait donc vers l'ouest. Et à sa gauche, il ne devait y avoir pratiquement rien, rien que la pente. Etait-elle très escarpée? Elle ne savait trop pourquoi, mais cela devait ressembler à un autre à-pic. Elle se trouvait donc sur un ressaut ou sur une corniche. Et qu'y avait-il devant? Impossible à dire, mais la corniche paraissait partir en courbe de façon dangereuse.

Elle n'avait pas besoin de se retourner pour savoir qu'ils étaient derrière.

Randi était pourtant certaine d'une chose. Elle ne se laisserait pas prendre. Si elle arrivait dans une impasse, il fallait qu'elle trouve le moyen de se faire tuer par ses poursuivants.

Elle entendit une arme automatique lâcher quelques rafales et se jeta instinctivement au sol avant de comprendre qu'aucune balle ne tombait près d'elle. Ils n'étaient donc pas si proches. Sans doute un excité de la gâchette.

Mais son soulagement fut de courte durée. Quelque part au-dessus de sa tête, elle entendit un bruit sourd, presque une explosion. Les ondes de choc des détonations avaient fait descendre une corniche de neige un peu branlante. Une avalanche! Où ça? Devant? Derrière? Plus haut? Impossible de le dire, sauf que c'était tout près. Elle se recroquevilla, la tête entre les bras.

Il y eut un sourd grondement, puis la corniche se mit à trembler. Elle était entourée de neige qui volait, mais pas de choc, pas de coulée gelée. Après avoir paniqué ainsi un bon moment, elle finit par se détendre et laissa tomber ses bras. Ce n'était qu'une petite avalanche, quelques tonnes au pire, et la coulée était passée quelques mètres devant. Elle s'épousseta pour se débarrasser de la fine pellicule qui la recouvrait et se releva.

La question était maintenant de savoir si elle pourrait passer dans la neige fraîche sans tomber de la corniche. Pas de chance, l'avalanche n'avait pas avalé ses poursuivants. Ça lui aurait pourtant bien rendu service.

Elle hésita d'abord, avant de se ressaisir. La coulée pouvait lui être utile, cela lui ouvrait peut-être une possibilité.

Et si ses poursuivants voyaient que ses traces menaient au bord de la corniche, avant de cesser ? Peut-être penseraient-ils qu'elle avait été emportée ? Partir à sa recherche de nuit ne devait pas trop leur plaire. Après tout, ils seraient peut-être bien contents d'avoir trouvé une excuse pour abandonner.

Elle fit encore deux ou trois pas pour s'approcher du bord de la coulée de neige. C'était bon. Elle allait devoir grimper, quelle que soit la difficulté de la face contre laquelle elle se trouvait. Elle l'aurait fait même si elle avait pu la voir.

Il y avait un autre problème : elle n'avait pas de gants. Jusqu'ici, elle s'était protégé les mains en les rentrant dans les manches de ses chemises. Mais elle allait en avoir besoin pour grimper. Au bout de combien de temps commencerait-elle à avoir des gelures par cette température ? Deux minutes ? Trois ?

Il y avait tout de même un élément favorable, la face qui la dominait ne pouvait être bien haute, la neige n'avait pas mis deux secondes à atteindre le ressaut. Elle regarda derrière son épaule : les torches brillaient plus fort. Il fallait qu'elle agisse, et vite !

Elle retira les mains de ses manches et sauta aussi haut qu'elle put. Ses ongles attrapèrent du rocher couvert de glace, elle s'en arracha un, ce qui lui fit un mal atroce. Elle finit par trouver une prise. Elle respirait en sifflant, les dents serrées, elle se hissait à la seule force des bras sans toucher des pieds la face pour ne pas y laisser de marques. Accrochée de la main droite, elle tendit le bras gauche et, miracle, trouva une seconde prise.

Elle se hissa un peu plus, faisant craquer les muscles de ses épaules. Elle était maintenant assez haut pour pouvoir poser les pieds sans laisser de traces trop visibles et faire usage de ses orteils. Elle avait déjà fait de la varappe, pour le plaisir, mais là, ce n'était pas exactement le cas. Le gel lui brûlait déjà les mains.

Allez, Randi, courage! Tu as fermé les yeux à cause du soleil, tu es dans l'Utah. Il fait 32 °C dans le parc national de Zion, tu es en short et en débardeur, et tu sens ton harnais, on te tire d'en haut, tu ne risques rien. Encore quelques mètres et tu seras arrivée en haut. Tu pourras t'asseoir, balancer les pieds dans le vide, rire un bon coup et boire un Pepsi glacé.

Plus que quelques mètres.

Elle trouva une fissure horizontale qui lui permit de prendre un peu de repos et de se cogner les poings contre la paroi pour ranimer la circulation. Il ne fallait pas qu'ils deviennent insensibles, elle en avait besoin.

Des voix! Des lumières. Le groupe qui la pourchassait! Elle se plaqua comme une bernique contre le rocher. Ils étaient arrivés au ressaut. Ils se trouvaient sur la corniche, juste sous ses pieds.

Le moment était crucial. Allaient-ils croire qu'elle s'était tuée accidentellement, ou se douter qu'il y avait un truc? Le faisceau d'une lampe-torche qui balaye la falaise, puis une gerbe de balles, ou un seul coup bien ajusté?

Mes mains. Seigneur tout-puissant! Mes mains!

Ils discutaient, en bas. *Allez, allez! Avant que je me casse la figure et que je m'écrase sur vous!* Qui allait l'emporter, elle qui était épuisée, ou eux qui mouraient d'envie de l'avoir? *Mais je suis morte, putain de Dieu! Ensevelie sous une avalanche! Votre salopard de rouquin de patron devrait être content!*

Ils bougeaient, ils rebroussaient chemin. Ils s'en allaient. Ça avait duré une éternité, mais ils se tiraient. Et pas un seul n'avait levé la tête.

Il fallait qu'elle continue à grimper, en priant le Ciel d'être presque arrivée. Elle ne sentait plus ses poignets, elle ne sortirait d'ici qu'après une chute mortelle ou après avoir perdu l'usage de ses mains.

Plus que quelques mètres.

Elle tâtonnait afin de trouver une prise pour son pied, sans se soucier de savoir si elle serait solide ou non. Elle tremblait de tous ses membres, elle monta encore de quelques dizaines de centimètres, encore une fois... et encore. Trouver quelque chose à serrer. Ah, quelque chose... de mou. De la neige fraîche, le bord de la corniche qui s'était effondré ! Le sommet ! Un dernier effort, elle rampa comme un ver sur le haut de la falaise. Elle s'en était sortie, elle y était arrivée !

Elle se mit à genoux et réussit vaille que vaille à renfoncer ses mains dans ses manches. Puis, croisant les bras sur sa poitrine sous ses chemises, elle coinça ses mains sous les aisselles. Elle tremblait comme une feuille et se mit à sautiller sur place, s'attendant au pire. Puis lentement, très lentement, la douleur surgit, la souffrance atroce de la circulation qui revient. Mais elle lui semblait merveilleuse ! Et elle resta à genoux un bon moment, savourant sa souffrance, à pleurer comme une Madeleine.

Ses larmes gelaient instantanément. Puis, ses mains se calmèrent et elle reprit conscience du froid glacial qui envahissait tout son corps. Ici, le vent soufflait plus fort, plus froid et chassait des bourrasques de neige.

Cela aurait dû lui dire quelque chose, mais ses capacités étaient amoindries et Randi ne comprit pas. L'ennemi insidieux, rampant, l'hypothermie la gagnait.

Remuer, il fallait qu'elle remue. Faisant appel à ses dernières réserves, elle se remit debout à grand-peine. Les bras toujours croisés sous ses chemises, elle essaya d'avancer dans la neige épaisse. Mais pourquoi le vent était-il aussi terrible ? Elle essaya de se raccrocher à cette question. Bien sûr, elle devait être sur la crête. Il n'y avait plus aucun obstacle pour l'arrêter.

Mais quelle conclusion en tirer ? Qu'est-ce que cela pouvait bien vouloir dire ?

Elle avança encore d'un mètre, péniblement, se débattant dans la neige et dans l'obscurité. Puis elle sentit soudain quelque chose sous son pied gauche. Elle entendit le fracas d'une corniche qui s'écroulait, la neige commença à bouger tout autour. Elle tomba, entraînée par la coulée, elle s'enfonçait, elle se noyait.

Mais pourquoi cela avait-il donc tant d'importance ?

Chapitre 42

Versant nord, île Mercredi

LA CORDE SE DÉROULA en serpentant jusqu'à la corniche, vaguement éclairée par la lumière de l'éclairant.
— Je vais vous assurer en double.
Jon Smith passa une boucle de corde dans un mousqueton fixé au harnais de Valentina Metrace.
— Je vous retiendrai avec la ligne de vie.
Puis il mit en place le second cordage.
— Tout ce que vous aurez à faire, c'est vous maintenir dos contre le bergschrund et vous assurer que la corde de rappel ne s'emmêle pas.
— Très bien, pas de problème. C'est quoi, le bergschrund ?
Smith sourit patiemment.
— C'est la frontière entre la roche et le glacier.
La barbe lui assombrissait les traits, mais il avait l'air confiant, comme s'il était absolument sûr qu'elle allait y arriver. Valentina aurait bien aimé éprouver le même sentiment.
— Je vous crois sur parole. Et ensuite ?
— Avec la corde de rappel, je ferai descendre les sacs et les fusils. Vous stockerez le tout le plus loin possible du glacier. Ça paraît un peu instable en bas et on risque de se ramasser quelques chutes de glace.
Elle se baissa pour examiner la langue glaciaire, les yeux ronds.
— Une chute de glace ?

Même sourire.

— Là encore, ce n'est pas sûr. Mais restez prête à vous baisser, au cas où.

— Vous pouvez être tranquille !

Valentina savait bien que la désinvolture n'était pas de circonstance, mais cela faisait un bout de temps qu'elle essayait de cacher sa peur et ses doutes. Il n'est pas facile d'abandonner de vieilles habitudes.

— Ensuite, je ferai descendre Smyslov. Attachez-le bien, loin du glacier lui aussi. Et je vous rappelle, Val, qu'il s'agit d'un prisonnier.

Elle était sur le point d'exploser mais se retint. Après tout, c'était elle qui avait évoqué cette idée.

— On n'en parle plus, Jon.

— Parfait. Enfin, je descendrai pour vous rejoindre sur la corniche. On pourra alors se sortir d'ici et poursuivre la descente.

Valentina soupçonnait Smith de se montrer plus confiant qu'il n'était, de savoir que les choses ne seraient pas aussi faciles que cela.

La descente dans le vide entre rocher et glace, avec le vent qui la secouait et rien d'autre dans le dos qu'une longue face verticale, fut l'une des choses les plus horribles qu'elle eût jamais faites. Et pourtant, elle avait vécu bien des aventures terrifiantes. Cela dit, elle arrivait presque à faire abstraction de la peur. Valentina Metrace avait appris depuis longtemps à mettre de côté ses craintes, à les laisser piailler et gémir dans leur réduit, pendant que le reste de son être se concentrait sur une seule chose : survivre. Elle pouvait en faire autant chaque fois que le besoin s'en faisait sentir avec la douleur, la pitié, et bon nombre d'émotions en tout genre. Son sens de l'humour jouait le même rôle, elle avait là des mécanismes de défense bien rodés.

Cela dit, elle mit une éternité à faire ces quarante mètres. Par deux fois, des protubérances de glace se cassèrent sous ses pieds avant d'aller s'écraser sur la corniche. Chaque fois, elle s'arrêta pour inspirer profondément, avant de reprendre.

Elle finit par arriver sur le rocher. La corniche qu'ils visaient laissait à désirer. Du côté du glacier, elle faisait deux mètres de large et la couche de glace la rendait glissante. C'était pourtant déjà mieux que de danser au bout d'une corde. Elle se plaqua contre la paroi, détacha la corde de rappel et tira dessus pour signaler qu'elle était arrivée. La corde remonta et disparut.

Valentina ferma les yeux pour se protéger du vent et de la nuit chargée de neige, pour se débarrasser de tout ce qu'elle venait de vivre.

Quelques minutes plus tard, le premier sac arriva. Après avoir donné une secousse, elle tira leurs équipements dans un endroit un peu plus large où, à son avis, le risque d'avalanche était réduit. Elle répéta l'opération pour les autres sacs puis pour les fusils protégés dans leurs étuis. Elle examina le tas pendant un certain temps : la corniche ne se prêtait guère à la surveillance d'un prisonnier hostile et potentiellement dangereux.

— Putain, Jon, murmura-t-elle, ça aurait pu être plus facile que ça – juste *clac* – et on en serait débarrassés.

Elle sortit de son sac un piton et un marteau, puis se mit à la recherche d'une fissure dans la face, à peu près à hauteur d'homme. Après avoir trouvé, elle planta son piton, sortit une petite longueur de corde et la fixa dans l'anneau du piton en confectionnant une boucle et un nœud à chaque extrémité.

Lorsqu'elle releva les yeux, elle aperçut deux lueurs verdâtres à l'extrémité du glacier. La chandelle de Jon, et une autre qui entamait la descente, lentement et avec difficulté. Smyslov arrivait. Smith devait retenir tout son poids et donnait donc du mou décimètre par décimètre.

Val s'interrogeait sur ces deux hommes, surtout sur Jon Smith. Son instinct de professionnelle lui disait que Smith se trompait sur le compte du Russe, que le garder avec eux leur faisait courir un risque insensé. Et pourtant, c'était peut-être là l'une des choses qui l'attiraient chez Jon. Dans ce genre de métier, les scrupules sont une denrée rare. Cet homme-là était peut-être assez fort pour ne pas se montrer trop expéditif.

Dans le fracas de quelques morceaux de glace qu'il avait entraînés, Smyslov atterrit sur la corniche, cramponné à la corde de ses mains attachées. Valentina se débarrassa de sa ligne de vie et vint se placer derrière le Russe.

Elle sortit son couteau-baïonnette de l'étui de son brêlage et lui en enfonça la pointe dans le dos.

— Je suis tout près dans votre dos, Gregori. Je vais défaire la corde de rappel et vous emmener un peu plus loin. Le colonel Smith tient à vous conserver en vie, on va donc s'occuper de respecter ses ordres, d'accord ?

— D'accord, répondit Smyslov d'un ton égal. Et vous, quel est votre avis ?

— Mon avis est que je me trouve placée sous les ordres du colonel Smith.

Avec précaution, elle fit passer sa main libre sur le ventre de Smyslov pour défaire la corde de rappel.

— Mais il ne faut pas trop m'en demander. Bon, maintenant, je vais m'approcher de la falaise et vous allez vous retourner lentement, les pieds vers l'extérieur, puis vous allez passer derrière moi. Je vous rappelle qu'il n'y a pas loin pour dévaler en bas, et que c'est moi qui possède la ligne de vie. Allons-y.

Ils entamèrent la manœuvre comme deux danseurs au ralenti, Smyslov se retrouva devant elle, à l'extérieur. Valentina se saisit de son harnais d'une main et lui enfonça de l'autre son couteau dans les lombaires. Elle repéra le piton qui brillait et laissa Smyslov s'en approcher.

— Stop... Tournez-vous vers le rocher... Bon, doucement.

Smyslov s'exécuta, Valentina lui passa délicatement les boucles de corde par-dessus ses menottes, avant de tirer sur le lien pour lui caler les poignets contre le piton. Elle fit un second tour en passant sur la chaîne et serra le tout, avant de lâcher le lien.

— Voilà, dit-elle en rangeant son couteau, ça devrait vous éviter de commettre des bêtises.

— Et pourquoi ? lui demanda Smyslov, d'un ton toujours aussi neutre.

— Pourquoi quoi ?

— Pourquoi vous donner tout ce mal ? Vous pourriez aussi bien me tuer ?

— Gregori, je dois vous avouer que cette idée m'a traversé l'esprit, lui répondit-elle en s'appuyant contre le rocher. Mais, pour une raison que j'ignore, Jon n'est pas exactement du même avis.

Lorsque vous avez appelé vos amis Spetsnaz à la rescousse, cet après-midi... oui, c'était bien cet après-midi ? Et puis, vous avez essayé de descendre Jon dans la grotte ? De mon point de vue, cela faisait une raison amplement suffisante, mais pas pour notre colonel. Il a l'air de penser que vous pouvez encore vous repentir. Ou, autre hypothèse, ce n'est pas sa façon de faire.

— C'est un homme exceptionnel, murmura Smyslov dans le bruit du vent.

— Sans doute plus exceptionnel que vous et moi, et que quiconque sur cette île. – Il y avait une certaine tristesse dans sa réponse. – Et un jour ou l'autre, il finira comme un homme exceptionnel. Bon, je reviens. J'espère que vous ne m'en voudrez pas si je vais faire autre chose.

Elle s'avança jusqu'au bord du glacier, le bergschrund, comme disait Smith. Puis elle se souvint de ce qu'il lui avait prescrit et revint près des sacs pour chercher un second piton. Elle retourna au bord du glacier et s'agenouilla sur la corniche pour trouver un point de fixation. Ce n'était pas facile ; sa source de lumière était faiblarde, et la corniche avait l'air solide et sans faille. Elle finit par trouver une fissure très étroite près du bord et y enfonça le piton aussi profondément que possible. Comme elle ne voulait pas se détacher de la corde de sécurité, elle accrocha un mousqueton dans l'anneau du piton et y fit passer une boucle. Elle laissa du mou pour garder une certaine liberté de mouvement. Elle se releva, s'approcha de la lèvre sous le glacier, et tira sur la corde de rappel.

Elle aperçut alors au-dessus d'elle la tache verte, Jon démarrait.

Il serait près d'elle sous peu. Une trentaine de mètres à franchir... encore vingt-cinq... quinze.

Valentina entendit un grondement, de la matière minérale qui s'effondrait en masse, puis une série de craquements secs. Elle se jeta contre la paroi, dos collé contre le roc, au moment où le rebord vertical du glacier partait en répandant une cascade de débris et des tombereaux de glace.

Elle en reçut quelques-uns, pas assez gros pour l'assommer ou pour l'envoyer valdinguer. Les plus gros morceaux – des blocs gros comme des voitures ou des autobus – tombaient plus loin car leur poids les entraînait au-delà de la corniche. Puis ce fut une traînée de lumière verte qui s'enfonçait dans le vide, elle s'entendit pousser un hurlement, non, pas ça. Quelque chose l'empoigna avec une force irrésistible, la souleva et la projeta sur la corniche. Sa tête heurta la pierre, elle vit trente-six chandelles éblouissantes, avant de sombrer dans le noir.

*

Elle reprit conscience en entendant quelqu'un qui criait d'une voix forte et l'appelait par son nom. Elle était étendue face contre le rocher, dangereusement près du bord. Quelque chose lui appuyait sur le ventre. La tête lui tournait, après le coup qu'elle avait pris, mais la capuche épaisse de sa parka lui avait évité une fracture du crâne. Elle se dit qu'elle n'avait pas dû rester inconsciente très longtemps, mais elle sentait déjà le froid du rocher et la morsure du vent. Comme si elle était collée sur le ressaut. Elle explora à tâtons et comprit bientôt pourquoi.

C'était la ligne de vie, et ce qui s'enfonçait dans son ventre, c'était le piton et le mousqueton qu'elle y avait passé. Tendue à bloc, la corde passait par son harnais, par le mousqueton, avant de disparaître par-dessus le rebord. Les souvenirs des dernières secondes lui revenaient, elle se souvint de l'avalanche, de la chandelle de Smith qui lui passait devant.

— Jon !

Aucune réponse ne vint du vide. La ligne de vie était bien tendue, il y avait un poids au bout. Elle se débattit, poussa sur ses pieds pour tenter de s'éloigner du bord, mais la corde la retenait impitoyablement. Elle ne réussit même pas à gagner un centimètre.

C'était inutile. Dans des circonstances normales, elle aurait pu hisser quatre-vingt-dix kilos au bout d'une corde, au moins sur une faible hauteur, mais les conditions étaient loin d'être idéales. Elle était étendue sur une surface étroite de rocher rendue glissante par la glace et elle n'avait rien à quoi se raccrocher. Elle était complètement coincée.

On recommençait à crier son nom. A une dizaine de mètres plus loin, elle aperçut Smyslov qui, penché en avant dans ses liens, essayait de voir ce qui se passait.

— Je suis là, Gregori, et apparemment, je ne peux pas bouger.
— Qu'est-ce qui s'est passé ?

Elle hésita d'abord à répondre, avant de se dire que les moyens et les alliés dont elle disposait étaient extrêmement rares. Elle finit par lui décrire la situation en quelques phrases lapidaires.

— Vous n'auriez pas dû fixer la ligne de vie comme ça, lui répondit-il.

— Facile à dire, grommela Valentina, qui essayait toujours de tirer sur la corde.

— Le colonel va bien ?

— Je n'ai pas l'impression. Il ne répond pas, je ne sens aucun mouvement au bout de la corde. J'espère qu'il est juste un peu sonné.

— Il faut que vous le remontiez et le sortiez de là, professeur.

— Je sais bien, mais je n'ai pas assez de mou dans la corde pour la décrocher ! Si je coupe, il descend !

— Alors, plantez un autre piton et assurez votre harnais dessus. Vous pourrez alors vous en débarrasser sans perdre le colonel.

Valentina cessa de se battre avec la ligne de vie.

— Votre idée est excellente, sauf que je n'ai pas d'autre piton !

— Dans ce cas, utilisez la pointe de votre piolet.

Elle regarda autour d'elle à la lueur de sa chandelle chimique et poussa un juron.

— J'ai réussi à le perdre, lui aussi.

— Professeur, il est peut-être blessé, ou il est en train de mourir !

— Mais je sais bien, putain de merde !

Smyslov n'ajouta rien. Haletante, Valentina posa la tête sur la pierre gelée. Si elle ne faisait rien, ils allaient tous mourir. Pris au piège comme ils l'étaient, le vent puis le froid finiraient par avoir raison d'eux.

Il y avait bien une solution, naturellement, une solution très simple et facile à mettre en œuvre.

Elle pouvait se dégager en coupant la corde de sécurité. Mais, comme aurait dit Jon, c'était une option qu'elle n'était pas près d'accepter.

Elle avait ses couteaux, trois couteaux : le poignard accroché à sa ceinture et ses deux couteaux de lancer fixés aux avant-bras. Elle pourrait peut-être en utiliser un en guise de piton. Mais elle n'avait pas de marteau pour le planter assez solidement, et les manches n'étaient pas conçus pour ce genre d'usage. Il suffisait qu'elle glisse, ou qu'elle fasse un faux mouvement – et Jon était mort, si ce n'était pas déjà fait.

Restait Smyslov, un homme qu'elle était prête à tuer. Comment disait Jon, déjà ? « Je ne suis pas sûr que ce soit un ennemi, Val. »

La logique aurait voulu que ce soit le cas. Mais la logique disait aussi que le seul choix qui s'offrait à elle consistait à couper la corde de sécurité ou à les condamner à périr tous les trois dans la montagne.

— Gregori, à votre avis, Jon est-il un bon juge de la nature humaine ?

— Très bon, répondit le Russe, un peu étonné de sa question.

— J'espère que vous avez raison. Je vais vous lancer un couteau.

La chose était plus facile à dire qu'à faire. Le lancer de couteaux est l'un des arts martiaux les plus difficiles à maîtriser. Si l'on attribuait des grades dans cette spécialité, Valentina aurait été ceinture rouge. Même le légendaire William Garvin aurait hésité dans ces circonstances : de fortes rafales de vent, peu de lumière, un angle de lancer épouvantable, des vêtements qui entravaient les mouvements. Plus grave encore : elle n'avait rien dans quoi planter la lame.

La meilleure solution aurait consisté à faire glisser le couteau sur la surface de la corniche jusque sous les pieds de Smyslov. Mais étant donné la façon dont elle l'avait attaché à la paroi, il était incapable de se baisser.

Valentina ôta ses surgants et ses gants. Elle se mit sur le côté et pivota autour du piton pour faire face à Smyslov. Ce mouvement la mettait les jambes dans le vide, jusqu'aux genoux. Elle sortit son poignard dans son étui et testa son équilibrage.

— Voilà ce que je vais faire, Gregori. Je vais essayer de lancer mon poignard sur la paroi, juste au-dessus de vous. Il faudra que vous essayiez de l'attraper quand il retombera devant vous. Compris ?

— Compris, professeur, je serai prêt.
— Alors, préparez-vous. Je compte jusqu'à trois. Un... deux... trois !

Elle lança le poignard en lui donnant un peu d'effet pour qu'il heurte le rocher par la pointe. Elle entendit au-dessus du bruit du vent un *cling* quand l'acier heurta la roche, puis le Russe qui lançait un gros juron.

— Je l'ai loupé ! Il a rebondi au-dessus de mon épaule !

Sans doute ce foutu manche en plastique. Il ne pouvait pas rester sur place après le choc.

— C'est bon, répondit-elle en essayant de garder un ton calme. On refait un essai.

Elle sortit son second couteau de lancer dont la lame s'était réchauffée au contact de son corps.

— Paré ? Je lance au-dessus de votre tête, comme la première fois. Je lance à trois. Un... deux... trois.

Elle arma son bras, lança, en essayant de lancer en chandelle plutôt qu'en tir direct. L'acier sonna sur la roche, elle vit Smyslov se pencher violemment en avant puis essayer de coincer le couteau entre son corps et la paroi. Nouveau juron, le couteau tomba à ses pieds, inutile.

— Désolé, professeur. J'ai encore manqué mon coup.

Il ne restait plus qu'une chance. Valentina souffla dans ses mains, allongea et replia ses doigts engourdis pour leur redonner un peu de tiédeur et de sensibilité.

— Je refais un essai, Gregori, mais cette fois-ci, nous allons procéder un peu différemment.

— Comme vous voudrez, professeur.

Elle prit le second couteau niché contre son bras.

— Très bien. Cette fois, vous vous penchez en arrière.

— En arrière ?

— C'est ça. Penchez-vous en arrière au maximum, tendez vos bras devant vous. Tirez bien sur le piton.

Smyslov obéit, détachant son corps de la paroi.

— Comme ça ?

Elle examina la silhouette à la lueur de sa chandelle pendant un bon moment.

— Oui, c'est parfait. Maintenant, ne bougez plus, ne bougez plus du tout... Et, Gregori, encore une chose.
— Quoi ?
— Je suis désolée.

Elle entendit Smyslov sursauter lorsque la lame se planta dans son avant-bras gauche, juste au-dessus du poignet.

— Je vous renouvelle mes excuses, Gregori, mais c'était le seul endroit où j'avais des chances de faire tenir ce foutu truc.

Puis elle vit le Russe croiser les poignets et extraire délicatement le couteau de sa manche tachée de sang. La lame aiguisée comme un rasoir avait coupé sans peine le lien en nylon et les menottes en plastique. Maintenant, c'était lui qui était libéré, et elle qui était attachée.

Peu importe, l'un des deux sortirait vivant de cette corniche. Jon l'aurait approuvée. Son couteau à la main, son couteau à elle, Smyslov était au-dessus d'elle, impossible. Ce qui allait se passer ensuite, elle n'y pouvait rien. Epuisée, elle se laissa retomber, le menton sur la corniche, et ferma les yeux.

*

Smith avait l'impression de flotter entre deux eaux, mais la sensation n'était pas aussi agréable que celle que l'on peut éprouver, par exemple dans un rêve. Son corps était tout tordu, déjeté, il avait mal un peu partout, des élancements dans toute sa carcasse. Et puis il y avait ce froid, cet engourdissement progressif. Ce n'était pas normal, il fallait qu'il réagisse.

Il ouvrit péniblement les yeux pour ne voir que de l'obscurité balayée par la neige qui tombait. Il leva la tête et réussit à distinguer à la lueur verte de sa chandelle un fouillis de cordes et de harnais qui l'emprisonnaient. Il n'y avait rien d'autre, tout était vide autour de lui. Il était pendu dans son harnais, la tête vers le haut et se balançait doucement au gré du vent. Une autre corde bien tendue partait vers le haut.

Les souvenirs lui revenaient. Il descendait en rappel lorsque la face du glacier s'était complètement désintégrée sous lui. La glace, soumise à une forte pression, avait explosé et c'est par miracle qu'il s'était fait propulser bien plus loin, ce qui lui avait évité d'être pris sous l'avalanche. Et il n'avait pas non plus heurté le ressaut. Il devait pendre quelque part en contrebas.

Il tâta autour de lui, explorant l'espace qui l'entourait, essayant de trouver quelque chose de solide. Du bout des doigts de la main droite, il arrivait tout juste à effleurer le rocher. La paroi sous la corniche devait être légèrement concave. Impossible de savoir à combien il se trouvait en dessous. Impossible aussi d'estimer la hauteur du vide, peut-être un mètre, peut-être soixante.

Il fit l'inventaire rapide de son état physique. Il était couvert d'ecchymoses et courbatu, mais apparemment, tout fonctionnait. Il avait dû partir sur le bord externe de l'avalanche et l'élasticité de la corde en nylon avait absorbé une bonne partie du choc. Cela dit, le froid et la faiblesse auraient bientôt raison de lui.

Malheureusement, la seule chose qu'il pouvait faire consistait à se hisser à la force des bras, et il n'avait pas de frein à sa disposition.

Et les autres ? Val et Smyslov avaient-ils été emportés par l'avalanche ? En scrutant la nuit entre les tourbillons de neige, il distinguait vaguement une tache de lumière rougeâtre au bord de la corniche. La première chandelle qu'ils avaient jetée sur le ressaut s'était éteinte. Quelqu'un avait dû en allumer une autre. Quelqu'un avait donc survécu. Malgré le harnais qui lui comprimait le thorax, il essaya de gonfler les poumons pour crier.

Puis un objet apparut dans son champ visuel, une chose qui descendait le long de la ligne de vie. Une autre corde à l'extrémité de laquelle on avait confectionné une boucle. Elle était retenue à la ligne de vie par un mousqueton. Le marchepied d'un système à frein.

Smith attrapa la seconde corde, la détacha et passa un pied dans la boucle. Il se déhala ensuite sur la corde de sécurité, se cala bien dans la boucle et donna une secousse. La corde de secours se raidit et quelqu'un, sur le rebord de la corniche, commença à le hisser par à-coups successifs. Quelqu'un d'autre reprenait le mou de la ligne de vie au fur et à mesure.

Pendant qu'on le hissait ainsi, Smith eut largement le temps de se demander ce qu'il allait trouver là-haut. Une chose était certaine : Valentina Metrace n'avait pas les connaissances d'alpinisme nécessaires pour avoir mis un frein en place de cette façon.

Il atteignit le dessous de la corniche et dut sortir de ses réflexions. Il fallait qu'il se dégage de la paroi. Du coup, le rebord le cueillit par surprise. Des mains se tendaient vers lui, agrippaient son harnais, pour l'aider à se rétablir.

Sentir le rocher sous lui fut l'une des sensations les plus extraordinaires qu'il eût jamais éprouvées. Il resta un moment à quatre pattes, pour savourer sa fermeté. Il commençait à trembler et se laissa aller, mais il devait résister. Il secoua la tête comme un ours blessé et regarda la corniche. A la lueur rougeâtre de la chandelle, il vit alors un fouillis de cordages amarrés à plusieurs points d'ancrage et les corps étendus de Valentina et de Smyslov qui avaient l'air aussi épuisés que lui.

Smith inspira de l'air glacé.

— De l'eau et des barres vitaminées, dit-il d'une voix rauque. Tout de suite.

Ils se regroupèrent, avalant alternativement un peu d'eau réchauffée au contact de leur corps et du chocolat vitaminé. Le métabolisme commençait à se rééquilibrer et à évacuer les effets du drame qu'ils venaient de vivre.

Smith remarqua des traces de sang noirâtres sur la manche de Smyslov.

— Comment va votre bras ?

— Pas trop mal, répondit le Russe en hochant la tête. J'ai mis un pansement.

— Blessé par la chute de glace ?

Smyslov se tourna vers Valentina, l'air ironique.

— Pas exactement. Mais c'est un peu compliqué, je vous expliquerai plus tard.

— Comme vous voudrez. Maintenant que la panique est passée, j'aimerais savoir qui est prisonnier de l'autre.

Smyslov, avec toujours cette expression ironique sur son visage rougi par le froid, hocha la tête derechef.

— Ça me ferait vraiment chier de vous le dire.

— Et je préfère ne pas épiloguer sur le sujet, ajouta Valentina. Mais pour le moment, je propose qu'on finisse de descendre de cette foutue montagne. On réglera les points délicats plus tard.

— Voilà qui me paraît sensé, major. Qu en pensez-vous ?

— Je suis de cet avis, mon colonel, c'est éminemment sensé.

— Alors, on y va. Cette montagne ne va pas devenir moins haute tout d'un coup.

Smith fit la grimace en se dépliant, ses ecchymoses et ses muscles raidis lui faisaient mal. Il réussit à se relever avec l'aide de Val qui posa les mains sur sa poitrine.

— On dirait que, dans ce métier, finalement, les scrupules peuvent servir à quelque chose.

— C'est vrai, de temps en temps, on a de bonnes surprises.

Chapitre 43

Versant nord, île Mercredi

RANDI RUSSELL S'ÉTAIT RELEVÉE et s'était remise en marche avant même d'avoir repris conscience. Mais conscience ne signifiait pas qu'elle avait l'esprit clair. Elle ne se souvenait plus de ce qu'elle avait fait pour se dégager de la coulée de neige. Elle n'avait pas non plus la moindre idée de l'endroit où elle se trouvait ni de la direction qu'elle prenait. Elle n'agissait plus que par réflexe, comme un animal qui meurt.

Elle ne souffrait plus vraiment, elle n'avait plus trop peur. La chaleur trompeuse de l'hypothermie l'envahissait et, un pas après l'autre, elle se détachait du monde réel. Elle savait qu'elle devait avancer, mais même cet impératif faiblissait Sa prochaine chute serait la dernière.

Dans le vide noir et froid qui l'entourait, il n'y avait pas de destination visible. Elle descendait vers la côte tout simplement parce que c'était la direction la plus facile à suivre et que la pente jouait en sa faveur.

Randi ne comprenait pas davantage la signification des blocs de glace de plus en plus nombreux qu'elle commençait à rencontrer. Il s'agissait de la glace de mer qui se brisait sur la côte nord de Mercredi. Elle avait seulement conscience que ce vent terrifiant, atroce, faiblissait. Elle obliqua un peu pour marcher parallèlement à ces fantômes de glace qui se dressaient là et se retrouva, titubante, sur les galets de la plage parsemés de plaques de neige.

Car elle avait de plus en plus l'impression d'être entourée de fantômes – des sons, des voix, des visions du passé, certaines agréables et d'autres moins. Des fragments épars qui se mélangeaient : Santa Barbara, Carmel, l'UCLA [1], l'Irak, la Chine, la Russie et d'autres endroits de moindre importance. Les gens qu'elle avait connus, ce qu'elle avait vécu.

Elle essayait de se raccrocher aux souvenirs agréables : lorsqu'elle jouait sur la plage sous la maison de ses parents, sa connivence avec sa sœur Sophia, Mike qui la déshabillait et l'allongeait dans l'herbe si douce, cette première fois, si délicieuse, si bouleversante.

Mais le froid et la nuit réveillaient aussi d'autres souvenirs. Elle se tenait près de Sophia et elles dispersaient les cendres de leurs parents. Cette souffrance insupportable, debout devant la tombe grande ouverte, à Arlington, les tambours qui battaient, lugubres, en l'honneur de cette moitié d'elle-même, si riant, si hardi. Ce désespoir qui l'avait prise, cette envie de tout casser et qui avait fait de la linguiste de la CIA un agent du service action. Puis le visage du premier être qu'elle avait été obligée de tuer. Puis elle se revit, debout près d'une seconde tombe, au cimetière d'Ivy Hill, à Alexandria, pour enterrer la dernière personne qu'elle aimait et qui venait de quitter ce monde en l'abandonnant derrière elle.

Son pied glissa sur une pierre couverte de glace, elle n'essaya même pas de se retenir. Une petite voix lui susurrait de se relever, mais elle était trop lasse pour l'écouter. Elle se traîna pendant quelques mètres pour tenter de s'abriter derrière un gros bloc de glace, essayant de sauvegarder ses derniers restes de chaleur pendant que la neige l'ensevelissait doucement.

C'est donc ici qu'elle allait mourir. Randi n'avait plus envie de lutter, à quoi bon. Elle s'abandonna à ses fantômes et au kaléidoscope de ses souvenirs qui défilaient devant ses yeux.

Le souvenir de Sophia était particulièrement vif et cela la remplissait de bonheur. Elle avait enfin retrouvé sa sœur.

Mais Sophia la ramenait à des endroits désagréables. A la disparition de Mike. A cet autre soldat, un homme de haute taille, simple, avec son béret noir. A la seule vraie dispute qu'elle ait

---

[1]. University of California, Los Angeles.

jamais eue avec sa sœur, à la seule chose impardonnable que Sophia lui eût jamais faite.

— Randi, répétait Sophia, je vais épouser Jon.

— Non !

— Jon est désolé du tort qu'il t'a causé, Randi. Encore bien plus désolé que tu ne le crois ou que tu ne veuilles le comprendre.

— Je me fiche de ses regrets ! J'aurais simplement voulu qu'il te sauve ! cria Randi.

La colère la reprenait, comme dans le temps, la souffrance était la même.

— Personne n'aurait pu me sauver, Randi. Ni Jon ni toi.

— Il aurait pourtant bien dû y avoir un moyen !

Les yeux de Sophia remplissaient maintenant tout son champ de vision.

— S'il y avait eu un moyen, Jon l'aurait trouvé. Toi aussi, tu l'aurais trouvé.

— Non !

— Fais-le pour moi, Randi, appelle Jon.

— Je ne veux pas ! Je ne veux pas !

Sophia se faisait pressante :

— Dis son nom, Randi !

Randi ne pouvait plus le lui refuser. Elle dit dans un sanglot :

— Jon !

— Plus fort, Randi.

Le regard de Sophia était plein d'amour, mais aussi d'anxiété, il l'implorait.

— Dis-le encore plus fort !

— Jon !

Mais pourquoi sa sœur faisait-elle cela ? Randi n'avait qu'une envie, dormir. Partir.

Et Sophia ne voulait pas. Elle se penchait sur elle, la secouait.

— Allez, Randi, encore ! Appelle-le ! Hurle de toutes tes forces ! Appelle Jon !

— JON !

*

Smith s'arrêta net en levant les yeux pour scruter la nuit.
— Qu'est-ce que c'est ?
— Qu'est-ce que c'est quoi ? lui demanda Valentina en arrivant derrière lui.

Smith avait pris la tête de la cordée et faisait la trace, Valentina et Smyslov suivaient derrière. Depuis l'avalanche, le sort leur avait été plus favorable et la descente jusqu'au rivage nord avait été facile et rapide. Ils marchaient avec peine sur la plage, lorsque Smith avait cru entendre un faible cri bizarre au-dessus de la tempête.

— Je n'en sais rien, j'ai cru entendre quelqu'un qui m'appelait par mon nom.

— C'est assez invraisemblable, répondit Valentina en remontant ses lunettes, qui pourrait bien vous appeler dans le coin ?

— Mais Randi ! Qui d'autre ?

Smith détacha la corde et décrocha sa lampe de sa ceinture.

— Prenez vos lampes et cherchez ! Allez !

Ils mirent cinq minutes à la trouver.

— Jon ! C'est par ici ! Venez vite !

Agenouillée dans le creux d'un muret de glace, Valentina dégageait la neige amoncelée sur une forme recroquevillée. Smith accourut auprès d'elle et commença fébrilement à défaire son sac. Smyslov arriva à son tour.

— Vous aviez raison ! s'écria Valentina. Qu'est-ce qu'elle peut bien faire là et attifée comme ça ?

— Elle s'est échappée, répondit Smith. Les Spetsnaz ont dû attaquer la station.

Smyslov protesta :

— Ce n'est pas possible, il n'y a eu qu'une section de débarquée sur l'île, celle qui vous a attaqués sur le site de l'accident.

— Alors, c'est qu'il y a quelqu'un d'autre.

Smith étala une couverture de survie sur la neige et tira doucement Randi dessus. Il arracha ses gants et ses mitaines, sortit une de ses mains du magma informe de vêtements qu'elle portait pour tâter son pouls.

— Elle est dans un sale état, fit Valentina qui se penchait au-dessus de son épaule.

— Elle est mourante, répondit brièvement Smith. On a des chaufferettes chimiques dans les sacs. Vous les sortez. Toutes.

Valentina et Smyslov s'exécutèrent aussi vite qu'ils purent et tordirent les chaufferettes pour amorcer la réaction.

— Vous les enfilez dans ses manches et dans les jambes de son pantalon, leur ordonna ensuite Smith. Lorsque nous allons la bouger, le sang refroidi des extrémités va circuler dans l'organisme et le choc peut la tuer.

— Jon, regardez ça.

Valentina avait dégagé le bras gauche de Randi de son chandail trop grand pour elle. Elle avait une menotte accrochée autour du poignet.

— Putain de Dieu, ça explique les écorchures qu'elle a au poignet droit. Elle a été capturée.

— Mais par qui ?

— Je n'en sais rien, Val. Si ce ne sont pas les Spetsnaz, c'est qu'il s'agit de quelqu'un d'autre. Ceux qui ont essayé de nous descendre en Alaska.

— Son état est grave, mon colonel ? lui demanda Smyslov qui était de l'autre côté.

— Si nous ne la mettons pas à l'abri et au chaud vite fait, elle est fichue.

Smith enveloppa Randi dans la couverture en serrant autant qu'il put. Ils ne pouvaient rien faire de plus.

— Mon colonel, je vais la porter, lui proposa Smyslov.

— Parfait, je prends votre sac. Allons-y.

Le Russe chargea avec précaution son fardeau.

— Ça va aller, *devuska*, lui murmura-t-il. Vous êtes avec des amis. Ne nous laissez pas tomber, pas maintenant.

Valentina prit leurs deux fusils.

— Nous devons faire l'hypothèse que la station est, soit occupée, soit détruite. Mais où aller ?

— Nous trouverons une autre grotte ou nous construirons un abri, lui répondit Smith en balayant le chaos de blocs de glace amoncelés au bord de l'eau avec le faisceau de sa torche. Ouvrez l'œil.

— D'accord, mais on sera bientôt à court de piles, sans parler du reste. Mon Dieu, on dirait qu'elle a fait un sacré boulot.

— Je sais – le ton de sa voix était aussi glacial que la nuit. – Peut-être que je l'ai achevée.

Valentina ne comprenait pas ce qu'il voulait dire, mais elle se dit que ce n'était pas le moment de lui demander des explications.

La torche de Smith commençait à faiblir sérieusement lorsqu'il repéra une ouverture triangulaire dans le mur de glace. Il se pencha pour inspecter l'intérieur du trou.

Ce n'était pas exactement ce qu'il cherchait. Une grosse plaque de glace de mer avait été poussée sur la plage avant de se redresser sous la poussée d'une autre. Les deux blocs avaient ainsi formé une grotte bleutée de sept mètres de profondeur sur deux de large, assez haute pour qu'on puisse s'y tenir accroupi.

— Voilà ! On va s'installer ici ! Major, déposez Randi dans le fond, puis vous allez faire un mur devant l'entrée avec de la neige et des blocs de glace. Val, venez avec moi.

Smith utilisa leur dernière chandelle pour éclairer la caverne d'une maigre lumière et sortit leur petit réchaud. Il ne leur restait plus guère de combustible, mais, à défaut de réchauffer leur abri, cela le rendrait un peu moins glacial. Il leur donna ses instructions tout en s'activant avec le réchaud.

— Val, étalez deux couvertures de survie sur le sol, puis attachez ensemble votre duvet et le mien.

— Je le fais.

Ils déposèrent Randi sur les deux sacs de couchage. Elle était toujours dans le coma.

— C'est bon, Val, vous allez vous mettre dedans avec elle. Lorsque je l'aurai déshabillée, enlevez vos vêtements. Vous enlevez tout.

— Compris, répondit-elle en ouvrant sa parka. Mais j'avais espéré entendre cette demande dans des circonstances très différentes.

Tout en déshabillant Randi, il l'examina à la lumière faiblarde de sa torche pour voir si le froid avait déjà commencé à faire des ravages. Dieu soit loué, au moins, elle avait des bottes polaires. Ses pieds, les organes les plus vulnérables, étaient restés protégés.

Valentina se débarrassa de ses gros vêtements de protection. Puis, respirant à fond, elle fit passer son chandail et ses dessous par-dessus la tête. Soutien-gorge et chaussettes suivirent, puis ses manchons. Elle posa ses couteaux à portée de main, près de la tête du « lit », ôta ses collants et sa culotte, avant de mettre le tout en tas. Complètement nue, elle se glissa près de Randi et se fit un oreiller avec un sac. Le contact de ce corps glacé la brûlait.

— Je suis prête, dit-elle enfin en serrant les mâchoires pour ne pas claquer des dents.

Smith vérifia que ces deux corps nus couleur ivoire étaient bien installés. Valentina grelottait, Randi restait immobile, dangereusement immobile. Il recouvrit les deux femmes avant de refermer la fermeture Eclair des duvets, puis étendit sur elles le duvet de Smyslov et leurs vêtements.

Valentina se blottit contre la forme inconsciente allongée à côté d'elle et cala la tête de Randi contre le doux coussin que formaient son sein et le creux de son épaule. Randi s'étira un peu, poussa un faible gémissement, essaya de se rapprocher davantage de cette source de chaleur.

— On dirait un glaçon, Jon, murmura Valentina. Ça va suffire ?

— Je ne sais pas. Tout dépend de son degré d'épuisement, et de la durée pendant laquelle elle est restée exposée au froid. L'hypothermie peut être très méchante et c'est assez vicieux.

Smith posa le bout des doigts sur la gorge de Randi pour prendre son pouls à la carotide.

— Elle a absorbé des doses massives d'antibiotiques, ça permettra de limiter les complications pulmonaires. Et elle s'est débrouillée pour se protéger la figure et les mains. A mon avis, elle n'a pas de gelures trop graves.

Il hocha la tête en tâtant les joues de Randi avec le dos de la main.

— Si sa température corporelle est descendue trop bas, elle peut encore rebondir. Elle est résistante, Val, aussi résistante qu'ils l'ont rendue. Si sa température a trop chuté... je ne sais pas. Tout ce que nous pouvons faire, c'est la garder au chaud et attendre.

Valentina faillit sourire.

— Vous prenez grand soin de cette jeune fille, non ?

Smith remonta l'ouverture des duvets sur les visages des deux jeunes femmes.

— J'ai une responsabilité envers elle. A la fois pour l'avoir amenée ici et pour ce qu'elle est.

— Vous êtes responsable de nous tous, Jon, répondit Valentina en le regardant. Et laissez-moi vous dire qu'en ce moment, c'est plutôt réconfortant.

Smith lui rendit son sourire en relevant doucement ses cheveux noirs.

— J'espère que votre confiance n'est pas trop mal placée. Essayez de dormir un peu.

Puis, prenant son SR-25 et sa trousse médicale, il regagna l'entrée de la grotte. Il en profita en chemin pour remplir une poêle de morceaux de glace et la posa sur le réchaud.

Smyslov avait fini de monter son muret devant l'entrée en ne laissant qu'une étroite bouche d'aération au sommet. Smith remonta les manches du Russe, tachées de sang, et enleva le pansement sommaire. Il nettoya la plaie, la désinfecta, avant de l'arroser de sulfamides et de remettre un pansement propre.

— Vous avez de la chance, lui dit-il, la coupure est franche et nette.– Il haussa un sourcil. – En fait, on dirait une blessure faite par l'un des couteaux de Valentina.

Smyslov fit la grimace.

— C'est exact, mais elle avait mon accord.

— Mais *qu'est-ce qui a bien pu se passer* sur cette corniche pendant que je pendouillais au bout de la ligne de vie ?

Smyslov le lui raconta à grands traits, depuis la chute de glace jusqu'à son sauvetage.

— Merci pour votre aide, lui dit Smith. J'apprécie beaucoup. Cela vous ennuierait que je vous pose une question très personnelle ?

— Faites, mon colonel.

— Pourquoi ne pas avoir tranché la gorge de Val avant de couper la corde ?

Smyslov resta d'abord silencieux.

— Cela aurait été conforme aux ordres que m'avait donnés mon gouvernement, finit-il par répondre. Mais, vous les militaires américains, vous avez une expression pour parler de ce genre de situation : FUBAR [1]. Je crois que ça veut dire « se faire baiser dans les grandes largeurs ».

---

1. Fucked Up Beyond All Recall.

Smith était en train de poser le dernier morceau de sparadrap.
— Exact.
— C'est ce qui m'est arrivé, reprit le Russe. On m'a désigné pour faire partie de votre équipe afin d'empêcher un incident international et la fin des relations entre nos deux pays. On a infiltré les Spetsnaz dans l'île pour cette même raison. Mais maintenant, c'est un gigantesque merdier. Même si j'avais décidé de vous tuer dans la montagne, le professeur et vous, il n'y avait plus moyen d'empêcher ces complications et la rupture entre nos deux peuples. On ne peut plus rien maîtriser. C'est trop chaotique. Votre pays aurait mené une enquête, la vérité se serait faite jour, inéluctablement. Mais c'était sans doute écrit depuis le début. C'est le raisonnement que je me suis fait, et puis, je n'avais pas envie d'assassiner... des camarades, dans un acte dérisoire.

Il eut un sourire amer.
— Vous voyez, nous ne sommes pas tous comme le commissaire politique de Misha.

Smith lui remit la manche de sa parka en place.
— J'étais déjà arrivé à la même conclusion de mon côté, major.

Il referma sa trousse et se laissa tomber contre la paroi verdâtre de la grotte, le SR-25 posé à côté de lui.
— Je suis également arrivé à la même conclusion que vous sur l'attaque de la station. Ces gens-là étaient trop nombreux pour qu'il puisse s'agir de Spetsnaz. Je suppose donc que nous avons d'autres adversaires sur l'île et, à voir l'état dans lequel ils ont mis Randi, ils doivent être redoutables.
— Je partage ce point de vue, mon colonel.
— Ainsi donc, comme votre mission qui consistait à empêcher que la vérité se fasse jour sur l'attaque soviétique est définitivement foutue, seriez-vous d'accord pour dire que *notre* mission commune est désormais d'empêcher les armes biologiques de Misha de tomber dans de mauvaises mains ?

Smyslov sourit, mais gravement.
— Mes supérieurs ne seraient peut-être pas de cet avis, mais, pour ce qui me concerne, j'aimerais bien ne pas avoir tout raté. L'anthrax pourrait se retrouver chez les rebelles tchétchènes ou un autre de nos groupes terroristes. On peut s'en servir aussi bien

contre Moscou ou Saint-Pétersbourg que contre New York ou Chicago. C'est la seule chose qui compte dorénavant.

— Bienvenue parmi nous, major, lui dit Smith en lui tendant la main.

Le Russe la saisit et la serra vigoureusement.

— Cela fait du bien, mon colonel. Quels sont vos ordres ?

Smith lui montra le fond de la grotte d'un signe de tête.

— Notre meilleure source de renseignements sur ces nouveaux arrivants est indisponible pour l'instant. Lorsque nous pourrons en parler avec elle, et si elle est en état, nous étudierons des plans. En attendant, que diriez-vous d'un quart de thé ?

Quelques minutes plus tard, les deux hommes étaient penchés sur leurs quarts fumants qui leur réchauffaient les mains.

— Major, reprit Smith, je dois admettre qu'une autre question me tracasse. C'est le second membre de l'équation du 5 mars. Pourquoi l'attaque soviétique a-t-elle été annulée à la dernière minute ?

Smyslov hocha la tête.

— Désolé, mon colonel, je ne peux rien vous dire. Je suis obligé de respecter les derniers lambeaux qui protègent encore mon pays.

— Vous pourriez bien tout lui raconter, Gregori. – C'était la voix de Valentina qui sortait de son tas de duvets. – De toute façon, j'ai déjà ma petite idée.

— Comment serait-ce possible ? répliqua vivement Smyslov en se retournant.

Valentina poussa un soupir.

— Parce que je suis historienne et parce que j'ai un talent pour reconstituer les puzzles. Le Misha 124 s'est écrasé sur l'île Mercredi le 5 mars 1953 et l'URSS a été à un doigt de déclencher la Troisième Guerre mondiale le 5 mars 1953. Il y a eu un autre événement important en Union soviétique ce jour-là. En bonne logique, il doit exister une relation entre les deux.

— Et lequel ? demanda Smith.

— Le 5 mars 1953 est le jour de la mort de Staline.

Valentina s'était mise un peu de côté pour qu'ils puissent apercevoir l'ovale de son visage.

— Ou plutôt, c'est le jour où il a été assassiné. Vos gens ont tué ce salopard, pas vrai, Gregori ?

Pendant un long moment, on n'entendit plus que les gémissements du vent.

— C'est quelque chose que nous avons toujours soupçonné, continua Valentina. Si l'on en croit l'histoire officielle, Staline aurait été victime d'une hémorragie cérébrale gravissime dans la nuit du 28 février, alors qu'il se trouvait dans sa résidence du Kremlin. Il paraîtrait que cela lui avait fait perdre toutes ses capacités et qu'il avait fini par sombrer dans un demi-coma, dont il ne serait pas sorti jusqu'à sa mort, le 5 mars. Mais tout le monde a continué de se poser des questions. On trouvait en effet plutôt amusante la version du gouvernement soviétique sur la mort de Staline. Sa fille, Svetlana, a fait quelques allusions marquées au fait que les véritables raisons de la fin de son père n'avaient jamais été révélées.

Valentina changea de position, en essayant de ne pas déranger Randi.

— Naturellement, il y a toujours des tas de rumeurs, d'histoires de conspiration, autour de la mort d'un dirigeant controversé. Appelez ça si vous voulez le syndrome du tumulus. Mais, compte tenu du tempérament autoritaire de Staline et de la nature du régime soviétique à l'époque, l'hypothèse d'une conspiration semble nettement plus fondée que dans d'autres cas.

« Maintenant que l'on connaît la vérité sur la mission de Misha 124 et sur cette attaque préventive des Soviétiques, toute cette histoire va ressurgir au grand jour. Je suis désolée, Gregori, mais, ici, vos dénégations ne sont pas plausibles, et tout ce que nous irions imaginer serait pire que la réalité.

L'air dégoûté, Smyslov fixait le plafond de la grotte.

— Et merde !

Il ferma les yeux et resta silencieux un certain temps avant de répondre.

— Vous avez parfaitement raison, professeur. Comme vous l'avez dit, Staline a été victime d'une attaque, mais il n'est pas tombé dans le coma. Il était partiellement paralysé, il est resté parfaitement conscient, il était toujours capable de donner des ordres. Et ses ordres étaient de lancer immédiatement une attaque décisive contre les démocraties occidentales.

« Qui peut dire pourquoi ? Peut-être cette attaque avait-elle diminué ses capacités intellectuelles. Peut-être savait-il sa fin imminente et avait-il envie de voir le triomphe de la révolution prolétarienne avant de mourir. Mais, quelle que soit la bonne hypothèse, il y a eu des membres du Politburo pour penser qu'une telle attaque serait un suicide national.

— C'est exact ? demanda Smith.

— Au printemps 1953, oui, répondit Valentina. Dans un échange nucléaire, l'Occident jouissait alors d'un avantage considérable. A l'époque, les Etats-Unis et la Grande-Bretagne possédaient plusieurs centaines d'armes atomiques et même deux prototypes de bombes à hydrogène. Les Soviétiques, eux, ne disposaient que de deux dizaines de bombes de faible puissance, type Hiroshima. Même en tablant sur l'avantage que donne une attaque préventive, même en tenant compte des armes chimiques et biologiques, ils n'auraient pas pu infliger le coup fatal à l'OTAN.

« Plus important encore, l'Ouest disposait de vecteurs supérieurs. Les Soviétiques n'avaient que leurs malheureux B-29ski, quand l'armée de l'air américaine mettait en œuvre ses gros B-36 Maintien de la Paix, auxquels leur rayon d'action permettait de toucher n'importe quel endroit en URSS. Et la première génération de bombardiers de l'OTAN, comme les B-47, commençait à entrer en service, en grosse quantité.

« L'Europe de l'Ouest aurait été transformée en champ de ruines, conclut Valentina, et les Etats-Unis auraient subi de graves dommages. Mais la Russie et les pays du Pacte de Varsovie auraient été bombardés à coups de bombes A et transformés en dépotoir radioactif.

Smyslov avait l'air sombre. Il but une gorgée de thé.

— Comme je vous l'ai dit, une fraction du Politburo était pleinement consciente de ces réalités. Ces hommes savaient également qu'il n'y avait qu'un moyen d'empêcher un dictateur comme Staline d'agir. J'ai le regret de vous dire, professeur, que l'histoire ne saura jamais le nom de celui qui l'a étouffé sous son oreiller jusqu'à ce qu'il cesse de se débattre. On a pris grand soin de ne pas laisser de traces.

— C'est exact, Gregori, mais il n'y a que trois noms possibles, et je crois que je serais capable de trouver.

Smyslov haussa les épaules.

— La clique en question n'a pas réussi à agir et à prendre le pouvoir avant le décollage de la première vague. Cette vague était composée de bombardiers américains qui avaient la plus grande distance à parcourir, en passant par le Pôle. Mais on a réussi à rappeler ces avions avant que les défenses nord-américaines les aient détectés et ils sont tous rentrés sans dommages. Tous, sauf un avion qui emportait des armes biologiques, le Misha 124.

Smyslov finit de vider son quart.

— C'est ce jour-là qu'a débuté la grande *konspiratsia* de silence sur l'Evénement du 5 mars, et le secret a été préservé jusqu'à ce jour.

— Pourquoi ont-ils gardé le secret ? lui demanda Smith. Ils ont épargné au monde l'holocauste nucléaire, et personne n'allait verser des larmes de crocodile sur le sort de Joseph Staline, même en Union soviétique.

Smyslov hocha la tête derechef.

— Vous ne comprenez pas l'âme russe, mon colonel. Si ceux qui ont tué Staline avaient été de véritables libérateurs, cela aurait pu être le cas, mais il ne s'agissait que de tyrans qui assassinent un autre tyran pour sauver leur peau et pour préserver leur pouvoir. En outre, l'Etat soviétique existait toujours et la mythologie de l'Etat exigeait que Staline soit révéré comme un héros de la Révolution. Même après la chute de l'Union soviétique, les peurs et la paranoïa subsistent.

Il pinça les lèvres, l'air contrit, et reposa son quart.

— Accessoirement, les Russes éprouvent quelque chose qui ressemble à un complexe d'infériorité. Nous nous flattons d'être des gens civilisés, profondément, et le meurtre d'un dirigeant dans son lit d'agonie est tout bonnement considéré comme non *kulturny*.

*

Smith sortit en sursautant de sa torpeur et se redressa. Il était à moitié assoupi contre le mur de glace. Sans s'occuper des protestations de son organisme moulu, il écouta, tous les sens aux aguets.

Il ne savait pas combien de temps il avait dormi ; sans doute plus de deux heures, mais le trou d'aération était encore tout noir. Le soleil n'était pas levé, le vent était tombé. Le seul bruit que l'on percevait à l'extérieur était celui, lointain, du pack qui craquait. A l'intérieur de leur petite grotte, il n'entendait que la respiration régulière de ses compagnons.

Et un léger murmure : « Sophia ? »

Smith gagna le fond de la caverne, alluma sa lampe et releva les capuches des duvets où dormaient Randi et Valentina.

A la lueur de la torche, Randi montrait un visage reposé, sa peau avait retrouvé des couleurs, à l'exception d'une tache claire de gelure sur un sourcil et de cernes sous les yeux. Le teint de cendre, prélude de la mort, avait disparu. Elle respirait régulièrement, les voies n'étaient pas encombrées, les battements du cœur étaient même plutôt vigoureux et son corps était tiède.

Comme il l'avait espéré, Randi ressuscitait.

Sentant qu'il la touchait, elle poussa un léger grognement et ouvrit les yeux, sans rien voir d'abord. Puis son regard se fit interrogateur, comme si elle s'émerveillait de se savoir en vie.

— Jon ?

Il ressentit un soulagement immense. Bon, ce ne serait pas pour aujourd'hui, en fin de compte.

— Tu as gagné, Randi. Tu es avec nous et tu vas te rétablir.

Elle le fixait, un peu hébétée, puis elle redressa la tête.

— Jon... Je vous ai appelé...

— Et je vous ai entendue.

Elle garda l'air inquiet pendant quelque temps encore, puis esquissa un sourire.

— Je vois.

Valentina étouffa un bâillement, s'étira, avant de se soulever sur un coude.

— Bonjour tout le monde. Apparemment, quelqu'un est de retour parmi nous.

Tout étonnée, Randi se retourna dans le duvet et comprit qu'elle était toute nue, mais pas seule.

— Mais qu'est-ce que c'est que ça ? fit-elle, stupéfaite.

— Tout va bien, chérie, répondit Valentina en posant la tête sur son bras. A notre époque, plus personne n'attend d'être marié.

Chapitre 44

La Maison-Blanche, Washington DC

LE PRÉSIDENT CASTILLA se leva. Il était assis au bout de la longue table de réunion en acajou.
— Messieurs, si vous voulez bien m'excuser un instant, j'ai un appel à passer.

Il sortit de la salle derrière son aide de camp, un officier des Marines. Les représentants de la CIA, de la NSA, du FBI et du ministère de l'Intérieur échangèrent des regards sans rien dire. Tous se demandaient ce qui pouvait être assez grave pour interrompre le rituel quotidien de la réunion renseignement du matin.

De retour dans le bureau ovale, Castilla décrocha le téléphone du réseau intérieur sans même prendre la peine de s'asseoir derrière le meuble en acacia.

— Castilla.

— Monsieur le Président, ici le PC Ops. Je vous informe que la mission de secours de l'île Mercredi a décollé. Les appareils sont en l'air.

Castilla jeta un coup d'œil à la pendule. L'heure ronde passée de vingt minutes. Le major Saunders avait dû avoir un bulletin météo au quart et, tenant parole, avait décollé dans les cinq minutes.

— Monsieur Klein a-t-il été prévenu ?

— Affirmatif, Monsieur le Président. Il surveille la situation.

— Quelle est l'HPA [1] sur l'objectif ?

— En gros dans six heures, cela dépend des conditions météo pendant le transit. – L'officier opérations avait presque l'air de s'excuser. – Ils ont deux mille nautiques à franchir, Monsieur.

— Je sais, je sais, major. L'île Mercredi est l'un de ces endroits où l'on ne peut pas aller. Tenez-moi au courant s'il y a des développements.

— Ce sera fait, Monsieur le Président. Je dois également vous informer que l'officier de liaison russe chargé de l'opération est injoignable. Souhaitez-vous que nous informions les Russes de l'envoi des renforts ?

Castilla se renfrogna et contempla les rayons du soleil levant qui illuminaient le tapis navajo.

— Négatif, major. Apparemment, ils n'ont rien de plus à nous dire, et nous n'avons rien à leur dire non plus.

---

1. Heure probable d'arrivée.

Chapitre 45

Versant nord, île Mercredi

RANDI RUSSELL NE SAVAIT PAS TROP si ce que l'on appelle « le paradis » existait réellement. Mais si tel était le cas, elle était au moins sûre de deux choses : il y ferait chaud, et l'on n'y était jamais tout seul.

— Bon, lui dit Smith en se relevant légèrement, essayez donc de faire ça.

Pour voir, elle replia les doigts de la main droite. Jon y avait mis un léger pansement après avoir appliqué une pommade antibiotique. Sur son insistance, il avait pansé chaque doigt séparément, pour qu'elle puisse faire usage de sa main.

— Ça va à peu près, lui dit-elle enfin. Ça pique un peu, mais bon...

Smith hocha la tête, l'air satisfait.

— Parfait. Je pense que vous vous êtes collé de bonnes engelures en escaladant la paroi, mais j'ai l'impression que ce n'est pas irréversible.

— Apparemment, vous savez encore compter jusqu'à dix sans être obligée d'enlever vos godasses.

Valentina, assise dans le double duvet, était occupée à défaire le bracelet des menottes qui enserrait le poignet gauche de Randi. Même avec ses sous-vêtements isolants et sa parka sur les épaules, le professeur ne manquait pas d'une certaine élégance.

Randi n'était pas trop anxieuse. En fait, il y avait presque une ambiance de soirée dans cette minuscule grotte taillée dans la glace. C'était totalement illogique. Ils étaient toujours sur l'île Mercredi, obligés de se cacher, cernés par leurs ennemis, mais leur équipe était de nouveau réunie au complet.

Valentina donna un dernier petit tour à son crochet et le bracelet des menottes s'ouvrit.

— Vous voilà libre, ma chérie, je vous rends votre poignet.

— Merci, lui dit Randi dans un sourire, j'apprécie.

— Vos mains mises à part, lui demanda Smith en lui effleurant la joue du dos de la main, comment vous sentez-vous ?

Il voulait savoir si elle présentait des signes de fièvre.

— Je me sens parfaitement bien, répondit-elle avec un mouvement réflexe.

Il la regardait toujours, ce regard calme et si déconcertant, avec un très léger sourire entendu.

Randi soupira.

— Bon, d'accord. Je me sens comme un vieux torchon pourri qu'on a essoré trop souvent. C'est comme si je n'allais jamais réussir à me réchauffer à l'intérieur, que je ne me sentirais plus jamais sans fatigue, et comme si la seule chose qui me fasse envie, c'était de dormir pendant un millier d'années. Content ?

Le visage sévère de Smith s'éclaira, un de ces sourires enfantins qui mettaient en branle tous ses traits, ce sourire dont parlait Sophia.

— Voilà qui me semble plus proche de la vérité, lui répondit-il. Je ne sens rien qui ressemble à une congestion pulmonaire, la température semble retomber à une valeur normale. J'en conclus que vous souffrez davantage d'épuisement que de gelures sévères. Pour le moment, restez bien au chaud.

— Je ne discute pas.

Randi s'enfonça avec bonheur dans son duvet. Elle avait remis son pantalon, le réchaud et leur chaleur animale avaient réchauffé la grotte, il faisait maintenant juste en dessous de zéro, mais ce n'était pas encore le grand confort.

— Cela dit, me retrouver ici, dans cet endroit horrible, c'est incomparablement mieux que ce que j'ai enduré cette nuit.

Le sourire de Smith s'effaça, remplacé par un froncement de

sourcils désapprobateur. Randi sentit que c'était à lui-même qu'il adressait des reproches.

— Je suis désolé de ce qui s'est passé à la station, Randi. Je n'aurais pas dû vous laisser toute seule. C'est ma faute.

— Je ne me suis pas montrée particulièrement brillante, Jon. Je n'aurais jamais dû laisser cette petite merde de Kropodkin me prendre comme il l'a fait. – Elle eut un sourire amer, puis plus triste. – On dit que je suis efficace. Peut-être que si je l'avais été un peu plus, j'aurais sauvé Trowbridge.

— Vous ne pouvez pas vivre sur des regrets, Randi. Nous avons tous fait tout ce que nous pouvions.

Smyslov qui arrivait de l'entrée vint s'accroupir près des autres.

— Il n'y a plus de vent dehors et la neige a cessé de tomber. La brume de mer est épaisse, mais je crois qu'elle va bientôt se dissiper. On dirait que nous allons avoir une belle journée, enfin, pour le quatre-vingtième parallèle.

— Dès que le ciel sera clair, Kretek va aller chercher l'anthrax, dit Randi.

Tout en prenant leur petit déjeuner à base de thé et de barres chocolatées, ils avaient discuté de ce qui s'était passé sur le site de Misha 124 et à la station. Au moins, ils avaient une bonne idée de ce à quoi ils allaient devoir faire face. Sauf que cette idée n'était pas réjouissante.

Valentina ouvrit sa trousse de nettoyage et posa le modèle 70 sur ses genoux.

— Que comptez-vous faire, Jon ? lui demanda-t-elle en ouvrant la culasse et en sortant les cartouches.

— Franchement, c'est une excellente question. Nous avons en face de nous deux groupes hostiles, chacun d'eux est beaucoup plus fort que nous, ils ont tous les deux intérêt à nous descendre à vue.

Smith referma sa trousse et se laissa aller contre la paroi glacée.

— Une stratégie pertinente consiste à ne rien faire. Nous sommes assez bien planqués ici, nous sommes à l'abri, et la tempête de la nuit dernière a effacé nos traces. Cela fait aussi trop longtemps que nous n'avons aucune liaison radio. Un détachement de secours a été prépositionné en Alaska, il est probablement en route à l'heure qu'il est. Si nous nous tenons tranquilles pendant quelques heures, on peut parier que personne ne nous trouvera avant l'arrivée de la cavalerie.

Randi se leva sur un coude.

— Oui, mais ça veut dire qu'on laisse l'anthrax à Kretek. Il s'attend à l'arrivée de nos renforts. Il en a tenu compte dans ses plans, j'ai entendu ses hommes en parler. En jouant intelligemment avec la météo et en planifiant minutieusement ses distances de vol, il se dit qu'il peut se sortir de ce merdier, récupérer le réservoir, et se tirer avant que quelqu'un vienne lui chercher noise. Et quand je vois son équipement, je me dis qu'il a de bonnes chances de réussir.

Smith hocha la tête.

— Je suis assez d'accord avec votre analyse. S'il faut arrêter Kretek, je ne vois personne d'autre que nous pour le faire.

Puis, changeant de position, il sortit de sa poche un objet en argent, le briquet-émetteur radio de Smyslov.

— Major, j'ai une question. Pourriez-vous convaincre vos Spetsnaz de se ranger de notre côté ? Avec le risque que l'anthrax tombe entre les mains de terroristes, pourriez-vous les convaincre de nous aider à nous battre contre Kretek et ses hommes ?

Ce qui déclencha chez le Russe une expression qui ressemblait fort à du découragement.

— J'y ai bien pensé, mon colonel. Mais, aux yeux de mon gouvernement, les armes biologiques à bord de Misha sont très secondaires, à côté du secret autour de l'Evénement du 5 mars. Cela figure expressément dans les ordres que j'ai reçus. Le chef de la section Spetsnaz a certainement reçu des ordres identiques d'une autorité encore plus haut placée. Je n'ai pas le pouvoir de modifier ses ordres, et il le sait. Il continuera à considérer que vous, maintenant que vous connaissez le secret, constituez la menace prioritaire, pas l'anthrax.

— Mais si vous arriviez à faire changer ces ordres ? insista Smith.

Le Russe hocha la tête.

— Impossible dans le laps de temps imparti, et impossible tout court. Il faudrait que je prenne contact avec les Spetsnaz, puis que je joigne le sous-marin qui les a débarqués pour utiliser ses moyens de communication. Il faudrait ensuite que je convainque mes supérieurs de changer du tout au tout une règle de sécurité qui est en vigueur depuis cinquante ans.

Smyslov fit un sourire qui ressemblait à une grimace et haussa les épaules.

— Et même si quelqu'un réalisait ce miracle, l'anthrax se serait envolé depuis longtemps avant que j'aie réussi à faire modifier les ordres. Selon toute vraisemblance, vous et ces dames serez morts depuis belle lurette.

— Et si vous essayiez d'agir uniquement sur place, en laissant votre gouvernement à l'écart de tout ça ? Y a-t-il une chance que vous réussissiez à convaincre le chef des Spetsnaz que notre intérêt à tous est de nous concentrer sur la menace que représente l'anthrax ?

Smyslov secoua la tête une fois de plus.

— Les Forces spéciales de chez vous sont peut-être capables de ce genre de souplesse, mon colonel, mais ce n'est pas le cas chez moi. Dans l'armée russe, un bon officier subalterne est un officier qui ne pense pas, il exécute, et ce chef de section est certainement un excellent officier subalterne.

— Et vous, major ? lui dit Valentina qui intervenait pour la première fois, en passant la baguette dans le canon de sa Winchester. Je vois que vous hésitez.

— Je comprends ce que vous pouvez éprouver, reprit Smith qui ouvrait et refermait machinalement le briquet, les yeux perdus dans le vague, réfléchissant à ce qu'ils pouvaient faire.

Et Randi, de son côté, faisait le même genre d'inventaire. Deux fusils, un pistolet, peut-être deux cent cinquante cartouches, quatre combattants dont l'un était épuisé par le froid, et un autre, écartelé entre des intérêts contradictoires.

Tout cela ne faisait pas une armée bien redoutable.

— Bon, sergent, entendit-elle Smith murmurer dans sa barbe. Si je me sors de ce pétrin, vous pourrez dire que j'ai vraiment appris à commander.

— Jon, qu'est-ce que vous racontez ? lui demanda Randi, assez surprise.

— Rien.

Et le couvercle du briquet qui continuait de s'ouvrir et de se refermer, *clic-clac, clic-clac*, on n'entendait que ça.

Valentina remit en place la culasse de son modèle 70.

— Tiens, fit-elle, j'ai une idée marrante. Si Kretek et ses mecs arrivaient sur le site de l'accident, et qu'ils tombaient dans une embuscade tendue par les Russes, comme nous ?

— C'est vrai, très marrant, répondit Smith. Sauf que nos amis sont sans doute à des kilomètres du site, vu qu'ils sont à notre poursuite.

Le silence se fit, excepté le *clic-clac* du briquet. Puis ce bruit cessa à son tour. Le pouce toujours tendu, Smith resta ainsi un long moment, immobile, les yeux perdus dans le vague.

— Jon, ça ne va pas ?

Le couvercle du briquet se referma une dernière fois avec un claquement sec. Le visage de Smith retrouva son air tranquille.

— Randi, vous croyez que vous pouvez marcher ?

Elle s'assit dans son sac de couchage.

— Je peux aller n'importe où si vous avez besoin de moi.

— Parfait. Major, on rassemble l'équipement. Il faut qu'on soit partis dans dix minutes. On a quelques préparatifs à faire. Mesdames, j'ai une faveur à vous demander. Lorsque vous vous rhabillerez, échangez vos vêtements, Randi prend ceux de Val. Compris ?

— Je devine que vous avez un plan, cher colonel, lui dit Valentina, les yeux brillants.

— Possible, cher professeur. Dans la Bible, il est écrit que l'on ne peut servir deux maîtres. Mais la Bible ne dit pas que l'on ne peut pas combattre deux ennemis.

Chapitre 46

Au-dessus de l'océan Glacial arctique

EN DESSOUS D'EUX, les blocs de glace étaient tout blancs, de même que, plus haut, les cumulus. La mer et le ciel étaient bleus. De temps en temps, le MV-22 Osprey frémissait et tressautait comme un camion trop chargé sur une route parsemée de nids-de-poule. Le front d'orages était passé, mais les turbulences ne s'étaient pas calmées.

Leur ravitailleur Combat Talon volait devant et au-dessus de l'Osprey. Le major Saunders ne quittait pas des yeux la manche de ravitaillement sortie à l'extrémité d'une aile du gros appareil. Cette manœuvre exigeait une précision extrême. Avec ses hélices basculées en position de vol horizontal, il y avait un risque sérieux de mettre l'extrémité de la manche dans les énormes pales des rotors. Dans ce cas, et pour rester modeste, le résultat serait assez spectaculaire.

Pour couronner le tout, il y avait aussi les turbulences et les jauges de carburant qui commençaient à baisser dangereusement. Saunders avait laissé son ailier passer en premier, et le VTOL avait mis vingt minutes à crocher. Du coup, Saunders avait puisé encore un peu plus dans ses réserves déjà minces.

La longue perche de ravitaillement sortait au-dessus du cockpit de l'Osprey comme la corne d'une licorne. Pour la dixième fois peut-être, le chef du commando de l'air s'aligna avec le bout de la manche, comme un chasseur de l'âge de pierre devait pointer sa lance. Les jointures blanchies à force de serrer le manche et les manettes des gaz, il attendait l'instant propice, lorsque la cible voudrait bien se stabiliser. Ça y était, c'était bon, et il poussa sur les manettes.

Cette fois, la perche entra doucement dans l'entonnoir et se verrouilla. L'Osprey assoiffé était relié au ravitailleur. Des lumières vertes s'allumèrent sous la voilure du MC-130.

— Verrouillage, pression et transfert corrects, annonça le copilote de Saunders.

Lequel Saunders poussa un énorme soupir de soulagement. Avec la manche en place et le kérosène qui s'engouffrait dans ses réservoirs, il pouvait souffler un peu.

— Nav, ça va comment? demanda-t-il par-dessus son épaule à l'officier qui armait la console GPS.

— Ça baigne, major. Nous sortons de la queue de la perturbation et nous allons obliquer cap à l'est au prochain point tournant.

— HPA sur l'objectif?

— Dans trois heures.

— J'ai pris contact il y a quelques minutes avec le garde-côte, major, lui dit son copilote. Les gars me disent que tout est calme, mais ils n'ont toujours rien de l'île. Je me demande ce que nous allons trouver là-bas.

— On va peut-être rien retrouver du tout, Bart. Et c'est bien ce qui me tracasse.

Chapitre 47

Le Glacier du Col

*A*CCROUPI À *L'ENTRÉE DE LA GROTTE,* le pyrotechnicien russe examinait le plafond de lave et les charges qu'ils avaient mises en place. Il avait vérifié et revérifié chaque emplacement. Les ordres qu'il avait reçus étaient on ne peut plus explicites. Il devait s'arranger pour que l'entrée s'effondre de manière à ce que l'on croie à un éboulement naturel. Techniquement parlant, le défi était intéressant, surtout pour ce qui était de la forme des rochers après la mise à feu. Il fallait que les rochers contaminés par des traces d'explosifs se retrouvent à l'extérieur. Il ne fallait pas laisser subsister de trace détectable de produits chimiques, l'enseigne de vaisseau Tomashenko avait beaucoup insisté là-dessus. Et ce n'était vraiment pas le jour rêvé pour désobéir à son chef de section.

Satisfait de son œuvre, le spécialiste s'agenouilla pour brancher un détonateur électrique à l'extrémité des cordons de mise à feu qu'il avait reliés ensemble. Certains allaient jusqu'au plafond, d'autres s'enfonçaient plus profondément dans la grotte, à l'intérieur de la montagne.

*

Pavel Tomashenko sentait une sueur froide ruisseler le long de sa colonne vertébrale, sous sa parka. Il savait que c'était en partie à cause du soleil qui émergeait à l'horizon sud. Il était à deux doigts de rater sa mission. Comme un gardien de but de hockey qui voit le palet passer derrière sa crosse, tout ce qu'il pouvait faire, c'était tenter de plonger pour gagner les quelques millimètres qui manquaient.

Lui, son radio et l'autre sapeur de son équipe de démolition se trouvaient sur le glacier, à une cinquantaine de mètres de l'entrée de la grotte où s'était réfugié l'équipage de Misha, et dont les Américains s'étaient fait une forteresse.

Le seul fait de se retrouver là, sur le glacier, était un aveu de défaite. Comme tous les commandos, les Spetsnaz étaient en temps normal des gens discrets qui opéraient dans l'ombre. Mais Tomashenko avait perdu à la fois la couverture de la nuit et de la météo, sans parler d'un paramètre beaucoup plus critique : il avait perdu du temps. Il devait agir sur l'heure en utilisant les quelques rares ressources qui lui restaient. Et le ciel qui se dégageait allait rompre l'isolement de l'île.

— Avez-vous réussi à prendre contact avec le sous-marin ? demanda-t-il sèchement, s'en voulant immédiatement d'avoir laissé paraître sa nervosité. Si son radio avait eu la liaison, il lui en aurait rendu compte.

— Non, lieutenant, répondit le solide Iakoute accroupi près de son poste. Il n'y a plus d'interférences, mais je n'ai aucune réponse. Peut-être qu'ils n'ont pas trouvé de chenal dans la glace pour sortir leur antenne.

— Tant pis. – Tomashenko se forçait à reprendre une voix normale. – Nous referons un essai à la vacation de midi.

Cela valait aussi bien et lui donnerait un répit de deux heures pour essayer de sauver ce qui pouvait l'être et avant d'avouer son échec.

— Passez-moi l'équipe Oiseau blanc.

— Je fais ça de suite, lieutenant.

Etre obligé d'utiliser la radio alors qu'ils étaient si proches, encore un autre symbole du désastre, tout comme le fait qu'il ait été obligé de scinder en deux ses maigres effectifs. Cela dit, une fois de plus, Tomashenko n'avait pas le choix. Il fallait qu'il nettoie le terrain sur le site de l'accident, et en même temps, qu'il retrouve et élimine ces fichus Américains !

Au pied du pic Est, le pyrotechnicien émergeait de l'entrée de la grotte. Traînant le câble de mise à feu derrière lui, il traversa le glacier et se dirigea vers le PC provisoire de Tomashenko. Son camarade sortit la boîte de détonateurs du traîneau réservé aux explosifs et entreprit de mettre l'allumeur en place.

— Lieutenant, j'ai la liaison avec Oiseau blanc.

Tomashenko se débarrassa de sa capuche, s'agenouilla près de son radio et prit le micro et le casque.

— Oiseau blanc d'Oiseau rouge, votre rapport.

— Oiseau rouge – la voix déformée par la radio sifflait dans le casque – nous n'avons aucun contact. Nous avons ratissé deux fois de suite la pente sud et le sentier principal. Nous n'avons pas trouvé la moindre trace. Ils ne sont pas sur le glacier, ils ne sont pas redescendus par ce versant. Ils ont dû prendre la face nord, lieutenant.

L'itinéraire que la nuit précédente encore, Tomashenko avait jugé impraticable.

— Très bien, Oiseau blanc, répondit-il sèchement. Continuez à ratisser vers l'ouest et la station.

Il n'y avait pas d'autre endroit où ils risquaient d'aller. Dans cette hypothèse, il avait encore une chance de les trouver et de les éliminer. Même si cela devait encore lui coûter un tiers de son effectif, le secret du 5 mars serait préservé.

Les deux sapeurs avaient terminé de connecter leurs cordons au détonateur et le plus ancien avait la main sur le bouton.

— Paré à mettre à feu, lieutenant.

— Allez-y, faites sauter.

Le commando appuya son pouce ganté sur le bouton, mais il jeta un regard hésitant à son chef.

— Lieutenant, tous ces gens dans la grotte... le sergent Vilyayskiy et nos camarades... On pourrait pas dire... quelques mots ?

— Les morts n'ont pas d'oreilles. Faites péter.

La magnéto se mit à tourner et un tonnerre éclata dans les profondeurs de la montagne. Dix mille tonnes de basalte se brisèrent, se fracturèrent, avant de retomber et de sceller le destin de l'équipage de Misha 124 et des quatre Spetsnaz, désormais enfouis pour l'éternité dans un amas de rochers noirs. L'entrée laissa encore échapper un peu de poussière de lave, bientôt recouverte par la glace et la neige qui s'effondraient et dévalaient les flancs du pic Est, effaçant ses dernières traces. Même ceux qui avaient pénétré dans le tube de lave auraient eu du mal à retrouver l'entrée.

Le nuage se dissipait lentement. Le chef sapeur demanda d'un ton neutre :

— Vos ordres, lieutenant ?

— Vous récupérez les câbles et on s'en va. Je veux rallier les autres le plus vite possible.

L'homme lui montra l'épave de Misha 124, à moins d'un kilomètre de l'autre côté du col.

— Et l'avion ?

— On le laisse en l'état. Les Américains connaissent son existence, et si nous y mettons le feu maintenant, cela ne servira qu'à faire surgir davantage de questions. En route !

C'est alors que le radio se figea. Il pencha la tête et pressa les écouteurs sur ses oreilles.

— Lieutenant, j'ai un signal de balise ! C'est celle du major Smyslov !

Tomashenko se pencha sur son épaule :

— Vous en êtes sûr ?

— C'est la bonne fréquence et le bon code. Ce doit être sa balise.

— Trouvez-moi un relèvement ! Smyslov est sans doute toujours vivant, il doit essayer de nous indiquer où se trouvent ses ravisseurs.

Le radio enficha le cadre gonio dans sa prise et Tomashenko s'accroupit sur la glace et étala par terre une carte de l'île. Puis il sortit de son étui sa boussole et une règle.

— Relèvement approximatif deux six six ! Signal fort !

Tomashenko donna un grand coup de crayon sur la carte. Ouest très légèrement sud-ouest. Ce qui mettait Smyslov, soit au sommet du pic Est, soit sur la côte, entre leur position et la station. C'était très probablement la station ! Compte tenu de l'intensité du signal, la distance devait être de l'ordre de cinq à sept kilomètres. La chance était peut-être en train de tourner.

— Radio ! Prenez contact avec Oiseau ! Dites-lui que l'ennemi se trouve sur la côte et qu'il se dirige vers la station ! Dites-lui de se lancer à sa poursuite ! Vous ! Cachez la radio et les équipements sur place, et vite ! Progression en dispositif lâche ! On ne prend que les armes et les munitions ! On va enfin se faire ces salopards !

Chapitre 48

Station de l'île Mercredi

— *Nous détruirons la station* en partant, ordonna Kretek. On fait tout brûler.
— Est-ce bien nécessaire ?

Mikhaïl Vlahovitch leva les yeux du dossier qu'il était en train d'examiner. N'étant pas homme de science, il ne comprenait pas grand-chose aux colonnes de données météorologiques qui y avaient été méticuleusement notées. Mais il n'était pas davantage d'un naturel destructeur.

— Cela va salir l'eau et effacer les indices, Mikhaïl. En outre, ceux qui ont griffonné ces trucs sont morts. Qu'est-ce que ça peut bien leur faire ?

— C'est vrai, vous avez parfaitement raison.

Vlahovitch poussa le dossier sur la table du laboratoire. Dans des moments comme ceux-ci, mieux valait se montrer conciliant avec son employeur.

On voyait par les fenêtres du labo les hommes qui s'activaient, leurs silhouettes grises se mouvaient dans le brouillard qui se dissipait rapidement. Les préparatifs de départ avant la tâche essentielle qui les attendait. Sur l'hélizone, on avait monté des tentes équipées de chaufferettes autour des moteurs du Halo pour faire chauffer les turbines avant la mise en route. Les hommes responsables de la charge fixaient un lourd harnais en nylon sous le ventre et ceux qui allaient s'occuper des démolitions étalaient leurs éléments pyrotechniques sur le sol pour vérifier les connecteurs et les allumeurs.

— Anton, vous croyez qu'on va être dans les temps ? lui demanda une nouvelle fois Vlahovitch.

— Je te l'ai déjà dit, on a tout le temps nécessaire, répondit Kretek, un peu irrité. Ils vont arriver, mais si nous ne faisons pas de bourdes, on sera partis bien avant qu'ils se pointent.

— Nous devrions pouvoir mettre les moteurs en route dans moins de quinze minutes. – Vlahovitch hésita un peu. – Anton, qu'est-ce qu'on fait du corps du garçon ?

— Laisse-le dans le dortoir, ça nous ferait de la surcharge. Et en plus, quand ils le trouveront, cela les embrouillera un peu plus.

La colère de Kretek était passée et il avait retrouvé son sang-froid de professionnel. Il aurait volontiers tué l'assassin de son neveu, mais il ne pouvait s'encombrer de son cadavre.

— Personne ne saura exactement ce qui s'est passé ici, poursuivit le marchand de canons. – Il se tourna vers son adjoint et, plissant les yeux : – Du moins personne ne saura rien, à condition que cette fille soit morte.

Vlahovitch se passa la langue sur ses lèvres gercées. Il n'aimait pas du tout ce regard froid, perçant.

— Je vous l'ai dit, Anton, elle a été emportée par une avalanche.

— Tu en es sûr ?

— Ça en avait tout l'air.

— C'est peut-être ce que tu as cru, Mikhaïl, mais est-ce bien ce qui lui est arrivé ? Tu n'as pas retrouvé de corps !

— Et comment l'aurions-nous retrouvé ? répliqua Vlahovitch en haussant le ton. On était au pied d'une paroi de soixante mètres de haut, dans l'obscurité, en plein blizzard ! De toute façon, si elle n'est pas morte là-dessous, elle sera morte plus tard. Vêtue comme elle l'était, elle n'a pas pu survivre à cette nuit dehors.

Kretek continua de le fixer, toujours aussi glacial, pendant un long moment. Puis il fit un sourire et lui donna une grande tape sur l'épaule.

— Allons allons, bien sûr que tu as raison, mon vieux. On se fout de savoir quand elle est morte exactement, à partir du moment où elle est morte, non ? Allez, occupons-nous de nos affaires.

Les deux hommes s'équipèrent pour sortir dans le froid, fermèrent leurs parkas, enfilèrent leurs gants et prirent leurs armes. Kretek avait récupéré le MP-5 de la blonde. Le Hecker & Koch était une belle arme, très supérieure aux Agrams de fabrication croate qu'il fournissait à ses hommes. Pourtant, quand il passa la bretelle du pistolet-mitrailleur sur son épaule, un muscle tressaillit sous sa barbe. Il n'aimait pas qu'on lui pique des trucs – qu'il s'agisse de gens, d'argent ou d'occasions.

Kretek balaya d'un revers une pile de papiers divers qu'il fit tomber par terre. D'un coup de pied, il renversa le poêle qui laissa échapper de la suie. Puis il le fit basculer sur le côté, des braises en sortirent. Les flammes commencèrent à lécher les feuilles de papier. Les deux hommes sortirent en laissant ce qui restait de la station de l'île Mercredi prendre feu.

Dehors, il faisait presque doux quand on songeait au froid glacial qui les avait accueillis la veille. On devinait le ciel bleu à travers la brume, le paysage avait retrouvé formes et couleurs. Comme c'est souvent le cas dans ces contrées, la brume de mer matinale se dissipait aussi vite qu'elle était venue. Les hommes parlaient plus fort, heureux, la chaleur du soleil rendait leurs mouvements plus vifs.

Kretek et Vlahovitch se dirigeaient tout juste vers l'hélizone lorsqu'une sentinelle donna l'alerte.

On voyait une silhouette sur le monticule de l'antenne – une petite silhouette toute mince avec un pantalon de ski rouge et une veste verte flottante, trop grande pour elle et dont elle avait tiré la capuche sur sa tête. Elle regarda la station et ses occupants médusés pendant encore un moment, avant de faire demi-tour et de s'en aller. Puis elle disparut de l'autre côté de la colline, suivie par des tirs inutiles.

Kretek se tourna vers Vlahovitch et le prit par les revers de sa parka. L'espace d'une seconde, Vlahovitch se dit qu'il était un homme mort.

— Bon, puisqu'elle n'est pas déjà morte, il va bien falloir qu'elle meure !

Kretek avait les yeux injectés de sang, on aurait dit un sanglier furieux sur le point de charger.

— Cette fois, Mikhaïl, je la veux morte ! Pour de bon ! Et tout de suite ! – Il lui donna une violente bourrade. – Cours après !

— J'y vais ! Lazlo ! Prishkin ! – Vlahovitch criait et manquait s'étrangler. – Vous et vos groupes de combat, vous me suivez ! Et remuez-vous, bande de cons !

Il dégagea la bretelle de son arme et commença à courir le long de la colline dans la direction où la silhouette avait disparu. Pour ce genre de choses, il était tout simplement impossible de manquer à Anton Kretek et de ne pas mourir. Même s'il réussissait à rattraper et à tuer la fille, ses chances de sortir vivant de l'île étaient minces. Mais s'il échouait, elles étaient rigoureusement nulles.

*

Valentina Metrace était restée sur le chemin damé et balisé. Essayer de passer dans la neige profonde aurait été suicidaire. Il y avait plusieurs centimètres de neige fraîche au fond des trous du sentier, mais elle avait les jambes et les poumons qu'il fallait pour s'en tirer. Elle se maintenait en forme en courant trois kilomètres et plus tous les jours, et pas sur de la route, non, de la course orientation en terrain varié. Elle était capable, comme les vieux chasseurs d'ivoire, de faire ses trente kilomètres de l'aube au crépuscule en alternant course et marche, avec un petit sac sur le dos et un fusil.

Là, elle s'était équipée légèrement : ses vêtements, ses couteaux, une couverture blanche de survie, et un miroir de signalisation. Cela lui donnait un avantage sur ses poursuivants, plus lourds.

Après avoir regardé ce qui se passait, Valentina avait bifurqué vers le chemin qui descendait jusqu'à la côte sud. Cap à l'est, elle alternait marche rapide et pas de course, en économisant soigneusement son souffle et ses réserves d'énergie, tout en menant bon train. Là encore, elle disposait d'un atout. Elle savait quelle distance elle avait à parcourir, à quelle allure, et ce qui allait se passer lorsqu'elle serait arrivée.

Elle se concentrait sur le chemin devant elle, calculant chaque pas et choisissant le passage le plus facile et le plus sûr. Pour l'instant, la seule chose qu'elle avait à craindre, c'était de tomber et de se tordre une cheville.

Se retourner aurait été une perte d'énergie inutile et aurait réduit son avance. Elle avait une bonne centaine de mètres d'avance sur eux au démarrage et, le temps que ses poursuivants atteignent le sommet de la colline pour repérer sa trace, elle l'aurait encore améliorée.

Et puis, les hommes qui lui couraient aux trousses allaient s'essouffler dans la montée, ils allaient devoir reprendre leurs forces. Un peu de temps et un peu de distance de gagnés. Tant qu'elle avançait, ils avaient peu de chances d'arriver à portée de pistolet avant qu'elle soit dans la zone de recueil. Tout ce qu'elle avait à faire, c'était de rester en vue, de les obliger à courir sans avoir le temps de réfléchir.

Naturellement, tout cela figurait dans le plan de Jon et tenait compte de ce qu'avait observé Randi : les marchands d'armes ne disposaient pas de tireurs d'élite. Mais si l'un ou l'autre s'était trompé... Bon, inutile de se faire du mouron. S'il y avait des tireurs, elle le saurait déjà. Sans s'arrêter de courir, elle leva la main et, trois doigts serrés, fit le salut scout en direction de la pointe rocheuse, deux kilomètres plus loin.

Chapitre 49

Côte sud, île Mercredi

— COMMENT ÇA VA ? demanda Jon en se retournant dans le terrier qu'ils avaient creusé dans la neige.
— Je vous répète que je me sens fort bien ! répliqua vivement Randi. Bon sang, Jon, vous n'allez pas me demander ça cent fois !
— Je vois que vous redevenez grincheuse. C'est bon signe.
— Je ne suis pas... – Elle se calma et ajouta avec un petit sourire penaud : – Je me sens vraiment très bien. Vous êtes un excellent médecin.

Ils s'étaient fait un abri au sommet d'une éminence qui se trouvait sur la pente sud, position qui leur permettait de rester dissimulés et constituait un bon site d'observation sur la côte à l'est comme à l'ouest. Au cours des derniers jours, le pack s'était solidifié. La seule différence entre la terre et la mer, désormais, c'était que les blocs de glace brisés étaient plus nombreux, plus irréguliers.

Il leva un sourcil.

— Merci. Ça fait un bout de temps que je n'ai pas pratiqué et j'ai peur que mes méthodes soient assez sommaires.

Randi lâcha le modèle 70 de Valentina qu'elle avait récupéré et fit jouer ses doigts gantés.

— Aucun n'est encore tombé.
— Oui, mais j'insiste pour que vous voyiez un bon dermatolo-

gue lorsqu'on sera sortis d'ici. Vous risquez de garder des marques sur la peau et il faut qu'on surveille une infection éventuelle.

Randi poussa un soupir et lâcha un petit nuage de vapeur.

— Jon, faites-moi confiance, vos méthodes ne sont pas du tout rustiques. Vous en remontreriez à tous les médecins que j'ai connus ! Sophia serait fière de vous.

Il y eut un silence, que Randi rompit avec un sourire.

— Je le répète, elle serait vraiment très fière, vous le savez bien.

Mais leur échange fut interrompu par un bruit de bottes et de gants qui se traînaient sur la glace. Avançant rapidement à quatre pattes, Gregori Smyslov vint s'installer à côté d'eux dans le trou. Le Russe s'était fait un poste de guet un peu plus loin, à un endroit d'où l'on avait une meilleure visibilité vers l'est.

— Ça a marché, leur annonça-t-il, un peu essoufflé. Les Spetsnaz. Ils viennent vers nous en suivant le sentier de la côte.

— Où sont-ils ?

— A environ un kilomètre, en bas du chemin qui descend du pic Ouest.

Smith jeta un coup d'œil à sa montre avant de se tourner vers un tas de neige au bout du terrier. Ils y avaient déposé le briquet-balise et sorti son antenne.

— C'est bon, on les a attirés par ici. Et le minutage est parfait. Combien sont-ils ?

— Six. Ils ont dû se répartir en plusieurs groupes.

— Et merde, moi qui espérais attirer toute la section !

Smith se pencha pour récupérer la balise et replia l'antenne. Elle avait fini de jouer son rôle.

— Les autres suivent sans doute derrière, ajouta Smyslov.

— Possible, mais ils n'arriveront peut-être pas à temps ni pour eux ni pour nous. Passez-moi les jumelles.

Smyslov se défit de l'étui et le donna à Smith. Lequel s'agenouilla en braquant l'instrument vers l'ouest, dans la direction de la station pour surveiller le chemin côtier balisé.

— Jon, vous la voyez ? lui demanda Randi.

— Pas encore... Attendez. Ouais ! La voilà, elle court.

Il distinguait parfaitement Val dans l'oculaire. Elle trottinait gentiment, sans problème apparemment. Ses vêtements rouge et vert, ou plutôt ceux de Randi, se détachaient nettement sur le sol blanc baigné de soleil. Là encore, l'horaire qu'il avait planifié était respecté. En levant un peu ses jumelles, il voyait le monticule avec son antenne radio qui dominait les bâtiments. Il avait l'impression que de la fumée s'élevait de derrière la colline et, du côté qui leur faisait face, on voyait des silhouettes minuscules qui couraient dans tous les sens. Une colonne d'hommes s'avançait le long de la côte, à la poursuite d'un autre point coloré qui venait dans la direction de Smith.

— Val a rempli son rôle. Cinq... six... huit – putain, pas autant que j'aurais voulu, là non plus.

Il pivota de 180 degrés pour examiner ensuite ce qui se passait sur la côte est. C'était le second membre de son équation, les Spetsnaz. Il ne voyait qu'un seul homme sur le sentier ; les cinq autres s'étaient éparpillés sur les côtés et avançaient péniblement avec leurs bottes de neige. Les Russes étaient plus proches que le groupe qui arrivait de la station, mais ils allaient moins vite. Et pour l'instant, comme la pointe leur bouchait la vue, aucun des deux groupes n'avait repéré la présence de l'autre. Smith calcula mentalement les temps et les distances. Ouais. Ça allait être pile poil comme il l'avait prévu.

— Mesdames messieurs, annonça-t-il en laissant tomber ses jumelles, ils arrivent. Randi, faites à Val le signal convenu.

Randi essuya rapidement sur sa manche un petit miroir métallique. Puis, visant par le trou qui y était percé, elle le pointa sur un petit point qui se détachait sur la neige, Valentina Metrace. En orientant convenablement le miroir, elle émit un éclair très bref qu'on aurait pu prendre pour un reflet naturel sur la neige si l'on n'avait pas les yeux dans cette direction.

Quelques secondes plus tard, le point noir émit à son tour un éclair.

— Elle a fait l'aperçu, dit Randi.

— Parfait. C'est tout ce que nous pouvons faire. On s'en va.

— Je n'aime pas trop ça, Jon, répondit Randi d'une voix précipitée. Je n'aime pas ça du tout !

— Et je ne suis pas trop tranquille non plus.

Il voyait Val à travers ses jumelles, une silhouette qui se déplaçait sans trop se presser, comme si elle faisait son jogging matinal. *Mener ses hommes au combat est facile, sergent. Mais les laisser se débrouiller tout seuls, ça, c'est une vraie croix.*

— Et en plus, elle n'est même pas armée, putain !

— Elle n'a même pas l'air de se dire que ça pourrait lui servir à quelque chose.

Smith remit les jumelles dans leur étui.

— J'espère que vous vous en rendez bien compte, cette fille est en train de se donner en spectacle, reprit Randi en attachant ses bottes.

— Oui, c'est certain. Et à propos d'armes...

Smith passa le bras dans la poche intérieure de sa parka et tendit son automatique à Smyslov en le tenant par le canon.

— Ça risque de vous être utile, major. Et celui-ci marche, promis.

Smyslov s'éclaira d'un large sourire et prit le P-226 qu'il mit dans sa poche.

— Voilà qui fait plaisir à entendre. J'ai eu quelques ennuis avec une arme de fabrication américaine, il n'y a pas très longtemps.

*

Valentina Metrace était une prédatrice et une chasseresse. Tant par instinct que par goût personnel. Mais, comme toute prédatrice efficace, elle savait aussi ce qu'il fallait faire pour être efficace, à savoir survivre, lorsqu'on était dans le rôle de la proie.

S'en tirer lorsqu'on est la proie exige que l'on sache non seulement quand il faut courir, mais aussi, à quel moment il faut se cacher. Pour elle, le moment propice pour quitter le sentier et pour disparaître était imminent.

L'éclat du miroir lui avait indiqué que le plan de Jon Smith se déroulait comme prévu. Les Spetsnaz arrivaient dans la zone mortelle depuis l'autre côté de la pointe. Deux éclairs l'auraient prévenue qu'il y avait un problème et qu'elle devait continuer sa course pour attirer ses poursuivants sous le feu des armes qui les attendaient en haut.

Mais, comme c'était parti, leurs alliés involontaires, à savoir les

Spetsnaz, allaient vraisemblablement se charger du boulot à leur place.

Smith avait parfaitement mis son affaire en musique. Côté terre, une falaise de dix mètres de haut s'élevait contre une plage étroite de galets. Côté mer, la pointe s'avançait comme l'étrave d'un navire contre laquelle s'amoncelaient des blocs de glace particulièrement chaotiques. C'était un goulot naturel et l'endroit idéal pour tout arroser qui ne laissait à l'adversaire aucune latitude pour manœuvrer et battre en retraite.

Tout ce qu'elle avait à faire désormais, c'était de se mettre à l'abri des feux croisés, et le chaos glaciaire lui offrait un labyrinthe parfait pour disparaître.

Elle se retourna pour regarder. Les hommes lancés à sa poursuite étaient peut-être à quatre cents mètres et gagnaient lentement du terrain. Elle avait délibérément réduit le train pour se laisser rattraper et leur faire briller l'espoir de l'avoir bientôt à portée de leurs armes.

Et ça marchait.

Elle ne savait pas précisément à quelle distance se trouvaient les Spetsnaz et n'osait donc pas perdre de temps. Au moment de contourner l'extrémité de la pointe et de disparaître à la vue de ses poursuivants, elle bifurqua brusquement au milieu des glaçons et passa par-dessus le mur qui bordait la plage.

Après avoir ainsi quitté le sentier, Valentina prépara soigneusement chaque pas, chacune de ses prises, sautant d'un bloc à l'autre comme quelqu'un qui traverse un gué en passant d'une pierre à la suivante, essayant de laisser le moins de traces possible. N'en laisser absolument aucune était impossible. Ses poursuivants repéreraient l'endroit où s'arrêtaient les siennes sur le sentier, mais elle faisait tout pour les induire en erreur, pour les attirer dans la zone dangereuse avant l'arrivée du deuxième groupe.

Elle progressait à une vingtaine de mètres du rivage et obliqua à nouveau vers l'ouest, comme un cerf qui se débrouille pour passer derrière le chasseur. Ici, la glace était vivante – des formes plus douces de couleur verte, des blocs qui se chevauchaient et se brisaient sous l'action des marées et des courants. Valentina sortit la couverture de survie qu'elle avait emportée et s'en fit une sorte de poncho camouflé, en laissant la face blanche à l'extérieur. Puis elle se laissa glisser par terre et continua à quatre pattes en restant sous le niveau du mur.

Elle avançait en silence, mais sursauta une fois lorsque la glace se souleva devant elle et elle se retrouva nez à nez avec un phoque à collier tout aussi ému qu'elle. L'animal lui cracha à la figure avant de replonger dans son trou. Elle mit du temps à reprendre son souffle.

Puis elle entendit des voix du côté de la mer. Ceux qui la suivaient étaient arrivés à l'endroit où elle avait quitté le sentier. Bon, c'était le moment de décamper. Serrant la couverture blanche contre elle, elle se glissa dans un trou de glace. Elle ramena ses jambes contre sa poitrine, passa les bras autour de ses genoux et prit la position dite du *pu ning mu*, la position « caché comme une pierre » du ninjutsu [1]. Elle remonta le col de son chandail sur sa bouche et sur son nez pour ne pas laisser échapper de buée en respirant. Valentina Metrace était maintenant un bloc de glace parmi d'autres blocs de glace.

Derrière elle, le pack craquait et gémissait. Puis les voix se firent plus faibles pour n'être plus qu'un murmure. Maintenant, les marchands d'armes devaient se demander où elle était passée et par où elle était partie. Et maintenant encore, quelqu'un, sur la crête, devait les observer dans ses jumelles.

Il devait chercher de la couleur et du mouvement. Si elle restait invisible des deux groupes de chasseurs, elle était tranquille, au moins pour un temps. Malheureusement, Randi Russell avait échappé à ces hommes à peu près de la même manière. On ne leur ferait peut-être pas deux fois le même coup. Ils allaient regarder partout, ils allaient réfléchir. Ils allaient discutailler pendant une minute. Et puis ils commenceraient à fouiller le champ de glace qui s'étalait derrière elle.

En tout cas, jusqu'à ce que les Russes leur tombent dessus.

Valentina se concentrait pour respirer sans faire bouger sa poitrine. Ce n'était pas pire que de guetter un léopard, si ce n'est que, dans son cas, elle ne voyait rien, et c'était elle que l'on guettait. De

---

1. Art martial des ninjas pratiqué par ces guerriers du Japon féodal.

dessous sa couverture, elle essayait de garder tous ses autres sens en alerte, à l'affût d'un bruit de respiration haletante, d'une vibration ou d'un bruit de pas sur la glace. Elle passa une main dans la manche de son chandail pour saisir la poignée de son couteau de lancer qu'elle avait fixé sur l'avant-bras.

Jon et les autres devaient avoir bien progressé maintenant. Ils devaient suivre le pied de la chaîne en direction de la station. Avec ces hommes qui en étaient partis et dont, en principe, les Spetsnaz allaient s'occuper, ils allaient se trouver en meilleure posture quand ils commenceraient à arroser les baraques et l'héliport. *Belle manœuvre stratégique, Jon.*

Elle déglutit avec peine, elle aurait bien aimé pouvoir avaler un peu de neige. Voyons, que ferait-elle si les Spetsnaz ne se montraient pas ? Ne pas attendre qu'on lui tombe dessus. Bondir et se faire son adversaire le plus proche au couteau. Balancer un bon coup de poing au suivant. S'emparer d'un pistolet-mitrailleur et de munitions. Rester à l'abri derrière le mur de glace, faire un maximum de dégâts pour donner du temps à Jon et à Randi.

Bon, c'était un plan qui tenait la route.

Mais putain de Dieu, où étaient ces foutus Russes ? C'était toujours comme ça avec eux, pas moyen de trouver un bolchevique quand on en a besoin.

Quelqu'un poussa un cri, pas très loin, un pistolet-mitrailleur se mit à cracher. Valentina resta tétanisée un instant, le temps de s'apercevoir qu'il n'y avait pas d'impact. Une seconde arme automatique riposta – le claquement plus sec et plus aigu d'un fusil d'assaut. Valentina identifia une AK-74. Les Spetsnaz venaient de poser le pied dans la merde !

Ça gueulait un peu partout, puis elle entendit un hurlement. Les tirs faisaient rage.

Valentina respira à fond, lentement. Au début, elle dut fermer les yeux à cause de l'éclat de la neige, puis elle se dégagea de sa couverture. Elle sortit l'un de ses couteaux et commença à ramper sur la glace irrégulière, en direction du feu.

Les ordres de Jon étaient très clairs. Lorsque leurs adversaires se seraient engagés, elle devait battre en retraite immédiatement. Mais Valentina avait une définition à elle de ce que veut dire

« immédiatement ». Elle avait l'intention de traînasser un peu et de faire bénéficier les deux camps de son soutien.

*

Aux premières rafales d'armes automatiques, Jon Smith s'était arrêté pour regarder en arrière. Puis, quand il entendit la riposte, quand il comprit que le feu prenait de l'ampleur, il réussit à sourire. C'était un combat, pas une exécution sommaire.

Ils avaient forcé le pas le long de la chaîne en restant hors de vue du sentier. Ils étaient dans la neige, leur progression était difficile, mais ils avaient déjà couvert une bonne partie de la distance qui les séparait de la station. Maintenant, s'ils parvenaient seulement à prendre position dans la hauteur au-dessus de l'hélizone et de l'hélicoptère de Kretek, sans se faire voir, ils avaient une bonne chance de leur foutre en l'air leur boulot.

Les seuls points d'interrogation étaient Val et Randi. Val allait-elle réussir à se tirer et à les rejoindre? Randi allait-elle pouvoir tenir le rythme? Elle était effondrée contre Smyslov, les yeux fermés, et le Russe devait la soutenir à moitié, elle avait du mal à respirer. Elle n'avait ni sac ni arme, et il ne pouvait douter de sa volonté farouche. Mais courir avec des bottes de neige est un exercice épuisant, même quand on n'est pas à moitié mort d'hypothermie.

— Randi?

Elle leva les yeux, des yeux cernés mais décidés.

— Allez, dit-elle dans un souffle, avancez!

*

Trois colonnes de fumée s'élevaient au-dessus de la station de l'île Mercredi. Maintenant, les trois baraquements étaient en flammes. Les équipes de sécurité encore présentes s'étaient regroupées autour du Halo, les pyrotechniciens avaient embarqué, on avait retiré les tentes de protection des moteurs. Kretek faisait les cent pas près du gros appareil, de plus en plus inquiet.

Il laissa tomber son regard sur son pistolet-mitrailleur. Le MP-5 était une arme de professionnel, et celle qui la possédait était une professionnelle de premier ordre. Et les autres dont on lui avait parlé ? Ce professeur d'histoire, ces deux officiers, le Russe et l'Américain ? Etaient-ils de la même veine que cette petite blonde si dangereuse ? Et leur chef, ce Jon Smith ? Visiblement, un nom d'emprunt, et des plus ridicules. Qui était-il, en réalité ?

Il scruta pour la centième fois les hauteurs qui dominaient la station. Il avait un goût de sang sur ses lèvres gercées. Ce qu'il sentait, ce n'était pas seulement l'odeur des baraques en train de brûler. C'était aussi l'odeur d'une opération en train de foirer.

C'était sa faute. Il avait agi sans réfléchir lorsqu'il avait expédié Mikhaïl à la poursuite de cette fille. Le fait qu'elle apparaisse comme ça, c'était trop gros, il avait avalé l'appât qu'on lui tendait trop vite. Quelqu'un était en train de monter un coup.

Si cela avait été une opération banale, n'importe quelle opération, il aurait arrêté les frais et se serait tiré. Mais ça, c'était *l'opération de sa vie*. Jamais il ne retrouverait une occasion pareille.

Il s'arrêta brusquement et cria par la portière ouverte du Halo :

— Préparez-vous à mettre les moteurs en route.

L'un des pyrotechniciens se pencha par l'ouverture.

— Je n'ai pas mis les charges en place sur l'autre hélicoptère, monsieur.

Comme il était trop près du Halo, le petit Jet Ranger ne pouvait être détruit avant qu'ils aient décollé.

— Eh bien, vas-y ! lâcha Kretek, exaspéré. On s'en va.

— Et qu'est-ce qu'on fait de Vlahovitch et des autres ?

A ce moment, ils entendirent dans le lointain des tirs dont l'écho se répercutait par-dessus le monticule. Des tirs d'armes automatiques, des tirs nourris.

Tous se figèrent sur place pour écouter. C'est Kretek qui rompit le silence en braillant :

— Tout le monde à bord ! Tout le monde embarque ! Faites-moi démarrer ces putains de moteurs ! On se casse !

Les turbines commencèrent à tourner avec un ronronnement de baryton, les grandes pales se mirent en branle au-dessus de leurs têtes. Les hommes de garde disparurent dans la carlingue, les hommes jetaient leurs armes devant eux avant de se presser pour monter. Kretek embarqua le dernier, la neige commençait déjà à tourbillonner comme une tornade autour du gros porteur.

Il courut jusqu'au cockpit.

— Décollez ! cria-t-il, penché entre les sièges des pilotes. Déposez-nous sur le site !

Le pilote se retourna pour voir son employeur.

— On ne va pas chercher les autres ?

C'était un ancien de l'aéronautique navale canadienne qui s'était fait virer parce qu'il battait sa femme. Il était tombé bien bas, mais il se souvenait encore de celui qu'il avait été.

— La mer est gelée, lui répondit Kretek en regardant par la verrière. Ils pourront rentrer à pied.

*

Ils étaient à huit cents mètres de la station lorsqu'ils aperçurent le gros fuselage rouge du Halo qui s'élevait derrière le pylône radio. L'énorme machine volait parallèlement à la chaîne et grimpait, les turbines à pleine puissance. Instinctivement, Smith et ses compagnons se plaquèrent dans la neige pour se camoufler. L'hélicoptère passa à la verticale, cap sur les deux pics et le col qui les séparait.

— Putain !

Smith enrageait. Il se remit debout, les yeux fixés sur l'hélicoptère qui s'éloignait.

— J'espérais qu'en les obligeant à se diviser, ceux-là resteraient coincés sur place ! Ils abandonnent leurs propres hommes !

Randi hocha la tête en se remettant à genoux.

— Ils s'en foutent complètement, Jon. Ce sont des criminels, pas des soldats. Ils n'en ont vraiment rien à cirer, mais rien de rien.

— Et qu'allons-nous faire maintenant, mon colonel ? demanda Smyslov.

— On passe au Plan B.

— Et c'est quoi, le Plan B ?

— Ça dépend de ce que nous allons trouver à la station. En route !

*

Mikhaïl Vlahovitch fouilla dans sa parka pour en sortir une petite grenade de poche de fabrication belge. Les balles fouettaient le muret de glace derrière lequel il s'était réfugié. Il arracha la goupille, laissa partir la cuiller, compta jusqu'à deux, et balança son engin. Il attendit le bruit sec de la détonation pour bondir de son trou et partit en roulé-boulé sur la plage gelée afin de trouver un bon angle de tir pour aligner ceux qui lui tiraient dessus.

Vlahovitch se mit à genoux, aperçut un Spetsnaz blessé baissé près d'un corps allongé, et leva son Agram. Il vida un chargeur plein qui déchiqueta le blessé comme le mourant.

La culasse resta ouverte, le chargeur était vide, mais Vlahovitch fut surpris du silence qui régnait. Ses coups de feu avaient été les derniers. Il n'entendait plus que les craquements et les crissements du pack, et le sifflement de sa propre respiration. Titubant, il se remit debout et sortit un chargeur plein.

Les Russes étaient arrivés de nulle part tandis que Vlahovitch et ses hommes étaient occupés par leurs recherches. Apparemment, les Spetsnaz avaient découvert les trafiquants sans s'y attendre, et la réciproque était tout aussi vraie. Le tout avait tourné à l'engagement inopiné, le pire et le plus atroce de ce qui peut vous arriver au combat.

— Lazlo, cria-t-il en éjectant le chargeur vide avant de remettre le plein en place. Lazlo !... Vrasek !... Prishkin !... Ralliez-moi !

Pas de réponse. Il y avait du sang partout sur la glace. Des corps gisaient un peu partout, inertes. Leurs hommes, et les siens.

— Lazlo !... Prishkin !

Il tournait lentement sur place, cherchant du regard. C'était un désastre. Un massacre réciproque ? Il était le seul survivant, des deux camps.

— Lazlo ?

Puis il entendit dans le lointain le battement régulier des rotors. C'était le Halo. Il ne pouvait pas le voir, de là où il était, en bas de la pointe, mais il devinait sa route en écoutant le bruit. Il se dirigeait vers le glacier. Kretek allait chercher l'anthrax et Vlahovitch savait de façon sûre qu'il ne reviendrait pas.

Et il finit par se résoudre à admettre une chose qu'il savait depuis longtemps, au tréfonds de lui-même : qu'un jour, Anton Kretek finirait par le trahir et par l'abandonner de cette façon.

— Kretek, espèce de salaud !

Il se déchirait presque la gorge à force de hurler.

— C'est vrai, ce n'est pas un type très correct.

Une voix féminine, presque badine, quelqu'un qui se trouvait dans son dos.

Vlahovitch fit volte-face pour découvrir une femme qui se tenait là, à moins de dix mètres. Quelques instants plus tôt, elle n'y était pas, mais maintenant, oui. Elle s'était en quelque sorte matérialisée silencieusement, comme une chatte en chasse. Elle avait sur le dos le pantalon de ski que portait la blonde qu'ils avaient capturée la veille, le chandail vert qu'elle avait arraché au cadavre du neveu de Kretek et dont elle avait roulé les manches. Mais ce n'était pas cette Américaine blonde aux yeux bruns. Elle avait rejeté sa capuche en arrière, dégageant des cheveux d'un noir de jais et des yeux gris acier. Elle parlait avec un accent un peu britannique. Elle se tenait là, très détendue, les bras croisés sur le ventre.

— Mais vous, *vous n'êtes pas non plus* quelqu'un de très gentil, poursuivit-elle.

Et elle lui fit un sourire.

Vlahovitch se sentit pris d'un sentiment d'horreur incontrôlable. Il ne savait pas pourquoi. Il était un homme, il avait dans les mains un pistolet-mitrailleur approvisionné, et c'était une femme désarmée. Pourtant, il ressentait cette espèce d'effroi qui s'empare d'un prisonnier quand il entend les pas du bourreau qui s'approche. Il leva son Agram, essaya de tirer sur le levier de la culasse, mais la terreur le faisait trembler.

Le premier couteau l'atteignit à l'épaule, lui paralysant le bras. Le second se planta en pleine poitrine, transperçant le sternum et le cœur.

Valentina Metrace respira un grand coup, longuement, profondément. Un de leurs ennemis était mort, elle et ses amis étaient vivants, et c'était bien ainsi. Elle s'agenouilla près du corps de Vlahovitch pour récupérer ses couteaux. Elle nettoya soigneusement les lames avec une poignée de neige, les sécha sur la manche du trafiquant d'armes, et remit les couteaux dans leur étui.

Elle était en train de récupérer l'arme et les munitions du mort lorsqu'il se produisit quelque chose de nouveau. De là où elle était, elle voyait tout ce qui se passait à l'est de la pointe. Elle se leva, s'abrita les yeux d'une main pour se protéger du soleil et examina le sentier de la côte. Ô mon Dieu, murmura-t-elle à voix basse.

Chapitre 50

Station de l'île Mercredi

— JON ! S'EXCLAMA RANDI en lui montrant quelque chose, regardez ! Ils n'ont pas mis le feu à l'hélico !

De leur position, au sommet du monticule de l'antenne, ils avaient sous les yeux les ruines de la station. Les trois préfabriqués étaient en flammes, mais, un peu plus loin, sur l'hélizone, le Long Ranger était toujours là, apparemment intact sous ses bâches de protection couvertes de neige.

Smith se débarrassa de ses bottes et ôta la bretelle de son SR-25.

— S'ils ne l'ont pas détruit d'une autre façon, on a peut-être nos chances. Allons-y, mais ouvrez l'œil, ils ont peut-être laissé des traînards.

L'arme à la main, ils dévalèrent jusqu'à la station. Les nappes de fumée sentaient le plastique brûlé et le métal chaud, il y avait aussi une légère odeur de cochon rôti. Tous trois savaient de quoi il s'agissait et personne ne fit de commentaire.

Une inspection rapide et sommaire leur suffit pour décider que les ruines étaient vides.

— Ils se sont tirés, dit Randi en posant le fusil de Valentina, avec armes et bagages.

— Ils ont dû paniquer quand ils ont entendu les échanges de tirs. Ils ont compris qu'il se passait des choses qu'ils n'avaient pas prévues. – Smith se tourna vers elle. – Qu'en pensez-vous, Randi ? Quelle est la probabilité qu'ils échouent ?

Elle hocha la tête.

— Je pense que, au point où il en est, celui qui mène le bal, Kretek, est prêt à tout risquer, sauf de voir l'anthrax lui échapper. Je crois qu'il est décidé à jouer les éléphants dans un magasin de porcelaine. Il va aller le chercher.

— Donc on va en faire autant. Allons jeter un coup d'œil à l'hélico.

Ils étaient obligés de passer près de la baraque du labo qui brûlait. En en faisant le tour, Smith se cogna dans une forme à demi enfouie dans la neige.

— Ah, merde !

C'était le corps du professeur Trowbridge que l'on avait jeté sans ménagement un peu en dehors du chemin. Le froid l'avait rigidifié dans l'état où il était, comme un pantin ridicule. Smith fut soulagé de voir que les chutes de neige de la nuit avaient recouvert son visage, leur épargnant de tomber sur son regard plein de reproches.

— Je suis désolée, Jon, lui dit doucement Randi en s'approchant de lui. J'ai complètement merdé.

— Ce n'est pas votre faute. C'est moi qui ai tout enclenché en lui permettant de nous accompagner

Une autre leçon, sergent. Lorsque l'on commande, il ne faut pas se préoccuper des conséquences immédiates d'une décision, mais de toutes ses conséquences.

— C'est lui qui a demandé à venir, Jon, répondit-elle en regardant la forme immobile. Il en avait le droit, aucun d'entre nous ne savait ce qui l'attendait ici.

— Je suis d'accord.

Il se tourna vers elle et esquissa un sourire.

— Est-ce que cela vous réconforte un peu ?

— Pas vraiment, fit-elle en hochant la tête.

Ils repartirent.

En arrivant à l'héliport, ils ne découvrirent dans la neige fraîche qu'un seul sentier qui menait au Long Ranger. Ils découvrirent également un paquet bizarre, de la taille d'une brique, fixé sur l'une des jambes de train avec du ruban adhésif. Smith et Smyslov s'arrêtèrent net, mais Randi se baissa près du flotteur pour examiner la chose de plus près.

— Du plastic, déclara-t-elle enfin, et l'allumeur ne s'est pas déclenché. Passez-moi un couteau.

Smith lui tendit sa baïonnette.

— Ils ont sans doute été interrompus par le déclenchement des tirs.

Elle découpa soigneusement le ruban adhésif, se releva et jeta l'explosif aussi loin qu'elle put derrière le pare-vent.

— On peut se dire raisonnablement que, s'ils ont mis tant de soin à poser cette charge pour faire sauter le Ranger, ils ne se sont pas donné la peine de le saboter.

— Vous allez vérifier ça avec le major.

Smith se retourna vers le camp qui brûlait toujours. Où diable Val était-elle bien passée ? Après avoir rempli son rôle de diversion, elle devait les rejoindre.

— Il vous faut combien de temps pour remettre cet engin en état de voler ?

Randi se rembrunit et releva sa capuche.

— Il est resté ici dans le froid pendant deux jours. D'après le manuel, il faut deux heures de réchauffage et de préparation dans ce type d'environnement.

— Sur cette île, il n'y a pas de manuel.

— Exact. Je vais voir ce que je peux faire. Major, aidez-moi à enlever les bâches et les protections des moteurs.

Smith fit tourner la poignée de la portière, puis l'ouvrit pour jeter un œil à l'intérieur. Tout avait l'air intact et dans l'état où ils l'avaient laissé, y compris le conteneur en aluminium de matériel de labo qu'ils avaient laissé amarré sur le plancher. Un gros paquet qui leur avait été fatal.

Il se débarrassa de son sac, le balança dans la carlingue, et déposa le modèle 70 de Valentina à côté. La vue du fusil lui remémora sa propriétaire.

Elle semblait si sûre d'elle, elle était persuadée qu'elle pourrait s'échapper toute seule. Et si elle s'était trompée ? Le cœur de Smith se serra. Il n'avait pas envie de l'ajouter à la liste des échecs qui le poursuivaient.

— Mon colonel, regardez !

Smyslov laissa tomber l'un des capotages qu'il était en train d'enlever. Une petite silhouette émergeait derrière les baraques et contournait le monticule en courant – non, en titubant – sur le sentier côtier. Smith empoigna son fusil et alla la rejoindre au pas de course, suivi de Smyslov.

Ils l'arrêtèrent juste avant les baraquements.

— Ça va ? lui demanda Smith comme elle s'effondrait à demi dans ses bras.

— Impec, réussit-elle à articuler en enserrant ses genoux. Juste un peu crevée... mais on a... on a des complications, Jon. Des complications.

— Qu'est-ce qui se passe ?

Elle se remit debout avec effort, à bout de souffle d'avoir tant couru.

— Notre embuscade a marché à la perfection... presque comme sur le papier. Je suis restée pour faire du nettoyage et essayer de récupérer une arme ou deux... mais... j'ai été interrompue... et j'ai dû me tirer vite fait.

— Par ?

— L'autre groupe de Spetsnaz. Ceux qui se sont battus contre les trafiquants n'étaient que six. Quatre autres sont arrivés derrière moi et j'ai l'impression qu'ils n'étaient pas vraiment contents de ce qui venait de se passer.

— Ils vous ont vue ? lui demanda Smith.

— Je n'en suis pas sûre. Possible.

— On dispose de combien de temps ?

— Ils se sont arrêtés pour s'occuper de leurs morts. Je dirais qu'on a dix minutes.

— Putain ! Et c'est *maintenant* qu'ils se pointent !

Il frotta ses yeux qui le faisaient souffrir. Il se demandait s'il ne s'était pas fait avoir une fois de plus.

— Bon, major, vous allez vous débrouiller avec Randi pour mettre en route cet hélicoptère. Val, votre fusil est dans le Ranger. Vous vous occupez de couvrir la zone. Je reste ici pour surveiller le sentier.

Valentina chassa la mèche trempée de sueur qui lui tombait sur l'œil.

— Vous savez, Jon, je pense que ces gaillards connaissent le vieux truc de l'infanterie allemande, quand on veut préserver sa puissance de feu. Les survivants vont abandonner leurs fusils d'assaut et récupérer sur les morts les armes collectives. Ils ont peut-être perdu soixante-dix pour cent de leurs effectifs, mais il leur reste quatre-vingts pour cent de leur puissance de feu.

— Et c'est pour ça que je veux que l'hélicoptère soit paré avant qu'ils arrivent.

— Mais Jon, je parle de trois mitrailleuses !

— On n'y peut rien, Val. Au travail !

— Mon colonel, lui dit lentement Smyslov, puis-je vous suggérer une autre solution ?

— Bien volontiers, major.

— Laissez-moi aller les voir. Je vais leur donner l'ordre de ne pas bouger.

Smith plissa les yeux.

— Je croyais vous avoir entendu dire que vous n'aviez pas la moindre autorité pour ce faire.

— C'est exact, mais je peux essayer. J'arriverai peut-être à les raisonner. – Il haussa les épaules avec un sourire triste. – Ou bien j'arriverai à faire traîner les discussions. Même si j'échoue, cela vous laissera peut-être suffisamment de temps, à vous et à ces dames, pour sortir d'ici.

— J'imagine qu'à l'heure qu'il est, ces Spetsnaz ne pensent pas beaucoup de bien de vous, major.

Le Russe retrouva son impassibilité.

— Je crois même que c'est mon gouvernement qui ne me voit pas d'un bon œil, mon colonel, mais nous devons empêcher Kretek de mettre la main sur l'anthrax. Et cela évitera peut-être à d'autres soldats russes de mourir.

Smith hésitait. Ce n'était pas le moment de ne plus lui faire confiance.

— Val, allez aider Randi pour l'hélicoptère. Je me replierai lorsque vous aurez mis les moteurs en route. Si je n'arrive pas à vous rejoindre quand vous serez prêtes à décoller, vous décollez quand même. Et c'est un ordre ! La priorité absolue, c'est que vous rendiez compte de la situation dans l'île. Ensuite, faites au mieux. Allez !

Elle lui jeta un regard implorant, mais se retint d'en dire plus et se dirigea docilement vers l'hélicoptère.

Smith se tourna ensuite vers Smyslov :

— Bonne chance, major. J'espère que vous saurez vous montrer grand orateur.

— Je vais essayer, mon colonel. – Il sortit de sa poche le pistolet de Smith et le lui tendit. – Si ce n'est pas le cas, vous en aurez plus d'usage que moi.

Puis, reculant d'un pas, il se mit au garde-à-vous en claquant des talons à la mode européenne, mais le bruit fut étouffé par la neige. Et il salua militairement.

— Mon colonel, permettez-moi de vous dire que je considère comme un honneur d'avoir servi sous vos ordres.

Smith lui rendit son salut.

— Quand vous voudrez et où vous voudrez, major. Je ressens le même sentiment que vous.

*

Randi, qui était penchée dans le compartiment moteur, dut se ressaisir, elle s'endormait. L'espèce d'engourdissement cérébral qu'elle avait connu la nuit précédente était de retour et elle était obligée de se concentrer pour resserrer les cosses des batteries.

Au cours de leur vol aller, elle avait eu le temps de se familiariser avec le Long Ranger. Elle savait que la société qui le louait l'avait équipé pour des conditions arctiques, aussi bien que possible. Tous les joints et tous les bouchons étaient en plastique ou en composite résistant au froid. Les lubrifiants, des huiles synthétiques polaires à faible viscosité. On avait généreusement complété le kérosène avec de l'antigel et les batteries étaient des éléments à électrolyte gélifié à haute capacité, ce qui se faisait de mieux.

Mais ce n'était pas suffisant.

Il fallait réchauffer pendant plusieurs heures les groupes de puissance et les commandes de vol du petit appareil pour les amener à la température convenable. Il fallait également redonner un coup de charge aux batteries.

El la tente, les chaufferettes, le chargeur, tout cela était en train de brûler dans une baraque. De toute manière, ils n'auraient pas eu le temps d'effectuer toutes ces opérations.

Elle fit une dernière inspection visuelle du compartiment batteries, referma la trappe d'accès externe, avant de serrer toutes les attaches avec le plus grand soin.

Elle entendit des pas légers de l'autre côté du fuselage, c'était Valentina Metrace.

— Que se passe-t-il ? lui demanda Randi.

— Les Spetsnaz qui ont réussi à en réchapper arrivent. Ils peuvent être là dans cinq minutes. Gregori est allé leur parler, mais je crois que ça ne marchera pas. Jon a décidé de se sacrifier pour nous et il se prépare à jouer les Horaces à l'entrée du pont. Il nous donne l'ordre de faire marcher cette trapanelle ridicule !

Randi se sentit submergée par la nausée, et sa fatigue n'en était pas la seule cause. Elle essaya de ravaler la bile qui lui montait dans la gorge, de recouvrer ses esprits.

— Bon, compris, faites l'inspection avant vol. Tirez ces bâches plus loin et assurez-vous qu'il n'y a pas de corps étrangers susceptibles de se faire aspirer par les entrées d'air.

— Je le fais.

Elles n'avaient ni l'une ni l'autre le temps de paniquer ou de s'inquiéter, en tout cas, pas le temps de l'admettre.

Randi courut jusqu'à la portière du cockpit et se hissa à bord. Sous ses cuisses, le cuir du fauteuil était glacé. Elle étala sur le pare-brise la liste des vérifications avant mise en route, elle n'osait pas se fier uniquement à sa mémoire. Puis elle fit basculer les commutateurs généraux. Derrière le verre des instruments, les aiguilles commencèrent à bouger sans se presser.

Elle avait trois obstacles à surmonter. Primo, il fallait qu'il reste assez d'énergie dans les batteries pour faire tourner les turbines à froid. Secundo, le moment de l'allumage. Les éléments propulsifs étaient gelés, ils pouvaient au choix accepter de tourner, ou partir en morceaux et exploser.

Enfin, dernier obstacle, lorsqu'elle aurait réussi éventuellement à décoller. Les commandes de vol fonctionneraient ou refuseraient tout service, les précipitant au sol.

Et à chaque étape, elle n'avait droit qu'à un seul essai.

*

L'enseigne de vaisseau Pavel Tomashenko avançait vite. L'AK-74 en travers de la poitrine, il avait adopté le rythme alterné des guerriers zoulous ou des Forces spéciales. Il surveillait sans arrêt ce qui se passait devant, comme un radar de veille, à l'affût d'une embuscade éventuelle. Pour le reste, il écumait de rage.

Il devait bien admettre son double échec, en tant qu'officier et en tant que soldat. Une fois de plus, il avait laissé ses hommes tomber dans un piège. Le plus gros de ses effectifs avait été anéanti, il n'avait même pas été là au moment du combat. C'était un homme fini. Tout ce qui l'attendait, c'était la disgrâce et le conseil de guerre. Il préférait, et de loin, mourir en prenant à la gorge l'ennemi qui l'avait humilié.

Alourdis par les gros fusils-mitrailleurs RPK et leurs lots de munitions, les deux sapeurs et son radio trottinaient derrière lui, stoïques et sans se poser de questions. C'étaient des Spetsnaz.

Tomashenko aperçut devant lui la fumée qui s'élevait de la station dont les bâtiments étaient en flammes. Il n'avait pas la moindre idée de ce qui avait bien pu se passer, il ne connaissait pas davantage l'identité de ces étranges hommes armés qui lui avaient massacré son avant-garde, avant de se faire massacrer eux-mêmes. Et il ne savait pas non plus d'où ils sortaient. Mais, dans ses jumelles, Tomashenko avait vu le seul survivant ennemi qui s'enfuyait dans cette direction.

Lorsqu'ils furent près du monticule et du pylône radio, Tomashenko réduisit le train et ils continuèrent au pas. Par gestes, il fit signe à ses hommes de s'éparpiller. Les baraques de la station étaient transformées en brasier, d'épaisses volutes de fumée noire montaient dans le ciel bleu.

Et puis il vit, devant les colonnes de fumée, un homme qui marchait vers eux, les mains levées.

Tomashenko leva la main lui aussi pour stopper ses hommes. Il fit glisser la bretelle de son fusil d'assaut et le braqua, l'arme à la hanche. Et il attendit, la main crispée sur le pontet. A sa droite et à sa gauche, ses hommes se couchèrent dans la neige et mirent les fusils-mitrailleurs en batterie.

Celui qui s'avançait ainsi, mains en l'air, arriva à leur hauteur à une centaine de mètres de la station en feu. Il avait rejeté en arrière la capuche de sa parka, découvrant une chevelure blonde. Tomashenko reconnut quelqu'un dont on lui avait montré des photos. C'était Smyslov, cet officier de l'armée de l'air qui était supposé miner l'équipe d'Américains de l'intérieur. Il aurait dû être mort. Tomashenko, l'œil brillant, plissa les paupières.

Arrivé à trois mètres, Smyslov s'immobilisa et laissa retomber ses bras.

— Je suis le major Gregori Smyslov, officier de l'armée de l'air russe, commença-t-il, très crispé. Vous avez dû être informé de ma présence. Et vous-même, vous êtes ?

— Enseigne de vaisseau Pavel Tomashenko, des commandos marine. On m'a parlé de vous, major, et je suis heureux de voir que vous avez réussi à vous évader.

— Il ne s'agit pas d'une évasion, lieutenant, répondit l'officier de l'armée de l'air. Les conditions de la mission ont changé, et vos ordres initiaux relatifs aux enquêteurs américains deviennent sans objet.

— Je n'ai reçu de mes supérieurs aucun ordre qui irait dans ce sens.

— Nos supérieurs n'ont pas connaissance de la situation. En ma qualité d'officier le plus ancien sur place, je prends sur moi de modifier vos ordres, lieutenant. Vous cessez cette opération immédiatement. Je vais vous accompagner jusqu'au sous-marin pour faire mon rapport et agir en sorte que vos instructions soient modifiées.

— Major, mes ordres relatifs à l'équipe d'enquête américaine ont été signés par l'autorité la plus élevée qui soit. Comme vous le savez, ces gens-là font courir un risque à des secrets d'Etat de la plus haute importance. Ils doivent être neutralisés à tout prix.

— Comme je viens de vous le dire, lieutenant, ces ordres ne sont plus d'actualité !

Smyslov avança d'un pas.

— Vous ne devez pas, je répète, vous ne devez absolument pas vous mettre en travers des Américains. Vous et vos hommes devez retourner au sous-marin.

Tomashenko explosa :

— Ils ont tué mes hommes !

— L'incident qui s'est produit sur le site de l'accident est... regrettable, répliqua Smyslov en avançant encore. Quant à l'engagement qui vient de se produire, soyez sûr que vos hommes sont tombés avec honneur en se battant contre nos ennemis, les véritables ennemis de la Russie.

— J'ai tout de même une question à vous poser, qui sont nos véritables ennemis, major ?

Il avait appuyé sur le « major », crachant littéralement l'appellation de grade.

— Comme vous voudrez, lieutenant. Maintenant, continua-t-il en le vrillant de ses yeux verts, dites à vos hommes de baisser leurs armes, et je vous le dirai.

— Non, major. Je vais exécuter mes ordres et m'occuper des Américains. Puis je rendrai compte à mes supérieurs d'un certain nombre de choses, parmi lesquelles, votre trahison !

— Je suis sûr que cette conversation sera fort intéressante, lieutenant. Mais pour l'instant, vous obéissez à mes ordres et vous laissez tomber !

Smyslov tendit la main pour saisir le Spetsnaz par le bras. L'index de Tomashenko, crispé sur la détente de son fusil d'assaut, se contracta. L'AK-74 lâcha un unique coup.

Le major Gregori Smyslov se recroquevilla avant de s'effondrer, inanimé, dans la neige de l'île Mercredi.

Mais l'officier Spetsnaz ne savoura pas son triomphe plus de deux secondes. Il ressentit un choc assourdissant avant même d'entendre le bruit d'un second coup de feu, plus lointain. Tomashenko baissa les yeux sur une tache de sang qui s'étalait en plein sur sa poitrine, de la taille de la paume de la main. Bizarrement, sa dernière sensation avant de sombrer dans la nuit fut une sorte de soulagement, d'un énorme soulagement. Il n'aurait jamais à expliquer comment il avait manqué à sa patrie.

*

A une centaine de mètres de là, Jon Smith, un genou à terre dans une ornière du sentier, près de la baraque-dortoir, laissa retomber son SR-25 encore fumant en maudissant les gouvernements, les secrets et les mensonges. Il dut se jeter au sol lorsqu'une balle fit jaillir un nuage de neige sur le bord du chemin.

Les balles se mirent à siffler juste au-dessus de sa tête, une seconde arme automatique avait ouvert le feu et arrosait sa position. Traînant son fusil derrière lui, il recula de quelques mètres en essayant de se protéger derrière l'abri précaire que faisait la neige tassée. Il se remit à genoux et repéra le Spetsnaz qui rampait en direction de la station. Smith lâcha deux coups avant que ceux qui le couvraient réajustent le tir jusqu'à sa nouvelle position.

Smith comprenait très vite quand un jeu devenait perdant. Les armes automatiques qu'il avait en face de lui étaient capables de cracher des masses de balles. En tirant à tour de rôle, les Russes pouvaient facilement le clouer sur place, pendant qu'ils le contournaient pour le prendre de flanc. Ce n'était qu'une question de temps.

Gregori Smyslov s'était sacrifié pour lui permettre de gagner quelques précieuses minutes. Maintenant, c'était son tour. Il fallait qu'il les empêche de prendre l'hélicoptère sous leur feu. Il fallait qu'il retarde le moment de sa mort assez longtemps pour laisser à Val et à Randi une chance de s'en sortir.

*

Les deux femmes avaient entendu les échanges de coups de feu, derrière la station.

— Randi ?
— Montez !

Valentina se jeta sur le plancher derrière les sièges des pilotes et Randi balaya rapidement les cadrans de la planche de bord. Et ce qu'elle voyait ne la ravissait pas, le niveau de charge des batteries tout particulièrement. Mais les choses ne risquaient pas de s'améliorer. Elle poussa un peu sur la manette des gaz et fit tourner l'interrupteur des démarreurs.

Au-dessus de sa tête, dans le compartiment moteurs, les turbines commencèrent péniblement à tourner en luttant contre la friction du métal froid. Lentement, une pale passa devant ses yeux, trop lentement. Randi attendait anxieusement de voir les aiguilles des compte-tours entrer dans la plage verte, la plage d'allumage. Les ampèremètres des batteries vacillaient dangereusement, les batteries se vidaient.

— Et merde de merde et remerde !

Elle coupa les démarreurs avant que les batteries aient rendu l'âme pour de bon.

Valentina passa la tête et les épaules par-dessus le dossier.

— Mademoiselle Russell, vous connaissez le dicton : l'échec n'est pas une option autorisée !

— Je sais, putain ! Laissez-moi réfléchir !

Il fallait qu'elle trouve quelque chose ! Mais ce n'était pas le manuel qui l'aiderait. Le manuel indiquait qu'il était impossible de décoller dans ces conditions. Le manuel disait qu'elles allaient mourir ici, au sol. Il fallait trouver une solution. Un truc qu'elle aurait lu quelque part, une particularité propre aux hélicoptères de la marque Bell et de la famille des Rangers. Mais c'était quoi, déjà ? C'était quoi ?

— Allez virer le rotor de queue à la main ! hurla Randi.

— Quoi ?

— Allez faire tourner le rotor de queue à la main pendant que je l'embraye ! Il est relié à l'arbre par une boîte de transmission. Ça allégera un peu la tâche du démarreur !

— Quelle merde ! lui répondit Valentina en se propulsant par la portière ouverte.

Dans son rétroviseur, Randi la vit se placer sur le côté de la poutre de queue, les mains serrées sur la courte pale verticale du rotor.

— Parée ! cria l'historienne.

— C'est bon ! J'embraye !

Le démarreur se remit à couiner. Quand le rotor principal commença à tourner, Valentina tira sur la pale de tout son poids et il s'ébranla à son tour. Elle changea de main, saisit la pale suivante et répéta le mouvement encore et encore. La vitesse de rotation accélérait, elle continua d'une seule main, ajoutant sa force au couple du démarreur.

Dans le cockpit, Randi surveillait les compte-tours, les efforts de Valentina étaient démultipliés par l'arbre de transmission. L'aiguille commença à bouger, mais pas assez pour entrer dans la plage d'allumage. Pas tout à fait. Pas encore ça. Les aiguilles des ampèremètres entrèrent alors dans la danse.

— Tirez-vous, hurla-t-elle. Bougez-vous de là !

On ne pouvait pas faire mieux.

Randi vit Valentina faire un bond en arrière pour se mettre à l'abri, elle tourna le commutateur d'allumage. Des flammes commencèrent à jaillir par les tuyères. Un faible gémissement d'aspirateur se fit entendre, assourdissant le grincement du démarreur, les températures grimpèrent à la verticale.

— Ouais !

Randi empoigna le collectif, les turbines répondirent immédiatement en sifflant. Le rotor fit entendre son battement, le Long Ranger revenait à la vie.

Valentina qui riait d'un rire nerveux remonta dare-dare dans la carlingue. Elle jeta les bras autour du siège et, toute contente, serra Randi dans ses bras.

— Quels étaient les ordres de Jon ? lui demanda Randi par-dessus l'épaule.

— Oh, il a dit plein de trucs ! On va aller le chercher !

*

Smith sentait très bien le contraste : il avait chaud dans le dos, et son ventre reposait sur du froid. Il était allongé près des restes de la baraque-dortoir qui brûlaient encore et la fumée le dissimulait. Deux des Spetsnaz survivants étaient quelque part devant lui et lâchaient de brèves rafales pour économiser leurs munitions. Le troisième se trouvait sur sa droite, à deux heures, et progressait lentement pour le prendre en enfilade. Il serait bientôt en situation de l'empêcher de tirer, et les deux autres pourraient alors s'approcher tranquillement.

Smith se laissa rouler sur le côté et lâcha une demi-douzaine de balles qui vidèrent son chargeur sur le troisième homme, l'obligeant momentanément à rester plaqué au sol. Il recula de deux mètres, trouva un autre trou dans la neige, et rechargea son arme.

Les choses commençaient à virer à l'aigre. Encore une minute comme ça, et il allait se retrouver acculé contre le labo et l'écran de fumée jouerait alors en faveur des Spetsnaz.

S'il s'était agi d'un film d'action, le moment aurait été particulièrement bien trouvé pour faire arriver les renforts qui auraient surgi à l'horizon dans un nuage de poussière. Mais Smith ne faisait plus confiance à Hollywood. Centimètre par centimètre, il leva un peu la tête pour voir ce qui se passait et pour se faire une idée du terrain. Non, tout bien réfléchi, il n'allait pas reculer davantage. Si les Russes arrivaient jusqu'à la première baraque, ils seraient en mesure de tirer sur l'hélizone. Il allait rester là où il était.

Il est assez intéressant de voir, se disait-il, que quelqu'un est capable de décider où il va mourir. Le scientifique et le médecin qu'il était lui disaient que c'était dû à l'engourdissement causé par le choc et la surcharge émotionnelle. Psychologiquement parlant, il n'appréhendait pas vraiment le concept de sa propre mort.

Mais le romantique et le soldat rétorquaient que la vie d'un homme n'était pas si importante que cela, considérée dans le vaste ensemble de l'univers, que cela valait la peine de la sacrifier au bénéfice de choses, de gens, qui comptaient pour vous. Et qu'alors, le sacrifice en devenait moins amer.

Puis il entendit derrière lui le sifflement métallique de l'hélicoptère qui montait en régime. *Bravo Randi, elle arrive toujours à se débrouiller.* Ce salopard, à deux heures, c'était lui qui avait le meilleur angle de tir sur l'hélico en train de décoller, si bien que Smith épaula son SR-25. Il pointa le croisillon sur le petit monticule de neige derrière lequel le Russe se cachait et commença à l'arroser.

Le sifflement des turbines se mêlait au battement des rotors. C'était bon, les femmes étaient parties et seraient bientôt à l'abri.

Puis Smith se rendit compte que l'hélico ne s'éloignait pas. Non, il se rapprochait. Il se retourna et cracha un juron.

Tirant parti de l'effet de sol en volant à dix pieds, le Long Ranger se dirigeait en crabe vers la station en soulevant des nuages de neige et de fumée. Le canon élancé d'un fusil sortait par une portière ouverte et il entendait les tirs rageurs de Valentina qui visait les positions des Spetsnaz.

Pester, hésiter, réfléchir fût-ce une seule seconde aurait été mortel pour eux tous. L'une des extrémités du labo n'était pas encore trop atteinte, le toit ne brûlait pas encore. Smith se leva pour se replier derrière lui en vidant le chargeur de son SR-25. Il n'espérait pas faire mouche, il voulait simplement contraindre l'adversaire à rester aplati pendant les quelques secondes qui allaient être critiques.

Le percuteur cogna dans une chambre vide, il se retourna et fit en courant les derniers mètres. Il lança son fusil sur le toit et poussa un juron en le voyant rebondir et glisser jusqu'au sol. Mais il n'avait pas le temps de s'en occuper. Il sauta pour attraper le rebord du toit, se hissa à la force des bras sur la zone qui ne brûlait pas encore. Le toit n'était pas aussi stable qu'il avait cru, et les flammes commençaient à lui lécher les pieds.

Randi l'avait repéré et le Long Ranger s'approcha, évita l'éolienne. Le flotteur droit était maintenant tout près dans la fumée.

Des tisons soufflés par le vent brûlèrent Smith au visage et carbonisaient ses vêtements. Il sauta encore une fois, jeta les bras par-dessus le flotteur. L'hélicoptère se mit à rouler dangereusement sous son poids. Des balles de fusil-mitrailleur se fichaient dans la mousse dont était rempli le flotteur.

— Allez-y ! Allez-y ! A...

Ses cris s'étouffèrent dans sa gorge lorsque Valentina le saisit par la capuche de sa parka et commença à tirer dessus comme une furie pour le faire passer par l'ouverture.

Randi partit en virage pour diriger le rotor de queue vers l'ennemi et les jambes de Smith, tirées par la force centrifuge, valdinguèrent. Le nez plongea, Randi accéléra et ils s'éloignèrent de la zone des combats.

Smith réussit à placer une jambe sur le flotteur puis à se hisser dans la carlingue avant de s'écrouler sur le plancher. Valentina, folle de joie, se laissa tomber près de lui.

— Et commencez pas à nous reprocher d'être revenues vous chercher, Jon ! lui cria-t-elle en essayant de couvrir le fracas du vent qui s'amplifiait. N'essayez même pas de commencer !

*

Les deux derniers survivants des Spetsnaz, le radio et le plus jeune des sapeurs, regardaient le petit hélicoptère orange s'éloigner en ronronnant par-dessus la chaîne de montagne. Le sapeur le plus ancien était mort de façon spectaculaire juste à la fin des combats. Il s'était mis debout pour faire feu sur l'appareil, quand sa tête avait explosé comme un ballon qui éclate sous l'impact d'une balle tirée avec une vitesse initiale incroyable.

On ne pouvait plus rien faire pour lui et les deux survivants ne savaient pas très bien ce qu'ils pouvaient faire pour eux-mêmes. Ils étaient à ce moment les plus désespérément abandonnés des hommes : des soldats russes sans officier pour leur donner ses ordres. Ils échangèrent quelques mots dans leur langue maternelle, le iakoute, puis rebroussant chemin, allèrent rejoindre là où ils étaient tombés l'enseigne de vaisseau Tomashenko et l'inconnu qu'il avait abattu.

*

Les flancs striés de neige et de bancs rocheux de la chaîne centrale défilaient sous le ventre du Long Ranger. Randi avait mal aux mains, mais ça pouvait encore aller. Beaucoup plus important, malgré ce démarrage à froid et en dépit des tirs qu'ils avaient essuyés, toutes les aiguilles des instruments de bord étaient là où elles devaient être.

— Alors, comment ça se présente ? lui demanda Smith en se penchant entre les sièges du poste de pilotage.

— Ça se présente que Bell nous a fait là un sacré hélicoptère. Où voulez-vous qu'on aille, Jon ?

— Sur le site de Misha, et le plus vite possible.

— C'est en cours. Et qu'est-ce qu'on fait une fois qu'on est là-bas ?

Lui dire la vérité n'aurait servi à rien.

— Je n'en ai aucune idée, Randi. On verra ce qu'on trouve et on avisera.

Valentina s'approcha de lui.

— Qu'est devenu Gregori ?

Smith se détestait d'entendre sa propre voix, froide, sans expression.

— Il s'est fait descendre par ses propres compatriotes.

— Mon Dieu, et dire que j'ai eu l'intention de le tuer moi-même.

Elle posa son front sur le dossier du siège. Lorsqu'elle se releva, elle avait retrouvé un ton tout aussi glacial.

— Une fois qu'on aura réglé leur compte à ceux qui sont sur le site, j'aimerais bien retourner là-bas pour solder quelques petites choses.

— Pas besoin, c'est déjà fait.

Le Long Ranger contournait le sommet ouest, là où les pentes déchiquetées tombaient à pic dans le glacier gris sale.

— Restez à bonne altitude, Randi. Il y a peut-être de quoi nous canarder, en bas.

— Reçu. Ce devrait être juste de l'autre côté du col, correct ?

— Ouais, on y sera d'un instant à l'autre.

Et ils arrivèrent sur le site.

— Bande de salopards ! cria Valentina, prise d'une rage incontrôlable en donnant des coups de poing sur le plancher. Bande de dégueulasses, vous êtes répugnants !

Les débris de Misha 124 étaient éparpillés sur la glace. Toute la partie avant du fuselage du vieux bombardier était découpée, béante, d'abord à coups de cordons explosifs, puis sous l'énorme traction exercée par la grue volante de Kretek. Des morceaux de tôle et des bouts de cloisons gisaient un peu partout, comme du papier-cadeau de Noël que l'on a jeté. On voyait l'intérieur de la soute à bombes du TU-4.

Le conteneur des produits biologiques avait disparu, hissé hors de la carlingue comme un œuf que l'on aurait sorti d'un nid d'aluminium tout tordu.

Randi laissa le Long Ranger se stabiliser en vol stationnaire au-dessus du site.

— Oh mon Dieu, s'exclama-t-elle, désespérée, il s'en est emparé !

Deux tonnes d'anthrax militarisé. La moitié d'un continent vouée à la mort, entre les mains d'un homme pour qui la vie humaine ne comptait pas.

Détournant les yeux, Smith regardait au sud, en direction de ce monde menacé. Et il entendit dans le lointain un bruit très faible, répétitif, des battements de pales de rotor dans le soleil levant.

Chapitre 51

Au-dessus de l'océan Glacial arctique

— ICI CHEVAL NOIR AUTORITÉ, j'appelle la station de l'île Mercredi. Cheval noir autorité, j'appelle Mercredi. Me recevez-vous ?

Le major Saunders avait répété si souvent cet appel qu'il commençait à ne plus y penser. Ils avaient terminé de faire le plein avec leur ravitailleur. Dans la soute de l'Osprey, les Rangers et les spécialistes NBC vérifiaient l'arrimage et l'état de leurs équipements. Ils seraient bientôt sur l'objectif. Pour la première fois depuis des jours et des jours, les interférences solaires s'étaient calmées, mais Saunders commençait à soupçonner qu'il n'y avait personne là-bas pour leur répondre.

— Ici Cheval noir autorité...

— Cheval noir, ici Mercredi, entendit-il distinctement dans ses écouteurs.

Une voix décidée, très professionnelle.

— Ici le lieutenant-colonel Jon Smith. Mon nom de code est Chiffre Vengeur Cinq. Me recevez-vous, Cheval noir ?

Saunders appuya convulsivement sur le bouton de son manche à balai.

— Je vous entends, mon colonel, quatre sur quatre. Nous sommes la Force Mike. Quelle est votre situation ?

— Nous avons quitté Mercredi, nous sommes en l'air. La situation sur l'île est critique et peu brillante. Quelle est votre HPA, Cheval noir, avez-vous des chasseurs ?

— Nous sommes à environ vingt-cinq minutes de Mercredi. Négatif pour les chasseurs, nous n'avons que des transports et un ravitailleur.

— Voilà qui ne va pas arranger nos affaires, répondit la voix. Veuillez noter que la zone de poser sur l'île Mercredi doit être considérée comme potentiellement dangereuse. Vous risquez de rencontrer des Spetsnaz russes. Notez aussi que le Colis initial a été vérifié. Je répète, le Colis initial a été vérifié. Colis initial a quitté l'île sous un Mil-26, indicatif Mary... India... Lima... deux... six. Hélicoptère lourd de type Halo, immatriculation civile canadienne Golf... Kilo... Tango... Alpha. Halo se dirige actuellement vers le sud-est, vitesse estimée quatre-vingt-dix nœuds. Nous sommes à sa poursuite. Je demande l'envoi immédiat d'intercepteurs. Il faut engager et abattre le Halo à tout prix. Je répète, engager et abattre Halo !

— Bien reçu, Mercredi. Nous allons transmettre votre demande d'interception, mais ça va prendre un bout de temps. Il faut deux heures aux appareils pour arriver sur zone.

— Reçu, Cheval noir, bien compris. – Il y avait comme une nuance de fatalisme dans cette réponse. – Nous allons faire ce que nous pouvons en attendant leur arrivée.

*

Depuis la cabine de commande de la grue installée à bâbord de la carlingue, Anton Kretek observait ce qui se passait en bas. Suspendu à vingt-cinq mètres sous le ventre de l'énorme hélicoptère, le réservoir en forme de losange se balançait doucement au bout de son gros câble en Kevlar. Des câbles et des tuyaux arrachés traînaient derrière en vrac aux deux bouts du conteneur et le harnais n'était pas aussi bien fixé qu'il aurait dû, mais il avait réussi à s'emparer de la perle cachée dans cette huître.

L'opération avait été rude et un peu bâclée, mais qu'importe. C'était sa dernière. Elle lui avait coûté beaucoup de ses meilleurs hommes, y compris son adjoint, mais, pour l'essentiel, cela s'était plutôt bien déroulé. De toute manière, il aurait dû liquider Mikhaïl. Ce type en savait décidément trop. Alors, maintenant ou plus tard...

Bien sûr, il avait peut-être encore une chance d'être capturé sur l'île et de dire ce qu'il savait sur la suite de l'opération anthrax, mais Kretek avait également prévu cette éventualité.

Et puis, restait la mort du fils de sa sœur qu'il n'avait pas pu venger, mais, passez muscade, elle pouvait bien aller au diable. Ce garçon était mort, à quoi bon se torturer les méninges ?

Kretek fouillait dans la poche de sa parka pour prendre ses cigarettes de marque balkanique et son briquet, lorsqu'il se souvint que la bâche souple de kérosène qui remplissait toute la soute centrale de l'hélicoptère était à moitié vide. Il demanda à ses nerfs assoiffés de nicotine de faire preuve de patience pendant quelques heures encore et quitta la cabine de manutention pour gagner le cockpit.

Les pyrotechniciens et les gardes survivants étaient affalés sur le plancher de la soute, la tête sur les genoux. D'autres s'étaient allongés sur la bâche souple dont ils s'étaient fait comme un matelas à eau. Dans le cockpit, le pilote canadien tenait les commandes, tandis que le copilote biélorusse, la tête collée dans la bulle d'observation ménagée dans la verrière latérale, surveillait le chargement.

— Il va y avoir un changement de programme.

Kretek était obligé d'élever la voix pour se faire entendre par-dessus le battement des rotors.

— On ne va pas rallier le chalutier. Nous allons prendre plein sud en direction du second dépôt de ravitaillement.

— Comme vous voudrez, répondit le pilote, laconique. On se dirige vers quel point ?

— Je vous fournirai les coordonnées GPS plus tard.

— C'est vous qui décidez.

Kretek approuvait son attitude. Un vrai professionnel, qui ne posait pas de questions. S'il continuait à travailler, il faudrait qu'il pense à s'attacher ses services. Des hommes comme lui étaient fort utiles. Mais, dans ses projets actuels, lui, son équipage et l'appareil devaient terminer au fond d'un lac canadien perdu et non dans la baie d'Hudson.

Quant à l'anthrax, il comptait le laisser bien planqué près d'une route forestière, dans les territoires canadiens du Nord-Est. Dans quelques mois, quand les choses se seraient calmées et qu'il aurait négocié la vente de la marchandise, il la ferait enlever par camion. Ça, c'était la seconde partie de son plan, et même Mikhaïl Vlahovitch n'était pas au courant. Cela impliquait également qu'il devait sacrifier les hommes qui se trouvaient à bord du chalutier, mais c'était ainsi. Il n'avait plus besoin d'eux, de toute façon. Kretek esquissa un fin sourire. Comment est-ce qu'on appelait ça, déjà, dans les sociétés ? Réduction d'effectifs ?

Le trafiquant d'armes se laissa aller contre la carlingue en se retenant pour résister aux turbulences qui les secouaient par intermittence, car ils volaient à basse altitude. L'envie pressante de fumer une cigarette le reprenait. L'exercice de son métier allait lui manquer, mais, après qu'il aurait vendu l'anthrax, il ne serait pas très sage de continuer. Il serait alors devenu trop riche, trop confiant. Le sage doit savoir s'arrêter.

Le copilote du Halo poussa brusquement un énorme juron. Il regardait toujours ce qui se passait par la verrière latérale. Ils n'étaient plus seuls dans le ciel. Un autre appareil volait en route parallèle, à un demi-kilomètre. Le petit hélicoptère orange fluo, celui qu'ils avaient laissé sur l'île. Lorsque, trop bousculés, ils avaient renoncé à le détruire.

Kretek poussa lui aussi un juron. Voilà ce que c'était, trop de confiance en soi, et ça commençait déjà à lui créer des emmerdes.

Il regagna la soute, fit tourner la poignée d'ouverture d'urgence de la portière gauche, juste derrière le cockpit. Il saisit fermement la barre et balança le panneau dehors d'un grand coup de pied.

— Ici, deux hommes avec des armes automatiques ! hurla-t-il par-dessus le vacarme du vent relatif. Et deux autres à chacune des autres portes ! Bougez-vous, bande de cons ! Bougez-vous !

*

Le Long Ranger volait prudemment à hauteur du gros porteur. Le Halo était freiné par l'horrible forme qui se balançait sous son ventre, et ils n'avaient pas eu de mal à le rattraper.

— On dirait un chien qui poursuit une bagnole, dit pensivement

Valentina en observant l'hélicoptère géant. Mais une fois qu'on aura croché dedans, qu'est-ce qu'on en fait ?

Le plus gros des deux hélicoptères s'éloignait toujours sans faiblir de l'île Mercredi. Au sud-est, les silhouettes couronnées de nuages de l'archipel suivant émergeaient de l'horizon.

— Ça ne se présente pas bien, Jon, continua-t-elle en s'agenouillant sur le plancher près de la portière. S'il descend pour voler au ras des pâquerettes quand il sera au-dessus de l'archipel, les radars de veille n'arriveront jamais à le repérer au milieu de ce fouillis d'îles et de détroits. Et il faudrait vraiment un gros coup de pot pour que les chasseurs y arrivent.

— Je sais. C'est pour ça qu'on reste à côté de lui.

Randi se retourna.

— Juste pour que vous soyez au courant, Jon, on n'a plus tellement de carburant.

— Ça aussi je le sais.

Et c'était reparti, ils se retrouvaient à bout de ressources. Chaque minute qui passait, chaque nautique les enfonçaient un peu plus dans les étendues désolées et glacées de l'archipel de la Reine-Elisabeth, plus loin des renforts et des secours.

— Regardez-moi ça ! s'exclama Valentina.

Un rectangle noir venait d'apparaître au flanc du Halo, la porte tombait en feuille morte et descendait vers le pack.

— Il est en train d'ouvrir ses sabords !

Des flammes de départs jaillissaient par l'embrasure, de la fumée s'échappait le long du fuselage. Randi réagit aussitôt et laissa glisser le Ranger sur l'arrière. Elle partit en montée et en dérapage pour mettre son petit appareil à l'abri, au-dessus du gros appareil et derrière lui. Elle calculait sa position pour que les hommes de Kretek ne puissent plus leur tirer dessus sans endommager leurs propres rotors.

Plus bas, le Halo faisait paresseusement des zigzags, comme un éléphant qui menace un lion de ses défenses. Et le réservoir se balançait comme un pendule au bout de son élingue.

— Ce ne serait pas beau, qu'ils fassent une grosse bourde et qu'ils larguent ce foutu truc ? suggéra Valentina.

— Excellente idée, mais malheureusement, on ne peut pas trop compter là-dessus, répliqua Smith. Randi, si on essayait de tirer dans les moteurs, quelles seraient nos chances ?

La blonde hocha négativement la tête.

— Pas possible ! Le Halo a été dessiné avec les spécifications militaires russes. C'est un tank volant, il peut encaisser un paquet d'avaries de combat.

— Mais il doit bien y avoir des zones vulnérables, insista Smith.

Randi fronça le front en réfléchissant.

— Peut-être la croix centrale, le moyeu du rotor principal. Si on arrive à sectionner une biellette ou à briser la rotule d'une pale, ça pourrait marcher.

— Val, voilà un boulot pour votre fusil. Qu'en pensez-vous ?

L'historienne regardait sa vieille Winchester, l'air sceptique.

— Je ne sais pas. Le .220 est parfait pour tuer quelqu'un, mais médiocre pour casser du matériel. Trop grande vélocité et pas assez de pouvoir de pénétration.

— Mais vous pourriez essayer ?

— Je veux bien, mais je ne promets rien. Randi, rapprochez-vous autant que vous pouvez et essayez de rester en vol stable.

Elle s'allongea sur le plancher en position du tireur couché. Elle passa la bretelle du fusil autour de son avant-bras et se cala contre le viseur.

*

Le Long Ranger et le Halo étaient pratiquement l'un au-dessus de l'autre et fonçaient dans le ciel de l'Arctique, comme un corbeau qui poursuit sans relâche un vautour. Dans le cockpit du Halo, Kretek sentait le plancher trembler sous ses pieds de façon effroyable. Le conteneur qui décrivait des cercles imprimait des mouvements violents au gros porteur.

— Ils nous tirent dessus ! cria le marchand de canons dans l'oreille du pilote. Mais faites quelque chose !

Depuis qu'ils avaient ouvert toutes les portières, le grondement du vent et les hurlements des moteurs remplissaient l'intérieur de l'appareil.

— Je ne peux pas manœuvrer avec une charge suspendue !

répondit le pilote en criant lui aussi. Le seul moyen de s'en tirer consiste à tout larguer !

Kretek brandit son pistolet automatique.

— Essayez donc, et je vous tue.

Ce n'était pas une menace à prendre à la légère, et le pilote du Halo le savait parfaitement. Mais la menace que présentait le taon qui les poursuivait n'était pas insignifiante non plus. On entendait le grincement des balles qui frappaient le haut du fuselage.

— Grimpe, imbécile ! cria Kretek. Passe au-dessus d'eux pour qu'on puisse riposter.

Les dents serrées, le pilote poussa les manettes des gaz en butée, au régime maximum de combat, poussant les turbines Tumanski aux limites et faisant grimper les aiguilles des compte-tours et des indicateurs de température largement dans la zone rouge.

*

Randi Russell maniait avec art le Long Ranger et s'arrangeait pour maintenir la distance et la position relative comme si les deux hélicoptères étaient reliés par une barre. Elle restait derrière le bouclier invisible que constituait le plan du rotor principal, empêchant ainsi les tireurs ennemis de trouver leur cible.

Valentina Metrace, de son côté, mettait en œuvre tout son talent. Les lèvres pincées tant elle se concentrait, elle faisait fonctionner son modèle 70 comme un automate, pointant sur l'objectif, tirant sur le levier de culasse pour éjecter les douilles, appuyant sur la détente une fraction de seconde après avoir visé l'hélicoptère dans le croisillon. Elle fit trois pauses pour réapprovisionner, mais, quand le dernier chargeur fut vide, elle laissa tomber son arme en secouant la tête.

— Ça ne va pas, Jon, lui cria-t-elle. J'arrive à viser correctement, mais ces foutues balles explosent à l'impact. Trop de vitesse initiale. Ça ne peut pas marcher.

— Qu'est-ce qu'on peut essayer d'autre ?

Elle leva la tête.

— On pourrait essayer les pilotes. Mais le problème de vitesse initiale et de pouvoir de pénétration restera entier. Il faudrait que je perce d'abord la verrière, puis que je leur tire dessus à travers le trou.

— Si c'est tout ce qu'on a sous la main, essayons.

— Autre problème.

Elle plongea la main dans une poche de sa veste, la sortit et l'ouvrit. Elle avait trois cartouches effilées dans la paume.

— Voilà ce qui reste. Et après, sec.

— Je viens de vous le dire. Si c'est tout ce qu'on a... Randi, grimpez.

Elle avait écouté tout leur échange.

— Je vais devoir descendre sous le plan du rotor pour vous permettre de viser le cockpit. Ils vont riposter.

— Je répète encore une fois, on n'a rien d'autre sous la main.

*

— Où sont-ils ? demanda le pilote du Halo en regardant dans les rétroviseurs. Où est-ce qu'ils vont, ces enfoirés ?

— Je n'en sais rien. – Son copilote s'était détourné pour regarder sur le côté. – Ils sont passés sur notre arrière.

— Que se passe-t-il ? demanda Kretek qui était derrière le pilote.

— Je n'en sais rien, répondit l'homme sans commentaire. Ils sont revenus à six heures. Ils doivent avoir une idée.

Puis il sentit les commandes trembler, un second rotor interagissait avec le sien. Une ombre passa sur le cockpit, les flotteurs du Long Ranger les frôlaient, l'hélicoptère plongeait à pic. Le petit hélicoptère s'immobilisa deux cents pieds devant, présentant sa portière ouverte au Halo.

— Qu'est-ce que ce fout...

La verrière latérale gauche explosa dans un nuage de verre pulvérisé. Le copilote hurlait des mots incohérents en se tenant la tête pleine d'éclats. Puis ses hurlements furent brutalement interrompus lorsqu'une seconde balle meurtrière frappa le Biélorusse en pleine gorge, le décapitant presque.

Retrouvant les réflexes du pilote de combat, le Canadien poussa sur le manche. Le nez du Halo pivota, très lentement, mais suffisamment pour que la troisième balle frôle l'épaule du pilote au lieu de l'atteindre à la tête.

Le Halo s'engagea dans un virage vertigineux, tremblant de toutes ses tôles, le rotor était à deux doigts de décrocher. Le pilote entendait le tireur qui, à la portière, ripostait avec vigueur. Il devait se débattre avec le collectif et le cyclique en essayant de ne pas atteindre les limites mécaniques de la structure, alors que le Halo était déjà en bout de charge dynamique. Il mit la main sur la commande de largage d'urgence.

— Non !

Kretek lui enfonça le canon de son arme dans la gorge. Les yeux injectés de sang comme un sanglier que l'on accule, le marchand de canons se glissa entre les deux sièges. La balle qui avait raté le pilote lui avait mis le bras gauche en bouillie.

— Non !

*

L'air déterminé, Randi avait gardé le même cap jusqu'à ce que Val ait tiré sa dernière balle. Le Halo virait comme un bâtiment de ligne qui montre ses sabords, des tirs d'armes automatiques fusaient de toutes les ouvertures. Le flanc du Long Ranger était constellé de trous de balles. Le pare-brise s'étoilait sous les impacts. Randi enfonça le pied sur le palonnier et plongea sous les tirs.

Dans la soute, Smith avait un bras passé autour d'un harnais de siège et serrait Valentina de l'autre. La violente manœuvre d'évasion menaçait à chaque instant de les précipiter à l'extérieur. Pendant une fraction de seconde, ils aperçurent le réservoir d'anthrax qui se balançait dangereusement au bout de son élingue, menaçant de s'abattre sur eux comme le marteau de forge du dieu Thor. Puis ils s'en éloignèrent et continuèrent à plonger. Ils étaient désormais largement plus bas que le Halo et sur son arrière.

Smith passa la tête dehors, frappé de plein fouet par le vent pour essayer de voir ce que devenait le gros hélico sévèrement endommagé. Il priait le Ciel, il espérait que le câble allait se rompre ou que l'hélicoptère descende en vrille. Pendant un moment insupportable, il eut l'impression que le Halo refusait de répondre. Puis il se stabilisa et reprit son cap, direction le sud-est.

Les îles de l'archipel étaient maintenant toutes proches.

Randi repartit à la poursuite de l'hélicoptère une fois encore, en montée. Puis elle leur dit d'un ton léger :

— Vous, je ne sais pas, mais moi, j'ai décidé d'en finir. Je vais passer au-dessus et lui mettre un flotteur dans les rotors. Quand on se posera, on sera un peu bancal, mais ça devrait aller.

On aurait dit un kamikaze en train de prononcer son dernier discours. Certes, coller un flotteur dans le rotor du Halo réglerait définitivement la question. Mais le Long Ranger avait peu de chances de survivre à l'explosion qui allait suivre et à échapper aux morceaux de pales qui allaient voler.

Randi en était parfaitement consciente. Smith et Valentina également. L'historienne eut un petit sourire ironique et haussa légèrement les épaules. C'étaient les vicissitudes du métier. Toujours faire convenablement son boulot et le faire jusqu'au bout. S'en tirer n'était pas obligatoire, surtout lorsqu'il y avait des milliers de vies en jeu.

Inutile d'attendre plus longtemps. Randi était revenue sur l'arrière du Halo, légèrement plus haut, parée à attaquer. Avant de lui donner son accord, Smith jeta un dernier coup d'œil dans la cabine, cherchant des yeux quelque chose, une autre solution, un truc qui aurait pu lui échapper.

Mais non, c'était tout simple, il n'y avait rien d'autre à faire. Il n'avait plus sous la main que la grosse valise en aluminium, le matériel de labo, et son sac à moitié vide dont dégueulaient quelques boucles de corde d'escalade.

Et Jon Smith se mit à sourire, un sourire de carnassier, sans aucun humour.

*

— Mais qu'est-ce qu'ils fabriquent ?

Il était de plus en plus difficile de se faire entendre dans ce vacarme. Kretek sentait ses forces l'abandonner. Le garrot sommaire qu'on avait placé sur son bras fracassé réussissait à limiter un peu l'hémorragie, mais le sang coulait toujours à ses pieds.

— Putain, mais comment je pourrais le savoir ? répliqua le pilote, excédé, en jetant un regard insistant à la poignée de largage rapide. Ils s'accrochent toujours derrière.

— Garde le même cap.

Kretek gagna en titubant la cabine de la grue située au milieu de la carlingue. Ses hommes s'étaient entassés là, près des portes ouvertes, et il sentait qu'ils avaient les yeux fixés sur lui. Ils commençaient à flancher ; ils commençaient à craindre davantage la mort que lui, Anton Kretek. Et Kretek sentait lui aussi la peur l'envahir.

Comment pouvait-il s'incliner devant un type qui s'appelait Jon Smith ?

Le machand de canons savait intuitivement qu'il avait à ses trousses le chef de l'équipe américaine envoyée sur l'île Mercredi. Ce type dont le professeur d'université avait parlé, mais que lui, Kretek, n'avait jamais vu. Qui était-ce exactement ? Qui était ce type anonyme, avec un nom aussi commun et qui se permettait de se mettre en travers de tous ses rêves, de tous ses plans ?

Il se hissa à grand-peine dans la cabine vitrée et se tourna vers l'arrière.

Ça y est, il était là ! Le Long Ranger était revenu presque au-dessus d'eux et leur plongeait dessus comme un faucon qui fonce à l'attaque. Mais cette fois, il y avait quelque chose d'accroché sous le petit hélicoptère.

Comme si elle voulait singer le Halo et son chargement d'anthrax, une valise métallique dansait sous le Long Ranger, fixée aux flotteurs par une corde. Et il y avait un homme qui se retenait à l'encadrement de la portière, en train de laisser filer du mou. Kretek crut voir une chevelure sombre que plaquait le souffle du rotor, des traits durs bien dessinés, des yeux vifs qui le vrillaient, en dépit de la distance, comme un rayon de la mort bleu foncé. Ainsi donc, c'était lui, Smith. Son exécuteur. Kretek poussa un hurlement de rage et d'horreur.

*

La grosse valise tomba sur le rotor du Halo. Smith sentit le bout de la corde filer en fumant entre ses doigts gantés, la valise avait été pulvérisée puis projetée par l'extrémité d'une pale.

Il rentra dans la soute, aidé par Valentina.

— Randi, cria-t-il, vous vous tirez vite fait !

*

Le Halo était secoué dans tous les sens de vibrations terribles.

Kretek essayait de regagner le cockpit. Le pilote se débattait avec ses commandes pleines de sang. Le copilote mort le regardait, et sa tête à moitié détachée se balançait comme pour le narguer.

— Cette fois ça y est ! cria le pilote. Il faut larguer la charge et se poser !

— Non !

Kretek le menaçait avec son automatique.

— Continue !

— Vous êtes un vrai fils de pute ! On a une pale gravement endommagée ! Ce rotor de merde est en train de se désintégrer ! Si on se pose pas, putain de Dieu, on est morts, bordel !

Le pilote posa la main sur la poignée de largage et Kretek utilisa ce qu'il lui restait de forces pour la frapper d'un coup de crosse.

— Non !

Mais il n'était plus temps de discuter. La boîte de transmission du Halo, soumise à trop d'efforts, explosa comme un obus de mortier. La force centrifuge propulsa les pales longues de vingt mètres comme des sabres, et le Halo entama une plongée mortelle. Il fonçait sur la glace blanche du pack et sur la mer sombre qui emplissaient maintenant tout le pare-brise.

Anton Kretek hurlait comme l'animal pris au piège qu'il était. Il vida son chargeur dans la tête du Canadien, le privant d'une ou deux secondes de sursis.

*

Ils regardaient la fumée et les étincelles jaillir du compartiment turbines du Halo ; puis le rotor se détacha avant de se désintégrer.

Désormais, l'énorme hélicoptère était aussi aérodynamique qu'une armoire de bureau.

Piquant du nez, il plongeait vers la mer prise par les glaces. Comme la gravité n'agissait plus sur l'élingue, le réservoir de produits biologiques semblait flotter près de la carlingue de l'hélicoptère. L'appareil désemparé et sa cargaison mortelle étaient comme enlacés, deux danseurs qui dansaient le slow de la mort.

Puis ils heurtèrent la surface, un champignon de flammes noires et rouges jaillit du trou dans la glace.

— Jon, que va devenir l'anthrax ? lui demanda Valentina en contemplant le nuage.

— Les flammes et l'eau de mer, répondit Smith. On ne peut pas rêver meilleurs moyens de destruction.

— Donc, tout est fini ?

— Tout est fini, oui.

Smith se tourna vers le cockpit. Il avait la gorge à vif d'avoir autant crié, l'air froid lui brûlait les poumons. Son taux d'adrénaline commençait à retomber et il prit conscience de ses contusions, après l'avalanche de glace, elles recommençaient à le faire souffrir. Il avait du mal à parler.

— Randi, vous croyez qu'on peut retrouver le *Haley* ?

— La radio marche, ça ne devrait pas être un problème.

— Alors, ramenez-nous à bord. Quelqu'un d'autre s'occupera de récupérer les bouts et les morceaux sur Mercredi.

— J'aime entendre ça !

Smith referma les portes et s'écroula, le dos contre les sièges des pilotes. Ses yeux se fermèrent spontanément, il ne sentait plus rien, sinon une impression de chaleur contre lui : Valentina qui avait doucement posé la tête sur son épaule.

Chapitre 52

Ile de l'Ascension

C'ÉTAIT LE COMMENCEMENT du printemps dans l'océan Atlantique, mais la tempête s'était levée au coucher du soleil. L'éclairage bleu, fantomatique, des pistes de l'aéroport de Wideawake luisait faiblement dans le brouillard et la pluie dégoulinait des ailes de deux gros appareils de transport garés sur le parking le plus éloigné de cette base aérienne, partagée par les Etats-Unis et la Grande-Bretagne. Le premier, un Boeing 747, portait les couleurs bleues et blanches de l'escadrille présidentielle ; l'autre, un Iliouchine 96, était l'équivalent chez la Fédération de Russie.

Le monde ignorait totalement la présence de ces deux appareils, ainsi que la rencontre qui avait lieu entre les deux dirigeants qu'ils transportaient. Des sentinelles en armes protégeaient la zone et, pendant ce temps se déroulait une rencontre sans témoins ni enregistrement dans la salle de réunion d'Air Force One, parfaitement étanche au bruit et surveillée électroniquement.

— Je veux bien admettre qu'un président est parfois obligé de mentir à ses propres électeurs, disait Samuel Castilla à l'homme svelte et d'allure aristocratique assis en face de lui de l'autre côté de la table. Mais je n'ai fichtrement pas envie d'abuser de ce privilège. Et j'ai encore moins envie de mentir aux familles de ceux qui sont morts. Cela me laisserait un goût amer dans la bouche.

— Mais quel autre choix avons-nous, Samuel ? lui répondit patiemment le président Potrenko. Vous voulez vraiment rouvrir les plaies de la guerre froide ? Vous voulez retarder le rapprochement entre nos deux pays de quelques dizaines d'années ? Vous voulez vous remettre entre les mains des durs, et des deux côtés, de ceux qui affirment que les Etats-Unis sont et resteront des ennemis héréditaires ?

— Je reconnais que vous savez présenter les choses avec tact, Youri, mes conseillers et le Secrétariat d'Etat en font autant, mais, même si j'y suis contraint, ne me demandez pas en plus d'apprécier.

— Je comprends parfaitement, Samuel. Je sais que vous êtes un homme intègre, un homme d'honneur – le Russe tordit légèrement la bouche – peut-être même trop pour les dures réalités de notre métier. Mais nous devons gagner du temps. Il nous faut attendre la mort des combattants de la guerre froide, nous devons laisser les peurs du passé s'éteindre. Vous avez au moins la consolation de savoir qu'à la fin, la vérité sera connue.

— Oh oui, Youri, je sais. Vous pouvez compter là-dessus. En vertu de nos accords, toutes les archives relatives à l'incident de l'île Mercredi et à l'Evénement du 5 mars seront ouvertes et rendues disponibles par nos deux gouvernements.

— C'est entendu.

Castilla poursuivit son avantage.

— Cet accord sera signé de nous deux et nous endossons tous deux la responsabilité d'avoir gardé le secret et d'avoir passé l'éponge.

Potrenko cilla, les yeux baissés sur la table, puis hocha la tête pour approuver.

— C'est convenu. En attendant ce jour, les membres de l'expédition scientifique sur l'île Mercredi ont péri dans l'incendie tragique qui a totalement détruit la station. Nos Spetsnaz sont morts au cours d'un exercice d'entraînement. L'équipage de Misha 124 n'a tout simplement jamais été retrouvé et leur disparition s'ajoute à la liste des mystères de l'Arctique. Quant à l'appareil lui-même, il a été détruit par l'explosion des vieilles charges de destruction qu'il embarquait et qui ont été mises à feu accidentellement. Tous les aspects de l'affaire sont couverts.

— Je doute que ce soit aussi simple, répondit sèchement Castilla. Les mensonges sont rarement aussi simples à monter. Je suis sûr que l'île Mercredi donnera lieu à des tas de théories sur Internet, on parlera de conspiration. On pourrait peut-être emprunter quelques extraits à John Campbell et à Howard Hawks, et prétendre qu'il s'agit d'une soucoupe volante.

Il but une gorgée dans le verre d'eau minérale posé près de lui, il aurait bien aimé l'agrémenter d'une lampée de bourbon.

— Pourquoi ne m'avoir pas dit la vérité depuis le début, Youri ? On aurait pu tout arranger. Personne n'aurait eu besoin de mentir. Et nous n'aurions pas été à deux doigts de laisser filer cet anthrax je ne sais où.

Potrenko fixait obstinément le cuir brun qui recouvrait la table.

— J'admets bien volontiers que les choses auraient pu être conduites... de manière plus judicieuse. Je ne peux pas m'excuser de faire partie de la bureaucratie russe ni des procédures édictées par mes prédécesseurs. Mais nous sommes encore largement « esclaves de l'Etat » et il est probable que cela durera un certain temps. Ce dont je peux m'excuser, c'est d'avoir laissé la situation déraper à ce point. Certains... membres du gouvernement, certains militaires n'ont pas fait preuve de beaucoup de jugement. Il faut faire avec.

— Je dois bien l'admettre, répondit Castilla. Bon, reste un dernier point à traiter. Lorsque nos renforts ont débarqué sur l'île Mercredi, il y a un corps qu'ils n'ont pas retrouvé, celui du major Smyslov, l'officier de l'armée de l'air russe que vous aviez affecté à cette mission. Avez-vous des nouvelles à son sujet ?

Potrenko se renfrogna.

— Cela ne doit pas vous inquiéter, Monsieur le Président.

— Le colonel Smith, qui était à la tête de notre équipe sur Mercredi, pense différemment. Lorsque je lui en ai parlé, il m'a demandé expressément de m'enquérir du sort du major. J'aurais tendance à appuyer sa requête. Youri, qu'est-il devenu ?

— Le major a été... blessé lors des événements qui se sont déroulés sur l'île, mais il a survécu. Il a été évacué par notre sous-marin. Il va passer en jugement sous un certain nombre de chefs d'accusation.

— Des accusations qui résultent de ce qu'il a assisté le colonel Smith et agi contre votre gouvernement ? demanda Castilla d'un ton dangereusement calme. Cela n'est pas acceptable, Monsieur le Président. Je compte sur vous pour que toutes les charges qui pèsent contre lui soient levées immédiatement et pour qu'on lui rende ses grade et prérogatives, sans aucune réserve. Si vous pensez que c'est impossible, confiez-le à notre ambassadeur à Moscou et nous le rapatrierons aux Etats-Unis. Si vous n'en voulez plus, nous serons heureux de l'accueillir.

— C'est impossible ! s'exclama Potrenko. Le major Smyslov est accusé de rébellion et d'avoir très gravement mis en jeu la sécurité de l'Etat. Ce ne sont pas des accusations secondaires ! Je vous préviens, Monsieur le Président, il s'agit d'une affaire intérieure qui ne regarde que la Fédération de Russie !

Castilla lui fit un sourire poli, empreint d'une certaine satisfaction.

— Et je n'ai aucune envie de me mêler des affaires de la Fédération de Russie, Youri, mais alors, dans ce cas, je vais déjà devoir faire aujourd'hui un certain nombre de choses qui me déplaisent au plus haut point. Cela n'en fera jamais qu'une de plus.

— Cet homme est citoyen russe, c'est un officier de la Fédération !

— Le colonel Smith pense de son côté que le major appartient également à son équipe et, comme je vous l'ai dit, en ce moment, j'ai tendance à aller dans le sens du colonel !

— Ce sujet ne peut en aucun cas donner lieu à discussion !

— Alors, oubliez tout.

Castilla se leva.

— Nos accords sont caducs. Lorsque je serai de retour à Washington, je vais convoquer une conférence de presse et je dirai tout : cette guerre nucléaire à laquelle nous avons échappé de justesse, l'assassinat de Staline, l'anthrax, les attaques dont ont été victimes nos enquêteurs, vos dissimulations – tout, je raconterai tout !

Potrenko était devenu tout pâle.

— Vous êtes fou ! Vous ne pouvez pas faire ça ! Vous n'allez pas déclencher une catastrophe entre nos deux gouvernements à cause du sort d'un seul homme !

Castilla se laissa retomber dans son fauteuil.

— Youri, dit-il en fixant froidement Potrenko par-dessus la monture de ses lunettes, je n'ai pas une vie très drôle. Faites-moi plaisir.

Chapitre 53

Aéroport international de Tacoma, Seattle

L E CHAUFFEUR DU TAXI jeta un coup d'œil subreptice dans son rétroviseur à son client, un homme de haute taille, placide, en tenue de combat et qui portait le béret vert. Depuis le 11 septembre, il avait emmené de nombreux soldats à l'aéroport. Certains rentraient chez eux, d'autres partaient « quelque part ». A voir les rangées de décorations sur la vareuse de celui-là, il avait dû en connaître un paquet, des « quelque part ». Et à voir son visage tiré, le dernier ne devait pas remonter loin. Mais, comme la plupart des meilleurs, il n'en parlait guère.

Le chauffeur se mit à sourire dans son coin en pensant à ses propres « quelque part », dont les rizières au sud de Bear Cat, là où il avait échangé sa main droite contre un crochet de métal.

La Victoria Yellow Crown prit le boulevard circulaire qui menait au terminal. Le chauffeur finit par trouver une place, ce qui n'était pas facile avec cette circulation dense. Le militaire descendit, tira son sac et sa mallette de la banquette arrière. Il s'approcha de la vitre côté conducteur et sortit son portefeuille.

Le chauffeur se pencha et, du bout de son crochet, remit le taximètre à zéro.

— Oubliez ça, mon colonel. C'est la maison qui offre.

L'officier, un peu surpris, finit par sourire.

— Puisque vous insistez...

— Et un peu que j'insiste, répondit le chauffeur en klaxonnant pour sortir du stationnement. 11ᵉ de cavalerie, en 67. Bonne chance, mon colonel.

Son chef de secteur n'allait pas faire d'histoires. Lui, c'était un ancien Marine et il avait connu pas mal de « quelque part ».

*

Jon Smith poussa les portes en verre du terminal et se dirigea vers le comptoir de vente, l'enregistrement des bagages et les contrôles de sécurité. L'attente ne l'énervait pas particulièrement. Ce jour-là, il avait tout son temps.

Il reconnaissait bien le phénomène, mélange de retour de bâton biologique après l'extrême épuisement de la semaine précédente et le passage à vide des retours de mission. Ça passerait. Lors de sa dernière réunion téléphonique avec Fred Klein, le directeur lui avait conseillé de piocher dans ses permissions et de souffler un peu. Le directeur avait même fait usage de sa baguette magique et lui avait tout arrangé.

Seul problème, Smith n'avait pas envie d'aller quelque part ni de faire quelque chose de particulier. Et s'il rentrait à Bethesda, ce serait pour y retrouver une maison qui n'avait aucune chance de devenir un jour un foyer.

Réagis, Smith. Tu n'as pas besoin de prendre de perms. Tu ferais mieux de retourner au boulot.

Mais cela soulevait un nouveau problème. Quel était exactement son boulot, désormais ? Lorsqu'il avait accepté un poste chez Clandestin Unité, il se considérait comme un microbiologiste qui effectue de temps en temps une mission pour le compte de Fred Klein. Maintenant, il se voyait de plus en plus comme un opérationnel, et ses responsabilités à l'Institut épidémiologique servaient à combler les trous.

Et s'il avait accepté ce poste de chercheur, n'était-ce pas avant tout parce qu'il pourrait y travailler avec Sophia ? Comme ça, ils pourraient être ensemble ? Depuis l'épidémie Hadès, voilà qui ne risquait plus d'arriver. Ce rêve s'était évanoui à jamais. Mais bon sang, pourquoi se laissait-il encore aller à ce genre d'émotion ?

Le portique à rayons X puis les fouilles de sécurité réussirent à le distraire un peu. Grâce à son uniforme et à sa carte de fonctionnaire, la chose fut réduite à sa plus simple expression. Il s'engagea dans le hall qui menait aux portes d'embarquement de United. Il était en avance pour le vol de Dulles. Il avait peut-être le temps de boire un café avant d'embarquer. Pas une boisson plus corsée, vu l'humeur où il était, non, un café.

— Jon! Hé, Jon! Attendez!

C'était Randi Russell qui courait vers lui en traînant une valise à roulettes qui grinçait. Les gants blancs de femme qu'elle portait juraient avec son jean fatigué. Elle s'arrêta et lui fit un grand sourire, un large sourire de bonheur, très différent de ce que cela avait été lorsqu'ils s'étaient retrouvés au DoubleTree, de l'autre côté de la route.

— J'ai vu le dermatologue comme vous le vouliez, lui dit-elle en levant ses mains gantées. Il m'a dit que je resterais peut-être un peu sensible au froid, mais il pense que je ne garderai pas de marques.

Smith se surprit à lui rendre son sourire.

— Je suis très content d'entendre ça, Randi. Où allez-vous ?

Elle fit la grimace.

— Je ne sais pas exactement. Vous connaissez la chanson.

— Oui, fit-il en hochant la tête. Mais je suis heureux que nous ayons pu nous dire au revoir. J'ai été content de travailler avec vous, et tout aussi heureux de vous revoir.

— Et moi aussi.

Elle hésita un instant, regarda autour d'elle dans le hall les gens qui passaient, et sembla enfin se décider à traiter un sujet en suspens.

— Vous voudriez venir avec moi une seconde ?

— Bien sûr.

Elle l'entraîna vers un petit coin plus discret, derrière un panneau publicitaire.

— J'espérais avoir l'occasion de vous confier quelque chose, Jon, quelque chose qui s'est passé sur l'île. Ça me fait un effet bizarre d'en parler. Mais j'ai longuement réfléchi et je crois que je dois vous mettre au courant.

— Oui, de quoi s'agit-il ?

Elle hésita encore, puis se tourna pour le regarder droit dans les yeux.

— Vous vous souvenez de cette nuit sur la plage nord, lorsque j'étais en train de mourir de froid ? Vous savez, quand vous m'avez trouvée après que je vous ai appelé ?

— Bien sûr.

— C'est une chose étrange, je n'étais pas... je n'étais pas seule, Jon. Sophia était près de moi. Je sais que ça paraît dingue, et peut-être suis-je folle, ou je l'étais alors, mais pendant une minute, Sophia est... est revenue. Elle me disait de vous appeler. Elle m'a obligée à crier. Si elle n'avait pas fait ça, vous ne m'auriez jamais retrouvée.

Elle baissa les yeux.

— Bon, vous pouvez me dire maintenant que je suis complètement givrée.

Smith avait pris l'air grave.

— Mais pourquoi dirais-je que vous êtes folle ? Sophia vous aimait beaucoup.

Il lui posa délicatement les mains sur les épaules.

— Si vous étiez en danger et s'il y avait quelque chose à faire pour vous aider, n'importe quoi, elle l'aurait fait. Je ne crois pas que ce soit de la folie, Randi. Je ne suis même pas surpris.

Randi releva la tête et lui sourit, l'air penaud.

— C'est vrai, mais elle vous aimait tellement, Jon. Ne soyez pas étonné si elle vous apparaît de temps en temps, à vous aussi.

Il hocha la tête, pensif. L'idée n'était pas désagréable.

— Cela explique peut-être pourquoi nous passons notre vie à nous cogner dedans. Nous sommes réunis par son intermédiaire.

— Cela doit jouer. – Elle se mit sur la pointe des pieds et déposa un léger baiser sur sa joue. – Il faut que je me dépêche. Ils appellent les passagers de mon vol. Bonne chance, Jon, et à la prochaine.

— A la prochaine.

Et il savait qu'il y aurait une prochaine fois.

Smith reprit le chemin des portes d'embarquement, il se sentait plus décidé, d'humeur plus enjouée. Et les choses s'améliorèrent encore lorsqu'il découvrit quelqu'un d'autre qui l'attendait devant la passerelle de United.

Valentina Metrace portait des talons hauts et une jolie robe grise en tricot, près du corps, qui allait très bien avec ses yeux. Les autres voyageurs mâles jetèrent des regards pleins d'envie à Smith lorsqu'elle lui fit un sourire en se levant pour lui dire bonjour.

— Bonjour, mon colonel.

— Bonjour à vous, professeur.

Il posa sa mallette près de sa petite pile de bagages à main.

— Vous allez à Washington ?

— Non, et j'en suis fort aise. – Elle lui montra le hall d'un mouvement du menton. – Je pars dans le Sud-Ouest, deux escales plus loin. Je vais passer quelques jours à Palm Springs. Je sens que j'ai besoin de me débarrasser l'esprit de quelques glaçons.

— Palm Springs, répéta pensivement Smith. Ça doit être très agréable, à cette période de l'année.

— Plus qu'agréable, je vous garantis. Je connais la piscine, elle est à l'ombre des palmiers et alimentée par de vraies sources. J'ai l'intention d'y rester toute la journée, en maillot de bain ou un peu moins. Le soir, je boirai du champagne et je m'endormirai dans des draps en satin. Une existence de rêve.

Elle lui tendit la main.

— Je me disais... ce serait chouette d'y aller avec quelqu'un.

Nulle coquetterie dans cette invite, pas de défi, pas d'insolence, simplement une touche de mélancolie en écho à cette vie d'opérationnel, avec sa solitude. Une chose que Jon connaissait et comprenait.

Il hésita encore un instant. Val allait être différente, si différente de toutes celles qu'il avait connues jusque-là. Et les chemins qu'ils emprunteraient ensemble seraient différents, eux aussi. Mais les différences ne sont pas forcément une mauvaise chose.

— Il faut d'abord que je vérifie quelque chose, lui dit-il enfin.

— Et quoi donc ?

Il attira Valentina à lui. Il passa la main dans ses cheveux épais, pleins de santé, puis il l'embrassa en faisant durer le plaisir. Il apprenait la douceur de ses lèvres, les traits délicats de son visage.

Val avait fermé les yeux et, lorsqu'elle les rouvrit, il put constater qu'elle avait apprécié. Ce baiser ne ressemblait pas aux baisers de Sophia, mais, là encore, c'était comme cela devait être.

C'était l'heure. C'était l'heure et même l'heure passée pour plein de choses nouvelles.

Smith alla changer son billet.

Épilogue

Anacosta, Maryland

L'*OPÉRATION ILE MERCREDI* se conclut à la lumière tamisée du bureau de Margaret Templeton, dans le ronronnement des ventilateurs qui refroidissaient les ordinateurs.

— Nous avons fait avaler nos demi-vérités aux autorités canadiennes et à Interpol, commença Templeton qui était installée derrière son bureau. A savoir, qu'Anton Kretek et ses hommes étaient impliqués dans une vague histoire de trafic d'armes dont la nature exacte reste inconnue. Et leur hélicoptère de location s'est écrasé dans la baie d'Hudson. Il n'y a pas eu de survivants, mais on a récupéré l'épave.

— Et ils y ont cru ? lui demanda Fred Klein qui vérifiait du bout des doigts l'humidité de la terre dans le pot du bonsaï.

— Jusqu'ici, oui. Apparemment, tout le monde s'accorde à penser que ce n'est une grosse perte pour personne. Nous avons également localisé et nettoyé les dépôts de carburant de Kretek.

Klein hochait la tête, l'air absent. Il prit le petit pulvérisateur posé près du pot et envoya une giclée d'eau. Il était assis près du bureau de Maggie et regardait la batterie d'écrans plats accrochés au mur de l'autre côté de la pièce. Il ne s'était pas rasé, ce qui adoucissait un peu ses traits, et il avait desserré sa cravate de plusieurs centimètres. Il arrivait au terme d'une nouvelle journée de douze heures.

— Et le chalutier ?

— On a réussi, monsieur. Le USS *MacIntyre* a fait monter à bord une équipe de SEALs [1]. L'équipage islandais avait été engagé pour la forme. Kretek considérait probablement qu'il le ferait passer par pertes et profits. Ils ne savaient rien de la nature véritable de l'opération Mercredi. Nous les avons donc remis aux autorités islandaises.

— Et les hommes de Kretek ?

Maggie restait impassible, on aurait dit un joueur de poker au cours d'un championnat.

— Un accident. Pendant qu'on les transférait à bord du destroyer, une vague énorme a fait chavirer la baleinière qui transportait les trafiquants. Les marins en armes et le patron portaient des combinaisons et des brassières, et on les a sauvés. Mais les hommes de Kretek n'en avaient pas. Vous savez, monsieur, la baie d'Hudson est très dangereuse.

— Fort dangereuse, Maggie. J'espère simplement qu'on n'aura pas à refaire ce genre d'opération avant un bail.

Klein desserra encore sa cravate d'un cran. Maggie et lui allaient boucler cette affaire ce soir et ensuite, sûr, se retirer pour la nuit.

— Que deviennent nos gens ?

Les doigts de Maggie virevoltèrent sur le clavier, et les photos de Jon Smith et de Valentina Metrace s'affichèrent sur les écrans muraux.

— Physiquement parlant, ils se remettent de leurs fatigues, de l'exposition au froid et de quelques autres petites misères. Psychologiquement, ça a l'air d'aller, ils semblent prêts à recommencer. En leur laissant un laps de temps raisonnable pour se reposer et pour récupérer, je pense qu'on pourra les réutiliser. A mon avis, tant Jon que le professeur Metrace restent des chiffres mobiles au niveau.

Klein approuva d'un signe de tête.

— Je suis de votre avis. Je suis content de voir qu'ils arrivent à bien travailler ensemble. J'ai toujours eu quelques doutes sur Metrace, je trouve qu'elle joue un peu trop les cow-boys de temps

---

1. Sea Air Land, commandos de la marine américaine.

en temps. Je pense que Jon a une bonne influence sur elle, il la calme. Le mélange est bon.

Dans la lumière pâle des écrans, les lèvres de Maggie esquissèrent un léger sourire.

— Et dans tous les sens du terme. Ils ont passé une semaine ensemble à Palm Springs.

— Vraiment ?

Klein fronça les sourcils, non qu'il désapprouvât la chose, mais il était impressionné.

— En général, je n'aime pas trop ces liens qui se créent hors opérations entre nos agents d'élite, mais, dans ce cas précis, je crois que je suis prêt à faire une exception. Si Jon fait du bien à Metrace, je crois aussi que Metrace fait du bien à Jon.

— Je suis du même avis, monsieur. Bon, maintenant, reste un autre sujet que j'aimerais traiter.

— Et lequel, Maggie ?

Elle se remit à pianoter de plus belle, un troisième écran s'illumina. La photo plein écran de Randi Russell.

— Je crois que nous ferions mieux de décider qu'elle est définitivement grillée. Je ne pense pas qu'elle puisse repartir en opération extérieure.

— Et pourquoi donc, Maggie ? D'après le rapport de Jon, Mademoiselle Russell s'est comportée de façon exemplaire. Elle a accumulé une belle collection de succès avec lui.

— C'est exact, monsieur, mais elle appartient à la CIA, et l'Agence connaît désormais l'existence de Clandestin Unité. Ils ne savent pas exactement qui nous sommes et ce que nous fabriquons, mais ils n'apprécient pas trop le fait que nous ayons le bras long ni la manière dont nous récupérons leurs agents. Ils vont commencer à venir renifler ce qui se passe et essayer de tendre une ligne. Mademoiselle Russell a identifié deux de nos meilleurs éléments, nous risquons d'avoir des retours de bâton par son intermédiaire. Et je crois donc que nous ferions mieux désormais de la tenir à distance.

Klein secoua la tête.

— Je ne suis pas d'accord. Je crois que nous avons une autre option.

— Oui, et laquelle, monsieur ?

— Nous n'allons pas l'éloigner, nous allons l'absorber. Nous allons la faire venir chez nous.

Maggie leva les sourcils.

— Vous voulez la recruter en tant que chiffre mobile ?

— Et pourquoi pas ? Mademoiselle Russell possède les qualités requises. Elle a une vaste gamme de compétences et on ne lui connaît ni relations, ni attaches particulières.

— Sauf à l'intérieur de l'Agence.

— On peut contourner cette difficulté. – Klein souriait tout seul, comme un escrimeur qui imagine une nouvelle fente. – En fait, nous pourrions en tirer profit.

— Comme vous voudrez, monsieur.

Mais Maggie semblait sceptique.

— Voulez-vous que je lance une procédure de recrutement ?

— Non... pas encore. Mais gardez l'œil sur elle. Mettez son dossier dans la catégorie cadre d'argent et requalifiez son profil, missions spéciales. Puis vous la faites placer sous surveillance lâche. Nous attendrons d'avoir une autre occasion pour lui faire faire équipe avec Smith et Metrace. Ensuite... ensuite, nous verrons bien.

— Très bien, monsieur.

Un encadrement argenté apparut autour de la photo de Randi Russell. Fred Klein se pencha, les mains serrées, le regard attentif.

— Bienvenue dans la maison, mademoiselle Russell, dit-il dans un murmure à l'image de la jeune femme blonde.

Dans la collection Grand Format

(Dernières parutions)

Cobb (James), **Ludlum** (Robert)	Le Danger arctique
Cussler (Clive)	Atlantide ■ Odyssée ■ L'Or des Incas ■ Vent mortel
Cussler (Clive), **Dirgo** (Craig)	Bouddha
Cussler (Clive), **Du Brul** (Jack)	Quart mortel
Cussler (Clive), **Kemprecos** (Paul)	A la recherche de la cité perdue ■ Glace de feu
Cuthbert (Margaret)	Extrêmes urgences
Davies (Linda)	Dans la fournaise ■ Sauvage
Evanovich (Janet)	Deux fois n'est pas coutume
Farrow (John)	La Dague de Cartrer
Hartzmark (Gini)	A l'article de la mort ■ Mauvaise passe
Larkin (Patrick), **Ludlum** (Robert)	Le Vecteur Moscou ■ La Vendetta Lazare
Ludlum (Robert)	L'Alerte Ambler ■ Le Code Altman ■ Le Pacte Cassandre
Lustbader (Eric Van)	Le Gardien du Testament
Lynds (Gayle)	Le Dernier maître-espion
Martini (Steve)	L' Accusation ■ L'Avocat ■ Le Jury ■ Pas de pitié pour le juge ■ Réaction en chaîne ■ Trouble influence
McCarry (Charles)	Old Boys
Moore Smith (Peter)	Los Angeles
Morrell (David)	Double image ■ Le Sépulcre des Désirs terrestres
O'Shaughnessy (Perri)	Intimes convictions
Palmer (Michael)	Le Patient ■ Situation critique ■ Le Système ■ Traitement spécial
Ramsay Miller (John)	La Dernière famille
Scottoline (Lisa)	La Bluffeuse ■ Dans l'ombre de Mary
Sheldon (Sidney)	Avez-vous peur du noir?
Slaughter (Karin)	Indélébile ■ Sans foi ni loi ■ Triptyque

Cet ouvrage a été imprimé par

Mesnil-sur-l'Estrée

*pour le compte des Éditions Grasset
en février 2009*

Imprimé en France
Dépôt légal : février 2009
N° d'édition · 15637 — N° d'impression : 93809